정육점 주인들의 노래클럽

정육점 주인들의 노래 클럽

LOUISE ERDRICH

루이스 어드리크 장편소설
정연희 옮김

문학동네

일러두기

1. 주석은 모두 옮긴이주다.
2. 본문 중 고딕체는 원서에서 이탤릭체나 대문자로 강조한 부분이다.
3. 장편 문학작품은 『 』, 단편·시는 「 」, 노래·희곡 등은 〈 〉로 구분했다.

차례

하나·마지막 한 줄···11

둘·균형잡기의 대가···30

셋·뼈···52

넷·식료품 저장고···74

다섯·정육점 주인의 아내···107

여섯·밤의 정원···164

일곱·종이하트···200

여덟·들개를 태우다···252

아홉·땅속의 방···299

열·흙병···341

열하나·크리스마스의 태양···349

열둘·트라움포이어···398

열셋·뱀을 부리는 사람들···432

열넷·은빛 전나무 부대···503

열다섯·정육점 주인들의 노래클럽···554

열여섯·스텝앤드어해프···562

감사의 말 577

옮긴이의 말 578

제게 노래를 불러주신
아버지께 바칩니다

생각은 자유로워
누가 짐작이나 할까
생각은 밤그림자처럼 달아나지
아무도 알 수 없어
사냥꾼도 쏠 수 없어
언제나 그렇지
생각은 자유로워.

<생각은 자유로워>(독일 민요)

하나

마지막 한 줄

1차대전이 끝난 뒤 꼬박 열이틀을 걸어 집으로 돌아온 피델리스는 어린 시절 쓰던 침대로 기어들어가 서른여덟 시간을 내리 잤다. 그가 깨어난 것은 1918년 11월 말 독일 땅에서였다. 클레망소*와 윌슨**이 합의한 새 지도에 따르면 그는 간발의 차이로 프랑스인이 되었을 수도 있었지만, 그런 문제는 앞으로 거기서 어떻게 먹고살지에 비하면 아무것도 아니었다. 그는 여섯 살 때부터 해마다 봄이면 어머니가 햇볕에 내다 널고 깃털을 보충한 하얀 이불을 밀쳐냈다. 그는 열세 살 때 걸핏하면 코피가 터져 이불을 더럽혔다. 핏자국을 없애려고 어머니가 여러 번 비벼 빤 덕분에 옅어지긴 했지만 지금까지도 삐쭉삐쭉한 새둥지처럼 찻물 같은 갈색이 남아 있었

---

* 프랑스의 정치가로, 1차대전에서 프랑스를 승리로 이끌었다.
** 미국의 제28대 대통령으로, 재임 당시 미국이 1차대전에 참전했다.

다. 요리하는 냄새가 콧속으로 흘러들어왔다. 냄새는 희미했지만 낙천적인 기분이 들었다. 감자 같았다. 부드러운 치즈도 약간. 달걀도? 달걀 요리면 좋을 것 같았다. 침대는 널찍하고 푹신했다. 지난 삼 년 동안 낯설고 형편없는 침대에서 하도 많이 자서 눕자마자 몸을 부르르 떨며 더없는 편안함에 빠져들었다. 피델리스는 기쁨에 겨운 어머니의 조용하고 벅찬 울음소리를 듣다 잠들었다. 지금도 어머니가 우는 소리를 들었나 싶었지만 그건 그저 햇빛이었다. 커튼을 통과할 때 졸졸거리는 물소리를 내는 것 같던 빛이 상아색 벽을 비출 때는 감정이 풍부한 여자의 목소리를 내는 듯했다.

잠시 후 피델리스는 그것이 빛의 소리라는 결론을 내렸다. 자신의 몸이 깨끗했기 때문이다. 어리둥절할 정도로 깨끗했다. 그젯밤 그는 집안으로 들어가기 전에 포도나무 정자 아래, 지붕이 덮인 작은 공간에서 먼저 목욕부터 하겠다고 부탁했다. 가족이 불을 피워 목욕물을 데웠다. 누나 마리아 테레사는 머릿니를 잡아주었고, 아버지는 깨끗한 옷을 가져왔다. 피델리스는 자신의 불결함뿐 아니라 전쟁이 요구하는 온갖 것을 견디기 위해 감각을 닫고 지냈다. 다시 세상을 향해 감각을 열자 주위의 모든 것이 고통스러울 만큼 생생하게 다가왔다. 강렬한 꿈에서처럼 모든 것이 감정을 가진 것 같았다.

그의 머릿속에서 정적이 반향을 일으켰다. 거리에서 사람들이 쏟아내는 일상의 소리가 희귀한 원숭이의 재잘거림처럼 경이롭게 느껴졌다. 기쁨의 전율이 온몸을 뚫고 지나갔다. 벌레 없는 깨끗한 옷을 입는다는 사실조차 큰 의미로 다가와, 할아버지가 쓰던 멧돼지 머리 모양의 황금 커프스단추를 소매에 채우면서 눈물까지 흘렸다. 그는 가만가만 호흡하며 마음을 가누었고, 쏟아지려는 눈물을 침착함의 힘으로 가라앉혔다. 어렸을 때부터 그는 슬픔의 무게에 짓눌릴 때면 나직이 호흡하며 가만히 있었다. 젊은 군인으로서 그는 처음부터 침착함이 생존을 위한 가장 중요한 능력임을 알았다. 그 능력은 전쟁 내내 가엾은 풋내기 병사였던 그를 버티게 해주었다. 얼마 되지 않아 자신이 저격 위치에서 100미터 떨어진 눈동자를 꿰뚫고 다섯 발 중 세 발은 맞힌다는 것을 알게 되었다. 집에 돌아온 지금도 그는 여전히 경계심을 버리지 못했다. 기억이 슬금슬금 되살아났고, 감정은 이성적인 머리를 교란시켰다. 자기를 버렸다가 다시 자기로 살아나는 것은 위험한 일이었다. 느낄 것이 너무 많아서 얕은 감각만 되찾겠다는 생각이었다. 지금은 적응하려고 애썼다. 그가 속속들이 아는 어린 시절의 이 방에 대해서도 서서히 감각을 되찾아야 했다.

　그는 침대 모서리에 걸터앉았다. 벽 안으로 낸 두꺼운 선반에 책이 가지런히 꽂혀 있거나, 얇은 띠종이로 표시된 채 떠날 때 그대로의 모습으로 차곡차곡 쌓여 있었다. 직업은 애당초 정해져 있었지만, 그는 한동안 시인이 된 자신의 모습을 꿈꾸곤 했다. 그래서 선반에는 그의 영웅이었던 괴테, 하이네, 릴케가 꽂혀 있었고, 심지어 다른 책들 뒤에 트라클*도 숨겨져 있었다. 이제 그는 그 책들을 무뎌진 호기심의 눈빛으로 바라보았다. 어쩌다 그런 이들의 말에 관심을 기울였을까? 그들의 이야기가 뭐가 중요해서? 장난감

* 표현주의를 대표하는 오스트리아 시인. 건강한 시민의 삶에 적응하지 못한 채 절망 속에서 시를 썼고 약물 과다복용으로 생을 마감했다.

병사들이 여전히 창턱에 늘어서 있었다. 이 방에는 어린 시절 추억도 깃들어서 벽에는 청년으로서 그의 자부심을 드러내는 수료증이나 조합 증서 같은 것을 넣은 액자가 걸려 있었다. 이런 것은 중요했다. 이런 증서는 그의 미래를 보여주었다. 그리고 그의 생존을. 벽장에는 표백한 뒤 풀을 먹여 반듯하게 다린 흰색 셔츠가 그를 보듬을 준비를 마친 채 걸려 있었다. 반짝반짝 잘 닦은 구두는 아래쪽 선반에서 과거의 피델리스가 신어주기를 기다리고 있었다. 피델리스는 뻣뻣한 구두의 벌어진 구멍으로 발을 살며시 밀어넣었지만 잘 들어가지 않았다. 동상 때문에 발이 붓고 살이 물러져 피부가 까지고 아팠다. 밑창에 징이 박힌 부츠만 간신히 맞았는데 안쪽은 녹색이고 구린내가 났다.

그는 천천히 오늘 할일에 대한 생각으로 되돌아갔다. 침실 창문은 기다란 금색 직사각형 모양이었다. 그는 일어서서 양의 굽은 뿔로 만든 손잡이를 돌려 창문을 열고, 느리게 흘러가는 루트비히스루에의 황토색 강물 너머, 반대편 둑 뒤쪽의 지붕과 늦가을의 시든 정원 너머, 보드라운 회색 들판이 조각보처럼 펼쳐진 곳을 가로질러, 저멀리 올망졸망 모여 있는 지붕과 굴뚝을 보았다. 이웃 타운의 미로 속 어딘가에 한 번도 만난 적 없지만 반드시 찾아가겠다고 다짐했던 여자가 살고 있었다. 그녀를 생각하는 그의 마음은 복잡하고 강렬했다. 생각이 질문으로 변했다. 그녀는 지금 뭘 하고 있을까? 집에 정원은 있을까? 짚을 덮은 아담하고 두두룩한 둔덕에서 흙이 묻은 마지막 감자를 캐고 있을까? 방금 하얗게 세탁한 옷을 꽁꽁 언 빨랫줄에 널고 있을까? 차를 마시며 언니나 어머니와 이야기를 나누고 있을까? 혼자 노래를 부르고 있을까? 그리고 그는 자신의 존재에 대해, 그녀에게 말하기로 약속했었다. 그는 어떻게 그 일을 해낼 수 있을까, 혹은 해낼 수 없을까?

에바 칼프. 오일렌슈트라세 17번지. 피델리스는 노란색 벽돌길 앞에 서서 입구를 표시하는 부실한 아치형 철제 구조물을 보고 얼굴을 찡그렸다. 악착같이 자라 아치형 구조물을 칭칭 감은 장미는 거무스름한 줄기에 잎은 다 떨어지고 끝에 돋은 커다란 가시는 하얗게 변해 있었다. 길은 비질이 되어 있지 않고 종잇장이 현관에 나뒹굴었다. 같은 블록의 나머지 집은 패배의 혼란 속에서도 광적으로 보일 만큼 깔끔하게 잘 관리되어 있었다. 에바 칼프의 방치된 집을 보자 피델리스는 마음이 심란해졌다. 가족 중 누가 죽었다는 의미일 수도 있었기 때문이다. 눈물이 차올라, 그는 콧등을 꼬집었다—심지어 공개된 장소에서도 감정이 터져나올 수 있다는 사실이 끔찍이도 두려웠다. 앞쪽 창문을 가린 얇은 커튼 너머로 어른거리는 형체가 보였다. 누가 그를 본 것을 깨닫자 피델리스는 숨을 깊이 들이마시고 어깨를 추켜올려 자신을 더욱 단단한 껍데기 속에 가둔 뒤 벽돌길로 걸음을 옮겼다.

문을 두드리자 그녀가 대번에 열어주었다. 창가에서 지켜본 사람은 그녀였다. 이 여인이 그와 가장 친했던 친구의 로켓*에 들어 있던 초상화의 주인공 에바였고, 이제 그 로켓은 그가 가지고 있었다. 지금도 유품인 싸구려 주홍색 로켓 때문에 재킷 가슴 주머니가 삶은 달걀이 든 것처럼 불룩했다. 작은 로켓 속 색칠한 여자의 초

---

* 사진을 넣어 다니는 작은 갑으로, 주로 줄에 매달아 목에 건다.

상은 지혜로우면서도 섬세해 보였고, 입가에 파인 미세한 주름은 육감적이면서도 영민한 느낌을 주었다. 속을 알 수 없는 살짝 처진 마자르족의 눈이, 그 짙은 녹색 눈동자가 탐색하듯 말간 시선으로 쳐다보자 피델리스는 움찔했다. 지난 몇 해 동안 그의 목숨을 살린 것은 움직이지 않을 수 있는 능력이었지만, 지금 그 단련된 능력이 빤히 쳐다보는 그녀의 눈빛에 순식간에 해제되었다. 슈넬, 디 바르하이트(어서 진실을 말해줘요). 그녀가 적의를 드러내며 앞질러 말하자 그는 대번에 고분고분해져 찾아온 이유를 말했다. 그녀의 연인이자 약혼자이며 남편이 되려고 했던 요하네스가, 피델리스와 함께 온갖 고초를 견뎌냈던 그가 죽었다고.

소식을 전한 직후 피델리스는 머릿속에서 생각만 했는지 실제로 그 말을 한 건지 확신이 없었다. 하지만 그의 입에서 무슨 소리가 흘러나온 것 같기는 했다. 그는 듣지 못했어도 에바는 알아들은 것 같았다. 그녀는 불안한 듯 한숨을 내쉬며 그 소리의 의미를 가슴에 새겼다. 고통스러운 분위기에 어지러움을 느낀 듯 그녀의 지적인 얼굴이 멍해지고 표정이 순식간에 사라져, 피델리스의 눈에는 그녀가 그 잠시의 순간에 고통을 끌어안은 벌거벗은 존재로 비쳤다. 다음 순간 에바 칼프는 깍지를 끼고 기도하듯이 차분한 얼굴로 그에게 풀썩 쓰러졌다. 그녀를 붙잡아 살며시 보듬었을 때 그는 깜짝 놀랐다. 그녀가 임신한 사실을 본능적으로 알아챈 것이다. 나중에 혼자 곰곰이 생각해본 끝에, 그는 그 순간 자궁 안의 아기가 정말로 배를 찼고 그 움직임이 도움을 주려는 그의 손바닥에 닿았다고 믿게 되었다.

피델리스는 가장 친했던 친구의 약혼자를 잠든 아이를 보듬듯 거뜬히 안아들고 그녀의 집 앞에 섰다. 그녀를 안은 채 몇 시간이고 그렇게 서 있을 수도 있었다. 그녀를 안고 있는 데 필요한 힘은 그가 실제로 가진 힘의 극히 작은 일부에 불과했다. 그는 경이로운 힘을 지니고 태어난 사람 중 하나였다. 언제나, 처음부터 힘이 있었고, 그 힘은 해마다 커졌다.

아직 자궁 안에 있을 때 쌍둥이의 세포 본질을 흡수하는 사람들이 있다는데, 피넬리스도 어쩌면 그들 중 하나였을 것이다. 어쩌면 숲을 떠돌면서 자신들의 신을 생명나무에 매다는 옛 게르만족의 혈통 때문인지도 몰랐다. 독일의 일부 지역에는 희생자의 목숨이 끊어지는 순간 그의 본질이 살인자에게 옮겨간다는 믿음도 있었다. 피넬리스의 가벼움과 무거움 모두 그것으로 설명할 수 있었다. 그가 쏜 총알이 저만치 떨어진 남자의 얼굴을 박살내기 직전에 망원조준기로 남자의 얼굴에 번득이던 미소를 보았다. 그의 총알이 깔끔하게 스친 목에 갖다댄 어느 남자의 손가락 사이로 피가 뿜어져나와 콸콸 쏟아지는 것을 보았다. 모래포대로 보강한 둔덕 뒤에서 죽음을 요리하는 그의 솜씨가 얼마나 뛰어났던지, 프랑스와 영국 군인들은 그의 경계근무 시간까지 파악하고 있었다. 그들은 그에 대한 미움에서 그를 서서히 죽이겠다는 계획을 세웠고, 잡을 뻔했다가 아슬아슬하게 놓쳤다. 그와 그들 사이에서 전쟁은 지극히 개인적인 문제가 되었다. 그는 그 사실을 받아들였다. 그리고 주어진 임무를 피하지 않았다. 그는 야트막한 참호에서 맹금의 인내심을 발휘하며 인간의 목숨을 간단히 꺾어버리는 일을 계속했다.

그들은 그를 피하려고 더 깊이 참호를 팠지만 그는 그들이 멍하니 풀어져 있을 때, 혹은 그저 지쳤을 때, 혹은 치명적으로 들떠 있을 때를 놓치지 않았다. 그런 영혼은 질퍽이는 땅을 가로질러 어김 없이 그에게 꽂힌다는 말이 어쩌면 사실이었을지도 모른다. 피델리스 안의 고요는 깊어져 한밤중의 노호하는 총성에도 동요하지 않는 조용한 폭력이 되었기 때문이다. 같은 편 병사들마저 그들에게 돌아오는 고통이 커지자 그를 두려워하고 혐오했다. 적군을 자극해 공격을 유도하는 피델리스는 그들에게도 기피 대상이었다. 그는 자고 또 잤다. 주변에 포탄이 떨어지고 귓가에 병사들의 비명소리가 들렸다. 그래도 얼굴을 살짝 찡그리며 아이처럼 짜증스러운 한숨을 내쉴 뿐 계속 잠을 잤다. 암울한 꿈을 꾸었지만 일어나면 아무것도 기억나지 않았다. 그는 라이플총이 제대로 작동하도록 깨끗이 청소하고 기름칠도 꼼꼼히 했다. 브로트와 부어스트*, 집에서 가져온 말린 복숭아와 사과를 먹었고, 아침마다 어머니가 챙겨 보낸 작은 꿀단지에 그날 방아쇠를 당길 손가락을 넣었다. 그리고 손가락을 핥아 숲의 쓴맛이 밴 진한 벌꿀 맛을 느꼈다. 울창한 은빛 전나무숲의 숨은 꽃송이에서 빨아먹던 어린 시절의 맛. 그는 절대 꿀을 끝까지 핥아먹지 않았고, 덕분에 총에서 손가락이 미끄러지는 일은 결코 없었다.

지금 피델리스는 문 앞에서 에바의 어머니가 무슨 일인지 보러 나올 때까지 기다리고 있었다. 그는 에바를 집안으로 데리고 들어가 빛바랜 분홍장미색 소파에 눕혔다. 그 순간 그는 자신이 이미 알고 있는 것을, 전쟁이 끝나고 집으로 걸어 돌아오는 길에 뚝뚝 끊기며 아물아물 들리던 선율 속에서 죽은 친구 요하네스에게

---

* 독일어로 브로트는 빵, 부어스트는 소시지라는 뜻.

약속한 일을 감행하기로 했다. 에바와 결혼한다. 나중에 그녀가 그의 계획을 받아들여 키스했을 때, 그는 그녀의 혀와 목의 살갗에서 여러 겹의 의미를 맛보았다. 어린 동생을 재울 때처럼 죽은 이마에 입을 맞췄을 때 느꼈던 요하네스의 맛이 났다. 짜디짠 슬픔의 맛이었다. 에바의 맛은 달랐지만 익숙했다. 숲속 벌꿀의 달콤함 끝에 남는 쌉싸래한 맛이었다. 그녀에게서 얼굴을 떼자 검디검은 소나무의 은밀한 꽃이 풍기는 아련하고 톡 쏘는 향기가 났다. 긴 잔향을 남기는 향기.

그들은 허둥지둥 가난한 결혼식을 올렸다. 그녀는 광기로 치달은 전쟁의 절박한 막바지에 잉태된 아기 때문에 배가 산만큼 불러 있었다. 신부는 모든 사실을 들은 뒤 그들을 축복해주었다. 첫날밤은 피델리스의 작은 침실에서 보냈다. 창턱에서 납으로 만든 장난감 병사들이 변함없이 정찰을 섰다. 그날 밤 일렁이는 촛불의 불빛 속에 그녀가 알몸으로 누워, 플란넬 천을 씌운 깃털이불에 남은 그의 어린 시절 얼룩을 가렸다. 그의 머리색과 같은 붉은빛이 감도는 그녀의 금발이 베개에 흩어졌다. 젖가슴은 푸른 불길처럼 실핏줄이 드러났고, 거무스름한 젖꼭지는 터서 갈라져 있었다. 그는 그녀의 앞에, 그녀의 다리 사이에 무릎을 꿇고 배에 손을 얹어 활발한 태동을 느꼈다. 전쟁터에서 돌아온 뒤 일어난 강렬한 감정은 서서히 희미해지고, 이제 느껴지는 것은 살아남았다는 사실에 대한 당혹감뿐이었다. 어떻게 살아갈지에 대해서는 아무 생각이 없었다. 하지만 에바의 골반을 끌어당겨 다리를 자신의 등에 휘감고 그녀의 안으로 들어간 순간, 그는 내면에 존재해온 위험스러운 침착함에서 빠져나와 받아들이기 어렵지만 그 역시 누군가를 사랑할 운명 속으로 들어갔다. 살육된 영혼들의 죽음의 무게에도 불구하고, 지난 삼 년 동안 깨달은 존재의 괴물 같은 본성과 사람을 쉽게 죽일 수 있는 자신의 능력에도 불구하고.

피델리스는 머지않아 자신이 어디론가 떠날 운명인 것도 깨달았다. 그는 빵 한 조각을 보고 미국으로 떠나야겠다는 확신이 섰다. 그 빵을 본 것은 루트비히스루에의 광장에서였다. 에바와 결혼하고 얼마 되지 않았을 때, 광장을 지나다가 부모와 잘 아는 이웃이 사람들에게 둘러싸인 광경을 보았다. 남자는 네모난 흰색의 뭔가를 손에 들고 있었다. 처음에는 그것이 무슨 그림인 줄 알았지만 백지처럼 비어 있었다. 빵이라는 걸 알아보자 피델리스는 그 모양이 광적인 사람의 집착이 만들어낸 것이 아니고야 불가능할 만큼 완벽해서 더 자세히 보려고 틈을 비집고 들어갔다. 아주 먼 해안 도시에서 먼 친척이 소포로 보내준 것이라는데, 빵처럼 평범한 것도 창의적인 사람의 손에서는 다른 물건이 되어 나올 수 있음을 보여주는 표본이었다. 반죽하고 굽고 한 장씩 써는 것까지 모두 기계가 한 것이었다. 미국 빵집에서는 어디든 이렇게 하나? 그 문제로 옥신각신 말씨름이 벌어졌다. 이 손에서 저 손으로 옮겨지던 빵이 드디어 피델리스에게까지 왔다. 그는 꼼꼼히 들여다보았다. 빵의 미세한 질감을 살피면서 이스트를 어떻게 처리했는지 궁금증을 품었고, 반듯하게 잘린 가장자리를 유심히 관찰했다. 딱딱한 껍질이 고르게 금빛인 것이 신기해 절레절레 고개를 저었다. 그에게는 불가능한 일로 여겨졌고, 불가능할 만큼 엄격한 절차를 고집하는 공방에서 만든 공예품 같았다. 그날 늦은 시각 그는 남자를 찾아가

빵을 보낸 주소지를 알아냈고, 종이쪽지에 적어 몇 달 동안 간직했다. 작은 감탄을 끌어낸 그 빵이 마침내 그의 목적지가 되었다.

아버지가 만든 기적처럼 맛있는 훈제 소시지를 가득 넣은 여행가방을 들고 RMS* 모리타니아호에서 무질서한 뉴욕의 항구로 내려선 피델리스는 물밀듯이 쏟아져나오는 군중을 침착한 힘으로 뚫고 지나갔다. 1922년, 에바의 아기는 세 살이었다. 피델리스는 그 침착함의 능력으로 전쟁 이후 들이닥친 궁핍의 시기를 견뎠고 그러는 중에 어쩔 수 없이 속임수가 판치는 암시장에서 일한 적도 있었다. 지금 피델리스가 들고 온 여행가방 안에는 가족의 전 재산이 있었다. 커프스단추는 물론 남은 장신구 전부와 최상품 모직까지 팔아 배표를 구입했지만 칼만은 팔지 않았다. 그는 아껴둔 총알과 숨겨놓은 라이플총으로 멧돼지를 밀렵했다. 그것으로 소시지를 만들어 이 새로운 나라로 건너오게 된 것이었다. 할 줄 아는 영어라고는 배에서 익힌, 그의 목적에 맞는 몇몇 단어가 전부였다. 기차, 기차역, 서쪽, 최고의 소시지, 정육점 주인**, 일자리, 돈, 땅. 이제 가족의 운명은 오롯이 그의 수완에 달려 있었다. 특히 그 자신도 익히 아는, 말없이 가만히 지켜보는 그의 능력에.

움직임 없이 침착한 그의 모습에서는 확실히 힘이 느껴졌다. 하지만 불안하게 움직이는 눈동자 때문에 그 힘은 복잡한 느낌이었

---

* Royal Mail Ship. 1840년 처음 등장한 명칭으로, 브리티시 로열 메일 우편서비스 계약에 따라 우편물을 운반하는 선박에 붙이는 접두사다.
** 원문의 master butcher는 일류 도축업자와 정육점 주인을 두루 가리키는 말. 소설에서도 두 의미를 모두 뜻하나 이 책에서는 정육점 주인으로 통일해 사용했다.

다. 그의 푸른 눈동자는 어찌나 투명한지 머리 안쪽에서 빛을 내뿜는 것 같았다. 머리에 눌러쓴 중절모는 아버지가 전쟁 전에 썼던 것으로, 그 아래 여러 색이 뒤섞인 덥수룩한 금발이 이발을 해야 할 만큼 길게 내려와 있었다. 하지만 면도도 깔끔히 했고 속옷도 깨끗했다. 아버지의 양복 안주머니에 필요한 모든 것이 들어 있었다. 모자와 같은 품질의 훌륭한 바이에른산 옷감으로 만든 양복이었다. 그의 가족은 단연코 바이에른 출신이 아니었다. 사실 그들은 남부 사람을 불신했고, 그곳 출신은 그들이 만드는 모직보다 훨씬 수준이 낮다고 믿었다.

그의 집안은 장사와 도축을 했지만, 어느 정도 배웠다는 사실과 남자들의 유난히 아름다운 목소리에 자부심이 있었다. 그 재능은 한 자식 건너 다음 자식에게 전해졌다. 예컨대 형의 목소리는 빼어나지 않았지만 피델리스는 청아한 미성의 테너 음성을 타고 나서, 발트포겔*은 그를 위해 만들어진 성姓 같았다. 그의 고향에서는 흔한 성이라 그는 그런 생각을 해본 적이 없었다. 하지만 이 새로운 나라에서 독일인은 출생지에 상관없이 그냥 독일인이라, 그 점을 언급한 사람이 한 명은 넘을 것이고, 또한 숲의 새는 도축이 직업인 사람에게는 어울리지 않게 부드러운 이름인 것도 알아차렸을 것이다.

물론 그의 집안은 관점이 달라서, 제대로 해낸 도축에는 예술성이 있다고 믿었다. 이 직업을 가지려면 젊어서부터 고된 공부를 시작하고 면밀히 지켜보는 과정을 거쳐야 했다. 남다른 정확성과 타

---

*독일어로 발트는 숲, 포겔은 새라는 뜻.

이밍이 필요한 직업이었다. 메츠거마이스터* 자격을 따려면 인류에게 알려진 온갖 양념에 대한 실질적인 지식과 수백 종의 부어스트를 만드는 비법, 그리고 고깃덩이로 재탄생한 짐승의 살점에 칼날을 대고 꿈같은 직감에 따라 칼을 부리는 재능이 필요했다. 도살된 짐승이 문명사회에 걸맞은 토막으로 변하고 예측 가능한 형태로 바뀌어갈 때, 평생 그 일을 해온 아버지의 손은 움직이지도 않는 것 같았다. 피델리스가 보기에 도살된 짐승은 아버지 앞에 놓인 널찍한 판 위에서 원래 가졌던 생명의 속성을 잃는 대신 더 고결하고 만족스러운 존재로 바뀌는 것 같았다.

피델리스는 아버지의 직업적 품위에 대해 생각하며 몇 시간이고 줄을 서서 검사와 낙인찍기, 서류 작성, 참을성 없는 인간 군상, 그리고 그 자신의 허기를 견뎠다. 라이플총의 조준기로 단련한 내면의 침착함으로 그럭저럭 해낼 수 있었다. 여행가방에 넣어온 훈제 소시지는 그가 먹을 것이 아니었다. 그를 서쪽으로 데려다줄 기차표였다.

떼 지어 이동하는 인파, 이곳에서 기반을 잡은 사람들을 헤치고 기차역으로 걸어가면서 피델리스는 걷잡을 수 없는 외로움에 빠져들었다. 그를 스쳐지나간 사람들은 다부진 체구에 자세가 꼿꼿한 남자를, 그의 불거진 광대뼈와 하얀 피부와 곧게 뻗은 큰 코를, 완벽한 모양의 입을 보았다. 가까이에 있었다면 그 입이 거기에서 흘러나올 목소리만큼이나 완벽하다는 것도 알았을 것이다. 물론 인파 속에서 그의 존재를 알아챈 사람들에게 그가 최근 예기치 않은

---

* 독일어로 도축 장인이라는 뜻.

사랑의 격랑으로 힘들어한다는 것까지 보일 리는 없었다. 그는 이 따금 양복 깃 아래에서 심장이 염려스러울 만큼 심하게 두근거려 가슴을 툭툭 쳤다. 에바가 요하네스에게 주었고 피델리스가 몰래 간직했던 로켓이 거기 들어 있었다. 에바와 결혼한 것은 죽어가는 친구에게 했던 굳은 약속 때문이었지만, 피델리스는 바닥문을 통과해 짙은 어둠 속으로 떨어진 것처럼 짜릿한 전율과 두려움을 동시에 느꼈다. 아기의 해맑은 아름다움, 에바의 까칫한 사랑스러움, 그 의연하고 강인한 모습, 그 고집스럽고 솔직하고 견고한 기품에 잉크색 나뭇가지가 만든 그늘처럼 커져버린 한밤의 사랑.

놋쇠로 마무른 커다란 기차역 문이 사람들과 함께 피델리스를 집어삼켰다. 그는 인파에 휩쓸려 매표소 창구로 수월하게 떠밀려 갔다. 다시 줄을 한참 서서 마침내 이 도시 사람 특유의 리듬으로 턱을 움직이는 입술이 얄팍한 여자 앞에 섰다. 껌이 생소했던 피델리스는 그렇게 턱이 많이 움직이는 모습이 불편했다. 그녀의 눈동자에 대번에 욕망의 빛이 떠올랐고, 그가 앞에 서자 껌을 씹던 턱이 멈추었다.

"시애틀을 원합니다." 그가 입안에서 필요한 단어를 모았다. "편도."

그녀가 표값을 알려주었다. 그는 그녀의 혀에서 쏟아져나오는 숫자를 알아들을 수 없어서 써달라는 손짓을 해 보였다. 그녀는 그렇게 해준 뒤 옆을 한번 흘끔거리더니 자기 이름과 시내에 오면 날 만나러 와요라는 말을 덧붙였다. 매니큐어를 칠한 손톱이 종이쪽지를 내밀었다. 그가 힘을 주어 그녀의 손에서 쪽지를 잡아뺐다. 고맙다는 그의 독일어 인사에 그녀는 몹시 아쉬운 듯 샐쭉한 표정을 지었지만 매우 고단했던 그는 알아차리지 못했다. 어쨌거나 표값은 읽을 수 있었다. 표값을 파악하자 지금 가진 얼마 안 되는 돈에 얼마를 더 보태야 하는지도 알았다. 그는 종이쪽지를 주머니에 넣고 기대설 기둥을 찾았다.

그는 홈이 파인 돌기둥에 아버지의 모자 테 뒤쪽이 살짝 닿게 기댄 채 자리를 잡고, 네모난 여행가방을 안아올려 뚜껑을 연 뒤 안쪽이 보이도록 내려 들었다. 그날 남은 시간 동안 그는 그 자세를 유지했다. 땅거미가 질 때까지, 높다란 창문으로 비쳐드는 희뿌연 햇살이 강해졌다가 다시 회색으로 사그라질 때까지. 미동 없는 그의 모습은 땅에 뿌리를 박고 서 있다기보다 누가 위에서 줄로 묶어잡은 듯 허공에 매달린 것 같았다. 어쩌면 허기가 일으킨 시각효과인지도 몰랐다. 허기가 그의 안으로 슬그머니 기어들어 그를 가볍게 만들고 안쪽에서부터 그를 열어 보였기 때문인지도 몰랐다. 그의 내장이 아가리를 벌렸다. 하지만 그는 어둠 속에 무표정하게 떠 있었다. 여기로 오는 배 안에서 소시지 값을 얼마로 부를지 미리 연습해둔 터였고 이내 일곱 줄을 팔았다. 아마 소시지가 뿌리칠 수 없이 맛있어 보여서가 아니라, 별의별 광경이 다 펼쳐지는 도시였지만 한 남자가 안 그래도 무거워 보이는 가방에 소시지를 가득 담은 채 지친 기색이라곤 없이 들고 서 있는 모습이 제법 많은 시선을 끌었기 때문이었을 것이다. 이울어가는 햇살 한줄기가 때때로 어둠이 깔리는 역사에서 침착하고 이상적인 그의 생김새를 부각시켰다. 그래서 당초 예상한 대로 묵묵히 침묵을 지키면서도 가져온 양을 다 팔았고, 그러면서 그가 가장 확실히, 그리고 변치 않는 드라마처럼 믿은 것은 아버지의 소시지가 이론의 여지 없이 지구상에서 최고라는 사실이었다.

어쩌면 그건 사실이었을 것이다. 다음날 아침이 되자 전날 소시지 한 줄을 사간 몇 명이 두 줄을 더 사러 왔다. 그날 오후에는 더 많은 사람이 왔다. 가방 뚜껑을 닫고 무릎에 올린 채 플랫폼 벤치에서 눈을 붙이거나 화장실에 가거나 소스라칠 만큼 차갑고 달콤한 도시의 수돗물을 마실 때를 빼면 피넬리스는 줄곧 같은 자리를 지켰다. 정신없이 이동하는 인파 속에서 몇 명이 그 사실을 알아차렸다. 그들은 그의 인내심에 놀랐다. 어떻게 그의 팔은 열린 여행 가방을 들고 몇 시간씩 버틸 수 있지? 그는 거뜬해 보였다. 하지만 가방은 그가 보물처럼 아끼는 칼까지 들어 있어 보기보다 훨씬 무거웠다. 낮시간이 지나자 꼼짝도 않는 그의 모습은 누가 봐도 자기 고문의 한 형태 같았다. 하지만 피넬리스가 느끼는 것은 겉보기와는 달랐다. 그는 그렇게 서 있는 것이 그다지 힘들지 않았다. 끊임없이 흔들리는 바다를 건너온 터라 오히려 위로가 되었다. 굶어서 기력이 떨어지기는 했지만 그만큼의 시간 동안 같은 자세로 여행 가방을 들고 있는 데 필요한 힘은 그에게 별것 아니었다.

배고픔은 줄곧 그와 함께였던 것 같고 지금도 그와 함께였다. 그는 배고픔의 진행과정을 알았다. 배에서 부스러기 음식으로 허기를 달랜 뒤로는 먹은 것이 없어서, 둘째 날이 되자 그도 요기를 하긴 해야 했다. 아무리 돈을 아낄 작정이었다 해도 써야 할 때가 온 것이다. 피넬리스는 소시지가 눈에 띄게 줄어든 가방을 잠그고 익숙한 꼬르륵 소리와 함께 역사를 가로질러 건물 측면에 자리한 작은 간이식당으로 갔다. 스툴에 앉아 발 사이에 가방을 끼우고 가장 값싼 스튜―질긴 소고기, 감자, 당근, 그레이비를 넣은―세 그릇을 시킨 뒤 굶주림의 시간을 버티며 키워온 집중력과 인내심을 발휘해 먹어치웠다. 여자 종업원이 빵을 하나 더 가져다주며 돈이 없다는 그의 몸짓에도 자꾸만 먹으라고 해서 놀란 그는 침을 꼴깍 삼키며 고맙다고 했다. 이곳 사람들 대부분이 베푸는 선의가 놀라웠다. 하지만 이내 이곳에는 굶주린 사람이 그리 많지 않을뿐더러 그들은 최근에 무참히 패하지도 않았고 축소된 영토 밖으로 나가도 혐오의 대상이 아니라는 사실을 떠올렸다. 그래서 친절이 일상적인 행위이고 빵도 선뜻 내주는 거라고 그는 결론을 내렸다.

그는 속으로 목표치에서 조금 줄어든 액수를 다시 계산하며 음식값을 지불한 뒤 아침 면도를 하러 공중화장실로 갔다. 거기서 훔쳐 싸둔 속이 비칠 만큼 닳은 비누 쪼가리를 꺼내고 손수건 두 장 중 하나를 이용해 대충 세수를 했다. 기회만 좋았다면 바지 뒷주머니에 찔러둔 팬티도 꺼내 빨았겠지만 다른 남자들이 있어 창피했다. 그는 가슴 주머니에서 상아를 깎아 만든 칫솔을 꺼냈다. 수퇘지 털로 만든 칫솔모는 많이 써서 빳빳함이 사라진데다 죄다 옆으로 누워 있었다. 그가 전쟁이 끝날 때까지 가지고 다니던 칫솔이었다. 그리고 여러 해 동안 갈아 써서 얇아진 면도칼, 작은 빗, 요긴한 은색 귀이개도 꺼냈다. 다 끝내자 모든 도구를 도로 말끔하게 정리해 넣었다. 그러고는 가방을 들고 그의 자리로 돌아갔다.

또다시 유리창에 황혼이 일렁일 때 그는 필요한 액수의 절반이 넘는 돈을 벌었다. 돈을 세다가 묘안이 떠올랐다. 이 돈으로 기차표를 사서 될 수 있는 대로 멀리까지 가는 동안 객차에 붙들려 있는 승객에게 소시지를 팔면 되지 않겠는가? 그는 다시 매표소로 가서 이번에는 성격이 급하고 나이가 지긋한 남자 앞에 섰다. 그리고 그를 중서부 초입의 어딘가로 데려다줄 기차표를 샀다. 그는 자리로 돌아가 소시지를 한 줄 더 팔고 가방을 잠근 뒤 가슴 안주머니에 기차표를 넣었다. 그리고 기차표에 적힌 숫자의 플랫폼으로 향했다. 그는 긴 이별을 하는 사람들과 동행이 있는 승객들을 헤치며 객차로 들어가 앉았고, 기차가 덜컹거리며 그 지긋지긋한 대양으로부터, 뉴욕으로부터 멀어지기를 끈기 있게 기다렸다.

소시지는 미니애폴리스와 구릉진 평원을 지나 갑자기 광활한 평원과 방대한 하늘이 펼쳐지는 노스다코타주로 그를 데려갔다. 그곳에서 그는 마지막 소시지 한 줄을 팔았다. 그는 기차에서 내려 작은 타운의 플랫폼을 따라 걸었다. 타운에는 활기찬 느낌의 땅딸막한 건물이 옹기종기 모여 있었다. 그중에 차양과 진열창 위로 반층 높이의 가벽을 앞면만 세워올린 건물도 보였는데, 한두 채는 석회석 건물, 적어도 세 채는 튼튼한 벽돌 건물이었다. 밋밋하기 짝이 없는 풍경에 전체적으로 허술하고 엉성한 곳이었다. 공습에 여지없이 노출된데다 뒤에는 강이 흘러 도망칠 곳도 없을 것 같았다. 폭풍이든 전쟁이든 한 번만 들이닥쳐도 흔적 없이 사라질 임시 거처나 캠프처럼 보였다. 그는 표지판의 아거스라는 글자를 소리내어 읽은 뒤 그 소리를 기억했다. 그리고 제자리에서 한 바퀴 돌며 자기가 있는 위치를 확인한 뒤 아버지의 양복을 툭툭 털었다. 그는 35센트와 이제 소시지 없이 칼 여섯 자루와 칼갈이봉과 표면의 거친 정도가 각기 다른 숫돌만 남은 가방을 들고 이곳에 내린 사실을 곰곰이 생각해보았다. 지평선은 서쪽으로도 남쪽으로도 펼쳐져 있었다. 북쪽으로는 어중간하게 자란 나무와 튼튼해 보이는 집이 늘어선 거리가 보였다. 중심가에는 석회석으로 새로 지은 은행과 장식벽돌을 써서 지은 가게들이 동쪽으로 늘어서 있었다. 피델리스 주위로 바람이 더없이 무심하게 불어댔다. 그런 바람이 견디기 힘들면서도 한편으로는 위안이 되는 느낌이었다.

　그때는 그도 영영 떠나지 못하게 되리라는 사실을 알지 못했다. 피델리스는 그저 완벽한 빵을 찾아 애초에 작정한 목적지까지 가기에 충분한 돈을 모을 때까지 이곳에 머물면서 챙겨온 도축용 연장으로 일을 할 생각이었다. 이제 그는 이 타운에서 빵은 어디서 만드는지, 맥주는 어디서 생산하는지, 우유와 버터는 어디서 차갑게 보관하는지, 소시지 속을 채우고 돼지 갈빗살을 저미고 토막내고 고기를 도축하는 일은 어디서 하는지가 궁금했다. 단서는 전혀 없었다. 어디를 봐도 거기가 거기 같았다. 그래서 그는 아버지의 모자를 고쳐쓰고 바짓단을 탁탁 턴 다음 가방을 집어들었다.

둘

균형잡기의 대가

  미시시피강 상류에 위치한 작은 타운에서 벌거벗은 남녀가 근심스러운 표정으로 침대에서 쉬고 있었다. 이 방은 오직 사랑을 나눌 목적으로 빌린 것이었다. 지금까지 몇 달 동안 서로 잘 아는 편한 사이로 지낸 둘은 친구라고 할 수도 있었다. 그들은 노스다코타주 아거스에서 연극 공연을 하다가 만났다. 피할 수 없는 느낌에 이끌려 그들은 뭔가 더 있지 않을까 하는 호기심에서 같이 길을 떠났다. 순회공연을 해서 먹고살 수 있을까? 서로 사랑에 빠진 걸까? 남자가 손을 뻗었고, 여자는, 델핀 바츠카는 평가하는 것처럼 연필로 그린 눈썹을 치켜세웠다. 그가 얼른 손의 방향을 바꾸었다. "당신은 복근이 정말 강해." 그가 말했다. 그리고 손마디로, 이어서 손끝으로 그녀의 상체를 가볍게 쓸었다. 델핀은 등이 닿게 쿵 돌아눕더니 이불을 밀어내고 배를 툭툭 쳤다. "난 팔 힘도 세고 다리 힘도 세. 배도 딴딴하고. 그렇지 않으란 법 있어? 저 망할 농장에서 자란

것도 부끄럽지 않아. 난 어디든 다 강해. 강한 걸로 뭘 할 수 있는
지는 모르겠지만……"

"나한테 생각이 있어." 남자가 말했다.

그녀는 잠시 시프리언 라자르라는 굉장히 탄력 좋은 이 남자가
그 생각을 곧바로 실행에 옮길 거라고 생각했다. 그의 목적이 그의
용기 부족을 이겨내기를 바랐다. 하지만 그런 일은 일어나지 않았
다. 그 계획에 대한 열정이 그를 사로잡았지만, 그는 델핀을 향해
격하게 덤벼드는 대신 폭삭 꺼질 듯한 매트리스에 무릎을 꿇고 꼿
꼿이 앉아 그녀를 찬찬히 훑어보았다. 납땜질을 한 것처럼 불거진
흉터가 그의 양어깨 여기저기에 퍼져 있었다. 나이는 서른둘, 몸은
부싯돌처럼 탄탄하고 체조로 단련되어 근육이 잘 잡혀 있었다. 전
쟁과 세월이 남긴 상처에도 불구하고, 그녀가 보기에 그는 파괴된
고대도시 트로이에서 발굴된 조각상 같았다.

시프리언은 사촌 한 명, 친구 한 명과 함께 미 해병대에 입대해
훈련과 아마 그 전쟁에서 가장 위험했을 스페인독감에서 살아남았
다. 그는 벨로숲* 전투에서 제4분대에 소속되어 맹렬히 돌진했지
만 밀밭에서 화상을 입었다. 1차대전이 끝나던 해에 그는 염소가
스 때문에 앞이 보이지 않았고 기관총의 총신이 터져 손목을 날릴
뻔했으며 이질에 걸려 남자구실을 못하게 되었다. 유머감각마저
잃었다. 그는 자신의 그런 미친 열정을 몹시 후회했다. 오지브웨족
인 그는 집에 돌아와서야 자신이 아직 미국 시민이 아니라는 사실

---

* 프랑스 북부에 있는 숲으로, 1918년 미 해병대가 이곳에서 파리를 점령하려는 독
일을 저지했다.

을 떠올렸다. 더딘 회복 기간 동안 그는 투표도 할 수 없었다.

그는 약간 반동을 주어 무릎을 펴고 일어섰다가 바로 침대에서 풀쩍 뛰어내렸다. 그 작은 방에 의자가 하나 있었다. 그는 공연에 대한 열정의 불꽃이 이글거리는 눈빛으로 활처럼 구부러진 등받이를 잡고 앞꿈치를 나무바닥에 비벼 자세를 안정시켰다. 그러고는 발을 차서 물구나무를 섰다. 의자가 약간 흔들렸지만 금세 멈췄다. "브라보!" 그가 심호흡을 했다. 등을 그녀 쪽으로 돌리고 머리는 숙이고 조각 같은 엉덩이에 발가락은 꼿꼿이 편 그의 모습은 남성미가 돋보이는 이상적인 그림 같았다. 델핀은 앞모습을 볼 수 없어서 오히려 다행이다 싶었다. 또한 숙소 반대편 거리에서 누가 여기 2층의 커튼 없는 창문을 올려다보지 않기를 바랐다. 그 순간 바깥에서 비명소리가 들렸다. 시프리언은 못 들은 척했다.

"이걸 피날레로 해야겠어." 그가 말했다. "난 공중 10피트 높이로 올라가고, 당신은 복근으로 나를 받치는 거야."

저 아래 거리에서 또 한번 비명소리가 들리고 곧바로 몸서리치는 목소리가 뒤따랐다.

"내가?"

델핀의 입이 블라우스 목에 가려져 목소리가 조그맣게 들렸다. 델핀의 재능 중 하나는 옷을 빨리 입는 것이었다. 레퍼토리 극단*에서 의상을 갈아입으며 얻은 능력이었다. 그 극단에서는 모든 배우가 한 번에 두세 역할을 맡았다. 그녀가 옷은 물론 스타킹과 구두까지 챙겨 신고, 이불을 덮어 침대를 다시 정리한 뒤에도 시프리

---

* 여러 극을 정기적으로 번갈아 상연하는 극단.

언은 아래 거리에서 무슨 일이 일어났는지 파악하지 못했다. 그가 계속 물구나무서기를 연습하면서 계획을 설명하는 동안 그녀는 미끄러지듯 문을 열고 나가 허겁지겁 계단을 내려갔다. 맨 아래 계단에서 멈춰 서서 머리를 식혔다. 그리고 침착하게 밖으로 나가 얼굴색이 벌써 자줏빛으로 변한 주인 여자에게 곧장 다가갔다.

"바츠카 부인!"

"알아요." 델핀은 짐짓 체념한 듯 차분한 얼굴로 한숨을 쉬었다. "아시겠지만 전쟁 때 그이가 가스를 마셨어요." 그녀가 자기 관자놀이를 톡톡 쳐 보이자 집주인의 입이 O자 모양으로 벌어졌다. 델핀은 곧장 사람들이 모여 있는 곳으로 향했다. "제발! 제발요! 훈족*과 싸운 남자에게 존중을 보여줄 수는 없나요?" 그녀는 키우던 닭을 겁줄 때처럼 손을 휘휘 젓고 손뼉을 쳐서 사람들을 흩뜨렸다. 올려다보던 사람들이 갑자기 눈을 내리깔고 구입한 물건을 살피는 척했다. 뺨에 잔주름이 지고 눈이 동글동글하고 입은 새 부리 같은 여자가 허리를 숙여 델핀의 귀에 바짝 입을 갖다댔다. "제발 좀 쉬라고 설득하지 그래요! 저 사람은 지금 성적으로 무분별한 상태잖아요!"

델핀이 창문을 올려다보지 않은 것은 머리 회전이 빠르거니와 자기훈련이 잘되어 있기 때문이기도 했다. 그녀는 서둘러 방으로 돌아가기로 했다. "어쩜." 그녀는 체념한 아내의 어조로 말했다. "그래도 물구나무서기는 그이가 언제라도 그걸 할 수 있게 해주는 유일한 방법이거든요. 사랑스러운 두 아이도 그렇게 태어났고요!"

---

* 양차 대전 당시 독일인을 경멸적으로 일컫던 말.

그녀는 돌아서며 전혀 대단한 일이 아니라는 듯, 그들이 이런저런 추측을 내놓으며 야단 떨 일은 전혀 아니라는 듯 무리를 향해 상냥하게 말했다. "잊지 마세요. 오늘 저녁 다섯시에 쇼가 있어요! 축제마당에서 하는 두번째 공연이에요!"

등뒤로 느껴지는 침묵에서 그녀는 사람들이 꽉 들어찰 것을 예감했다.

그날 밤 시프리언은 작대기에 접시를 올려놓고 빙글빙글 돌렸다. 양팔에 두 개씩, 양어깨에 하나씩. 또하나는 이마에 올리고 또하나는 이로 물었다. 그가 접시를 올린 작대기를 쭉 늘어세우고 이리저리 뛰어다니며 접시를 돌리는 동안, 델핀은 관중에게 접시가 얼마나 오래 버틸지 내기를 시켰다. 이때 돈을 가장 많이 벌었다. 그는 관중이 가져온 것은 뭐든 머리에 올렸다. 누구는 닭장을 가져오고 누구는 접시를 더 가져왔다. 세탁기는 사양했다. 물건을 높이 쌓아놓고 흔들흔들 춤을 췄다. 축제마당을 가로질러 쳐놓은 쇠줄 위에서 자전거도 탔다. 밤바람이 불지 않아 피날레로 깃대를 타고 올라가 깃봉을 잡고 물구나무서기를 했다. 그 모습—거칠 것 없는 검은 미네소타주 하늘을 배경으로 작고 완벽한 핀의 형상을 한 인간—을 보자 델핀은 문득 그가 안쓰러우면서 가슴이 찡했다. 그 순간 그녀는 성적인 열정이 결여된 그를 용서했고, 그가 그녀를 절실히 필요로 한다는 사실만으로 충분하다고 결론을 내렸다.

보잘것없는 농장 출신의 억센 폴란드 여자가 남자를 유혹하기는 쉽지 않을 것 같지만, 델핀에게는 거부할 수 없는 매력이 있었다.

그녀는 머리가 아주 빨리 돌아갔다. 지나치게 빠른지도 몰랐다. 입에서 튀어나오는 말에 종종 그녀 자신도 놀랐다. 예측불허의 주정뱅이를 너무 많이 감당하며 살아야 했던 덕분에 반사신경이 더 발달했는지도 몰랐다. 오종종한 치아는 가지런하고 새하얬으며, 한쪽입가에 보조개가 있어 영리해 보였다. 까무잡잡한 얼굴에 눈은 가느스름하고 윤곽이 뚜렷했고, 아주 옅은 갈색인 눈동자는 햇빛을받으면 벌꿀 같은 금색으로 보였다. 콧대가 곧은 코는 강렬한 인상을 주었고, 균형이 맞지 않는 양쪽 귀는 독특한 매력이 있었다. 머리는 스페인 백작부인이 하지 않았을까 싶었던 스타일을 자주 했다. 곱슬곱슬한 애교머리를 한 가닥 이마 한복판에 납작하게 붙이고, 균형이 어긋난 양쪽 귀 앞으로도 한 가닥씩 빼고, 나머지는 정성스레 틀어올렸다. 빤히 보는 그녀의 시선을 받은 남자는 단박에 불안해져 고개를 돌렸지만 반드시 다시 돌아보았다. 그녀에게는 자석 같은 매력이 있었지만 그렇다고 사는 게 더 쉽지는 않았다.

델핀은 태어난 지 서너 달 만에 엄마를 잃었다. 알코올중독인 아버지를 향한 그녀의 극단적인 사랑은 외롭고 심지어 잘못된 것이었지만, 아버지가 극심한 자기연민에 빠져들면 그만 또 마음이 약해지고 말았다. 오래전 변변찮은 땅뙈기와 농가마저 잃을 뻔했는데 아버지가 농부에게 땅을 임대해주면서 매입을 막는 내용을 계약서에 넣었던 덕분에 그 땅이나마 지킬 수 있었다. 그래서 달마다 쥐꼬리만한 수입이 있었지만 그녀가 먼저 가로채지 않으면 술값으로 다 날아가버렸다. 이런 비참한 생활에서 달아날 생각으로 델핀은 반짝이 의상을 만들고 비극적인 여주인공의 명대사를 연습해 지역 극단에 들어갔다. 그녀가 시프리언을 만난 것은 그가 자신과 마음이 잘 맞는 마을 극단에서 연기를 다듬어나가던 무렵이었다. 그녀는 그와 함께 노스다코타를 떠나 언덕과 나무가 많은 미네소타로 향했다. 타운이 다닥다닥 붙어 있고 가난에 쪼들린 농부에게 의존하지 않아도 되는 곳이었다. 그는 그리로 가면 재미를 볼 거라고 했는데, 그 재미는 창가에서 알몸으로 선보인 물구나무서기와 함께 시작되었다. 그는 돈도 벌 수 있다고 했지만 지금까지는 신통치 않았다. 그녀가 같이 쇼를 하기로 한 것은 시프리언에게 홀딱 반해버리기를 바랐기 때문이었다. 그는 그 쇼에서 유일한 다른 상대였으며, 아주 부수적인 것이 되긴 했지만, 잘생긴 남자였다.

시프리언은 자칭 균형잡기의 대가였다. 곧 델핀은 균형잡기가 그가 할 수 있는 유일한 장기란 것을 알게 되었다. 말 그대로 그가 할 수 있는 유일한 것이었다. 그는 자기 양말도 빨 줄 몰랐고, 평범한 직업을 가질 성질도 못 되었다. 뜯어진 솔기를 꿰맬 줄도 모르고, 담배를 말 줄도, 노래를 부를 줄도 몰랐다. 심지어 술도 못 마셨다. 신문 기사 한 편을 끝까지 읽을 만큼의 지구력도 없었다. 대화도 잘 이끌어가지 못했고, 농담 이상의 이야기도 할 줄 몰랐다. 싸움을 걸지 않는 이유도 게을러서인 것 같았다. 크리비지나 피너클처럼 오래 하는 카드게임도 못했다. 그들이 한곳에 오래 머무른다 한들 식물 하나 키우지 못할 것이다! 하지만 그녀는 그를 사랑하게 되었다. 이유는 세 가지였다. 첫번째는 그가 그녀를 아주 좋아한다고 선언한 점, 두번째는 그들이 아직 서로 확신에 찬 욕망에 불타 사랑을 나누지는 않았지만 그가 자상하고 다정한 사람이라는 점, 마지막은 그가 마음의 상처를 잘 받는다는 점이었다. 델핀은 아버지에 대한 애착이 강해서 다른 남자의 마음에 상처를 주는 일은 도저히 할 수가 없었다. 아버지가 술에 절어 파괴적이고 어리석은 짓을 하고 다니던 시절에도 그녀가 아버지 로이 바츠카에게 품은 애정은 사그라질 줄 몰랐고, 불행히도 그것이 전형적인 패턴으로 굳어갔다.

예컨대 그녀는 시프리언에게 의자에서 떨어지지 않는 것 말고 딱히 기대하는 게 없었다. 시프리언은 같이 지낸 지 일주일 만에 델핀과 함께라는 사실에 익숙해졌다. 그는 숙소의 싸구려 침대에서 유난히 벌레에 까탈스러운 델핀의 요구로 다시 세탁해 받은 이불을 덮은 채 웅크리고 있었다. 그가 뭉친 근육을 푸는 동안 델핀은 그들의 생계를 책임지느라 바빴다. 공연 도중 찢어진 것을 수선하고, 타운을 옮길 때마다 얼마나 머물고 어디로 떠날지 계획을 세우고, 돈이 생기면 그 액수를 계산했다. 신문사에 보낼 편지나 광고문을 작성하고 무엇을 먹을지도 결정했다.

깃대에서 균형잡기를 한 다음날 아침, 그녀는 달걀과 오트밀에 소시지까지 먹을 돈이 생겼다고 알렸다. 어쨌든 그들은 소 방목지에서 연습 기간을 오래 갖기로 결정했기 때문에 체력을 보강할 필요가 있었다. 그들은 흠집이 난 두꺼운 접시에 담긴 음식을 천천히 호사스럽게 먹었다. 이제는 카페 주인도 그들을 알아보고 설탕과 남은 팬케이크를 더 갖다주었다. 시프리언이 대충 그림을 그렸다. 손으로 의자를 짚고 물구나무를 선 막대 같은 남자, 대충 포개놓은 것 같지만 실은 공들여 균형을 잡아 쌓아올린 의자. 맨 아래 의자는 여자의 복부에 올려놓는다. 여자의 막대 같은 팔다리는 지지대가 되고 풍선 같은 얼굴은 공연 전단지에서 떼어낸 듯한 미소를 짓는다.

"이걸로 떼돈을 벌 수 있을 거야." 시프리언이 근엄하게 말했다.

델핀은 의자로 쌓은 탑을, 그 아래 그녀의 복부를 나타낸 선을 보다가 포크로 소시지를 하나 더 집었다.

방목지에는 소 한 마리 없고 땅에 뒹구는 소똥도 말라비틀어졌다. 그녀는 소똥을 접시처럼 휙 집어던진 뒤 스트레칭을 하고 토터치*를 몇십 번 했다. 몸이 풀렸다. 시작은 어려웠지만 그녀의 복근은 곧 굉장해질 것이었다. 시프리언은 과학적인 연속 훈련법으로 복근을 단련하는 법을 가르쳐주었다. 동작 하나를 완성하려면 그가 수백 번은 떨어져야 했기 때문에 델핀은 복부에서 그의 무게가 사라지면 얌전히 하품을 했다. 그러기 무섭게 그가 그녀 옆으로 쿵 떨어졌다. 의자가 전부 와르르 무너져 그를 연달아 칠 때까지 그녀는 잠자코 있었다. 그는 의자를 다시 쌓아올렸고, 그녀는 맨 아래 그녀의 자리만 잘 지키면 다칠 염려가 없었다. 그가 균형잡기 요령을 하나씩 체득하면서 떨어지고 또 떨어지는 동안 델핀은 의자 탑이 무너져 주변 바닥에 부딪히는 것을 느꼈다. 그녀는 가만히 있었다. 몇 번은 의자 다리가 바로 옆에 떨어져 머리칼이 약간 헝클어지기도 했지만 그 이상은 절대 닿지 않았다.

날씨는 쾌청했다. 델핀이 관중 앞을 걷자 길고 우아한 빨간 스커트가 회오리바람을 일으키듯 다리를 휘감았다. 그녀는 옆으로 네 번 재주넘기를 한 뒤 야트막하고 널찍한 탁자에 앉았다. 그리고 책

---

* 다리를 펴고 발가락에 손이 닿도록 몸을 뻗는 동작.

상다리를 한 채 눈을 감고 손을 모아 명상하는 자세로 긴장감을 끌어냈다. 관중이 더는 참지 못하고 들썩거리자 그녀가 상체를 홱 젖혀 인간탁자로 변신했다. 시프리언이 찻잔 세트를 올린 큰 나무쟁반을 들고 다가갔다. 그는 머리와 어깨에 올려 가져온 의자 여섯 개를 움찔움찔하며 하나씩 떨어뜨렸다. 그리고 마지막 의자에 앉아 쟁반을 델핀의 배에 올리고 그녀를 향해 기분좋게 고개를 까딱했다. 그러고는 소매에서 포크와 나이프, 냅킨, 청어를 꺼내 접시에 차려놓고 청어를 먹었다. 잘게 썰어 빠르게 씹었다. 다 먹고 나자 입을 톡톡 닦은 뒤 스트레칭을 했다. 이제 담배 한 대, 좋은 책 한 권과 함께 느긋이 휴식을 취할 것처럼 보였다.

그 순간 그가 얼굴을 찡그려 어딘가 편치 않아 보였다. 점점 더 찡그리며 의자마다 일일이 앉아보다 마지막 의자에 이르렀다. "괜찮겠어요?" 그가 정중하게 델핀에게 물었다. "그럴걸요." 그녀가 대답했다. 그러자 그는 그녀의 복부에 올려놓은 찻잔 등을 깨끗이 치운 뒤 빈 쟁반에 첫번째 의자를 올렸다. 이제 나무의자를 위로 올려줄 관중이 한 명 필요했다. 하나씩하나씩, 시프리언은 균형을 잡아가며 의자의 앉는 자리에 의자 다리를 올렸다. 그는 높이, 더 높이 올라갔다. 마침내 여섯번째 의자를 올려놓자 그 위에 걸터앉아 주머니에서 담배 한 개비를 꺼냈다.

바로 그 순간 그는 예외 없이 탁자 위에, 정확히는 델핀의 배 위에 성냥을 놓고 온 것을 깨달았다. (관중 가운데 그 사실을 발견한 것이 자랑스럽다는 듯 쩌렁쩌렁한 목소리로 알려주는 사람이 꼭 있었다.) 번번이 누가 성냥을 던져주겠다고 나섰지만 시프리언은 어떤 도움도 정중히 사양했다. 그때쯤 그는 이미 셔츠 칼라에서 작은 접이식 낚싯대를 꺼내 낚싯줄을 풀고 있었다. 줄 끝에 찌와 화려한 갈고리와 추가 매달려 있었는데, 사실상 추가 자석으로 되어 있어 성냥갑을 거뜬히 들어올렸다.

성냥을 손에 넣은 시프리언은 느릿느릿 호사스럽게 담배에 불을 붙였다. 이어서 과장된 동작으로 책을 꺼내 읽으며 관중을 즐겁게 해주는 척했다—대체로 점잖지 못한 농담으로 그 역시 깔깔거리며 심지어 발뒤꿈치로 의자를 툭툭 찼고, 그러면 의자가 크게 기우뚱해 사람들을 놀라게 했다. 곧 관중석에서 불안과 만족이 뒤섞인 탄성이 터져나왔다. 시프리언은 물론 떨어지지 않았다. 그는 책을 다 읽자 허공으로 던졌다. 그리고 맨 꼭대기 의자를 짚고 물구나무를 섰다. 박수갈채가 끊이지 않았다. 가장 놀랍고 멋진 부분은—델핀이 두구두구 북소리를 내줄 동료가 있었으면 좋겠다고 바란 것이 그 순간이었다—그가 물구나무를 선 채로 의자를 하나씩 발에 걸며 내려올 때였다. 그는 의자 탑을 해체해 자기 발 위로 옮겨쌓으며 마침내 델핀의 복부에 이르렀다.

그러는 내내 델핀이 손목을 고정하고 목을 바이스로 쥔 듯 꼼짝도 않고 배에 힘을 꽉 주고 여성스러운 빨간 스커트 밑으로는 다리를 단단히 고정한 채 버텼다는 사실을 잊어서는 안 된다!

시프리언은 발에 의자를 쌓아올린 채 델핀의 몸통 위에서 균형을 잡고 서로 입술이 닿을 만큼 목을 쭉 뺐다. 열정적인 그의 거짓 키스는 관중의 환호를 끌어냈고, 델핀 안에서는 이미 서서히 분노의 불길이 일어나기 시작했다. 의자들은 여전히 흔들리지 않고 그들 위로 쌓여 있었다. 그들은 서로의 눈을 들여다보았다. 처음에는 델핀도 그 눈빛의 뜻을 못내 알고 싶었다. 하지만 발에 의자 여섯

개를 아슬아슬하게 올려놓고 물구나무를 선 남자의 눈에서 도대체 뭐가 보이겠는가? 의자가 떨어질까 걱정하는 눈빛뿐이겠지.

노스다코타주 경계에 위치한 샷웰에서 그들은 일리노이에서 온 보드빌 그룹* 순회 서커스단과 어울리게 되었다. "나는 여기가 더 맘에 들어." 델핀은 사방으로 펼쳐진 지평선을 바라보며 마음이 편안해져 시프리언에게 말했다. 거리가 끝나는 곳마다 하늘이 어렴풋이 보였다. 전에 머물렀던 타운들은 나무에 빽빽하게 둘러싸여 있었다. 탁 트인 하늘은 고향처럼 편안한 느낌이었다. 게다가 그들은 흥청망청 놀기 좋아하는 친구들도 만났다. 시프리언이 축제나 다른 쇼에서 알게 된 이들이었다. 첫날 저녁 그는 그녀를 마을 술집에 데려갔다. 천장이 낮고 눅눅하고 불결한 곳이었다. 그들이 모서리 부스 안에 다른 세 쌍과 함께 붙어앉자 이내 위스키가 나왔다. 시프리언이 가끔 술냄새를 풍긴 적은 있었지만 그때까지 델핀은 그가 술 마시는 모습을 본 적이 없었다. 그들 앞에 위스키와 맥주가 놓였고, 그는 위스키를 한입에 털어넣다 사레가 들렸다. 델핀은 말없이 맥주를 홀짝였고 위스키는 가만히 잔을 기울여 바닥에 쏟아버렸다. 술을 이토록 극단적으로 싫어하는 자신이 창피할 지경이었다.

첫잔을 다 비우자 두 커플이 일어나 춤을 추었다. 델핀과 시프리언, 그리고 다른 한 커플만 자리에 남았다. 남자들이 제법 진지한

---

* 코미디, 노래, 춤 등으로 이루어진 엔터테인먼트의 한 형태로, 20세기 초반에 유행했다.

주제로 이야기에 몰두하자, 델핀과 다른 여자는 각각 남자의 왼쪽에 앉아 딱히 대화에 끼어들 수도 없고 여자끼리 대화를 시작할 수도 없었다. 델핀은 한동안 춤추는 두 커플을 지켜보는 척했다. 그러다 따분해져 화장실로 갔지만 코에 파우더나 바를 정도로 비좁은 공간이라 밖으로 나갔다. 그리고 일몰을 바라보며 감탄했다. 하늘은 마구 휘저어놓은 듯 어지러웠고, 구름 언저리는 선명한 녹색이었다. 그 뒤로 물든 노란빛은 오싹할 만큼 위협적이었다. 길을 지나가던 남자가 빌어먹을, 폭풍이 불어올 것 같다고 내뱉었다.

"그게 어때서요?" 델핀이 미소 지으며 말했다. 남자에게라면 늘 웃어 버릇한데다 하늘을 보자 고향 생각에 기분이 좋아진 것이었다.

"난 농사를 짓소. 그래서 그런 거요."

"그렇다면 우리 공연을 꼭 보러 와요." 델핀이 말했다. "식구들 다 데리고요."

"옷을 벗는 사람도 있소?"

"그럼요!" 델핀이 말했다. "모두 벗는걸요."

"오호라." 남자가 말했다.

델핀이 술집으로 돌아가자 여자만 부스에서 부루퉁하게 담배를 피우고 있을 뿐 남자들은 사라지고 없었다.

"어디 갔어요?" 델핀이 물었다.

"내가 어떻게 알아요?" 여자가 말했다. 여자의 입술은 늘어진 밧줄 두 개처럼 술을 마시고 담배를 피우면서 신경질적으로 움직였다. 립스틱을 발라 자주색이 도는 붉고 번질거리는 입술을 보자 델핀은 등에 소름이 끼쳤다. 여자가 못생겼다고 결론을 내리자 심술궂게 보이기까지 했다. 게다가 여자가 두 잔을 더 주문하기에 델핀은 한 잔은 자기 것이라고 생각했지만 여자는 혼자서 바로 앞에 놓인 술잔을 차례차례 비웠다.

"무슨 문제라도 있어요?" 델핀이 물었다.

"내가 알 게 뭐예요?" 여자가 말했다.

델핀은 술집을 나와 다시 거리로 나섰다. 하늘은 그녀 자신이 배우 시절 그랬던 것만큼이나 빠른 속도로 바뀌고 있었다. 아버지를 떠난 뒤로 이런 감정이 처음은 아니었지만, 지금 그녀는 외롭고 기분도 별로였다. 이곳 전체가 향수병을 불러일으키는지도 몰랐다. 맥주를 마신 탓도 있겠지만 시프리언이 없는 것도 분명 한몫했다. 그는 델핀의 기분을 아주 세심하게 살폈고, 그녀는 우울하면 그렇다고 그에게 말했다. 대체로 그는 그녀의 기분을 풀어줄 방법을 찾아냈다. 이를테면 지난번 그녀가 이런 우울한 상태에 빠져 허우적거릴 때는 그녀의 돈을 슬쩍해—그녀는 항상 단추가 잘 열리는 옆으로 트인 재킷 주머니에 돈을 얼마간 넣어두었다—온실에서 재배한 붉은 장미 꽃다발을 사왔다. 그녀가 장미 같은 것을 받아본 건 그때가 처음이었다. 그녀는 그저 그 사실을 잊지 않으려고 꽃잎을 말려 손수건에 싸서 보관했다. 떠먹는 땅콩버터를 작은 병으로 사온 적도 있었다. 그런 것이 기분을 풀어주었다. 막대아이스크림을 사오기도 했고 돈이 들지 않는 이런저런 소소한 것도 해주었다. 한번은 호숫가에서 예쁜 돌멩이를 주워왔고, 또 한번은 옛날 오지브웨족이 새를 잡을 때 썼을 거라며 작고 검은 화살촉도 주워왔다. 그녀는 그것을 끈에 묶어 아직까지 목에 걸고 있었다. 델핀은 지금도 그가 어디 그녀의 선물을 사러 간 거라고 생각하기로 했다. 돈을 넣어두는 곳에서 2달러가 없어진 것을 알자 기분이 좋아졌다.

이번에 그들은 텐트에서 지내고 있었다. 그녀는 캠프용 간이침대로 돌아와 담요를 말고 잠이 들었다가 아침이 되기도 전에 깼다. 방수 처리가 되어 있지 않은 텐트로 비바람이 들이쳐 몸이 흠뻑 젖었기 때문이었다. 다행히 텐트 한가운데에 둔 덕분에 별로 젖지 않은 물건들은 모조리 꺼내 나무 두 그루에 줄을 치고 말렸다. 시프리언은 밤새도록 텐트로 돌아오지 않았다. 그녀는 목덜미가 따끔거리며 부아가 치밀었다. 하지만 다시 나타난 그는 한없이 다정하고 자상했다. 또한 그녀의 사랑을 열망하며 달콤한 말로 비위를 맞추었다. 게다가 정말로, 데이지꽃 모양으로 정교하게 만든 초콜릿을 선물해주었다. 짜증은 눈 녹듯 사라졌다. 그녀는 그의 얼굴을 바라보며 웃어주었고, 그는 갑옷처럼 단단한 가슴에 그녀를 안았다.

"사랑해." 그녀가 말했다. 처음 하는 말도 아닌데 가슴속에 응어리진 눈물어린 거대한 감정이 그 한마디에 녹아내렸다. 눈물 때문에 가슴이 아팠지만 그녀는 기운을 차리고 불쑥 내뱉었다.

"도대체 어디 갔던 거야!"

"아무데도." 그가 말했다.

그는 눙치거나 얼버무리지 않고 정말 아무데도 가지 않은 것처럼 비장하게 말했다. 그가 그녀의 얼굴에 내려온 머리칼을 뒤로 넘겨주고 이마에 입을 맞추었다. 양 갈래로 머리를 땋은 그녀는 어린아이처럼 보였고, 정말 어린아이가 된 기분이었다. 시프리언의 목소리가 어찌나 구슬프던지 그녀는 마음이 누그러져 이유를 들으려던 것도 잊고 그를 애틋하게 감싸주었다. 그가 꽉 끌어안자 숨이 막혔다. 그런 것은 괜찮았다. 그들은 나무 그늘에 앉았다. 델핀은 언제까지나 그 순간을 기억하게 될 것이다. 그녀는 무슨 일이 있었는지 끝내 알아내지 못한 채 그와 가까이, 아주 가까이 붙어앉아 있었다. 그의 피부를 통해 노래하고 그의 생각 안에서 노래하는, 그녀에 대한 그의 의심 없는 사랑의 모든 결을 그녀는 느낄 수 있었다. 전적으로 안심이 되었다. 그녀는 움직이고 싶지 않았다. 그는 나무 그늘 아래에서 잠이 들었지만 그녀를 끌어안은 팔은 풀지 않았다. 델핀은 그들 주위로 세상이 깨어나는 것을, 이 땅이 밝아오는 것을, 저멀리까지 펼쳐진 넓은 들판에서 푸른 밀이 거울 같은 강렬한 하늘 아래 제 몸을 흔들며 삶을 되찾는 것을 지켜보며 행복감에 젖어들었다.

그들은 공연을 하며 캐나다 매니토바주 고어필드까지 이동했다. 그곳에서 그녀는 시프리언이 아무데도 가지 않았다고 한 게 무슨 뜻이었는지, 그가 그 일에 대해 왜 말하지 못하고 괴로워했는지 알아냈다. 이번에 그들은 비싼 호텔의 신혼부부 방에 묵었다. 가구는 죄다 굴대나 실패 같은 모양을 정교하게 새겼고, 소파 커버는 박물관에서 방금 가져온 태피스트리 같았다. 푹신한 러그는 페르시아산 같았다. 어쨌거나 델핀이 알아낸 게 무엇이었을까. 그녀가 이 방에 돈을 쏟아부은 이유는 마지막으로 한번 더 그들이 사랑을 나누는 게 과연 가능한지 확인하고 싶어서였다. 어떻게 생각하면 그들이 사랑을 나눈 것은 맞았다. 처음에는 아니었다. 그들이 침대에서 뒹굴 때 그는 눈을 꼭 감고 집중하는 것 같았다. 그의 움직임은 하나같이 기계적으로 느껴졌지만 그녀는 방해하고 싶지 않았다. 그녀는 정신이 말똥말똥했고, 약간 지루했다. 그가 그녀의 젖가슴을 튕기거나 젖꼭지를 꼬집었지만 생각 없이 하는 행동 같았고 아프기까지 했다. 그녀가 그의 머리를 후려쳐 그만두게 하려는데, 그 순간 그가 행복한 신음소리를 내며 절정에 다다랐다, 혹은 그런 척했다.

끝나기 무섭게 그는 칭찬을 바라는 개처럼 그녀를 쳐다보았다.

그녀는 그의 머리를 쓰다듬어주었다. 잠시 후 그녀는 자신을 보도록 그를 돌아눕혔다. 그때 눈이 서로 마주치고 묘한 유대감이 생겨났다―그것은 델핀이 지상의 누구와도 느껴보지 못한 감정이었다. 그들은 시간에서도, 공간에서도 벗어나 그저 주고받는 시선의 고요한 힘 속에 존재했다. 서로 시선을 떼지 않았다. 델핀은 사랑의 에너지가 솟구쳤고 시프리언은 어렵지 않게 단단해졌다. 그녀가 그의 위에 올라타자 그들은 다시 움직였다. 서로의 눈을 더 깊이 바라볼수록 그들은 서로의 몸을 더 탐닉했고 사랑도 더 격렬해졌다. 지칠 때까지 그 과정을 되풀이했다. 눈이 마주칠 때마다 그들은 다시 움직였고, 다른 것을 시도했고, 새로운 것을 찾아냈다. 신기한 경험이었지만 나중에도 그 이야기는 서로 꺼내지 않았다. 혹은 안타깝게도 다시는 그런 경험을 할 수 없었다.

이틀 뒤 델핀은 강가로 산책을 하러 갔다. 시프리언은 공연이 끝나자 행선지도 알리지 않고 사라져버린 터였다. 그래서 그녀 혼자 시간을 보내야 했지만 익숙해진 일이라 부루퉁하거나 풀죽어 있는 대신 타운에서 흥미로운 장소에 가보기로 했다. 델핀은 강가의 야트막한 벤치에 앉아 흘러가는 강물을 지켜보았다. 강은 힘차게 북쪽으로 흘러갔다. 그녀는 강물이 찰싹거리며 강기슭에 부딪히는 소리, 작은 가지가 떠내려가는 소리, 흙과 나뭇잎과 물고기가 따라 흘러가는 소리에 귀를 기울였다.

밤은 고즈넉했다. 강 건너편에서 반짝이는 불빛 몇 개 덕분에 몇 피트 앞은 분간할 수 있었다. 목소리와 발소리가 들려와 짜증이 난 델핀은 벤치 옆 키 큰 덤불숲으로 들어갔다. 벤치로 돌아가고 싶었지만 누구와도 말을 섞고 싶지 않았다. 곧 남자 둘이 공터로 들어왔다. 그들은 벤치에 이르자 입을 다물었고, 한 명이 벤치에 앉자 다른 한 명은 그 앞에 무릎을 꿇었다. 델핀은 벤치 한쪽 뒤에 숨어 있는 꼴이 되었다. 대번에 흥미가 생겼지만 무슨 일이 벌어지고 있는지 볼 수는 없었다. 나중에 머릿속으로 그 장면을 재구성하면서 그녀는 그때 전부 보지 않은 것이 차라리 다행이라고 여겼다. 충격이 엄청났을 테니까. 남자들끼리 그런 만남을 가질 수 있다는 것을 그때까지 그녀는 몰랐다.

"오 젠장 주여, 오 더럽게 좋아." 벤치에 앉은 남자가 신음했다. 그는 단어를 뚝뚝 끊어 말했고 마지막에는 신음하듯 토해냈다. 손이 힘없이 툭 떨어지고 다리가 벌어졌다. 무릎을 꿇은 남자는 아무 소리도 내지 않았다. 조금씩 움직이기만 했다. 말을 했던 남자가 몸을 돌려 벤치 등받이를 잡고 허리를 굽힐 때 델핀은 그가 양복 차림인 것을 알아챘다. 무릎을 꿇었던 남자는 이제 그의 뒤쪽에 섰는데, 하얀 셔츠가 번득였다. 빛나는 하얀 셔츠를 보자 델핀은 퍼뜩 뭔가 느껴졌다. 얼룩처럼 허공에 떠 있는 하얀색을 델핀은 유심히 쳐다보았다. 어느 순간 셔츠가 사라지고 두 남자는 거의 알몸이 되었다. 한 남자가 다른 남자에게 몸을 맞대고 열심히 물처럼 흐느적거렸다.

두 남자는 위치를 바꿔가며 서로에게 녹아들었다. 그들은 물고

기처럼 서로 엉켜 뒹굴었다. 이따금 작은 짐승처럼 민첩하게 정신없이 움직이다가 속도를 늦추고 부드럽게 잦아들었다. 이제 숨어 있는 델핀이 나올 방법은 없었고 딱히 그러고 싶지도 않았다. 그들이 섹스를 어떻게 하는지 잘 보이지는 않았지만, 궁금하긴 했다. 그녀는 그 동작을 짜맞추며 뭔가 알아낼 때마다 고개를 끄덕였다. 그러다 불현듯 하얀 셔츠를 벗어던진 남자가 시프리언이라는 사실을 깨달았다. 델핀은 평소에 가끔 하던 행동을 하고서는 자기도 놀랐다. 덤불숲에서 걸어나와 명랑하게 안녕 하고 인사를 했던 것이다.

남자들은 소스라치게 놀라며 서로에게서 떨어졌다. 그녀는 충격을 받아 얼떨떨했음에도 더욱 사박스럽게 굴었다. 그녀가 벤치에 앉아 입을 열었다.

"당신을 찾으러 나왔어." 그녀가 말했다.

"델핀, 난 뭐가—"

"제기랄." 상대 남자가 옷을 허둥지둥 집어들며 말했다.

델핀은 다리를 꼬고 앉아 담배에 불을 붙인 뒤 가볍게 연기를 뿜었다. 그녀는 계속 말하면서 정중한 대답을 끌어내거나 그저 그런 이야깃거리로 대화를 이끌었다. 이 상황이 꿈같고 턱없이 우스웠다. 그녀가 시답잖은 농담을 던지고 두 남자가 껄껄거리는 순간 상황은 현실을 비껴갔다. 어떤 질문도 의미가 없었고, 그녀도 자신의 마음을 종잡을 수 없었다. 층층이 들어앉은 시커먼 호기심. 그녀는 자신이 방해한 그것을 인정할 수는 없었지만 간신히 유쾌함을 가장해 별스럽지 않은 대화를 하릴없이 이어나갔다. 세 사람은 가벼운 농담을 주고받으며 강가를 떠났다. 두 남자는 악수를 나누고 헤어져 각자의 길로 걸어갔다. 델핀과 시프리언은 깊은 생각에 잠긴 채 나란히 걸어 방으로 돌아갔다.

방에 들어가면 어떻게 될까, 델핀은 생각했다. 이제 모든 것이 공공연하게 드러났으니 그녀와 시프리언은 비로소 진정한 연인이 될 수 있을 거라는 순진한 상상도 애써 해보았다. 그것이 어리석은 생각이라는 것을 알 만큼은 그녀도 분별력이 있었다. 그들은 방으로 돌아왔지만 아무 일도 일어나지 않았다. 깊이 생각하는 것 자체가 기운을 빼는 일 같았다. 그들은 속옷만 빼고 다 벗은 뒤 이불을 덮었고 애도하는 사람처럼 손을 맞잡았다. 말똥말똥한 정신으로 어쩔 줄 모른 채, 서로 말도 못하고.

밤중에 깊은 어둠 속에서 머릿속에 불이 찰칵 켜지며 생각이 델핀을 깨웠다. 그녀는 감정의 소용돌이에 자신을 내맡기고 휩쓸리다가 시프리언을 흔들어 깨웠다. 마침내 그가 끙얼거리며 일어났다. 그녀는 그의 배신에 대해 쏘아붙인 뒤 서로 눈을 바라보았던 일을 기억은 하느냐고 물어볼 참이었다. 그가 그런 사람인 걸 도대체 왜 숨겼는지 캐묻고 그의 면전에서 소리를 지르거나 서럽게 통곡할 작정이었다. 하지만 입을 떼려는 찰나 다른 말이 튀어나왔다.

"균형은 어떻게 잡아?"

차분함과 호기심이 느껴지는 목소리로 일단 그렇게 묻자 그녀는 정말로 그 대답을 듣고 싶어졌다. 시프리언도 실은 완전히 깨어 있었다. 정말로 잠이 들었던 적이 없었다. 그는 손으로 얼굴을 가리고 손가락 사이로 숨을 쉬었다.

대답하기 쉬운 질문이 아니었다. 균형을 잡을 때는 몸 전체가 하나의 생각이 되었다. 지금껏 균형잡기에 대해 말로 설명한 적은 한 번도 없었지만 어쩌면 어둠 때문에, 어쩌면 그녀가 이제 그가 어떤 사람인지 알게 되었기 때문에, 그리고 그녀의 목소리가 화난 것 같지 않아서 그는 주저하며 말문을 열었다.

"어떤 사람들은 그것이 하나의 점을 찾는 거라고 생각하겠지만 아니야. 균형점 같은 건 없어."

그녀는 담배에 불을 붙이고 그들의 머리 위에 떠오른 하얀 구름 속으로 연기를 뿜었다. "그래서?"

시프리언은 다른 면에 민첩한 만큼 말에는 서툴렀다. 균형잡기를 할 때 어떤 일이 일어나는지 설명하려니 몸까지 아픈 것 같았다. 하지만 고민에 고민을 거듭하며 기를 쓰고 설명했다.

"당신이 꿈을 꾼다고 가정해보자." 그가 진지하게 말했다. "꿈 속에서 당신은 꿈을 꾸고 있다는 걸 알아. 꿈이라는 걸 안다는 사실을 지나치게 의식하면 잠이 깨지. 하지만 적당히 의식하면 꿈에 영향을 미칠 수 있어."

"그게 균형잡기야?"

"그렇다고 할 수 있어."

그는 홀가분한 마음으로 한숨을 내쉬었다. 그녀는 잠시 생각에 잠겼다.

"그러면 말이야." 이윽고 그녀가 말했다. "떨어질 땐 어때?"

시프리언은 거의 절망적인 심정으로 숨을 골랐지만―그가 어떤 사람이건 델핀을 사랑했기 때문에―또다시 대답을 열심히 궁리했다. 그 시간이 너무 길어져 델핀은 까무룩 잠들 뻔했지만 그의 머리는 푸른 불꽃을 튀기며 맹렬히 돌아가고 있었다.

"떨어질 때는," 그가 입을 열자 그녀는 화들짝 정신이 들었다.

"존재한다는 걸 잊어야 해. 그림자가 땅에 떨어지는 것처럼 떨어지는 거야. 무게가 없는 것처럼."

"당신을 떠나게 될 것 같아." 델핀이 말했다.

"제발 떠나지 마." 시프리언이 말했다.

그렇게 그들은 크고 너른 침대에 균형을 잡은 채 누워 있었다.

셋

뼈

 아거스 타운은 철도가 놓이면서 형성된 도시였다. 그곳에 철도
가 놓일 이유는 없었다. 하지만 일단 선로가 강을 가로지르자 광활
한 세상으로 뻗어나가는 것을 멈출 재간이 없었다. 아거스의 대형
창고로 운반된 것은 기차에 실려 동으로 서로 보내졌고, 남은 것이
타운을 형성했다. 먼저 농부에게 농기구와 식료품을 공급하는 가
게가 들어섰다. 곧 그들의 돈을 맡아줄 은행이 생겨났다. 은행가와
가게 주인이 쇼핑할 또다른 가게가 들어섰다. 타운 주민이 거주할
집이 지어졌다. 교회가 하나, 또하나 생겼다. 학교가 세워졌다. 교
사와 철도 직원과 건축업자가 살 집이 들어섰다. 그들의 악행을 받
아줄 술집, 아플 때 찾아갈 약국. 이런 식으로 아거스는 카운티의
중심지가 되어갔다. 법원까지 들어서자 노스다코타주의 어느 곳
못지않게 활기차고 진취적으로 보였다.
 피델리스는 그 지역에서 정육점을 하는 쿠스카 밑에서 금방 일

자리를 구했고, 일손이 필요한 곳이면 근처 작은 타운까지 달려갔다. 그뿐 아니라 직접 와서 데려가기만 하면 농장에서 원하는 대로 도축도 해주었다. 처음에는 차가 없었지만 나중에는 배달트럭을 몇 대나 장만했다. 그가 쿠스카의 가게에서 일하게 되면서 사업은 번창했다. 피델리스가 아버지에게 소시지 만드는 재능을 물려받았을 뿐 아니라 아버지의 비법도 배웠기 때문이다. 비법을 전수받은 것은 사실 미국으로 떠나기 전날 밤이었다. 비법은 아주 간단하다, 아버지가 말했다. 중요하지 않은 재료는 없어. 뭐든 가장 좋은 것을 써야 해. 하물며 소금의 등급도 중요하지. 마늘도 단연코 신선한 것을 써야 하고 말라비틀어진 건 절대 안 돼. 고기는 물론이고 피막으로 쓰는 양의 투명한 내장도 마찬가지다. 깨끗이 씻어야 하고, 더할 나위 없이 신선해야 해. 아버지의 금쪽같은 충고에 따라 스칸디나비아 출신인 사람들에게 팔기 위해 처음 스웨덴 소시지를 만들 때 피델리스는 아무 감자나 넣지 않고 그 지역에서 가장 좋은 것을 썼다. 결과는 성공이었다. 그가 소시지를 만드는 목요일이면 손님들이 줄을 서서 솥에서 방금 꺼낸 따끈따끈한 소시지를 훈제도 하기 전에 사갔다. 소시지 무게가 그때 더 많이 나가서 쿠스카는 내심 기뻐했다. 정작 피델리스는 소시지 꽁다리, 멍든 과일, 눅눅한 쿠키와 수상쩍은 자투리 음식을 먹고살았다. 널찍한 가게를 얻을 돈을 마련할 때까지 맥주는 직접 만들어 마시고 셔츠와 앞치마도 직접 빨아 입으며 아끼고 살았다. 그는 이렇게 모은 돈과 부모에게 받은 돈을 합쳐 광활한 바다 건너 광활한 하늘과 땅으로 에바를 데려왔다.

황량한 어느 봄날 에바는 어린 프란츠를 데리고 도착했다. 소년은 엄마의 손가방을 자랑스럽게 들고 기차에서 내렸다. 전쟁이 끝나고 귀향한 그 주에 실크 같은 햇빛의 음악을 들은 뒤로 그때와 같은 감각의 혼란이 피델리스를 괴롭힌 적은 없었다. 하지만 두세 가지 일을 동시에 하면서 고되고 힘든 나날을 보낸 탓에 피델리스는 수면 부족에 시달렸고, 머리로 생각만 한 줄 알았던 것을 입 밖에 내곤 했다. 재회로 들뜬 피델리스가 흩날리는 에바의 머리칼에 얼굴을 묻고 말했다. 알레스, 알레스(전부야, 전부야), 그가 무심결에 중얼거렸다. 에바는 피델리스의 말뜻을 알아챘음에도 주변 풍경에 충격을 받아 이런 생각을 하지 않을 수 없었다. 무슨 '전부'? 뭐가 있다고? 집과 가게가 있어도 이곳 땅은 달 표면처럼 을씨년스러웠다. 아거스로 가는 기차가 그들을 태우고 벌판을 가로지르는 동안 그녀는 사람의 자취가 사라지는 것을 지켜보며 두려움과 슬픔이 뒤섞인 감정을 느꼈다. 땅거미가 질 무렵 차창 밖 작은 나무들의 흔들리는 그림자 속으로 사라지는 늑대들을 본 것도 같았다. 확실하지는 않았다. 하지만 알레스, 남편의 그 전부라는 말은 우스꽝스럽게 느껴졌다. 엄숙해야 할―마침내 그들이 재회한―그 순간 그녀의 입술은 불신으로 일그러졌다. 그녀는 아직 그 말의 의미를 제대로 이해하지 못했던 것이다.

그녀의 존재에서 피델리스는 다시 한번 거대하고 대단한 짐승처럼 그의 몸속으로 거칠게 파고드는 사랑의 감정을 느꼈다. 그 감정은 그에게서 비롯한 것이지만 그 힘은 두 사람 모두를 감쌌다. 그 손아귀에 붙잡힌 채 그는 그 힘에 굴복해 품에 안긴 여자에게 자신의 현재와 미래의 가능성 전부를 주었다. 그런 힘을 소유한 남자가 기꺼이 자신을 내맡길 때 그라는 존재의 땅은 몸서리친다. 그는 외로움이 사무쳤다. 피델리스가 그때 용기 있게 속마음을 털어놓았다면 에바도 그를 이해했겠지만, 그러지 않았으므로 그녀는 그저 미소 지으며 그의 얼굴을 바라보고 그에게 키스했다. 비록 흥미를 일으키거나 가치 있어 보이는 것은 눈에 띄지 않았지만, 그저 허세일지라도 그녀는 뭔가 있을 거라고 믿기로 했다. 그녀, 에바 발트포겔이 반드시 찾아내겠다고.

처음 피델리스 발트포겔을 고용했던 남자가 아거스에서 그의 가장 막강한, 그리고 유일한 경쟁자가 되었다. 피트 쿠스카는 사람은 좋지만 유머가 없는 따분한 남자였다. 인색한 씀씀이 탓에 사람들이 붙어 있지 않아 늘 일손이 부족했다. 한번은 회오리바람이 가게를 덮쳐 잔돈 서랍 속 동전이 회벽에 멋지게 날아가 박혔다. 사람들은 그냥 그걸 구경하려고 찾아왔다. 경쟁관계라고는 해도 두 정육점 주인의 관계는 나름 우호적이었다. 장난과 허풍이 주였다. 물론 더러 심각해질 때도 있었다. 사실 걷잡을 수 없는 그런 장난이 계속되면서 두 사람 사이가 틀어지는 지경까지 이르렀다. 피델리스가 쿠스카의 정육점을 그만두고 타운 반대편에 자기 가게를 열면서 벌어진 일이었다. 피델리스가 그 계획을 숨긴 적이 없었기 때문에 쿠스카는 어깨만 으쓱하고 피델리스가 떠난 것을 견뎌냈다. 그 무렵 아거스는 영원히 성장할 것 같았고 카운티의 부동산이 계속 활황이면 주요 대도시 자리도 넘볼 수 있을 것 같았다. 그 꿈은 빗나갔지만 피델리스가 본격적으로 행동에 나섰을 때는 충분히 활기가 돌았다.

피델리스는 은행 대출금과 루트비히스루에에 있는 발트포겔 집안의 건물이 팔린 뒤 받은 자기 몫의 지분으로 타운 반대편에 낡은 농가를 구입했다. 아거스를 벗어나지 않는 한에서 쿠스카 정육점과 가능한 한 멀리 떨어진 곳으로 구한 것이었다. 처음에는 이런 배려가 혹여 일어날 수 있는 불편한 감정을 누그러뜨리는 데 상당한 도움이 되었다. 물론 피델리스가 예상한 일은 아니었지만, 꽉 막힌 타운 중심가의 교통난을 해소하기 위해 주요 고속도로의 노선을 변경하면서 그 노선이 공교롭게도 그의 튼튼한 농가에 이어지은 새 가게 앞을 지나가게 되었다. 하지만 사이가 더 틀어진 이유는 우연히 잘 풀린 사업에 대한 질투만은 아니었다. 그것은 전혀 다른 종류의 질투, 심지어 돈보다 더 원초적인 질투였다.

개의 사랑은 다소 복잡한 것이라, 개 주인에 따라 그 정의가 달라진다. 예컨대 피델리스는 개의 사랑은 심장보다 배에 근거한다며 교묘하게 빈정거렸다. 한편 피트 쿠스카는 개란, 특히 그의 개는 어디에도 뒤지지 않는 충성스러운 피조물이며 개의 충성은 인간의 사랑에 근거한다는 확고한 신념이 있었다. 피트와 그의 아내 프리치는 혀가 석탄처럼 까맣고 성질이 사나운 순종 차우차우를 몇 마리 길렀다. 개들의 조상, 즉 그 녀석들 전부의 아버지는 대회에서 우승한 적도 있는 킁킁거리는 갈색 개로 이름이 호텐토트였다. 그놈은 첫번째 짝인 낸시, 두번째 짝인 치그와 번갈아 짝짓기를 했다. 치고이네린*, 줄여서 치그라고 불린 것은 음악을 아주 좋아했기 때문이었다. 녀석은 프리치의 피아노 근처에서 잠을 자고 음악적으로 짖을 줄 알아서 단조로 자장가를 불러 어떤 아이든 대

---

* 독일어로 집시 여자라는 뜻.

번에 재울 수 있었다.

피델리스 발트포겔이 떠나자 두 사람의 사소한 의견 차이는 완전히 다른 차원의 문제가 되었다. 호텐토트가 피델리스의 정육점에 드나들면서부터였다. 정육점 뒤쪽 짐 싣는 판자에 이따금 지스러기가 버려져 있었던 것이다. 두 사람은 개가 그런 행동을 하는 동기에 대한 견해가 달랐을 뿐 아니라 쓰레기나 지스러기, 도축업에서 중요한 내장 처리에 대한 견해도 근본적으로 달랐다. 피트는 꼬리의 꽁다리에 이르기까지 아주 작은 토막이라도 큰 통에 싹 쓸어담아 냉동고에 보관했다가 다달이 거래상에게 팔았다. 한편 피델리스는 남은 것을 나눠주는 쪽이어서 그의 가게에는 개부터 떠돌이, 찢어지게 가난한 아거스 주민까지 이 땅에서 빈손으로 살아가는 온갖 종자가 들끓었다. 앞서 말한 것처럼 그의 가게 뒤쪽을 찾아오는 손님 중에 호텐토트도 끼여 있었다.

호텐토트는 탐욕스럽고 의심 많은 간사한 종자였지만 피델리스는 그놈의 성질이 마음에 들었다. 개란 무정한 기회주의적 동물이라는 그의 평소 지론을 입증해주었기 때문이다. 호텐토트는 뼈든 부스러기든 뭐라도 던져줄 낌새만 보이면 그 사람이 누구든 알랑거렸다. 나머지 부류, 즉 먹을 것을 주지 않는 사람은 태곳적부터 대대로 이어져온 깔보는 시선으로 쳐다보았다. 호텐토트는 깨물거나 물어뜯는 성질까지 있어, 그 무시무시한 이빨에 당해본 사람은 그놈을 미워할 수밖에 없었다. 아거스에서 사람을 공격하는 개는 종종 독살되었는데, 피트와 프리치가 친절한 사람들이 아니었다면 놈도 그 꼴을 당할 수 있었다. 외상은 얄짤없었고 수프용 뼈도 돈을 받았지만, 그들은 호감을 샀고 적도 없었다.

피델리스는 쿠스카 부부의 애정을 듬뿍 받는 호텐토트가 타운을 가로질러 그를 찾아온다는 사실이 뿌듯했다. 그날도 놈이 적갈색 털이 북슬북슬한 공 같은 얼굴에 까만 눈동자를 반짝거리며 발트포겔 정육점의 도살장에 나타났다. 벨벳 같은 코끝에는 조롱을 담은 채. 삼킬 수 있는 것이라면 뭐든 넙죽 받아먹는 호텐토트에게 피델리스는 큼직한 소뼈 하나를 던져주고 피트에게 돌려보냈다. 거기까지면 딱 좋았겠지만 피델리스의 몹쓸 장난기는 멈춰야 할 때를 몰랐다. 호텐토트는 하루가 멀다 하고 찾아왔고, 피델리스는 머리뼈, 넓적다리뼈, 갈빗대에 남은 점점 더 징그러운 찌꺼기를 던져주면서 흐뭇해했다. 인대가 끊어지지 않게 세심히 손질한 어린 암소의 등뼈가 압권이었는데, 그쯤 되자 쿠스카 부부의 인내심도 바닥났다. 호텐토트가 우쭐해서 뼈를 질질 끌고 아거스 거리를 활보하다 여기저기 멈춰 서서 잘근거리거나 더 단단히 물었을 때 타운 사람 모두가 그야말로 무슨 일이 벌어지고 있는지 낌새를 챘다. 묵을 대로 묵은 그 뼈를 호텐토트가 양지바른 그의 가게 앞으로 가져와 아침나절이 거의 다 지나도록 잘근거린 뒤라, 피트가 알아챘을 때는 고약한 냄새가 출입구부터 진동했다.

그는 욕을 퍼부으며 개가 상으로 받아온 것을 낚아채려고 허리를 굽혔다. 호텐토트가 위협적으로 으르렁거리자 피트는 귀를 잡아 대가리를 홱 젖혔다. "어디 그러기만 해봐, 네놈 가죽을 벗겨 벽에다 걸어놓을 테니." 그가 경고했다.

"그거 그냥 놔둬." 프리치가 입구에 서서 가슴께에 팔짱을 끼며 말했다. "그걸로 뭘 할지 묘안이 떠올랐어. 개는 잘 묶어둬."

그들은 호텐토트를 밧줄로 바지랑대에 묶어두었지만 워낙에 머리를 잘 굴리는 꾀바른 종자라 놈을 통제하기란 불가능했다. 한낮이 되자 호텐토트는 밧줄을 이로 물어 끊고 저녁 끼니를 구걸하러 다시 피델리스를 찾아갔다. 그리고 어둑어둑할 무렵 맛좋은 힘줄로 묶은 소 발굽을 끌며 집으로 돌아왔다. 그러자 피트는 호텐토트를 쇠사슬에 묶었다. 하지만 녀석은 쇠사슬을 몸에 칭칭 감아 결국 끊어냈고, 아침이 되자 다시 발트포겔의 가게로 찾아갔다. 육즙이 흐르는 수퇘지의 머리뼈를 핥으며 또다시 가게 출입구 계단에 앉아 있는 호텐토트를 보자 피트는 이성을 잃을 만큼 열불이 끓어올랐다. 뼈를 낚아채려고 손을 뻗었다가 호텐토트의 이빨에 팔을 무참히 물어뜯겼다. 그는 상처를 의사 히치에게 보였고 열 바늘은 족히 꿰맸다. 히치는 개를 당장에 쏴 죽이라고 충고했다. 남자라면 대부분 집으로 돌아가 그렇게 했겠지만 피트 쿠스카는 호텐토트를 탓하지 않았다. 그는 피델리스 때문에 호텐토트의 충성심이 타락했다고 믿었다.

"두고 보자. 가만두지 않겠어." 그는 그날 밤 혼자 구시렁거렸고, 길에서 떠돌던 놈을 데려다 일자리를 주었더니 이제 와서 자기에게 등을 돌리고 자기 개의 사랑까지 가로챈 피델리스에게 어떻게든 앙갚음을 하겠다고 별렀다.

피델리스는 종교적인 사람이 아니었지만 칼에 대해서만은 예외였다. 매일 아침 그는 에바가 건네는 진한 커피를 마시고 치즈와 빵과 뭉근하게 졸인 자두를 먹었다. 그러고 나면 곧바로 그의 칼을 차곡차곡 넣어둔 나무칼집을 보러 갔다. 그리고 칼을 한 자루씩 꺼내 엄격한 순서에 따라 플란넬 천에 늘어놓았다. 독일에서 소시지와 함께 가방에 넣어왔던 그 칼이었다. 거푸집에 넣어 칼날에서 슴베까지 주조하고 칼등에서 칼끝까지 잘 마물러 완벽히 균형을 잡은 최고급품이었다. 피델리스는 칼을 지극정성으로 깨끗하게 관리했다. 조금이라도 녹이 슬었을까봐 한 자루씩 꼼꼼히 살폈다. 그리고 그날의 가장 중요한 결정을 내렸다. 칼갈이봉으로만 갈면 되는 칼날과 숫돌로 정성들여 갈아야 하는 칼날을 정하는 것이다. 대체로는 칼갈이봉이면 충분했다.

지금 벽에 달린 쇠고리에 걸어놓은 피델리스의 기다란 칼갈이봉이 사진에서 그가 벨트에 매달고 있는 그 칼갈이봉이었다. 그 사진은 그가 가업을 숙달했을 때 부모가 루트비히스루에서 가장 솜씨 좋은 사진가에게 돈을 주고 찍은 것이었다. 칼을 칼갈이봉에 대고 음악적으로 민첩하게 쓱 훑어보니, 끝부분만 아주 조금 손질하면 될 것 같았다. 그는 칼을 다시 칼집에 넣었다. 피델리스는 지나친 법이 없었다. 과도하게 갈아 좋은 강철을 낭비하지 않았다. 하지만 날이 무디면 고기의 섬유질이 손상되고 손이 미끄러져 위험하기 때문에 필요할 때는 언제든 칼을 새로 갈았다. 그는 나무칼집 아래쪽 서랍에서 숫돌 세트를 꺼내 플란넬 천 위에 얌전히 놓인 칼 옆에 순서대로 놓았다. 제대로 절단하려면 먼저 거칠한 검은 숫돌에 갈고, 그다음에 순서대로 표면이 더 고운 숫돌에 갈아야 했다. 모두 여섯 개였다. 마지막 숫돌은 종이처럼 고왔다. 손질이 끝나면 그 칼로 눈썹도 자를 수 있을 것 같았다.

아침마다 아이들이 학교에 가고 피델리스가 치르는 칼의 의식도 끝나면 에바는 가게문을 열고 그날 할일을 훑었다. 그동안 피델리스는 습관대로 집 뒤의 화장실로 가서 수술을 집도하듯 정확히 가르마를 타고 머리를 빗어넘겼다. 면도까지 꼼꼼히 마치면 졸인 자두의 유혹에 넘어갔다. 그리고 뜨거운 커피를 한 잔 더 마셨다. 그는 화장실 혹은 욕실을 확장해 독일식으로 편안하게 바꾸었다. 독일에서는 욕실 수도관 옆에 늘 폭신한 러그와 기분을 상쾌하게 해주는 화초를 두었고, 손이 잘 닿는 선반에는 재떨이와 담배, 책, 신문을 두었다. 욕조 위쪽에는 목욕 용품을 가지런히 걸어놓았다. 니스칠을 한 단풍나무 손잡이가 달린 등 씻는 브러시, 그보다 작고 솔이 더 빳빳한 손가락 전용 브러시, 발의 각질을 문질러 없앨 때 쓰는 큰 부석, 작고 솔이 부드러우며 파란색 손잡이가 달린 세면 브러시. 그리고 비누도 향이 독한 잿물로 만든 것부터 에바가 쓰는 라일락향의 타원형 프랑스제까지 쟁여놓았다. 비누는 물이 빠지게 길쭉한 틈을 낸 네모난 삼나무 갑에 두었다. 그렇게 하면 비누가 오래갔다. 욕조 옆의 또다른 선반에는 튼튼한 무명 같은 천으로 커튼을 치고 수건을 차곡차곡 올려놓았다. 오래 써서 닳긴 했지만 표백을 해서 햇빛처럼 하얬다. 화장실 전체가 경쾌한 노란색으로 칠해져 있었다. 커다란 유리블록 창은 남동쪽을 향하고 있어 아침에 해가 잘 들었다. 구경하는 사람은 발트포겔이 부자라고 생각할 만큼 편안하고 널찍한 욕실이었다. 사실은 그렇지 않았다. 모두 에바의 공이었다. 그녀는 돈을 아껴서 별것 아닌 것을 이용해 근사한 것을 만들어내는 재주가 있었다.

어느 여름 아침, 소소하지만 해야 할 모든 의식을 마친 뒤 피델리스는 그날의 가장 중요한 일에 착수했다. 상을 탄 메클렌베르크 씨의 암퇘지를 잡아 갈빗살, 안심, 햄, 비절, 족발 절임, 비곗살, 베이컨, 소시지 등 용도별로 해체할 참이었다. 도살 전에 가둬두는 우리에서 밤을 보낸 돼지는 지금 굶주려 잔뜩 성이 나 있었다. 아침에 아무리 꿀꿀거려도 음식물 찌꺼기를 받지 못하기는 그날이 처음이었다. 먹이는 고사하고 웬걸, 죽임을 당할 처지였다. 하지만 그 암돼지는 인간의 손에 해체된 뒤 남은 지스러기를 낚아채려고 울타리 밖에서 기다리는 호텐토트보다 더 영리했다. 돼지는 코앞에 닥친 시련을 통해 분명 큰 교훈을 얻겠지만, 돼지에게 인간의 엄청난 배신을 경험할 기회는 단 한 번이다. 배신은 잽싸게 이루어지고 매정하게 끝나서, 돼지 한 마리 한 마리가 마치 처음인 것처럼 그런 놀라운 운명을 겪는다. 하지만 이 돼지는 다른 돼지보다 더 영리했는지, 뭔가 잘못됐다는 낌새만 챈 것이 다가 아니었다. 어쩌면 그보다 앞서간 암돼지나 수돼지가 냄새 속에 마지막 유언을 남겼을지 몰랐다. 아니면 호텐토트의 탐욕스러운 분위기를 읽었거나. 아니면 전에 없던 이런 상황 전체가 불편해서 평소보다 더 호전적이 되었는지 몰랐다. 정말로 그래서인지는 몰라도, 피델리스가 그 대가리에 바로 쑤셔박을 요량으로 32-20 라이플총을 들고 우리에 들어갔을 때, 돼지는 작은 다리로 받친 거대한 몸뚱이를 신기할 만큼 민첩하게 움직여 반대쪽으로 달아났다.

달아난 자리에서 돼지는 먹이를 가져오지 않은 남자를 비통한 눈빛으로 의심스럽게 쏘아보았다. 격분한 피델리스는 욕설을 퍼붓고는 프란츠를 불러 돼지를 이동용 우리로 몰 수 있게 도와달라고 했다. 돼지는 그 안에 들어가면 갇힌 채 죽임을 당하고 윈치로 들어올려질 것이다. 그리고 큰 통에 옮겨져 그을리기, 긁어내기, 식히기, 분리하기, 내장 제거하기의 과정을 겪을 것이다. 앞으로 일어날 일을 낱낱이 아는 호텐토트가 미친듯이 컹컹거리는 소리에 돼지는 잔뜩 겁먹고 달아나려 했다. 프란츠가 울타리 사이로 막대기를 넣어 찌르자 돼지는 불안하게 종종거리며 몇 걸음 앞으로 이동했다. 피델리스가 돼지 뒤로 풀쩍 뛰어내렸다. 그러고는 좁은 이동용 우리 안으로 돼지를 몰아넣으려고 우렁찬 목소리로 힘껏 고함을 내질렀다. 하지만 돼지는 그리로 가는 대신 영악하게도 우리 안을 빙 돌아 이번에는 막대기가 뒤에서 닿지 않는 곳으로 옮겨갔다. 돼지는 이제 잘못돼도 한참 잘못된 것을 알았는지 그 자리에서 푸르르 떨기만 할 뿐 꼼짝하지 않았다. 지금까지 편안한 삶을 누려온 터라 이런 해괴한 상황에는 준비가 되어 있지 않았지만 상을 받은 훌륭한 혈통인 만큼 잔꾀가 많았다. 피델리스가 옆에서 쿡쿡 찔렀지만 돼지는 사납게 그르렁거리며 막대기를 피했다. 그는 씩씩거리며 오물이 깔린 곳을 지나 돼지를 쫓아갔다. 그러다 그만 미끄러져 오물을 뒤집어쓰고 말았다. 그가 심한 욕지거리를 하며 다시 일어서서 앞치마를 펄럭이며 돼지에게 달려들었다. 돼지는 깜짝 놀라 옆으로 비켜섰다. 그는 계속 앞치마를 휘두르며 돼지의 혼을 쏙 빼놓았고, 그렇게 기선을 제압해 원하는 곳까지 몰아가는 데 성공했다. 어느 순간 돼지가 이동용 우리로 들어가자 그는 문을 쾅 닫았다.

피델리스는 라이플총을 들고 이동용 우리 측면을 넘어가려다 실수로 그 막힌 공간에 떨어져 돼지와 함께 갇히고 말았다. 반대쪽에 가볍게 떨어진 그가 돼지를 향해 서서 지금껏 해오던 대로 다가가 죽이려는데 돼지가 돌진해왔다. 돼지는 빽 소리를 지르며 좁은 경사로를 순식간에 내려와 고개를 숙여 이마로 그의 무릎을 들이받더니 바로 위 살집을 와작 깨물었다. 피델리스의 캔버스 바지가 찢기며 뼈에 닿을 정도로 살이 물어뜯겼고, 그 고통에 피델리스가 포효하는 소리와 돼지가 날을 세우고 꽥꽥 공격하는 소리에, 프란츠는 도살장 옆으로 한달음에 달려왔다. 영영 끝나지 않을 것 같던 그 한순간에 그의 아버지가 라이플총 개머리로 돼지의 머리를 내리쳤다. 돼지가 입을 벌려 물었던 이빨을 빼냈지만, 프란츠는 돼지가 다시 덤벼들어 아버지를 잡아먹을 것만 같았다. 돼지가 유리했다. 피델리스가 휘청휘청 물러서서 라이플총을 돌려 쏘려고 하는 사이 돼지가 또다시 공격을 가해 그의 공격당한 무릎의 남은 부위까지 와작 깨물어 작살내버렸다. 증오심에 불타오른 돼지는 빨개진 눈을 게슴츠레 뜬 채 씩씩거리며 구석으로 가 숨을 골랐다. 그리고 그 모든 시간 동안 굶주린 호텐토트는, 자기가 돼지에게 그 뒤틀린 운명을 알려줄 수 있기라도 한 것처럼, 열성적으로 짖어대며 돼지를 성가시게 했다. 돼지는 또 한번의 공격을 꿈꾸었지만 이번에는 프란츠가 돼지와 피델리스 사이를 간신히 판자로 가로막았다. 길이 막힌 돼지는 순간적으로 멈칫했고, 그 망설임의 순간 피델리스는 돼지의 두 눈 사이에 총구를 대고 방아쇠를 당겼다.

요란한 폭발음이 들리자 호텐토트는 신이 났고 프란츠는 정신이 아뜩했다. 돼지는 처량한 신음소리를 내며 쓰러졌고, 피델리스는 곧장 절뚝이며 다가가 돼지를 사슬로 묶어 윈치에 걸고 커다란 쇠통으로 옮겼다. 그러는 동안 그의 마음속에서 별안간 야릇한 감정이 끓어올랐다. 육체적 통증과는 무관한 뭐라고 이름 붙일 수 없는 무거운 감정이었다. 그것은 마음이 느끼는, 슬픔이었다. 그는 오물 속에 드러누워 울고 싶었다. 당혹스럽게도 뜨거운 눈물이 얼굴을 타고 줄줄 흘러내렸다. 그가 대뜸 프란츠를 쫓아냈다. 소년 시절 이후 이렇게 울어본 적이 없어서 당황스럽기 짝이 없었다. 하물며 전쟁터에서도 이렇게 울음이 터진 적이 없었다. 참으려고 했지만 이 슬픔을 어떻게 해볼 도리가 없어 화가 난 채 울었다. 돼지 때문에 운다는 사실을 깨닫자 더더욱 비참했다. 어떻게 이럴 수가 있지? 그는 사람들을 죽였다. 사람들이 죽어가는 것을 보았다. 가장 친한 친구가 그의 곁에서 죽었다. 그래도 눈물 한 방울 흘리지 않았다. 그런데 지금 돼지 때문에 울고 있는 그는 대체 어떻게 돼먹은 인간인가? 화가 났지만 그 자리에서 돼지를 도축하는 작업을 꼼꼼히 해나갔다. 무릎은 물어뜯겨 몹시 아팠고, 예전과는 같지 않을 거라는 사실이 뻔했지만, 그는 쉬지 않았다. 그만두면 무릎이 굳어 불구가 될 거라는 생각에 늦은 오후가 되어서야 일손을 멈추었다. 그것도 에바가 억지로 뜯어말려서였다. 의사 히치를 찾아가기 전에 그가 마지막으로 한 일은 호텐토트에게 돼지의 위와 큼직한 내장덩어리를 준 것이었는데, 한꺼번에 먹어치울 수 없었던 호텐토트는 다 끌고 집으로 돌아갔다.

시트가 덮인 진찰대에 앉아 피델리스는 무릎 통증을 잊어보려고 보통 누군가를 놀려줄 심보로 부르는 노래를 생각 없이 흥얼거렸다. "이히 빈 데어 독토어 아이젠바르트(나는 돌팔이 의사)." 히치가 찡그린 얼굴로 날렵한 눈썹을 치키며 말했다. "그 노래는 나도 알아요. '이히 마허 다스 디 블린덴 게엔 운트 다스 디 레멘 비더 제엔.'" 피델리스는 웃으려고 했지만 헐떡이는 숨소리만 새어나왔다. 절름발이는 보게 되고 장님은 걷게 된다니. 그는 임시변통으로 붕대 대신 앞치마를 무릎에 칭칭 감아 끈으로 고정해둔 터였다.

"상태가 어떤지 한번 볼까요." 히치가 중얼거리며 매듭을 묶은 끈을 잘랐다. 피델리스는 앞치마는 자르지 말라고 말하려 했지만 생각해보니 히치가 귓등으로도 듣지 않을 것 같았다. 심지어 모욕으로 여길지도 몰랐다. 의사는 노련한 솜씨로 못쓰게 된 앞치마를 풀었고, 마지막 한 겹에 피델리스의 두꺼운 살점이 붙어나오자 한숨을 토했다. "인체의 신비란!" 그가 고개를 내둘렀다. 그는 걸핏하면 설교를 늘어놓았다. "결딴났군." 그가 좋아하는 단어였다. 히치는 집중하느라 얼굴을 찡그린 채 상처를 유심히 살펴보았다. 의사는 머리칼이 아름다웠고, 그것에 약간 자부심이 있었다. 숱 많고 윤기가 흐르는 곱슬머리가 이마를 덮고 있었다. 해부학을 좋아하는 그는 진찰실 벽에 근육, 뼈, 소화기, 생식기를 공들여 그린 수채화를 걸어놓았다. 그가 직접 색칠한 것이었다. 히치는 작살난 무릎과 슬개골 주변의 물어뜯긴 근육을 살펴보면서 반쯤 못쓰게 된 아들의 바지를 집어든 여자처럼 그 뜯기고 찢어진 부분을 어떻게 고칠까 고심했다. 피델리스도 자기 무릎을 내려다보았다. 하지만 그는 다른 생각을 하고 있었다. 그것은 도축업자로서의 관찰에서 나온 생각이었다. 이쪽에서 도려내고. 저쪽에서 칼날을 이용해 가죽을 벗기고. 그러면 고기맛을 배가해줄 지방이 적당히 붙은 관절 부위를 얻어 당장 저녁거리로 쓸 수 있을 것이다. 피델리스는 그 생각을 지우려고 머리를 탁 쳤다가 정신을 놓을 뻔했다. 그가 속으로 부르던 노래가 머릿속에서 비명을 질러댔다. 히치의 부축을 받으며 그는 진찰대에 누웠다.

"숨을 쉬어봐요." 히치가 말했다. "내 앞에서 기절은 하지 말고." 그는 피델리스의 얼굴에 천연고무로 만든 흡입기를 갖다댔다.

피델리스는 난데없이 건조하고 빙글빙글 돌고 불꽃이 튀는 어느 먼 곳으로 옮겨간 것 같았는데, 그곳에서 히치가 바늘로 하는 모든 동작을 인지하고 듣고 느꼈다. 그는 아무렇지 않았지만 히치의 모든 동작이 그를 아프게 한다는 것을 이론상으로는 알았다. 히치가 바늘로 꿰매면서 흥얼거리는 소리는 환자를 짜증나게 해 상황을 더욱 악화시켰고, 그가 진찰대 옆에서 하는 행동이 예측불허라는 사실은 타운 전체가 알았다. 히치는 이따금 야단을 쳤고 이따금 흐느껴 울었다. 가끔은 지금처럼 의사답지 않은 방식으로 일하는 것을 즐기는 듯했다. 그는 한 땀 한 땀 꿰매다 느닷없이 애절한 〈오라 리〉*를 부르기 시작했다. 피델리스도 차츰 그 선율에 빠져들어 이내 따라 부르기 시작했다. 그는 후렴구를 함께 불렀고, 그러자 히치는 피델리스가 노랫말을 익힐 수 있게 처음부터 다시 불렀다. 다친 정도를 보면 불구가 될 것이 뻔했지만 노래가 시작되자 피델리스는 아무것도 걱정되지 않았다. 어떤 것에도 화가 나지 않았다. 아울러 돼지의 살을 정확하고 야멸치게 도려낼 때 당혹감, 측은함과 동시에 일었던 분노도 사라졌다. 노래는 히치만큼이나 피델리스도 즐겁게 해주었다. 마침내 마지막 한 음, 마지막 한 땀에 이르렀을 때는 둘이 아주 친해져서, 히치는 피델리스를 십오 분이나 더 붙잡아두고 다 나을 때까지 무릎을 제자리에 고정하는 한편 얼마간은 움직임을 도와줄 부목을 스케치했다.

---

* 미국 남북전쟁 당시 즐겨 부르던 노래. 엘비스 프레슬리가 부른 〈러브 미 텐더〉에서 이 곡의 멜로디를 차용했다.

"그만 좀 해!" 가게 입구에서 또다시 지저분한 뼈를 끌어안고 있는 호텐토트를 보고 프리치가 버럭 소리를 질렀다. 들어오려던 손님을 돌아서게 하고 무엇보다 쿠스카 집안을 타운의 웃음거리로 만드는 구역질나는 장면이었다.

그녀는 남편을 녹색으로 변해가는 뼈무더기로 떠민 뒤 그 뼈를 마대에 옮겨담았다. 그리고 남편에게 떠안기며 무엇을 어떻게 할지 일러주었다. 피트가 할 일은 받아든 마대를 트렁크에 던져넣고 차를 몰아 발트포겔 정육점으로 가는 것이었다. 그는 그 뼈를 가게 앞 계단에 쏟아놓고 돌아올 생각이었지만, 도착하자 놀랍게도 '휴업'이라는 안내판만 보일 뿐 아무도 없었다. 그는 이내 짧은 휴가를 떠날 만큼 경쟁자의 사업이 번창한 거라고 단정했다. 그 생각을 하자 심사가 뒤틀렸다. 그는 피델리스의 배신에 대해 자기가 정의롭다는 데서 오는 고통을 느끼는 것과 더불어 질투심에 불타올랐다. 그래서 그답지 않게 복수를 하기로 했다. 그는 썩어 얼룩진 뼈, 악취를 풍기는 골수, 부러지거나 마디진 지저분한 뼛조각을 가지고 가게 뒤로 돌아 집안으로 들어갔다. 아거스 주민은 문을 잠그고 다니지 않았다(그뒤로 한동안 에바는 매일 밤 성난 딸깍 소리와 함께 자물쇠를 채웠고, 안에서 잠그는 빗장까지 구입했다). 피트 쿠스카는 어디든 내키는 대로 뼈를 쏟아놓을 수 있었다. 당연하게도 그는 현명하지 못한 선택을 했고, 도를 넘은 그 장난은 앙갚음으로 변질되었다. 그는 피델리스와 에바의 침실로 들어갔다. 거기서 에바가 혼수로 가져온 빳빳이 풀을 먹이고 정교한 수를 놓은 얼룩 하나 없이 새하얀 깃털이불을 뜯고 뼈를 쏟아넣었다. 그리고 잘 덮었다. 뼈에서 떨어져나온 찌꺼기가 매트리스에 스며들고 이불 안쪽의 홑청과 깃털과 뒤섞여 범벅이 되었다.

그날 이후로 에바는 영원히 쿠스카 집안에 연민이라곤 느끼지 않았다. 할 수만 있다면 그들을 쫄딱 망하게 할 거라고 별렀다. 아니면 그들을 불행에 빠뜨릴 거라고. 그녀는 쉽게 용서하는 성격이 아니었다. 쿠스카 부부가 벌인 짓을 남편의 어처구니없는 경쟁의식이 낳은 결과로 받아들이지 않았다. 그래서 그 일을 앞으로 두고 두고 곱씹을 것이었다. 에바는 가정과 정육점을 엄격히 구분해 질서와 빵 굽는 고소한 냄새, 청결, 생활에 기반해 가정을 꾸렸다. 하지만 이제 가정에 죽음의 부패와 악취가 침범했고, 그녀가 아는 방법을 총동원해도 도저히 몰아낼 수 없었다. 표백제, 잿물비누, 식초, 햇빛, 라벤더까지 써보았다. 오렌지 원액도, 레몬즙도 소용없었다. 무슨 수를 써도, 갖은 방법을 다 써봐도 시트에 밴 희미한 뼈 냄새는 절대 가시지 않았다.

쿠스카 부부에게 장난삼아 벌인 일로 추한 꼴을 당했지만 피델리스는 그만두지 않았다. 변함없이 자신의 장난에 충실했고, 그것을 무슨 일이 있어도 완성해야 할 예술작품이나 소설처럼 여기는 것 같았다. 또한 돼지의 발광을 호텐토트의 과도한 흥분 탓으로 돌리며 어쩌면 호텐토트가 달아날 수 없는 개집을 만들라고 쿠스카 부부를 들볶고 싶었는지도 모른다. 호텐토트가 또다시 목줄을 풀고 와 가게 뒷문에서 기다리자 피델리스는 지난 한 달 동안 잘 모아둔 닭발꿰미를 던져주었다. 녀석은 물론 닭발꿰미를 물고 곧장 집으로 갔다. 호텐토트가 샐 버디 드러그스토어 앞을 우쭐거리며 지나가자 드러그스토어의 나무판자 부스나 카운터에 앉아 있던 사

람들은 그 선물을 보며 발트포겔의 가게 어디에 저렇게 지저분하
고 고약한 냄새를 풍기는 것이 감춰져 있었는지 궁금해했다. 발트
포겔의 가장 사적인 공간을 더럽힌 피트 쿠스카는 별도리 없이 앞
으로 일어날 일을 기다렸다. 피트가 피넬리스로 하여금 다시는 그
런 장난을 못하게 그 상황에 종지부를 찍을 만한 행동을 했음에도
피넬리스는 그 일이 상황을 더 악화시키지 않은 것처럼 태연하게
굴었다. 그러자 쿠스카 부부도 체념하고 받아들일 수밖에 없었다.
그들은 결국 철망으로 개집을 만들었고, 호텐토트는 어쩌다 한 번
쯤 겨우 달아날 수 있었다.

하지만 호텐토트가 달아나는 데 성공해 발트포겔의 가게로 찾아
가 죽은 짐승의 지스러기를 끌고 돌아오는 날이면 피트 쿠스카는
무슨 수를 써서라도 되갚아주겠다고 결심했다. 에바 발트포겔은
호텐토트 같은 골칫덩이는 법으로 해결해야 한다고 비장하게 말
했다. 그녀는 적어도 열두 명의 여자에게 자기 생각에 남편이 무릎
부목을 착용하고 고통스러운 적응과정을 견뎌야 하는 것은 호텐토
트의 책임이라고 했다. 두 정육점은 타운을 가톨릭교회와 루터교
회처럼 양편으로 갈라놓았다.

서로 소원해진 이 시기 동안 피넬리스는 장차 타운의 명물이 될
모임을 시작했다. 그는 루트비히스루에에 살 때 참여했던 노래클
럽이 그리웠다. 정육점 주인들로만 구성된 노래클럽이었다. 하지
만 의사 히치와 함께 노래를 부른 뒤로 그는 문득 미국에서라면 직
업에 따라 노래클럽을 나눌 필요가 없겠다는 생각이 들었다.

첫 모임 장소는 발트포겔의 도살실이었다. 높은 천장과 벽에 부
딪혀 울려퍼지는 소리가 꽤 만족스러웠다. 대출 전문 은행가와 그

직원, 주류 밀매자, 타운 보안관, 가끔 얼굴을 비치는 의사, 타운의 술꾼까지 다 모였다. 완벽한 조합이었다. 은행 직원 포틀랜드 채버스와 은행가 줌브러게가 주류 밀매자 뉴홀에게 맥주를 구입했고, 보안관 호크는 그 사실을 기꺼이 묵인했다. 히치는 못마땅했지만 단념하고 그들이 술 마시는 모습을 주의깊게 지켜보았고, 그들이 몇 모금 마셔보라고 부추기는 날에는 그의 날카로운 시선도 흔들렸다. 타운의 술꾼은 공교롭게도 델핀 바츠카의 아버지 로이였다. 그는 몇 번이고 잔을 채웠다. 피델리스는 모두에게 크래커와 치즈, 서머 소시지*, 게다가 유쾌한 유머까지 끊이지 않게 제공했다. 그는 노래와 함께라면 마냥 행복한 사람이었다. 그의 가슴속엔 어두움도 무거움도 없었다. 무중력상태처럼 가볍고, 온통 음악뿐이었다. 첫 모임이 있던 밤 남자들은 더없이 아름다운 것을 발견한 분위기에 들떠 동이 틀 때까지 맥주를 마시고 노래를 불렀다. 서로 좋아하는 노래를 불러주고 노랫말을 알려주었다. 한 명 한 명의 목소리가 커지면 두번째 후렴구부터 열정적인 합창이 되었다. 그렇게 밤새 노래를 불렀다. 익숙한 선율이 나오면 본능적으로 화음을 넣었다. 보안관 호크의 창법은 가슴을 저미는 팔세토였다. 줌브러게의 바리톤 목소리에는 첼로 같은 깊이와 표현력이 담겨 있었는데, 그토록 무정하게 무수한 압류를 실시한 자가 그런 목소리라니 놀라웠다. 로이 바츠카는 한 손에 슈납스**를 들고 있는 한 모든 파트를 똑같이 자신 있게 부를 수 있었다. 하지만 목소리가 채버스와

---

* 냉장하지 않고 건조한 훈제 소시지.

** 독일의 전통술.

아주 비슷해서 이따금 둘의 목소리는 화음을 이루는 대신 결투를 벌였다. 에바는 그때부터 일주일에 한 번씩 남자들의 노랫소리를 들으며 잠이 들었다. 노래클럽은 타운에서 가장 인기 있는 모임이 되어 목소리가 거칠고 음정이 불안정한 사람까지 끌어들였다. 그런 사람은 핵심 그룹의 바깥쪽에 앉아서 듣기만 했다.

슬프게도 아거스에 사는 남자 중 노래클럽에 가장 마음이 끌렸던 사람은 아마 피트 쿠스카였을 것이다. 그도 노래에 대한 열정이 있었다. 그는 외톨이가 된 듯 울적해져 프리치에게 자기도 노래클럽을 만들겠다고 선언했지만, 목소리가 좋은 남자는 죄다 피델리스가 데려간 뒤였다. 노래클럽은 두 정육점 주인의 상처난 우정을 회복하는 계기가 되었다. 얼마의 시간이 흐르자 피트는 그냥 거기에 끼지 못한 것을 참을 수 없어서, 어느 밤 아무 일도 없었던 것처럼 불쑥 나타났다. 피델리스는 눈 하나 깜짝하지 않았다. 두 정육점 주인이 함께 노래하자 그 사건은 잠잠해지는 듯했다.

사람들은 여전히 수군거리며 둘의 흥미진진한 경쟁을 부추기려 했다. 하지만 두 정육점 주인의 원한도 서서히 옛이야기가 되어갔고, 사람들도 부조리나 고통 같은 새로운 화젯거리로 옮겨갔다. 당연하게도 타운에는 이따금 충격적인 사건이 터졌기 때문이다. 사람들이 서서히 그릇된 자신감을 가지기 시작할 때, 예컨대 그들의 기도가 힘을 발휘해 악의 근접을 막는다고 믿을 때나 거리의 춤 공연, 퍼레이드, 즐겁고 활기 넘치는 행사로 지역사회의 평화를 마냥 자축할 때 그런 사건이 터지는 듯했다. 누가 변사체로 발견되었다. 어린아이가 낟가리에 파묻힌 채 질식해서 죽었다. 임신했던 여자가 어느 날 보니 임신이 아니었다. 여자가 아기를 죽였겠지만 증거가 없었다. 한 청년이 아마도 술에 취한 채 질투심 때문에 한판 붙었다가 총에 맞아 죽었다. 잔혹한 강간 사건이 일어난 뒤 여자는 정신병원에 갇히고 남자는 거리를 활보했다. 그러다 남자가 자취를 감추었다. 은행에 강도가 들었다. 차사고가 크게 났다. 탈곡기 사고로 한 소년이 토막 나서 죽었다. 아이들이 따르던 교사가 제 머리통을 날렸다. 점잖은 사람이 수두룩해도, 대다수의 사람이 교회에 꼬박꼬박 나가는 경건한 신자라고 자처해도, 아거스 주민들이 스스로 훌륭한 시민 정신을 지녔다고 자부해도, 그런 사건에서 예외는 아니라는 사실을 그들은 다시금 되새겼다. 스트러브 장의사는 계속 번창했고, 그것은 죽음이 다른 어느 곳만큼 아거스도 좋아한다는 증거였다. 악행에 대해서는 시의회도 용납하지 않겠다고 했지만, 그럼에도 악은 여기저기 예상치 못한 은밀한 구석에서 활개를 쳤다.

넷
식료품 저장고

먼지 날리는 파산한 타운들을 여기저기 떠돌며 공연한 지 석 달이 지났을 무렵, 델핀과 시프리언은 놀랄 만큼 많은 돈을 벌어들였다. 델핀의 말로는 이 사실이 1934년 여름, 궁핍하고 쪼들린 이 시기에도 사람들은 비참한 상황을 잠시나마 잊을 수 있다면 기꺼이 돈을 쓴다는 증거였다. 돈벌이는 잘되었지만 델핀은 집으로 돌아가기로 결심했다. 하지만 먼저 이류 보석상에 가서 자신과 시프리언이 낄 싸구려 반지 두 개를 샀다. 결혼한 척이라도 해야지 이대로 아거스에 돌아갈 수는 없었다.

"여기에 별다른 의미는 없어." 그녀는 결혼반지를 끼며 미심쩍은 표정을 지어 보였다. 그녀가 손가락을 까딱거렸다.

"당신한테는." 그가 대답했다.

"당신한테도 마찬가지야." 그녀가 경고하듯 말했다. 벌써부터 손가락이 조이는 것 같았다. 밋밋한 반지였지만 기계나 차문에 반지가 걸려 홱 빠지거나 손가락이 툭 부러졌다는 얘기를 들은 적이 있었다. 그녀는 반지라곤 처음이었다. "다른 건 꿈도 꾸지 마." 그녀가 경고하듯 말했다. "아침 차려줄 생각은 없으니까. 여편네가 될 생각은 아직 없거든."

"좋아." 시프리언이 말했다. "요리는 내가 하지."

델핀은 코웃음을 쳤다. 그는 그녀가 있으면 빵에 버터조차 직접 바르지 않았다. 카페에서 그녀는 우아하고 여성스러운 행동이라 여겨 대신 발라주었지만, 곰곰이 생각해보니 어쩌면 지금은 그렇게 살뜰히 돌보는 일을 그만둬야 할 것 같았다. 그는 그녀가 평생 돌봐주려 한다고 생각할 것이다. 그녀는 손가락에 낀 반지를 빙글빙글 돌렸다. 그 반지는 그녀의 일거수일투족을 지켜볼 루터교회 여자 신도들을 방어하는 작은 무기가 되어줄 것이다. 반지가 도움은 되겠지만 어쨌거나 사람들은 쑥덕거릴 것이다. 원인 제공자는 늘 그녀의 아버지였다. 물론 다른 사람들은 네군도단풍나무에 둘러싸인 그 고립된 농가에서 어떤 일이 얼어나는지 절반도 알지 못했다. 그녀가 자란 그 변두리 시골에서 말이다. 그나마 다행인 건 덕분에 아버지의 비참한 상황이, 따라서 그녀의 비참한 상황이 타운 주민의 노골적인 시선에서 대체로 벗어나 있었다는 사실이었다.

그녀는 집으로 돌아가겠다는 게 잘못된 생각은 아닐지 걱정되었다. 위장결혼만 걱정인 것은 아니었다. 아버지와 시프리언이 술친구가 되지는 않을까? 슈납스, 시프리언에게는 안 될 말이다. 균형감각에 심각한 문제가 생길 수 있다. 하지만 아버지 로이 바츠카가 몹시 그리웠던데다 좋지 않은 예감에 시달렸던 델핀으로선 달리 선택의 여지가 없었다. 멜로드라마에 나올 법한 장면이 연속으로 그녀를 괴롭혔다. 죽을 날이 다가온 아버지가 미녀와 야수 동화에 나오는 아버지처럼 숨을 헐떡거리며 그녀를 애타게 찾는다. 술에 취해 집 뒤로 콸콸 흐르는 강물에 뛰어든다. 빠져 죽는다.

델핀과 시프리언은 아거스를 향해 남쪽으로 차를 몰았다. 한때 하늘 아래 모든 것을 뒤덮었던 키 큰 풀이 들판 가장자리에서 여전히 활기차게 한들거렸다. 그들이 지나온 늪지 언저리에서도, 이따금 제 길이만큼 범람해 타운의 절반을 쑥대밭으로 만들어버리는 작고 상쾌한 강의 기슭에서도. 그해 제대로 발육하지 못한 밀밭은 민숭민숭한 맨땅을 드러낸 채 끊임없이 부산스레 뒤척였다. 거염벌레가 우글우글했고, 그것이 터를 잡은 곳은 나무에 쳐놓은 회색 그물처럼 보였다. 이따금 그들은 창유리가 깨져나간 집이나, 맹꽁이자물쇠로 잠근 앞문에 어중간하게 페인트를 발라 무모하고 절망적인 느낌을 주는 집을 지나갔다. 금방이라도 무너질 것 같은 작은 가게 건물 앞에 주유 펌프가 고정된 주유소도 있었다. 여기저기 초가지붕을 얹은 집이 보였고, 번개 맞은 미루나무도 한 그루 서 있었다. 늘 그렇듯 단조로운 풍경은 친근했고, 참을성 많은 회색 하늘은 방수포를 덮어놓은 듯 비를 내리지 않았다.

델핀과 시프리언이 타운 변두리에 있는 발트포겔의 정육점 앞을 지나가는데 달리기 시합을 하는 두 사람이 보였다. 정육점은 두 들판의 경계를 이루는 곳에 회반죽을 발라 지은 튼튼한 건물이었다. 한 사람은 꽃무늬 홈드레스에 앞치마를 두르고 굽 높은 여성용 구두를 신었다. 또 한 사람은 열다섯이나 열여섯쯤 돼 보이는 소년인데, 운동선수 같은 체격에 윤기가 도는 검은 머리칼이 나부꼈다. 둘은 들판에서부터, 가게 앞쪽의 먼지 날리는 주차장을 지나 어디

엔가 있을 결승선을 향해 경주를 하는 중이었다. 막상막하인 둘은 웃으면서 열심히 팔을 휘젓고 있었다. 그 순간 여자가 갑자기 치고 나오는 듯했는데, 오히려 보폭은 줄었다. 그녀는 힘껏 발돋움질해 결승선을 향해 뛰어올랐다. 두 사람을 스쳐지날 때 델핀은 몸을 돌려 계속 쳐다보았다. 틀어올린 여자의 머리가 풀어져 승리를 선포하는 붉은색과 금색 깃발처럼 흩날렸다. 그녀가 주차장 끝에 있는 울타리를 먼저 짚어 소년을 이긴 것이다. 델핀은 다시 시프리언 쪽으로 돌아앉았다.

"당신도 저 여자를 봤어야 해. 어쩜 저렇게 달릴 수 있지! 저기서 돌아."

그들은 한쪽에 풀이 무성히 자란 짧은 길로 들어섰다.

"천천히 가." 델핀이 말했다.

길은 울퉁불퉁하고, 몇 군데는 빗물에 씻겨나갔으며, 흙탕물이 튀고 마른 곳에는 구덩이가 생기거나 혹처럼 튀어나온 자리가 있었다. 그들은 델핀이 로이와 함께 살았던 낡고 작은 농가─어둠침침한 방 세 개와 앞쪽으로 포치가 있는─로 차를 몰았다.

그들이 도착하자 때마침 델핀의 아버지가 문을 열고 나왔다. 표독스러운 광대처럼 뭉툭한 코에 안색은 해쓱한 자그마하고 구부정한 노인이었다. 그는 델핀을 보자 한쪽 챙을 젖힌 모자를 벗어 얼굴을 가리더니 울음을 터뜨렸다. 온몸을 들썩거리며 울었다. 이따금 모자를 내리면 씰룩거리는 입이 드러났고, 그러면 다시 얼른 얼굴을 가렸다. 정말로 능수능란한 연기였다. 시프리언은 전쟁터에서도 그렇게 우는 남자를 본 적이 없어 기겁했다. 시프리언은 손수건을 꺼내 로이의 손에 쥐여주고 노인과 함께 포치에 앉았다. 델핀은 어깨를 쫙 펴고 숨을 크게 들이마시며 마음을 단단히 먹은 뒤 집안으로 들어갔다.

그녀가 도로 헐레벌떡 뛰쳐나와 공기를 벌컥벌컥 들이마셨지만 한마디도 하지 않았다. 두 남자는 울먹이며 대화를 나누느라 여념이 없었다. 그녀는 다시 뛰어들어가 창문들을 열어젖혔다. 그리고 다시 밖으로 나와 차를 세워둔 곳으로 갔다. 그녀는 여행가방에서 스카프를 꺼내 '이브닝 인 파리' 향수를 잔뜩 뿌린 뒤 입과 코를 싸맸다. 찌들 대로 찌든 고약한 냄새를 맡자 그녀는 처음으로 아버지가 그냥 그렇고 그런 술꾼이 아니라 곯을 대로 곯은 술꾼임을 확신했다. 그녀는 두 사람 옆을 지나가면서 아버지가 앉은 의자의 다리를 발로 찼다.

"그러지 마!" 시프리언이 말했다.

"당신은 나서지 마." 델핀은 스카프로 입을 가린 채 쏘아붙이고 용감하게 다시 집안으로 들어갔다.

역한 냄새가 그녀의 화를 돋우었는데, 그것은 그녀에 대한 모욕이었다. 전에도 아버지가 벌여놓은 난장판을 치운 적이 있었지만 이번에는 달랐다. 그녀가 없으면 그가 얼마나 엉망진창인지 보여주려고 일부러 이런 꼴을 만든 거라고 그녀는 확신했다. 옷, 음식, 토사물, 오줌 따위가 돼지족발이나 잘 부스러지는 닭뼈와 범벅이 된 채 부식했는지 푸석푸석한 검은 곰팡이가 바닥에 한 꺼풀 덮여 있었다. 어쩌면 개 한 마리가 기어들어왔다 죽었는지도 몰랐다. 곤충의 허물과 더러운 쥐똥도 덕지덕지 붙어 있었고, 로이가 굶어 죽을까봐 어느 친절한 이웃이 두고 갔을 감자 한 바구니도 다 썩어 싹이 나고 있었다. 그 모든 것 위에서 신나게 악취를 풍기는 곰팡이는 불가사의한 문자를 휘갈겨쓴 낙서 같았다. 델핀은 의욕이 사라지고 속이 메슥거려 또다시 비틀거리며 포치로 나왔다.

"삽이 있어야겠어." 그녀는 손으로 얼굴을 가리고 울기 시작했다. 아버지보다 더 서럽게 울었다. 그녀가 그토록 강렬한 슬픔을 느낄 수 있다는 사실조차 몰랐던 시프리언은 정말이지 깜짝 놀랐다. 그가 이때껏 보아온 델핀은 한결같이 친절하지만 냉소적인 여인이었다. 시프리언이 어떤 행동을 해도, 심지어 캐나다 매니토바주 고어필드에서 철물점 주인과 같이 있다 들켰을 때도 그녀는 눈물 한 방울 보이지 않았다. 이 순간 울음은 그녀를 허물어뜨리고 폭풍처럼 내던졌다. 울음은 솟구쳤다 가라앉았다 다시 솟구쳤다. 로이는 열심히 설교를 듣는 것처럼 고개를 숙여 경건하다시피 한 자세로 울음이 만드는 파도 소리를 들었다. 시프리언은 그토록 격하게 쏟아지는 감정을 가만히 보고 있을 수만은 없었다. 그는 포치 계단으로 가서 델핀 옆에 앉아 조심스럽게, 더없이 부드럽게 그녀의 어깨를 감싸안았다. 그녀를 얼마나 존경했는지 그는 그 순간까지 미처 몰랐었다. 이렇게 허물어진 그녀의 모습은 퍽 감동적이었다. 누구보다 강해 보이는 사람이 언제나 가장 처참하게 무너지는 것은 전쟁터에서 이따금 목격했던 장면이었다. 그는 델핀을 가만가만 달래며 나직이 노래를 불렀다.

"울지 마, 귀여운 동생." 그가 말했고, 델핀은 이렇게 다정히 불러주자 더욱 서럽게 울었다. 그녀에 대한 그의 감정이 오빠로서이지 로맨틱한 것이 아님을 그녀도 잘 알았기에 갑자기 행복감이 밀려오면서도 그만큼 구역질이 났다.

"괜찮아질 거야." 그녀가 불쑥 말했다. 괜찮지 않았지만, 그리고 남자의 이런 짜릿하고 생소한 연민을 계속 누리고 싶었지만 그렇게 말할 수밖에 없었다.

"물론 괜찮아지겠지." 시프리언이 말했다. "하지만 당신은 도움이 필요해."

이보다 더 완벽한 말은 없었다. 하지만 지금까지 그녀가 경험한 그는 균형잡기 말고는 무엇 하나 제대로 할 줄 모르는 사람이었다. 그에게 의지하면 분명 실망하겠지만 자신이 냄새를 없애야 한다고 생각하자 울음이 북받쳤다.

"난 정말 도움이 필요해." 그녀가 더욱 서럽게 울었다.

그 모습을 보는 게 내심 좋아서, 그 감정에 휩싸인 그는 그녀의 왼쪽 관자놀이에 부드럽고 열정적으로 키스했고, 그러자 맥박이 뛰는 그 자리가 새빨개졌다. 그는 전쟁이 끝난 뒤 혼자 돌아와 외로이 지내면서 균형잡기에 몰두했다. 형제들은 죄다 저 먼 북쪽 크리족의 고장으로 떠나고 없었다. 그의 부모는 술꾼이었다. 조부모는 환멸을 느껴, 평화롭게 죽음을 맞을 수 있는 어딘가로 떠났다. 친척 어른들은 그들 나름대로 삶을 꾸려나갔지만 그는 그들의 삶이 궁금하지 않았다. 그는 진정 혼자였고 지금까지 줄곧 그랬다. 그런데 로맨스 이상의 상황이 생겨버린 것이다. 그리고 이 순간 관계는 더욱 깊어졌다. 지금 그에게는 델핀 바츠카와 그녀의 아버지가 있었고, 지독한 냄새 또한 함께였다.

집에서 풍겨나오는 냄새는 분명 하나의 실체로서 존재했다. 냄새는 그 안에서 살고 있었다. 독립체로, 사악한 정령으로. 신기하게도 로이 바츠카에게선 그 냄새가 나지 않았다. 그의 냄새는 괜찮았다. 델핀과 시프리언은 그를 차에 태워 시내로 데려왔고 중심가 호텔에 방을 잡았다. 그리고 좋아하는 슈납스를 행복하게 안고 있는 로이를 거기 머물게 했다. 델핀은 시프리언에게 로이에게서 술을 빼앗으려 해봐야 소용없다고 말했다. 어쨌거나 그는 술을 찾아낼 것이고, 그러다보면 더욱 엉망진창이 되어 결국 자신을 위험 속으로 몰아넣을 것이다. 그런 그를 구제하기란 쉽지 않았다. 두 사람은 삽 두 자루와 등유 1갤런을 사서 집으로 돌아갔다. 그리고 향수를 뿌린 스카프로 얼굴을 둘둘 감은 채 역한 냄새를 풍기는 쓰레기를 치우기 시작했다.

"난 이 향수가 좋았던 적이 없어." 시프리언은 정체를 알 수 없는 쓰레기를 세번째로 퍼나른 뒤 숨을 헐떡이며 말했다.

"앞으로는 뿌리지 않을게, 자기." 델핀이 말했다. 그녀가 이렇게 다정하게 부를 수 있는 것은 두 사람 다 그들 사이의 대단한 열정이 그저 애정 섞인 농담에 불과하다는 것을 알았기 때문이었다. 그들의 관계는 뭔가 다른 것이었다. 가족이라고 할 수는 없지만 가족 이상이었다. 그리고 둘 다 고약한 냄새가 났다. 냄새는 자기를 들쑤셨다고 성질이 났는지 그들을 물고 늘어졌다. 그들의 뱃속에서 씨름을 했다. 걸핏하면 욕지기가 치밀어, 한 명이 구역질을 시작하면 다른 한 명도 따라 했다. 델핀은 의지가 매우 굳은 사람이었고 시프리언은 지옥의 내부까지 갔다온 사람이었지만, 몹시 역겨운 쓰레기를 걷어낸 어느 순간 두 사람은 밖으로 뛰쳐나오며 같은 생각을 했다.

"집을 통째로 태워버릴까?" 시프리언은 간절한 눈빛으로 등유를 보았다.

"그럴 수도 있겠지." 델핀이 말했다.

그들은 마당에 맥주상자 두 개를 끌어다놓고 앉아 한참 담배를 피웠다. 결국 그들은 더 참아보기로 했다. 델핀은 머리가 띵했지만 삽질을 하고 퍼나르는 시프리언의 솜씨에 감동받았다. 마당에 산더미처럼 쌓아올린 오물에 불을 붙이자 불길이 곧바로 치솟았다. 메스꺼운 연기가 피어올랐고 다 소각되자 악취를 풍기는 재가 남기는 했지만 불꽃이 그들의 영혼을 정화해준 것 같았다. 그들은 쓰레기를 퍼나르고 내던지고 불태우면서, 이제 토악질을 하느라 일손을 멈추지도 않고 한결 힘을 내서 일했다. 밤이 이슥할 즈음 그들은 오줌에 찌든 카탈로그와 신문지에 도전했다. 로이 바츠카가 불러들인 술친구들이 부엌 옆 식료품 저장실을 오줌 싸지르는 장소로 사용한 모양이었다. 시프리언은 한 사람이 오줌을 그렇게 많이 쌌을 리 없다고 말했지만 델핀은 동의하지 않았다.

"아버지라면 못할 것도 없어." 함께 불가에서 쉴 때 그녀가 말했다. 다행스럽게도 이제 냄새가 그들의 후각을 마비시킨 것 같았다. 그들은 아무렇지도 않았다. 배가 고프지도, 목이 마르지도 않았다. 아프지도, 고통스럽지도 않았다. 천하무적이 된 것 같았다. 집은 거의 다 치웠다. 첫 단계가 끝난 것이다.

다음 단계는 더욱 복잡했다. 그들은 냄새의 원인이 불에 타서 검은 타르 조각이 되었다고 믿었지만, 그 냄새는 마룻장에, 벽지에, 가구에 집요하게 들러붙어 있었다. 어떤 물질을 써야 다른 것과 섞이지 않고 그 냄새만 없애줄 것인가? 일단은 후퇴할 시간이었다. 불이 완전히 꺼진 것을 확인하고 그들은 호텔로 돌아가 살금살금 방으로 들어갔다. 역한 냄새가 몸에 밴 것을 그들도 잘 알고 있었다. 호텔방에서는 로이가 기절한 것처럼 자고 있었다.

그들은 이번에 뛰어난 선견지명을 발휘해 돈이 좀더 들더라도 욕실 딸린 방을 빌렸다. 시프리언이 당당하게 말했다. "먼저 씻어."

"그럴 수는 없지." 델핀이 말했다.

"그럼 목욕물을 같이 쓸까?" 시프리언이 말했다. 두 사람은 서로에게 애틋한 감정을 느꼈다. 그래서 델핀은 목욕물을 받고 머리를 감을 때 쓰는 향기 좋은 물비누 작은 통을 쏟아부었다. 그들은 욕조에 같이 들어가 서로 비누칠을 하고 머리를 감겨주었다. 시프리언이 한숨을 쉬며 욕조에 기댔고 델핀은 그의 다리 사이에 앉았다. 그들은 함께 몸을 담갔다. 델핀이 이따금 엄지발가락으로 수도꼭지를 돌려 뜨거운 물을 좀더 채웠다. 에로틱하지만 성적인 느낌은 없는, 그저 동물적인 수용이랄까. 타인의 존재와 함께 알몸으로 경험하는 편안함이 그들에게 큰 위로가 되었다. 게다가 깨끗이 씻을 수 있다는 사실이 정말로 감사했지만, 악취가 뇌리에서 떠나지 않았다. 아직도 냄새가 나는 것 같았고, 둘 다 후각을 잃었을까봐 걱정했다. 냄새는 어떤 식으로든 그들에게 배어들었을 것이다. 어쩌면 내일 아침을 먹기로 한 카페에서 쫓겨날지도 몰랐다. 어쩌면 거리에서 외면당할지도 몰랐다. 물기가 다 마를 때까지 그들은 로이를 까맣게 잊고 있다가 옆방에서 드르렁거리는 요란한 소리가 들리자 그제야 시프리언이 화들짝 놀라 정신을 차렸다.

"코고는 소리야." 델핀이 말했다.

"저 소리도?"

"오." 델핀이 말하며 걱정스러운 눈빛으로 시프리언을 쳐다보자 그도 그녀를 돌아보았다. 그의 앞에 선 그녀는 태연하게도 알몸이었다. 그녀의 몸은 탄탄하고 늘씬했으며 강해 보였다. 젖가슴도 매우 아름다웠다. 할머니의 옛날이야기에 등장하는 여자처럼 그녀의 일부는 여우일지도 몰라, 시프리언은 생각했다. 젖가슴은 완벽한 금빛 원뿔 모양이었고, 앙증맞은 젖꼭지는 벌꿀색이었다. 하지만 뭘 어떻게 해볼 마음은 생기지 않았다. 그저 바라보는 게 좋았다.

"내가 화가라면 좋겠어." 그가 말했다. "당신을 그릴 수 있게." 그는 빳빳한 수건으로 그녀를 닦아주었다. "맙소사, 당신 아버지 정말 시끄럽네. 난 문밖에서 자야겠어."

"익숙해질 거야." 델핀이 말했다. "당신도 놀랄걸. 그냥 자연의 일부라고 생각해봐."

"코고는 소리를?"

"폭풍이나 큰 호수처럼. 나무나."

지금 들리는 푸르르 입술 터는 소리나 타작하는 듯한 소리가 자연의 소리로는 여겨지지 않아 그는 델핀의 충고를 받아들여야 할지 망설였다. 하지만 침대에 누워 그녀를 보듬자마자 기막히게 멋진 잠의 우물 속으로 빠져들었다. 거기에서 그는 굉장한 꿈을 꾸었다. 바람에 나뭇가지가 부러지고 삐걱대는 꿈, 포효하듯 쏟아지는 급류에서 떠도는 얼음덩어리를 이리저리 뛰어다니는 꿈, 그가 말하려고 할 때마다 교활하게 부비트랩이 터지는 꿈.

그는 꿈속에서 요란하게 터지는 폭발음 중간중간에 델핀에게 스스럼없이 말했다.

무슨 말을 했더라? 그는 설핏 깨어나 무의식의 검은 물살에 다시 삼켜지기 전에 생각했다. 그녀에게 뭐라고 했지? 그녀가 뭘 알고 있지? 그는 그녀가 매니토바의 강가에서 봤을 수도, 보지 못했을 수도 있는 그 일에 대해 아직 말할 엄두를 못 냈다. 게다가 그 일이 일어난 것은 그들이 서로의 눈을 들여다보며 기대 이상으로 몸을 섞었던 그날 밤—그 이야기도 다시 꺼내지 않았다—이후 얼마 되지도 않았을 때였다. 그들은 지금 사랑하는 걸까, 아니면 상황이 완전히 달라진 걸까? 그녀가 정말로 그의 여동생이고, 저기 옆 침실에서 시끄럽게 코를 고는 술꾼은 그의 새아버지라면? 그는 동트기 전 의식의 표면 위로 깐닥깐닥 올라오면서 그 냄새가 모두를 혼란에 빠뜨렸다고 생각했다. 아마도 그들은 냄새의 범위와 힘에 영향을 받았을 것이다. 그들은 곧 알게 될 것이다. 날이 밝으면 그 냄새와 씨름해야 할 것이다.

그들이 천천히 그 길로 들어서는데 냄새가 훅 끼쳐왔다. 집 근처에 세워둔 텐트에도 배어든 것 같았다. 그들은 냄새와 사투를 벌이려고 안으로 들어갔지만, 쫓겨나듯 곧바로 뛰쳐나왔다. 그들이 아직 그 장소에 손도 대지 않은 것 같았고, 더 나쁘게는 냄새가 풍기는 진원지의 뚜껑만 들어올린 것 같았다. 시프리언이 깨끗이 치웠다고 생각한 바닥에서 여전히 냄새가 올라왔다.

"저장고에서 나는 냄새인지도 몰라." 델핀이 아이처럼 어깨를 으쓱했다.

말이 저장고지 식료품 저장실 밑에 땅을 파서 만든 커다란 구덩이에 불과했다. 바닥에 경첩을 대서 문짝을 달고 둥근 고리를 돌려 잠가두었는데, 델핀은 여간해선 절대 열지 않았다. 그녀와 로이는 저장고에 보관할 여분의 음식이 거의 없었지만, 로이는 흙벽 안으로 낸 울퉁불퉁한 선반에 종종 술을 숨겨두었다. 그녀가 기억하기로 이따금 감자나 순무를 넣어두는 큰 통도 있었다. 그런 것을 제외하면 거미가 우글거리는 소름 끼치는 공간이었다. 아마 벌레와 쥐똥의 온상지였을 것이다.

"보고 싶지 않아." 델핀이 말했다.

"나도 마찬가지야." 시프리언이 말했다.

"이제 여길 태워버릴 때가 된 것 같아." 그녀가 결론을 내렸다.

"담배부터 피우자."

그들은 맥주상자로 가서 담배에 불을 붙였다. 뒤편에서 바라보니 집이 정말로 작고 애처로운 모습이라, 그토록 지독한 원한이 서린 냄새를 품었다는 것이 믿기지 않았다. 델핀은 예전에 푸른색이 귀신을 쫓는다고 믿는 부족이 있다는 말을 듣고 문과 창문의 틀을 모두 푸른색으로 칠했었다. 그때 그녀가 정말로 원했던 것은 술꾼을 겁주어 내쫓는 색깔이었다. 하지만 그런 색깔은 없었다. 어린 시절 내내, 그리고 철자 암기 대회에서 우승도 했던 똑똑한 청소년기에도 술꾼들은 끈질기게 찾아왔다. 그녀가 우승한 단어는 syzygy*였다. 그녀는 직감에 따라 철자를 말했고 뜻은 나중에 찾아보았다.

델핀은 정말로 똑똑했다. 학교에서 가장 똑똑한 학생이었다. 가톨릭재단의 대학에 장학금을 받고 진학할 수도 있었지만 일찌감치 자퇴했다. 그녀가 우승한 단어의 뜻처럼 나란히 배열되어 여기저기 무심히 그림자를 드리우는 행성 때문이었다. 불길한 영향력. 아버지의 술꾼 친구들을 지켜보면서, 그녀는 우주의 중심에는 신이 아니라 막강한 죽음의 성질이 군림한다는 사실을 서서히 믿게 되었다. 술 취한 신은 정신을 잃고 차갑게 식어버려 고요할 뿐이다.

---

*삭망이라는 뜻으로, 달과 태양이 일직선에 놓인 상태를 말한다.

그녀는 문과 창문 틀을 푸른색으로 칠한 이 집에서 그런 깨달음을 얻었다. 술꾼들은 귀신을 쫓는 부적이나 어질어질한 암청색에는 아랑곳없이 여기저기 툭툭 부딪혔다. 그곳에서 그녀에게 여러 가지 사건이 일어났다. 강간이나 강도를 당하거나, 신의 부재를 남보다 더 혹독하게 경험한 것은 아니었다. 협박을 당한 일도, 의지를 거슬러 남에게 해를 입힌 일도 없었다. 얻어맞은 일도, 말할 권리나 목소리를 빼앗긴 일도 없었다. 그녀가 그 집에서 들은 눈물을 쏙 빼놓는 슬픈 이야기가 문제라면 문제였다. 델핀은 다른 사람에게 끔찍한 일이 일어나는 것을 목격했다. 더 나쁜 건 그녀에게 그들의 운명을 바꿀 힘이 없다는 사실이었다. 델핀의 평생이 그런 식이어서, 재앙은 의자처럼 그녀를 비껴가 옆에, 그녀의 머리칼을 흩뜨려놓을 만큼 가까이 떨어졌지만 몸을 건드리지는 않았다.

어쩌면 그녀가 어머니를 일찍 여읜 탓에 그토록 견디기 힘든 예민한 시기를 겪었는지도 몰랐다. 실제로 재앙은 집에 찾아오는 친구, 지인, 모르는 사람들을 덮쳤지만, 그럼에도 그들의 끔찍한 불행에 뒤따르는 감정을 델핀은 고스란히 경험했다. 길 아래편에 사는 아이가 눈이 멀었다. 몇 주 동안 델핀은 그녀도 눈이 멀었다는 말을 듣고 주위를 더듬거리며 다니는 악몽에 시달렸다. 또한 델핀은 밝은 성격의 추저분한 배송 아주머니처럼 남편에게 버림받았다. 배송 아주머니는 혼자 자식 아홉을 키워야 한다는 생각에 목숨을 끊으려다 실패해 밧줄을 맸던 거무스름한 자국이 평생 목에 남았다. 또한 델핀은 고등학교 때 절친했던 친구 클래리스 스트러브처럼 말 못할 병에 걸렸다. 이런 일이 정기적으로 일어나 델핀은 머릿속에서 신경성 경련을 일으킬 지경이었다. 그것은 무릎반사처럼 빛과 희망을 거부했다.

그래도 그녀는 신을 탓하지 않았다. 신이 엄마를 돌려줄 생각이 없다는 것을 깨달은 순간부터 그래봤자 시간낭비라는 걸 알았다. 하루에 스무 번 혹은 서른 번 거짓말을 들어야 하는 것이 못마땅해서 마지막 학년에 자퇴했다. 신은 선하다. 거짓말! 신은 전능하다. 아마도. 그 말이 맞다 쳐도 온전히 선하다는 것은 말이 안 된다. 엄마를 죽게 놔두었으니까. 자비롭다? 거짓말! 정의롭다? 거짓말. 모든 것을 본다? 그녀가 밤마다 이불 밑으로 손을 넣어 뭘 하는지 지켜볼 시간이나 있을까? 신이 머릿속에 침입해 불순한 생각을 보고 정말로 눈물을 흘릴까? 그렇다면 엄마의 병이나 고쳐주지 그런 하찮은 일에 신경쓰는 이유는 뭐지? 이건 하고 저건 안 하는 이유는 뭔데? 그녀는 그런 거짓말의 수를 헤아려 그 내용을 교과서나 도서관에서 대출한 책의 여백에 끼적였다. 거짓말! 여기도 거짓말! 그녀가 어찌나 열심히 끼적여놓았는지 수녀 교사들은 그뒤로 오 년 동안 학생들에게 손글씨로 그런 설명을 달아놓은 책이 보이면 무시하고 그들에게 알려달라는 주의를 주었다.

델핀의 아버지는 기뻐했다. 그녀의 자퇴 소식을 듣자마자 하던 일을 접었다. 그리고 델핀이 일을 하는 동안 술을 퍼마시는 데 몰두했다. 그녀도 인정했지만, 그녀가 똑똑했던 것이 화근이었다. 잠시 일하다 그만둔 온갖 직장보다 그 폭압적인 거짓말을 견디는 편이 더 나았을 것이다. 델핀은 오그 낙농장에서 버터를 포장하는 일을 했다. 썩은 달걀의 유황냄새가 코를 찌르는 가운데 숨을 참으며 달걀을 깨뜨리는 일도 했다. 한동안은 철제통에 쿠키를 종류별로 담으면서 그 부스러기로 먹고살았다. 의상실에서 단춧구멍도 뚫었다. 다림질도 했다. 시트를 표백하다 손에 물집이 생겼다. 하나같이 지루했고 보수도 적었다. 게다가 당시 같이 살던 아버지가 번 돈의 절반을 가로채려 했다.

처음에 그녀가 돈을 얼마간 떼어주었을 때 아버지는 어디론가 가서 조용히 술을 퍼마시며 홀랑 날렸다. 그다음에는 친구들을 데려왔다. 그녀가 집에 왔더니—벽돌공장에서 벽돌을 분류하다 먼지를 잔뜩 덮어쓴 채 피곤한 몸으로 지친 다리를 끌며—그들이 스킨토닉 한 짝을 비우고 있었다. 그녀는 모른 척하려고 무진 애를 썼지만, 그들은 시끌벅적 소란을 피우며 부스러기 하나 남기지 않고 싹 먹어치웠다. 심지어 마지막 남은 햄조각까지 긁어먹더니 반쯤 인사불성이 되어 그녀의 침실로 불쑥 들어왔다. 그녀의 유일한 안식처였던 침실로. 그녀는 빗자루를 휘둘렀고, 그들의 다리에 맞고 손잡이가 툭 부러졌다. 그들이 나가지 않고 껄껄거리며 버티자 그녀의 눈앞에 하얀 먼지 폭풍이 일었다. 그녀는 마침내 그들을 쫓아버리기로 결심했다. 그녀는 장작더미를 쌓아둔 곳으로 가서 모탕에 꽂아둔 도끼를 뽑아들고 성큼성큼 부엌으로 들어갔다.

이봐, 로이의 아기…… 누가 빈정거렸다.

그녀가 머리 위로 도끼를 번쩍 들어 내려찍자 방금 패로 나온 다이아몬드 에이스가 반으로 쫙 갈라졌다. 그녀는 도끼를 뽑아 다시 번쩍 들었다. 아버지가 빽 소리를 질렀다. 그녀가 도끼를 휘두르며 맞받아 소리를 지르자 만취한 로이는 당황해서 포커판을 흩뜨리며 뒤로 펄쩍 물러났다. 그러고는 델핀더러 정신이 나갔다고 몰아붙였다. 얼마나 놀랐던지 그는 친구들의 부축을 받아 헐떡거리며 문밖으로 뛰쳐나갔다. 한밤중에 그는 얇은 얼음판 어디쯤에서 물에 빠지는 바람에 폐렴으로 죽을 뻔했다. 결국 델핀은 벽돌공장을 그만두고 그를 돌봐야 했다. 도끼 사건은 그녀가 로이에게 처음으로 대들었던 사건이었고, 그는 그 사건을 끝내 극복하지 못했다. 고래고래 소리를 지르다가도 누더기 같은 하얀 잠옷을 입은 그녀가 연약하고 열띤 모습으로, 하지만 그의 표현을 빌리자면 바락바락 악을 쓰며 나타나면 기세가 완전히 꺾였다. 그 사건은 델핀 삶의 골자가 되어, 다른 일도 그런 식이거나 그와 비슷한 방식으로 흘러갔다. 하지만 그녀는 집을 태울 수가 없었다. 그 집은 그녀가 자란 곳이자, 로이가 그녀의 출생에 대해 말해준 여러 이야기 중 하나에 따르면 그녀의 엄마가 그녀를 낳은 곳이었다. 그는 그녀가 부엌의 따뜻한 난롯가에서 태어났다고 했다.

"저장고를 치우는 편이 더 낫겠어." 그녀가 한숨을 쉬었다.

"그 말만은 하지 않기를 바랐는데." 시프리언의 목소리는 유쾌했다. 그가 담배를 비벼 끈 뒤 바지를 툭툭 털었다. 손이 보이지 않을 정도로 먼지가 풀풀 피어오르자 그가 웃었다. 델핀은 그에게 그토록 가혹한 일을 해치우는 그의 역량을 높이 산다는 말을 하고 싶었다. 그런 능력은 타운 사람들도 높이 평가하는 것이었다. 사실 그녀는 자신의 인내심도 자랑스러웠다. 하지만 그에게 그런 말을 하면 그녀가 한때 그를 화초 하나 키우지 못할 쓸모없는 놈팡이로 여겼다는 사실을 인정하는 셈이 되지 않을까? 아마도. 함께 집으로 가면서 그녀는 처음부터 줄곧 잘못 알고 있었던 거라고 생각을 바꾸었다. 그는 예술가였다. 균형잡기 예술가. 그것을 하는 동안에는 존재 전체가 그 한 가지에만 오롯이 집중했을 것이다. 지금은 균형잡기를 하지 않으니 그가 가진 좀더 평범한 재능을 보일 수 있는 것이리라.

문고리를 돌려 바닥문을 열기 전에, 그들은 깨진 복숭아절임병 파편과 우연히 들어왔다 갇혀버린 떠돌이개의 똥과 복숭아즙에 단단히 달라붙은 이상한 빨간색 구슬을 긁어내야 했다. 그런 것을 한 겹 벗겨낸 뒤 들러붙은 고리를 망치로 때렸다. 하늘이 서서히 어두워져 그들은 일손을 멈추고 램프를 찾았다. 등유를 붓느라 시간이 좀 지체되었다. 시프리언이 안달하며 심지를 만지작거리자 마침내 불이 붙었다. 이쯤 되자 그들도 시작한 일은 끝낸다는 결심이 섰다. 그들은 쇠지레와 깡통따개를 이용해 경첩이 달린 문을 들어올렸다.

나중에 그 순간을 돌이켜 생각하니, 델핀은 그때 문이 폭발해서 떨어져나간 느낌이었지만 당연히 그런 일이 일어났을 리 없었다. 그들이 사투를 벌였던 그 엄청난 냄새를 착각했던 것이다. 여태 맡았던 냄새는 후각의 그림자에 불과했다. 이제 진짜 냄새가 쏟아져나왔고, 그 정령이, 그 근원이 드러났다. 두 사람 다 뒷문으로 몸을 날렸고 어쩔 줄 모른 채 지저분한 풀밭에서 뒹굴었다.

"대체 저건 뭐였지?" 그들은 맥주상자로 기어갔고, 시프리언이 후들거리는 손으로 담배에 불을 붙인 뒤에야 그렇게 말했다. 폴터가이스트*가 그들을 집 밖으로 던져버린 것 같았다. 그들이 문짝을 실제로 들어올리기는 했는지 그것조차 정확히 기억나지 않았다.

---

* '모습은 보이지 않고 소리만 내는 유령'을 가리키는 독일어로, 악취나 소음이 나고 물건이 날아다니는 괴현상을 지칭하기도 한다.

"문을 열긴 열었던 것 같아." 델핀이 말했다.

"내 생각도 그래." 시프리언이 말했다.

"아래에 누가 있어." 델핀은 한숨처럼 담배연기를 길게 내뿜었다.

"누가?"

"사람이 죽어 있어."

그녀의 말이 맞았다. 누군가가, 또 누군가가, 어쩌면 또 누군가가 있었다. 확실하지는 않았다. 나중에 시프리언이 말하기로, 그들은 뭐랄까, 한데 뒤엉켜 있었다. 보안관을 부르면 어떻게 될까 두려워―로이가 대체 무슨 짓을 저지른 거지?―그들은 너덜너덜해진 기력을 그러모아 용감하게 그 자리로 돌아갔다. 숨을 참고 안으로 뛰어들어가 램프를 꼭 쥔 채 허리를 숙여 열린 문 아래를 내려다보았고, 숨도 쉬지 않고 한달음에 달려나왔다. 집에서 멀어지자 그들은 멈춰 서서 숨을 헐떡였다.

"제대로 봤어?"

"응."

"사람이었어, 맞지?"

"괴물 같았어."

그 가엾은 시체들이 분명 괴물이 된 것이었다. 거대한 혀와 툭 튀어나온 눈, 터져버린 뇌, 녹색을 띠고 퉁퉁 불은데다 무지갯빛으로 곰팡이가 잔뜩 낀 몸. 거기에는 잊히지 않을 만큼 다양한 종류의 생명체가 득시글거렸다. 시체들은 저장고 안의 수두룩한 빈병에 둘러싸인 채 세워진 자세로 쑤셔박혀 있었다.

로이가 대체 무슨 짓을 저지른 거지?

"이젠 집을 태워야 할까?" 델핀은 더럭 겁이 났다.

"그건 안 돼. 그러면 우리가 살인을 했다는 의심을 살 거야. 불을 지르면 보안관이 틀림없이 조사하러 오겠지. 아니면 소방서장이 달려오거나. 지하실도 태우면 안 돼. 그러니까, 저 아래에 있는 것이 불타도 없어지지 않으면 어떡해? 그러면 정말로 우리가 곤란해질 거야."

그런 순간에도 델핀은 그가 무심결에 우리라고 한 것에 감동을 받았다. 그는 그 자리에서 그녀를 차버릴 수도, 그녀의 아버지를, 악취를 풍기는 집을, 저장고에서 요상한 생명체를 양산하는 시체들을 그녀 혼자 감당하게 내버려두고 떠날 수도 있었다. 하지만 그는 그녀를 혼자 두지 않았고, 이 뒤죽박죽인 사태에도 짜증 한 번 내지 않았다. 새로 알게 된 이 유능함에 더해 충직하기까지 했기에, 델핀은 그가 남자와 그런 짓만 하지 않는다면 결혼이라도 하겠다고 생각했다. 그를 미래의 남편감으로 따져보기에는 애매한 순간이었지만, 시프리언이 그녀 곁에서 깊은 생각에 빠져 이마를 찌푸린 채 이 난처한 상황을 해결할 방법을 고심하는 모습을 보며 델핀은 그가 이렇게 잘생겨 보인 적은 없었다고 생각했다. 조각한 듯한 뺨은 핼쑥하고 눈동자는 새까맸다. 그녀는 지금 그가 보여주는 이 진중하고 사려 깊은 성격이 마음에 들었다. 그가 이 문제를 대하는 인내심이 마음에 들었다.

"돌아가서 로이에게 시체에 대해 말해야겠어." 그가 말했다. "좀 더 알아내야 해."

두 사람이 돌아오자 로이는 노여운 마음이 발끈 치밀어올라 버럭 소리를 질렀다. 어쩌다보니 시트가 몸에 둘둘 감겼는데, 그것을 정신병자에게 입히는 구속복으로 오해한 것이다. 전에 알코올중독 때문에 섬망증에 걸려 정신병원에 입원했을 때 몸을 찬물에 적신 시트로 둘둘 감아놓는 치료를 받았다. 시트는 양쪽 끝을 잡아당겨 단단히 고정해둔 터였다. 그 상태로 그는 자신에게 일어나는 온갖 것을 경험했다. 방음이 되는 병실에 누워 시트에서 꿈틀꿈틀 빠져나오려고 혼자 애를 썼다. 벽에서는 거미가 슬금슬금 기어나오고 피부 밑에서는 큼지막한 이가 기어다녔다. 그는 그때의 경험 때문에 다시 술을 마시게 되었다고 했다. 그뒤로 술을 끊을 생각은 하지도 않았다. 그는 굳은 결심 같은 건 할 수 없는 인간이었다.

"할 이야기가 있어요." 델핀이 둘둘 감긴 시트를 풀어주며 말했다. "저장고에 시체가 있었어요."

"날 풀어줘! 제발 부탁이야!" 로이가 애걸했다. 대체로 그의 태도에는 가식, 저급한 욕구, 멜로드라마가 뒤섞여 있었다. "지금은 독한 술이 필요해. 한잔 제대로 마시게 해주겠니?"

델핀은 체념한 듯 시프리언에게 손짓해, 오는 길에 산 위스키를 한 모금 주라고 했다.

"술을 조금씩만 드릴 거예요." 그녀가 말했다. "우리에게 사실을 알려줘야 하니까요. 저장고에 시체가 있었어요." 그녀가 다시 말했다.

"그들이 누굴까?" 그가 퉁명스럽게 말했다.

"글쎄요, 우리는 모르죠."

"너희가 그들의 생김새를 말해주면 되겠지." 위스키를 본 로이의 눈동자가 광기의 불꽃을 뿜는 듯했다. 그는 약삭빠르게도 고분고분해지기 시작했다. "그 사람들이 어떻게 생겼는지 물어봐도 되겠니?"

"설명하기가 어렵네요." 시프리언이 델핀을 무력한 시선으로 바라보며 말했다. "한 명은 포크파이 중절모를 썼던 것 같아요. 보타이를 맸던 것 같기도 하고, 어쩌면 다른 것일 수도…… 생각해보니 한 명은 양복을 입었어요."

"검은 양복?" 로이가 갑자기 날카롭게 반응했다.

"델핀, 네 기억에도 한 명이 검은 양복을 입었던 것 같아?"

델핀은 서성거리며 눈을 감고 그 섬뜩한 장면을 떠올려보았다. "그런 것 같아. 검은 양복." 그녀가 소심하게 동의했다.

로이가 돌연 기운을 차리고 벌떡 일어섰다. 그러고는 시프리언이 반응할 새도 없이 그의 손에서 위스키를 낚아채더니, 델핀과 시프리언이 덤벼들어 억지로 술병을 빼앗을 때까지 벌컥벌컥 들이켰다.

"맙소사, 오 맙소사!" 로이는 소매로 입을 쓱 닦고 비틀거리며 방안을 두 번 돌더니 팔을 크게 벌리고 그들 앞에 섰다. "도리스와 포키, 그리고 그들의 어린 자식이야!"

"네? 뭐라고요?" 델핀은 그의 머리가 앞뒤로 꺾이도록 그의 어깨를 잡고 마구 흔들었다.

"이리 줘!" 로이가 침대 위로 털썩 엎어지며 손을 뻗어 위스키 병을 잡으려 했지만 시프리언은 되레 자기 입에 갖다댔다. 로이는 들짐승처럼 날렵한 동작으로 술병을 낚아채려 했고, 시프리언은 로이의 손이 닿지 않게 술병을 높이 쳐들고 휘휘 돌렸다.

"도리스와 포키가 누구예요?"

"그리고 그들의 어린…… 음…… 아들이었나요?" 델핀이 물었다. 그녀도 안면은 있었지만 잘 알지는 못하는 가족이었다. 친구 클래리스가 그들의 친척이었다. 이제 클래리스에게 들었던 포틀랜드 '포키' 채버스에 대한 이야기가 몇 가지 떠올랐다. 상황이 이렇다 보니 델핀은 로이가 안됐다는 생각조차 들지 않았다.

"손님이었지." 로이가 홀린 목소리로 말했다. "장례식 파티에 왔었어."

"누구 장례식요?"

"네 친구 클래리스의 아버지. 당연히 내 친구였지. 그 친구는 장례식 말고 파티를 원했어. 스트러브 집안사람이었으니까. 그 친구가 평생 업으로 해온 전형적인 장례식 절차를 따르는 대신 파티를 열어줄 사람은 나밖에 없었거든. 그렇게 해줄 사람은 나뿐이었어." 로이가 잠시 뜸을 들인 뒤 약간 우쭐해서 말했다. "육체적 자비 행위라 해도 될 거야."

"아버지만 그렇게 생각할 거예요." 델핀이 말했다.

"난 주최자로서 아낌없이 베풀었어. 맥주도 넉넉했고." 로이가 그리움에 젖어 고백하듯 조용히 말했다.

"집세 낼 돈으로 샀겠죠." 델핀은 화가 머리끝까지 났다.

"맥주 이야기는 그만 됐어요." 시프리언이 말했다. "도리스와 포키 이야기를 해주세요."

로이는 말 잘 듣는 겁먹은 아이처럼 침을 꿀꺽 삼키고 고개를 주억거리며 말을 이었다.

"그로부터 몇 주 뒤에 우리는 그들이 없어진 걸 알았지."

"우리가 누군데요? 그 술냄새 풍기는 무지렁이들요?"

로이는 충격이 너무 커서 그 이상의 행동은 할 수 없다는 듯 델핀에게 짐짓 부드럽게 나무라는 표정을 지어 보였다.

"쿠스카와 발트포젤, 만하임, 줌브러게, 그 사람들 말이야. 우리는 물론 그들이 어디로 가버린 건지 궁금했지. 포키가 노래클럽에 나오지 않았어. 모든 걸 두고 떠나버린 거야. 집도 버리고. 모조리. 키우던 개까지…… 그 개가 찾으러 왔었어. 식료품 저장고 자리를 떠나지 않더니만. 맙소사! 이제야 이유를 알았네!"

로이는 몸을 숙이고 울기 시작했다. 들어줄 사람이 없어도 상관없는 잔잔하면서도 강렬한 울음이었다. "우리는 그 가족이 애리조나로 간 줄 알았어." 그가 조용히 같은 말을 되풀이했다.

델핀과 시프리언은 마치 나무인형이 되어 침대 위로 쿵 내던져진 것 같았다. 육신에서 숨이 빠져나가는 느낌이었다. 그들은 정신을 차리려 애썼지만 쉽지 않았다. 머리가 어질어질했다. 시프리언은 욕실로 들어가 목욕물을 틀고 델핀에게 들어오라고 손짓했다. 그는 로이에게 위스키 병을 던져주었고, 그들은 욕실로 들어가 문을 잠갔다.

"생각하지 말자." 델핀이 충고하듯 말했다.

시프리언은 대답조차 하지 않았다. 그는 아주, 아주 뜨거운 물을 틀어놓고 저가용품점에서 구입한 딸기향 거품비누를 조금 풀었다. 물이 기분좋게 채워지는 동안 그는 델핀의 옷을 모조리 벗기고 자기도 옷을 벗었다. 그가 옷을 둘둘 말아 구석에 놓으며 말했다. "이건 태워버려야겠어." 그들은 욕조로 들어가 서로의 몸을 정성껏, 말없이 부드럽게 씻겨주었다. 그리고 위로를 바라며 서로 포개고 앉아 물에 몸을 담갔다. 그들은 물을 채웠다 흘려보내기를 반복했다. 피부가 부들부들해지고 스펀지처럼 하얘지더니 두꺼비처럼 주름이 잡혔다. 한번은 로이가 문을 두드리고 애매하게 미안하다는 말을 중얼거리더니 가버렸다.

"욕조에서 나가고 싶지 않아." 델핀이 말했다.

시프리언은 딸기향 거품비누를 더 풀고 뜨거운 물도 더 받았다. 둘은 물이 완전히 빠질 때까지 하염없이 앉아 있었고, 그러고도 조금 더 앉아 있었다.

이제 그들은 누구에게 알리고 어떻게 할지라는 문제에 봉착했다. 거기 가족이 있었다. 도리스와 포키, 생각하기도 싫지만, 그들의 아이로 이루어진 가족일 것이다. 게다가 로이에게서 이야기를 전부 다 끌어내려면 열불이 날 게 뻔했다. 다음날 아침 그들은 로이에게 질문을 했다. 그는 단편적인 사실을 조각조각 들려줬다. 예컨대 그는 경야經夜에 밖으로 나가 돌아다니다 한때 델핀이 검은색 붉은 볏 밴텀 닭을 키웠던 버려진 닭장 안에서 잠이 들었다. 그는 클래리스의 아버지 코닐리어스 스트러브를 애도하는 뜻으로 기찻길 옆 부랑자 소굴에 가 지냈다. 몇 주가 지나고 다시 집으로 돌아온 그는 정신이 완전히 망가져 환각을 경험했다. 그래서 쾅쾅 두드리는 소리, 벽과 바닥에서 새어나오는 끔찍한 소리를 실제로 들었을 수도 있지만, 뱀이 램프에서 꿈틀거리며 기어나오고 벽에서 뚝뚝 떨어지는 환시로 고통받던 때라 그 소리를 무시했다.

"마침내 소리가 사라졌지." 그는 말꼬리를 흐리며 작고 단조로운 목소리로 말했다. "소리가 사라져서…… 이제 환각이 사라지려나보다고 혼잣말을 했어!"

"그만 됐습니다. 보안관한테 가봐야겠어요." 시프리언이 단호한 표정으로 말했다.

"아버지를 체포하지 않을까?"

"일부러 가두고 문을 잠근 게 아닌 한…… 저장고에 일부러 가두진 않았죠, 그렇죠?"

로이가 벌떡 일어나 꼿꼿이 앉았다. 입은 떡 벌어지고 완전히 넋이 나간 것 같아, 잠시 델핀은 그가 발작을 일으키려는 것이 틀림없다고 생각했다. 그런데 그가 갑자기 입을 탁 다물며 자기가 확실히 아는데 그런 짓은 하지 않았다고 말했다.

"기소하지는 않을 것 같아. 내가 보기엔 어쨌거나 이 모든 일이 우연한 사고거든. 도리스와 포키가 호기심에 그들의 아들에게……" 시프리언이 눈을 질끈 감으며 말했다. "옛날식 저장고를 보여주려고 거기로 내려갔는지도 모르지. 누가 선반에 올려놓은 유리병을 쳐서 떨어뜨렸는데 그때 바닥에 있는 문고리를 친 거지. 그들은 경야의 어느 시점에 그 안에 꼼짝없이 갇혀버린 거야."

"나는 그 아래에서는 한 방울도 안 마셨어." 로이가 말했다. "한 방울도."

"음, 모를 일이죠."

그들 셋은 매우 긴장한 채 침울하게 아침을 먹은 뒤 보안관 사무실로 갔다.

보안관 앨버트 호크는 연약해 보이면서도 덩치가 커서 눈길을 끌었다. 물렁한 살집이 잡힐 만큼 투실투실한 뺨과 턱이 섬세한 이목구비를 둘러싸고 있었다. 정수리에 돋은 옅은 갈색 머리칼은 가느다란 보푸라기 같았지만 얼굴에 난 털은 덥수룩했다. 면도를 끝내자마자 수염이 까칠하게 자랐다. 입은 어린 소년처럼 지저분하고 종종 주스나 초콜릿이 묻어 있었지만 사건을 정확히 짜맞출 줄 알았다. 흥분한 로이 바츠카가 두서없이 지껄이자 그는 바퀴 달린 의자를 뒤로 밀어 책상에서 조금 떨어져 앉은 채 가만히 있었다. 그의 얼굴은 경멸스럽다는 생각을 꾹 누르고 무표정을 가장하고 있었지만, 델핀에게 눈을 깜박일 때는 늙은 개처럼 유순한 표정으로 바뀌었다.

"거기서 시체를 끌어내고 싶소!" 로이가 격분해서 말했다.

그런 그의 태도를 본 사람이라면 그 가엾은 존재들이 그에게 심술을 부리려고 일부러 그의 저장고에 침입해 죽은 거라고 생각했을 것이다. 그는 보안관에게 책임이 있다는 양 노려보았다. 시프리언이 생각하기에는 아주 불리한 전략이었다.

"이리 앉으세요." 시프리언은 로이에게 입을 다무는 게 좋겠다고 소곤거렸다. "처음부터 다시 얘기하는 게 좋겠네요."

"그러십시오." 보안관 호크는 의자를 작은 나무책상 앞으로 당기며 말했다. 그는 갈색 종이로 된 사건기록부를 자기 앞으로 끌어다놓은 뒤 아름다운 손가락으로 펜을 쥐었다. 그리고 이끼색 천으로 장정한 기록부를 왼손으로 쓸었다. 아거스 사람들이 가져오는 정보를 그는 거기에 기록했다. "계속하세요." 그는 고개를 끄덕이며 사건기록부를 펼쳤다.

델핀이 이야기를 이어받았다. 그녀와 시프리언은 번갈아가며 기억나는 대로 연관된 모든 사실을 자세하게 말했고, 보안관이 받아적을 때는 정중히 말을 멈추었다. 그는 말의 뉘앙스까지 다 받아쓸 작정인 듯했고, 그녀와 시프리언이 어떤 일을 겪었는지 차근차근 설명하기에 가장 적합하고 정확한 방법을 찾을 때까지 잠자코 기다려주었다. 모래를 뒤집어쓴 애벌레같이 눈썹 숱이 많은 보안관이 생각에 잠긴 채 귀를 기울였고, 그의 손은 붙들린 듯 허공에 걸려 있었다. 그는 그렇게 집중하는 태도로 여러 사실을 알아냈다. 정확한 시간, 광원光源, 냄새의 기이한 힘, 그들의 추리, 로이에 대한 그들의 걱정 등. 보안관에게 들려주는 이야기가 현재의 순간에 이르렀을 때 델핀과 시프리언은 엄청난 사건에 휘말린 듯한 느낌을 받았다. 그들은 기진맥진했지만, 아직 할일이 많았다.

보안관 호크가 심드렁하면서도 근엄하게 자리에서 일어설 때 델핀은 그가 보안관이라는 직위에 성공적으로 안착하기 전에 타운에서 헨리 8세를 연기해 이름을 떨치고 또한 폴스타프* 연기로 전설이 되었다는 사실을 떠올렸다. 그녀는 연민과 존경심이 뒤섞인 복잡한 심정으로 그를 쳐다보았다. 그는 클래리스 스트러브에게 반했지만, 그것은 잔인하고 절망적인 사랑이었다. 그 사실을 아는 사람들은 클래리스가 그에게 대놓고 면박을 주며 화를 내는 것 또한 잘 알았다. 그는 그녀를 오랫동안 쫓아다녔고 자기연민을 주제로 시도 여러 편 썼다. 그의 열정은 이미 진부한 농담거리가 되었지만 그가 보안관이었기 때문에 아무도 그에게 말해주지 않았다.

"이제부터 조사를 시작하겠습니다." 그가 사무실 뒤쪽으로 가며 말했다. 작은 공간에 그의 신원을 드러내는 물건들이 놓여 있었다. 권총, 줄자, 붉은색 교통정리 깃발, 공책과 서류철, 그리고 선반의 라이플총 몇 자루. 그가 필요한 물품을 꼼꼼하게 챙기고 긴 글을

* 셰익스피어의 『헨리 4세』와 『윈저의 즐거운 아낙네들』에 등장하는 뚱뚱한 기사.

써서 보안관보에게 남긴 뒤 그들을 데리고 밖으로 나갔다.

"로이, 같이 가실까요." 그가 말했다. 특권을 상징하고 공포를 조장하는 소리가 갑자기 요란하게 울려퍼졌고, 로이가 조수석에 풀쩍 올라탔다. 시프리언과 델핀은 침울한 만큼 거리를 두고 따라갔다. 그들은 집에 도착하자 차에서 내렸다. 델핀은 보안관이 미리 챙겨온 방역마스크를 쓰고 집으로 들어가는 것을 보고 깊은 인상을 받았다. 보안관은 그들에게 말을 거는 일 따위로 체력을 낭비하지 않았다. 그는 커다란 덩치로 날렵하고 민첩하게 작은 방을 이리저리 들락거리다 드디어 식료품 저장실 문을 열어젖혔다. 호크가 바닥문을 열었다. 그러고는 공책에 뭔가 끼적이고 바닥문을 지지대로 받쳐놓더니 뒷문을 통해 마당으로 나갔다.

그는 거기 한참 서서 뱃속을 달래거나 정신을 수습했다. 나머지 셋은 약간 떨어져 묵묵히 기다렸다.

"다시 여기서 살아도 좋다고 허락하기 전에," 마침내 보안관이 로이에게 말했다. "그 운명의 밤 이 집에 왔던 다른 손님들을 만나봐야겠습니다. 그리고 당신들의 열의는 이해하지만 그것 때문에……" 그는 이제 델핀과 시프리언에게 말했다. "그 와중에 살인의 증거를 목격하고도 인멸했을 우려가 있으니 당신들에게 잠정적인 목격자로서 이 타운에 남을 것을 요구합니다."

두 사람이 그러겠다고 하자 보안관은 차를 타고 떠났다. 로이는 두 사람에게 혼자 있을 곳이 필요하다고 말한 뒤 강기슭으로 향했다. 델핀은 입술 쪽으로 엄지를 살짝 기울여 로이가 강기슭 근처 나무의 뿌리에 술병을 꿍쳐둔다고 알려주었다. 그들은 자신들의 데소토 차에서 짐을 꺼내고 집에서 되도록 멀리 떨어진 곳에 바람과 반대 방향으로 텐트를 쳤다. 델핀은 시프리언에게 로이 곁을 지켜달라고 부탁한 뒤 일단 로이가 곤드레만드레 취하면 수영할 생각은 꿈도 못 꾸게 해야 한다는 다짐을 받았다. 그러는 동안 그녀가 시내로 나가 필요한 것을 사오기로 했다.

　오묘하고 역설적인 진실은 이것이다. 한 남자의 행복한 경험이 나중에 그를 죽일 수도 있다는 사실. 로이 바츠카는 자기가 허구한 날 술을 마시는 여느 술꾼과 다를 바 없는 것처럼 굴었지만, 실상은 그 이상이었다. 그는 위험한 로맨티스트였다. 그는 자신의 삶에서 누군가를 깊이, 심지어 헌신적으로 사랑했고, 놀란 폴란드인에게서 우러나오는 깊은 감사의 마음을 지니고 있었다. 사람들 모두 그가 사랑한 여자는 델핀의 엄마인 미니일 거라고 추정했다. 로이의 사진 속에서가 아니라 실제로 그녀를 본 사람은 없었고, 로이의 이야기를 통해 접했을 뿐 그녀에 대해 많이 아는 사람도 없었다. 하지만 그런 이야기 덕분에 미니는 타운 주민의 기억 속에 생생한 인물로 남아 있었다. 미니의 흐릿한 사진에서 로맨틱한 느낌은 거의 찾아볼 수 없으니, 로이의 사랑을 특별한 열정으로 받아준 것은 그녀 안에 숨은 또다른 자신이었을 것이다. 한 사진에서 그녀는 얼굴을 반쯤 돌리고 있다. 찡그린 표정으로 입을 굳게 다문 것은 의심 때문이거나 아니면 그저 내리쬐는 햇빛이 만든 그림자 때문일 수도 있다. 또 한 사진은 그녀가 갑자기 움직인 순간을 담아 윤곽이 번져 보인다. 그녀의 얼굴은 햇빛이 만든 흐릿한 회색 음영에 갇혀 있다. 또다른 사진에서는 푸드덕거리는 닭을 잡으려고 갑자기 손을 뻗은 바람에 얼굴이 날개와 머리칼에 가려졌다.

미니가 가버린 뒤에도 로이는 그 사진들을 숭배하는 일에 탐닉했다. 어느 밤에는 서랍장 위에 봉헌초를 줄줄이 켜놓고 천천히 술을 마시며 그녀에게 말을 걸었다. 술잔 저 깊은 안쪽에서 그녀가 대답을 해올 때까지. 로이가 숭배하는 오래된 사진 위로 촛불이 일렁이고 미니의 얼굴이 또렷이 떠오르면 로이는 자기가 했던 말에 그녀의 눈빛이 달라지고 그윽해지던 것이 생각났다. 하지만 그때의 행복한 기억이 떠올랐다 한들 뭘 어쩌겠는가? 그 영향력을 더이상 경험할 수 없는데, 그런 기억을 어디에 두겠는가? 미니가 떠나고 처음 몇 년 동안 로이는 누구에게도 자신의 슬픔에 대해 말하지 않았고, 당시 델핀은 아직 아기에 불과했다. 그 시기에 그는 건강한 간을 가진 남자의 회복력을 과시하며 술을 마시고 끊기를 반복했다. 금주령 시행 기간에도 세계교회주의적* 태도를 보이며 노골적으로 취해서 지냈다. 헤어토닉, 등화수, 온갖 종류의 기침약, 심지어 여자가 달마다 먹는 영약까지 그의 애도 의식을 위한 연료가 되었다. 그가 심장으로 착각했던 기관이 서서히 망가졌다.

아버지가 그녀의 엄마에 대한 기억보다 술 자체 때문에 더욱 술을 마시기 시작했을 때 델핀은 열 살이 되었다. 그뒤부터 아버지는 술에 절어 만신창이가 되었지만 엄마는 서랍장 위의 사진 속에서 언제나 젊고 신비로운 모습이었다. 움직여서 번진 윤곽과 얼굴을 가린 닭 때문에 미니는 아주 생기 있어 보였다. 그녀가 죽은 이유를 로이는 절대 말하지 않았다. 타운 주민 중에 델핀을 따로 불

---

* 그리스도교를 하나로 통합하려는 사상으로, 각 교파의 교리 차이를 통합하는 것이 아니라 상호의 차이를 인정하면서 협동할 수 있는 가능성을 모색한다.

러내 몰래 비밀을 알려주는 짜릿함을 즐길 사람이 있을 법도 한데, 그런 일이 전혀 없어 델핀은 의아했다. 그런 사람이 한 명도 없으니 아무도 모르는 거라고 결론을 내렸다. 죽은 이유를 몰랐기에 델핀은 제멋대로 환상을 만들어냈다. 평범한 사물에서 엄마의 이야기를 꾸며내고, 나뭇잎의 그림자나 구름의 형상에서 엄마의 생김새를 찾아냈다.

델핀은 벽장만큼이나 작은 그녀의 방에 있는 물건들이 한때 미니의 것이었다고 확신했지만, 로이가 그녀의 추리를 확인해준 적은 없었다. 래커칠을 한 서랍장도, 바위에 부서지는 파도를 그린 그림도 그랬다. 그녀가 가장 아끼는 것은 나무상자였다. 그 안에 하얀 돌멩이를 찢어진 모슬린 스카프의 끝부분에 싸서 보관했다. 이따금 그리움에 사무쳐 그 담배상자를 열면, 여전히 담배와 삼나무의 향긋한 냄새가 은은하게 흘러나왔다. 해가 그녀의 작은 방 서쪽 창문으로 비스듬히 들어오는 늦은 오후면 의식을 거행하듯 스카프로 손목을 감싸고 하얀 돌멩이를 입안에 넣었다. 그녀는 가만히 누워 하얀 실안개 같은 위안 속에 돌멩이를 빨면서 혀로 뭉툭한 모서리를 암기하듯 더듬고 손목의 스카프를 풀었다 감기를 반복했다.

열두 살이 되었을 때 그녀는 돌멩이를 상자에 집어넣은 뒤 그 습관을 아예 버렸다. 대신 그녀가 상실한 것을 더 어른스러운 눈으로 볼 수 있게 되었다. 엄마와 함께 있는 여자아이를 보면 머리가 어질어질하고 목이 따끔거렸지만 견뎌냈다. 그녀는 언제나 지나치게 뻣뻣하고 수줍음을 타서 마음과 달리 나이 많은 여자—교사든 친구 어머니든—에게는 다가가지 못했다. 하지만 그런 욕구는 줄곧 그녀 안에 존재했고, 가끔은 감출 수 있었지만 가끔은, 특히 힘든 시기에는 절박해졌다. 지금 델핀은 시내로 차를 몰면서, 냄새와 악전고투하면서도 집을 불태우지 않아서 다행이라고 생각했다. 래커 칠을 한 검은색 서랍장의 맨 위칸에 로이가 넣어둔 엄마의 사진이 몹시 보고 싶어졌기 때문이었다. 사진을 들여다보고, 익숙한 수수께끼와 함께 앉아 있고 싶었다. 담배상자를 열어 하얀 돌멩이를 꺼내보고 싶은 느닷없고 거의 육체적이기까지 한 욕구에 그녀는 고통스러웠다. 그녀는 눈앞에 펼쳐진 길을 응시하며 오래되고 순수한, 헛된 소원을 빌었다. 단 한 번, 단 한 순간이라도 엄마의 얼굴을 또렷이 보는 선물을 받을 수 있다면. 델핀이 발트포겔 정육점으로 들어가 에바 발트포겔을 만난 것은 엄마의 얼굴이 그토록 애타게 보고 싶었던 바로 그 순간이었다.

다섯
정육점 주인의 아내

그들은 라드에 대해 이야기하다 처음으로 마음이 통했다. 델핀은 그 가게에 처음 온 손님으로, 전나무 톱밥, 고수, 후추, 사과나무 목재로 훈제한 돼지고기 냄새를 맡으며 발트포겔 정육점 입구에 서 있었다. 깔끔하면서도 피냄새가 밴 맛좋은 냄새가 진하게 풍겼다. 그녀는 씩씩하게 걸어가 카운터에 억센 손가락을 올렸다.

"베이컨 4분의 1파운드. 베이컨 기름에 생선을 튀길 거예요."

"어떤 생선요?" 에바가 유쾌하게 물었다. 센 억양이었지만 말을 더듬지는 않았다. 에바는 새로운 손님이 나타나면 어김없이 말을 붙였는데, 이 젊은 여자는 낯익기는 하지만 단골도 아는 사람도 아니었다. 그녀는 온갖 색조의 붉은 고기로 가득한, 불빛이 환한 냉장 진열장 뒤에 서 있었다. 이삼십 개에 이르는 토막고기, 서머 소시지, 간肝 소시지, 비어 소시지, 송아지고기, 선지, 스웨덴 소시지, 이탈리아 훈제 후추 소시지, 반질거리는 염통과 간, 옅은 색의 송아지 가슴샘과 췌장뿐 아니라 정성껏 양념한 뒤 훈제하는 대신 물에 삶아 만드는 프랑크푸르트소시지도 큰 상자째 있었다. 피델리스가 프랑크푸르트소시지를 새로 만드는 날이면 사람들이 줄을 섰다.

"아직 몰라요." 델핀이 말했다. "강에서 헤엄치고 있거든요." 바로 그때 델핀은 카운터 뒤에 서 있는 여자가 이틀 전 흙먼지 날리는 공터의 달리기 시합에서 이긴 여자임을 알아보았다. 델핀은 여자에게 친밀감을 느끼며 그 사실을 몰랐을 때보다 더 확신에 차서 말했다. "한 조각은 미끼로 쓸 거예요. 그러면 물고기를 못 잡아도 남은 베이컨을 먹을 수 있을 테니까요."

"현명한데요." 에바는 가장 좋은 살코기 부위의 베이컨을 잘라 무게를 달며 말했다. 그녀는 새로 온 손님에게는 늘 좋은 고기를 주려고 특별히 신경썼고, 다시 오라는 미끼로 작은 선물도 주었다.

"이 라드도 써봐요." 그녀가 권했다. "생선 요리에는 그만이죠. 값도 아주 싸고. 아껴 쓰려면 지글거리는 소리가 잦아들 때 위쪽을 따라내면 돼요. 베이컨은 내일 드시고. 이제는 이 라드가 있으니까. 이 라드가요."

에바는 전기모터로 냉각하는 유리 진열장에 손을 넣었다. "남편이 독일에 살 때 정육점을 했거든요. 전쟁터에서 요리나 하다 돌아온 쿠스카 씨와는 급이 다르죠. 우리 피델리스는 지방을 정제하는 비법도 배워왔어요. 한번 맛봐요." 그녀가 말했다. "슈메크트 구트 (맛이 좋아요)!"

에바가 작은 푸른색 팬에 라드를 담아 내밀자, 델핀은 손가락 끝으로 살짝 찍었다.

"버터처럼 깨끗하네요!"

"소금을 거의 넣지 않았으니까요." 에바가 엿듣는 사람이 있으면 안 된다는 듯 소곤거렸다. "그래도 냉장고가 있으면 신선하게 보관할 수 있어요."

"냉장고가 없는데." 델핀은 솔직하게 말했다. "음, 예전에는 있었는데, 제가 집을 비운 사이 아빠가 팔아버렸어요."

"오다가다 본 것 같은데." 에바가 말했다. "하지만 어디서 봤는지 잘 모르겠네요. 괜찮다면 아버지 성함이?"

델핀은 직설적이면서도 예의를 지키는 에바의 태도가 마음에 들었고 붉은빛이 도는 금발을 틀어올려 노란색 연필 두 자루로 고정한 모습에 감탄했다. 에바의 눈동자는 강렬한 녹색이었고, 실오라기 같은 은색 선이 언뜻언뜻 보였다. 한쪽 눈동자는 문틈으로 사라지는 햇살처럼 생명이 그녀를 떠날 때 검게 변할 선이 오묘하게 반짝거렸다. 지금은 그 눈을 가늘게 뜨고 라드와 냉장고와 냉장고를 팔아버렸다는 아버지에 대한 의문을 마음속에서 그려보는 중이었다. 에바는 정보가 좀더 주어지기를 기다렸다.

"로이 바츠카." 델핀이 천천히 말했다.

에바는 고개를 까딱하며 전문가의 솜씨로 삽시간에 포장을 끝낸 뒤 델핀에게 돈을 받았다. 그리고 거스름돈을 세어 델핀의 손에 쥐여주었다. 그 이름이 에바의 궁금증을 모두 풀어주었다. "따라와요." 에바가 카운터 뒤쪽으로 손짓했다. "민스미트 파이를 지금껏 먹어본 것보다 훨씬 맛있게 만드는 법을 알려드릴게요. 비결은 쇠기름이죠."

"영어는 어디에서 배웠어요?" 델핀이 물었다.

"정육점 주인들이 하는 말을 귀담아들었어요." 에바가 말했다.

델핀은 카운터를 돌아서 에바를 따라 통로를 지나가며 서류와 청구서가 넘쳐나는 사무실, 남자의 옷 따위를 넣어둔 작은 벽장, 벽 안으로 낸 장식품 선반과 거기 놓인 작은 독일제 도자기 인형을 흘끗 보았다. 인형은 어린아이 모양으로, 하나는 장미를 꺾고 또하나는 작고 하얀 염소를 끌었다. 부엌에 들어서자 개수대 위 두꺼운 벽에 낸 커다란 창문으로 햇빛이 환하게 비쳐들었다. 델핀이 느끼기에 이곳에는 모든 시간이 멈춰 있었다. 그녀는 부엌 안을 훑어보았다.

빵을 담는 커다란 점토 그릇이 놓인 선반과 당겨서 여는 밀가루통이 있었다. 선명한 녹색으로 칠한 나무벽장은 리놀륨 바닥과 색깔이 잘 맞았다. 무겁고 번쩍거리는 고기용 그라인더가 조리대에 나사로 고정되어 있었다. 둥근 식탁에는 사각무늬가 프린트된 유포油布가 덮여 있었다. 붉은색 테두리의 사각무늬 안에는 푸른색 포도송이나 탐스러운 핑크골드색 복숭아, 사과, 은은한 녹색 배가 프린트되어 있었다. 창문에 커튼은 없었지만, 진홍색 꽃을 피운 제라늄이 화분에서 한껏 발랄함을 자랑했다. 공간 전체에 갓 구운 롤빵 냄새가 가득했다.

에바의 부엌으로 들어갈 때 델핀에게 뭔가 굉장한 일이 일어났다. 존재가 확장되는 듯한 엄청난 경험이었다. 눈앞이 아찔하면서, 마치 새가 내려앉듯이 급강하하다가 고요해지는 감각을 느꼈다. 델핀은 시프리언이 균형잡기를 할 때 주로 쓰는 딱딱한 사각 등받이의자에 앉았고, 에바는 레드윙 커피통에서 스푼으로 원두를 퍼서 커피 그라인더에 넣었다. 그리고 기어와 연결된 철제 크랭크 손잡이를 돌려 볶아둔 원두를 갈았다. 원두를 가는 요란한 소리에,

에바는 손잡이를 돌리며 작은 마호가니 그라인더 너머 델핀에게 눈썹을 치켜 보였다. 기가 막히게 좋은 향이 올라왔다. 델핀은 크게 숨을 들이마셨다. 에바는 민첩하고 정확한 손놀림으로 작은 나무서랍에 수북이 쌓인 고소한 커피 가루를 검은색과 흰색이 점점이 박힌 회색 에나멜 커피포트에 쏟아부었다. 그녀는 펌프가 아니라 개수대에서 수돗물을 받았고, 크롬으로 '매직 셰프'라는 상표명을 휘갈겨쓴 눈부시게 새하얀 가스레인지에 커피포트를 올린 뒤 불을 켰다.

"어쩜." 델핀이 숨을 토했다. 뭐라고 할 말이 없었다. 그래도 괜찮았다. 에바가 민스미트 파이 조리법을 써주려고 벌써 머리에서 연필을 뽑고 수첩을 손에 쥐고 있었으니까. 에바의 글씨체는 장식적인 옛 독일 스타일이었는데, 적어도 영어 철자법은 엉망이었다. 마지막에 들통난 사소한 약점이 델핀은 되레 고마웠다. 그것이 실제로 다행스럽게 느껴졌는데, 에바가 누구보다 유능하고 자신만만한 사람으로 보였기 때문이었다. 또한 에바는(곧 알게 되었는데) 튼튼하고 똑똑한 네 아들의 엄마이자 정육점 주인의 아내라 그런 점마저 없었다면 델핀은 그녀를 감히 범접하지 못할 본보기 같은 인물로 생각했을 것이다. 델핀—어머니를 가져본 적이 없고, 아버지의 집에서 남부끄러운 오물을 치우고 추위와 굶주림을 견디며 강인해진 여자, 그녀의 배에 의자 여섯 개를 쌓고 그 위에 올라가 균형잡기를 하는 사람을 애인으로 둔 여자, 아거스의 상류사회에서는 주목할 가치도 없다고 여기겠지만 철자법만은 잘 아는 여자—은 에바가 틀리게 쓴 철자에서 자신감을 얻었다. 그 순간 그녀는 전략적인 결정을 내렸다.

에바와 진심으로 친구가 되고 싶었던 델핀은 머지않아 에바도 로이 바츠카의 집에서 무슨 일이 벌어졌는지 듣고 알게 될 테니 차라리 먼저 털어놓기로 했다. 솔직히 그러고 나면 에바가 그 흉악한 장면을 떠올릴 때 곧바로 델핀을 연상하겠지만 어차피 에바도 곧 알게 될 일이 아닌가. 더욱이 델핀은 자신이 가진 것이 가치 있는 것이라는 사실도 깨달았다. 이야기, 가십의 원천, 어쩌면 타운의 신화를 만들어내는 일이 그녀에게 달려 있었다. 이야기를 듣고 나면 에바는 이 말을 버릇처럼 할 것이다. 그 가엾은 아가씨가 반쯤 넋이 나간 채로 우리 가게에 들어오자마자 하는 이야기가…… 그래서 델핀은 고단하고 기운도 없었지만, 더욱이 지난 사흘 동안 겪은 일은 여전히 신물났지만 자신이 경험한 것을 에바에게 죄다 털어놓았다. 이 사건이 타운에서 가장 후끈한 가십거리가 될 것이 뻔했으므로 그녀는 즉각 이렇게 덧붙였다. "여기서 처음 이야기하는 거예요."

에바는 덕망 높은 성직자나 보일 법한 두려움 없는 시선으로 이야기를 듣더니, 청하지도 않은 면죄부를 내주었다. 방금 끓인 커피와, 건포도와 설탕과 버터로 정교하게 장식한 시나몬 번의 형태로. 마음속에 공포심이 슬그머니 일어나던 참이라 델핀은 그렇듯 소박하고 인간적인 대접에 고마움이 솟구쳤다. 델핀이 울음을 터뜨린 것은 에바의 막내아들 중 하나가 부엌으로 뛰어들어와 롤빵을 달라고 해서 받아들고 다시 밖으로 달려나갔을 때였다. 대여섯 살쯤 되어 보이는 동그란 얼굴에 갈색 고수머리의 튼튼한 꼬마였다. 그때까지 그녀는 저장고에 실제로 있었던 그 아이를 애써 생각하지 않고 있었다. 그들이 아이가 계속 술에 취해 있게 했기를, 마지막 순간 부모와 함께라는 사실이 어떻게든 아이에게 위안이 되었기를 그녀는 바랐다. 상상조차 할 수 없는 그 아이의 마지막 순간과 마주하자 델핀은 또다시 예전의 지독한 무력감에 휩싸였다. 그녀가 자란 작은 집은 삶이 얼마나 잔인한지 그녀에게 가르쳐줄 작정인 듯했지만, 늘 그걸 깊이 생각해볼 수 있도록 직접 겪게 하지는 않았다.

창피하기도 해라, 그녀는 얼굴을 감싼 채 흐느끼며 생각했다. 이 여자의 집에서 울고불고하다니! 하지만 에바는 사람들이 그녀의 식탁에서 우는 데 익숙한 모양이었다. 그게 아니면 델핀이 풀어놓은 이야기를 듣고 알게 된 사실에 정신이 빠져 있는지도 몰랐다. "그만 뚝." 에바가 중얼거렸다. 이따금 그녀는 델핀의 어깨에 손을 얹고 커피를 더 따라주었다.

"평소에 잘 울지 않는 편이군요." 에바가 말하자 델핀은 불가능할 만큼 강하고 영웅적인 존재가 된 것 같았다.

"맞아요." 델핀은 말하며 타운에 돌아온 뒤 두번째로 울음을 터뜨렸다. 앞으로 이곳에서 아버지는 세 사람이 저장고에서 죽어가는 소리도 듣지 못할 만큼 만취해 있었던 사람으로 영원히 기억될 것이다.

포장한 라드 덩어리와 베이컨, 오렌지 세 개, 양파 여섯 개, 빵, 서머 소시지를 들고 정육점을 나오면서 델핀은 이제 아버지의 얼굴을 똑바로 볼 수 있을 것 같다는 생각이 들었다. 그녀는 크고 작은 구덩이를 피해 어설프게 덜컹거리며 차를 몰아 집으로 향했다. 에바를 만난 뒤로 정신이 몽롱했는데, 사랑에 빠진 것과 아주 비슷하면서도 아주 다른 느낌이었다. 에바가 그녀를 알아봐준 것, 부엌까지 데려가준 것, 델핀에 대해 알고 싶다는 온갖 표시를 한 것, 그 모든 것이 불현듯 큰 기쁨으로 다가왔다. 길고 형편없는 커브길로 들어서서 저만치 작은 집이 보였을 때, 델핀은 그것이 아마도 에바의 입장에서는 단 한 번의 친절한 행위였을 거라고 결론을 내렸다. 에바는 틀림없이 델핀의 울음에 질색했을 것이다. 그렇다 해도 델핀은 에바가 부엌에 데려가준 것이 무척 고마웠다.

"나도 언젠가 그런 부엌을 가질 테야." 그녀가 소리내 말했다.

하지만 보안관의 차와 호리호리한 보안관보 청년, 영구차, 호기심에 구경 나온 몇몇 이웃, 그리고 먼 들판 한쪽에서 위로하듯 저글링을 하는 시프리언을 보자 그날이 빨리 오지 않겠다는 사실을 다시금 깨달았다.

타운의 장의사인 오릴리어스 스트러브가 아내 벤타, 젊은 조카 딸이자 영안실 수습조수인 클래리스와 함께 시체를 밖으로 끌어내는 일을 맡았다. 델핀의 친구 클래리스는 이 지역에서 가장 앞서 있고 가장 평판이 좋은 '스트러브 장의사'를 물려받기로 되어 있었다. 이런 미래 때문에 클래리스는 고등학교 시절 친구들과의 관계가 좀 복잡미묘했다. 아거스에서 사는 한 그들의 인생도 결국 고무장갑을 낀 클래리스 스트러브의 비정한 손에서 끝날 것임을 하나둘 깨달았기 때문이었다. 편형동물 해부에서 A^+를 받은 어여쁜 클래리스. 이 세상은 물론 저세상의 화장술까지 이미 알았고, 남자에게 꼬리를 잘 치던 클래리스. 클래리스의 조롱하듯 반짝거리는 눈빛도 말 못할 충격적인 병에 감염되었던 얼마 동안은 약해졌지만 병의 원인은 끝내 밝혀지지 않았다. 아마도 매독에 걸린 줄 몰랐던 시신에게서 옮았을 텐데—왜냐하면 그때까지도 그녀는 이따금 숙모의 감독하에 방부처리실에서 일손을 거들었으니까—그 병 때문에 클래리스는 오랫동안 번거로운 치료를 받아야 했다. 치료를 맡았던 의사 히치는 시체에서 옮을 수 있는 병이 아니라고 주장하면서 그 감염을 냉정하고 수상쩍게 바라보았다. 그는 살바르산*정맥주사와 세포조직 깊숙이 투여하는 수은주사로 치료했는데 두 가지다 매우 불쾌했다. 클래리스는 꿋꿋했지만 델핀은 주삿바늘이 들어가는 것만 봐도 질겁했다. 그럼에도 그녀는 친구가 치료받는 내내 손을 잡아주었다. 그들이 아무렇지 않게 치료받은 날은 처치중출혈이 생긴 클래리스의 잇몸을 히치가 코카인으로 문지르도록 했을 때가 유일했다. 그 모든 사실을 아는 사람은 히치를 빼면 델핀뿐이었다. 클래리스의 가족 외에 스트러브 장의사 건물의 신성한지하실에 내려갈 수 있었던 사람도 델핀이 유일했다.

클래리스는 포대 같은 흰색 가운을 입고 녹색 마스크에 천연고무장갑을 끼고 색이 옅은 선글라스를 쓰고 있었다. 하지만 굽슬굽슬한 검은 머리가 그녀를 돋보이게 했고, 직업의 고된 현실도 그녀의 얼굴에서 뿜어져나오는 특유한 광채를 누그러뜨리지 못했다. 클래리스는 델핀을 보자 마스크와 장갑을 벗었다. 그리고 친구를만난 기쁨과 상황의 엄중함 사이에서 갈등하다 손을 내밀며 델핀에게 다가섰다. 그녀는 보는 사람이 없는지 주위를 둘러보았다. 스트러브 집안사람들은 죽은 자가 있는 자리에서는 철저한 자제심과존중을 보여야 했기 때문에 친구와 노닥거리는 모습을 들켜서는

---

* 페니실린이 나오기 전까지 매독 치료에 이용된 주사제.

안 되었다. 둘뿐임을 확인하자 클래리스는 얼굴을 일그러뜨리며 섬뜩하고 강렬한 표정을 지어 보였다. 예전에 그들은 타운 극장에서 〈맥베스〉의 첫번째 마녀와 두번째 마녀를 연기한 적이 있었다.

"우리 셋은 언제 다시 만날까." 그녀가 쉭쉭거리며 말했다. "천둥이 칠 때, 번개가 칠 때, 아니면 비가 올 때?"

"이 야단법석이 끝났을 때, 전쟁에서 승자와 패자가 갈렸을 때." 델핀이 대사를 받았다.

두 사람은 맥베스 부인과 등장인물 모두의 대역을 준비했던 터라 사실상 희곡 전체를 암기하고 있어서 이런 식으로 끝까지 계속할 수도 있었다. 하지만 오릴리어스가 음산해 보이는 꾸러미를 들고 나타나자 클래리스는 나중에 이야기하자는 신호를 보냈다. 델핀은 그러자는 몸짓을 해 보였다. 그들은 얼굴 표정으로 완벽한 소통이 가능했다. 클래리스는 얼굴을 찡그리고 한쪽 입꼬리를 달싹였다. "꼬리 없는 쥐처럼 난 그리하리라. 꼭 그리하고 말리라."

클래리스는 하던 일로 돌아가기 전에 순간적으로 호기심어린 표정을 지으며 들판 저멀리 델핀의 텐트를, 셔츠를 벗은 채 곡예 훈련을 하고 부엌에서 가져간 의자 위에서 균형잡기를 연습하는 시프리언을 가리켰다. 클래리스는 녹색 위생마스크 위로 한쪽 눈을 찡긋한 뒤 몸을 돌려 힘든 작업을 이어갔다. 델핀이 알기로 시신은 마당에 있는 큰 통에 넣는다. 캔버스 천으로 된 삼면 칸막이가 문바로 바깥쪽에 세워져 있었고, 그 너머에서 포르말린과 소독용 알코올 냄새가 흘러나왔다. 증류수 단지가 풀밭에 나란히 놓여 있었다. 그 광경에는 어딘지 능률적이고 진지한 느낌이 있었다. 스트러브 집안에서 시신을 거두는 모습을 보면 늘 마음이 놓였다. 클래리스는 아직 약간은 생기 넘치는 모습이 남아 있었지만, 스트러브 집안은 대체로 직업에 적합한 기질을 키워 번지르르하지도, 질척거리지도, 달콤하지도 않은 딱 필요한 만큼의 연민을 보일 줄 알았다. 타운 전체가 스트러브 집안에 의지했다. 죽은 자들은 그들 자신은 속수무책이었고 주변 사람 모두를 경황없게 만들었지만, 스트러브 집안만은 예외였다.

델핀은 장을 본 꾸러미를 꺼내들고 텐트로 가면서 시프리언이 돌로 만들어놓은 작은 화로를 보았다. 알고 보니 손재주가 아주 뛰어난 사람이었어, 그녀는 생각했다. 신기하고 더 놀라운 것은 화로만 보더라도 대충 원형으로 돌을 쌓아올린 것이 아니라, 모르타르를 바르고 그 위에 꼼꼼히 줄을 맞춰가며 공을 들인 것이었다. 화로에는 굴뚝도 있고 작은 선반도 있었다. 모르타르에 고리도 박아놓았다. 지금은 닭장을 고치는 중이었다. 그 모습 또한 아름다웠다.

시프리언이 곁눈질로 다정하게 바라보자, 그 옆모습에 그녀는 숨이 멎는 것 같았다. 움푹 들어간 눈은 반짝이는 석탄색이었고, 고전적인 콧날에 콧구멍은 완벽한 눈물 모양이었다. 입매는 부드러운 곡선을 그렸고, 웃을 때 드러나는 치아는 묘하게 완벽한 느낌을 주었다. 그녀는 골고루 새하얀 그 치아가 그의 얼굴을 잘생겨도 너무 잘생겨 보이게 한다고 결론을 내렸다. 맞다. 그런데 흠을 잡으려고 더 뜯어보자니 오히려 그 점이 마음에 걸렸다. 어딘가 불완전한 데가 있어야 얼굴도 더 강렬한 인상을 주고 그런 부분이 시선을 끈다. 아니면 내가 질투를 하는 건가? 내 감정을 보호하려는 건가?

그녀가 장본 꾸러미를 내밀었다. 그는 그것을 받아들고 평소처럼 저글링을 했다. 그의 앞으로, 뒤로, 허공으로, 발레리나처럼 발끝에 힘을 주어 쭉 뻗은 다리 밑으로, 그러다 오줌 누는 개처럼 한쪽 다리를 쳐든 채 행복하게 던지고 받으면서.

저렇게 기막힌 솜씨로 저글링을 하는 남자를 어떻게 사랑하지 않겠는가? 보안관과 보안관보와 장의사가 아버지의 저장고에서 시체 세 구를 끌어내는 동안 곁을 지키는 남자를 어떻게 사랑하지 않겠는가? 그녀는 삐딱한 마음으로 흠을 잡으려던 순간을 잊고 시프리언을 그저 있는 그대로 보기로 했다. 그가 최선을 다해 그녀를 편안하게 해주려 한다는 데는 의심의 여지가 없었다. 그는 그들의 텐트뿐 아니라 델핀의 아버지가 쓸 텐트도 방수포와 담요를 사용해 깔끔하게 세웠다. 강가, 로이 바츠카가 마시지 않고는 못 배기는 술을 꿍쳐둔 나무뿌리 부근에, 코고는 소리가 들리지 않을 만큼 멀찌감치.

시체 세 구를 모두 밖으로 꺼내자, 그간의 충격에 따른 피로가 델핀과 시프리언을 덮쳤다. 그들은 불꽃이 활활 타올라 숯덩이가 될 때까지 넋을 놓고 바라보며 한참을 멍하니 앉아 있었다. 어둠의 눈송이가 그들 위로 살포시 떨어졌다. 달은 보이지 않았다. 그들은 밤이 이슥해서야 시원한 물을 홀짝이며 서머 소시지와 빵, 라드를 먹고 디저트로 오렌지를 먹었다. 시프리언이 끝내 물고기를 잡지 못했기 때문이었다. 달이 없는 밤이라 별빛이 유난히 밝았다. 하늘에서 은은한 빛의 향연이 펼쳐졌다. 사위는 더없이 고요해 강물이 흐르는 소리가 또렷이 들렸다. 델핀은 나직한 물소리에 마침내 조금이나마 두려움을 떨쳐내고 오랜만에 마음이 편안해졌다.

말해버리고 싶은 충동이 그녀를 사로잡았다. 어둠이 그녀의 얼굴을 가려주었다. 아버지는 덤불숲 어디쯤에서 술을 마시고 있었다. 시프리언은 그녀 옆에 앉아 있었다. 그녀는 드디어 물어보기로 했다.

"강가에서 봤던 그 남자 말이야. 내가 무슨 말을 하는지 알지."

시프리언은 심장이 덜컥 내려앉고 갑자기 아드레날린이 분비되며 머릿속이 윙윙거렸다. 그는 이 순간이 오지 않기를 바라면서도 기다리고 있었다. 대답은 오래전부터 준비되어 있었다.

"당신은 내가 인생에서 원하는 전부야." 그가 말했다.

델핀은 그 말을 곰곰이 따져보았다. 생각해보면 어린 시절 술꾼들이 마당이나 부엌에서 고래고래 소리를 질러댈 때 그녀가 방에 갇혀 기도했던 것이 바로 이것이었다. 그는 잘생기고 매우 건장했으며, 특이하긴 해도 확실히 검증된 균형잡기라는 수입원이 있는 남자였다. 재능 있는 남자. 인생에서 원하는 전부가 그녀라고 고백하는 남자. 그러니까 추측건대 이 남자는 그녀와 결혼하고 싶어하는 것이다. 하지만 그녀가 듣고 이해하기로 변민이라는 것을 가진 남자이기도 했다. 그것이 완곡한 표현이라고 했다. 그런 표현을 제외하면 그 모든 일이 완전히 수수께끼였다.

"왜 그런 걸 해?" 그녀가 물었다.

"나도 몰라."

"난 알아야겠어."

평소와 다름없이, 그리고 시프리언도 이미 예상했듯이 그녀는 손쉬운 대답이나 그의 품위를 지켜줄 만한 대답은 받아들이지 않았다. 회피는 그들의 행복을 보장해줄지 몰라도, 용납되지 않았다. 그도 자신이 품은 욕망에 대해 이런저런 얘기를 들었지만 어떤 것도 몸소 이런 형태의 사랑을 하면서 경험한 느낌과는 일치하지 않았다. 그때, 그 순간의 느낌은 이제껏 맛본 즐거움 중에서 가장 원초적인 것이었다. 그는 자신이 그걸 설명할 때는 결코 오지 않기를 늘 바라왔다. 특히 여자에게는. 하지만 델핀의 얼굴에 어른거리는 루비색 화로 불빛을 바라보며 여자에게 꼭 말해야 한다면 그 대상이 델핀이어서 다행이라고 생각했다. 그가 델핀 바츠카에게 느낀 감정은 이제껏 전혀 예상하지 못했던 것이라 그 자신도 무척 놀랐다. 그는 그녀가 하는 말을, 그녀의 유쾌하고 직설적인 태도를, 그가 단련하는 방법을 가르쳐줄 때까지 그녀 자신도 몰랐던 그녀의 힘을, 그리고 지금 거지발싸개 같은 이 늙다리 아버지를 대하는 그녀의 따뜻한 마음을 사랑했다. 그에게 숨겨진 진실을 말하라고 다그치는 이런 집요함조차 그녀가 가진 진정한 매력의 일부였다.

하지만 그는 어떻게 설명해야 할지 몰랐고 그녀는 더도 덜도 말고 진실만 듣겠다는 결심을 굳혔다.

"당신 성은 라자르니까 폴란드 사람은 아닌 거지." 그녀가 뜬금없이 물었다.

"아니야." 그가 대답했다.

"그럼 뭐야?"

"프랑스인."

"그리고 또?"

시프리언이 멈칫했다. "음." 이윽고 그가 말했다. "치페와족이야. 오지브웨족이라고도 해. 할아버지는 아니시나벡이라고도 불렀는데, 인간이라는 뜻이야. 다 같은 말이지."

"그러니까 인디언이구나."

두 사람이 결혼한 부부인 양 공개적으로 같이 사는 이 타운에서 그 사실을 인정하기는 쉽지 않았지만, 그는 마침내 인정했다.

"피부색이 밝은데."

"아빠가 프랑스인 혼혈이고, 엄마한테도 프랑스인의 피가 섞였어. 미치프나 메티스*라는 말 들어봤어?" 시프리언은 그녀를 빤히 보다가 어깨를 으쓱하며 시선을 돌렸다. "못 들어봤겠지. 그래도 혹시 루이 리엘이라는 이름은 들어봤을지 몰라. 유명한 우리 조상이지. 혼혈국가라는―시시껄렁한 도당이나 사냥꾼 무리가 아니라―위대한 이상을 실현하려다 순교했어. 국경이 있고 매니토바 주의 넓은 땅을 다스리는 실제 정부가 있는 그런 곳 말이야. 우리 중에는 그 꿈을 포기하지 않은 사람이 아직도 많아! 난 말이지, 델핀, 당신이 알아줬으면 하는데, 유명한 사람의 후손이야. 루이 리엘. 역사책에도 나와."

"그 사람도 균형잡기를 잘했어?"

시프리언이 고개를 갸웃하더니 빙긋 웃었다. "그는 균형잡기의 달인이었지만, 어쨌거나 목매달려 죽임을 당했어. 나도 전쟁터에서 고결하게 싸웠지만, 내 피붙이의 영웅적인 면이 아니라 가벼운 면을 물려받았나봐. 사촌들은 다 피부색이 갈색이야. 형제 둘도 그렇고."

"이제 보이네." 델핀이 그에게, 그리고 잃어버린 영광과 한 영웅이 물려준 유산에 대한 그의 판타지에 마음이 누그러져 말했다. "당신 눈동자에서, 어쩌면 머리칼에서도." 시프리언이 느닷없이

---

* 특히 캐나다에서 원주민과 유럽인 사이에 태어난 사람을 일컫는 말.

털어놓은 얘기에도 그녀는 화제를 바꿀 마음이 없었다. "강가의 그 남자에 대해 말해줘."

인내심이 깃든 그녀의 목소리에 시프리언은 관심을 딴 데로 돌리겠다는 희망을 버렸다. 호흡이 가빠졌고, 자신이 남자와 관계를 맺으려 할 때 느끼는 감정을 설명할 적당한 말을 찾으려고 해보았다. 하지만 소용이 없어서, 마침내 그녀가 먼저 물어왔을 때 안도했다.

"전쟁터에서 시작됐어?"

"전쟁터에서 시작됐어!"

미처 생각하지 못했던 이유였기 때문에, 그렇게 말하면서 그는 마음속에서 희망이 커지는 느낌이었다. 그거야, 그는 생각들을 재빠르게 끼워맞췄다. 그것은 전쟁 당시 삶의 형태에서 비롯한 또다른 기형적인 현상일 수 있었다. 남자끼리 부대끼며 지내면서 생긴 결과, 혹은 가스 흡입이나 감염된 상처, 참호열*, 공포심이 만들어낸 세균 따위의 부작용 같은 것이다. 속으로 이런저런 이유를 짜맞추었지만 그것만으로 충분하지 않다는 것을 그도 알았다. 전쟁중에 그는 한 남자와 걷잡을 수 없는 사랑에 빠졌고, 여전히 그의 죽음을 애도했다. 그 사랑 자체는 놀랍지 않았다. 줄곧 알았으니까. 남자들이 보통은 어린 여자에게, 이어서 성숙한 여자에게 느끼는 감정을 남자에게 느낀다는 것보다 그에게 명백한 사실은 없었다. 이보다 뭐가 더 분명하겠는가? 아니, 전쟁은 그에게 누구는 사랑해도 되고 누구는 안 되는지 결정하는 문제보다 더 나쁜 영향을 미쳤다.

---

* 1차대전 당시 처음 발견된 병. 고열, 두통, 근육통 등을 유발한다.

그 생각만 해도 그는 힘이 쭉 빠졌다.

"그러니까," 그가 마침내 지친 표정으로 말했다. "똑같은 질문을 자신한테 해봐. 당신이 남자와 관계하길 좋아하는 이유가 뭘까? 당신 대답도 내 대답과 같을걸."

델핀은 빵을 우물거리고 장작을 쏘삭거려 불꽃을 더 크게 일으키면서 생각에 잠겼다. 얼마 동안 그 문제에 대해 생각한 뒤 그녀는 지금 그에게 느끼는 유대감이 남자보다는 여자와의 그것이라고 결론을 내렸다. 여자로서 그녀의 마음속에 일어나는 일이면 뭐든 그에게 말해도 괜찮을 것 같았다. 그는 그것을 자기 문제처럼 이해해주고 진짜 속마음을 알아줄 것 같았다. 그래서 그의 대답이 두 사람은 영원히 진실로 사랑하는 사이가 될 수 없다는 의미였음에도 그녀는 만족했다. 그들이 다시 돌아다니며 공연을 할 수 있을지조차 모르는 상황이었다. 보안관 호크에게 서약을 했으니 어쨌거나 한동안은 이곳을 떠날 수 없었다. 호텔, 로이가 마시는 슈냅스, 청소용품, 새 담요에 부득이하게 들어간 돈을 생각하면 그들이 지금 고민해야 할 것은 일자리였다. 일단 일자리를 어떻게 구할지부터 생각해야 했다.

이번에 델핀은 대략 4마일을 걸어 정육점으로 갔다. 델핀과 시프리언은 휘발유를 낭비하지 않기로 했다. 또한 공연을 재개할 경우를 대비해 다리 근육도 단련해야 했다. 바닥과 벽에 아직도 찌들어 있는 냄새를 없앨 세척액은 물론이고 로이의 매트리스도 새로 사려면 여기서 일 이 주 동안 공연을 해야 할지도 몰랐다. 발트포겔 정육점으로 들어갈 때 가게 종이 기분좋게 잘랑거리자 델핀은 가게 안쪽에서 그 소리를 들으면 얼마나 즐거울까 생각했다.

델핀은 저번처럼 구입할 품목을 말했고, 에바는 저번처럼 커피를 마시고 가라고 권했다. 가게의 가정용 청소용품 선반에 델핀에게 필요한 강력한 세척액이 없어서 에바가 직접 만들어주겠다고 나섰다.

"믿어봐요. 경험이 있으니까." 그녀가 말했다. "이런 냄새는 어찌나 끈질긴지. 없애기가 여간 어려운 게 아니라니까요.

먼저 식초와 물로 충분히 씻어요. 난 강력한 공업용 암모니아를 주문해야겠네요. 가스가 나올지 모르니까 조심해야 할 거예요. 그래도 없어지지 않으면 잿물을 써봐요, 델핀. 하지만 내가 애당초 제안하고 싶은 건 저장고를 막아버리는 거예요. 석회를 뿌리는 정도가 아니라 나뭇재와 흙을 섞은 혼합물로 아예 메우는 거지. 저장고를 다시 사용하지는 않을 거죠?"

델핀은 고개를 힘차게 가로저었다.

"잘됐군요. 막아버려요." 에바가 커피를 홀짝였다. 오늘 에바는 머리를 뒤로 모아 하나로 묶고 옆머리는 굽슬굽슬 내려오게 말았는데, 머리를 묶은 8자 모양 매듭은 델핀이 알기로 영원을 의미하는 고대의 상징이었다. 에바가 벌떡 일어나 녹색 사각무늬 리놀륨 바닥을 가로지르더니 부풀어오른 반죽을 주먹으로 툭툭 친 뒤 수건으로 덮었다. 가만히 지켜보던 델핀은 퍼뜩 희한한 생각이 떠올랐다. 에바가 돌아서고 햇살이 머리칼을 스칠 때 그 상징이 활활 타오르는 듯 보였는데, 그런 강렬한 경험을 하게 되는 특별한 순간은 영원할 거라는 생각이었다. 그런 순간은 실제로 다른 곳으로 이동하는 것이다. 시간의 한계 바깥에 존재하며 신이 야금야금 훔쳐

갈 수 없는 순간의 더미 속으로.

그래, 시간을 만들고 만물의 끝을 창조한 존재는 신이었어, 안 그래? 델핀의 생각은 집요하게 이어졌다. 말해줘요, 델핀은 새 친구에게 묻고 싶었다. 우리는 영원을 경험할 수 없다는 것을 아는데, 우리는 지극히 유한한 존재인데 어째서 우리에게 영원을 상상하는 저주가 내려진 걸까요? 그녀는 그렇게 말하고 싶었지만 불현듯 부끄러워졌다. 그녀가 에바의 남편이자 정육점 주인인 피델리스 발트포겔을 본 것은 주위를 의식하지 않은 채 그런 생각에 몰두해 있던 바로 그때였다.

그를 만나기 전에 그녀는 그를 느꼈다. 구름이 낮게 깔리고 번개가 땅을 가로질러 튀어오를 때 공중에서 갑자기 전압이 높아지는 것을 느끼듯이. 그리고 무거워진 느낌이 들었다. 중력장이 몸을 관통해 이동한 것 같았다. 그녀가 그 느낌을 떨쳐버리려고 일어서는데 그가 돌연 입구를 가득 메웠다. 이어 안으로 들어서서 실내를 가득 메웠다.

그의 덩치 때문은 아니었다. 키가 유달리 크지도 않았고 떡 벌어진 체격도 아니었다. 하지만 그 안에 더 큰 남자가 꽉 들어앉은 것처럼 그에게서 힘이 뿜어져나왔다. 아니면 그는 짐승의 외침으로 채워져 있는 것일까? 어쩌면 그의 다부진 어깨 때문인지도, 말없는 응시 때문인지도 몰랐다. 두툼하고 붉은 한쪽 손, 벌받은 그 손이 옆구리에 갈고리처럼 내려와 있었다. 다른 손은 어깨에 올린 고깃덩이를 잡고 있었다. 소의 뒷다리와 허릿살은 무게가 100파운드 혹은 그 두 배는 되어 보였다. 목의 핏줄이 황소처럼 불끈 섰는데도 그는 그것을 거뜬히 들고 있었다. 델핀을 보는 그의 눈동자는 하늘색이었다. 둘의 시선이 맞물렸다. 델핀은 열이 오른 것처럼 뺨이 빨개져 먼저 시선을 내리깔았다. 구름이 지나가며 해를 가렸다. 빛이 전율하며 실내를 비췄다가 사라졌다. 창턱에 놓인 제라늄의 붉은 잎이 하품을 했다. 그의 시선에 깜짝 놀란 델핀은 에바의 담배 한 개비를 집어들었다. 그리고 불을 붙였다. 그는 그녀에게서 시선을 거두고 아내와 대화를 나누었다.

그러고 나서는 소개해달라는 말도 없이 나갔다.

무례한 행동이었지만 델핀은 그런 무뚝뚝함이 아무렇지 않았다. 벌써부터 그를 알고 싶지 않았다. 피할 수만 있다면 피하고 싶었다. 에바와 계속 친구로 지낼 수 있다면, 델핀이 방금 제안받은 일, 장사를 거드는 일을 계속할 수만 있다면 그런 것은 상관없었다.

"언제부터요?"

델핀은 가게에서 일할 수 있다고, 날마다 휴식시간에 부엌에서 에바와 같이 앉아 있을 수 있다고 생각하자 대번에 행복해졌다.

"내일부터 와요."

"문 여는 시간에 맞춰 올게요." 델핀이 말했다.

"여섯시에 열어요."

다음날부터 델핀은 뒷문으로 드나들며 화덕과 빨래통, 공구 선반, 시렁이나 고리에서 서서히 말라가는 표백한 앞치마 앞을 지나갔다. 다용도실을 나와 종이와 장비로 어수선한 통로를 따라갔다. 가게문 옆에 박아놓은 고리에서 자잘한 흰 꽃무늬가 있는 에바의 푸른색 앞치마를 집었다. 이제부터 그녀도 손님이 왔음을 알리는 종소리를 카운터 뒤에서 들을 것이다. 도살장과 열탕소독기, 4분의 1씩 토막낸 소고기와 절반으로 토막낸 돼지고기를 덩어리

째 걸어두는 레일과 고리에 대해 알게 될 것이다. 냉장실도 있었
다. 강철 레버를 풀자 에어로크가 해제되고 두꺼운 문이 한숨을 토
하며 열렸다. 그녀는 양념과 치즈 냄새를 깊이 들이마셨다. 급속냉
동실에서는 역한 냄새가 났다. 두 곳 다 레일, 고리, 통, 선반이 갖
추어져 있었다. 도살실과 가게 사이에 작은 훈제실이 있고, 그 옆
으로 히코리나무나 사과나무 장작더미와 소금물을 담은 통이 있었
다. 작은 훈제실 옆의 번잡스러운 가공처리실에는 도마, 즉 고기를
토막낼 때 쓰는 그루터기 같은 탁자가 갖추어져 있었다. 스테이크
와 로스트 고기를 써는 톱 주변에는 강철판을 깐 탁자들이 놓여 있
었다. 그곳의 바닥에는 매일 아침 깨끗한 톱밥을 깔아 핏물을 빨아
들이고 고기 써는 톱이 뱉어낸 뼈 찌꺼기, 무거운 사각 쇠솔로 도
마를 문질러 씻을 때 긁혀나오는 연골, 쇠기름 지스러기 따위를 흡
수시켰다. 문 옆에는 핏물로 얼룩진 앞치마가 걸려 있었다. 가게에
서 나오는 빨래는 델핀의 몫이었다. 그녀는 날마다 얼룩진 앞치마
와 걸레를 모아 콘크리트 바닥의 세탁실로 가져갔다. 에바는 델핀
의 빨랫감도 가져오라고 했다. 에바가 뭐라고 한 적은 없지만 델핀
은 아무리 열심히 빨아도 아버지의 집 냄새가 남아 있는 느낌이었
다. 그녀의 원피스 솔기에도, 녹색과 회색 격자무늬에도, 넝쿨무늬
에도, 밑단의 바늘땀에도. 그 냄새는 아주 서서히 가게 냄새로 바
뀔 터였다. 핏물, 엉긴 지방, 톡 쏘는 후추, 톱밥 냄새로. 델핀은 거
의 날마다 새로 세탁한 깨끗한 옷을 입었다. 밤에는 강으로 내려가
머리를 감았다. 처음에는 떨어질 줄 모르는 고기냄새가 괴로웠지
만, 차차 익숙해져 마침내 더는 느끼지 못하게 되었다.

일을 시작하고 두번째 날, 델핀이 냉장실에서 프랑크푸르트소시지를 정리하는데 가게 종이 잘랑거리는 소리가 들렸다. 종이 또한 번 잘랑거리는가 싶더니 이내 성이 나서 소란을 피우듯 댕댕거렸다. 몇 초도 못 기다리는 저 사람은 도대체 누구야? 저토록 맹렬하게 짜증을 부리며 들어오는 사람은 도대체 누구지? 델핀은 언짢은 마음으로 냉장실을 나와 타운에서 '스텝앤드어해프'로 통하는 여자와 마주했다. 다리가 긴 떠돌이 개를 닮은 여자는 아직 젊어 보였지만—서른에서 마흔 사이 같았다—몸짓에는 고대의 비통한 분위기가 감돌았다. 스텝앤드어해프는 혼자, 아무튼 아거스에서는 혼자 살았고 넝마를 팔아 생계를 꾸렸다. 로이가 이따금 그녀와 대화를 나누었다. 델핀은 어렸을 때 스텝앤드어해프가 막대사탕이나 동전을 손에 쥐어주던 것이 기억났다. 이 여자가 불시에 나타나면 델핀의 집에서 술판을 벌이던 주정뱅이들이 땅속으로 꺼지듯 사라졌다. 그녀는 위협적인 존재였다. 스텝앤드어해프는 보폭이 유난히 커서 붙은 이름이었다.[*] 그녀는 밤을 좋아해서 꺽다리 같은 키로 홀린 듯 거리를 누볐다. 그녀가 집집마다 뒤쪽 포치를 기웃거리며 사람들이 입다 버린 헌 스커트, 때때로 모아 내놓는 셔츠나 블라우스, 심지어 코트를 찾아다니는 모습은 누구라도 볼 수 있었다. 그녀는 타운 사람들이 남긴 것을 주워모을 뿐 아니라 얻어먹기도 했는데, 이날은 고기 부산물을 얻어가려고 온 것이었다. 아니면 에바가 특히 사내아이에게 좋은 영양분이 많다고 여겨 샐러드에 주로 넣는 주둥이 부윗살이나. 오늘 스텝앤드어해프는 뼈도 가져갈 수

---

* Step-and-a-Half, '한 걸음에 반걸음 더'라는 뜻.

있을 터였다. 에바가 따로 챙겨놓았기 때문에 델핀도 알고 있었다.

인심 좋게 살점을 넉넉히 붙여둔 뼈는 팬에 담겨 수건으로 덮여 있었다. 델핀은 그것을 흰색 파라핀지에 쏟아 포장한 뒤 천장에 매달린 감개에서 풀어낸 끈으로 단단히 묶었다. 그리고 스텝앤드어해프가 얼른 집어가길 바라며 카운터 위로 잽싸게 밀어주었다. 하지만 스텝앤드어해프는 떡 벌어진 어깨를 젖히고 꼿꼿이 서서 아리송한 침묵 속에 포장한 꾸러미를 내려다보았다. 그러다가 조심스럽게 풀었다. 말없이 하얀 종이를 반듯이 펴더니 지방이 붙은 칙칙한 뼈를 펼쳐놓았다. 그녀는 뼈로 미래를 점치기라도 하듯 꼼꼼히 살폈다.

"이건 똥에나 쓰라지." 그녀는 마디진 다리뼈를 옆으로 치웠다. "목은 안 먹어."

나머지도 마저 살펴보던 스텝앤드어해프는 소꼬리가 나오자 흐뭇한 미소를 지었다. 그녀는 깐깐한 은행가의 아내가 값비싼 스테이크용 고기의 마블링을 꼼꼼히 따져보듯 제 몫을 살폈다. 다 끝내자 뼈를 다시 쓱 밀었다. 델핀은 공손하게 다시 포장해 예의바른 태도로 내밀었다. 그녀가 알고 있기로, 그것이 에바의 방식이었다. 이제 자신이 받은 대접에 만족했는지, 스텝앤드어해프는 큼직한 남성용 트렌치코트 안주머니에서 반듯하게 자른 넝마 조각을 한 무더기 꺼냈다.

"에바에게 줘." 그녀는 델핀이 그 넝마 조각을 가로채기라도 할 것처럼 명령조로 말했다. 그녀의 검은 눈동자가 뭔가를 탐색하듯 반짝거렸다. 날카롭고 헤아리기 힘든 증오 서린 눈빛이었던 그녀가 다음 순간 돌변해 속을 알 수 없는 애틋한 표정으로 델핀을 바라다보았다.

"더 필요한 거라도 있으세요?" 델핀이 영문을 모른 채 물었다. 하지만 스텝앤드어해프는 델핀을 계속 유심히 뜯어볼 뿐이었다. 델핀도 시선을 맞받았다. 그 순간 스텝앤드어해프에 대해 새로운 사실을 알게 되었다. 피부는 대패질을 한 듯 거칠었지만 이목구비는 원초적인 힘에 깃든 고귀함마저 느껴졌고, 의심하는 버릇 때문에 입꼬리에 힘을 주느라 턱밑에 생긴 깊은 주름만 없었다면 아름다운 얼굴이었다. 그녀의 눈이, 그 놀란 색깔을 띠고서, 가늘어졌다. 그녀가 느닷없이 한 손으로 카운터를 탁 내리쳤다. 그러더니 다른 손으로 꾸러미를 움켜쥐고 고맙다는 말이나 흔한 예의상의 제스처도 없이 쌩하니 돌아서서 나가버렸다. 가게 종이 그녀가 들어왔을 때처럼 성난 듯이 댕댕거렸다.

그런 부류의 손님이 있는가 하면 또다른 부류도 있었다. 어떤 부류는 돈을 냈고, 또 어떤, 스텝앤드어해프 같은 부류는 지스러기를 먹고살았다. 발트포겔 정육점과 거기서 도살된 짐승이 별의별 군상을 다 먹여 살렸다. 저녁마다 완벽하게 요리한 스테이크를 대령해야 하는 은행가부터 소시지를 살 정도의 여유가 되는 사람과 가장 값싼 부위를 사가는 사람까지. 시프리언보다 피부색이 검고 옥양목으로 지은 구식 옷차림에 장미색, 파란색, 산호색, 노란색 구슬목걸이를 한, 들짐승고기나 베리를 밀가루나 차와 교환해 가는 다코타족 일가부터 스텝앤드어해프, 심피 벤슨, 시멕 가족, 대공황의 길로 들어서면서 실직한 가장처럼 한푼도 내지 않는 사람까지. 스텝앤드어해프가 마다한 뼈를 잘근거리는 개부터 개들도 씹을 수 없는 으스러진 뼈를 자양분으로 자라는 식물까지.

또한 늘 고기를 사는 건 아니지만 정기적으로 찾아와 환담을 나누고 노래클럽의 모임을 계획하는 손님도 상당수 있었다. 뚱뚱한 주류 밀매자 거스 뉴홀과 빈털터리지만 예의바르고 흠잡을 데 없는 텐시드 비엔 같은 사람이었다. 텐시드 비엔은 항상 넥타이에 코트 차림으로 나타나 선샤인 베이킹 회사의 쿠키 선반을 세월아 네월아 둘러보며 진열된 것을 조금씩 맛보고, 얇게 썬 햄을 한 번에 한두 장 사고, 가끔은 오렌지와 쿠키 몇 개, 아주 질긴 소고기 조금, 순무와 치즈 껍질 부분을 조금 사갔다. 만하임 형제 중 파우티 만하임은 투실투실하고 부유하게 자란 티가 났다. 그리고 늘 맹한 표정을 짓고 다니는 머나라는 오래된 여자친구가 있었다. 체스터 줌브러게가 그녀의 환심을 사려고 집적거렸다. 스캣 윌컴과 머세이디스 폭스, 늙은 의사 히치와 그의 아들인 젊은 의사 히치도 있었다. 젊은 히치는 일반의가 아니라 치과의사로 놀랍게도 채식주의자였는데, 그 때문에 공산주의자라는 의심을 받았다. 개중에 델핀이 눈길도 주기 싫어하는 사람이 딱 한 명 있었는데, 바로 에바의 막무가내 시누이였다. 모두 그녀를 탄테*라고 불렀다. 그녀가 그 호칭이 아니면 세례명인 마리아 테레사로 불러달라고 했기 때문인데, 그런 여왕 같은 이름으로 그녀의 오만함을 부추기고 싶어 하는 사람은 아무도 없었다.

델핀은 그녀를 탄테라고 부르지 않았고, 어떤 이름으로도 부르지 않았다. 그녀는 한 번의 종소리와 함께 들어온 그 여인에게 조심하느라 말도 걸지 않았고, 자신이 기품 있고 중요한 존재라는 여

---

* 독일어로 친척 아주머니나 잘 아는 여자 어른을 부르는 호칭.

인의 자부심에 종도 알아서 잠잠해진 것 같았다. 델핀이 첫 출근을 한 그날 탄테는 다짜고짜 소시지 진열장으로 다가가 미닫이문을 덜컹덜컹 열었다. 그리고 볼로냐소시지 한 꾸러미를 꺼내 손가방에 넣었다. 델핀은 뒤로 물러서서 마리아 테레사를 지켜보았다—실은 물러선 채 여자가 신은 구두를 부러운 듯 바라본 것이었다. 얇고 신축성 있는 이탈리아산 가죽으로 만든 구두로 버튼을 달아 세련돼 보였다. 길쭉하고 좁다란 발에 매력적으로 꼭 맞았다. 탄테는 피델리스와 닮긴 했지만 매우 호전적인 생김새만 쏙 빼서 그다지 매력적인 얼굴이라고 할 수는 없었다. 강인한 목, 쌀쌀맞고 뻔뻔한 표정, 매우 완고해 보이는 턱, 얇은 입술, 델핀을 소름 돋게 하는 유령같이 푸른 눈동자. 하지만 발은 미끈하고 예뻤다. 탄테도 발에 대한 허영이 있어 가장 비싼 가죽으로 만든 좋은 구두만 신었다.

"당신 누구요?" 탄테가 고개를 젖히며 물었지만 굳이 답을 들을 생각은 없다는 듯 고개를 홱 돌렸다. 델핀은 이미 정육점 주인의 누나와 인사를 했던 터라 일단 모욕감이 들었다. 질문이 허공에 걸려 있었다. 당신 누구요? 길게도 짧게도 답할 수 있는 질문이었다. 탄테가 둘 사이에 질문을 공처럼 튕겨올리고선 되받아가지 않자, 델핀은 카운터를 문지르고 바닥을 닦을 준비를 하면서 거기 담긴 더 큰 의미를 곰곰이 생각해보았다.

넌 누구냐고, 델핀 바츠카, 주정뱅이의 자식에 못된 계집, 떠돌이 신세, 강철같이 단단한 복근과 욕망이 이글대는 심장을 가진, 어미 없는 자식이잖아? 별것 아닌 폴란드인에게서 별것 아닌 폴란드인으로 태어난 너는 누구고 어떤 사람이지? 저장고에선 사람 썩는 냄새가 진동하고 텐트에서 같이 사는 남자는 다른 남자와 상상도 못할 짓을 하는, 그런 꼴

로 사는 너는 누구지? 제가 싼 똥을 깔고 앉아 아기처럼 술병이나 빨아
대는 아버지를 둔 넌 누구야? 넌 누구라서 이 집과 이 가게와 특히 자기
분야에서 일류인 내 동생 피델리스와 어울린다고 생각하는 거지?

델핀은 그런 자괴감에 빠져 허우적거리다가, 그런 감정을 불러
일으킨 여자에게 화가 치밀었다. 그녀는 처음부터 탄테를 미워했
고 탄테를 몰아내는 순간을 상상했다. 그녀는 훗날 적어도 한 가지
작은 사건에서 강하게 밀어붙여 승리를 거두는데, 탄테는 그후로
영영 원래 자리를 되찾지 못한다. 탄테는 심지어 에바 위에 군림하
려 들었고, 델핀은 에바에 대한 복잡한 심정과 충성심으로 탄테를
미워했다. 에바가 갓 구운 빵을 탄테가 옆구리에 끼고 휙 돌아 나
가면서 허락도 구하지 않고 우유병을 낚아채자 델핀은 그 사실을
쪽지에 기록했다. 탄테가 우유 한 병과 볼로냐소시지 한 꾸리, 빵 한
덩이를 가져감. 그때는 그것으로 끝이었다. 그런 사소한 계산에 반
격이 가해질 거라는 예상은 하지 못했는데, 결국 그런 일이 생기고
말았다. 탄테는 거저 가져간 것이 아니었기 때문이었다. 탄테의 입
장에서 따져보면 돌려받을 것이 있었다. 탄테는 할머니가 사랑하
는 손녀에게 남긴 돈에서 500달러를 남동생이 정육점 설비를 마련
할 때 빌려주었다. 그 돈은 다 돌려받았지만 그녀는 모두에게 자신
이 얼마나 책임감이 강하고 너그러운 사람인지 일깨워주겠다는 듯
이자를 계속 챙겨갔다.
아이들은, 특히 마르쿠스와 프란츠는 탄테를 좋아하지 않았다.
델핀은 다 보였다. 아이들에 대해 잘 알아서가 아니었다. 아이란
그녀에게 생소한 존재였다. 주변에 아이가 있었던 적도 많지 않았

다. 하지만 지금은 상황이 달랐다. 이 아이들은 에바의 자식이었으므로 관심이 생겼다. 그녀는 맏아들 프란츠부터 시작해 하나하나 다 눈여겨보았다.

프란츠는 열다섯 살이었는데 힘이 굉장히 세고 운동을 잘했다. 자존심이 세고 느긋한데다 속이 훤히 들여다보이는 것 같으면서도 한편으론 알 수 없는 미국인 기질을 타고났다. 속생각이나 자기 감정은 아예 없는 건지 아니면 숨기는 건지 그녀로선 도통 알 수 없었다. 프란츠는 그녀를 보면 늘 웃어주었다. 늘 희미하게 남은 독일 억양으로 인사를 건넸다. 늘 명랑하고 어김없이 깍듯했다. 시간이 지나면서 델핀은 프란츠의 남다른 인내심과 절제된 분노가 피델리스에게서 물려받은 것임을 알게 되었다. 프란츠의 힘은 어머니에게서 물려받은 철사 같은 끈기와 짝을 이루었고, 덕분에 어떤 운동에서건 적수가 없었다. 그는 축구와 농구, 야구를 즐겨했고, 전 종목에서 힘과 기품이 배어나 사실상 타운의 영웅 같은 존재가 되었다.

둘째는 은둔자 같았다. 마르쿠스는 아홉 살도 채 되지 않았지만 철학자의 면모와 수도사의 기질을 벌써부터 뚜렷이 보였다. 그래도 놀아야 할 때는 거칠게 놀 줄 알았다. 학교 성적은 어느 과목에 흥미가 있는지에 따라, 어떤 해는 완벽히 좋았다가 다음해에는 참담했다. 마르쿠스는 어머니에게서 길쭉한 손과 붉은빛이 도는 가는 금발, 홀쭉한 뺨, 그리고 가끔 참 바보 같은 구경거리도 다 있구나라고 말하듯 슬픔과 호기심과 즐거움이 한데 깃든 눈빛을 물려받았다. 마르쿠스도 예의가 발랐지만 좀더 차분했다. 아버지가 심부름을 시키면 조바심치며 해냈지만 그에게 맹목적인 사랑의 대상은 분명 어머니였다. 이름은 어머니가 사랑했던 외할아버지의 이름을 따서 지은 것이었다. 에바는 짧게 깎은, 꼭 자기처럼 곱슬곱슬한 마르쿠스의 머리를 종종 쓰다듬어주었다. 종종 그를 꼭 끌어안고 키스해주기도 했다. 보통 사내아이처럼 그도 어머니를 밀어냈지만, 어머니의 마음이 다치지 않게 살며시 밀어냈다.

막내인 에리히와 에밀은 쌍둥이였는데, 다섯 살이고 황소처럼 튼튼했다. 배가 고프면 시무룩해지고 배가 부르면 더없이 행복해했다. 생각이 단순했고, 막대기 총과 진흙과 작은 나뭇가지로 직접 만든 병사들을 몹시 아껴 그들이 쓰는 안쪽 방의 바닥에 언제까지라도 전투를 벌일 것처럼 늘어놓았다. 그것들은 한때 피델리스의 것이었던 병사, 그리고 아이들이 소중한 동전으로 구입한 좀더 현대적인 병사와 더불어 그 집에서 유일하게 장난감이라 할 만한 것이었다. 한번은 델핀이 에바에게 아이들은 뭘 가지고 노는지 물었는데, 에바는 뭐든 눈에 띄는 것이면 가지고 논다고 대답했다. 그것으로 새로운 것을 만들어내면서.

"막대기, 그거 하나면 총이 되지. 고기 담는 쟁반은 언덕에서 타고 내려오는 썰매가 되고. 가끔은 방망이와 공을 가지고 놀아. 절대 모른다니까. 델핀, 난 아이들이 뭘 만들어내는지 보려고 일부러 관심 없는 척해."

델핀이 지켜본 결과, 아이들은 정말로 놀라운 것을 만들어냈다. 버려진 스프링, 바퀴, 궤짝을 조립해 개가 끄는 사륜차를 만들었다. 위험천만하게 길가 나무에 그네를 매달기도 했는데, 그네는 흙바닥 위로 아치를 그리며 아이들을 하늘 높이 밀어올렸지만 자칫하면 지나가는 차에 치일 수도 있었다. 강가에서는 오래된 목재 토막으로 뗏목을 만들었다. 윗가지로는 검을 만들었고, 화물용 나무 상자로는 요새를 만들었다. 자갈을 쏘는 총, 물을 채운 소 오줌보 폭탄도 있었다. 밖에 나가면 야단스럽게 놀았지만 가게 안에서는, 특히 아버지가 있으면 조용하고 얌전했다. 도축하는 날에는 일도 열심히 했다. 모두의 손이 필요한 날이라 막내 쌍둥이까지 모래주 머니를 뒤집어 돌을 깨끗이 씻어내는 일을 거들었다. 어느 정도 컸을 때 아이들은 손을 베이지 않게 칼 쓰는 법을 익혔다. 피델리스는 자식 모두에게 도축업을 가르치기로 마음먹은 터였다.

도축업, 그것이 문제였다. 델핀은 식료품을 파는 일도, 헤드치즈*를 써는 일도 괜찮았지만 도살만은 도저히 할 수가 없었다. 도살 과정에서 일어나는 야만적인 흥분뿐 아니라 그후의 길고 손이 많이 가는 작업도 싫었다. 소시지에 쓸 내장은 씻고 또 씻어야 했고, 모래주머니는 한 번 뒤집었다 조심해서 다시 뒤집어야 했다. 각각의 제품을 만들 때마다 끝이 없는 절차를 따라야 했고, 델핀이 보기에 불필요한 단계도 에바는 그렇지 않다고 고집을 부렸다. 델핀은 갈아놓은 고기에 양념을 버무려 소시지를 만드는 일쯤은 할 수 있겠다고 생각했지만, 그것은 피델리스의 일이었다. 그는 자신이 처리하는 단계는 누구에게도 맡기지 않았다. 어떤 단계는 비밀이었다. 그는 연금술사처럼 한 회분을 만들 때마다 심사숙고했다.

델핀은 무대와 관련된 일에 시간을 쓰는 것이 더 나을 것 같았다. 그것이 무대 뒤에서 의상을 디자인하고 꿰매는 일이라 해도. 무대세트를 세우는 일도 좋았다. 연극에 관련된 것은 뭐든 잘했다.

---

* 돼지나 송아지의 머리나 족을 고아 치즈처럼 만든 식품.

무엇보다 무대의상이 될 만한 옷을 입어보는 걸 좋아했다. 깃털, 화관, 드레스, 빅토리아풍 셔츠웨이스트 드레스 등. 델핀은 공연을 구상하는 것도 좋아했다. 사실 델핀과 클래리스가 초등학교 때 친구가 된 것도 둘 다 변장하기를 무척 좋아했기 때문이었다. 그들은 클래리스의 집 뒷마당에서 무대막 대신 빨랫줄에 시트를 걸어놓고 복잡한 준비가 필요한 공연을 올리면서, 정신없이 의상을 갈아입고 무대 지시를 내리고 심지어 오래된 선장등으로 조명도 하는 등 온갖 역할을 도맡았다. 어둠이 깔리면 그 불빛을 풀밭에 비추어 스포트라이트로 썼다. 그들이 만들어낸 놀이와 다른 아이들이 그들에게 품었던 경멸과 경외심이 뒤섞인 감정 때문에 둘은 또래와 동떨어진 아이들이 가까워지듯 그렇게 친해졌다. 서로에 대한 의리가 그들을 구원했다. 시간이 지나자 누가 놀려대도 그들은 아무렇지 않았고 미묘한 존경마저 받았다. 작은 타운에서는 거기서 가장 이상한 구성원들에게 피해를 입힐 수 없으면, 더욱이 그 괴짜들이 피해를 입어도 금세 회복된다면, 그들은 결국 포용되고 심지어 소중히 여겨진다. 그런 일이 '두 소녀'에게 일어나기 시작했다. 그들의 독특한 옷차림이 용인되고 예능적 재능이 제대로 평가받았다.

하지만 클래리스와 델핀이 한결같이 공유한 꿈은 아거스에 작별을 고하고 도시로 떠나는 것, 여기와는 다른 사람들과 진짜 극장이 있는 가보지 않은 미지의 곳으로 떠나는 것이었다. 델핀은 잠시나마 어떤 형태로든 그 환상을 추구했지만, 그것이 인간탁자, 지지대 즉 시프리언의 화려한 균형잡기의 받침대에 불과했다는 사실에 스스로 실망했다. 클래리스는 어디로도 떠나지 못했다. 아버지와 삼촌이 그녀가 고등학교를 마치면 곧장 가업에 뛰어들기를 원했기 때문이었다. 이곳에 남아 땅속으로 짧은 여행을 떠나는 타운의 망자들을 도와주는 것이 그녀의 운명이었다. 그녀는 델핀에게 괜찮다고, 그 운명을 받아들였다고 말했다. 그녀는 언젠가는 부모의 자리를 물려받아야 한다는 사실을 잊은 적이 없었지만, 막상 부모가 죽자 학교에 다니거나 연극을 하는 사치도 영영 끝이었다. 게다가 벤타 숙모는 클래리스가 방부처리에 타고난 소질이 있다고 했는데, 그 기술의 기원은 이집트인까지 거슬러올라가지만 다코타에서는 이제야 유행하기 시작한 터였다. 오릴리어스 스트러브는 노스다코타에 처음으로 입성한 순회 방부처리 전문가 중 한 명에게서 그 과정을 배우고 수료증을 받았다. 그뒤로 그는 꾸준히 기술을 발전시켰다. 제법 멀리 떨어진 타운의 사람들, 스트러브가 작업한 시신의 평온한 모습에서 위안을 찾았던 사람들이 가장 먼저 그에게 전화를 걸어 장례를 의뢰했다.

델핀이 발트포겔 정육점에서 일을 시작하자마자 클래리스는 쿠스카의 가게 대신 그곳에서 식료품을 구입했다. 부모의 집을 물려받은 클래리스는 종종 어머니의 부엌에서 정성들여 요리를 하면서 하루의 긴장을 풀었다. 식성이 매우 까다로운 그녀를 위해 델핀은 이제 살코기가 가장 많은 부위를 남겨두었다. 어느 오후 그들은 정육점에 단둘이 남아, 델핀이 방금 파라핀지에 올려놓은 연보랏빛이 감도는 선홍색 돼지 갈빗살을 보고 있었다.

"비계는 잘라내줄 거지?" 클래리스가 말했다.

"비계는 없는데." 델핀이 말했다.

"저기 귀퉁이에." 클래리스가 손으로 가리켰다.

델핀은 손톱만한 투명한 살점을 조금 잘라냈다.

클래리스는 고갯짓으로 나머지를 싸달라고 했다. 그녀는 허리가 잘록한 여름용 갈색 모직정장과 빳빳한 흰색 블라우스에 테두리를 두른 흰색 가죽 펌프스를 신은 도시적인 차림새로 아주 멋져 보였다. 델핀에게 알려준 그녀만의 철학에 따르면, 죽은 자를 파티에 초대된 영예로운 손님처럼 꾸며야 할 뿐만 아니라 그녀 자신도 성대한 고별파티에 어울리는 우아한 차림새를 갖춰야 했다. 그녀는 서른넷의 나이에 익사한 남자의 장례식에 다녀온 참이었는데, 사인에 대해서는 '떠 있었다'는 불쾌한 단어를 소곤거려 암시만 주었다. 그녀는 시신의 얼굴에 울긋불긋 생긴 흉측한 반점을 깔끔히 없앤데다 전형적인 현상인 급속한 변색을 막아 기분이 좋은 듯했다.

"내가 그 남자를 파고에서, 그것도 바로 교회에서 추방되어 물에 빠져 죽은 소년과 같은 모습으로 사람들 앞에 내놓을 리는 절대 없지." 그녀가 말했다. "어찌나 엉성하던지. 소년의 부모가 안됐지. 내가 말한 남자의 아내는—넌 모르는 사람이야, 타운에 이사 온 지 얼마 안 됐거든—아무튼 그의 아내가 말하길 우리가 한 일을 믿을 수 없을 정도래. 나한테 고맙댔어. 유족이 벤타 숙모에게 돈을 더 주려고 했지. 우리가 안 받았지만. 이 재킷 어때?"

두 사람은 사이즈가 같았고, 클래리스는 옷에 너그러운 편이라 델핀은 늘 친구의 옷을 탐냈다. 지금도 클래리스는 유쾌하게 말했다. "네가 입으면 정말 잘 어울리겠다."

"이런 옷은 어디에 입고 가야 할지도 모르겠는걸." 델핀이 말했다.

"너랑 시프리언, 데이트도 안 하니?"

"우리는 텐트에서 살아, 클래리스." 델핀이 말하고는 웃었다. 클래리스도 덩달아 웃었다. 클래리스의 다정하고 상큼한 목소리가 뒤쪽에서 윙윙거리는 발전기와 달달거리는 고기용 그라인더 소리 위로 거품처럼 날아올랐다. 그들이 웃고 있는데 에바가 계산대 위쪽에 매달아놓은 감개에 새로 걸 끈을 가지고 가게로 들어왔다. 그녀는 델핀이 파악하기로 딱히 잘 모르거나 좋아하지 않는 손님에게 보이는 형식적인 미소를 클래리스에게 지었다. 델핀은 친구가 어느 쪽인지 확신이 서지 않았고, 두 사람 모두를 만족시키고 싶은 마음에 갑자기 불안해지고 누구에게 의리를 지킬지 몰라 갈팡질팡했다. 하지만 에바는 들어오자마자 나갔고, 클래리스는 에바의 형식적인 웃음을 전혀 알아차리지 못한 채 그냥 바쁜 모양이라고 여기는지 얼굴을 찡그리고서 심각하게 손톱을 내려다보았다. 그건 델핀이 알기로 뭔가 의심스러운 사실을 알려줄지 말지 고심하고 있다는 뜻이었다.

"말해봐." 델핀이 친구에게 말했지만 근무시간에 잡담을 나누는 것이 슬슬 양심에 찔리는 참이었다. "손님이 별로 없으니까. 잠시 짬을 낼 수 있어. 들어보자."

"어떻게 보면 너도 잘 아는 이야기야." 클래리스가 초조한 듯 입을 실룩거리며 말했다.

"털어놔." 델핀이 단호하게 말했다.

클래리스는 고개를 살짝 숙인 채 눈썹을 치켜세우고 화난 듯이 친구를 보았다.

"간밤에 호크가 찾아왔었어. 그것도 늦은 시각에. 포치에 서서 이런저런 이야기를 꺼내면서 마치 우리가 무슨 비밀이라도 공유한 것처럼 굴더라. 비명이라도 지르고 싶더라니까. 그의 면전에서 문을 쾅 닫고 들어왔지. 그 작자가 문 앞까지 올라온 게 틀림없어. 서 있는데 이렇게 소곤거리는 소리가 들렸거든. 그러면 입바람을 불어 당신 집을 통째로 날려버리겠어."

클래리스는 진짜로 비참해 보이는 모습을 연출하는 데 소질이 있었다. 얼굴에는 늙은 여자처럼 잔뜩 주름이 잡혔고, 입술을 신경질적으로 잘근거리자 립스틱이 치아에 묻었다. 그녀는 장갑 낀 손에 포장한 돼지 갈빗살을 들고 있다가 눈을 질끈 감으며 이마에 가져가 대고 꾹 눌렀다.

"내가 어떤 말을 하고 어떤 행동을 해도 바뀌는 건 전혀 없어." 클래시스가 성질이 난다는 듯 말했다. "그는 자기가 원하는 말을 들으려고 화제를 돌려버리거든."

"너는 어떤 사람이 돼야 하는 거니, 그의 다정하고 귀여운 돼지?"

"하!" 클래리스는 돼지 갈빗살을 든 손을 쭉 뻗어 그것을 바라보며 말했다.

"내가 호크에 대해 맨날 투덜거리니까 너도 넌더리 나겠다. 나도 내가 지긋지긋한걸. 얼마나 지겨워 죽겠느냐면, 할 수만 있다면 멀리 달아나고 싶어. 하지만 나는 여기서 꼭 해야 할 일이 있어. 실은 그 이상이지. 난 이 일을 썩 잘하거든. 히치 선생님은 내가 해부학에 대해 자기만큼 잘 안대. 요즘은 새 펌프로 실험을 하는 중인데…… 오, 자세한 얘기는 생략할게. 난 내 일에 자부심을 느껴. 그 작자가 그걸 망치게 둘 순 없지."

"잘 들어." 델핀이 말했다. "우리가 힘을 합쳐 그 덩치 큰 작자를 쓰러뜨리는 거야. 그를 죽이자."

"오." 클래리스가 간절하게 말했다. "그러면 정말 좋겠다!"

노스다코타주는 살인적인 더위로 시들어갔다. 델핀이 정육점에서 일을 시작하고 두번째 주부터 날씨가 더워지고 더 더워지더니 못 견딜 만큼 더워졌다. 그것은 델핀이 이번 여름 내내 지독한 냄새에 시달려야 한다는 의미였다. 도살장은 당연히 도축한 냄새를 풍기기 시작했다. 쌓아놓은 지스러기는 녹색으로 변했고, 어디서나 역한 고기냄새가 났다. 물론 일을 끝낸 뒤에도 그녀는 고약한 냄새에서 벗어날 수 없었다. 저장고를 메우고 마루를 닦고 새 매트리스를 놓고 담요와 시트를 깨끗한 것으로 갈고 벽에 식초를 뿌리고 박박 문질러 집을 그나마 견딜 만한 공간으로 바꾸었더니 금세 더위가 집안 공기를 장악해버렸다. 그녀와 시프리언은 눅눅한 용광로 같은 밤더위 속에서 잠을 청하려 애쓰면서 다른 몇 가지 이유 때문에 텐트에서 지내기로 결정을 내렸다.

새벽 세시쯤이 되자 수량이 줄어든 강에서 바람이 살랑살랑 불어왔고, 시프리언은 그것을 누릴 만큼만 텐트 덮개를 열어두었다. 하지만 바람은 진흙 밑의 불쾌한 냄새를 들쑤셨고 앵앵거리는 모기떼도 잔뜩 데려왔다. 벌레는 그 작은 몸에 미친 욕망을 품고 텐트의 캔버스 천에 탁탁 부딪혔다. 앵앵거리는 소리가 밤새도록 커졌다 줄어들기를 반복했다. 가끔은 공습경보처럼 요란하게, 가끔은 나지막하고 집요하게 앵앵거렸지만 절대 잦아들거나 그치지는 않았다.

시프리언은 두 사람이 사용할 모기장을 사왔다. 야전침대 주위로 모기장을 치자 다음날 정신이 또렷해질 만큼 충분한 휴식을 취할 수 있었다. 처음에는 몰려와서 작은 구멍마다 1인치 두께로 달라붙은 모기 소리를 들었을 때 그들은 미칠 것만 같았다. 그들의 피냄새가 모기장의 작은 구멍으로 새어나가 모기를 감질나게 만들었을 것이다. 다음주에 그들은 약국에서 면랍綿蠟을 사와 귀를 단단히 틀어막았다. 모기 문제가 해결되자 거염벌레의 습격이 이어졌다. 한 마리는 봐줄 만했지만…… 푸른 점이 띠 모양으로 어지럽게 박힌 진갈색 거염벌레, 그것이 끔찍한 것은 그 수였다. 거염벌레가 다닥다닥 무리 지어 나무를 오르내리면 마치 나무껍질이 움직이는 것 같았다. 수천 마리가 텐트 지붕 위로 꼬물거리며 이동했고, 델핀과 시프리언이 텐트 바닥에 아무리 단단하게 말뚝을 박아놓아도 바닥 천이나 심지어 담요에서 몰아내기란 불가능했다. 그녀는 그 끔찍한 거염벌레 카펫을 밟고 다니는 데 점차 익숙해졌고, 가게에서도 걸음을 옮길 때마다 끈끈한 물질이 바닥에 묻었다. 로이로 말하자면 어느 밤에는 강물에 몸을 반쯤 담근 채, 어느 밤에는 별이 빛나는 강둑이나 풀밭에서 잠들었지만 어떤 벌레도 그를 건드리지 않았고, 아마도 피 대신 40도짜리 알코올이 흘러서일 거라고 델핀은 말했다.

"거나하게 취하고 싶은 모기는 아빠를 물어뜯으면 될 거야. 아빠는 걸어다니는 술집이니까." 어느 밤 벌레가 우글거리는 열기 속에 아버지만 평화롭게 잠을 자는 것이 짜증스러워 델핀이 투덜거렸다. 델핀과 시프리언은 땀을 흘렸지만 모기장 안이라 무사했다. 나란히 누운 그들은 그냥 잠이나 자기로 하기 전에 면랍 귀마개를 손가락으로 굴리며 시프리언이 데소토를 몰고 캐나다에 가서 술을 밀수해 오는 문제를 두고 옥신각신했다. 후려치는 판매세를 피하는 것은 흔한 일이었고, 게다가 독일인이 그러는 것은, 혹은 독일인에게 그런 술을 공급하는 것은 애국적인 일로 여겨졌다. 독일인

만큼 금주법을 싫어한 민족은 없어서, 그 법이 통과된 것은 독일인에게 친근한 음주예술인 체히쿤스트Zechkunst 전통을 직접적으로 비판한 것이라고 확신했다. 금주법이 폐지되고 나서는 과도한 주류세가 새로운 분노의 원인이 되었는데, 그때 정부를 엿 먹이면서 독일인만큼 기뻐한 민족도 없었다. 최근 북쪽에 다녀온 탄테조차 탕파에 위스키를 가득 채워 옷 안에 젖가슴처럼 보이게 넣고 국경을 건너면서 세관원에게 왕후처럼 웃어주었다.

"나도 법을 지키고 싶지." 시프리언이 말했다. "하지만 조건이 좋아."

"그러면 난 일주일 내내 걸어서 출근해야 해."

"당신이 걱정하는 건 그게 아니잖아."

"그거 맞아."

"안 그렇게." 시프리언이 한 팔을 괴고 그녀를 뚫어져라 보았다. "내 말은, 잡히지 않을 거라고."

"당신이 잡힐 거라고 생각하면 무서워 죽겠어." 델핀이 말했다.

"그래?"

"무슨 일이 있어도 안 돼."

그때조차 시프리언은 그녀에게 키스하고 싶은 마음이 생기지 않았지만, 그 순간에는 그녀를 몹시 사랑했으므로 그런 거부감쯤은 이겨낼 수 있을 것 같았다. 그는 순회공연을 그만둔 뒤부터, 그 집을 청소하고 소독한 뒤부터 상황이 서서히 정상적으로 되어가는 것 같았다. 그도 균형잡기가, 떠돌아다니던 생활이 그리웠지만, 그렇다고 어디서 어떻게 공연을 할지 모르는 불안정한 상황까지 그립지는 않았다. 그는 예측 가능한 삶을 원했지만 또한 다른 삶도 원했다. 전쟁터에서 돌아온 남자들의 문제가 그런 것이라고 그는 들었다. 정상적인 생활만으로는 충분하지 않았다. 모든 상황을 위태롭게 만들어야 했다. 위험하게 만들어야 했다. 어쩌면 그가 그랬을 것이다. 아니면 델핀이 일자리를 구해서 질투가 났는지도 몰랐다. 델핀이 클래리스, 이어서 에바와 아주 친밀한 사이가 되었기 때문만이 아니라 이제 그들이 먹는 음식, 그들이 입는 옷, 로이가 마시는 위스키를 포함한 모든 것을 그녀가 구입했기 때문이기도 했다. 그는 남자가 돈을 벌어야 한다고 생각했다.

"해야겠어."

"맙소사." 델핀이 말했다.

"난 엔진을 제법 잘 만져." 시프리언이 그녀를 설득하려 애썼다. "전쟁터에서 배운 게 많아. 이번 일을 끝내면 일자리를 꼭 구할게. 자동차 정비소를 차리든가."

"보안관에게는 뭐라고 해?"

"보안관이 눈치채기도 전에 돌아올 거야……"

그가 한참 그녀를 안심시키는데 로이의 비명소리가 들렸다. 두 사람은 얼른 일어나 모기장을 걷고 밖으로 뛰쳐나갔다. 울퉁불퉁한 길을 조심조심 미끄러지듯 내려가 로이가 술을 마시는 강가에 이르렀다. 델핀이 손에 든 작은 등유램프가 그들 앞에 빛 웅덩이를 만들었고, 그래서 기겁한 비명소리의 진원지에 다다랐을 때 로이가 히스테리를 부린 이유를 먼저 알아차린 것도 그녀였다. 마침내 로이가 거염벌레에게 발각된 것이다. 술에 취해 곯아떨어진 로이에게로 슬금슬금 기어와 피를 빨아먹으려고 옷 위에 진을 치고 있었다. 그게 아니면 잎사귀 만찬을 즐기러 가는 길에 잠시 휴식을 취하는 것인지도 몰랐다. 머리칼에도 벌레가 우글우글했다. 귀에서도 뚝뚝 떨어졌다. 1인치의 빈틈도 없이 로이의 몸을 뒤덮고 있었다. 그의 모습은 그야말로 공포 그 자체였다. 그래서 델핀의 목소리에 애처롭게도 그가 얌전해진 것이 차라리 놀라웠다.

"해장술이 필요해. 어떻게 안 되겠니." 그가 후드득 떨어지는 벌레가 만든 베일 사이로 눈을 깜박이며 말했다. "온몸이 후들거리는구나, 딸아. 섬망이 시작되려나보다. 위스키가 필요해. 현실이 아닌 줄은 알지만 벌레가 온몸을 뒤덮고 있구나."

"괜찮을 거예요, 아빠. 그냥 가만히 계세요." 델핀은 그의 팔과 어깨에서 벌레를 한 무더기씩 떼어낸 뒤 그를 앞으로 끌어당겼다. 시프리언도 한 움큼씩 긁어냈고, 머리에서도 한 뭉치씩 쓸어냈다. 바지에서도 털어내고 귀에서도 조심스럽게 떼어냈다.

"그냥 가만히 있으면 위스키를 드실 수 있어요." 그가 델핀을 메아리처럼 따라 했다.

"모두 머릿속에서 꾸며낸 거예요." 그녀가 로이에게 말했다. "가만히 계세요. 전부 마음에 있는 거니까요."

시프리언이 엔진을 잘 다룬다는 말은 사실이었다. 그를 완전히 달리 보게 된 델핀은 이제 에바에게 그가 실용적인 재능이 뛰어나다며 칭찬했다. 그는 자동차 정비가 균형잡기만큼 만족스럽지는 않았지만 어쨌든 기계를 다루는 일에 재능이 있었다. 그는 데소토를 아기처럼 다루었고, 어찌나 매끄럽게 시동이 걸리는지 버터 접시를 앞에 둔 새끼고양이가 기분좋게 가르랑거리는 소리 같다고 말했다. 다음날 떠나기 전에 그는 델핀을 안심시키려고 에바가 매우 자랑스럽게 여기는 반짝거리는 갈색 배달차를 무료로 점검해주었다. 배달차 옆에는 이렇게 쓰여 있었다. 발트포겔 정육점. 가장 신선하고 맛좋은 고기. 유럽의 맛 그대로.

유럽의 맛 그대로. 에바는 그 사실에 가장 큰 자부심을 느꼈는데, 독일 거리에서는 흔한 담백하고 맛좋은 소시지를 이 나라에서 구하기란 쉽지 않았기 때문이었다. 그녀는 그런 것을 그리워했다. 이 나라에서 찾아보기 힘든 것이 또 있다고 했는데, 그럴 때면 약간은 탄테가 말하는 것처럼 들리기도 했다. 마지팬*, 청어, 알맞게 간을 한 피클, 부드러운 롤빵, 푹신한 깃털 이부자리, 윤기가 자르르한 모피, 진한 크림 같은 것이었다.

그녀도 종종 자신들이 그 모든 것을 만들 수 없다는 사실을 인정했다. 자신들은 소시지만 만들 뿐이었다. 그녀는 이곳 빵은 안쓰러울 정도라며 종종 피델리스를 놀려댔다. 그가 이 나라에 온 것은 빵, 기계로 만든 빵, 미국 일상의 경이로운 표본으로서 소포로 보내졌던 한 장의 빵을 보고 난 뒤였다. 물론 그는 그때 그 방부처리된 빵을 맛보지는 못했다. 그녀는 그 빵을 경멸했다. 두께는 얇고 맛은 짰다. 그리고 잘 부스러졌다. 갓 구운 것은 구할 수 없었고, 어쩌다 구한다 해도 정오가 되면 딱딱해졌다. 진짜 빵이라고 할 수도 없었다. 껍질은 푹신하고 속은 딱딱했다. 그 빵은 모든 게 거꾸로라고 에바는 말했다. 그래서 빵을 직접 구웠다. 넉넉히 구우면 식초를 묻힌 신문지로 깨끗이 닦은 길쭉한 유리상자에 넣어두고 팔기도 했다. 이따금 페이스트리도 팔았다.

---

* 으깬 아몬드와 달걀, 설탕을 버무린 과자.

에바는 어떤 상황이 닥쳐도 이겨내는 자신이 대견했지만, 이런 더위에 평소처럼 정육점을 유능하게 관리하기란 불가능했다. 계속되는 불볕더위와 가뭄에 유리에는 김이 서리고 카운터와 바닥은 녹은 기름 때문에 미끌미끌했다. 이 모든 것이 델핀을 더 힘들게 했다. 시프리언 없이 텐트에서 홀로 지내는 밤은 즐겁지 않았다. 지금 시큼한 위로 속에 함께 잠드는 술친구 두 명과 강가에서 자신을 망가뜨리는 로이를 지켜보는 건 더욱 힘들었다. 델핀은 탁 트인 야외에서 무방비로 노출된 기분이었지만 그녀를 몰래 덮치는 주정뱅이가 있을까봐 귀를 막기도 겁났다. 그래서 잠들 때까지 미친듯이 앵앵거리는 벌레 소리를 견뎠고, 잠이 들어서도 이따금 불안해서 눈을 떴다. 그를 그리워하라고 시프리언이 일부러 떠난 거라는 생각까지 들었다. 그게 이유라면 이 정도로 충분했다. 그가 그리웠으니까. 그들의 청춘 로맨스가 여섯 시간 정도 지속된 것을 제외하면 그들은 사실상 노부부나 다름없었다. 델핀은 잠을 좀 제대로 자고 싶어서, 또한 이 위기상황에 도움을 주려고 이삼일에 한 번은 에바의 소파에서 자기 시작했다. 그녀는 일찍 일어나 더위가 들이닥치기 전에 두 시간 정도 청소를 했다.

델핀은 이제 친구가 된 에바 곁에 이른 아침부터 있었으므로 에바가 얼마나 힘들어하는지 다 보였다. 에바의 얼굴은 매일 반복되는 고된 일 때문에 수척했고, 누워서 잠시만 쉬겠다고 할 때도 가끔 있었다. 델핀이 그녀의 상태를 확인하러 가면 죽은듯이 자고 있어 도저히 깨울 엄두가 나지 않았다.

어쨌든 한두 시간 뒤면 에바는 깨어나 또다시 광적인 에너지로 자신을 몰아붙였다.

그들은 하루도 빠짐없이 도살실 바닥을 표백제로 닦았다. 육류 진열장을 최대한 차갑게 가동했음에도 온도가 미지근해 썩은 고기가 없는지 틈틈이 확인해야 했다. 시끄러운 발전기를 돌려 육류 보관실에 전력을 보강하고 벽이 두꺼운 그곳에 상하면 안 될 고기를 꽉꽉 채워넣었다. 우유도 차에 실어 가게로 가져오는 동안 종종 상해서 아주 소량만 구입했다. 크림도 잘 상해서 에바는 그것을 배양해 요리할 때 사용했다. 버터나 라드는 쟁여두는 법이 거의 없었다. 더위는 갈수록 무지막지해졌다. 아이들은 팬티 바람으로 옥상에 올라가 잠을 잤다. 에바도 매트리스와 시트를 옥상으로 옮겨 아이들과 함께 잤지만 피델리스는 아래층을 지켰다.

아마도 화해의 표시로, 쿠스카 부부가 피델리스에게 개를 한 마리 주었다. 암컷이었는데, 그들이 차우차우종에 실망한 적이 하도 많아서 그 종은 아니었다. 호텐토트는 이제 미쳐 날뛰었고, 그 후손은 주인에게 존경심이라곤 조금도 보이지 않았다. 게다가 녀석들은 하나같이 그 구매자를 이빨로 물었다. 쿠스카 부부는 좀더 착실한 혈통의 개를 기르기로 했다. 그들이 피델리스에게 준 개는 사나운 흰색 독일셰퍼드였다. 녀석은 밤새 아래층 복도를 돌아다니고 낮에는 커다란 녹색 뼈를 만족스럽게 씹었다. 에바를 보자마자 자매처럼 사랑하게 되어, 거의 하루종일 바깥에 묶여 있는 신세였지만 집안에서 에바가 지나가는 소리만 나도 귀를 쫑긋 세웠고, 에바가 목줄을 풀어주면 껑충거리거나 미친듯이 달리거나 아치를 그리며 높이 뛰어올랐다. 그렇게 강아지의 본성을 실컷 풀고 나면 근엄하게 에바 옆에 다가섰다. 그녀에게 지스러기를 구걸하거나 간절한 눈빛으로 쳐다보지도 않았다. 기품이 넘쳤고 에바를 친구처

럼 대했다. 에바를 어리석은 양, 남자를 위험에서 지켜주는 임무를
띤 동료이자 짝으로 여기는 것이 분명했다. 에바는 개를 마냥 쓰다
듬어주는 사람은 아니었지만 미처 발이 닿지 않는 곳을 대신 긁어
주었다. 털이 뭉친 곳은 옛날에 쓰던 브러시로 빗어주었다. 델핀은
친구 에바가 개의 눈을 들여다보는 모습을 지켜보고 나지막이 노
래를 불러주는 소리를 들으면서 그녀의 행동이 경이롭다고 생각
했다. 델핀은 개를 그만큼 대단하게 여긴 다른 사람은 알았던 적이
없었다. 스텝앤드어해프를 비롯해 가게를 찾아오는 부랑자나 괴짜
를 대하는 태도는 물론이고 이 짐승을 대하는 세심함에 델핀은 에
바가 흔히 볼 수 있는 사람이 아니라고 확신했다. 그래서 그녀를
더욱 사랑했다.

　날마다 하늘은 어두워지고 덥고 건조한 날씨에 잎은 수분이 말
라 갈색으로 변했지만, 아무 일도 일어나지 않았다. 강철 같은 회
색 하늘에 비가 고통스레 매달려 있었지만, 아무런 변화도 없었다.
바람도 없었다. 공기도 정체되었다. 로이의 집에서 출근하는 아침
이면 델핀은 땀에 흠뻑 젖은 채 뒷문으로 들어와 세수를 하고 문
옆에 축 늘어져 걸려 있는 앞치마를 둘렀다. 공기는 벌써부터 뻑뻑
하고 금속 같았다. 이슬은 순식간에 말라버렸다. 앞으로 더 더워질
것이 뻔했다. 델핀은 통에 물을 채우며 더위가 본격화되면 더욱 가
혹해질 거라고 생각했다. 더위가 어떻게 꺾일지는 관심 없었다—
회오리바람을 몰고 오든, 화산 폭발을 일으키든, 강력한 허리케인
을 동반하든—끝나기만 한다면.

　그녀는 왁스칠을 새로 하기 위해 리놀륨 바닥의 왁스를 벗겨내
기 시작했다. 그 일을 끝내고 가게문을 열려는데 뜻밖에 보안관 호

크가 무더운 공기에 땀을 줄줄 흘리며 걸어들어왔다.

델핀은 암모니아에 적신 행주를 짜서 물통에 걸쳐놓으며 보안관이 죽은 일가에 대한 소식을 가져왔거나 클래리스에 대해 하고 싶은 말이 있는 모양이라고 생각했다.

"집으로 찾아갈 걸 그랬나요?"

잠시 정적이 흘렀다.

"여기 아무도 없는걸요." 델핀이 말했다. "말씀하세요."

대화를 나누는 동안 델핀은 더운 날씨 탓에 역시 일찍 잠이 깬 에바의 아들 마르쿠스를 까맣게 잊고 있었다. 마르쿠스는 카운터 반대편에서 장부를 살펴보고 있었다. 조용히, 빚과 외상이 기입된 세로단 사이로 연필을 움직이면서. 소년은 아직 어렸지만 에바는 자기가 작성한 장부를 마르쿠스에게 검토하게 했고, 소년은 그걸 자랑스러워했다. 델핀은 보안관이 찾아오자 위축되었는데, 그렇지 않았다면 마르쿠스가 그들의 대화를 들을 수 있다는 사실을 떠올렸을 것이다. 생각이 흐려진 것은 아마 더위 때문이거나, 아니면 살짝 겁을 먹었기 때문일 것이다. 그녀는 어서 대화를 끝내고 싶었다.

보안관 호크가 예리하게 고개를 끄덕였다. 그의 이목구비는 단단하고 두툼한 살에 둘러싸여 각각을 꼬집어놓은 듯 보였다. 그는 주머니에 넣어둔 케이스에서 뾰족한 연필을 꺼내더니 수첩 한 장을 딱딱한 표지 뒤로 넘겼다. 그의 입술은 고급 매춘부의 꽃봉오리 같은 입술처럼 아름다웠고, 장미가 말을 하면 꼭 그렇게 움직일 것 같아 그가 말을 할 때 입술을 쳐다보지 않을 수 없었다. 그는 델핀에게 질문할 것이 몇 가지 있다고 했고, 그녀가 기꺼이 대답하겠다는 의사를 비치자 뻔히 예상되는 질문을 이어나갔다. 딱히 캐묻는 질문은 아니었고, 대체로 그녀가 로이와 시프리언과 어떻게 지내는지에 대한 내용이었다. 대답이 적절했는지 어떤 말에도 그는 이의를 제기하지 않았다. 식료품 저장실 바닥에 들러붙어 있던 빨간 구슬에 대해 물어보기 전까지는.

"그거 기억나요? 식료품 저장실에 들러붙어 있던 것."

"그럼요." 저장고 문짝을 밀봉해버린 잘 부스러지는 그 물질을 델핀이 기억 못할 리 없었다. 게다가 그녀 역시 그 특이한 성분이 뭔지 매우 궁금했다.

"긁어내기가 정말 힘들어서 무슨 접착제가 아닌가 생각했어요."

"나도 같은 생각을 했습니다." 보안관이 퍽이나 근엄하게 말했다. "주립 연구소에 검사를 의뢰해뒀어요."

웬 주립 연구소? 델핀은 생각했지만, 그의 비위를 맞추려고 애썼다.

"빨간 구슬, 옷에서 떨어진 걸까요? 경야에 빨간 구슬을?" 그녀가 책임을 다하려는 듯 아리송한 표정으로 말했다.

"정확히 그겁니다."

"아빠에게는 물어봤어요?"

"대충 얼버무리시던데."

"아빠…… 상태가 좋지 않으니까요." 델핀이 신중하게 기침을 했다.

보안관 호크는 수첩을 접어 옆구리에 끼더니 유리상자에서 에바가 만든 도넛을 하나 꺼냈다. 더위 때문에 호크의 큰 덩치가 더욱 무거워 보였다. 움직임은 눈에 띄게 지친 기색이었고, 셔츠는, 땀에 젖어 등줄기와 겨드랑이 부분이 거뭇했다. 몸은 힘들고 머리는 이런저런 논리를 세우면서 도넛을 야금거리던 그는 이윽고 질문을 던졌다. "아버지는 위스키를 어디서 구하나요?"

"제가 사다드려요." 델핀이 말했다.

"당신이 구입하는 것 말고." 보안관이 말했다. "저장고에 보관해뒀던 그거 말입니다."

"그건 몰라요."

"델핀, 이제 아버지를 싸고도는군요." 보안관 호크가 고개를 가로저으며 말했다. "그 비극적인 사건의 해답은 저장고에 빈병들이 나뒹굴었다는 사실에 있지 않을까 생각합니다만."

"제 생각에." 델핀은 둘러대봐야 소용없는 걸 알면서도 말했다. "병은 스텝앤드어해프에게 주려고 모아둔 게 아닐까 싶은데요. 그녀가 그것을 되팔면 집에서 만든 양조주를 구할 수 있으니까요."

보안관은 잘 알겠다는 듯 고개를 주억거렸다. "아버지가 채버스 부부와 친구였나요?"

"음, 그건 잘 아는 사실이잖아요. 저도 그렇게 알고 있고." 델핀이 말했다.

"기록을 위한 겁니다." 보안관이 말했다.

"네, 맞아요. 그랬어요."

"아버지가 소스라치게 놀라던가요? 충격을 받던가요?"

그 질문에 델핀은 활기를 되찾았다. 그 대답만은 제대로 할 수 있을 것 같았다. "어땠겠어요? 아빠는 그들이 채버스 가족인 걸 알고 나서 제정신이 아니었어요. 직접 봤어야 하는데. 아빠는 불쌍하게도 몇 가닥 남지 않은 머리칼을 쥐어뜯으며 바닥을 아기처럼 뒹굴었어요. 아빠를 알잖아요. 그 가족이 애리조나로 간 줄로만 알았

다고 계속 울부짖었어요. 그러니까 겨울 동안에요." 델핀의 목소리
가 잦아들었다.

"그들이 갇혔을 때는 거의 겨울 끝자락이었는데요."

통로 저쪽에서 난데없이 피델리스의 목소리가 울려퍼지자 보안
관 호크가 그쪽으로 주의를 돌렸다. 그녀는 한결 마음이 놓였다.
불현듯 아버지가 걱정되었고, 저장고에서 그들이 죽은 게 아버지
가 무슨 수를 썼기 때문인지도 모른다는 생각에 덜컥 겁이 났다.
이미 아버지에게 빨간 구슬에 대해 물어보고 죽은 세 사람에 대해
서 아는 것이나 떠오르는 것이 있으면 전부 말해달라고 절박한 심
정으로 부탁했는데도. 그녀는 당혹스러웠다. 로이 바츠카는 그들
의 죽음에 다른 누구만큼 당황한 것 같았고, 알려줄 만한 유용한
정보는 전혀 없는 것 같았다.

피델리스와 보안관은 밖으로 나가 아마도 피델리스가 직접 주조
한 진하고 차가운 맥주를 마시는 모양이었다. 그러면서 그들이 흥
얼거리던 멜로디가 노래가 되었는데, 둘이 화음을 대비되게 넣어
노래는 더 복잡해졌다. 델핀도 한 모금 목을 축이고 싶은 마음이
간절했다. 그녀가 대걸레를 다시 짜려고 허리를 숙이는데 희미하
게 종이가 부스럭거리는 소리와 함께 구석에 놓인 책상 쪽에서 의
자가 삐걱거리는 소리가 났다. 델핀이 허리를 펴고 쳐다보니 마르
쿠스가 장부를 두고 조용히 나가는 참이었다.

"들었니?"

마르쿠스가 델핀을 돌아보았다. 소년의 야윈 뺨은 최근 볕에 몹
시 타서 아직도 발갛게 익어 보였다. 소년은 멈춰 서서 그녀를 한
참 빤히 보았고, 델핀도 투명한 시선으로 그 시선을 맞받았다. 소

년의 얼굴에서 에바의 강철 같은 성격이 엿보였다. 소년은 입을 꾹 다물고 있었다. 왠지 모르지만, 훗날 델핀은 소년이 그때 앞으로 일어날 일을 다 알고 있었다고 생각하게 된다. 소년은 미래를 알았고, 그녀가 그곳에 와 있는 이유를 알았고, 소년의 삶에서 그녀가 차지할 위치가 완전히 달라지리라는 사실을 이미 파악하고 있었다. 그 모든 사실을 알면서도 마르쿠스는 마음의 문을 닫은 채 그녀를 밀쳐내고 있었다.

"넌 정말 똑똑한가봐." 델핀이 말했다. "이제 여덟 살인데 엄마가 장부 검토를 맡긴 걸 보면."

"아홉 살이에요. 계산은 엄마가 하고요." 마르쿠스는 무표정했다.

"그래도 넌 똑똑한 아이야." 델핀이 거듭 말했다. 소년의 무표정이 도전처럼 느껴졌고, 델핀은 소년이 그들의 대화를 들었다는 사실만은 인정하기를 바랐다. 그래야만 소년이 가졌음직한 의문에 대해 에바에게 대처할 준비를 할 수 있으니까. "넌 똑똑하니까 보안관 아저씨가 나한테 질문한 것은 오로지 진실을 알아내기 위해서란 것도 알 거야."

마르쿠스는 이제 바닥을 내려다보았다.

"난 아무 짓도 안 했어!" 델핀은 불쑥 말을 내뱉고 되레 자기가 놀랐다. 마르쿠스가 고개를 들고 제 어머니의 녹색과 아버지의 푸른색이 완벽하게 섞인 눈동자로 쳐다보자, 그녀는 그제야 저장고에서 발견된 소년이 또래였으니 마르쿠스도 틀림없이 알았을 거라는 생각이 떠올랐다.

"네 친구 이름이……" 델핀은 이제 다정한 목소리로 다가서며 물었다. "뭐였지?"

햇볕에 발갛게 익은 마르쿠스의 얼굴이 하얗게 질렸다. 델핀은 그 질문이 소년에게 어떤 영향을 미쳤는지 보고 깜짝 놀랐다. 백짓장처럼 창백해진 안색에 눈동자가 이글거렸다. 소년이 눈을 깜박거렸다. 그리고 주체할 수 없는 슬픔에 북받쳐 입을 열었다.

"루시." 목멘 소리였다. "루시 채버스."

소년은 휙 돌아서서 긴 통로를 달려가 문을 쾅 닫고 마당의 하얀 열기 속으로 사라졌다. 델핀은 어안이 벙벙해 잠시 그 자리에 서 있었다. 루시! 그 여자아이의 이름과 그녀가 지금까지 외면해온 새로운 사실이 그녀를 강타했다. 그녀는 그 생각에서 달아나려고 오래된 왁스가 노랗게 변하거나 덩어리로 뭉친 곳을 살살 긁어내기 시작했다. 흰색 사각무늬를 더 희게 닦으며 그녀는 마비된 만족감을 느꼈다. 색깔이 있는 사각무늬는 때를 벗겨내자 원래의 순수한 녹색을 되찾았다. 그녀가 점점 몰두하며 손을 놀리는 동안 소녀의 이름이 마음을 두드리며 들어왔다 나가기를 반복했다. 루시. 루스. 루스는 자비를 의미한다는 것을 델핀은 알았다. 하지만 소녀에게는 어떠한 자비도 허락되지 않았다. 델핀은 저장고에 갇혔던 아이가 여자아이라고 밝혀지면 자신이 충격으로 결국 그 아이의 고통을 떠올리기가 더 힘들어질 거라고 생각했을 것이다. 하지만 그런 마음이 생기지 않아서 델핀은 의아했다. 그녀가 마음속에서 그 이유를 찾기도 전에 바닥이 거의 말랐다.

델핀은 속으로 이유를 찾으면서 놀람과 혼란스러움과 우울함을 경험했다. 그녀는 자신이 여자가 더 강하고 더 잘 참는다는 믿음을 가지고 있었다는 사실을 깨달았다. 그래서 그런 뜻밖의 얄궂은 운명이 닥쳐도 여자는 더 꿋꿋이 견뎌낼 거라고, 연민을 바라는 마음도 더 적을 거라고 믿었던 것이다. 여자아이는 이런 사건에 대해 숙명론적인 데가 있다. 여자아이라면 생의 마지막을 받아들이고 영면에 들 때까지 가능한 한 잠을 많이 잘 것이다. 이상하게도 델핀은 루시 채버스의 고통이 더 구체적으로 느껴질수록, 그것에 대해 더 깊이 생각할수록 소녀에 대한 안타까움이 줄어들었다. 사실 그녀 자신이 그 저장고 안에 앉아 굶주림을, 이어 목마름을 견디고, 쇠약해져 섬망에 이르고, 이어 몸이 굳고, 전부 다 꿈속에서 일어나는 일인 듯 느껴졌다.

그리고 엄마의 품에서, 엄마의 품에 안긴 채 숨졌을 거라고 그녀는 생각했다. 손님들이 슬슬 들어오기 시작하자 델핀은 깨끗한 앞치마를 둘렀다.

하루 일이 끝나자 델핀은 입구 유리창에 걸어둔 판지 안내판을 Open에서 Closed로 바꾸었다. 그녀는 다시 바닥을 훑어보며 그날 하루종일 찍힌 발자국을 지웠다. 그리고 바닥이 마르길 기다렸다가 전용 통에 왁스를 풀어 긴 솔에 묻힌 뒤 이쪽저쪽 꼼꼼하게 문질러 칠했다. 카운터가 있는 곳까지 칠하고, 바닥이 마르는 동안 아이들이 들어와 더럽히지 않도록 입구에 상자를 놓았다. 그리고 다시 안으로 들어갔다. 그러고는 벽에 앞치마를 걸고 부리나케 작별인사를 한 뒤 집으로 돌아가 혼자 텐트 안에서 땀을 뻘뻘 흘렸다. 다음날 문을 열기 전에 일찍 가게로 출근해 왁스를 덧칠할 것이다. 왁스가 마르는 동안 에바와 커피를 마시고, 손님이 오가는 틈을 타서 리놀륨 바닥을 헝겊으로 박박 문지르고 반짝반짝 광을 내서 멋지게 마무리하리라. 어쨌거나 그것이 그녀의 계획이었고, 모든 것이 계획대로 될 터였다. 하지만 몇 주가 지나는 사이 상황은 완전히 달라졌다.

어느덧 다음날 아침이 되었다. 델핀이 부엌에서 덧칠한 왁스가 마르기를 기다리는 동안 더위가 벽을 뚫고 들어왔다. 에바가 바닥을 내려다보며 완전히 새것 같다고 하자 델핀은 내심 뿌듯했다. 진한 터키식 블랙커피를 마시자 땀이 송골송골 맺혔다. 델핀은 에바가 식탁에 올려놓은 주전자에서 물을 따라 마시고 행주로 목과 관자놀이에 흐른 땀을 닦아냈다.

"구크 말 히어(여기 좀 봐)." 에바는 일주일에 한 번 빵을 구웠는데, 이번에는 공기가 선선할 때 굽느라 거의 밤새도록 깨어 있었다. "기분이 별로 좋지 않아."

에바가 내뱉듯이 말해서 제대로 알아듣지 못한 델핀은 이 더위에 왁스칠을 하는 자신도 마찬가지라는 듯 신음소리로 동감이라는 뜻을 내비쳤다. 하지만 에바는 방금 한 말을 기억 못하는 사람처럼 그 말을 되풀이했다. "기분이 별로 좋지 않아." 에바가 소곤거리듯 다시 말했다. 그러고는 식탁에 팔꿈치를 괴고 두 손으로 사기잔을 감쌌다. 주변에서 들리는 평범한 소리에서 숨겨진 어조나 단어를 포착하려는 듯 에바가 침묵을 지키자 델핀은 불안해졌다. 그녀는 커피에 뜬 기름기를 물끄러미 내려다보는 에바를 주의깊게 지켜보았다.

"무슨 말이에요, 기분이 별로 좋지 않다니?"

"배가 아파. 속에 덩어리가 뭉친 느낌이야." 에바의 윗입술에 맺힌 땀방울이 흔들렸다. "아팠다 괜찮아졌다 자꾸 그래."

"생리통인가요?" 델핀이 물었다.

"그건 아닌데, 어쩌면 그럴지도 몰라." 에바는 숨을 깊이 들이마신 뒤 잠시 참았다 내뱉었다. 저런. 그녀는 델핀이 쓰던 행주로 얼굴을 꾹 눌러 표정을 지우려는 듯 닦아냈다. 그녀가 힘겹게 숨을 쉬었다. "생리통처럼, 하지만 생리가 끝난 건…… 아프다 안 아프다 해."

"일찍 끝나려는 거 아니에요?"

"그런가봐." 에바가 말했다. "우리 엄마는……" 하지만 그 순간 그녀가 고개를 가로저으며 환하게 웃더니 비정상적으로 높고 가는 목소리로 말했다. "울고 징징거리는 건 여기 나한테는 절대 금지야!"

에바가 벌떡 일어났다. 허위허위 걸어가다가 조리대에 부딪혔다. 하지만 곧바로 부산스레 오븐으로 옮겨갔다. 그렇게 쉴새없이 움직이면 그녀를 붙잡고 있는 고통이 무엇이든 다 치유될 것처럼 황망히 부엌을 휘젓고 다녔다. 잠시 후 그녀는 걱정 없고 유능한 에바로 되돌아간 듯했다. 그녀가 오븐에서 롤빵이 놓인 커다란 판 두 개를 꺼냈다. 주걱을 삭삭 움직여 재빨리 판을 비웠다. 그리고 엄지와 검지를 이용해 반죽을 떼어내더니, 그것을 두 개의 판에 다시 채운 뒤 오븐에 집어넣었다. 델핀은 그녀를 걱정스레 지켜보았지만 이내 마음을 놓았다. 에바의 신속하고 효율적인 움직임에서 나약한 모습은 찾아볼 수 없었다.

"이제 앞쪽 바닥에 광을 내야겠어요." 델핀이 말했다. "이 더위라면 지금쯤 바닥이 다 말랐을 거예요."

"좋아." 에바가 대답했다. 하지만 델핀이 동석으로 된 회색 개수대에 커피잔을 가져다놓으려고 옆을 지나가는데 정육점 주인의 아내가 손을 살짝 쳤다. 그러고는 대수롭지 않게, 아무 근심도 느껴지지 않는 목소리로 이렇게 말해서, 그 지독한 더위에도 델핀은 등골이 서늘해졌다.

"의사에게 데려가줘."

그러더니 에바는 무슨 대단한 농담이라도 한 것처럼 미소 짓고는 바닥에 쓰러져 눈을 감은 채 움직이지 않았다.

일찌감치 농부와 함께 가축을 보러 나간 피델리스는 델핀이 의사 히치에게 다녀온 뒤에도 보이지 않았다. 모르핀 주사를 맞은 에바는 배달차 뒷좌석에 앉아 있었다. 델핀의 손에는 누구를 찾아가 어떤 치료를 받을 수 있는지 등 의사의 지시가 적힌 종이가 쥐여 있었다. 의사 히치는 슬픔과 분노에 북받쳐 다른 병원에 전화를 걸었고, 아는 의사에게 에바 발트포겔이라는 환자의 수술을 준비하라고 말했다. 에바의 통증은 장기를 아주 가까이에서 짓누르는 종양이 원인이었고, 그 종양을 제거하지 않으면 며칠 내에 죽을 수도 있었다.

피델리스는 집에 없고 프란츠와 어린 동생들은 공놀이를 하는 중이라 집에 있던 마르쿠스만 그 소식을 전해들었다.

"메모를 써줄게." 델핀이 발치에 에바의 짐가방을 내려놓으며 말했다. "아빠에게 꼭 전해드려. 내가 어머니를 병원에 모셔갈 거야."

마르쿠스가 메모지를 건네받다 떨어뜨려 다시 주워들었다. 소년의 유연한 손가락도 이번만은 두려운지 부들거렸다. 소년이 한달음에 차로 달려가 뒷좌석에 올라탔다. 델핀이 가보니, 소년은 모르핀의 영향으로 열은 있어도 한결 누그러져 깊은숨을 쉬는 에바의 머리를 쓰다듬고 있었다. 에바는 마르쿠스가 안심할 만큼 꽤 괜찮아져서, 델핀이 마르쿠스를 잘 달래서 차에서 내리게 할 정도가 되었지만 델핀은 에바가 아이 앞에서 갑자기 깨어나 또다시 고통을 호소할까봐 겁이 났다. 지금까지 모은 정보로 보면 에바가 이 위중한 통증을 숨긴 것이 벌써 몇 달째였다. 그녀의 병은 위험할 정도로 악화되었고, 평소 에바를 좋아하던 히치는 놀라고 걱정되는데다 의사로서의 무력함에 화가 나서 절망적인 심정으로 그녀를 나무랐다.

"나를 찾아올 생각은 했어야지요." 이 말을 하고 또 했다. "나를 찾아왔어야지요."

델핀은 에바의 아들을 집으로 데려가면서 머리를 쓰다듬어주려고 했다. 소년은 익숙지 않은 다정함에 겁이 났는지 고개를 홱 돌려버렸다. 이런 다정한 행동은 분명 어머니에게 정말로 심각한 문제가 생겼다는 표시였다. 델핀은 얼른 손을 거두고 최대한 무심하게 말했다. 마르쿠스는 얼굴과 목이 발그레하게 달아오른 채 델핀을 쳐다보지도 않고 알아들을 수 없는 말만 웅얼거리다 가버렸다.

델핀은 피델리스에게 남기는 글을 마무리했다.

에바를 도시 남쪽에 있는 마요라는 병원에 데려갑니다. 히치 선생님 말이 거기에서나 응급치료를 해줄 거래요. 에바가 오늘 아침 쓰러졌어요. 암이랍니다. 히치 선생님에게 물어보면 알 수 있을 거예요. 가게 정리를 마치는 대로 이리로 오세요. 가능하면 시프리언 라자르를 찾으세요. 아마 아버지의 땅에 세워진 텐트에 있을 거예요. 사람 좋고 일 처리도 능숙한 남자예요.

마요 병원으로 향하면서 델핀은 처음에 정육점 주인의 노랫소리가 들렸는데, 다만 마음속에서 들은 것이었다. 침착하게 가속페달을 밟아 시속 100마일 정도를 꾸준히 유지하면서 마음을 편하게 해주는 레코드판을 다시 틀듯 그 노래를 반복해서 들었다. 세상이 아물거렸다. 들판이 바큇살처럼 빙글빙글 돌았다. 집과 소와 말과 헛간이 휙휙 스쳐지나갔다. 도시로 들어서자 한참 섰다 다시 가기를 반복했다. 그녀는 차를 모는 내내 정작 어제 아침 얼룩진 콘크리트 도살실에서 피델리스가 부를 때는 제대로 귀기울이지 않았던 그 노래를 반복해서 들었다. 어제는 더위 때문에 기진맥진해서 떠도는 듯 부드러운 그의 테너 음색에 감탄할 기력도 없었다. 그때는 그의 노래가 귀에 제대로 들어오지 않았다. 지금은 들렸다. "디 게당켄 진트 프라이(생각은 자유로워)." 그가 노래하자 음이 벽에 부딪혀 빙글빙글 돌며 점점 더 높이 올라가 아름다운 교회의 돔에 가닿는 듯했다. 도살장에서 거룩한 성당 같은 음향이 울려퍼진다고 누가 생각하겠는가? 피델리스는 독일 게장페어라인(합창단)에 소속되어 있을 때 배운 곡을 노래클럽 남자들과 함께 부르려고 연습 중이었다.

그 노래가 머릿속을 떠나지 않자 델핀은 아는 독일어를 총동원해 가사를 만들어냈다. "디 게당켄 진트 프라이, 베어 칸 지 에어라텐, 지 플리엔 포어바이 비 네히틀리헤 샤텐(생각은 자유로워, 누가 짐작이나 할까, 생각은 밤그림자처럼 달아나지)." 생각은 자유로워…… 생각은 밤그림자처럼…… 들판에서는 시든 농작물이 줄지어 뒤척였고, 통풍구는 뜨거운 바람을 더욱 뜨겁게 내보냈다. 바람은 끝까지 내린 차창에서 윙윙거렸다. 마침내 비가 내리기 시작했지만 델핀은 창문을 닫지 않았다. 빗방울이 빠른 속도로 달리는 그녀의 얼굴을 비비탄처럼 쏘아댔다. 세찬 비에 정신이 번쩍 들었다. 이따금 뒤에서 에바가 끙끙거렸다. 모르핀이 통증을 누그러뜨릴 뿐 아니라 자제심도 떨어뜨렸는지, 델핀은 비에 젖은 바람 속에서 분명 에바가 토해내는 날카롭고 얼음장 같은 신음소리를 들었다. 끼익하는 타이어 소리 같은 비명을. 통증이 끝까지 붙들고 싸워야 할 짐승이라도 되는 양 울부짖는 소리도.

여섯

밤의 정원

지난여름 가뭄으로 죽거나 말라버린 벌레는 그전에 올 6월 부화할 운명인 알을 무더기로 낳아놓은 터였다. 델핀은 에바의 정원에서 에바와 함께 피델리스가 직접 주조한 흙처럼 검은 맥주를 두 발 사이에 단단히 끼운 채 망가진 의자에 앉아 있었다. 델핀은 홈드레스에 앞치마를 둘렀고, 에바는 잠옷 위에 가벼운 모직 숄을 걸쳤다. 민달팽이는 알몸이었다. 단단하고 동그랗게 감긴 듯한 형태가 마치 뿔 달린 젤리 같았다. 민달팽이는 바글바글한 어린 새끼를 데리고 빽빽한 건초 더미나 에바가 뿌리 덮개용으로 찢어놓은 신문지에서 살았다. 그놈들이 가장 연한 맨 위쪽 잎사귀부터 땅바닥까지 새로 심은 모종을 숱하게 먹어치우자 에바는 놈들을 없애버리겠다고 벼러온 참이었다.

"마지막 만찬이야." 에바가 파이 접시에 맥주를 조금 뿌리며 자신이 기르는 콩 작물을 가리켰다. "이제 놈들은 끝이니까."

맥주는 시원했는데, 피델리스가 아거스에서 처음 주류 판매 허가를 받은 사람들 중 하나가 되면서 새로 들여놓은 유리로 된 냉장 진열장에서 꺼내온 것이었다. 이따금 손님이 이런저런 물건을 사러 들어오면 멀리서 잘랑거리는 종소리가 들렸다. 저녁 먹을 시간이라 장을 보는 손님은 없었다. 프란츠가 다 알아서 할 것이다. 에바는 맥주를 한 병 더 들고 4분의 1쯤 마신 뒤, 땅과 수평이 되게 묻은 파이 접시에 맥주를 조금 더 따랐다. 시원한 맥주를 해충에게 허비해버리자니 아까웠다.

햇살이 축사 가장자리를 비스듬히 비추는 동안 두 여자는 진하고 쓴맛이 나는 맥주를 천천히 홀짝거렸다. 주석을 입힌 냉장고 옆면에서 열기가 뿜어져나왔고, 그들은 지난해 푸른색 포도를 맺었던 바짝 마른 갈색 넝쿨 냄새를 맡았다.

"그냥 소금을 뿌려 이놈들을 말려 죽여야 했었나봐요." 델핀이 말했다. 그 순간 문득 어떤 생각이 떠올랐다. 에바의 죽음이 눈앞인데, 우리는 손쉽게 이 무력한 생명을 죽이는구나. 그녀는 아무 말 없이 에바의 손을 어루만졌다. 에바의 병이 이 지경까지 이르자 피델리스는 치료비를 벌기 위해 일주일에 두 번 도축을 하고 불철주야로 열심히 일했다. 축사 안의 양토는 똥과 공포심으로 비옥해져 생장력이 넘쳤다. 그 가장자리에는 잡초가 쑥쑥 자라 제 뿌리를 스커트처럼 들어올리고 울타리를 뛰어넘을 기세였다. 하지만 이곳에 잡초들이 살 수 있는 여지는 그리 많지 않지, 델핀은 맥주를 홀짝이며 생각했다.

에바의 정원은 에바의 천재적인 조직력 이면의 어두움을 반영한다고 델핀은 결론을 내렸다. 정원은 에바의 집과는 달리 어디를 보든 가꾸지 않은 제멋대로의 모습이었다. 이 정원은 찌꺼기를 빨아들여 비옥해졌다. 냄비에서 긁어낸 찌꺼기, 찻잎, 오이 껍질이 모두 흙과 뒤섞여 되는대로 묻혀 있거나 그냥 쌓여 있었다. 모든 것이 노스다코타의 맹렬한 태양 아래 썩어갔다. 내다버린 오이가 품고 있던 씨앗, 두꺼운 호박 껍질, 묵은 토마토까지 모두 자진해서 비옥한 토양의 일부가 되었다. 그녀의 방식은 방식이 없는 것이었다. 자연이 알아서 하게 내버려두라. 여기 사과나무도 사과 속 씨앗에서 자란 것이었다. 수송아지의 핏물이 흘러드는 도랑 근처에서 사락거리는 장미덤불은 꽃봉오리가 어찌나 도톰하고 탐스러운지 사악한 느낌마저 들었다. 에바가 좋아하는 천수국은 가을에 전지 작업을 하고 나서 여기저기 씨앗을 뿌렸다. 공기 중에 천수국의 알싸한 잎냄새가 감돌았다. 새도 찾아왔다. 에바는 새에게 빻은 귀리를 내주었다.

델핀은 지금까지 정원을 가꾼 적도, 성가시게 새를 불러모은 적도 없었고, 친구 에바가 일상의 의식처럼 돌보는 것을 돌볼 줄도 몰랐다. 에바 발트포겔을 알게 된 뒤로, 또한 시프리언과 함께 여기저기 떠돌아다닌 뒤로 델핀은 여자의 관심이 남자의 맹목적인 혼란을 제대로 이해하게 해줄 수 있지만, 그럼에도 여자는 여자만의 거침없는 자유가 필요하다는 사실을 깨달았다. 그것이 여기에 있었다. 모든 것이 폭동을 일으켰다. 정원과 잡초가 자란 마당은 더욱 무성해져 떨어져나온 넝쿨과 새 물통으로 사용하는 녹슨 햄 깡통이 나뒹구는 정글로 변할 것이다. 흰색 셰퍼드인 에바의 개 샤치는 먼젓번 개가 묻은 뼈를 파내기만 하고 다시 묻지는 않았다. 잎이 시들어가는 가을에 넓적다리뼈와 쇄골과 이런저런 뼈가 나뒹굴면 엄청 흉측할 거라고 델핀은 생각했다. 죽은 자들이 심판의 날에 일어나 흩어져 있는 뼈를 서로 바꾸어 끼워맞추는 것처럼. 그때까지는 샤치가 창조 행위랍시고 흩어놓은 뼈를 커다란 잎이 숨겨줄 것이다.

운명에 대해 깊이 생각하는 델핀의 성향은 에바의 병 때문에 끊임없이 자극을 받았다. 죽음은 늘 그녀 앞에 있었고, 인간이 얼마 동안은 어떻게든 살아간다는 사실이 신기할 뿐이었다. 그녀가 보기에 삶은 무모하지만 소중한 위업으로, 시프리언의 균형잡기만큼이나 있을 법하지 않고 민달팽이의 만찬만큼이나 낯설었다.

에바는 허리를 굽혀 모종삽으로 흙을 조금 파낸 뒤 맥주가 4분의 1 정도 남은 병을 꾹꾹 눌러묻어 덫을 만들었다. "행복하게 죽으렴." 에바가 위로했다. 델핀도 4분의 3 정도 마신 병을 건넸다. 에바는 그것을 호박을 심은 이랑 옆에 밀어넣었다. 정작 그녀는 보지 못하겠지만 가을이 되면 호박이 정원의 나머지 부분을 온통 뒤덮을 터였다. 큼직하고 울퉁불퉁한 교배종 허버드 호박이 초록 잎사귀 밑에서 굴러나올 것이다. 델핀은 제멋대로 생긴 혹투성이 호박을 수확해 뒷문 옆에 쌓아두었다가 건초로 쌀 것이다. 에바는 열 십자 모양으로 엮은 캔버스 의자에 기댄 채 포크로 또 한 병을 땄다. 좋은 날이었다. 에바에게는 아주 좋은 날이었다.

지는 햇살은 따스했고, 바람은 등에와 모기를 쫓아낼 만큼 세게 불었다. 델핀은 머리가 점점 커져 목 위에서 달랑거리는 느낌이었다. 하지만 가벼웠다. 몸통에서 떨어져 풍선처럼 둥둥 날아오를 것처럼. 식물은 싱그러웠다. 정원은 초록이 우거졌다. 델핀이 꾸준히 준 물을 마시고 자란 탐스러운 접시꽃 봉오리가 정원 벽에 살랑살랑 부딪혔다. 에바가 심은 매발톱꽃은 꽃대를 얼기설기 뻗어 온통 덤불을 이루었다. 샛노란 천수국 향기가 공기 중에 알싸하게 퍼졌다. 삶은 왜 더 솟구치면 안 되는 걸까, 델핀은 생각했다. 왜 더 좋아지면 안 되는 걸까?

"가망이 없어." 에바는 델핀의 속마음을 들은 것처럼 말했다. "민달팽이가 많아도 너무 많아. 게다가 바보 천치라 맥주병도 못 찾아낼 거야."

어린 민달팽이가 신기하게도 어느새 잎사귀로 옮겨가 붙었는데, 속이 비칠 만큼 투명했다. 살아 있는 생물이라기보다 물컹한 젤리 조각 같았다. 놈들은 게걸스러웠다. 어떤 잎은 질긴 잎맥만 남아 뜨개질한 레이스 같았다. 에바의 정원이 망가지지 않은 것은 오로지 그 풍요로움 때문이었다. 벌레가 다 먹어치울 수 없을 만큼 초록이 무성했다. 이제는 뱀이 풀밭 가장자리에서, 돌과 배수관 밑에서, 그리고 타일을 붙인 홈통에서 기어나왔다. 짙은 오렌지색과 희멀건 녹색 줄무늬가 진 검은 가터뱀은 복부가 녹은 버터처럼 옅은 금색이었다. 델 듯이 뜨거운 땅의 벌어진 틈새로 뱀이 스르륵 기어드는 소리가 들린 것 같았다. 뱀이 뜨거운 짚과 건초 더미 밑에서 똬리를 푼다는 사실은 델핀도 알고 있었다. 뱀은 어디에나 있었고, 작은 민달팽이를 먹고살았다. 두꺼비가 주름진 늙은 여자의 눈을 깜박이며 사위는 햇살 속으로 풀쩍 뛰어들었다.

"그만 갈게요." 델핀은 말했지만 해가 넘어갈 때까지, 어스름이 깔릴 때까지 에바와 함께 앉아 있었다. 마치 앞으로 몇 주 동안 이런 평화가 다시 오지 않을 것을, 그리고 둘 다 두려운 밤이면 이 시간을 떠올리게 되리라는 것을 알고 있는 것처럼. 대기가 푸르스름해지자 나방이 슬그머니 나타나 마당 반대편의 램프 덮개에 파닥거리며 부딪혔다. 양동이에서 타고 있는 시트로넬라유와 에바가 꺾어 머리에 꽂은 바질 가지가 그들을 지켜주었다. 얇은 가죽 샌들을 신은 에바의 발은 차가웠다. 델핀은 축축하고 불쾌한 냄새가 나는 흙을 꾹 밟았다.

고요한 밤, 일을 끝낸 뒤, 에바를 안정시킨 뒤 델핀은 평소라면 시프리언과 로이와 함께 사는 집으로 돌아갔을 것이다. 독서에 빠지거나, 요리를 하며 긴장을 풀거나, 집안에서 수리할 곳을 찾아 고쳤을 것이다. 하지만 오늘은 어쩐지 이상한 느낌이 들어 발이 떨어지지 않았다. 밤이 이슥해지고 짙은 어둠이 깔려 사방이 캄캄해질 때까지 델핀은 맥주만 홀짝였다. 그들은 말이 없었다. 얘깃거리가 될 만한 일은 전혀 일어나지 않았고, 맥주병을 하나씩 땅에 묻는 일도 끝났다. 딱히 무슨 일이 일어나기를 기다리는 것은 아니었다. 시간은 흘러갔지만 그들은 움직이지 않았다. 아무 상념도 없었다. 델핀만 땅속에서 모든 뼈가 연결되는 장면을 상상했을 뿐이었다. 샤치는 에바의 발치에서 잠들어 그르렁거렸고, 델핀은 눈을 감았다.

눈을 감자 정신이 더욱 또렷해졌다. 감각이 열렸다. 그녀는 주위의 사물이 얼마나 빠르게 생성되고 소모되는지 느꼈다. 눈을 감으면 얼마나 많은 감각을 알아차릴 수 있는가. 감각은 시야의 벽을 넘어 그녀의 통제력 밖으로 나아갔다. 들리지 않고 보이지 않는 가운데 핏방울이 그녀의 손과 발에 떨어졌고, 그녀는 그렇게 닻을 내릴 수 있었다. 그것이 다행스럽게 느껴졌는데, 빛은 꺼질 듯 희미하고 어둠은 몹시 강렬해 자신이 피부로 된 배처럼 둥둥 떠내려가 다시는 돌아오지 못하고 구겨진 옷만 남을 것 같은 기분이었기 때문이다.

"그 말이 사실이면 좋겠어. 어디서 읽었는데, 정신은 그대로 머문대. 눈도 그렇고. 글을 읽는 뇌도 그렇고."

에바의 목소리가 들렸다.

델핀은 이따금 친구 에바가 동물이나 식물이 되더라도, 그녀의 심장이 영양소의 왕국으로 들어가 순환하더라도, 돼지고기와 혈분에 대한 그 모든 생각과 계산과 판매가 헛수고가 되더라도 상관하지 않는다고 생각했다. 에바는 이제껏 무성의한 태도로 자신의 죽음을 멸시하거나 조롱했지만, 방금 그 말로 지금까지 한 번도 드러내지 않았던 두려움을 내비쳤다. 혹은 간절한 바람을. 그녀의 말에 델핀은 대번에 슬픔이 치밀어 가슴을 에는 것 같았다.

"정신은 그대로 남아요." 델핀이 최대한 가볍게 말했다. "그러니까 당신도 그럴 거예요. 하프를 켜면서, 인간의 어리석은 짓거리를 내려다보면서 말이에요."

"하프는 켤 줄 몰라." 에바가 말했다. "나한테는 카주*를 줄 것 같아."

"나를 구름에 앉혀주면 같이 연주할게요." 델핀이 말했다.

"약속한 거다." 에바가 말했다. "잘생긴 네 남편을 데려와. 설득할 수 있겠지?"

그들은 배를 잡고 눈물이 날 때까지 웃다가 숨을 헐떡이며 완전한 침묵에 빠졌다. 그들은 한동안 터무니없는 천국을 믿는 척하며

---

* 입에 대고 성대가 울리도록 소리를 내서 음을 표현하는 악기.

그곳의 비탈진 풀밭에서 만나기로 약속했다.

　로이 바츠카는 정말로 지긋지긋한 주정뱅이였지만 타운에서 그를 싫어하는 사람은 없었다. 몇 가지 이유가 있었다. 먼저 그가 방탕한 자포자기의 삶으로 빠져든 것은 상실이 원인이었다. 그는 자신을 파멸시킬 만큼 한 사람을 사랑했다고 떠벌리고 다녔는데, 그것이 많은 여자의 가슴속에서 일종의 반사작용을 일으켰다. 덕분에 그는 궁핍한 시기에 쉽게 얻어먹고 다닐 수 있었다. 여자들은 심지어 돼지고기나 차가운 콩으로 샌드위치를 정성껏 만들어 술이 깨거든 먹으라며 점심까지 싸주었다. 또 한 가지 이유는 드물게 정신이 말짱할 때면 짧게나마 고된 일을 몰아쳐 할 역량이 된다는 점이었다. 그는 자신이 가장 잘하는 일을 감탄스러울 만큼 훌륭히 해냈다. 바로 농장 일이었는데, 그는 그 일을 기꺼이 맡았다. 그는 순전히 영적인 죄의식에서 우유를 짜고 외양간을 치우고 건초를 쌓았다. 가끔은 다음번 술을 사줄 물주를 만들어둘 뿐만 아니라 자기 나름으로 관대한 사람이라는 인식을 심어주려고 돈을 받지 않고 일했다. 또한 어떤 상태이건 이야기를 흥겹게 풀어놓아 사람들을 끌었다. 그는 비열한 주정뱅이도, 미쳐 날뛰는 놈팡이도 아니었다. 그의 행실은 델핀이 딸로서 참을 수 있는 한계를 넘어섰지만 그가 딸을 사랑한다는 사실은 누구나 다 알았다.
　에바도 그를 좋아했다. 혹은 어쨌거나 안쓰럽게 여겼다. 그가 부엌에서 얼쩡거리면 번번이 끼니를 챙겨주던 여자 중에 에바도 끼여 있었다. 에바가 몸져누운 지금, 로이가 정육점에 나타나는 목적도 달라졌다. 그는 하루가 멀다 하고 오후만 되면, 가끔은 슈납스가 밴 지독한 땀냄새를 풍기며 나타났다. 그래도 일단 가게에 오면 뭐든 하려고 했다. 미친듯이 열심히 일했다. 새로 구멍을 파서 변소를 옮기고 삽으로 내장을 퍼날랐다. 돌아가기 전에는 에바 옆에 앉아서 젊은 시절 채금지探金地에서 겪은 일이라든가, 애완용 돼지에게 읽기를 가르쳐준 일이라든가, 그렇고 그런 허무맹랑한 이야기를 들려주었다. 방울뱀의 독을 추출하는 법, 그가 알고 지낸 늑대인간, 늑대인간의 언어로 된 단어, 꽃의 라틴어 이름이나 유래, 기막히게 맛좋은 와인을 만드는 방법, 프랑스 사람들이 발효시킨 찌꺼기를 어떻게 하는지에 대한 이야기도 있었다. 듣다보면 이따금 델핀은 이야기를 재미있게 풀어내는 로이의 말솜씨가 기쁘기도 했지만 한편 원망스럽기도 했다. 로이의 머릿속에서 희한한 지식이 샘물처럼 솟구친다는 사실은 그녀도 잘 알았다. 이런 것을 어디에서 배웠을까? 그는 술집에서, 그리고 델핀이 커서 직접 책을 구입할 때까지 집안에 나뒹구는 유일한 책이었던 나달나달한 사전에서 배웠다고 했다. 하지만 평생 뒤치다꺼리를 한 그녀에게는 이렇게 진지하고 다정하게, 색다른 재미와 즐거움을 주겠다는 좋은 의도로 이야기를 들려준 적이 없었다. 무엇보다 나쁜 것은 로이의 그런 노력을 지켜보며 델핀이 그에게 아직도 희망이 있다는 확신에 가까운 감정을 가졌다는 사실이었다.

파우티 만하임은 비행에 깊이 빠져 잉여 군수품인 제니*를 구입해 엔진을 만지작거리거나 롤**, 다이브***, 멋들어진 컬리큐****

---

* 1차대전 당시 커티스사에서 제작된 복엽기 'Curtiss JN-4D'의 약칭이다.

기술을 연습하면서 여가를 보냈다. 그는 정육점 위에서 저공비행을 하며 아이들에게 손 흔들어주기를 좋아했다. 피델리스가 그에게 집 뒤쪽 평평한 들판에 착륙해도 좋다고 허락해준 터라, 프란츠는 만하임이 착륙할 때마다 앞치마를 벗어던지고 달려나갔다. 파우티 만하임이 내려서 인사를 하러 가게로 가면 프란츠는 곧바로 조종석에 올라탔다. 만하임이 아버지와 얘기를 나누는 동안 소년은 다른 일은 제쳐두고 제어판을 쓸어보거나 만하임이 비행과 연료와 비행시간에 대해 기록해놓은 공식일지 같은 것을 살펴보았다. 파우티 만하임이 돌아오면 프란츠는 프로펠러를 돌리고 "스탠드 클리어*****"라고 외치면서 그가 상상한 지상근무자의 역할을 당당하고 진지하게 해냈다. 비행기가 움직이며 속도를 내고 뒤뚱거리면 프란츠는 자기도 모르게 흥분했다. 내성적인 성격이었지만 비행기가 움직이기 시작하면 언제나 소리를 지르며 뒤쫓아갔고, 비행기가 이륙하면 모자를 높이 던져올렸다. 땅과 비행기 사이의 공간이 벌어지면서 부실해 보이는 바퀴가 실제로 땅에서 떨어지는 순간에는 그를 황홀하게 만드는 뭔가가 있었다. 그 뭔가가 그를 어머니나 아버지의 언어로도, 학교 친구들의 언어로도 표현할 수 없는 감정에 빠뜨렸다. 말로 할 수 없지만 거침없고 굉장한 느낌, 육체적 긴장이 풀어지며 어쩔 줄 모를 것 같은, 그래서 눈물이 날 것만 같은 느낌.

** 비행기에 경사를 주어 한 바퀴 도는 것.
*** 비행기의 앞머리를 낮춰 급강하하는 것.
**** 원을 그리며 빙글빙글 도는 비행 기술.
***** 시동을 걸 때 프로펠러 근처에 방해될 만한 것이 없다고 알리는 말.

파우티가 하늘로 사라지면 프란츠는 몇 분 동안 가만히 서서 마음을 진정시켜야 했다. 그러고 나서야 다른 사람들을 대할 수 있었다. 그가 느끼기에 비행기가 이륙할 때 자신이 경험하는 것을 조금이나마 이해해주는 사람은 어머니가 유일했다. 병에 걸린 뒤로 에바는 그의 이야기를 즐겁게 들었고, 만하임이 왔다 가면 소년은 이따금 한참을 어머니와 같이 앉아 다양한 비행기 제조사에 대해, 각 제조사의 장점과 차이점에 대해, 신문이나 잡지에서 수집한 온갖 특이한 사항과 정보에 대해 쉬지 않고 떠들어댔다. 그런 대화는 다른 누구와도 나누지 않았다. 프란츠는 신문지를 산더미처럼 쌓아놓고 조심조심 오려낸 사진이나 그림을 침대 주변에 붙여놓았다. 날개와 꼬리에 검은색 십자가가 그려진 세밀하고 우아한 포커 아인데커 전투기, '릴의 독수리'로 알려진 이멜만과 '에이스 중의 에이스' 리켄배커의 번져 보이는 사진,* 최근 신문 기사에서 오려낸 찰스 린드버그**의 사진, RAF*** 배지와 엠블럼도 있었다. "태양에서 날아오는 훈족을 조심하라****"는 문구로 손수 만든 배너와 정성들여 베낀 '젊은 비행사'라는 제목의 시도 있었다. 프란츠는 조종사 머리 위로 기계총이 탑재된 프랑스의 세련된 뉴포르 11호 전투기를 그린 뒤 선체에 비명을 지르는 인디언 추장을 그려넣고 색

---

* 1차대전 당시 독일과 미국의 전투기 조종사 막스 이멜만과 에디 리켄배커.
** 1927년 '스피릿 오브 세인트루이스호'를 타고 뉴욕-파리 간 대서양 무착륙 단독 비행에 처음으로 성공한 미국의 조종사.
*** Royal Air Force, 영국 공군.
**** 해가 있는 쪽에서 접근해 알아채기 어려웠던 독일 전투기 때문에 연합군 사이에서 만들어진 표현이다.

칠했다. 그가 가장 좋아한 전투기는 크고 붉은 앞부분과 몸통에 흰색 스와스티카와 평범한 검은색 십자가가 그려진 독일제 알바트로스였다. 마분지와 핀을 사용해 숍위드 캐멀* 모형도 만들었는데, 학교에서 몰래 가져온 크레용으로 붉은색, 흰색, 파란색 원으로 이루어진 과녁을 선체에 세밀히 그려넣었다. 에바가 준 커다란 스크랩북에는 신문에서 조심스레 오려낸 곡예비행사에 관한 기사나 사진, 혹은 벽에 붙은 그들의 전단지 사진을 모았다. 소년은 어머니가 불안해 보이는 날이면 조종사가 사용하는 기술을 소리내어 읽어주었다. 어느 오후 프란츠와 같이 앉아 있던 에바가 물었다. "구름 위로 올라가면 어떤 기분일까?"

"오, 그건 제가 말할 수 있어요." 프란츠가 말했다. "거기 올라서면 깡충깡충 뛰는 기분일 거예요."

그녀는 믿기지 않는다는 듯 프란츠를 바라보았지만 그가 그런 상상을 한다는 것이 대견하기도 했다. 프란츠가 어머니와 함께 하늘로 올라가야겠다는 생각을 갑자기 떠올린 것은 그때였다.

"우리는 하늘을 날아갈 거예요." 프란츠는 그 자리에서 선언했고, 그 순간 어머니의 얼굴에 호기심어린 기쁨이 스치자 기필코 그 꿈을 이루겠다고 결심했다.

프란츠는 파우티가 그들을 태우고 날아올라야 한다고 결정을 내렸다. 하지만 피델리스는 파우티가 프란츠를 태우고 비행하는 것을 금지한 터였다. 이번은 달랐다. 고귀한 목적이 있는 비행이었다. 어머니와 함께 날아오른다는 충동적인 생각은 곧바로 반드시

---

* 1917년 처음 선보인 영국산 1인승 전투기.

여섯 · 밤의 정원   175

실행에 옮겨야 하는 다급하고 진지한 임무가 되었다. 프란츠는 에바를 쳐다보며 세상에는 그저 꼭 일어나야만 하는 일이 있다고 생각했다. 어머니는 하늘로 날아올라야 했다. 구름 위로 올라가보지는 못하더라도, 어머니가 올라갈 때 반드시 그도 함께여야 했다. 그는 확신을 가지고 잠자리에 들었고, 다음날 아버지 옆에서 일하면서도 파우티 만하임을 어떻게 설득해 그들을 태우게 할지 그 생각만 했다.

파우티는 타운 북쪽에 있는 커다란 헛간에 비행기를 세워두었는데, 집에서 제법 걸어가야 하는 거리인데다 파우티가 언제 여기를 지나갈지 알 수 없어서 프란츠는 당장 그를 찾아갈 핑계를 만들어야 했다. 어머니가 얼마나 더 쇠약해질지 예상해서는 아니었지만, 프란츠는 지금 당장이어야 한다고 느꼈다. 그는 매저린 시멕의 여자용 자전거를 빌려 타고 페달을 열심히 밟으며 한참을 달렸다. 그 계획에 대해 그는 매우 확고하고 강박적이어서, 파우티에게 그 말을 꺼낼 때 자기도 모르게 목소리를 높이고 손을 마구 휘저었다. 파우티가 헛간으로 필요한 용구를 찾으러 어슬렁어슬렁 걸어갈 때는 애걸하고 매달리기까지 했다.
"엄마가 아프시잖아." 파우티가 마침내 사과처럼 둥글고 반짝거리는 턱을 문지르며 말했다.
"그래서예요." 프란츠가 말했다.
"피델리스가 허락하지 않을 거야." 파우티가 말했다.
"그러니까 아버지는 아시면 안 돼요." 프란츠가 말했다.
파우티 만하임은 특별히 생각이 깊은 사람도 아니고 대체로 자기 외의 다른 사람에게 흥미도 없거니와 자기 어머니에게 그다지 애정을 느껴본 적도 없었다. 하지만 프란츠의 행동에서 뭔가가 그의 마음을 움직였다. 그는 제어판을 점검하고 나사를 조이고 선체에 페인트를 덧칠하면서 곰곰이 생각에 잠겼다. 그러더니 그렇게 해주겠다고 대답했다.

피델리스가 배달하러 가는 날, 파우티는 일찌감치 가게 뒤쪽 들판에 비행기를 착륙시켰다. 날씨는 벌써부터 더웠고 하늘은 새파랬지만 모래폭풍을 예고하는 위압적이고 금속성인 푸른색은 아니었다. 날씨는 한동안 그랬던 것보다 더 온화했고, 풀밭과 나뭇잎에, 그리고 아침이슬의 맛에 언제 사라질지 모르는 상큼함이 감돌았다. 프란츠는 어머니의 방으로 들어가 먼저 자신의 마음을 진정시킨 뒤 어머니의 팔을 잡았다. 에바는 아까부터 일어나 비행기를 타기 위해 이미 옷을 갈아입은 터였다. 얇은 흰색 실내복에 만개한 장미꽃은 주름진 이파리가 어떤 것은 분홍색이고 어떤 것은 진홍색이었다. 은은한 녹색의 정교한 잎사귀가 자락자락 물결을 이루었다. 치료로 손상되어 가늘고 짧아진 머리칼이 부숭부숭했다. 그녀는 부들거리는 손으로 립스틱을 연하게 발랐고, 보아하니 향긋한 라일락 워터로 양치도 한 것 같았다. 그녀가 말하길, 어떤 날은 몸속에서 벌어지고 있는 일 때문에 숨결에서 슬프게도 저장고의 썩은 내가 나기도 했다. 그녀는 그 냄새가 싫었다. 뭐든 청결한 것이 좋았다. 프란츠는 야위고 백지같이 하얀 얼굴에 약간 처진 어머니의 녹색 눈이 참 아름답다고 생각했다.

"엄마." 프란츠가 수줍어하면서도 자랑스럽게 말했다. "비행기가 여기 와 있어요."

"힐프 미어(나 좀 도와주렴)." 그녀는 간절한 눈빛으로 프란츠를 돌아보며 말했고, 그는 어머니가 다리를 펴고 침대 모서리에 앉을 수 있게 부축했다. 그녀가 머리를 쓸어넘기고 힘없이 몸을 일으켜 끈을 묶는 갈색 가죽구두에 한 발씩 집어넣었다. 그녀는 숨을 크게 들이마셔서 힘을 그러모으고 흥분을 억눌렀다. 다른 아이들은 델핀과 함께 가게 앞에 나가 있었는데, 델핀도 그 계획에 가담해 두 사람이 파우티의 비행기에 올라탈 때까지 다른 아이들의 관심을 딴 데로 돌리기로 했기 때문이었다. 에바는 아들 옆에서 비틀거리지 않으려고 애썼다. 옆마당으로 들어서는데 프란츠가 그녀를 멈춰 세웠다.

소년은 팔을 크게 벌려 어머니를 번쩍 안고서 들판으로 갔다. 에바는 깜짝 놀랐지만 이내 웃으며 프란츠의 목을 끌어안고 생각했다. 내 아들, 내 귀여운 아들. 비행기가 있는 곳에 이르러 프란츠가 조종석 뒷자리에 조심조심 앉힐 때 에바는 아들의 생부를 생각했다. 에바가 요하네스를 처음 알았을 때 그의 나이는 지금 프란츠와 별 차이가 없었다. 그 생각을 하자 그녀는 한때 알았던 청년 요하네스에 대한 슬픔으로 가슴이 미어졌다. 또한 그의 죽음 이후 일어난 모든 일, 그를 몹시 놀라게 했을 그 모든 일에 대해 한편으로 궁금한 마음이 들었다. 그녀는 하늘나라에 대해 생각하지 않을 수 없었고, 확신에 찬 신부의 말이 사실이라면 어떤 일이 생길지 의문이 들었다. 요하네스가 정말로 그녀를 맞이하려고 이미 죽은 그녀의 가족 모두와 함께 저세상에 나와 서 있을까? 그는 몇 살이 되었을까? 그러고 나서 그녀는 어떤 말을 할 것이며, 훗날 피델리스가 하늘나라로 오는 날은 또 어떤 일이 일어날까? 그녀는 누구와 함께 살게 될까?

이 문제에 대해서는 클래런스 신부도 확실히 쩔쩔맸다. 에바는 그의 확신을 흔드는 것이 재미있었다. 파우티가 조종석에 오를 때 에바는 미소 지으며 얼굴에 한가득 퍼지는 햇살을 만끽했다. 프란츠는 프로펠러를 힘껏 돌렸고, 시동이 걸리면서 기체가 비에 젖은 개처럼 부르르 떨자 에바의 뒤쪽에 올라타 허리를 감싸안았다.

"엄마는 꼭 잡았니?" 파우티가 소리를 질렀다.

"잡고 있어요!"

비행기가 덜커덩 소리와 함께 앞으로 나아갔다. 덜컹덜컹 달리다 속도가 붙고 동력을 얻자 비행기는 마침내 공중으로 떠올랐다. 프란츠는 입안 가득 바람을 들이마셨다. 그 순간 그의 내면이 풍선처럼 부풀었다. 그리고 어머니의 허리를 끌어안은 채 난생처음 하늘을 날았다. 굉장히 가파른 경사를 이루며 올라갈 때 그들은 숨쉬는 것조차 잊었지만, 곧 파우티가 침착하게 수평비행으로 전환해 태양을 뒤로한 채 서쪽으로 날아갔다. 그는 강을 따라 날면서 에바에게 왜가리와, 가능하면 물수리가 놀라는 장면도 보여주고 싶었다. 밤 동안 에바를 위해 어떤 비행을 할지 고민하면서 이 죽어가는 여인에게 하늘을 나는 기쁨을 주는 것은 그가 할 수 있는 일종의 영웅적인 행위라고 결론을 내렸다. 피델리스에게는 나중에 자신이 그렇게 한 건 의무감에서였다고 설명할 것이다. 아직은 그걸 해내지 않았지만, 어쨌거나 그는 에바가 착륙할 때 뺨이 발그레해지고 기분도 한결 좋아지면 피델리스도 기뻐할 거라고 확신했다. 한술 더 떠서 비행기를 타면 의학적으로 병이 완치될지 모른다는 생각도 했다. 예전에 그런 일이 있었고, 그가 비행의 힘을 믿는 이유도 그것이었다.

프란츠도 아마 비슷한 믿음을 가졌을 텐데, 어머니를 꼭 붙잡은 채 뱀처럼 굽이치는 반짝이는 회색 강을 따라 쌩쌩 나는 동안 세찬 바람이 그들의 얼굴을 후려치면 피부가 반들반들하고 깨끗하게 닦일 거라고 상상했기 때문이다. 고도가 높아지자 강물은 한줄기 수은처럼 보였고, 그 옆으로 희뿌연 녹색 나무는 연기를 내뿜는 것 같았다. 길은 가뭄으로 시든 들판에 이리저리 검은 실을 풀어놓은 듯 보였다. 비행기는 뜨거운 기류를 만나자 출렁거렸고, 강물이 꺾어지는 지점에선 부드럽게 방향을 틀었다. 쇠뿔 모양의 만곡부에서는 한 바퀴 원을 그렸고, 만하임의 지인들이 있는 농장을 지나갈 때는 급강하했다. 봐야 할 것은 빠짐없이 다 보았다. 연료가 떨어져 다시 들판으로 돌아가야 한다고 파우티가 소리를 지를 때까지 그들은 계속 하늘을 날았다. 비행을 기다리는 내내 에바는 하늘을 나는 동안 느낄 스릴이 그녀의 고통을 없애줄 거라고 기대했다. 그런 일은 딱히 일어나지 않았고, 어떤 면에서는 고통이 더 심해졌다. 그 이유는 기쁨도, 단지 하늘에 올라와 있는 육체적 기쁨뿐 아니라, 나중에 델핀에게 털어놓은 대로, 정신적 기쁨도 더 강렬해졌기 때문이었다.

두 사람은 땅으로 돌아왔고, 프란츠는 에바를 침대로 데려갔다. 에바는 마지막 환시 중 하나를 경험했다. 베개를 등에 받치고 앉아 물을 홀짝이며 행복과 고통에 몸서리쳤다.

"하늘로 올라갔을 때 뇌가 신선한 공기를 꿀꺽꿀꺽 마셨어." 그녀가 델핀에게 말했다. "머리가 지금 아주 빠르게 핑핑 돌아가고 있어. 뭔가 알 것 같아."

"뭘요?"

"춤 바이슈필(예를 들면)." 에바가 말했다. "여기 아거스는 한낱 점에 지나지 않아. 우리도 점이야. 점 속의 점. 어쨌거나. 우리라는 점은 우리 자신의 동력으로 날고 있어. 바람에 떠밀려올라간 게 아니야! 이게 뭘 말하는 것 같아?"

그녀가 델핀의 팔을 붙잡았고, 손아귀 힘은 여전히 셌다. 델핀이 고개를 가로저었다. "뭐예요?"

"계획. 아이네 그로세 이데(위대한 착상)가 있어. 그 빌어먹을 규칙들 전체보다 더 큰 계획. 나는 예전부터 알고 있었어. 교회에서 일렁이는 촛불보다 더 큰 계획. 고해실보다 더 크고 성체보다 더 큰 계획." 그녀가 성호를 그었다. "그게 뭔지는 나도 몰라. 하지만 커. 훨씬 더 커."

에바는 델핀에게 아들을 모두 방으로 불러달라고 해서 그들에게도 말했다. 그녀가 아주 확실한 뭔가를 알게 됐는데, 교회와 상관없을뿐더러 심지어 '단 하나의 참된 교회'와도 전혀 상관없다고. 성체를 받아먹는 것이나 주교에게 견진성사를 받는 것과도 상관이 없다고 했다.

"지금 그런 걸 한대도 상관없어." 그녀가 다급하게 말했다. "해야 한다면 해. 하지만 꼭 말해두고 싶은데, 그 계획은 더 큰 거야. 그 계획은 엄청나게 큰 것을 설명할 수 있고, 새끼손톱만큼 작은 것도 설명할 수 있어." 에바는 새끼손톱을 그들 앞에 들어 보였다. 에바의 눈이 약간 번질거리며 위태롭게 에메랄드빛으로 반짝거렸다. "내가 죽어도 너무 심각하게 받아들이지 마." 그녀가 그들을 위로했다. "죽음은 그저 우리가 상상할 수 있는 것보다 더 큰 것의 일부일 뿐이야. 인간의 머리는 이제야 위대한 일을 시작했어. 비행술 같은 것을 배운다든가. 다음은 뭐냐고? 너희도 알게 될 거야, 너희도 알게 되겠지. 엄마도 그 계획을 이루는 일부라는 걸. 나는 늘 뭔가로 이뤄져 있을 테고, 뭔가는 늘 나로 이루어지겠지. 나는 이미 그 패턴에 포함되어 있기 때문에 무엇도 나를 거기서 빼낼 수 없어."

그녀의 뺨은 파우티가 자기 비행기를 타면 그렇게 되리라 상상했던 것처럼 온통 장밋빛으로 물들었다. 그녀는 물을 크게 한 모금 마시고 기침을 살짝 하더니 갑자기 눈을 감았다. 잠시 후 프란츠는 무섭기도 하고 궁금하기도 해서 허리를 숙여 엄마의 얼굴을 만져보았다. "잠드셨어." 프란츠가 어머니의 입술을 살짝 만졌다. 그리고 어린 동생들을 조용히 내보냈다. 그 순간 그녀의 숨이 끊어졌다면 완벽한 연극이 됐을 거라고 델핀은 문가에 서서 생각했다. 어쩌면 에바도 그렇게 되기를 원했을지 모른다. 하지만 비행기를 타고 나서 곧바로 숨지면 프란츠가 아주 곤란해지겠다는 생각에 그런 마음을 접었는지도 모른다.

"아이들이 과수원에서 놀고 있어요. 남자들은 벌써 얼근하게 취했고요." 델핀이 말하자 에바는 가만히 웃더니 팔꿈치에 힘을 주어 일어나려고 했다. 델핀은 그녀가 앉아서 창밖을 내다볼 수 있도록 부축했다. 그녀는 지친 몸으로 털썩 기대앉아 그 광경에 고개를 끄덕였다. 두 여인은 남자들의 노랫소리를, 그들이 애국가풍의 노래를 한 곡씩 연습하는 소리를 들었다. 보안관 호크는 〈스타 스팽글드 배너〉*의 고음 파트를 특히 잘했다. 그의 목소리가 묘한 느낌을 일으키며 환하고 후끈한 공기를 가르자 델핀은 소름이 돋았다.

"남자들은 정말 바보야." 에바가 소곤거렸다. "구스베리 덤불 속에 에버클리어 술병을 감춰놓고는 자기네가 똑똑한 줄 안다니까."

마지막 며칠은 악몽 같았지만, 에바는 병자로 죽기를 거부하고 별나게 우스꽝스러운 방식으로 고통을 견디는 쪽을 택했다. 가끔은 괴짜처럼 고통을 비웃거나 자신의 상태를 농담거리로 삼았고, 최후가 다가온 지금은 더욱 그랬다. 나중에 델핀은 에바가 친칠라를 사온 것이 급격한 내리막의 신호였다고 믿을 것이다. 상태가 그럭저럭 괜찮았던 마지막 시기의 어느 날 에바는 몰래 배달트럭을 몰고 나가 해괴한 노파가 사는 농장에서 친칠라를 사왔다. 지금 빨랫줄 밑에서 술을 마시는 남자들 너머 부실한 철망우리 안에서 털이 북슬북슬한 친칠라들이 희미한 냄새를 풍기며 할딱거렸다.

델핀은 조림병이 가득 들어찬 부엌 옆 작은 방에서 에바 옆에 앉아 있었다. 에바가 피델리스에게 침대를 놓아달라고 부탁한 장소였다. 뒷마당 쪽으로 제법 큰 창문이 나 있는 곳으로, 그녀는 그 작은 공간에서 숨을 거두기를 바랐다. 그곳에서 에바는 친칠라로 돈을 벌어들이고자 한 그녀의 계획을 마무리짓는 아이들을 지켜보았다. 아이들은 누가 내다버린 닭장에서 철망을 떼어내 우리를 만들고, 자투리 목재를 퉁탕거려 둥지 상자도 만들었다. 아이들의 관심을 돌리려는 거였어, 델핀은 지금 불현듯 알아채고는 생각했다. 스

---

* 미국의 국가.

르르 눈을 감고 짧은 낮잠에 빠지는 에바를 지켜보다, 특이하고 토끼같이 생긴 그 짐승이 아이들의 관심을 죽어가는 어머니로부터 딴 데로 돌리는 지혜로운 방법임을 깨달은 것이다.

7월 4일 정오에는 그들도 가게문을 닫았다. 지금은 타운 사람 모두가 독립기념일을 기리고 있었다. 피델리스는 낡은 의자와 테이블을 밖에 내놓고 테이블 위에 비어 소시지, 서머 소시지, 수박, 크래커를 차려놓았다. 토마토 작물 바로 아래, 맥주병들이 얼음통 안에서 땀을 흘리고 있었다. 이 맥주로 남자들이 숨겨두었다는 걸 에바도 이미 아는 그 독한 술을 씻어내릴 것이다. 구스베리 덤불 속에 손을 집어넣어 슬그머니 술병을 꺼내는 남자들을 지켜보는 일은 재미있었다. 남자들은 집 쪽을 힐끔거리며 술병을 입에 가져가 기울였다. 힘이 세고 의지가 굳은 피델리스조차 죄지은 소년처럼 행동했다.

델핀은 삐걱거리는 뒷문으로 들어오는 시프리언을 지켜보았다. 그가 껄껄 웃으며 가져온 것을 소시지 옆에 내려놓았다. 최근 국경 너머에서 구해온 숙성된 위스키 같았다. 피델리스와 델핀이 의사와 상담하러 마요 병원에 갔을 때 일주일 정도 정육점을 봐준 후로 그는 가끔 이곳을 드나들었다. 그가 가게 운영을 잘하는데다 사라진 물품도 없어서 피델리스는 그를 고용하고 싶어했지만 시프리언은 육류사업은 적성이 아니라고 딱 잘라 말했다. 전쟁터에서 피와 내장은 볼 만큼 봤다고. 어쨌든 그는 술을 사고파는 일이 적성에 더 잘 맞고 수입도 더 짭짤하다고 델핀에게 말했다. 델핀은 그 일이 싫었지만, 자동차도 절반은 그의 소유이고 그도 결국 다 큰 어른이니 달리 어떻게 하겠는가?

시프리언도 노래클럽에 들어갔지만 그의 목소리는 평범했다. 약간 거친 목소리의 바리톤. 그리고 그는 외판원처럼 꾸미고 다녔다. 심지어 그럴듯한 견본품도 차에 싣고 다녔는데—헤어브러시, 바닥 쓰는 브러시, 개털 빗는 브러시, 말털 빗는 브러시, 빗자루용 브러시, 감자 씻는 브러시 등—덕분에 국경 검사관에게 걸리지 않았고 이웃의 질문에도 대답할 수 있었다. 브러시를 정말로 구입하는 이웃도 가끔 있었다. 하지만 주된 수입원은 범법자들이었다. 미니애폴리스 밖의 위험인물들. 델핀은 그가 위험한 일을 하는 것도 싫었지만, 혐오스러운 물질을 거래하는 것도 싫었다. 하지만 정작 그는 균형잡기를 못하게 될까봐 술을 많이 마시지 않았고 그 일을 하는 외중에도 꾸준히 연습했다. 그래서 델핀도 그냥 내버려두었다. 게다가 그녀는 죽어가는 에바를 돌보느라 정신이 없었다.

그녀를 살리는 것은 불가능했다. 그런 단계는 한참 지났다. 수술 이후 그녀가 처음 받은 치료는 독일산 은으로 만든 주물에 라듐을 함유한, 속이 빈 폭탄 같은 것을 자궁에 삽입하는 것이었다. 에바가 입원해 있던 몇 주 동안 그 튜브를 빼서 다시 채우고 넣기를 몇 차례 반복했다. 퇴원한 그녀의 몸에서는 시커멓게 태운 고기찜 냄새가 났다.

"몸에서 탄내가 나." 그녀가 말했다. "요리를 망쳤을 때처럼. 가게에서 라일락 워터 좀 사다줘." 델핀은 커다란 자주색 병에 담긴 라일락 워터를 사와서 에바를 씻겼지만 효과는 그다지 없었다. 며칠 동안 그녀는 숯처럼 시커먼 것과 피를 쏟았고, 고기 탄내는 가시지 않았다. 게다가 치료는 효과가 없었다. 암은 더 퍼졌다. 그러자 히치는 에바에게 한 달에 한 번 라듐요법을 시행했다. 길쭉한

24캐럿 황금 주삿바늘 끝에 이리듐을 묻힌 뒤 그의 손가락이 타지 않게 핀셋으로 집어 새로 생긴 종양에 밀어넣었다. 그녀는 일요일마다 히치를 찾아가 이런저런 치료를 받았다. 진찰대에 묶인 채 그 삽입물 때문에 에테르를 투여받았고, 깨어나면 모르핀 주사를 맞았다. 히치는 치료를 하면서 자신에게 너무 화가 나 치료실을 나갈 때면 욕설을 내뱉었다. 치료 효과가 없을까봐 두려웠던 것이다. 여섯 시간 동안 바늘을 움직이면 안 되었기 때문에 델핀이 에바의 곁을 지켰다. 왁스를 입힌 검은 줄에 연결된 주삿바늘이 에바의 복부에 바큇살처럼 꽂혀 있었다.

"난 이제 바늘꽂이 신세야." 한번은 에바가 설핏 깨어나 말하더니 다시 불안한 꿈속에 빠져들었다. 델핀은 책을 읽었고, 꾸벅꾸벅 졸았고, 책만 읽을 수는 없어 뜨개질도 했다. 옛날 일이 되풀이되고 있었다. 술꾼들과 어린 시절 이웃들에게 그러했던 것처럼. 그녀는 또다시 자신이 멈출 수 없는 거대한 고통을 목격하고 있었다. 이번에는 그녀의 몸이 고통을 함께하려 했다. 바늘이 들어갈 때는 델핀 자신의 배도 찔리는 아픔을 느꼈고, 모르핀 주사를 맞을 때는 같이 땀을 흘렸다. 숯덩이 같은 에바의 살을 스쳐지나가는 암울한 중압감. 때때로 무지근한 통증이 내리누르면, 그녀는 영원히 드러누워 모든 것을 끝내버리고 싶었다. 하지만 그녀는 꿋꿋이 견뎌냈고 결코 약해지지 않았다. 슬픔 가득한 고통을 들키지도 않았다. 그녀는 지금 에바의 집에 가까워지면서, 그녀가 이 상황에 가장 걸맞은 것으로 여겨 매일 하는 그 문구로 신에게 기도했다.

"당신 눈에 침을 뱉겠어요."

그녀의 저주는 대단하지도 않고 그녀가 느끼는 감정의 깊이를 고스란히 담아낸 것도 아니었지만, 그녀는 적어도 위선자는 아니었다. 그녀가 기도하는 척해야 하는 이유가 무엇이겠는가? 기도는 탄테의 영역이었다. 며칠에 한 번씩 탄테는 오후에 독실한 루터교회 신자를 떼로 데려와 가톨릭 신자에게 그들의 방식을 강요했다. 에바가 그들을 내쫓을 기운마저 없어지자 델핀이 대신 나서보았지만 그녀의 위치가 탄테보다 낮아 애를 먹었다. 델핀은 터키콘도르처럼 침대 주위에 빙 둘러서서 갈고리같이 앙상한 손을 서로 꼭 잡은 채 자못 뿌듯해하며 유치한 기도를 올리는 그들을 막으려고 생각나는 방법은 뭐든 동원했다. 지금도 델핀은 의뭉스러운 그들이 나타날 경우에 대비해 에바가 자는 동안 슈거케이크를 구워둬야겠다고 생각했다. 사실 그들에게 음식을 제공하는 것이 가장 좋은 방법이었는데, 그들은 부엌에 마음대로 먹어도 되는 음식이 있다는 사실을 알면 줄줄이 잽싸게 방을 나왔기 때문이다. 그들이 에바의 고통과 에바의 특기인 린처토르테*를 실컷 즐기고 나면 탄테는 입에 부스러기를 묻힌 채 그들을 데리고 나갔다. 에바는 델핀에게 린처토르테 만드는 법을 한 번에 조금씩 이미 가르쳐두었다.

바깥은 화창하고 시원한 바람이 가볍게 부는 쾌청한 날씨였다. 탄테를 밖으로 끌어낼 날씨였지만, 델핀은 위선을 떠는 그 여자들이 시민행사에 가서 감자 샐러드나 퍼담고 수박이나 자르면 좋겠다고 생각했다. 남자들의 목소리가 커졌다 작아졌고, 누군가 허풍을 떨면 너털웃음이 터졌다. 정부가 저지른 잔혹 행위에 대해서는

---

* 밀가루, 달걀, 버터, 견과류 등을 섞어 반죽해 틀에 넣고 잼을 바른 다음 격자무늬 반죽을 올려 구운 디저트.

거침없는 설전이 벌어졌다. 이따금 그들은 침묵에 빠지거나 술에 취해 혼미한 채로, 잎이 무성한 에바의 정원을 상념에 잠긴 듯 멍하니 보았다. 언제나처럼 피델리스가 이 모임의 중심이었고, 그는 좀더 대담한 이야기를 유도하거나 힘자랑을 시켰다.

부엌 창문으로 쏟아지는 햇살이 누그러지자, 델핀은 페이스트리를 만들려고 밀가루에 차가운 버터를 잘라 넣었다. 그녀는 7월 4일 저녁으로 먹을 파이를 만들 작정이었는데, 남자들이 술을 그만 마시려면 그것이 필요할 터였다. 지금 감자도 삶는 중이었다. 매운 겨자와 갈색 설탕, 당밀을 가미한 콩 요리는 이미 만들어두었다. 소시지는 당연히 넉넉했다. 델핀은 반죽에 소금을 조금 넣은 뒤 기름을 먹인 모슬린에 싸서 냉장고에 넣었다. 그리고 과일을 손질하기 시작했다. 황록색 루바브를 달 모양으로 납작납작 썬 뒤 가장 단단한 부분의 장미색 껍질을 벗겨냈다. 그녀는 시간이 거의 다 됐다고, 거의 다 됐다고 생각했다. 그녀는 에바의 통증에 대해 생각하고 있었다. 그녀는 정향과 계피로 맛을 낸 아편주나 히치가 투여 방법을 알려준 더 강력한 모르핀의 효과가 지속되는 시간으로 시간의 흐름을 인지했다. 히치는 나중에는 모르핀마저 효과가 없을 수 있으니 너무 많은 양을 투여하지 말라고 당부했다.

히치는 균의 번식을 막는 신선한 마장디 용액*을 만드는 법도 알려주었다. 지금 에바가 뒤척이는 기척이 나자 델핀은 파이 재료를 얼른 한쪽으로 치우고 주삿바늘을 소독하려고 물을 끓였다. 전날

---

* 프랑스의 생리학자 프랑수아 마장디가 제조한 용액으로, 모르핀 황산염을 넣어 만든다.

밤 1 대 30 비율로 마장디 용액을 만들어 유리병에 담아 냉장고에 넣어두었다. 히치는 용액을 주사하는 그녀의 솜씨가 어떤 간호사보다 훌륭하다고 말해주었다. 델핀은 그것이 자랑스러웠다. 주사라면 끔찍이 싫고 질색인데다 용액을 주사기에 넣고 에바에게 투여할 때면 바늘이 자기 살을 뚫고 들어가는 것처럼 속이 울렁거려서 더욱 그랬다. 에바가 부탁하지 않아도 그녀는 언제 그 용액이 필요한지 알았다. 그녀는 시간의 경과가 아니라 에바의 시선에 담긴 명료한 고통의 충격에 따라 움직였다. 에바의 입이 반쯤 벌어지고 미간이 찌푸려졌다. 물이 끓자마자 지체 없이 진통제를 맞혀야한다. 델핀은 에바가 신경을 딴 데로 돌리도록 아픈 손을 주물러줘야겠다고 생각했다.

"아." 델핀이 손가락마디 사이를 누르자 에바가 조그맣게 신음했다. 에바의 이마는 반드러웠고, 반투명한 눈꺼풀은 내려와 있었다. 그녀가 한결 평온하게 호흡하며 가녀린 목소리로 말했다. "저바보들은 뭘 한데?"

델핀이 흘끗 창밖을 내다보자 남자들이 왁자지껄 떠들고 있었다. 보안관 호크가 장황하게 이야기를 늘어놓았고, 피델리스는 서서 손짓해가며 호크의 둥실한 배를 보고 껄껄거렸다. "우리 모두 배가 나왔어!" 그녀는 그가 기분좋게 외치는 소리를 들었다. 그들은 서로 배를 비교해보기 시작했다. 시프리언의 배가 가장 납작했다. 델핀도 그랬지만 그의 배도 딴딴한 근육이 일정한 간격으로 골을 이루었다. 어쨌든 그는 복근을 건반처럼 보이게 할 수도 있었다. 길어지는 오후 햇살 속에서 시프리언의 얼굴은 평소 잘 마시지 않는 술과 사내들의 동지애로 약간 멍해진 듯 보였다. 그는 따로 떨어져 농장에서 로이와 함께 지내거나 길을 떠도는 삶에 더 익숙했다. 빨랫줄에 걸려 있는 시트를 배경으로 남자들의 배가 하얀 살의 폭포를 이루었다.

"서로 배가 더 많이 나왔다고 자랑하나봐요." 델핀이 말했다.

"그래도 아랫도리 자랑은 안 하잖아." 에바가 쉰 목소리로 말했다.

"망측해라!" 델핀이 웃었다. "그건 잘 넣어뒀네요. 하지만 뭔가 일이 벌어지고 있어요. 자, 일으켜줄게요. 풍자극보다 더 웃겨요."

그녀는 선반에서 여분의 베개와 퀼트 이불을 가져오고 침대를 창가로 밀어붙인 뒤 마당에서 벌어지는 일을 볼 수 있게 에바의 등을 받쳐주었다. 그리고 다시 부엌으로 돌아가 주사기를 물속에 넣고 파이 반죽을 마무리해 오븐에 넣은 뒤 에바가 마실 미지근한 물을 컵에 따라서 들고 왔다. 그것이 도움이 되었는지 에바의 얼굴색이 돌아왔다. 눈빛도 더 또렷해졌다.

"이리 와봐." 에바가 말했다. "여기 앉아." 그녀가 침대에서 손짓했다. "저 사람들이 쓸데없는 짓을 하려나봐."

그들은 지금 내기를 하려는 모양이었다. 신나게 웃으며 종이돈을 흔들어댔다. 그들은 휘청거릴 정도는 아니지만 목소리가 커질 만큼은 취해 있었다. 시끌벅적 농담이 오갔다. 아이들이 나타나 그들이 뭘 하는지 보려고 축사 가로대로 기어올라갔다.

"에바, 보고 있어요?" 델핀이 그들을 가리켰다. 에바는 고개를 끄덕이며 얼굴을 찡그렸다. 무슨 꼴이람! 다 큰 어른들이! 그 순간 남자들이 달그락거리며 테이블에서 유리잔과 술병과 크래커와 소시지와 체더치즈와 접시를 치웠다. 다 치우고 나자 요란한 웃음소리와 함께 보안관 호크가 테이블 위에 누웠다. 등을 대고 누웠다.

테이블이 키보다 짧아 부츠를 신은 발이 터무니없이 곧게 뻗쳐나오고 머리는 반대쪽으로 삐져나온 모양새가 마치 건선거에 올린 배의 선체 같았다. 배는 산처럼 둥실했다. 이제 테이블의 반대쪽, 에바의 창문이 바로 보이는 곳에 피델리스가 섰다. 그가 흰색 셔츠의 맨 위 단추를 풀고 소매를 걷어 굵은 팔뚝을 드러냈다. 그는 바지 멜빵을 내린 채 남자들의 야유를 함박웃음으로 받아냈다.

느닷없이 피델리스가 역도선수처럼 쭈그린 자세로 보안관 호크 위로 몸을 숙이더니 쇼맨십을 발휘하며 팔을 양쪽으로 쭉 뻗었다. 그가 턱에 힘을 주고 벨트 고리를 신중하게 이로 꽉 물었다. 여자들의 눈에 보안관 호크의 두꺼운 벨트가 끼워지는 그 고리는 마치 이럴 목적으로 특수 제작된 것처럼 보였다.

일순간 모든 것이 정지했다. 아무 일도 일어나지 않았다. 이어서 엄청난 일이 일어났다. 피델리스가 힘을 그러모았다. 땅 자체가 피델리스를 따라 올라와 휘어지는 것 같았다. 그의 얼굴과 목이 검붉은색을 띠며 사납게 불끈거렸다. 그의 턱이 갑자기 뼈처럼 하얗게 질리고 공중에 쳐든 두 팔이 팽팽해졌다. 목과 어깨가 불가능해 보일 만큼 불룩해지더니 피델리스가 보안관 호크를 테이블에서 들어 올렸다. 벨트 고리를 물고 타운의 폴스타프를 1인치 정도 움직인 것이다. 그때 두 여자는 보았다. 피델리스가 동작을 멈추었다. 이 모든 것이 손쉽다는 듯 맹목적이고 의기양양해지면서 그의 존재 전체가 커 보였다. 그는 순간적인 힘으로 보안관을 더 높이 들어올린 뒤 이제 몸을 조금 세우며 균형을 잡았다.

엄청난 힘이 발휘된 그 순간 델핀은 정육점 주인의 진짜 얼굴을 보았다. 짐승 같은 얼굴, 열이 올라 시뻘건 귀, 핏줄이 불거진 목,

그리고 마지막으로 안구에서 빠져나올 듯 광기어린 눈. 그 눈이 에바가 그 장면을 보고 있는지 확인하려고 창문을 올려다보았다. 델핀은 가슴이 뭉클하면서 지독한 연민을 느꼈다. 그가 이걸 한 것은 에바를 위해서였다. 그는 에바의 기분을 풀어주려 애쓰는 중이었고, 델핀은 그런 어리석은 짓을 마다하지 않는 피델리스의 사랑이 억누를 길 없고 맹목적인 개의 헌신과 같다는 것을 깨달았다. 이로 벨트 고리를 물고 성인 남자를 들어올리다니. 어리석은 짓이다. 그의 힘이 아무리 세다 해도 결국 아무것도 아님을 여실히 보여주는 행위다. 아픈 에바 앞에서 그는 어린아이처럼 나약했다.

피델리스가 매머드처럼 크게 두 걸음을 뗀 뒤 보안관을 땅에 떨어뜨리자 폭소가 터졌다. 남자들은 다시 노래하기 시작했다. 이제 술기운이 거나하게 돌고 흥이 오르는지 더 씩씩하게 노래를 불렀다. 소리는 점점 커지고, 악을 쓰듯 요란해지고, 도발적이 되어갔다. 죽음이 식료품 저장실 창문에서 에바의 눈을 통해 그들을 지켜보았다. 〈지미 크랙 콘〉, 〈워배시 특급열차〉, 〈나는 영원히 비눗방울을 분다네〉. 독일 술꾼들의 노래. 선원의 아내의 그리움을 담은 애절한 발라드도 불렀다. 델핀은 에바에게 투약할 용액을 가지러 부엌으로 돌아갔다. 냉장고 문을 열었다. 한번 들여다보고는 손으로 이리저리 더듬거렸다. 모르핀, 피델리스가 자신을 돌보지 않고 죽을힘을 다해 마련한, 델핀이 누가 가져갈까봐 기를 쓰고 지켜낸 모르핀이 온데간데없었다. 유리병도, 가루도, 다른 주사기도 없었다. 믿을 수가 없었다. 찾고 또 찾았다. 하지만 없었다. 에바는 옆방에서 벌써 불안하게 뒤척이고 있었다.

델핀은 밖으로 달려나가 남자들 사이에 있는 피델리스에게 오라고 손짓을 했다. 그는 얼굴과 목을 닦았지만 땀방울이 여전히 뚝뚝 떨어졌다.

"에바의 약이 없어졌어요."

"없어져요?"

그는 델핀이 예상했던 것처럼 취해 있지 않았다. 어쩌면 보안관을 들어올리면서 술이 깼을지도 몰랐다.

"사라졌어요. 어디에도 없어요. 다 찾아봤어요. 누가 훔쳐간 거예요."

"하일리게스크로이츠(맙소사)……" 그가 휙 돌아섰다. 그는 무슨 말인가 더 하려고 했지만 델핀은 이미 그 자리를 떴다. 그리고 다시 에바에게 돌아가 남은 아편주를 주었다. 아편주는 에바에게 독했다. 한 스푼씩 목구멍으로 넘겼지만 금세 다시 올라왔다. "이게 무슨 꼴이람." 에바가 죽어가는 목소리로 말했다. "토악질하는 아기보다 더 엉망이잖아." 그녀는 웃으려고 했지만, 놀랐는지 나지막한 신음소리만 흘러나왔다. 그러더니 헐떡였고, 비명을 지르지 않으려고 애쓸 때처럼 밭은 숨을 몰아쉬었다.

"비테(부탁이 있어)……" 눈알이 돌아가고 침대 위에서 허리가 꺾였다. 그녀는 거친 목소리로 비명을 질렀고, 입에 물도록 말아둔 수건을 갖다달라고 손짓했다. 통증이 시작되고 있었다. 그녀 안에서 통증이 거센 폭풍처럼 시작되고 있었다. 그 통증은 누구도 멈출 수 없었다. 히치가 어디서 독립기념일을 축하하고 있는지 모르니 그에게 모르핀 처방을 받고 약사를 찾으려면 몇 시간이 걸릴 것이다. 델핀은 정원 문 밖에서 피델리스에게 고함을 질렀고, 시프리언에게는 오븐에서 파이를 꺼내라고 소리쳤다. 그녀는 다른 방향으로 잽싸게 뛰었다. 그렇게 달리다 한 가지 생각이 퍼뜩 머릿속을 스쳤다. 그녀는 그 생각에 따르기로 했다. 히치를 곧장 찾으러 가는 대신 총알같이 차를 몰아 루터교회에서 두 블록 떨어진 벽장같이 작은 탄테의 집 앞에 세웠다. 탄테는 일요일마다 루터교회에 가서 그녀의 동생과 결혼한 개탄스러운 가톨릭 신자가 우상숭배와 성인숭배를 그만두게 해달라고, 그들의 자식들을 루터교 방식으로 키우게 해달라고 기도했다.

"바스 볼렌 지(무슨 용건이야)?"

탄테가 문을 열었다. 그녀의 얼굴에서 다 알고 있다는 표정이 엿보이자, 델핀은 자신의 추측이 옳았음을 깨달았다. 델핀은 탄테가 레몬 파운드케이크 부스러기를 손가락으로 뭉개면서 기도 모임 친구들과 모르핀의 복용량에 대해 속닥거리고 혀를 차던 것이 기억났다.

"보 이스트 디 메디신(약 어딨어요)?" 처음에 델핀은 일상적인 목소리로, 그저 약간 다급한 듯 물었다. 탄테가 싸늘하고 밉살스럽게 웃자 그녀는 소리를 빽 질렀다. "에바 약 어딨느냐고요?"

"이히 바이스 니히트(난 몰라)."

탄테는 델핀이 옆에 있으면 일부러 서투른 표준 독일어로 말하면서 그녀의 말을 잘 알아듣지 못하는 척했다. 델핀은 집안으로 들어가 그녀를 떠밀고 곧장 냉장고로 향했다. 발끈한 탄테가 뒤쫓아오는 와중에 델핀이 테이블을 지나치는데 그 위에서 손수건으로 싼 길고 가느다란 물체가 눈에 들어왔다. 델핀은 본능적으로 그것을 집어들고 풀었다. 거기서 사라진 주사기가 나와 하마터면 떨어뜨릴 뻔했다.

"어디 뒀어요?" 델핀의 목소리는 위협적이었다. 그녀는 돌아서서 탄테에게 주삿바늘을 찌를 듯이 들이댔다. 자신도 모르게 연극 무대에서 연기하듯 위협적으로 다가섰다. 연극 공연에서 그녀에게 갑자기 허락된 대사가, 그녀 자신이 그 순간을 위해 쓰였기를 바란 그 대사 같았다.

"이봐, 몹쓸 할망구. 난 못 속여. 당신은 교활한 짓거리를 버릇처럼 일삼는 악마야!"

물론 델핀이 정말로 그렇게 생각한 것은 아니었지만, 탄테의 성질을 돋워 모르핀이 어디에 있는지 털어놓게 할 참이었다. 그녀의 목표는 오직 모르핀을 돌려받아 에바에게 가져가는 것뿐이었다. 에바의 눈빛에서 엿보이던 고통이 그녀에게 깊이 새겨져 있었다. 탄테는 입을 헤벌쭉 벌린 채 대답할 엄두도 내지 못했다. 델핀은 탄테의 작은 냉장고로 미친듯이 달려가 안을 샅샅이 뒤졌다. 맘껏 포악해져도 좋다는 허락을 받은 것처럼 탄테의 식료품을 죄다 꺼내 던진 것도 모자라 달걀까지 깨뜨려버렸다. 그리고 돌아서서 탄테 앞에 섰다. 그녀는 절박한 마음에 머리가 어질어질했다.

"제발, 말해줘요. 어디 있어요?"

이제 주도권은 탄테에게 넘어갔다. 그녀는 심지어 영어로 말했다.

"깨진 달걀 값은 물어줄 거지?"

"그럴게요." 델핀이 말했다. "어디 있는지만 말해요."

탄테는 이제 우위에 올라서서, 그 순간을 즐겼다.

"에바가 중독이라던데. 그건 있을 수 없는 일이잖아. 내 동생의 아내가? 집안의 수치야."

델핀은 모르핀을 곧장 제공할 수 있는 사람, 그 자리에서 건네줄 수 있는 유일한 사람을 적으로 만든 자신이 참으로 한심했다. 델핀이 속마음을 드러냈으니 탄테는 절대 협조하지 않을 것이다. 그녀는 내키는 대로 행동했던 자신을 원망하면서 다시 고분고분해졌다. 그리고 두려움과 자존심을 숨기려 애썼다. 그녀가 저자세로 나가면 혹시 탄테도 마음이 누그러져 경계심을 풀지 모른다고 생각했다.

"부탁이에요." 그녀가 앓는 소리를 냈다. "어서요. 진실이 뭔지 알잖아요. 우리의 에바가 아파요. 에바가 괜찮을 때만 와서 본 당신이 통증이 심해졌을 때를 어떻게 알겠어요? 탄테, 동생의 아내에게 자비를 베풀어요. 탄테, 에바를 편안하게 해주는 걸 수치스러워할 이유는 없다고 의사 선생님이 말씀하셨어요."

"내 생각엔 말이지." 검은 옷을 입은 탄테는 빈틈을 보이지 않았다. "의사는 에바를 나만큼도 제대로 몰라. 의사는 에바가 안됐다고 생각하겠지만 에바는 중독이야. 그건 확실해. 훌륭한 내 친구 올렌 소븐 부인이 장담한다고."

"탄테, 하느님의 사랑으로……" 델핀은 그 순간만은 진심을 담아 간곡히 부탁했다. 무릎을 꿇을까도 생각했다. 탄테의 작고 싸늘한 입술이 실룩거렸고, 눈동자는 승리에 도취되어 번득거렸다.

"어쨌거나 무슨 대수람. 개수대 구멍에 이미 쏟아버렸는걸."

델핀은 뒤를 돌아보았다. 자기로 된 부엌 개수대 모서리에 깨끗이 씻은 약병과 모르핀을 담았던 유리병이 이글거리는 햇살에 말라가고 있었다. 그것을 본 델핀은 완전히 이성을 잃었다. 그녀는 힘이 센, 그것도 엄청나게 센 여자였다. 그녀가 탄테의 보디스를 거머잡고 앞으로 밀며 탄테의 얼굴에 대고 쏘아붙였다. "좋아요. 이제부터 당신이 간호해보시지. 그러면 알게 될 테니까." 탄테는 저항할 수 없었다. 제아무리 버둥거려도 델핀의 용솟음치는 힘에 비하면 미약하기 짝이 없어, 젊은 델핀이 그녀를 끌고 가서 차 안에 던지듯 밀어넣은 뒤 부릉거리며 출발해도 별수가 없었다. 델핀은 집에 도착하자 탄테를 내동댕이치듯 떠밀었다.

"난 들어갈 시간이 없어요. 당신이 돌봐요. 에바 곁을 지켜요. 당신이." 델핀은 엔진을 부릉거리며 소리를 빽 질렀다. 델핀이 가버리자 탄테는 마침내 책임을 떠맡은 여자의 우쭐하면서도 마뜩잖은 표정으로 뒷문을 열고 들어갔다.

정말 몇 시간이 걸렸다. 그 시간 동안 델핀은 기도도 해보고 욕도 해보았다. 악마에게 애걸도 해보고 흥정도 해보았다. 이리저리 돌아다녔고, 좌절감에 빠질 때마다 눈물이 났다. 히치의 행방은 묘연했고, 드러그스토어의 주인 샐 버디도 찾을 길이 없었다. 피델리스도 약을 구하러 돌아다니고 있다는 걸 알았지만 그와는 마주치지 않았다. 주먹으로 계기판을 내리치고는 마른 울음을 울면서 빈손으로 돌아가는데, 그녀의 아버지가 비치적거리며 걸어가는 뒷모습이 보였다.

바지는 흘러내릴 것 같았고, 헐렁한 셔츠는 축 처진 앙상한 어깨가 드러나게 늘어져 있었다. 로이와 가까워지자 델핀은 번연한 분노가 끓어올랐다. 그녀는 지켜보는 사람이 없는지 주위를 둘러보았다. 아버지를 차로 치고 싶은 느닷없는 충동이 솟구치며 숨이 멎을 것 같았기 때문이다. 그녀는 기어를 저단으로 바꾸고 아버지를 천천히 뒤따라가며 그것이 얼마나 간단한 일인지 생각했다. 저기 아버지가 간다. 역시나 고주망태로 취해 있으니 눈치채지도 못할 것이다! 그러면 그녀의 삶은 그만큼 수월해지리라. 하지만 깔아뭉개는 대신 옆으로 따라붙은 그녀는 그의 눈빛이 맑은 것을 보고 깜짝 놀랐다. 그는 아직 취하지 않았다. 아니면 너무 많이 취했거나. 그가 뛰다시피 걸어가는 방향은 그녀와 같았다. 정육점 쪽. 그녀는 발을 끌며 다급하게 옆문으로 돌아가는 그를 보고 평소와 같은 목적이리라 짐작하며 경멸의 눈빛으로 바라보았다. 하필 이런 때 술병을 들고 기어나오다니…… 그런데 그의 손에 들린 것은 평소 그가 마시던 슈납스 병도, 집에서 빚은 술을 담은 병도 아니었다. 로이는 그 병을 두 손으로 조심조심 들고 불쑥 델핀에게 내밀었다. 네모난 갈색 약병으로 모르핀 황산염이라는 라벨이 붙어 있었다. 그는 그것을 구하려고 드러그스토어에 침입해 셸 버디가 법으로 규제하는 약품을 보관한 캐비닛의 자물쇠를 톱으로 끊은 것이다.

델핀이 브레이크를 세게 밟은 뒤 차에서 뛰어내려 약병을 들고 집으로 달려가는데 밖에서도 비명소리가 들렸다. 심해진 통증으로 날카롭게 내지르는 소리가, 백은 같은 애처로운 신음소리가. 황급히 집안으로 들어간 그녀는 선반에서 떨어져 박살난 조림병들의 파편을 피해 미끄러지듯 부엌으로 들어갔다. 부엌 한구석에 탄테가 충격에 휩싸인 채 하얗게 질린 얼굴로 바닥에 하릴없이 주저앉아 있었다. 델핀이 칼을 찾아 서랍을 뒤지는 동안 마르쿠스와 프란츠가 흐느끼며 어머니를 붙잡고 있었다. 그녀의 존재 전체가 간절히 약을 원하고 있었다. 힘센 프란츠마저 어머니를 어떻게 해볼 도리가 없었다.

"그래요, 그래요." 델핀이 그 상황 속에 뛰어들면서 말했다. 그녀는 그런 난동을 하도 많이 겪은 터라, 늘 그래왔듯 이번에도 냉정하고 유능하게 대처했다. 그녀는 한달음에 에바 앞에 가서 섰다. "내 친구." 그녀가 칼을 뽑으며 말했다. "당장은 안 돼요. 금방 준비될 거예요. 약 가져왔어요. 애들을 이렇게 두지 말자고요."

에바는 여전히 몸속에서 파도가 출렁이고 부서지는 것처럼 혼미한 채로 끙끙 앓았지만, 바닥에 눕히는 손길에 순순히 자신을 내맡겼다.

"담요와 베개를 갖다주렴." 델핀이 프란츠에게 다정하게 말했다. 프란츠는 할일이 생겨 안심이 되는지 눈물을 그쳤다. "그리고 너는," 그녀가 마르쿠스에게 말했다. "내가 약 만드는 동안 엄마 손을 잡고 계속 말을 걸어줘. 엄마, 델핀이 지금 약을 만들고 있어요. 금방 된대요. 금방 된대요."

일곱

종이하트

마르쿠스는 베개 구멍에서 돌돌 말린 작은 쪽지와 기차에 깔려 납작해진 반짝거리는 동전, 가게에서 구입한 종이로 만든 자그마하고 부스럭거리는 빨간 하트, 귀뚜라미 모양이 그려진 딸깍거리는 양철 장난감을 꺼냈다. 모두 루시 채버스에게 받은 선물이었다. 마르쿠스는 루시가 죽었다는 생각은 하지 않기로 했다. 어딘가에 멀쩡히 살아 있지만 만날 수 없을 뿐인 것이다. 소년은 딸려나온 깃털을 다시 쑤셔넣고 구멍을 잘 아물렸다. 서쪽 창문으로 비치는 농밀한 금빛 햇살이 침대 위로 비스듬히 떨어졌다. 그는 루시가 보낸 첫번째 쪽지를 조심스레 폈다. 연필에다 돌돌 말아서 처음 받았던 대로 보관해둔 것이었다. 거기에는 이렇게 쓰여 있었다. 안녕, 마르쿠스, 네가 보낸 편지는 잘 받았어. 루시가. 그 쪽지를 다 읽고 또다른 쪽지를 폈다. 루시가 학교 수업이 끝나고 뭘 할지 적은 내용이었는데, 맨 끝에는 러브라고 서명이 되어 있었다. 세번째 쪽지가 가장 열정적이라고 느꼈는데, 그가 써 보내는 편지를 루시가 얼마나 좋아하는지 적은 것이었다. 그다음이 밸런타인데이 카드였다. 마르쿠스는 조심조심 빨간 종이를 반듯하게 펴서 번득이는 표면을 물끄러미 바라보았다. 빛을 받으면 반짝거리는 물질을 덧칠한 것이었는데, 이전에는 전혀 알아채지 못했다. 새로 알게 된 사실이라 소년은 그 효과를 실컷 느껴보려고 종이하트를 이쪽저쪽으로 기울여보았다. 그리고 카드를 뒤집었다. 거기에도 러브라는 말이 쓰여 있었다. 마르쿠스는 꺼낸 것을 전부 살펴본 뒤 늘 하던 대로 장난감을 여섯 번 딸깍거리고 동전을 문질렀다. 그러고는 루시가 준 것을 도로 베개 안에 넣고 구멍에 안전핀을 꽂았다. 그리고 베개를 부풀려 머리맡에 놓고 방을 나갔다.

이따금 밤중에 자다가 돌아누우면 양철 장난감이 딸깍거렸고, 그는 그 소리에 눈을 떴다. 소리는 늘 요란한 듯했지만 곤히 잠든 동생들은 깨지 않았다. 딸깍 소리에 깨면 다시 잠들기까지 퍽 긴 시간이 걸리는 느낌이었지만, 실제로는 길어야 삼십 분이었다. 잠이 오기를 기다리는 동안 샤치가 방문 앞에서 새근거리는 소리가 들렸다. 샤치는 때때로 꿈속에서 칭얼거리거나 뭔가에 호기심이 생긴 것처럼 킁킁거렸다. 어느 날에는 동생들이 잠꼬대를 했고, 벌떡 일어나 보이지 않는 존재와 말다툼을 하거나 그 존재에게 명령을 내릴 때도 간혹 있었다. 한번은 프란츠가 마르쿠스를 가리키며 신경질적인 낮은 목소리로 네가 연료계를 고치는 걸 잊었잖아 하고 말했다. 장난감 소리 덕분에 잠에서 깬 그는 동생들이 모르는 사실을 알게 되었다. 아버지가 이따금 밤이 이슥하도록 어머니에게 노래를 불러준다는 사실이었다.

맨 처음 복도로 새어나온 불빛을 보고 나지막이 흥얼거리는 소리를 들었을 때 마르쿠스는 덜컥 겁이 나서 그것을 알아볼 생각도 못했다. 그 다음번에는 샤치가 깊이 잠들어 움찔거리지도 않는다는 것을 알았고, 강도나 살인자가 집안을 돌아다닌다면 샤치가 그들의 목을 물어버렸을 거라는 추리에 이르렀다. 어쨌거나 그가 일어나 그 불빛과 소리의 정체를 밝히려 한다면 샤치가 지켜줄 터였다. 당장 알아내야 할 것 같았다. 아니나다를까, 샤치는 그가 지나가자 깨어나 발톱으로 녹색 리놀륨 바닥을 감작거리며 얌전히 그를 따라왔다. 마르쿠스는 숱하게 빨아 닳을 대로 닳은 줄무늬 파자마 바람으로 부들부들 떨면서 영원히 끝나지 않을 듯한 느린 속도로 걸어갔다. 누구 목소리인지 알아냈다. 그가 어머니가 잠자는 작은 식료품 저장실 앞에 다다랐을 때 그 목소리가 노래를 멈추었다. 그는 들키고 싶지도, 아버지를 화나게 만들고 싶지도 않았다.

마르쿠스는 숨도 제대로 쉴 수 없었다. 그가 샤치에게 그의 뒤에 앉으라고 손짓했다. 그는 입구에서 새어나오는 고요한 불빛을 벗어나 그림자 속에 서서 안을 들여다보았다. 그리고 눈앞에 펼쳐진 장면에 몸이 굳었다. 아버지가 있었다. 아버지가 어머니의 침대 옆에 무릎을 꿇고 앉아 어머니의 발을 잡고 있었다. 어머니의 발은 야위고 왁스처럼 하얬는데, 차가운 등불 빛을 받아 눈이 부실 정도였다. 피넬리스는 그 발목에 이마를 댔다. 아버지의 등이 들썩이자 마르쿠스는 잠시 어리둥절했지만, 아버지가 소리 없이 서럽게 울고 있다는 것을 깨달았다. 흐느낌도, 눈물도 없어 더 무섭게 느껴졌다. 아버지가 우는 모습은 한 번도, 단 한 번도 본 적이 없었다. 무엇보다 당혹스러운 것은 어깨가 들썩거리는 모습이 아버지가 발작하듯 웃을 때와 흡사하다는 사실이었다. 그래서 어쩌면 아버지가 웃고 있는지도 모른다는 생각이 들었다. 이따금 웃긴 이야기를 잘하는 어머니가 아버지에게 방금 농담을 했는지도 모른다. 하지만 어머니의 얼굴은 평온했다. 어머니의 숨소리까지 들을 수 있었는데, 깊고 씨근거리는 한숨소리였다. 조금 더 지켜보는데, 피델리스가 고개를 들어 그를 똑바로 쳐다보는 것 같았다. 마르쿠스는 겁에 질려 오싹해졌다. 꼼짝할 수가 없었다. 하지만 아버지는 그저 그림자가 드리운 벽을 망연히 응시했을 뿐 그를 본 것은 아니었다.

아버지는 여전히 무릎을 꿇은 채 천천히 등을 펴고 에바의 발에 이불을 세심하게 덮어주었다. 아버지가 다 마쳤을 때, 마르쿠스는 들킬까봐 무서워 돌아가고 싶었지만 몸이 움직이지 않았다. 어머니가 눈을 뜨더니 피델리스를 지그시 응시한 뒤 살며시 미소 지었다. 잔잔하면서도 기쁨이 가득 번진 찬란한 미소와 온화한 전율이 흐르는 어머니의 얼굴은 영영 잊히지 않을 것 같았다. 피델리스는 좁은 침대 옆에 바짝 붙인 의자에 앉아 그녀의 손을 잡았다. 그리고 그녀의 부탁은 없었지만 그녀가 가장 좋아하는 노래를 부르기 시작했다. 마르쿠스도 아는, 독일 강가에서 산다는 물의 요정에 대한 노래였다. 아버지의 목소리는 따뜻하고 청아했다. 마르쿠스는 눈을 감았다. 아버지의 목소리를 듣자 부드러운 갈색 캐러멜 맛이 떠올랐다. 아버지가 노래하는 틈을 타 마르쿠스는 황급히 자기 방으로 돌아왔다. 그는 침대로 기어들어가 안전핀을 꽂은 헐거운 베개 구멍에 손가락을 집어넣었다. 그리고 커졌다 작아졌다 하는 아버지의 목소리에 안심하며, 손으로 종이하트를 만지작거리면서 어느새 잠이 들었다.

델핀은 피 묻은 앞치마를 표백했다. 더러운 양말을 비벼 빨았다. 지저분한 속바지와 끈이 하나뿐인 오버올도 빨았다. 좀약을 넣어 보관해둔 좋은 양복도 꺼내 햇볕을 쏘이고 다림질을 했다. 피델리스의 두꺼운 하얀 셔츠에 일일이 풀을 먹인 뒤 말아서 냉장고에 넣어두었다. 그리고 에바가 한 것처럼 아침마다 한 벌씩 다렸다. 어쩔 수 없이 흐른 땀, 똥, 예외 없이 피가 묻은 시트도 걷어 빨았다. 수건과 식탁보도 빨았다. 빨래만 해도 종일 일거리였는데, 에바가 어떻게 그 일을, 그뿐 아니라 더 많은 일을 다 해냈는지 델핀은 그저 놀라울 따름이었다. 하지만 이 빨래는 일종의 작별 선물이었다. 에바가 떠나면 델핀도 떠난다. 델핀은 에바가 없으면 여기 남아 일하는 것은 불가능하다고 이미 결론을 내린 터였다. 사람들이 벌써부터 그녀에 대해 이러쿵저러쿵 떠들어댔지만, 그런 수군거림 때문은 아니었다. 더 큰 이유가 있었다. 델핀이 차마 자기 자신에게도 말할 수 없는 이유. 아니, 그녀는 그럴 수 없었다. 게다가 이제 나저제나 그 일을 맡으려고 눈독들이는 사람이 있었다. 탄테는 아이들과 남동생을 돌보겠다고 나섬으로써 자신의 신앙심을 완벽하게 과시할 터였다.

에바가 축하를 받을 수 있는 마지막 생일날 탄테는 케이크 자르는 시간에 딱 맞춰 나타났다. 축하객들이 어수선하게 부질없는 선물을 건네고 지나치게 유쾌한 건배를 나눈 뒤 소용돌이 장식이 된 커다란 케이크를 먹으려고 목을 빼고 기다리는데, 탄테가 평소대로 검은색 옷을 입고 나타나 쌀쌀맞은 코맹맹이 소리로 델핀에게 말했다. "케이크맛이 좋은데. 내 동생이 에바를 돌보는 대가로 너한테 돈을 얼마나 더 준 거지?"

탄테는 알아차리지 못했지만 피넬리스가 누나의 뒤에 서 있었기 때문에 델핀의 대답을 들을 수 있었다.

"동전 한푼 더 받지 않았어요. 당신은 돼지 같은 위선자예요."

탄테의 얼굴은 뺨을 후려맞은 것처럼 붉으락푸르락했다. 장담하건대, 피넬리스의 얼굴에 놀란 미소가 잠시 스쳤다. 델핀은 탄테가 에바의 모르핀을 훔쳤다는 말은 아직 하지 않았다. 그녀가 술꾼들을 상대하며 깨달은 바에 따르면 정보는 비축해둬야 한다. 소중한 정보는 가치가 두 배로 뛸 때까지 함부로 흘려서는 안 된다. 그런 순간이 올 거라고, 분명히 올 거라고 델핀은 생각했다. 어떻게든 탄테가 에바에게 고통을 준 대가를 치를 날이.

집 뒤쪽 들판으로 봄철에 빗물을 실어나르던 실개천이 말라서 울퉁불퉁한 길이 되자 아이들은 숲속을 드나드는 길로 이용했다. 그들은 주어진 일을 다 마치면 그리로 가서 화살촉, 얼금얼금한 회색 도기 파편, 거대한 대양이 지금 보이는 풍경을 완전히 뒤덮었을 때 남긴 작고 하얀 조가비 따위를 찾으면서 대부분의 시간을 보냈다. 마르쿠스는 이따금 학교에서 배운 그 대양에 대해 생각했다. 한때 대양의 밑바닥이었던 곳을 지금 자신이 걷고 있다는 사실이 흥미로웠다. 가끔은 공기처럼 물이 차오르는 상상도 했다. 그를 둘러싸고 수중생물들이 부유하거나 잠수를 한다. 마르쿠스와 쌍둥이 동생들은 걸음을 멈추고 탄테가 늘 쥐여주는 하얀 가루가 묻은 박하사탕을 주머니에서 꺼냈다. 사탕을 빨다 실밥이 나오자 뱉어냈다. 그들은 가루가 없어지고 진짜 사탕이 나올 때까지 열심히 빨았는데, 약맛이 나고 맵싸했지만 달콤했다. 그들의 얼굴이 밝아졌다.

"여긴 한때 대양의 밑바닥이었어." 마르쿠스가 들판에서 주운 부서질 것 같은 작고 하얀 조가비를 에밀에게 보여주며 말했다. 조가비는 그의 새끼손톱만했다. 동생은 조가비를 시큰둥하게 보았다.

"줘봐." 에리히가 작은 조가비를 살펴보더니 마르쿠스에게 돌려주었다. "엄마가 죽어?" 에리히가 물었다.

마르쿠스가 대답했다. "그런 것 같아."

그 주 내내 델핀은 아침에 아이들이 일어나면 오래된 빵이나 툽툽한 오트밀을 대충 먹이고는 아이들이 맡은 일을 다 끝냈는지 확인하는 것조차 잊어버렸다. 아이들이 어디서 놀든 내버려두었다. 그녀는 나란히 존재하는 두 세계 중 저쪽 세계에 있었다. 이쪽 세계는 계속 살아갈 사람들의 세계였다. 저쪽 세계는 죽음을 맞이할 사람에게 집중되어 있었다. 아이들은 대체로 온종일 밖에서 놀았다. 저녁을 먹고 나면 어머니에게 가서 입을 맞추고 잠자리에 들었다. 에바의 얼굴은 잿빛인데다 살도 쏙 빠져, 인간 사냥꾼의 전리품인 쪼글쪼글한 머리통 같았다. 어느 순간 얼굴에 주름이 자글자글해졌다. 입가에도 주름이 생겼다. 호흡은 아주 느려져서, 호흡 사이에 영원의 시간이 존재하는 것 같았다. 퀭한 눈은 빤히 보는 것 같았지만 아이들은 두려워하지 않았다. 이미 그런 어머니에게 익숙해졌다. 마르쿠스는 어머니에게 입을 맞출 때 산 사람 같지 않게 흙이나 곰팡이 같은 이상한 맛이 난다는 것 말고 다른 것은 전혀 느끼지 못했다. 어머니를 두고 자기 방으로 돌아가 이불을 덮고 베개를 베고 누우면 귓속에서 마비된 듯 붕붕거리는 소리가 들렸고 그러면 곧바로 잠이 들었다. 이따금 밤중에 에밀이 이불 속으로 기어들어와 옆에 누웠지만 깨는 법이 없었다. 아침이면 그는 흐리멍덩한 정신으로 동생을 쫓아내느라 애를 먹었다.

"발이 또 저려." 에밀이 하품을 하며 말했다.

동생들에게도 그런 증상이 나타나고 있는 것을 마르쿠스는 알아차렸다. 너무 오래 가만히 앉아 있으면 동생들은 팔다리가 이상하게 저리다며 찡얼거렸다. 그는 그들의 눈이 스르르 감기는 것도 보았다. 지금같이 환한 대낮에는 그 소중한 시간을 나가서 노는 데 써야 했지만, 그들은 어쩐지 온몸이 나른했다. 마르쿠스가 바로 앞에 보이는 출렁이는 숲을 가리켰다.

"저리로 가보자." 그가 말했다. 그는 키 작은 자작나무와 단풍나무 아래 수북이 쌓인 낙엽을 머릿속에 그리며 그곳에서 잠시 쉬면 얼마나 좋을까 생각했다. 그들은 박하사탕을 하나씩 더 꺼내 빨고 실밥을 뱉으며 숲으로 갔다. 그들은 바스락거리고 흙냄새가 나는 수북이 쌓인 나뭇잎을 깔고 앉았다. 그러고는 드러누워 가지에 매달린 녹색 잎사귀들이 엎치락뒤치락하며 반짝거리는 것을 바라보았다. 눈꺼풀이 조금씩 무거워졌고, 에리히가 조그맣게 칭얼거리는 소리로 코를 골기 시작했다. 공기는 아른거리고 뜨거웠다. 마르쿠스는 손등에 개미가 기어오르자 튕겨냈다. 바로 그때 울창한 나무 사이로 변화무쌍한 녹색 빛이 떨어져내려 그들은 마치 물속에 있는 것 같았다. 우리가 지금 해저에 누워 있는 것이라면? 마르쿠스는 거대한 폭풍과 파도가 그들의 머리 위 아주 높은 곳을 지나간다고 상상했다. 그들은 아무것도 그들을 괴롭힐 수 없는, 까마득한 아래에 있는 여기 고요한 해저에 아무 걱정 없이 누워 있는 것이다.

에밀이 그의 옆에서 몸을 쭉 뻗고 선잠이 들어 있었다. 마르쿠스는 동생이 아주 조금 더 가까워진 것 같았다. 그는 동생을 한 번 밀어냈을 뿐 다시 바싹 붙어도 그냥 두었다. 곧 마르쿠스는 짜증이 나도 받아주는 어른처럼 한숨을 쉬며, 에밀이 그의 셔츠 자락을 꼭 쥔 채 엄지를 입에 물고 자도 내버려두었다. 마르쿠스는 잠을 자지 않고 조금 더 깨어 있으면서 개의 머리를 쓰다듬듯 한 번 동생의 머리를 헝클며 쓰다듬기까지 했다. 샤치가 보고 싶었다. 하지만 요즘 샤치는 그들이 주어진 일과를 할 때도, 들판이나 숲으로 놀러 나올 때도 따라나서지 않았다. 샤치는 어머니의 방문 밖을 지키면서 그 주변을 떠나지 않으려 했다. 샤치는 에바를 지키면서, 깊은 밤의 공간을, 그 검은 공간을 가로질러 저편으로 그녀를 데려가기 위해 참을성 있게 기다렸다.

어제도 내일도 없었다. 하루하루가 한데 녹아들었다. 에바의 죽음이 다가오는 긴 시간이 땅이고 하늘이었다. 이 한 주 동안 에바는 미지근한 물만 한 모금씩 마셨다. 델핀이 차분하게 빗어주려 했지만 에바의 머리칼은 삐쭉삐쭉 곤두섰다. 팔꿈치와 무릎은 피골이 상접하고 뼈가 불거졌다. 모르핀을 물처럼 흡수했다. 그래봤자였다. 육신은 죽으려고도, 살려고도 하지 않았다. 눈빛은 이 세상 사람의 것이 아니었다. 모든 것을 꿰뚫어보았지만 아무것도 보지 못했다. 그녀가 델핀에게 그녀의 눈을 똑바로 쳐다보는 법을 가르쳤는데, 델핀이 그렇게 하자 세상이 걷히는 것 같았다. 둘 사이에 기이하고 놀라운 전류가 흘렀다. 그들의 응시엔 어떤 힘이 있었다. 위로가 되면서도 무서운 힘. 델핀은 피부만 남기고 확 잡아당겨져 어디론가 황급히 끌려가는 기분이었다. 서로 눈을 응시한 채 그들은 허공 속으로 빨려들어가 벅찬 황홀감에 심장이 두근거렸다.

그날 밤 에바는 결국 숨을 거뒀다. 델핀은 툭 부딪히는 소리에 잠에서 깼다. 그리고 깨달았다. 델핀은 에바의 발치에서 자면서 덮었던 퀼트 이불을 걷어 젖혔다. 에바는 배영을 하듯 팔을 휘저으며 주먹으로 침대 머리판을 두드리고 있었다. 델핀은 침대 기둥을 간신히 붙잡고 무릎으로 지탱해 일어서서 비몽사몽인 채 침대 옆으로 비틀거리며 갔다. 벌써 며칠째 한 번에 두 시간 이상 눈을 붙이지 못한 델핀은 지금 에바의 팔을 붙잡으려 하면서도 자기가 깨어 있는지 자는지조차 분간이 되지 않았다. 하지만 지금 에바가 뼈만 앙상하게 남은 다리를 차올리고 펌프질하듯 옆구리에서 팔을 위아래로 움직이며 제자리에서 달리기를 하고 있었다. 에바는 굽 높은 구두를 신고 달리고 있었다. 또다시 프란츠와 겨루는 중이었고, 시합이 거의 막바지인 것처럼 가르랑거리며 거친 숨을 몰아쉬었다. 보이지 않는 결승선 앞에서 이를 악물고 용을 쓰는 것 같았다. 목의 핏줄이 팽팽하게 서고 얼굴이 일그러졌다. 에바가 숨을 깊이 들이마시자 가슴팍에서 막대가 달그락거리는 소리가 들렸다. 에바의 팔이 옆으로 툭 떨어졌다. 숨이 빠져나갔고, 돌아오지 않았다.

"내 말 들려요?" 델핀이 말했다. "살아 있어요?"

에바가 눈을 떴고, 공기를 조금 들이마셨다. 그녀는 아무 말 없이 델핀을 가만히 바라보았다. 에바의 얼굴은 다시 한번 아름다워졌다, 꾸밈없이. 앙상한 뼈를 덮은 팽팽한 살, 눈구멍과 두개골의 우아한 곡선. 잠시 뒤 그녀가 델핀에게 불을 켜달라고 속삭였다.

델핀은 불을 켠 뒤 에바의 움켜쥔 손을 붙잡고 놓지 않았다. 머리가 어질어질하고 무지근해서 고개가 앞으로 툭 꺾이며 눈이 감졌다. 화들짝 정신을 차리고 침대 옆 작은 선반에서 둥근 호박색 병을 내렸다. 그리고 왼쪽 손바닥에 아몬드오일을 조금 부었다. 그녀가 졸음과 씨름하며 에바의 피부에 오일을 문지르자 주먹이 서서히 펴졌다.

"프란츠, 그애는 아무것도 몰라." 에바가 갑자기 숨을 헐떡였다. "그애 아버지는 피델리스가 아니야. 요하네스 그륀베르크, 유대인이었어. 학생이었고, 아주 잘생긴데다 키도 크고 금발이었지. 전사했어." 입술이 달싹였다. 그러다 또 한번 숨을 그러모아 그녀가 말을 이었다. "피델리스도 알고 있지만 입 밖에 꺼낸 적은 없어."

델핀은 오일을 조금 더 부어 에바의 늘어지고 건조한 팔뚝에 발랐다. 에바가 안간힘을 써가며 델핀에게 이 얘기를 한 것은 이번이 네번째였다. 보통은 그 사실을 털어놓고 나서 델핀에게 피델리스와 언제 결혼하면 되는지, 아이들은 어떻게 보살피면 되는지 일러주었다. 하지만 이번에는 뭔가 다른 말을 했다. 이전에는 한 번도 하지 않았던 말이었다. 그녀는 아주 간단명료하게 말했다.

"내 시신은 네가 거둬주면 좋겠어, 오직 너만이. 그리고 무티*에게 편지를 보내줘. 네가 날 거두었다고. 이 말을 꼭 써야 해. 사랑했어요, 엄마."

델핀은 최면에 걸리기를 기대하며 에바의 눈을 들여다보았지만, 이번에는 뭔가 허물어지는 느낌을 받았다. 그들의 생각은 보이지 않는 장벽 같은 자기장을 통과했고, 그 순간 고요한 폭풍에 느닷없이 떠밀려올라갈 때처럼 아찔한 가벼움을 느꼈다. 델핀은 나중에야

---

* 독일어로 엄마라는 뜻.

피델리스와 아이들을 불렀어야 했다고 생각했다. 그때는 그런 생각이 나지 않았다. 델핀은 에바의 얼굴에서 잠시도 눈을 떼지 않았는데, 에바가 두려워하는 것을 알아서였다. 에바의 손도 놓지 않았는데, 새롭고 낯선 장소에 들어서야 하는 아이처럼 에바가 그녀의 손을 잡고 싶어한다는 것을 알아서였다. 에바의 가슴팍에서 막대가 또다시 더 요란하게 세 차례 달그락거렸지만, 그래도 델핀은 에바를 흔들어보지 않았다. 에바의 호흡이 멎었지만, 그래도 에바의 가슴을 쳐보지 않았다. 에바는 여전히 델핀의 눈을 들여다보고 있었고, 그래서 에바가 또 한번 숨을 토했을지 모르는 그 시간에 델핀은 문틈 같은 그 은색 선 뒤로 빛이 빠져나가는 것을 보았다.

"스트러브 장의사입니다. 무엇을 도와드릴까요?"

벤타의 목소리에 졸음이 묻어 있었지만, 델핀은 그들이 에바가 죽어가는 과정을 지켜보며 그 전화를 기다린 것을 알고 있었다.

"클래리스에게 먼저 연락했어야 하는데, 그렇게 하면 제가 무너질 것 같아서요." 델핀이 말했다.

"처음에는 힘들게 느껴질 거다. 그애가 네 친구라는 게." 벤타가 말했다. 그녀의 목소리는 이제 더 또렷하고 현실적이었다. "클래리스가 큰 위로가 될 거야. 클래리스하고 같이 가도 되겠니?"

"네." 델핀이 말했다. 그녀는 에바의 부엌에 앉아 피델리스와 아이들이 다른 방에서 슬픔에 북받쳐 울먹이는 소리를 들었다. 한 명이 다른 한 명의 위로를 받아 마음을 추스르면 또다른 한 명이 허물어졌다. 델핀은 혼자라는 생각에 사무쳐 그 소리라도 들어야 했다. 그녀는 그들과 같이 있을 수 없었다. 지금 그 방에 들어가는 것은 예의가 아닌 것 같았다. 그녀는 피델리스를 부르기 전에 에바를 라일락향 비누로 씻기고 다리 사이에 수건을 끼우고 얼굴을 온화한 표정이 되게 어루만진 뒤 눈을 감겼다. 에바의 마지막 부탁 때문에 델핀은 시신을 스트러브 장의사로 옮길 때 자신도 따라가야 하지 않을까 생각했다. 하지만 이제 모든 것이 벅찼고 그녀의 통제력을 벗어난 느낌이었다. 에바가 가버렸으니 이곳에 더 있으면 안 될 것 같은 묘한 기분마저 들었다. 스트러브 장의사가 도착해 차체가 긴 진주색 영구차를 뒷문 앞에 주차하기까지 시간이 한참 걸린 것 같았다. 노크 소리에 델핀이 문을 열자 클래리스가 들어와 실질적인 위로가 될 수 있게 다정히 안아주었다. 스트러브 장의사는 피델리스와 아이들이 에바 곁을 지키고 있는 방으로 델핀을 아무렇지 않게 데려갔다. 사람들이 들어오자 피델리스는 허리를 굽혀 에바를 안아올렸다. 데려갈 곳도 없이 아내를 허공에 안아든 그는 완전히 넋이 나간 모습이라, 오릴리어스가 그의 어깨에 손을 얹을 때까지 아무도 감히 움직이지 못했다.

"내려놓게, 피델리스. 우리가 잘 돌보겠네."

피델리스는 에바를 침대에 살며시 내려놓았다. 마르쿠스가 큰 소리로 엉엉 울면서 사람들과 떨어져 어머니 옆으로 휘청휘청 다가갔다. 소년은 허리를 굽혀 아버지가 그랬듯 어머니의 발목에 열정적으로 입을 맞추었다. 그러고는 어머니의 발을 보듬고 눈을 감더니 방금 입을 맞춘 곳에 이마를 댔다. 당황한 프란츠가 뒤에서 마르쿠스를 떼어내려 했지만 델핀이 말렸다. 그녀가 프란츠를 붙잡는데 어떤 소리가 터져나왔다. 슬픔의 포효, 비통한 울부짖음. 그 소리가 방안을 가득 메웠다. 누구 하나가 아니라 그들 모두에게서 나는 소리, 혹은 벽 자체가 토해내는 듯한 소리였다. 델핀은 끝내 모를 터였다. 그 소리가 주문처럼 모두를 풀어주었고, 그들은 그렇게 에바에게서 멀어지며 그녀를 떠나보냈다.

이제 로이 바츠카는 전에 없이 취하지 않은 날들을 보냈다. 며칠 술을 끊었나 생각했던 것이 몇 주가 되었다. 그가 그럴 수 있었던 것은 순전히 에바의 죽음 때문이었다. 아울러 지하 저장고에서의 그 사건이 되살아나 그를 따라다녔다. 마침내 뭔가가 그를 불안하게 만들었다. 그는 주기적으로 착란 상태에 빠져들었고, 그때마다 죽은 자들이 나타났다. 채버스 가족이 그를 찾아와서 딱정벌레들과 함께 딱딱거리거나 무덤에 이끼를 돋아나게 했다. 그들은 미친 듯 쓰다듬는 동작을 하면서 손을 뻗어 그들의 아늑한 땅속 구멍으로 로이를 끌고 가려 했다. 채버스 가족이 발견된 뒤로 그를 끈질기게 괴롭히던 이 환시는 에바가 숨을 거둔 지금 견딜 수 없을 만큼 심각해졌다. 처음으로 그의 머릿속에 공포가 자리잡았고, 그에 비하면 금단증상이 일으키는 공포는 훨씬 견딜 만했다.

이번만은 그도 노쇠한 근육일망정 남을 위해 쓰지 않고 자신의 집에 오롯이 사용했다. 북쪽에 다녀온 시프리언은 강가에서 기분좋게 취한 로이가 아니라 늙고 시들고 말수가 줄어든 로이가 집의 외벽에 햇빛처럼 노란 페인트를 얌전히 칠하는 모습을 보고 깜짝 놀랐다. 문과 창문을 다시 푸른색으로 칠해 집 전체가 발랄해 보였다. 심지어 바닥도 사포로 문지른 뒤 니스칠을 했다. 저장고는 더 철저하게 메웠고, 레인지도 검게 칠했다. 에바가 죽은 뒤로 델핀은 발트포겔의 자식들을 돌보느라 여념없었는데, 어쨌거나 로이가 델핀을 돌볼 수 있다는 사실은 그녀에게 충격이었다. 이따금 로이는 간단하게 아침식사도 준비했다. 아침에 그녀가 시프리언과 같이 쓰는 방에서 나오면 식탁이 차려져 있었는데, 그것은 가정생활이 선사할 수 있는 기적에 가까웠다. 모락모락 김이 나는 오트밀, 그 속에서 흑설탕 한두 덩이와 같이 녹고 있는 버터, 크림. 가끔 달걀도 있었고, 빵을 포크에 꽂아 가스불 앞에서 살살 움직여 노릇하게 구워낸 토스트도 있었다. 가스레인지는 델핀이 번 돈으로 할부로 구입한 것이었다. 시프리언은 작은 냉장고를 사서 배달시켰다. 아침식사는 그들이 지금껏 겪은 그 모든 시련을 보상해주는 놀라운 선물 같았다. 반짝반짝 윤이 나는 식탁에 차려진 음식, 일찌감치 전당포에 맡겼거나 깨졌을 줄 알았던 어머니의 자그마한 컷글라스 그릇에서 흐늘거리는 젤리. 아침식사 덕분에 델핀은 죽어가던 에바가 일으킨 폭풍과 이제 그 여파까지 견뎌낼 수 있었다. 델핀은 가게를 그만두면 로이의 옛날 버릇이 다시 도질 거라 예상했지만, 그의 바람직한 행동은 계속되었다. 에바가 병들어 누워 있던 방에서 선보였던 그의 매력에 불이 켜졌다. 그는 강가 빈민촌에서 배운 노래를 불렀다. 〈블루 테일 플라이〉, 〈조 힐〉, 〈빅 록 캔디 마운틴〉. 곧 뒷마당 닭장에다 정말로 닭을 키웠다. 덩치 큰 오렌지색 로드아일랜드종이었다. 뒤쪽 포치 계단도 마당에 흩어지지 않게 단단히 못을 박았다.

"죽은 사람들의 힘은 우리가 아는 것보다 훨씬 세." 여름이 끝나갈 무렵의 어느 저녁 델핀이 뒤쪽 포치 계단에 앉아 시프리언에게 말했다.

시프리언은 고개를 가로저었다. 그녀의 말은 에바를 가리키는 것일까, 아니면 망상으로 인한 로이의 변화를 가리키는 것일까? 뭐가 됐든 시프리언 역시 로이의 변화가 기뻤고, 뭔가 정직한 일을 하기 위해 그 자신도 떳떳지 못한 일을 그만둘까 고민했다. 로이는 닭장 울타리 바깥 주변에 족제비 덫도 놓았다. 그 전날에는 쿠퍼매의 습격을 막으려고 울타리 위에 가벼운 철망도 덮었다. 공간을 개선한 사람은 로이만이 아니었다. 지난 두 주 동안 델핀은 집안을 황금색 안식처로 바꾸었다. 모든 벽을 달걀 껍질 같은 연노란색으로 칠하고, 아교풀과 노끈, 궁형 바이스로 낡은 가구를 고쳤다. 의자 두 개의 속을 보충했고, 스텝앤드어헤프로부터 술 장식이 달린 화려한 등도 선물로 받았다. 에바가 죽고 그녀가 잠시 넋이 나가 지내던 시기에 받은 것이었다. 델핀과 시프리언의 방에 있는 래커칠이 된 서랍장은 오일로 닦고 매트리스도 새로 구입했다. 그렇다고 그들이 새 스프링의 혜택을 누렸다는 말은 아니었다. 그녀는 삶이란 슬프기 그지없는 것이라 위로 말고는 아무것도 소용없다고 혼잣말을 했지만, 그것은 사실이 아니었다. 시프리언이 끓어오르는 욕망에 따라 그녀에게 자신을 내던졌다면 그녀도 충분한 위로를 받았을 것이다. 하지만 그들은 대개 손만 잡고 잤다. 그 정도면 충분했다. 그는 그녀를 여동생처럼 껴안았고, 종종 서로 밤늦게까지 이야기를 나누었다.

로이가 덫을 놓고 그들을 향해 다가오는 사이 델핀은 에바가 가르쳐준 헝가리식 굴라시를 만들어야겠다고 생각했다. 파프리카 소스에 고기를 푹 삶아 걸쭉하게 만든 스튜를 국자로 퍼서 슈페츨레*에

---

* 밀가루 반죽을 경단이나 국수 모양으로 뽑아 끓이는 물에 삶은 뒤 버터를 넣고 프라이팬에 튀기거나 소스 혹은 스튜에 넣어 끓인 요리.

붓는다. 그리고 그 위에 사워크림을 얹는다. 델핀이 부엌으로 가려고 돌아서는데, 순간적으로 그 풍경이 자아낸 달콤한 느낌이 그녀를 덮쳤다. 죽은 에바가 주는 선물 같았다―앞으로 좋은 일만 생길 거라고. 아버지의 행동이 그랬다. 시프리언도 로이와 체커나 카드게임을 하거나 로이가 술을 마시지 않게 도와주면서 신경을 썼다. 델핀은 에바가 사무치게 그리웠지만, 엄청난 공포와 죽음이 일으킨 혼란, 정해진 일상의 지루함, 신경이 곤두서고 가슴이 찢어지던 시간이 끝난 데서 오는 안도감도 느껴졌다. 빨랫줄 아래서 술을 마시는 남자들이나 날카롭게 쏘아붙이는 탄테의 비아냥거림을 이제는 견디지 않아도 되었다. 소를 도축할 때 나는 원시 동굴 같은 날것의 냄새 대신 단풍나무나 소나무, 강물 냄새를 맡을 수 있었다. 델핀은 지금 선선한 하루의 지는 햇살 속에서 요리를 하러 간다는 사실에, 새 냉장고에 고기와 버터가 있다는 사실에 기분이 좋아졌다. 사과 통에는 사과가 있었다. 양파 상자에는 양파가 있었다. 이렇게 기분이 좋은데, 왜 두려움과 슬픔이 가슴속을 파고드는 걸까? 왜 갑자기 저장고 안을 내려다보던 기억이 떠오르고, 죽은 자들이 입을 벙긋거리며 토해내는 단어들이 녹색 불길을 타고 솟아오르는 걸까?

그녀가 그 순간조차 더 많은 일이 다가오고 있음을 알았기 때문이리라. 그 끝은 절대 없다는 사실을 그녀는 알았다. 평화란 없다. 심지어 그녀가 꿈결처럼 요리를 하러 가는 바로 지금, 멍들고 아픈 소년이 그 집의 뒷문으로 슬그머니 빠져나왔다. 소년은 달아나 그녀에게 가기로 마음먹었다. 그녀는 슈페츨레 반죽에 밀가루를 더 넣고 달걀도 하나 더 넣었다. 양파도 두 개 더 썰어 굴라시에 넣었다. 고기는 남기지 않고 다 썼다. 그냥 그러고 싶어서 음식을 넉넉히 만들었다. 소년이 뒷골목을 요리조리 지나고 옥수수밭과 모래 채취장과 도랑과 목초지를 가로질러 달려왔을 즈음에는 몹시 지쳐 있으리라는 걸 델핀이 미리 알았던 것처럼. 당장 쓰러질지도 모른다. 배가 고플 것이다, 마르쿠스가.

다음날 아침 탄테가 마르쿠스에 대한 불평을 쏟아놓으러 찾아왔을 때, 델핀은 그녀의 얼굴을 요모조모 뜯어보며 피델리스와 닮은 구석을 가려냈다. 피델리스의 얼굴은 이목구비가 수평자와 줄자로 잰 듯 정확하게 배치되어 있었다. 하지만 천사가 탄테의 얼굴을 만들면서는 신경을 덜 쓴 모양이었다. 모든 것이 조금씩 빗나갔다. 얼어붙을 듯 파란 두 눈 사이의 간격은 너무 멀고 코는 더 큰데다 너무 짧았다. 윗입술이 아랫입술보다 훨씬 얇을 뿐 아니라 입이 전체적으로 너무 작아 델핀은 그 입에서 어쩜 그리 많은 말이 쏟아져 나오는지, 한 번에 완두콩 한 알보다 더 많은 양을 어떻게 먹는지 궁금할 지경이었다. 델핀은 그 얼굴이 하는 말을 듣지 않으려면 지껄이는 그 얼굴을 뜯어보는 수밖에 없었다. 말하는 내용을 들으면 탄테를 밟아버리고 싶을 거야, 델핀은 생각했다. 그래서 차분하게 탄테의 살덩이와 뼈가 묘하게 씰룩거리는 것을 지켜보다가 어깨를 으쓱하며 말했다. "그애는 못 봤는데요."

"거짓말!" 탄테가 말했다. 그녀는 작은 앞쪽 포치를 떠나지 않았다. 델핀은 문가에서 팔짱을 끼고 있었다. 탄테는 안으로 들어와 맛좋은 냄새가 나는 시나몬 케이크를 먹어보라는 말을 듣지 못할 것을 알고 실망했다. 델핀이 블라우스에 묻은 밀가루를 털어내자 탄테는 침을 꼴깍 삼켰다. 밀가루가 아니라 가루설탕인지도 몰랐다. 탄테는 이를 악물고 허기를 참았다.

다행히 탄테의 장황한 이야기를 시시콜콜 전부 듣지 않을 수 있었지만, 탄테가 혼자 늘어놓은 설교에서 마르쿠스가 왜 멍이 들었는지 알아냈다. 결백한 아이를 모함하려는 탄테의 속셈이 엿보였다. 마르쿠스가 외모는 섬약하지만 행동은 못되고 제멋대로라면서, 자꾸만 외모와 행동을 비교했기 때문이었다. 탄테는 마르쿠스를 회초리로 때리고 두들겨패줘야 했는데, 무슨 이유에선지 아이가 달아나버렸다고 했다. 델핀은 하품을 하며 다시 말했다. "못 봤어요."

"피델리스만 여기 있었어도……" 탄테가 구시렁거렸다. 하지만 피델리스는 소시지를 가득 실은 트럭을 몰고 여러 식료품점을 돌며 먼 곳까지 배달을 다녔다.

"그애가 바보는 아니잖아요." 델핀이 말했다. "한동안 숨어 지낼 곳을 찾겠죠. 적어도 아빠가 돌아올 때까지는. 그애 걱정은 하지 마세요."

"뭐, 그애 걱정을 하는 건 아니야." 탄테가 말했다. "하지만 그애 아빠가 돌아와 아들이 없어진 걸 알면 뭐라고 하겠어?"

"이런." 델핀이 말했다. "피델리스가 문에 걸린 쇠좆매로 당신을 흠씬 두들겨팰까봐 두려운 건가요?"

탄테는 그 말에 길길이 화를 내야 할지, 농담으로 여기고 웃어넘겨야 할지 확신이 서지 않는 듯 뒤로 물러섰다. 그녀는 웃으려고 해봤지만 늘 그렇듯 작은 입에서는 킥킥 소리만 새어나올 뿐이었다. 쇠좆매는 집에서 만든 회초리인데, 진짜 황소 불알을 말린 것으로 가게로 통하는 문 안쪽에 걸려 있었다. 훈육용으로, 아프긴 해도 흉터가 남지는 않았다. 예전에 에바는 델핀에게 피델리스가 그 회초리로 아이들을 때리는 일은 거의 없다고 말해주었다. 프란츠가 계산대 서랍의 돈에 손댔을 때 두 번, 쌍둥이 막내들이 변소에 불을 냈을 때 한 번, 마르쿠스는 맞은 적이 한 번도 없었다. 회초리라는 것은 관례적인 위협이 되는 것으로 충분했다.

"이만 가봐야겠어." 탄테가 말했다. "에리히와 에밀에게 뭘 좀 먹여야 하거든. 그 두 녀석은 돼지새끼처럼 먹어댄다니까." 색이 바랜 검은 옷을 입은 탄테가 홱 돌아섰다. 자기가 가는 게 다행이 아니라 모욕인 줄 아나보지, 델핀은 생각했다. 델핀은 내심 뿌듯해하며 집안으로 들어가 굽은 도로를 덜컹거리며 가는 탄테의 차를 지켜보았다.

"이제 나와도 돼." 그녀가 침실 문 앞으로 가서 말했다.

마르쿠스가 살그머니 밖으로 나와 창가로 달려갔다.

"또 올까요?"

"그러진 않을 것 같은데."

왠지 모르지만 마르쿠스는 간밤에 가장 좋은 옷을 챙겨입고 이곳에 왔다. 아침에 소년이 입을 수 있는 옷은 그것뿐이었다. 장례식 때 입은 옷이었는데, 앞에 주머니가 있는 노치트 칼라* 기성품 셔츠였다. 또 그가 싫어하는 까슬까슬한 갈색 반바지에 구멍나지 않은 좋은 모직 양말과 프란츠가 물려준 끈을 묶는 구두를 신었다. 구두는 아직 컸지만 근사하게 반짝거렸다.

---

* 깃의 중간 부분이 V자로 파인 칼라.

"오버올로 갈아입는 게 좋겠어." 델핀은 시프리언에게 시내에 가서 한 벌 사다달라고 부탁했다.

"이제," 그녀가 부엌을 가리켰다. "아침을 먹어야겠구나." 그녀는 자신들이 먹은 것을 마르쿠스에게도 만들어주었다. 팬케이크를 여러 장 굽고 남겨뒀던 달콤한 푸른색 야생 준베리를 점점이 박아 장식했다. 그 위에 버터를 살짝 발랐다. 그러고는 시프리언이 지난번 북쪽에 다녀오는 길에 치페와족 사람과 맞교환한 메이플시럽을 살살 뿌렸다. 그녀는 양철 주전자를 조심조심 냉장고에 다시 넣었다. 그리고 뜨거운 커피를 한 잔 따라, 식사를 하는 마르쿠스 앞에 앉았다. 마르쿠스가 입안 가득 음식을 넣고 우물거리는 동안 그녀는 딱히 대답을 바라지 않고 이런저런 이야기를 했다. 간밤에 난데없이 나타난 소년이 음식을 먹고 있었다. 씹는 내내 시선은 아래를 향한 채였다. 소년이 졸려하자 그들은 침대로 데려가 눕혔다. 그녀는 소년에게 한 가지도 물어볼 마음이 없었다.

"네 아빠가 돌아오실 때까지 여기서 우리랑 지내자." 지금 그녀가 말했다. 마르쿠스가 눈을 휘둥그레 뜨더니 안심이 되는지 대번에 고개를 끄덕였다. 델핀이 계속 말했다.

"어째서 네가 집을 나왔는지 난 몰라도 괜찮아. 말하고 싶으면 해줘도 되고. 아니면 시프리언에게 말해도 돼. 하지만 우리 아버지 로이에게는 안 돼. 떠벌리고 다닐 테니까. 내가 알고 싶은 건 이거야. 왜 나를 찾아왔어?"

마르쿠스는 갑자기 씹기를 멈추고 음식을 꿀꺽 삼킨 뒤 포크와 나이프를 든 채 그녀를 쳐다보았다. 창백한 얼굴에 주근깨가 울긋불긋 도드라져 보였다. 소년은 주저하며 입술을 깨물었고, 그 눈동자에…… 그 눈동자에 이 세상 모든 슬픔이 어린 것 같다고 델핀은 생각했다. 존재할 수 있는 모든 슬픔이. 그 눈이 에바의 눈이어서, 델핀은 잠시 그 눈 속으로 빨려들어갔다. 이윽고 소년이 입을 열었다. 아주 낮은 목소리였지만 또렷했다.

"엄마를 돌봐줬으니까요."

마르쿠스는 다시 씹기 시작했고, 안색이 점점 어두워지다 델핀이 눈을 깜박이며 컵에 담긴 커피를 젓는 동안 화끈거리며 붉어졌다. 그러니까 소년의 말은—델핀이 마르쿠스도 돌봐줄 수 있다는 뜻인가? 아니면 델핀이 소년의 어머니를 사랑했으니 그녀의 자식도 사랑하고 돌봐줄 거라는 말을 그런 식으로 한 것일까? 그녀는 조금 뿌듯해져서 마르쿠스가 음식을 먹는 모습을 지켜보았다. 소년은 일주일 넘게 음식은 구경도 못한 사람처럼 허겁지겁 먹어치웠다. 델핀은 일어나 팬케이크를 더 만들었다.

마르쿠스는 그렇게 그곳에서 지내며 로이를 도와 잔디를 깎고, 목초지로 만들 예정인 땅에서 어린나무를 파내고 야생 나팔꽃을 뽑았다. 로이는 이제 소를 기르겠다는 야심까지 품었다. 마르쿠스가 체커 시합에 끼거나 로이의 크리비지 카드게임 전략을 속속 익히는 동안 몰랐던 사실들이 조금씩 밝혀졌다. 먼저 마르쿠스는 친칠라 걱정부터 시작한다. 프란츠가 물은 갈아주는지, 아니면 접시에 남은 물에 그저 조금 더 보탤 뿐인지 궁금하다. 에바가 그러면 안 된다고 했다. 그러고는 쌍둥이 동생들이 우리에 막대기를 쑤셔넣고 여기저기 찔러 친칠라를 괴롭힐까봐 걱정한다. 그러면 털이 망가질 텐데. 얼마 뒤엔 고개를 내두르며 탄테는 음식을 하나도 할 줄 모른다고 푸념한다. 탄테의 요리 실력은 형편없었다.

"뭘 먹고 지냈어?" 델핀이 내심 흐뭇한 마음을 숨긴 채 아무렇지 않은 듯 물었다.

"크래커는 만들 줄 알아요." 마르쿠스가 말했다.

"저런, 통에서 꺼내서?"

소년이 눈빛을 반짝거리며 진지하게 고개를 끄덕였다.

"탄테가 치즈도 만들 줄 알아?"

"파라판지만 벗겨서요!" 소년이 까르르 웃었다. "대개는 청소만 해요." 소년이 얌전해졌다. "청소는 자주 하는데, 그러다 버럭 고함을 질러요. 그리고 좀더 청소를 해요. 우리는 배가 고파서 풋사과를 많이 먹었어요."

"에밀과 에리히가 똥을 지렸니?"

"네, 그랬어요!"

"그렇다면 탄테는 빨래를 더 많이 해야 했겠구나."

"저도 빨랫감을 만드는걸요."

델핀은 고개를 끄덕였다. 마르쿠스가 담요만 덮고 바닥에서 자겠다고 고집을 피웠을 때 대충 상황을 파악한 터였다. 소년은 매일 아침 그들보다 먼저 일어났고, 델핀은 소년이 밑을 닦은 헝겊을 강물에 빨아 빨랫줄에 말리는 것을, 역시 축축하지만 깨끗하게 빤 반바지를 다시 입은 것을 보았다. 이중 무엇도 에바가 죽기 전에는 없던 일이었다. 그래서 델핀은 그 원인을, 그리고 아이들이 두들겨 맞은 이유를 알았다. 델핀은 그 어느 때보다 더 탄테의 목을 닭 모가지처럼 비틀거나 그녀를 발로 차버리는 상상에 빠졌다. 하지만 마르쿠스를 여기 두는 것 말고 뭘 더 할 수 있겠는가? 이 일이 보안관의 귀에 들어갔다간 추궁당할 수도 있었다. 하지만 그런다 한들 어쩌겠는가?

"그런데 말이지." 그녀가 말했다. "보안관이 찾아오면 넌 납작 엎드려 있어야 해. 아니, 그보다는 들판으로 나가서 덤불숲에 숨어 있다 몰래 강가로 내려가는 게 더 낫겠다. 그건 그렇고." 그녀가 마르쿠스의 이마에 내려온 딸기색이 도는 금발을 손으로 빗어주었다. 그녀가 소년의 몸에 손을 댄 것은 이번이 두번째였다. "그래야 네 기분이 나아진다고 하면 내가 가서 살아 있는 모피 코트를 살펴보고 올게."

그녀는 결국에는 그것들을 죽여야 한다는 사실을 소년이 잊지 않기를 바랐다. 하지만 소년의 생각은 그녀를 앞서 있었다. 그의 얼굴이 밝아졌다.

"새끼가 여섯 마리쯤 태어날 거예요. 암컷에겐 먹이에 뼛가루를 섞어 줘야 해요. 이번 가을에 팔면 300달러는 넘게 받을 수 있어요. 새끼들은 겨울 동안 난방을 한 헛간에 둘 거고, 그러면 내년에는 2,000달러를 벌 수 있어요."

"누가 사가는데?" 델핀이 물었다.

"거래상이 있어요. 모피 만드는 사람이에요."

"그렇구나." 델핀이 무심결에 농담을 했다. "살다보니 별소리를 다 듣는구나."

하지만 당연히 처음 듣는 이야기는 아니었고, 아니나다를까, 도착해보니 친칠라가 마실 물은 없었다. 그녀는 친칠라를 살리려고 안약병에 물을 담아 한두 방울씩 먹여주었다. 그러자 탄테가 자기 일이나 신경쓰라며 빈정거렸다.

"얘네는 에바의 토끼야." 탄테가 말했다. "네 것이 아니라."

"토끼가 아니에요." 델핀이 말했다. "설치류 동물이지. 프란츠는 어디 있어요?"

"요즘 그 녀석은 온종일 비행기랑 살아." 탄테가 말했다.

탄테가 요리를 맡은 뒤로 프란츠는 새 비행장에서 비행사들과 함께 끼니를 때우기로 했다. 가게 일이 끝나면 그리로 달려가 그 지역 영웅들 주위를 맴돌며 나머지 시간을 보냈다. 훨씬 더 비행기에 미쳐 있었고, 린드버그를 숭배한 나머지 옷까지 비슷하게 입으려고 했다. '슬림'*이 한 동작은 죄다 따라 했고, 스피릿 오브 세인트루이스 호에 대해서라면 사소한 것까지 지겨울 정도로 읊어댔다. 그 비행기는 연료통이 전방, 날개, 후방에 있었다. 조종석은 고리버들로 만들었다. 민감한 조종 장치 덕분에 린드버그는 졸음을 쫓을 수 있었다. 프란츠는 스크랩북 한 권을 린드버그에게 오롯이 할애해 관련 기사와 사진을 잔뜩 붙여놓았다. 프란츠의 광적인 애정에는 실용적인 측면도 있었다. 그는 비행기 조립과 관련된 일이라면 뭐든 했다. 예전에 집 뒤쪽 축사 옆에 있던 구식 T형 포드 자동차의 분해된 차체를 만지던 방식으로 어설픈 솜씨나마 엔진을 손봤다.

"아이들에게 사료를 이런 식으로 섞으라고 알려주세요." 델핀이 설명하자, 탄테는 집으로 후다닥 들어가 에밀과 에리히를 내보내 그 방법을 배우게 했다. 개학할 때까지 마지막 남은 몇 주를 보내고 있던 쌍둥이는 반바지와 찢어진 셔츠 차림에 맨발로 나타났는

---

* 린드버그의 별명.

데, 어린 송아지처럼 튼튼해 보였다. 델핀은 아이들의 헝클어진 머리를 매만져 귀 뒤로 넘겨주고는 쭈그리고 앉아 아이들과 눈높이를 맞추었다.

"이 친칠라로 돈을 벌 수 있어." 그녀가 말했다.

아이들은 그 말이 지겨운지 고개만 끄덕였다.

"그 돈으로 뭘 할 거니?" 델핀이 물었다.

그녀가 아주 재미있는 비밀 이야기라도 해준 것처럼 아이들은 흥미와 호기심이 어린 표정으로 서로 마주보았다.

"마르쿠스는 한 마리에 100달러는 받을 수 있다는구나. 어쩌면 더 받을 수도 있고. 너희 장난감 병사는 하나에 얼마지?"

그 값은 아이들도 잘 알았다. 그리고 가질 수만 있다면 전쟁에 쓸 장비가 하나에 얼마인지, 말은 한 마리에 얼마고 대포는 한 대에 얼마인지까지 낱낱이 알았다. 장교도 계급마다 값이 달랐는데, 아이들은 델핀 앞에서 그것까지 죄다 읊어댔다. 아이들의 군대는 맞붙어 싸우는 지난 세기 식의 전쟁을 했다. 그들이 구입한 장교들은 진흙땅을 포복하는 대신 호화로운 말을 타고 영웅처럼 우뚝 서 있었다. 아이들은 친칠라의 값이 장난감 병사나 시내에 있는 샐 버디의 드러그스토어에서 파는 레몬사탕, 감초사탕, 아이스크림 몇 개와 맞먹는지 깨달았고, 탄테에게 친칠라를 먹이고 치우는 일을 넘기지 않으면 그들도 마르쿠스와 그 돈을 똑같이 나눠 가질 수 있다는 것을 이해했다. 아이들은 진지해졌고, 굳은 의지를 내비치며 돈 욕심에 눈빛을 반짝였다.

한밤중에 들개가 또다시 울부짖자 델핀은 시프리언을 흔들어 깨왔다. 부잣집 마당에서, 가난한 판잣집에서, 그만저만한 중심가 가게에서 키우다 버려진 개와 떠돌이 개가 한데 뭉쳤다. 델핀은 정육점 마당의 먼 언저리에서 종종 그런 개들을 지켜보았다. 에바가 그것들을, 온갖 개의 형태를 띤 회색 그림자들을 가리켰었다. 덩치가 크고 다리가 긴 종자도 있고 휘핏처럼 자그마한 종자도 있었다. 죄다 불한당 같은 호텐토트가 몰고 다니는, 품격도 없고 혈통도 없는 골칫거리들이었다. 놈들은 종종 정육점 근처에 나타나 피델리스가 이따금 내다버리는 내장덩어리를 슬쩍하거나, 아무도 치우는 수고를 하지 않아 키 큰 잡초 속에 방치된 닭 대가리를 먹고 살았다. 정육점 근처에서는 절대 울부짖지 않았다. 건질 게 많았기 때문에 절대 존재를 드러내지 않았다.

마을 밖에서는 달랐다. 야성이 날뛰는 밤이면 달을 쳐다보고 울부짖으며 늑대의 모습으로 돌아갔다. 놈들이 우우우 울부짖는 소리는 괴기스러웠지만, 델핀과 시프리언이 북쪽에서 쇼를 시작하기 직전에 돈이 없어 작고 가난한 마을 밖에 텐트를 치고 지낼 때 진짜 늑대의 울음에서 들었던 긴박한 기쁨과 지각 있는 사고가 합치되는 느낌은 찾아볼 수 없었다. 그녀가 그를 흔들어 깨운 건 그 소리가 예전에 딱 한 번 가졌던, 막간극처럼 짧고 깊은 성관계를 상기시켜 마음이 외롭고 약간 로맨틱해졌기 때문이었다. 그가 일어났고, 늘 그랬듯 완전히 정신을 차리고 그녀가 원한다면 이야기를 하거나 먹거나, 카드게임을 할 준비가 되었다. 시프리언이 곁에 있어 편하고 좋은 점 가운데 하나였다. 그는 자다가 깨도 좋아했고, 모든 면에서 그녀가 원하는 걸 해주지는 않았지만 심지어 처음 몇 분 동안은 해달라는 대로 해주기도 했다. 어쨌거나 그녀는 그가 필요했고 밖에서는 개가 울부짖었다. 그녀가 까끌까끌한 목소리로 말했다. "섹스해줘."

시프리언은 숨을 훅 들이마셨다. 그는 그녀가 언제쯤 정육점 개처럼 누워 있는 자신을 싫증낼지 궁금해하면서 오랫동안 이 순간을 걱정해왔다. 정육점 개처럼. 어디서 그렇게 말하는 것을 들었는데, 여자의 다정함, 여자의 섹스를 누리지 않고 옆에서 잠만 자는 것을 의미했다. 육즙이 많은 뒷다리살을 옆에 두고 엎드린 채 훈련받은 무관심을 보이며 자기가 사랑하는 것을 절대 건드리지 않는 정육점 개. 그는 이런 순간이 올 것을 알고 윤리적으로 반감이 드는 행위를 하기로 이미 마음먹은 터였다. 바로 남자를 상상하는 것. 그는 요긴하게 불러낼 만한 남자들을 줄까지 세워놓았다. 이제 그는 자신이 수집한 남자들을 떠올렸다. 그들을 소환했다. 젖가슴이 거치적거리고 탄식하는 듯한 목소리가 거슬려도, 그는 힘줄이 불끈거리는 남자의 목과 가슴, 전체적인 행위를 떠올리며 머릿속에서 그 장면을 계속 그려나갔다. 그는 아무 기술도 쓰지 않고 필사적으로 그 행위를 했고, 얼른 끝내기에 급급해 허겁지겁 해치웠다. 다 끝낸 뒤에도 잠들지 않고 계속 손을 놀리고 입을 움직여 보상을 해주려고 애썼다. 마침내 그녀가 그의 밑에서 몸을 둥글게 말고 소리를 지르더니 죽은듯 조용해졌다.

"델핀." 얼마의 시간이 지난 뒤 그가 속삭였다. "배고파?"

그녀는 대답이 없었고, 그는 그녀가 자는 척한다고 확신했다. 하지만 그는 잠을 이룰 수 없었다. 그 모든 행위가 자신이 처한 혼란을 의식하게 했다. 그가 삶에서 가장 진실한 욕망이라고 불렀던 그것. 하지만 그것은 혼란이었다. 그는 뭘 하려는 것인가, 결국 그 모든 것은 어디에서 끝나는가? 분명 남자와 함께하는 삶에는 미래가 없었다. 남자와 가정을 꾸리는 것에는. 그런 이야기는 도시에서밖에 들어보지 못했고, 그는 그들이 자신과는 다르다고 여겼다. 그들은 보통 남자와는 잘 지내지 못하는 것 같았다. 그 문제는 차치하더라도, 델핀이 있었다. 그는 남자들과는 델핀과 하듯이 대화할 수 없었고, 그렇게 좋은 시간을 보내지도 못했다. 보호해주고 싶은 감미로운 충동을 느끼지도 않았다. 하지만 꿈에서는 남자의 탄탄한 어깨를, 그들의 얼굴을 감싸 잡았다. 오, 게다가 남자의 냄새와 목소리란. 그리고 그 밖에도 그가 방금 소환한 진홍색 세상에 존재하는 훨씬 많은 것. 지금 그는 그런 것을 다시금 생각하지 않을 수 없었고, 단단해진 그것과 흥분에 죄책감이 들어 델핀을 돌아눕혔다. 그는 막무가내로 달려들어 그녀를 전율케 했다. 그녀가 여자라는 사실에 화가 난 자기 안의 작은 남자를 죽이기 위해, 그녀가 그의 귓가에 지저분한 말을 속삭이게 하고, 그의 가슴속 상처를 느끼게 하고, 입을 다물게 했다. 마침내 그녀가 그에게 맞서 분투하며 그의 입술을 깨물고 말없는 몸부림으로 꼼짝 못하게 만들자, 시프리언은 드러누워 아무 근심 없이 호사에 빠져들었다.

개떼가 집 근처까지 왔다. 창문 바로 밑에서 울부짖는 것 같았다. 그는 그녀가 어떤 사람인지, 남자인지 여자인지조차 잊은 채 잠시 단순하고 어두운 욕망을 느꼈고, 그녀의 입안에 그의 몸 전체가 빨려나온 듯 편안함과 쾌락을 느꼈다. 그는 자신을 꼭 끌어안은 그녀의 머리를 쓰다듬고 입술을 어루만졌다. 그리고 자신을 놓아버렸다. 그녀의 행위가 끝나자 그는 그녀의 얼굴에 손을 올려 광대뼈를 어루만지고 입을 닦아준 뒤, 무슨 이유에선지 이렇게 중얼거렸다. "가엾은 사람, 가엾은 사람." 마침내 그녀가 그를 보고 웃기 시작했다.

그들이 한밤중에 포크커틀릿을 기름에 튀기며 어떻게 나눠 먹을 지 옥신각신하는데 귀여운 반바지를 입은 마르쿠스가 비칠비칠 걸 어나왔다.

"이젠 이걸 셋으로 나눠야겠네." 시프리언이 웃었다. 침실에서 그런 일을 벌인 뒤여서 머리가 살짝 어질어질했다. 왠지 취한 것 같았고, 자신이 낯설었다. 도대체 어떻게 한 걸까? 그녀가 어떻게 했길래 그는 찰나였을지언정 그녀가 누구인지도 잊은 걸까? 그녀 는 늑대인지도 몰랐다. 지금 소년은 당황한 듯 보였지만 시프리언 이 말을 건네자 괜찮아졌다. "여기 앉아. 식탁에 맡겨보자꾸나." 마르쿠스가 방긋 웃으며 앉았다.

델핀은 중국식 원피스 잠옷을 입었는데, 찰랑거리듯 눈부신 붉 은색 바탕에 사과꽃 봉오리가 달린 기다란 줄기가 등쪽에 수놓여 있었다. 발은 맨발이었다. 그녀는 앞섶을 모아 잡고 핀으로 고정한 뒤 양손으로 감자를 썰었다.

"그냥 먹으면 되지 뭐." 그녀가 말하며 양파를 튀겼다. 그리고 캐모마일차를 내릴 물을 끓였다. "이걸 먹고 나선 숙면에 좋은 이 차를 마실 거야. 허브차. 내일은 일자리를 찾으러 다녀야 하니까 예뻐 보이려면 쉬어야지."

불을 켜자마자 울부짖던 소리가 그쳤고, 개떼는 가버렸다. 로이 는 닭장 옆 작은 여름 오두막에 자신이 쓸 침대를 만들어두었다. 그는 작은 목재 틀을 벽쪽으로 붙여놓고선, 그 안에 매트리스를 넣고, 그 위에, 델핀이 오래전 이 집에 있던 물건은 하나도 빼놓지 않고 죄다 태워야 한다고 말했을 때 에바가 준 낡은 침대보와 베개까지 끌어다놓았다. 그리고 두 사람에게 방해되지 않게 이제부터 거기서 자겠다고 했다. 그들은 그러도록 내버려두었다.

"저 소리요." 지금 마르쿠스가 눈이 휘둥그레져서는 말했다. "바깥에 뭐가 있나봐요."

그 소리는 팬에서 지글거리는 소리보다 더 크게 들렸다. 규칙적으로 드르렁거리는 소리, 갑자기 콧김을 뿜는 소리, 높은 음으로 훌쩍거리는 소리.

"로이가 코고는 소리야."

그 노인은 마당 저쪽 작은 집에서 문까지 잠그고 자는데도, 그가 내는 소리라는 건 아주 분명했다. 델핀이 팬을 흔들었다. 겨울이 와서 날씨가 추워지면 어떻게 하지? 열차 기지 근처에 사는 사람들이 그렇듯, 델핀도 코고는 소리를 듣고 자라서 그 소리가 익숙했다. 하지만 시프리언은 가엾게도 밤새 뒤척이며 잠을 이루지 못할 것이다. 노릇하게 바싹 익은 감자를 뒤집으며 그녀는 실로 오랜만에 시프리언과 함께하는 미래를 상상했다. 전부 함께 보낸 이 하룻밤 때문이었다. 바보 같기는! 눈을 질끈 감은 시프리언을 보고 그녀는 상황을 깨달았다. 그의 머릿속에서는 어떤 장면이 펼쳐지고 있을까? 그녀는 감자를 다시 뒤적인 뒤 각자의 접시에 수북이 덜어주었다. 그의 앞에 접시를 내려놓고 그의 얼굴을 손등으로 쓰다듬으며 대답을 알고 싶다고 생각했지만, 마음은 이미 스스로 보호막을 치고 있었다. 어쨌거나 그런 일은 앞으로 여덟 달이나 일 년 동안은 일어나지 않을 것이다. 어쨌든 그가 북쪽에 다녀오는 동안 그녀가 생각하는 일이 정말로 일어나기야 하겠는가?

덴핀이 감자밭을 새 지푸라기로 덮는데 피넬리스가 고기 배달트
럭을 몰고 그녀의 집 앞에 나타났다. 그녀는 허리를 펴고 땀에 젖
은 곱슬곱슬한 갈색 머리를 이마 위로 쓸어올리며 눈살을 찌푸렸
지만, 언쟁을 벌일 생각은 없었다. 그가 돌아오면 마르쿠스를 찾으
러 올 거라는 예상은 이미 하고 있었다. 곧 개학이었다. 그는 두 팔
을 얌전히 갈고리처럼 내리고 평온한 얼굴로 그녀를 향해 다가왔
다. 구겨진 격자무늬 셔츠를 입었는데, 그런 옷을 입은 모습은 처
음 보았다. 바지는 주로 손에 묻은 피를 닦는 허벅지쪽이 얼룩져
있었다. 피넬리스는 대체로 차림새가 깔끔했지만 물론 그것은 에
바의 공이었고, 그뒤로는 덴핀 자신의 공이었다. 그에게 다가가면
서 그녀는 자신이 비밀스럽게 모아두는 탄테의 흉을 또하나 찾아
냈다. 탄테는 빨래도 제대로 할 줄 모르는 것이다. 그들은 3피트 간
격을 두고 말없이 멈춰 섰다. 덴핀이 고개를 갸우뚱했다. 그녀의
뒤에서 비추는 햇살이 그의 얼굴에 쏟아졌다. 가혹한 흰색 태양이
이목구비를 다 지워버렸다.

"어디 다녀온 거예요?" 그녀가 물었다.

"등불에 대고 뀐 방귀처럼 돌아다녔지." 그가 말했다. "마르쿠
스를 데려가려고 왔어요. 아이는 어디 있어요?"

"등불에 대고 뀐 방귀처럼, 하." 덴핀이 말했다. "그건 핑계가
안 돼요." 그녀는 울화통이 터지고 가슴이 답답했다. 문득 에바가
그리웠고, 울컥 치민 외로움이 분노로 바뀌었다. "그애는 물론 여
기 있어요. 당신의 못된 누나가 그애를 퍼런 멍이 들 만큼 두들겨

패는데 내가 그냥 뒀을 줄 알아요?"

피델리스의 표정이 매우 심각해졌지만 놀란 것 같지는 않았다. 그가 도살장에서 신는 안전화를 내려다보며 얼굴을 잔뜩 찡그렸다. 델핀도 덩달아 아래를 내려다보았다. 하지만 보이는 것은 흙을 밟고 있는 갈라터진 가죽 안전화뿐이었다.

"아이를 데려가려고 왔어요." 피델리스가 낮은 목소리로 말했다. 델핀은 그가 무슨 말이든 더 하기를 기다렸다. 고맙다는 말을 할 법도 했다. 하지만 그는 침묵을 지켰고, 약이 오른 그녀가 불쑥 물었다.

"그애를 때릴 건가요?"

"내가 왜 그러겠어요?" 피델리스는 눈을 치뜨고 델핀을 빤히 보았다. 쏟아지는 햇살 속에서도 그녀는 그의 말간 시선에서 뿜어져 나오는 힘을 느낄 수 있었다. 그를 처음 만난 그날처럼 그녀의 마음속에서 알 수 없는 감정이 불쑥 일어났다. 두려움은 아니었고, 그 순간 그녀가 파악할 수 있는 것보다 더 많은 일이, 훨씬 더 많은 일이 일어나고 있다는 직감이었다. 그는 자기 안에 위협과 가능성으로 이루어진 힘을 억누르고 있었다. 별것 아닌 몸짓에서도 엄청난 힘이 느껴져, 그녀는 수면이 잔잔한 커다란 댐을 떠올렸다.

"들어와서 편하게 계세요. 냉차 좀 내올게요. 마르쿠스는 로이랑 강가에 갔는데, 날씨가 너무 더워 물고기가 미끼를 물지 않을 것 같네요. 금방 돌아올 거예요."

그녀는 시간을 벌면서 마르쿠스를 돌려보내지 않을 묘안을 궁리했다. 피델리스가 안으로 들어갔다. 집안은 점점 혹독해지는 더위를 막느라 창문을 닫아두어 컴컴했지만 시원하긴 했다. 그녀는 저장고의 썩은 내가 알게 모르게 기어나와 절망의 냄새를 풍기는 것을 느끼고 창문을 열었다. 밖에 서 있는 물푸레나무 여섯 그루가 늦은 오후가 되면 주변 공기를 바꾸었다. 그러면 실내가 시원해졌다. 집안은 박박 문질러 닦아서 깨끗했다. 아까 그녀는 레몬을 잘라 투명한 유리병에 담긴 갈색 차에 넣고 설탕도 넣은 뒤 저어서 얼음덩어리 옆에 바짝 붙여 놓아두었다. 지금 그녀는 유리 맥주잔에 그 차를 따랐다. 유리에 뿌연 김이 서리고 물방울이 맺혔다. 피델리스는 그 차를 조금 슬픈 눈빛으로 바라보았다.

"맥주는 없어요." 델핀이 말했다.

피델리스가 길게 쭉 들이켜자 델핀이 더 따라주었다. 그러자 그가 잔을 내려놓고 물었다. "언제 돌아올 거요?"

델핀은 그의 말을 헤아려보고는 이쯤에서 타협을 시작해야겠다고 생각했다. "대답하기가 정말 곤란하네요." 그녀가 말했다.

피델리스는 정말로 꺼내기 힘든 말을 할 것처럼 몸을 앞으로 숙이고 어깨를 구부렸지만 그저 이렇게만 말했다. "탄테 혼자서는 꾸려나갈 수 없어요."

델핀은 피델리스가 누나를 비난하는 말을 조금이라도 하는 것은 그에게 일종의 배반 행위라는 사실을 깨달았다. 그것이 옛 독일 가족의 방식이었다. 탄테는 그와 함께 이곳에 있는 유일한 혈육이었다. 탄테는 그가 무엇을 하든 편지에 꼬박꼬박 그 내용을 썼다. 그리고 늘 그 편지들을 모아 해외우편으로 부쳤다. 피델리스만 없다면 아름다운 독일 마을 루트비히스루에로 돌아가고 싶다는 말도 썼다. 그를 이 나라에, 특히 지금 같은 시기에 아이들과 함께 두고 혼자 떠날 수는 없다고 했다. 어쨌거나 델핀은 곤란해하는 그의 찡

그런 표정이, 이 상황을 불편해하는 게 분명한 그의 태도가 짜증스러웠다.

"돌아가서 돕는 것도 생각해볼 수는 있겠네요. 당신이 탄테에게 가방을 챙겨 나가라고 말할 수만 있다면요."

피델리스는 양을 때려잡는 망치로 머리를 한 방 얻어맞은 듯한 표정이었다. 그가 그런 생각은 해본 적도 없는 것 같아서 델핀은 웃음만 나왔다.

"탄테는 요리를 못해요. 콧대가 높아서 손님도 떨어져나가고요. 당신 옷차림도 형편없어요. 아이들은 제멋대로 자라고요. 탄테가 거기 있는 한 나는 안 가요. 절대로!"

피델리스는 침착하게 고개를 끄덕이더니 입을 다물었다. 그 일을 더는 밀어붙이지 않을 거라고 델핀은 장담할 수 있었다. 그렇게 덩치 큰 사람이 누나 앞에서 겁을 먹는다는 사실이 놀라울 수도 있지만, 이제 델핀은 그에 대해 많은 것을 알고 있었다.

"있잖아요." 그녀가 마음이 약해진 척하며 말했다. "아무래도 힘들 것 같아요. 아이들은 좋아하니까 생각은 해볼게요. 일단 마르쿠스를 이곳에 두 주만 더 맡겨줘요. 여기서 학교에 다니면 돼요. 시프리언이 차로 데려다줄 거예요. 마르쿠스는 탄테에겐 큰 골칫거리지만 우리한테는 큰 도움이 되거든요."

피델리스가 동의했고, 마르쿠스가 돌아오자 델핀은 그가 아버지를 어떻게 대하는지, 혹시 따라가고 싶어하는 것은 아닌지 유심히 살폈다. 하지만 마르쿠스는 마당에 서 있는 아버지의 트럭을 보자 경계심을 보였고, 델핀과 계속 지내게 된 것을 알고는 안심하는 눈치였다. 그녀가 레몬 파운드케이크를 가져와 식탁에 놓자 긴장감은 금세 사라졌다. 피넬리스는 엄청난 집중력으로 케이크를 먹었다. 에바의 레시피로 만든 케이크라는 걸 그도 알았다. 그는 부스러기까지 긁어먹으면서 요동치는 감정에 휩싸였고, 의식을 행하듯 천천히 식탁에 포크를 내려놓았다. 그 순간 델핀은 그의 슬픔이 에너지의 흐름처럼 느껴졌다. 피넬리스는 떠날 때 더운 날씨에도 큰 물고기를 잡은 아들을 칭찬하는 의미로 고개를 끄덕여주고 그 물고기를 선물로 가져갔다. 마르쿠스가 어깨를 쫙 펴고 약간 우쭐해하며 걷는 모습에 델핀은 웃음이 나왔다. 마르쿠스는 깡마른데다 좀처럼 잘난 척하지 않는 아이였기 때문이었다. 그래, 이 아이는 여기 있어야 한다. 그 사실은 의심의 여지가 없었다. 그녀는 소년이 탄테와 대면하기 전에 먼저 몇 가지를 가르쳐야 했고, 어떻게 가르칠지 계획도 서 있었다.

델핀은 아직도 이따금 같이 대규모의 연극 공연을 하거나 공연 구성 어딘가에 균형잡기를 끼워넣는 것을 꿈꾸었다. 그러려면 순회공연을 해야 했는데, 타운에서 공연하는 것만으로는 전업 배우들이 살아갈 수 없었기 때문이었다. 하지만 델핀은 이제 떠나고 싶지 않았다. 로이가 말썽을 부리지 않고 마르쿠스가 곁에 있어서만은 아니었다. 에바를 잃은 뒤로 그녀에게서 뭔가가 빠져나간 것 같았고, 이제는 클래리스와 더 많은 시간을 보냈다. 그녀가 아거스에 머무르려는 또다른 이유였다. 하지만 죽은 일가에 대한 조사에 아직도 그녀와 시프리언이 필요한지는 의문이었다. 채버스 일가의 사망 사건을 해결하겠다는 보안관의 계획은 전혀 성과가 없었다. 아무튼 그녀가 듣기로는 그랬다. 그녀는 지금 어디까지 진척되었는지 알고 싶었다. 궁금했다. 보안관을 한번 찾아가봐야 할 것 같았다. 그래서 어느 오후 로이가 그늘에서 낮잠을 자고 시프리언이 차를 몰고 북쪽으로 갔을 때 그녀는 타운으로 걸어갔다.

타운에 다다랐을 때 그녀는 계절에 맞지 않게 더운 날씨 때문에 땀이 줄줄 흘렀다. 대체로 지금쯤은 더위가 한풀 꺾여야 했다. 올해는 그렇지 않았다. 땀에 젖어 겨드랑이가 거뭇하고 목덜미가 끈끈했다. 젖은 머리를 말아올려 꽂은 핀에서 머리칼이 삐져나왔다. 타운으로 들어서자 거리는 햇빛을 더 넓게 반사하고 나무도 보잘 것없어 햇볕은 더더욱 뜨거웠다. 보안관의 사무실은 어두컴컴해서 그나마 한숨 돌릴 수 있었다. 천장에서 선풍기가, 책상 위에서도 사무실용으로 보이는 작고 검은 선풍기가 돌아가고 있었다. 벽돌 벽은 단열효과가 있어 사무실 내부는 시원하고 평온했다. 그녀가 들어갔을 때 보안관 호크는 문서 작업을 하고 있었다. 그는 머리를 식힐 수 있게 되어 반가운 모양이었다.

"그러니까." 두 사람이 서로 더운 날씨에 대해 짜증을 늘어놓은 뒤 델핀이 먼저 말을 꺼냈다. "채버스 가족에 대해서는 뭔가 알아냈나요? 아버지도, 저도 궁금해서요." 시프리언은 일부러 언급하지 않았는데, 보안관 호크가 시프리언이 종종 어디로 사라지는지 물어볼 수도 있다는 생각이 퍼뜩 들어서였다. 그가 브러시를 팔고 다니는 외판원이라는 이야기만은 하고 싶지 않았다. 하지만 호크는 시프리언의 나들이에는 전혀 흥미가 없어 보였다. 그는 그녀와 대화를 하고 싶다고 했다. 최근에야 의상에 대해 물어보고 싶어졌다고 했다.

"의상이라뇨?"

"당신과 시프리언이 공연할 때 입는 거 있잖아요. 균형잡기 말입니다. 어떤 옷을 입었지요?"

"평범한 옷을 입어요. 시프리언이 그랬어요, 우리가 하는 공연이 놀라운 이유는 우리는 지극히 평범해 보이지만 우리 공연은 더없이 기발하다는 데 있다고요. 게다가 처음에는 화려한 옷을 입을 여유도 없었는걸요. 스팽글 장식은 물론이고요."

"빨간 구슬은요?" 호크가 말했다.

델핀은 그제야 이해했고, 식료품 저장실 바닥이 떠올랐다. "아, 이제야 당신이 무슨 생각을 하는지 알겠네요. 우리가 용의자란 말인가요?"

"뭐." 호크가 말했다. "당신이 그 구슬을 알고 있다니까. 그 부분이 계속 이해가 안 되어서 말이죠. 당신 아버지 말로는, 그가 기억하는 한 경야에 스팽글이나 구슬같이 화려한 장식을 달고 나타난 사람은 없었다던데요."

"아빠가 그걸 봤다는 말은 아니겠지요. 아빠는 술에 잔뜩 취해 있었어요."

"그랬을 수도 있지요." 보안관 호크가 말했다. "그래서 내가 지역 극단 소품 담당자를 대상으로 조사를 해봤어요. 아마 내가 그걸 기억하고 있다는 생각은 안 하겠지요." 그가 눈빛을 반짝이며 그녀에게 손가락을 흔들었는데, 보안관의 얼굴에서는 결코 보고 싶지 않은 눈빛이었다. "당신과 클래리스는 마녀 장면을 아주 좋아했죠. 둘 중 한 명이 맥베스 부인을 했으면 아주 잘했을 텐데."

"우리는 그저 대역을 준비한 거예요." 델핀이 신중히 말했다. 호크가 속으로 무슨 혐의를 두고 있을지 몰랐다. 그녀는 분위기를 가볍게 만들려고 해보았다. "다시 무대에 올려도 좋을 텐데요." 그녀는 실제 제목을 말해서 불운이 따르지 않도록 조심했다. "그 스코틀랜드 연극 말이에요!"

"안타깝게도 난 일에 매인 몸이라 이제 짬이 안 나네요. 게다가 자기네 보안관이 작품명과 같은 이름의 살인자로 등장하는 연극을 사람들이 보고 싶어할까요? 그러면 난 신뢰를 잃을걸요."

"사람들은 그렇게 생각하지 않을…… 아니면 뱅쿼 역은 언제든 할 수 있잖아요."

"아니, 아니, 그건 안 되지. 많은 사람에게 예술은 인생과 다르지 않아요. 나는 보안관이니 계속 보안관 역할만 해야지요. 이 배지를 단 채로 다른 역할을 맡으면 사람들에게 혼란만 줄 뿐이거든." 보안관 호크는 이제 얼굴을 찡그리며 손으로 턱을 쥐었다. 그가 은근슬쩍 물었다. "클래리스는 요즘 어떻게 지내요?"

"바쁜가봐요." 델핀은 갑자기 불편해진 마음을 감추려고 황급히 대답했다.

"정말로요?" 호크가 가볍지만 위협적인 목소리로 말했다. "바빠요? 아니면 그저 자신의 운명을 피하고 있는 건가? 나를 피할 수 없는 존재로 생각해주면 좋은데."

델핀은 그가 놓은 교활한 자기확신의 덫에 걸려들었다. "피할 수 없는 존재라고요!" 그녀가 소리쳤다. "제정신이 아니군요. 클래리스는 당신을 싫어해요. 당신이 보안관이든 뭐든, 그애를 내버려둬야 해요."

"캐러멜 먹을래요?" 호크가 서류 뭉치에 덮여 있던 접시를 내밀었다. 그가 파라핀지를 벗겨 캐러멜 하나를 입술 사이로 천천히 밀어넣었다.

델핀은 고개를 가로저으며 나가려고 돌아섰다. 발끈한 것이 벌써 후회스러웠다. 호크에게 모욕을 주다니, 좋은 생각이 아니었다.

그녀는 드러그스토어에 들러 소다수를 사서, 마음을 진정시키려고 얼른 마셨다. 그리고 곧장 장의사 건물로 향했다.

스트러브 장의사 건물은 모든 면이 고급스러웠다. 건물 전체에 회색 페인트를 칠하고 짙은 적갈색으로 테두리를 둘렀다. 창문 차양까지도 건물 색깔과 같은 줄무늬 캔버스 천으로 되어 있었다. 포치 난간은 강화 주철로 된 것이었다. 잔디밭은 온통 은은한 녹색인데, 여름이면 차분한 라일락과 담자색 접시꽃, 흰색 피튜니아, 연푸른색 센타우레아가 피었지만 지나치게 화려한 꽃은 없었다. 뒷문 또한 차분한 회색으로 칠했고, 현대식 전기초인종이 달려 있었다. 델핀이 초인종을 누르자 경쾌한 음악이 흘러나왔다. 그녀는 뒤쫓아온 사람이 없는지 불안하게 주위를 두리번거렸다. 클래리스가 문으로 다가오자 델핀은 얼른 열어달라고 손짓했다.

"로이 때문에 그래?" 클래리스가 다 안다는 듯 근심어린 목소리로 말하자 델핀은 순간적으로 불안감을 느꼈다.

"아니야!" 그녀가 소리쳤다.

"미안." 클래리스가 말했다. "내가 무슨 생각을 한 거지? 들어와, 얼른. 나도 참 바보 같기는." 그녀가 델핀에게 팔을 두르고 뒷문 안쪽의 좁지만 편안한 공간으로 데려갔다.

"지금 꼭 할 얘기가 있어. 어디서 하면 될까?" 델핀이 물었다.

"아래층으로 가면 돼." 클래리스가 말했다. "지금 플레서튼 씨를 작업하는 중이야."

델핀이 고개를 끄덕였다. 지하실은 신중하게 설계된 공간으로, 여름에는 시원하고 겨울에는 난방을 최소화해 항상 작업하기에 적당한 온도를 유지했다. 거기서 클래리스와 그녀의 삼촌과 벤타는 타운의 죽은 자들에게 주의를 집중해 작업했다. 델핀도 거기에 들어갈 수 있는 것은 특권이라는 사실을 알았다. 의사 히치와 미심쩍은 살인사건이 일어났을 때 보안관을 제외하면 아래층에는 아무도 내려갈 수 없었다. 델핀은 그곳을 딱히 불쾌하게 느낀 적이 없었는데, 지금 보니 스트러브 장의사의 염습실이 도살장 뒤쪽 냉장실보다 훨씬 견딜 만했다. 그리고 확신하건대 그들이 여기서 한 말이 퍼져나갈 일은 없을 것이다. 그래서 그녀는 친구를 따라 뒤쪽 계단을 내려갔다. 사각거리는 흰색 작업복을 입은 친구가 이제 휙 빠른 동작으로 장갑을 벗었다.

"오늘 사우스다코타 출신 남자와 데이트를 하기로 했는데, 그 자식이 날 바람맞혔어." 클래리스의 목소리가 뒤쪽으로 흘러갔다. 고등학교 때도 그랬지만 그녀의 직업은 잠재적인 남자친구들에게 여전히 불안감을 일으키는 모양이었다. 그 자식이 대번에 못을 박기를, 자신과 사귀고 싶으면 그 일을 그만둬야 한다고 했다는 것이다. 잠시 두 사람은 늘 하던 대로 각자의 기분에 대한 이야기를 주고받았다. 클래리스는 그녀의 직업을 꺼리는 사람을 어떻게 존중할 수 있을지 모르겠다고 했다.

"나더러 염장이래. 델핀, 내가 그 말을 얼마나 싫어하는지 알지! 그놈도 딴 놈들이랑 똑같아. 내가 부탁해도 여기 지하실로 내려올 사람은 아마 없을걸. 겁쟁이들." 그녀의 표정이 살벌한 가면처럼 변했다. 그녀가 등을 구부리고 쉰 목소리로 말했다. "내가 자기들을 건초처럼 말려버릴까봐 두려운 거야."

이런 환경의 지하실에서 클래리스가 갑자기 태도를 바꾸자 델핀은 약간 불안해졌지만 그냥 웃어넘겼다. 한쪽 구석에 놓인 축음기에서 아름답고 웅장한 오페라가 흘러나오고 있었다. 클래리스는 그녀 자신만을 위해 음악을 틀어놓는 것이 아니라고, 선율에는 작업중인 시신의 살을 진정시키는 효과가 있어 주입한 용액이 더 고르게 흡수된다고 주장했다. 그녀는 진짜 그렇다고 장담했지만, 지금 작업중인 의뢰인이 오페라를 좋아하는 것 같지는 않았다. 그 공간에는 불이 환히 켜져 있었고, 클래리스는 플레서튼 씨를 밀어 냉장실로 옮기다 말고 잠시 유심히 살펴보았다. 창백한 그는 정말로 죽은 사람처럼 보였다. 아마도 클래리스는 여전히 염료를 딱 맞게 배합하려고 고심하는 중일 터였다. 그녀는 동맥에 주입하는 용액을 각 시신의 특징에 맞게 정확히 만들려고 꾸준히 실험을 하고 있었다. "모두 다 달라." 시신을 옮기면서 클래리스가 상태를 확인하기 위해 그 팔을 때리자 타다닥 소리가 조그맣게 났다. 그녀가 얼굴을 찡그리며 투덜거렸다. "사후 폐공기증이야."

"이 시신은 정말로 어려워, 델핀. 식중독으로 죽었어. 파고 레스토랑에서." 그녀가 골치 아프다는 듯 소곤거렸다. "가스괴저균 때문에."

북쪽 벽에 유리문 캐비닛이 늘어서 있었는데, 맨 위칸에 입술핀, 입과 눈 접합제, 반창고, 접착제 따위를 담은 작은 통이 깔끔하게 정리되어 있었다. 방문한 사람들이 남긴 명함도 작은 상자에 담겨 있었다. 벤타는 그 명함들을 보관했다가 파라핀을 묻혀 잇몸과 입술 사이에 넣을 단단한 가로막을 만들 때 솜 대신 사용했다. 치아의 광을 내는 본아미*도 있고, 마사지크림, 레몬즙, 식초, 비누도 있었다. 깨끗한 수건도 차곡차곡 쌓아놓았다. 핸드브러시, 헤어브러시, 손톱줄, 투명 광택제도 있었다. 널찍한 낮은 선반에는 메탄올이나 메틸알코올, 에탄올, 비소 용액, 포르말린을 담은 대용량 갤런 병, 그리고 정향유, 사사프라스유, 노루발풀, 벤즈알데히드, 등화유, 라벤더유, 로즈마리유를 담은 작은 병이 놓여 있었다. 벽에는 오릴리어스 스트러브의 방부처리사 자격증을 정교한 장식 액자에 넣어 걸어두었다. 미니애폴리스의 서쪽이자 스포캔의 동쪽 지방에서는 최초로 받은 것이었다. 지하실은 항상 서늘했지만, 일반적으로 더위는 시신을 매장할 때 많은 문제를 야기했다. 이 모든 것 한가운데에서 클래리스는 입꼬리가 살짝 올라간 밝은 미소와 기품 있는 아름다움을 유지했다. 그녀를 보자 델핀은 문득 맬컴의 대사가 떠올랐다. 모든 추악한 것이 아름다움의 탈을 쓰려 하지만 아름다운 것은 그럼에도 아름다워 보이지. 그녀는 머릿속에서 그 대사를 밀어냈다.

구석에 플러시 천을 씌운 근사한 의자 두 개가 있었고, 작은 전기스토브와 커피를 내릴 때 쓰는 포트도 있었다.

"자." 클래리스가 말했다. "뭐든 말해. 진짜로 무슨 일이야?"

오후에 여기까지 찾아왔다는 것은 내적인 문제든 외적인 문제든 정말로 급하다는 뜻이었다. 델핀은 곧장 본론으로 들어갔다.

---

* 주방이나 욕실 타일 등의 제품에 묻은 얼룩을 제거하는 용도로 쓰이는 파우더 혹은 그것을 만드는 회사 이름.

"〈숙녀와 호랑이〉에서 네가 숙녀 역할을 맡았을 때 어떤 의상을 입었지?" 델핀이 물었다.

"귀여운 옷이었어, 온통……"

"빨간색, 분홍색, 복숭아색 플래퍼 구슬을 달았잖아. 튜브형 무지갯빛 구슬."

"내가 그 의상을 만들면서 구슬을 백만 개는 달았을걸, 기억해? 그야말로 예술작품이었는데."

클래리스는 바느질 솜씨가 좋아서 다양한 바느질법을 활용해 봉합선이 보이지 않게 시신을 감쪽같이 꿰맸다. 가끔은 십자수 바늘 두 개를 사용해 매듭을 감추기도 했다. 사람들이 들여다볼 리 없는 옷 밑단도 완벽하게 처리했다. 또한 박음질이나 새발뜨기는 경멸해서 그건 그냥 바느질이잖아 하고 말하곤 했다.

"그 옷 어디 있어?"

"벽장 어딘가에 있을걸." 클래리스가 가뿐히 말했다. "그건 왜?"

"그걸 없애야 해." 델핀이 말했다.

"내가 얼마나 정성을 들인 건데?" 클래리스가 입을 떡 벌리며 짐짓 화난 척했다.

"잘 들어. 보안관 호크가 무슨 꿍꿍이인지 알 것 같아. 우리집 저장고 문이 끔찍한 강력 접착제 때문에 열리지 않았는데, 거기 네 것 같은 구슬이 들러붙어 있었어."

클래리스의 입이 다물어지지 않았다. 그녀의 얼굴에 고통과 공포가 뒤섞인 표정이 스쳐갔다. 그녀는 두 손으로 어여쁜 뺨을 감쌌다. 그리고 손가락에 힘을 주자 작은 타원형 손톱이 하얗게 변했다. "맙소사, 델핀! 그날 밤 보안관 호크가 내 드레스를 정말로 찢었다고 그랬잖아."

"호크가 그 멍텅구리 같은 머리로 열을 올리며 뭔가 꾸미는 것 같아. 느낌이 그래."

"호크가 날 미끼로 낚으려는 거야." 클래리스가 말했다. "그 사람은…… 구제불능이야. 그와는 논리적으로 따질 수 없어. 분명 이 우연의 일치를 이용할 거야—드레스, 가엾은 루시와 도리스…… 그는 어떻게 그럴 수가 있지? 그 아래에 어린 소녀가 있었다고!" 그녀는 절망감에 휩싸여 왈칵 눈물을 터뜨렸지만 잠시 뒤 손을 내리고 말했다. "안 돼, 안 돼, 그가 나보다 우위를 차지하게 둘 순 없어. 그는 손떼야 해! 난 내 일이 있고. 플레서튼 씨를 다섯시까지 마무리해야 하는데, 이번 작업은 정말 어려워." 그녀가 많이 피곤한지 갑자기 맥이 풀려서는 얼굴을 찡그리며 굽슬굽슬한 머리를 흔들었다. "델핀, 넌 진정한 친구니까 내 벽장에서 그 드레스를 찾아줄래? 집에 가서 그 빌어먹을 드레스를 찾아 불속에 던져줘."

델핀은 그 순간 음모를 꾸미는 강렬한 기분에 사로잡혀 그러겠다고 대답하고 망연히 문밖으로 나갔다. 친구의 집에 이르러 뒷문을 열다 문득 자신이 지금 어리석은 짓을 하려 한다는 것을 깨달았다. 보안관 호크에게 친구의 벽장에서 그 드레스를 꺼내는 장면을 들키면, 혹은 어디든 드레스 가까이에 있다가 발견되면 정말 난처할 것이다. 그나저나 드레스는 어떻게 하지? 구슬은 녹을지 모르지만 드레스가 다 탄다고 흔적까지 사라질 리는 없었다. 델핀은 그런 걱정을 하며 신속하게 계단을 올라 예전에 종종 머물렀던 친구의 방으로 갔다. 그녀는 그런 밤을, 그들의 평범한 가족 식사를, 단란한 가정생활을, 그녀는 가지지 못했던 그 모든 것을 소중한 기억으로 간직했다. 스트러브 집안사람들이 그들의 일을 그토록 좋아하는 것도 놀랍지 않았다—죽은 자는 감정적인 놀라움을 일으키지 않는다. 하지만 죽은 자가 종종 곤란한 상황을 만든다는 사실도 델핀은 잘 알았다. 오릴리어스 스트러브가 그 자신에게 허락한 유일한 우스갯소리는 그저 지쳐서 실수로 내뱉은 것인지도 모르지만, 대단한 도전을 한답시고 옥수수 수확기계에 들어간 어느 소년의 이야기였다.

델핀은 클래리스의 방으로 들어갔는데—아이들 방처럼 난장판이었다—어쨌거나 그녀의 친구도 편하게 쉴 장소가 필요했다. 드레스는 어떡하지? 델핀이 식료품 저장실 바닥에 들러붙어 있었다고 기억하는 것과 똑같은 살구색, 예쁜 분홍색, 빨간색 구슬이 달려 있다는 것을 허탈한 심정으로 이미 알고 있었던 그 드레스는? 델핀은 혼자 갈등하다 결국 드레스를 자루에 담아 차분하게 걸어나왔다. 집 뒤쪽을 돌아가면서는 머리를 숙였다. 그녀는 클래리스에게 한 약속을 그대로 지킬 수는 없을 것 같았다. 드레스를 자기 집으로 가져갔다간 증거—현실적으로 그렇게 부를 수밖에 없었다—가 그녀의 손에 있게 된다. 그것을 해명할 길이 없어진다. 그녀는 옥외 화로의 잿더미 속에서 반짝거리는 구슬이 보이는 것 같았다. 델핀은 집 옆의 헛간에서 삽을 가져와 정원을 손질하기 시작했다. 반시간 동안 작업을 계속했다. 누가 볼지 모르니 친구의 아이리스 꽃밭을 솎아주고 남은 꽃을 집으로 가져가는 편이 가장 안전할 것이다. 그녀는 작업중에 구멍을 깊이 파고 잽싸게 드레스를 쑤셔넣었다. 그리고 자루를 탈탈 털어 빠뜨린 구슬 없이 전부 잘 묻힌 것을 확인했다. 그녀는 아이리스 뿌리를 자루에 넣고 솎아낸 원추리

몇 포기도 챙긴 뒤 삽을 원래 자리에 돌려놓고 집으로 갔다.

델핀은 농장으로 돌아오자마자 옥외 화로에 불을 지피고, 숯이 다 타서 바닥에 깔릴 때까지 내버려두었다. 먼저 발갛게 달아오른 잉걸불에 감자를 굴려 넣고, 다음에는 석탄 위로 그릴을 걸었다. 그리고 재 위에 따로 불을 조그맣게 피워 베이컨 기름을 두른 팬에 생선을 튀겼다. 그녀는 냉장고에서 하루종일 재워둔, 두번째로 수확한 콩을 꺼냈다. 콩은 차갑고 달고 시큼했다. 시원한 저녁 공기 속에서, 연기 때문에 모기마저 잠잠해진 가운데 로이와 마르쿠스와 델핀은 함께 식사를 했다. 델핀은 타운에서 구입한 크림과 마르쿠스가 따온 라즈베리를 내놨다. 크림은 사치품이었다. 그녀는 시프리언이 가져다주는 돈을 좋아한다는 사실을 인정할 수밖에 없었는데—그는 벌어온 돈을 대부분 그녀에게 주었다—그 돈 덕분에 왕족처럼 먹을 수 있는데다 집도 수리할 수 있었기 때문이었다. 하지만 식사가 끝나갈 무렵 차를 몰고 나타난 시프리언을 보자 짜증 섞인 안도감이 파도처럼 밀려왔다. 그를 마음 뒤쪽 한구석에 밀어두려고 했지만, 그가 없으면 계속 걱정이 되었다. 그녀는 무사히 돌아온 그를 보고 기뻐하는 자신을 인정하기 싫어서 그를 붙잡고 끌어안고 마구 흔들었다.

"당신 여기 있을 거지." 그녀가 말했다.

그는 그녀의 손에 입을 맞추고 이글거리는 검은 눈을 천천히 들어 그녀의 눈을 바라보았다. 그는 아무리 지친 상태라도 유혹적인 장난을 칠 수 있었고, 그것에 강한 자신감이 있었다—이는 그가 자신의 비밀을 보호하는 수단으로 터득한 것일까, 아니면 그저 타고난 것일까?

생선 튀김은 넉넉히 남아 있었다. 그녀는 베이컨 기름을 더 두르고 깍지콩을 데웠다. 숯덩이 가장자리에서 구운 감자를 꼬챙이로 찔러 꺼낸 뒤 손에서 손으로 저글링을 하다 그의 접시에 놓고 포크로 속을 벌려주었다. 감자에서 모락모락 김이 올랐다. 그녀는 스푼으로 뜨거운 베이컨 기름을 떠서 포슬포슬한 감자에 흘려넣었다. 그가 쩝쩝거리며 맛있게 먹었다.

"내일 전화교환수 자리를 알아볼 거야. 내 목소리가 괜찮은 것 같아?" 그녀가 그에게 말했다.

"당신은 뭘 해도 잘 어울려." 시프리언은 땅거미가 짙어지는 가운데 배불리 먹고 불가에서 느긋한 시간을 보내는 것이 기분좋은지 후유 한숨을 내쉬었다. 그의 말은 진심이었다. 그도 여기로 돌아온 것이 기뻤다. 화드득 타들어가는 불길 바깥쪽으로는 구구거리는 비둘기들이 우아하고 차분하게 저녁 성가를 부르는 소리가 들렸다. 캣버드*는 자기 레퍼토리대로 어려운 노래를 섞어가며 노래를 불렀고, 녹색 하늘에는 붓질을 한 것처럼 구름이 흩어져 있었다. 잠시 뒤 로이가 몸을 일으켜 그가 잠자는 작은 오두막으로 돌아갔다. 이제는 그도 술을 마시지 않아 체력이나 일상생활이 여느 누구와 다를 바 없었다. 마르쿠스가 풀썩 고꾸라지더니 죽은듯이 잠들자 시프리언이 안아들고 집안으로 데려갔다. 그가 다시 밖으로 나오자 렐핀이 물었다.

"당신 성인 남자를 좋아하는 것처럼 어린 남자도 좋아해?"

---

* 고양이 울음소리를 내는 개똥지빠귀의 일종.

시프리언이 불빛 속에서 그녀를 향해 입을 헤벌리고는 괴상한 표정을 지어 보였다. "아니야!"

"그렇게 충격받은 척하지 마." 델핀이 말했다. "확인해야 했어. 당신이 나를 놀라게 했던 일이 있었잖아. 내가 어떻게 알겠어? 아무튼 나한테 계획이 있는데, 당신 도움이 필요해. 마르쿠스에 관한 거야. 그애에게 오줌 누는 법을 좀 가르쳐줘."

시프리언은 열두 시간을 쉼없이 달려온 뒤라 뭘 잘못 들은 건가 생각했다.

"진심이야." 델핀이 말했다. "그애는 방법을 몰라."

"모를 리가 없지!" 시프리언이 말했다.

"썩 잘 알지는 않아." 델핀은 확고했다. "조절하는 법을 가르쳐야 해. 그걸로 멋을 부리는 법도. 모래에 자기 이름을 쓴다든가, 손 안 대고 방향을 바꾼다든가. 그런 것 말이야. 그게 안 되면 그애를 고모에게 돌려보낼 수 없어."

이제 시프리언도 무슨 말인지 알 것 같았다. 그도 소년이 바닥에서 자고 하루도 거르지 않고 아침 일찍 일어나는 이유를 알고 있었다. 델핀의 의도를 분명히 파악하자 그는 고개를 끄덕이며 존경의 눈빛으로 그녀를 바라보았다. 이런 생각을 하는 여자가 몇 명이나 되겠는가? 세상 어떤 여자도 못할 것이며, 이것이 그가 그녀를 사랑하는 이유였다. 그렇게 하면 될 것 같았다. 그래서 그는 수락했고, 바로 다음날 아침 델핀은 레모네이드를 두 주전자 만들었다. 각각 한 주전자씩. 그녀는 레모네이드를 들려 그들을 닭장 뒤로 보냈고, 그후로 아침마다 똑같이 했다. 그들은 같이 연습했고, 그 주가 끝날 즈음 마르쿠스는 아침에 일어날 때까지 오줌을 싸지 않았다. 하지만 그것은 그녀가 소년에게 가르쳐야겠다고 생각한 생존 법의 시작에 불과했다.

델핀은 계획했던 수업의 다음 단계—탄테 마리아 테레사가 화가 났을 때 어떻게 할 것인가—로 나아갈 기회를 얻지 못했다. 그녀의 묘안은 마르쿠스에게 간질 발작을 가르쳐 확실한 공포심을 불러일으키는 것이었다. 흰자위가 보이게 눈알을 굴리는 법과 입에서 침을 부글거리는 법만 알면 된다. 그러면 탄테의 버릇을 고쳐놓을 수 있으리라. 하지만 이 수업이 시작되기도 전에 정육점 배달 트럭이 마당으로 들어왔고, 또다시 구겨진 셔츠를 입은 피델리스가 트럭에서 내렸다. 이번에는 바지가 요상하게 줄어든데다 양말은 신지도 않았다. 고단하고 침울한 표정이었다. 눈 아래 살이 흐물흐물하고 멍든 것 같았다. 그는 유난히 조용했다. 힘의 일부가 빠져나간 듯했다. 꼭 그런 모습이었다. 그는 풀죽은 듯 보였고, 델핀은 그가 홀쭉해진 것을 알아차렸다. 손목뼈와 손마디가 앙상하게 불거지고, 볼도 약간 야위었다. 이번에 그는 들어와 물 한잔 마시라는 것도 마다하고 문밖에 서 있었다. 뭔가 할말이 있는 것이 분명했다.

"제발."

피델리스는 남자든 여자든 누구에게도 이런 말을 할 사람이 아니었다. 지금처럼 가슴 저미는 목소리로 말할 사람은 더더욱 아니었다. 그 순간 델핀은 그 말을 피델리스에게서 다시 듣게 될 날이 있을까 궁금했고, 그 말이 그들 사이에 작은 기념물처럼 놓이도록 내버려두었다.

"누나에게 떠나달라고 부탁했어요."

델핀은 자신의 목을 감싼 채 그를 골똘히 쳐다보다 손을 내려 허리춤에 올렸다. 그리고 닭장 옆으로 먼 들판을 바라보았다. 그야말로 엄청난 일이었다. 피넬리스가 누나를 버리고 그녀를 선택하다니. 그녀는 심호흡을 했다. 탄테는 이제 더욱 달래기 어려운 적이 된 것이다. 이전에는 그저 적대적이고 고집 세고 말이 많을 뿐이었지만, 이제는 복수를 하려 들 것이다. 누나를 내쫓은 것은 피넬리스가 델핀을 다시 그의 삶 속으로 불러들이기 위해 선택한 희생이었다. 탄테는 틀림없이 그 문제로 그의 가족들까지 그에게 등돌리도록 만들 것이다. 게다가 그는 이제 델핀이 그에게 빚을 진 것처럼 행동할 수도 있었다. 하지만 그는 그저 고단해 보였다.

"탄테가 돌아오는 일은 없겠죠." 델핀이 다짐을 받았다.

피넬리스가 고개를 살짝 숙였다. 흐릿한 푸른 눈동자에 핏발이 약간 서 있었다.

"있잖아요, 피넬리스." 그녀는 정말로 돌아가고 싶은 건지 자신이 없어 망설였다. "누나보다 내가 아주 잘하지는 못할 거예요."

피넬리스는 그럴 리 없다는 표정을 지었다. 델핀은 돌아서서 생각에 잠겼다. 지금 그녀의 세계는 정연하고 평온했다. 살면서 이런 나날은 처음이었다. 전화교환수가 되면 전화를 연결하고, 시간을 말해주고, 전화번호를 알려주고, 매일 밤 같은 시간에 집으로 돌아올 수 있다. 더 평화롭고 더 틀이 잡힌 일상이 될 것이다. 돈도 더 많이 벌 것이다. 하지만 그 순간 그녀는 아이들을 떠올렸다. 에바가 가르쳐준 것, 가게를 운영하면서 살림을 무리 없이 꾸려나가는 방법 같은 것을 떠올렸다. 에바는 그녀에게 요령을, 지름길을,

참을성 있게 꼼꼼히 일하는 법을, 고달픈 시행착오를 통해 깨달은 온갖 기술을 가르쳐주었다. 평생 깨달은 지식을 알려주며 델핀을 훈련시켰고, 그녀는 에바를 사랑했기에 그것을 받아들였다. 지극히 간단했다. 에바를 사랑했기 때문이었다. 그녀는 에바가 피델리스와 아이들에 대해 알려주었던 그 모든 시간을 아주 잘 기억했다. 에바는 임종이 다가오자 자기 자리를 델핀이 이어받아야 한다는 강한 의지를 내비쳤다. 그런 의지로 델핀에게 이런저런 목록이나 생활습관, 약간 특이한 식습관을 열심히 받아 적게 했다. 에바가 피델리스에게는 무슨 말을 했을까? 그는 어떤 약속을 했을까? 무슨 생각을 했을까? 델핀은 그 질문을 하려고 입을 벌렸지만 말이 나오지 않았다.

그래서 이렇게만 말했다. "좋아요. 하지만 이렇게 할 거예요. 매일 아침 여덟시에 그리로 갈게요. 손님이 많은 시간에는 가게를 볼 거고, 점심과 저녁을 준비할 거예요. 저녁 여섯시까지만 일할 거고요." 그녀는 조건을 제시했다. 감정이 실리지 않은 단호한 목소리로 규칙을 정했다. 그녀는 그가 고개를 끄덕여 동의하기를 기다리다가 수락을 받자 남자들이 하듯 손을 내밀어 악수를 청했다.

여덟

들개를 태우다

애도중인 가족은 사고가 잦고 발을 헛디딜 때도 많다. 발가락에 무좀이 생기고 눈알이 빠질 것 같은 두려움을 느낀다. 지붕에서 떨어지고 자전거를 타다 넘어지고 정육점 바닥의 톱밥을 밟고 미끄러진다. 슬픔은 모든 질병으로 통하는 길이다. 원인 모를 고열. 천연두. 건강한 사람이라도 중증 위장염, 지극히 흔한 설사병, 콧물, 안구건조증, 귓병, 머릿니는 말할 것도 없이 디프테리아나 백일해에 걸린다. 날씨가 추워지자 온갖 소소한 질병이 아이들을 찾아오는 것 같았고, 델핀은 피델리스에게 요구했던 근무시간을 지키기가 어려워졌다. 가끔은 아이들 곁을 지키며 밤새 간호를 해야 했고, 또 가끔은 아이들의 침대 발치에서 잠을 자야 했다. 그녀는 닭고기로 뜨거운 수프를 만드는 전문가가 되었다. 서캐가 생기지 않았는지 보려고 아이들의 귀 뒤를 하루도 거르지 않고 살폈다. 아이들이 모두 곤한 잠에 빠져 건강하게 숨쉴 때조차 문가에 서서 걱정했다. 그들이 그녀를 이렇게 만든 것이다. 그녀의 머릿속에 원초적인 스위치를 켠 것이다. 그녀는 스위치를 끌 수 없었다. 이따금 그녀는 돌아가기 전에 미신 같은 강박에 사로잡혀 아이들의 호흡수를 헤아리며 규칙적으로 숨을 쉬는지 확인했다. 한 명씩 정확히 열 번의 호흡을 헤아렸고, 더도 덜도 아닌 딱 그만큼을 세고 나면 억지로 발걸음을 돌려 떠났다.

걱정이 더 많은 걱정을 낳아 그녀를 안절부절못하게 만들었다. 이따금 밤중에 시프리언 곁에서 잠이 깨면, 그녀의 뇌는 그녀의 의지에 반해 예전 여자친구나 남자친구가 그녀에게 창피를 주거나 그녀를 배반했던 장면을 되살려냈다. 혹은 아버지의 음주가 집으로 불러들인 재앙을. 그녀는 그 장면들을 다시 살았다. 종종 시프리언을 깨워 이야기를 나누기도 했지만, 그들이 사랑을 나눈 이후 한 달 내내 임신을 바라면서 혹은 바라지 않으면서 아기를 꿈꾸었다는 말은, 호기심과 무모한 기대를 품고 기다렸다는 말은 절대 하지 않았다. 시프리언도 그녀와 같은 마음이라는 말은 절대 하지 않았지만, 마르쿠스와 함께 지내다보니 그런 생각을 하지 않을 수 없었다. 또한 자식이 있었으면 좋겠다는 생각은 늘 하던 터였다. 그는 아들이든 딸이든 자식을 키우면서 덧셈을 가르치고, 균형 잡기를 가르치고, 그가 누구의 후손인지 얘기해주고, 그가 알고 있는 모든 것을 알려주는 상상을 했다. 그래서 밤중에 델핀과 이야기하면서 임신에 대해 물어볼까도 생각했지만, 그러다보면 섹스 이야기가 나올 것 같아 그냥 가슴에 묻었다. 그것 때문에 감정적으로 복잡해지고 싶지 않았다. 그것은 마음의 준비와 노력이 필요한 일이었다. 그저 치우침 없이 다정하게 대하는 편이, 그녀의 얼굴을 어루만지고 손을 잡아주는 편이, 그의 형제들과 그들이 같이 타고 놀았던 고집 센 늙은 말에 대해 들려주며 그녀를 다시 잠재우는 편이 그에게는 훨씬 간단했다. 그녀에게 오빠가 되어주는 편이 훨씬 쉬웠지만, 한편으로는 자식을 원했고 또한 델핀과 같이 살고 싶었다. 여러 달이 지나자 임신이 아니라는 것이 분명해졌다. 그러던 어느 밤, 그는 달빛 없는 어둠 속에서 외계로 이어지는 수직 통로 같은 암흑을 올려다보면서 그녀에게 순금 결혼반지를 내밀며 진심 어린 청혼을 했다.

그날 밤 아주 농밀한 어둠이 그들을 녹색으로 휘감았고, 그녀는 한참 동안 대답이 없었다. 하지만 그녀는 그 문제를 고민한 게 아니라, 어떻게 거절할지 고민한 것이었다. 한 가지 방법밖에 없었다.

"싫어."

끝소리가 긴 여운을 남기며 그들의 머리 위를 떠돌았다.

좋은 일도 있었다. 델핀은 신이 나서 가게를 운영했다. 자신이 그 일을 그렇게 좋아하게 될지 예전에는 몰랐고, 이제는 그녀가 맡아서 하는 일도 얼마간 생겼다. 그녀는 고된 청소도 마다하지 않았다. 아이들에게 바닥을 쓸고 새 톱밥을 깔고 진열장과 바닥을 닦게 했다. 일손이 모자라면 프란츠에게 방과후 가게 일을 거들게 했다. 그녀는 대서양 이쪽 편에서 최고의 품질을 자랑하는 간 소시지, 아무데서나 구할 수 없는 콜비 치즈, 최근 저장통에서 꺼낸, 짠내와 훈제 향을 풍기는 말린 청어 등을 팔면서 부끄러울 만큼 기쁨을 느끼기 시작했다. 에바는 피넬리스가 만든 것은 뭐든 최상품이고 소량이라도 여기서 파는 제품은 그들을 찾아오는 고객만이 누릴 수 있는 우수한 품질이라는 마법 같은 신념을 델핀에게 심어놓았다.

그 신념은 장사를 하는 데 적합한 것이었고, 게다가 델핀에게는 어떤 제품이 잘 팔리고 언제 가격을 내려야 할지에 대한 타고난 감각이 있었다. 매주 1달러어치의 식료품을 공짜로 가져가는 뽑기 행사도 시작했는데, 그것이 손님을 끌었다. 은행가나 초록 잔디밭이 깔린 절벽 위 화려한 색깔의 저택에 살면서 갑자기 범람한 강물의 습격을 받아본 일이 없는 몇몇 부자를 제외하면 모두가 근근이 먹고살았다. 형편이 안 좋은 사람이 더 많았다. 다들 찢어지게 가난해서 고기는 엄두도 내지 못했다. 델핀은 부자의 지갑을 여는 재주가 좋았고, 가난한 사람들과 거래할 때는 조심할 줄도 알았다. 말린 콩과 완두콩도 몇 통 들여놓았고, 농장주와의 거래는 영리하게 성사시켰다. 팔 수 있겠다는 확신이 드는 제품은 말장수처럼 거래했다. 도시 밖에서 장사하는 야욕 있는 도매상과도 거래를 텄고, 새 제품을 잔뜩 들여놓아서 사람들이 호기심에 가게로 들어와 구경하게 만들었다. 직접 써보고 추천할 만하다고 판단한 비누, 분말 건강보조제, 스틸컷 오트밀*, 사과식초, 호두유, 겨자도 들여놓았다. 이전에는 뒤쪽 냉장실에 넣어둔 우유통에서 우유를 꺼내왔지만, 유제품을 보관하는 진열장도 들여 벽에 붙여놓았다. 이제 크림과 매일 받는 우유, 세 등급의 버터, 로이의 닭장에서 가져오는 신선한 달걀도 팔았다.

로이는 여전히 술을 입에 대지 않았다. 델핀은 오히려 그것이 걱정되기 시작했다. 하지만 집 주변에서 묵묵히 일만 하는 그에게 무

---

* 겉겨를 벗긴 귀리를 두세 조각으로 자른 것.

슨 트집을 잡겠는가? 그는 계속 부지런히 일손을 놀렸다. 이따금 시프리언과 함께 북쪽에 다녀왔지만, 그들이 국경 너머에서 밀수해 팔아넘기는 술을 슬쩍하지는 않았다. 이따금 로이는 천연덕스럽고 진지한 표정으로 그녀에게 허풍을 떨었다—예전에 에바에게 들려준 것과 같은 유의 이야기였다. 이탈리아 오페라단에서 노래를 불렀다든가, 곰을 죽였다든가, 나바호족에게서 옷감 짜는 법을 배웠다든가, 히브리어로 된 긴 기도문을 암송할 수 있었다든가 하는. 델핀은 로이를 모르겠다는 생각이 들었다. 그는 누구인가? 어쨌거나 술을 끊은 그는. 지금의 아버지는 생소했다. 그녀는 이런 아버지에 대해서는 전혀 아는 것이 없었고 어떻게 다가가야 할지도 도통 알 수 없었다. 예전에는 쉬웠다. 그때는 그가 슬금슬금 다가와 돈을 달라고 애걸하면 그녀가 안 된다고 거절하는 관계였다. 하지만 그도 노래클럽에서 남자들과 어울리는 것만은 그만두지 않았다. 로이는 정육점 영업시간이 끝나면 가게로 찾아와서, 남자들과 식탁에 둘러앉아 피델리스가 만든 소시지를 동그랗게 잘라 네모난 크래커에 얹어 먹으며 시간을 보냈다. 시프리언도 가게로 왔다. 그들은 델핀이 부엌일까지 끝내면 차에 태워 집으로 돌아갔다. 훗날 생각해보면, 그때 그녀는 그런 일상을 소중히 여기지 않았다. 깜짝 놀랄 일도 펄쩍 뛸 일도 없는 평온한 삶이었다. 이러지도 저러지도 못하는 난처한 상황도 없었다. 그렇게 사는 동안은 그게 행복인 줄 모르는 그런 삶이었다.

마르쿠스는 이제 하루도 거르지 않고 친칠라의 상태를 살폈다. 모피 거래상이 조만간 찾아오기로 되어 있어서 친칠라의 털 상태가 최상이기를 바랐던 것이다. 델핀은 마르쿠스가 친칠라를 어떻게 구분해 이름을 부르는지, 놀라지 않게 어떻게 조심하는지, 그토록 사랑하는 것 같은데도 녀석들의 임박한 죽음에 어떻게 조금도 양심의 가책을 내비치지 않는지 도무지 이해할 수 없었다. 델핀은 도축업자 자식의 특성에 대해 조금씩 알아가는 것 같았다. 짐승이 오고가는 것을 늘 보는 것이다. 그 피할 수 없는 죽음에서 유일하게 벗어난 짐승이 샤치였다. 에바의 침대 발치에서 잠들던 샤치는 이제 밤마다 아이들의 방 앞에서 그들을 지키며 잠들었다. 이 흰색 독일셰퍼드는 조용하고 영리했는데, 갑자기 무슨 소리가 들리면 그들을 지켜야 한다는 생각에 털을 곤두세웠다. 델핀은 낯선 배달부가 불쑥 들어오자 샤치가 바짝 긴장해 위세를 부리며 으르렁거리는 것을 보았다. 이따금 샤치가 투명한 호박 같은 눈으로 경계하듯 주의깊게 쳐다보면 그녀는 속마음을 들킨 것처럼 오싹한 느낌이 들었다. 축사를 떠나자마자 재까닥 운명이 결정되는 가축이나 모피를 얻기 위해 키우는 다른 짐승과 이 개가 동급이 아니라는 사실에는 의문의 여지가 없었다.

마르쿠스는 친칠라로 벌어들일 돈의 액수가 못내 흐뭇한지 작고 굵은 손가락으로 연필을 쥐고 입술을 깨문 채 어린 동생들과 예상 수익을 계산하고 또 계산했다. 프란츠는 처음부터 이 계획에 동참하기에 자기는 나이가 너무 많다고 분명히 말했기 때문에 동생 셋이 수익금을 나눠 갖기로 했다. 그들은 돈을 어떻게 나눌지 무수한 방법을 궁리했다. 큰 목표를 세워 돈을 한데 모을지, 각각 나눠 가질지, 각자 새 자전거를 살 만큼 큰돈이 될지를 놓고 옥신각신했다. 그러는 동안 소중한 회색 짐승들은 아무것도 모른 채 부실한 철망 우리 안에서 상자로 만든 어설픈 보금자리를 들락거리고 보드라운

털을 기르며 부산스레 돌아다녔다. 어느 금요일 밤이 올 때까지.

양의 내장을 애피타이저로 대충 먹은 들개떼가 경중경중 뛰어와 뒤쪽 울타리를 비집고 들어왔다. 샤치가 가게 앞에서 짖었다. 피델리스가 강도가 들었는지 돌아보고 문이 잘 잠겼는지 확인하는 동안 들개들은 만찬을 즐겼다. 놈들은 줄지어 세워놓은 우리를 뒤엎고 친칠라를 한 마리씩 물어 밖으로 끄집어냈다. 들개는 친칠라를 게걸스레 먹어치우거나 갈가리 찢어발긴 뒤 정육점 주인의 집 근처에서는 늘 그러듯 소리 없이 사라졌다. 하지만 놈들의 흩어진 발자국은 남았다.

"델핀!" 마르쿠스였다. 그녀는 나중에 그날 일을 생각하며 약간 부끄러움을 느꼈다. 일이 벌어진 다음날 가게로 들어가자마자 마르쿠스가 가장 먼저 그녀에게 달려온 것이 일종의 영광처럼 생각되었기 때문이었다. 그는 울음을 꾹 참느라 얼굴이 일그러지고 가슴이 들썩거렸다. 손에 흐물흐물한 가죽을 쥐고 있었다. "다 끝났어요. 깡그리 죽었어요!"

그녀는 다른 두 아이와 함께 뒤쪽으로 허겁지겁 달려갔다. 그 말은 사실이었다. 우리가 쇼핑백처럼 찢겨 사방에 흩어져 있고 친칠라는 한 마리도 보이지 않았다. 마르쿠스가 쥐고 있는 찢어진 살가죽이 들개떼가 남긴 유일한 증거였다. 소년은 지금 믿을 수 없다는 듯 그것을 들고 있었다. 소년은 친칠라를 잃은 충격에 비틀거리며 몇 발자국 앞으로 걸어갔다. 그림의 떡이 되어버린 목돈도 문제였지만, 친칠라는 에바가 아이들에게 남긴 특별한 유산이자 에바가 시작한 프로젝트였다는 사실을 델핀은 그제야 깨달았다. 아이들이 알든 모르든, 인정하든 하지 않든 그 생명체들은 에바의 작품이었다. 들개의 먹이가 되어선 안 되는 것이었다. 엉망진창인 현장을 보는 피델리스도 비슷한 심정이라는 것을 델핀은 알 수 있었다. 모호한 분노가 슬그머니 올라와 무거운 망토처럼 그를 뒤덮었다. 마침내 그가 고개를 약간 숙인 채 눈을 치뜨고 결정을 내렸다.

"자이 루이히(가만히 있어라)." 그가 아들들에게 말한 뒤 어깨를 한 번씩 잡아주었다. 그로서는 보기 드문 행동이었다. 그러고는 한마디 말도 없이 델핀을 돌아보더니 다시 도살장으로 성큼성큼 걸어갔다. 그는 수분이 빠져나간 오래된 냉동 고기, 냉장실에 있던 상한 고기, 은행가를 위해 따로 보존처리중인 소고기에서 떼어낸 곰팡이난 부분을 냄비에 담아 들판 가장자리로 가서 버렸다. 아이들이 그를 지켜보았고, 델핀도 지켜보았다. 그는 이제 라이플총을 보관해둔 도살장 옆 작은 방으로 갔다. 총 두 자루에 총알을 장전하고 주머니에 더 집어넣었다. 어깨에 의자를 짊어지고 밖으로 나와 나무 아래 놓았다. 그러더니 뭔가 떠올랐는지 냉장실로 돌아갔다. 그는 한숨처럼 김을 내뿜는 냉장실에서 맥주 세 병을 꺼냈다. 그리고 빵과 볼로냐소시지, 치즈와 사과를 챙겼다. 그는 고기 지스러기를 내버린 들판 가장자리가 보이는 나무 그늘로 돌아갔다. 아이들과 델핀은 마당에 서서 무릎 위에 총 두 자루를 올려놓는 피델리스를 보았다. 이윽고 그가 검은 맥주병을 땄다.

델핀은 다시 집안으로 들어갔다. 가게 종이 울려서 보니, 평소처럼 고기 지스러기를 챙기러 온 스텝앤드어헤프였다. 피델리스가 들개 미끼로 싹 쓸어간 직후였다. 델핀은 유리 진열장 안의 마블링이 근사하고 완벽한 값비싼 고깃덩이를 주의깊게 둘러보다 품질

좋은 비프스테이크용 고기를 골랐다. 그리고 그것을 흰 종이에 싸서 끈으로 묶은 뒤 다짜고짜 내밀었다.

스텝앤드어해프는 황당하고 어이없다는 표정으로 델핀을 보더니 그것을 살펴보고 손으로 무게를 가늠했다.

"가져가요." 델핀이 조금은 거칠게 말했다.

이목구비가 뚜렷한 늙은 여인의 고상한 얼굴에 노골적인 의심의 표정이 떠올랐다 사라졌다. 그녀가 물었다. "얼마야?"

"그냥 가져가시라고요!" 어쩌면 지나치게 예민했던 것인지 몰라도 델핀은 스텝앤드어해프가 생뚱맞게 양심의 가책을 느끼는 것을 참을 수 없었다.

"그럴 수는 없지." 스텝앤드어해프가 딱 잘라 말했다. 델핀은 이 고기가 스텝앤드어해프의 뱃속에 들어가는 것은 좀 지나친 자선 행위라고, 좀 지나치게 고급이라고 생각했다. 스텝앤드어해프는 겹겹이 껴입은 옷가지와 주머니를 과격하게 뒤지더니 카운터에 5센트짜리 동전 하나를 탁 내려놓았다. 델핀의 경험으로 그녀가 돈을 지불한 것은 이번이 처음이었다. 델핀은 동전을 챙기고 거스름돈으로 3센트를 내주려고 했다.

"거스름돈은 가져!" 그녀는 모욕을 당한 듯 씩씩거리더니 문을 열고 성큼성큼 나가며 가격이 터무니없이 비싸다고 툴툴거렸다.

바깥에서는 아이들이 축사 울타리의 맨 위 가로대에 올라가 햇볕 속에 웅크리고 앉아 있었다. 델핀은 부엌 창문으로 아이들이 풀잎 끄트머리를 잘근거리며 아버지를 조용히 지켜보는 모습을 바라보았다. 그녀는 가슴속에서 흥분이 소용돌이치는 느낌에 놀랐다가 그늘에서 경계 태세로 앉아 있는 샤치를 보자 죄책감이 들었다. 그녀도 다른 개들이 나타났는지 보려고 조바심을 내며 창가를 뻔질나게 왔다갔다했다. 가을 해가 중천에 떠오르자 아이들이 허기를 채우러 들어왔다. 그녀는 롤빵에 달콤한 버터를 바르고 어제 뭉근히 익혀둔 늙은 암탉 고기를 잘라 끼워넣었다. 아이들은 아버지에게 샌드위치를 가져다주고, 밖에서 점심을 먹은 뒤 앉아서 기다렸다. 예상보다 더 긴 시간이 흘렀다. 놈들은 보는 사람이 없을 때만 들판 가장자리를 돌아다니는 모양이었다. 기다리면 나타나지 않았다. 어쩌면 피델리스가 분노를 느낀 이유에는 과거 그 오합지졸 개떼를 안타깝게 여겨 먹이를 주었던 사실도 있었을 것이다. 놈들이 그를 이용한 것이다. 용납할 수 없었다.

오후 늦게 아이들이 포도넝쿨 그늘 아래에서 꾸벅꾸벅 졸고 있을 때 델핀은 첫 총성을 들었다. 내내 들개들이 모여들기를 지켜보며 기다리던 피델리스는 이제 계속해서 총을 쏘고 있었다. 뒷문을 열고 달려나간 델핀은 아이들과 함께 축사 가로대에 올라앉아 픽픽 쓰러지는 들개들을 보았다. 먼저 덩치 크고 다부진 갈색 개가 총에 맞아 팽이처럼 빙글빙글 돌았다. 다음에는 회색 개가 대가리에 깔끔하게 한 방을 맞고 비틀거리더니 걸음을 멈추고 천천히 쓰러졌다. 긴 털이 엉겨붙은 중간 정도 크기의 두 놈은 총에 맞자마자 울부짖으며 달아났지만 숲에 이르기도 전에 숨통이 끊어졌다. 으르렁거리며 허공을 물어뜯던 붉은색 개는 날아온 총알에 경정맥이 뚫렸다. 풀밭에 배를 깔고 기어가는 희끄무레한 개도 있었다. 총알이 놈의 등뼈를 스쳤다. 놈이 움직임을 멈추었다. 여섯 마리가 더 쓰러졌다. 마지막 회색 개는 속도가 빨랐는데, 피델리스가 경중

거리며 필사적으로 달아나는 놈의 출렁거리는 등을 신중하게 조준해 쓰러뜨렸다. 마지막 한 방이 들판을 가로지르며 메아리쳤다. 피델리스가 돌아서서 아이들에게 손짓했다.

"한곳에 쌓아올려라." 그는 딱 그렇게만 말했다. 아이들은 그가 시킨 대로 했다. 쓰러진 개를 찾아 한 마리씩 옮겨와서는 러그를 쌓아올리듯 한데 포개놓았다. 그중 한 마리가 쿠스카 부부의 제멋대로 날뛰던 덩치 큰 갈색 차우차우인 것을 알아보고 델핀은 마음이 불편해졌다. 그녀는 증거를 없애는 것이 좋을 듯싶어 아무 말도 하지 않았다. 피델리스가 가게에서 등유 두 통을 들고 나왔다. 한 통을 개들 위에 줄줄 부은 뒤 장작 토막, 떨어진 나뭇가지, 쓰레기 등을 얹었다. 더미가 어깨 높이까지 올라오자 나머지 등유를 끼얹었다. 그러고는 종이를 길게 말아 불을 붙인 뒤 등유에 젖은 장작 위로 조심스레 던졌다.

공허하게 타닥거리는 소리와 함께 모든 것이 치솟았다. 불은 땅거미가 지고 나서도 오래오래 타올랐고, 아이들은 끊임없이 이런저런 쓰레기를 던져넣었다. 한동안 일반적인 탄내가 나다가, 이어 고기 굽는 냄새가 났고, 이어 아무 냄새도 나지 않았다. 불은 활활 타오르며 그 전부를 집어삼켰고, 아이들과 델핀은 알 수 없는 강렬함에 사로잡혀 어둠 속에서 꿈결처럼 그 광경을 지켜보았다. 시선을 돌리고 싶지 않았다. 마음을 빼앗는 광경이었다. 생나무까지 홀랑 타서 폭삭 주저앉을 만큼 열기가 뜨거웠다. 개들의 뼈도 잿더미로 변할 것이다. 아무것도 남지 않을 것이다. 불은 끊임없이 타올랐고, 그들은 계속 이것저것 불속에 던져넣었다. 밤이 깊어지자 델핀은 마침내 아이들을 침실로 들여보냈다.

피델리스는 아이들의 방과 마주보는 방에서 잤는데, 깊이 잠들어 중간에 깨는 법이 없었다. 그래서 델핀은 매일 밤 피델리스가 아니라 샤치에게 집을 지키게 했다. 그녀는 떠날 때 피델리스에게 간다는 말도 절대 하지 않았고, 어떤 경우에도 둘만 있게 되는 상황을 만들지 않았다. 지금 그는 종일 네군도단풍나무 아래에서 라이플총을 들고 있느라 하지 못한 일을 보충하려고 늦은 시각까지 일을 하는 중이었다. 그녀는 문가에서 잠든 아이들의 호흡수를 헤아린 뒤 돌아서서 샤치를 쓰다듬었다. 샤치는 늘 그렇듯 알겠다는 눈빛으로 그녀를 올려다보았다. 고단했던 델핀은 샤치의 눈을 좀 더 오래 들여다보다가 별안간 시선을 붙잡혀버렸다. 눈물이 차올라 꼼짝 못하고 서 있었다. 기이한 연민이 깃든 차분한 눈빛으로 그녀를 쳐다보는 것은 바로 에바였다.

델핀은 등골이 서늘했다. "내가 미쳐가나봐." 그녀는 정신을 차려보려고 큰 소리로 중얼거렸다. 효과가 있는 듯했지만 샤치를 다시 바라볼 엄두는 나지 않았다. 그녀는 샤치를 두고 돌아서서 마당으로 나왔다. 그리고 그날 울퉁불퉁한 호박을 땄던 제멋대로 자란 정원을 지나 들판 가장자리로 향했다. 그곳에 그녀는 혼자 섰다. 어둠은 가을벌레가, 윙윙대는 생명이 커졌다 작아졌다 하며 이제 막 연주하기 시작한 음악으로 사방에서 그녀를 에워싸며 들끓었다. 그녀는 매운 연기 아래 잡초의 알싸한 향을 깊이 들이마셨다. "오, 에바, 맙소사." 그녀는 자기도 모르게 에바를 불렀다. 그리고 죽은 친구에게 특별할 것 없는 이야기를 늘어놓기 시작했다. 그녀는 아이들과 남자들과 손님들 얘기를 하며 깔깔거렸다. 사람들이 어떤 행동을 할 때 무슨 이유로 그러는지 짐작해보기도 하면서. 에바의 임종 이후 델핀은 울지 않았고, 에바에 대한 모든 생각을 멀찌감치 밀어낸 채 상실감이 가슴속에서 잠잠해질 때까지 묵묵히 내버려두었다. 오늘밤 어둠 속에 서서 이야기를 하는 동안 절망과 위로가 뒤섞인 낯선 슬픔이 가슴속에서 거품처럼 끓어올랐다. 그녀는 마지막 숯덩이마저 흐릿하게 불씨가 남은 바닥에 부서져 내려앉고 슬금슬금 다가온 어둠이 모든 것을 뒤덮어버릴 때까지 상실감에 휩싸인 채 서럽게 엉엉 울었다.

나도 그런 식으로 최후를 맞이하겠지, 그녀는 차를 몰아 집으로 돌아오면서 생각했다. 마음은 침울한 한편으로 고양되어 있었다. 마지막 숯덩이마저 다 타버리고 불이 꺼지자 눈길이 닿는 구석구석까지 어둠이 내려앉았다. 그녀가 차를 돌리는데 길에 있던 어떤 형체가 전조등 불빛에 빨간 눈을 빛내며 유령처럼 경중경중 뛰어갔다. 들개였다. 그 순간 델핀은 웃음을 터뜨렸다. 피델리스라 해도 들개를 전멸시킬 수는 없었을 테니, 놈들은 여전히 그녀의 집 주위를 얼쩡거리며 어둠 속에서 울부짖을 것이다. 어쩌면 로이의 닭마저 잡아먹으러 올지 모른다. 들개 한 마리가 어김없이 정확하게 날아간 피델리스의 총알을 피했을 거라 생각하니 어쩐지 기분이 좋아져 델핀은 마당으로 들어설 때 이상하게도 마음이 설렜다. 그녀는 차에서 내리며 아버지가 요란하게 코고는 소리를 들었다. 부엌에 불이 켜져 있었는데, 아마도 시프리언이 혼자 카드게임을 하거나 드러그스토어에서 파는, 그가 좋아하는 싸구려 범죄 미스터리 소설을 읽고 있을 터였다. 아니면 날마다 그러듯 그가 구상하는 공연에서 활용할 소소한 묘기를 연습하고 있거나.

멜핀이 문을 열고 들어갔다. 예상은 빗나갔다. 시프리언은 그녀를 기다리다 식탁 위에 엎드려 흐릿한 전등 불빛 아래 잠들어 있었다. 위에는 내복 바람이라, 번개 모양의 전쟁 흉터, 움찔거리는 단단한 근육, 보드라운 황금색 피부가 보였다. 거기, 어스름한 불빛 속에 얼굴을 반쯤 가린 채 잠든 그는 어딘지 특별해 보였다. 그의 얼굴은 기하학적으로 완벽해서 명화에서 튀어나온 사람이나 고대를 배경으로 전사한 영웅 같았다. 멜핀이 그를 깨우려고 등에 손을 얹자 잠이 깬 그가 그녀의 손을 잡고 자기 얼굴로 가져갔다. 그는 한동안 그렇게 가만히 있다 자기와 결혼해주면 다른 걱정은 절대 없게 해주겠다고 약속했다. 절대 남자와 사귀지 않을 것이며, 진심을 다해 그녀에게 충실하겠다고. 그를 부추기는 감정, 남자를 찾아 헤매게 만드는 감정도 포기하겠다고. 그런 생각을 버리겠다고. 달라질 거라고. 그녀를 사랑하기에 그럴 수 있다고, 그녀도 그를 사랑해준다면 함께 행복해질 거라고 했다.

멜핀은 그의 눈을 마주보아야 하는 맞은편이 아니라 어깨를 감싸안을 수 있는 옆으로 가서 앉았다. 신뢰에 대해서라면 그녀는 정말로 할말이 없었는데, 그가 남자와 함께 있는 것을 두 눈으로 직접 보지만 않았더라도 아마 그의 말을 믿었을 것이다. 하지만 그녀는 그를, 그리고 그가 한 행위―그녀는 그것에 정확한 이름을 붙일 수 없고 그저 모호하게만 말할 수 있을 뿐이었다―를 보았다. 그녀가 본 것은 그였다. 정녕 시프리언이었다. 누군가에게 본질이 있다면 그의 본질은 두 남자 사이의 빠른 움직임에, 그들의 열정과 쾌락에, 그녀가 수풀 사이에 숨어서 볼 때 감지한 행복, 그녀가 밖으로 나오면서 갑자기 달라진 상황에서도 변함없이 존재했던 그 행복에 있었다.

그의 청혼에 답하는 대신 그녀는 오늘 무슨 일이 있었는지, 아침에 무엇을 발견했고 피델리스가 어떻게 덫을 놓았는지 이야기했다. 피델리스의 무릎에 가만히 놓여 있던 라이플총에 대해 말하자 그가 점점 흥미를 보이는 것 같아 그녀는 더욱 열을 올려 그의 관심을 그쪽으로 돌렸다. 그녀는 피델리스의 끈질긴 기다림에 대해, 총격에 대해, 피델리스의 사격 실력이 얼마나 뛰어났는지에 대해 말했다. 한 방도 빗맞지 않고 한 방도 허비하지 않았다. 그 순간은 단순한 살생의 흥분 때문에 의식 못했지만 돌이켜 생각하니 피델리스가 모든 개를 쉽고 정확하게 쏘아 죽였다는 사실이 대단히 놀라웠다. 나중에야 총성이 규칙적이고 매끄러워 마치 하나의 소리처럼 들린 것을 깨달았다고 그녀는 시프리언에게 말했다.

시프리언은 고개를 끄덕이며 그녀가 하는 얘기 전부에 억지로 흥미를 느끼는 척 그 화톳불에 대해, 불을 어떻게 피웠는지에 대해, 놀란 개떼의 침묵에 대해 묵묵히 듣고, 그 살생이 곧 피델리스의 고요한 분노라는 것을 깨달았다. 델핀은 알 수 없었겠지만, 시프리언은 그녀의 말에 귀기울이는 동안 그녀가 상상했을 것과는 아주 다른 것을 생각하고 있었다.

피델리스는 저격수였던 것이다. 그의 생각은 그랬다. 독일군 저격수. 내가 철모도 쓰지 않은 채 등을 돌리고 있을 때 그의 사격 범위 안에 있었을까. 시스진스키의 머리를, 말라테르의 손을, 혹은 내가 사랑한 사람의 심장을 날려버린 사람이 그였을까?

피델리스 발트포겔과 시프리언 라자르는 그들이 참전했던 전쟁에 대해 절대 입 밖에 내지 않았지만, 그들 사이에 전쟁은 한때는 척박했으나 이제는 풀이 파릇파릇 자란 벨기에의 고운 진흙처럼 놓여 있었다. 참호는 메워졌고, 땅굴은 붕괴되었고, 필사적으로 살고자 했던 군인들은 이제 땅속 깊이 씨를 뿌렸다. 이따금 함께 술을 마실 때면 누구 하나는 전쟁에 대해 생각했을 것이다. 그들 중 전쟁을 떠올리지 않고 하루 혹은 몇 시간을 보내는 사람은 없었다. 그림 하나, 소리 하나, 단어 하나. 무엇이든 그들의 감정을 건드리면 한 사람은 잠시 멈춰 내면의 작은 전투를 벌이다 다시 살아갈 것이다. 또 한 사람은 멀리서 터진 폭탄의 여진처럼 그 여파를 느끼겠지만 안도하거나 농담을 던지거나 맥주를 길게 들이켤 것이다.

딱 한 번, 사방이 고요한 어느 저녁 시프리언이 델핀의 일이 끝나기를 기다리는 동안 피델리스와 함께 부엌 식탁에 앉아 있을 때, 묻어두었던 사실 하나가 밖으로 튀어나온 적이 있었다.

"총에 맞은 자리군요." 피델리스가 시프리언의 목에서 위로 이어진 흉터를 유심히 뜯어보며 말했다. 선 하나가 귀 뒤쪽으로 올라가 윤기가 자르르 도는 까마귀처럼 검은 머리칼 속으로 사라졌다.

"당신은 여기 상처가 있네요." 시프리언은 자신의 턱을 짚어 피델리스의 찢어진 부위를 가리켰다. 1인치 좀 안 되게 웅덩이처럼 파인 자국이었는데, 총알이 피델리스의 턱을 아래쪽으로 빗맞힌 모양이었다. 그런 이야기는 이미 이골이 나서, 그들은 그쯤에서 그만두었다. 더 할 수도 있었을 것이다. 피델리스는 어깨에서 파낸 거라며 시곗줄에 매달고 다니는 총알을 보여줄 수도 있었을 것이다. 아니면 기병대의 검이 남긴 등과 팔의 긴 흉터를 보여줄 수도. 그가 죽은 줄 알고 밟고 지나가는 탄약차에 깔렸던 경악스러운 엉덩이도. 두 사람 모두 드러난 것보다 더 심각한 상처가 있었지만, 그들이 입은 옷으로, 또한 지금 그들이 이루어낸 남자다움으로 감추었다. 하지만 그들의 경험은 다른 퇴역 군인들이 모여앉아 술을 마시며 틈만 나면 부풀려 지껄여대는 그런 유가 아니었다. 그런 이야기는 후방에서 일어난 사건이나 대체로 여자 혹은 다른 남자와 관련된 것이었고, 전쟁과 관련된 행위나 죽음이 있다고 해도 대체로 짧고 영예로웠다. 피델리스도 시프리언도 영예라는 것은 알지 못했고, 엄중한 공포에 대해서는 잘 알았지만 그에 대해 할말이 없었다.

탄테는 안절부절못했다. 델핀은 길에 떠도는 하수구 냄새처럼 그것을 느꼈다. 탄테는 동생이 나가달라고 요구하고 델핀을 데려다놓은 뒤부터 타운에서, 그리고 루터교회 무리에서 입지가 약해졌다. 이 여자, 델핀에 대한 정보는 수월하게 모을 수 있었는데, 살인 혐의를 받는 주정뱅이의 딸이자 가톨릭 신자였고, 더욱 큰 문제는 이국적으로 보이는 지나치게 잘생긴 남자와 결혼해서 같이 사는 (결혼을 했다면 그렇다는 말이고, 결혼하지 않았다는 얘기도 있었다) 폴란드 여자라는 것이었다. 한때 연극배우였고, 이 말까지 해야 한다면 그저 몹쓸 계집에 불과했다. 이런 사실에 더해, 이 델핀이라는 여자는 좋은 기회—자기 사업을 하고 똑똑한 네 아들이 있는 합법적인 홀아비—가 왔음을 알아차리고 자신이 무엇을 원하는지 잘 파악해서 에바의 병을 핑계로 동생 집에 들어앉아 에바와 친구가 된 거라고 탄테는 못된 심보로 고개를 주억거리며 말했다. 아무렴, 이 델핀이라는 여자는 자기가 뭘 원하는지 알았던 거야.

탄테는 암울한 소환장 같은 내용이 가득 담긴 편지를 서둘러 독일로 보냈고, 답장이 곧바로 날아왔다. 탄테는 그 답장을 여봐란 듯이 금전등록기에 올려놓았다. 피델리스는 그것을 읽고 표정이 굳었지만 아무 말도 하지 않았다. 그는 혼란스러웠다. 그의 옷장 서랍에는 철십자훈장을 비롯해 이런저런 훈장을 뒤죽박죽 넣어둔 담배상자가 있었다. 그는 팔려는 목적의 소시지와 보관할 칼을 넣은 가방 하나만 달랑 들고 이 나라로 건너왔고, 미친듯이 일했다. 하지만 이곳에서 본 것은 그를 둘러싼 모든 것이 독일의 인플레이션처럼 붕괴되어 황폐해지는 모습뿐이었다. 그의 어머니가 이전에 편지로 알려준 바에 따르면, 인플레이션 때문에 빵을 구하려면 손수레에 라이히스마르크*를 싣고 빵집까지 가야 할 지경이었다. 불황을 피해서 왔더니 또다른 불황과 부닥친 것이다. 하지만 결국 그의 부모에게 뜻밖의 큰 행운이 찾아왔다. 그들은 최악의 시기에 그들이 전쟁 전 소유했던 땅의 일부와 가게 건물을 되찾을 수 있었고, 그렇게 해서 그에게 그의 몫인 돈을 부쳤다.

그 돈으로 피델리스는 노스다코타에서 농가를 구입하고 가게를 열었다. 그리고 에바와 프란츠, 탄테를 데려오기 위해 하루에 열여덟 시간씩 소의 가죽을 벗기고 돼지를 도축했다. 그는 너그럽고 상냥한 어머니와 엄격하고 냉정한 아버지가 보고 싶었다. 지금 가업을 맡아 운영하는 형도 그리웠다. 하지만 일이 끊이지 않았다. 일감은 늘 있었고 늘 밀려들었다. 지금 이곳을 떠나 가족을 만나러 가는 건 생각할 수조차 없었다. 그는 가족들이 보내온 편지를 읽다

---

* 2차대전 이전의 독일 화폐 단위. 1948년 통화개혁을 실시할 때까지 유통되었다.

가도, 그것이 그라는 사람의 고요한 중심, 외로움이라는 감정이 느껴지는 그 자리를 파고들려고 하면 밀어놓았다.

탄테는 못마땅한 듯 얼굴을 찡그린 채 편지를 다시 챙겨 손가방에 찔러넣었다. 그녀는 피델리스에게 자신이 수집한 델핀에 관한 충격적인 사실을 알리려고 더욱 애를 썼다. 자기를 내쫓다니. 그가 폴란드 여자의 역성을 들어준 것에 탄테는 입술을 깨물었다. 좌절감에 열불이 났다. 동생을 망하게 하거나 단골손님을 다른 정육점으로 가게 할 수도 없으니, 그녀는 사람들에게 지나치게 흠을 잡을 수도 없고 동생을 끌어들일 수도 없었다. 억울하고 분한 감정이 끓어오르다가 스튜처럼 진해졌다. 그녀는 동생이 자신을 얼마나 부당하게 대했는지 곱씹으며 루트비히스루에로 돌아가는 상상을 했다. 이런 상상에는 구체적인 살이 붙고 있을 법하지 않은 사건들로 넘칠 듯 채워졌다. 예컨대 그녀가 아이들과 함께 독일로 돌아가는 장면을 떠올렸다. 마르쿠스는 남겨질지도 모르지만 나머지 셋은 데리고. 아니면 쌍둥이만 데리고 가든가. 그것은 가능할지 몰랐다.

생각해보면, 전쟁터로 끌려가지 않은 남자가 많은 이 신대륙에서 그녀가 남편도 구하지 못한 채 혼자 독일로 돌아가는 것은 있을 수 없는 일이었다. 돌아가려면 뭐라도 있어야 했다. 엄마 없는 아이들이면 될 것이다. 동생의 자식들을 돌보는 영웅적인 보호자 자격이라면 고모로서 그곳 생활로 되돌아갈 수 있었다. 노처녀 고모가 아니라 조카들이 딸린 고모로서. 그녀에게도 뭔가 지위가 생기는 것이다. 그게 아니라면 무슨 수가 있겠는가?

이따금 그녀의 작고 초라한 집에서, 싸구려 중고 교사용 책상이 공간의 대부분을 차지한 거실에 앉아 있으면 그녀의 마음은 우리에 갇힌 쥐처럼 날뛰었다. 그녀는 이렇게 장부 관리만 하며 살 수는 없다고 생각했다. 날마다 조금씩 말라가면서, 그녀가 사용하는 종이처럼 푸석해지고 더하고 빼는 숫자처럼 경직되면서. 하지만 솔직히 남편이 있어서 좋고 대단한 것은 또 뭔가? 친구들은 죄다 남편이 있었지만, 그들이 모여서 하는 것이라곤 남편의 시답잖은 말이나 꼴사나운 습관이나 집을 비우는 것에 대해 흉을 보고 남편이 어떤 음식을 얼마나 많이 먹는지 떠벌리는 게 전부였다. 부자 남편이 아니면 남편이 있다고 실제로 유용한 점은 전혀 없었다. 부자 남편이 없는 그녀에겐 잔고 부족으로 아등바등하는 업체 세 군데—크론 철물점, 올슨 카페, 정육점—의 회계장부가 있을 뿐이었다. 게다가 이들 업체는 그녀가 요구하는 얼마 안 되는 보수조차 제대로 지급하지 못했다. 따라서 그녀가 이 우중충한 방에서 벗어날 수 있는 유일한 방법은 부자 남편을 찾거나, 델핀을 내쫓고 에밀과 에리히가 사람들의 마음을 끌 만큼 어리지만 자신에게 골칫거리가 될 만큼 어리지는 않을 때 동생에게서 아이들을 떼어놓는 것뿐인 듯했다.

물론 다른 방법도 있었다. 직접 돈을 버는 것이다. 그 생각도 해보았다. 돈을 번다. 막막했다. 하지만 좀더 생각해보니 그것이 유일한 희망이라는 확신이 들었다. 돈을 벌겠다는 소망이 머릿속에서 점점 광적이고 강박적으로 변해갔다. 그녀는 달러를 꿈꾸었고, 대양을 꿈꾸었고, 모피 코트를 입고 독일로 돌아가 증기선에서 내리는 장면을 꿈꾸었다. 밤이면 돈이 그녀의 손이 닿지 않는 쇠창살 뒤에서 춤을 추었다. 어느 오후 빵과 흰색 빌 소시지*로 변변찮은 점심을 때우는데 어떤 생각이 떠올랐다. 터무니없고 별난 것 같아 그 생각을 밀어냈지만 금세 되돌아왔다. 다른 것은 아예 생각할 수조차 없었다.

탄테는 다음날 아침 일어나자마자 할머니가 물려준 장신구 가운데 마지막 남은 카메오**를 팔기로 결심했다. 점잖으면서도 육감적인 여자의 옆모습을 크고 화려하게 깎아놓은 것이었다. 세공이 매우 정교했고, 얼굴은 섬세하면서도 약간 야성적인 느낌을 주었다. 크림색 머리칼이 분홍색 조가비 안으로 굽슬굽슬 흘러내렸다. 탄테가 어렸을 때 무척 좋아하던 것이었다. 서랍장 뒤쪽 벽에 뚫린 작은 구멍에 숨겨두었던 카메오를 꺼내자, 탄테는 어느 화창한 날 정원 야유회에서 할머니가 레이스 목깃에 꽂고 있던 그것을 부드럽게 어루만져본 기억이 떠올랐다. 먼 옛날 일이었다. 카메오는 그녀에게 안전하고 편안한 모든 것, 전쟁이 터지기 전 독일에서 보낸 흠잡을 데 없고 탄탄했던 삶을 의미했다. 그녀는 그것을 상기시키려고 카메오를 자주, 정말로 자주 착용했다. 그것을 포기하는 건 결코 작은 일이 아니었다. 하지만 그녀의 의지는 굳건했다. 그녀는 카메오를 양말에 넣고 그 양말을 손가방에 넣었다. 카메오를 팔아 그 돈으로 멋진 새 정장을 살 것이다. 그 옷을 입고 은행에 가서 어떻게든 그녀를 부자로 만들어줄 일자리를 구할 때까지 떠나지 않을 것이다. 은행 근처에는 어마어마하게 많은 현금이, 타운의 모든 돈이 몰려 있으니까.

---

* 송아지고기로 만든 뮌헨 전통 소시지.

** 마노석, 호박 등 색상이 여러 층인 재료에 주로 사람의 얼굴을 돋을새김한 장신구.

그 주가 끝나갈 즈음 탄테는 한몸처럼 입고 다니던 검은색 드레스 대신 금속성 광택이 나는 빳빳한 천을 용접한 것 같은 특이한 스커트 정장을 입고 나타났다. 그 모습을 보고 델핀은 뒤로 나자빠질 뻔했다. 재단한 뒤 납땜을 한 것처럼 보이는 그 옷은 마치 갑옷 같았다. 탄테는 무적의 용사처럼 보였는데, 그것이 그녀의 의도였다. 타운에서 일주일에 하루도 거르지 않고 밤마다 스테이크를 먹을 수 있는 유일한 남자가 소유한 은행으로 걸어가며, 탄테는 자신에게 뭔가 변화가 일어날 것 같은 기분이었다. 이 옷만 입으면 잘될 거라고 긍정적으로 생각했다. 은행가의 사무실 밖에 앉아 기다릴 때도, 심지어 모두 젊은 남자인 출납계 직원이나 다른 직원들을 둘러볼 때도 입은 옷의 소재에 대한 그녀의 신념은 변함이 없었다. 옷의 광택이 그녀를 버티게 했다. 은행에서 마땅한 자리가 없다며 퇴짜를 놓았을 때도 그 옷 때문에 신념을 유지할 수 있었다. 그녀는 이 거리 저 거리, 타운 여기저기를 기웃거리며 돈을 벌어줄 일자리를 구할 때까지 포기하지 않기로 했다. 어떤 일자리든, 누가 그녀를 고용하든, 이 옷이 찾아줄 것이다. 이 옷이 그리로 데려다줄 것이다.

아마도 그것이 자석 같은 옷이었나보다고 나중에 델핀은 시프리언에게 말했다. 그런 것 같았다. 그게 아니라면 어떻게 그녀가 입은 옷과 같은 소재로 만든 듯 보이는 차에 치였겠는가? 탄테는 지갑에 달랑 10센트 동전 한 개뿐이라는 걱정에 빠져 주위를 살피지 않고 무거운 발걸음으로 길을 건너다 그만 거스 뉴홀이 운전하는 차에 치이고 말았다. 한때 술을 밀수했지만 지금은 특허 받은 의약품을 파는 거스 뉴홀은 상당한 액수의 돈을 은행에 맡긴 뒤 막 나오는 길이었다. 탄테는 먼지투성이인 길바닥에 머리부터 떨어지고 옆으로 굴러 나무둥치에 처박혔지만, 겉으로는 대단한 중상을 입은 것 같지 않았다. 옷은 심지어 먼지도 붙지 않아 탈탈 털자 변함없이 광택이 났다. 탄테는 매무새를 바로 하고 깜짝 놀란 사람들의 팔을 밀쳐냈다. 거스 뉴홀에게 바보천치, 돼지새끼, 빌어먹을 똥개라고 욕을 퍼붓고 싶었다. 하지만 그는 피델리스의 단골이었다. 그래서 꾹 참고 벌써부터 쿡쿡 쑤시는 몸을 이끌고 휘청거리며 그 자리를 떠났다. 그리고 집으로 돌아갔다. 거실로 들어선 그녀는 실을 꼬아 만든 두껍고 해진 타원형 러그에 드러누웠다. 그녀는 자신이 못내 아끼는 카메오를 매입했지만 자신을 배신한 옷과 절대 다시 교환해주지 않을 보석상부터 시작해서, 착실하게 그리고 독일인 특유의 기질을 발휘해 자신도 놀랄 만큼 효율적이고 능률적으로 그날 마주친 모든 사람에게 저주를 퍼부었다.

프란츠는 매저린 시멕의 자전거를 타고 있었고, 매저린도 균형을 잡은 채 앉아 있었다. 그녀의 엉덩이는 핸들바의 U자 모양에 꼭 맞았고, 프란츠는 양쪽 고무 손잡이를 꼭 잡고 있었다. 그는 그녀의 어깨 너머로, 얇은 스웨터를 입은 그녀의 팔 밑으로 그들 앞에 펼쳐진 길을 보려고 애썼다. 핸들바 위로 라일락 꽃무늬 원피스에 감싸인 엉덩이는 애써 쳐다보지 않았다. 그녀의 발, 맞붙인 무릎, 하얀 발목과 끈을 묶어 신는 무거운 소년용 신발이 앞쪽 펜더에 조심스럽게 닿아 있었다. 늘 그렇듯 칙칙하고 낡은 리본으로 뒤에서 묶은 연갈색 머리는 굽슬굽슬하고 길었다. 그들이 가벼운 바람을 안고 비행장을 향해 달리는 동안 그녀의 머리칼 몇 가닥이 프란츠의 코를 간질이거나 입술에 닿거나 빰을 스쳤다.

매저린도 비행기를 좋아했다. 어쨌든 말은 그랬다. 그녀는 프란츠의 스크랩북에 붙일 조종사나 경주용 비행기 사진도 수집했다. 또한 그를 따라가 비행기를 구경했고, 넓은 헛간에 비행기를 세워두거나 아니면 그날 거기 착륙한 조종사가 프란츠에게 엔진을 손봐도 좋다고 허락하면 헛간 그늘에 앉아 있었다. 프란츠가 그들과 함께 일하는 동안 그녀는 자전거 뒤쪽에 끈으로 고정해둔 책을 빼내 수학이나 지리 공부를 했다. 이따금 지겨우면 프란츠의 숙제도 해주었다. 그것도 끝나면 자리에서 일어나 헛간을 돌아다니며 비행기를 요리조리 뜯어보았다. 그러고 나면 프란츠가 집에 갈 시간이었다. 하지만 곧장 돌아가지는 않았다. 그들이 사귄 것은 몇 달 전부터였다. 그들은 가게로 가는 갈림길 바로 앞에서 멈추었다. 프란츠가 무성한 잡초 뒤쪽에 매저린의 자전거를 눕혔다. 그들은 손을 잡고 나뭇가지가 아래로 뻗은 소나무 아래 작은 공간으로 걸어갔다.

"조금 있으면 추워질 텐데." 매저린이 수북이 쌓인 갈색 솔잎 위에 앉으며 말했다. "어쩌지?" 그녀가 무릎에서 프란츠의 손을 치웠다. 그는 약간 물러나 앉아 기다렸다. 한번은 그녀가 그의 손을 살며시 잡고 그녀의 젖가슴에 올린 적이 있었다. 왼쪽 젖가슴에. 그리고 말했다. "원을 그리듯이 만져봐." 시키는 대로 했지만 그녀는 금세 얼굴을 찡그리며 그의 손을 치웠다. "느낌이 별로야." 그는 그녀가 오늘 또다시 해보라고 할지 몰라 손을 가만히 두었다. 그녀의 윗입술은 얇았지만 입매가 도발적이었다. 왼쪽이 약간 더 올라가 잇몸이 살짝 보이는 그 입매가 그는 마음에 들었다. 아랫입술은 두툼했고 짙은 베리색이었다. 프란츠는 그녀의 입술을, 그리고 귀를 잘 알았다. 그녀는 늘 귀부터 시작해 목, 이어서 예민한 쇄골 바로 아래까지 키스를 허락했다. 속눈썹은 그늘이 질 만큼 매우 길었는데, 다른 여자아이들이 부러워한다고 그녀는 말했다. 속눈썹도 눈동자처럼 짙은 갈색이었는데, 어깨 위로 흐트러진 머리칼보다 더 짙었다. 머리칼은 풍성하고 옅은 색이 간간이 엿보였다.

그는 그녀의 머리칼을 쓰다듬다 용기를 내서 살짝 잡아당겼다. 그리고 더 가까이 옮겨앉았다. 그녀는 그에게 바짝 붙어 그가 두른 팔에 몸을 기댔다. 소나무 밑동에 기대앉은 그들은 서로 등에 묻은 수액이나 솔잎을 떼어주려면 날이 어두워지기 전에 일어나야 했기 때문에 늘 주의를 기울였다. 그가 그녀를 향해 얼굴을 돌렸다. 그녀가 말 잘 듣는 아이처럼 눈을 감았고, 그가 마침내 그녀에게서 입을 떼자 그녀도 눈을 떴다. 그녀는 입술을 핥으며 그를 조롱하듯 보더니 그의 셔츠 버튼 사이로 손을 넣어 양쪽 늑골 사이 가슴을 손톱으로 가볍게 긁었다. 매저린에게는 간단한 규칙이 있었다. 프란츠는 오직 그녀가 허락한 것만 할 수 있었다. 한편 그녀는 그가 가만히 있고 그녀에게 손을 대지 않는다는 조건으로 하고 싶은 것은 뭐든 할 수 있었다. 하지만 그녀가 하는 행위가 견딜 수 없을 정도가 되면 그는 그게 아주 힘들게 느껴졌다.

보안관 호크는 녹색 갓이 달린 탁상용 전등의 강렬한 불빛 아래서 늦은 저녁까지 서류철을 차곡차곡 정리하는 일을 했다. 그가 처리하는 범죄는 대부분 좀도둑질이나 풍기 문란, 술집 난동, 집안싸움 같은 시시한 사건이었지만, 그의 영향력을 넘어서는 아주 큰 사건도 있었다. 후자의 범주에는 불가항력적인 사고나 교통사고 같은 것이 포함되었는데, 그가 가장 꺼리는 것은 농장 경매와 압류를 주재하는 일이었다. 주지사 랭어가 은행에 경매나 압류 중단 지시를 내렸지만 줌브러게는 해마다 한두 건을 진행했고, 그런 일이 평화롭게 이루어지도록 하는 것이 보안관의 임무였다. 보안관 호크는 로이 바츠카가 농장을 빼앗길 뻔한 경매에도 몇 차례 관여했다. 하지만 매번 은행에서 압류하기 직전에 로이는 대출금에 대한 이자를 들고 나타났다─그 돈이 어디서 생겼는지 아는 사람은 아무도 없었다. 그는 이자를 지불하고 나면 다음 기한까지 술을 마셨고, 그렇게 그 과정 전체가 반복되었다.

이렇게 여러 해가 지나다, 로이가 처음으로 제때 이자를 지불한 시기가 있었다. 보안관 호크는 동그란 전등 불빛 아래에서 갈색 서류철을 골똘히 들여다보았다. 그가 짐작하기로, 로이가 금전 문제를 신속하게 해결한 것은 당연히 델핀이 돌아온 것과 연관이 있었다. 호크 역시 그 사건을 끔찍한 실수로 처리해 당장 마무리짓고 싶었다. 어쨌거나 경야는 어수선하기 짝이 없었으니 어쩌다 사람들이 저장고에 갇혀버린 것으로 결론을 내리면 된다. 하지만 뭔가 미심쩍었고, 죽음의 공포가 느껴졌다. 복숭아즙 같은 요상한 접착제와 장식 구슬, 그리고 개똥. 그 젠장할 구슬. 클래리스! 그는 해묵은 굴욕감과 그의 고통을 조롱하던 델핀을 떠올리며 얼굴을 쓸었다. 그 기억이 떠오르자 의자에 앉은 채 속절없이 몸을 움츠리며 애써 딴생각을 했다. 하지만 생각은 온통 다시 클래리스를 향했다. 그는 늘 그녀를 생각했다, 심지어 그녀를 생각하지 않을 때조차도. 그녀는 모든 순간의 배경이었고, 그가 하는 모든 일의 배경이었다.

그녀를 피하는 가장 좋은 방법은 그녀를 벽장에 가두었다고 상상하는 것이었다. 그녀를 벽장에 밀어넣는다. 부드럽게 키스한다. 열쇠를 돌린다. 그녀가 밖으로 나오기까지는 몇 시간이 걸리니, 그녀가 그 안에서 버둥거리는 동안 그는 다른 일에 집중할 수 있었다.

로이가 지하에서 나는 소리를 듣지 못했다는 데는 이상한 점이 있었다. 타운 사람들 일부는 로이 바츠카의 유죄를 확신했는데, 보안관 호크도 그런 확신이 들었으면 좋겠다고 생각했다. 로이가 하루의 절반을 술에 절어 지내도 정직한 사람이고 딸의 주장처럼 본바탕이 남을 해코지할 사람은 아니라는 느낌을 그도 받았다. 보안관 호크는 입버릇처럼 말하듯 직감이 뛰어난 사람이었다. 그는 본능적으로 뭔가 빠져 있다는 직감이 들었다. 그것이 로이와 관련있는지는 확신할 수 없었지만, 그는 펼쳐놓은 또다른 서류철에서 어떤 가능성을 보았다. 확실한 일을 벌이면 한두 가지 사실이 풀려나올 것이다. 그는 서류철의 문서를 반듯하게 펴서 천천히 다시 읽었고, 거기 적힌 단어들을 보며 고개를 주억거렸다. 결심이 섰는지 손으로 문서를 탁 쳤다. 그러고는 문서를 반듯이 접어 앞주머니에 넣었다. 전등을 끄는데 문서가 바스락거렸다.

나뭇잎이 허공에서 살랑거리는 선선한 황금빛 오후 보안관 호크가 로이 바츠카를 모르핀 절도죄로 체포했다. 훔친 것은 오래전이었고, 그 직후 피델리스가 찾아와 자초지종을 설명했음에도 호크는 조사가 방금 시작된 것처럼 행동했다. 피델리스가 셀 버디에게 매달 조금씩 약값을 갚기로 했고, 셀 버디도 흔쾌히 수락했던 일이었다. 그런데도 보안관 호크는 체포를 감행했다. 로이는 수감에 대해서 체념했는지 순순히 따라나섰다. 예전에도 종종 갇혔던 감방으로 끌려갔는데, 그때는 주변 환경에 아랑곳없이 술에 취해 코를 골고 누덕누덕한 담요나 얼룩진 벽, 지린내가 희미하게 풍기는 오줌통 따위는 상관하지 않았다. 그는 여느 때처럼 감방으로 들어가 문을 닫았다. 하지만 이번은 달랐다. 술에 취하지 않은 로이는 그렇게 까다로울 수가 없었다. 보안관 호크마저 그가 수감되자마자 처음 한 행동에 깜짝 놀랐는데, 닭장을 손보면서 썼던 솔향 암모니아, 대걸레와 물통, 물, 솔과 걸레를 요구했기 때문이었다. 그는 또한 쇠창살 틈새에 낡은 담요를 쑤셔넣고 매트리스를 툭툭 쳐서 벌레를 쫓아냈다. 딸이 이 낭패에 대해 아는지 물어보지도 않았다. 직접 발트포겔의 집으로 가서 델핀에게 알릴 작정이었던 보안관 호크는 소식을 듣고 그녀가 어떤 반응을 보이는지 몰래 살피기 위해 먼저 몇 가지 준비를 했다.

보안관 호크가 가게로 들어온 순간 델핀은 로이가 곤란한 상황에 빠졌다는 걸 넌더리 나도록 똑똑히 깨달았다. 얼마나 오래갈지 두려울 만큼 평온하고 좋은 시절은 그렇게 한없이 지속되기에는 너무 좋다는 사실을 그녀는 잘 알고 있었다. 이제 다 끝났다. 가게에 있던 탄테도 코앞에서 피델리스와 이야기를 나누고 있으니, 그 소식은 수치감을 안겨줄 것이다. 델핀은 그들의 대화가 길고 복잡한 논쟁으로 바뀌기를, 그들이 가게 더 안쪽으로는 들어오지 않기를 기도했다. 물론 그들이 입만 다물면 지금 있는 자리에서도 모든 것을 들을 수 있었다.

보안관 호크가 무대에라도 오른 듯한 태도인 걸 보면 좋은 소식일 리 없었다. 불운한 소식의 전달자, 그것이 그가 맡은 역할이었다. 그의 연극적인 표정은 무대 분장처럼 무거웠다. 델핀은 주삿바늘을 들고 탄테와 맞섰을 때처럼 유리된 느낌이었다. 그녀도 어떤 역할을 해야 할 것 같았고, 그의 대사와 자신의 대사를 모두 알 것 같았다. 태초의 시간 이래 이 순간을 연습해온 것처럼.

보안관이 입을 열자마자 문 건너편에서 들리던 목소리가 잠잠해졌으니, 탄테는 분명 보안관의 말을 들었을 것이다. 그 소식은 타운 전체에 대번에 퍼져나갈 것이다.

"당신 아버지를 체포했습니다."

"아빠를 만나봐야겠어요." 델핀의 목소리는 매우 침착했다. 그녀는 피곤했고, 탄테의 얼굴에 방금 떠올랐을 깜짝 놀란 듯 고소해하는 표정이 머릿속에 그려졌지만 차단해버렸다. 그녀가 보석금에 대해 묻자 보안관은 체스터의 동생이자 타운 판사인 롤런드 줌브러게가 결정할 일이라고 했다. 얼마든지 보석금을 내고 그를 데리고 나가도 되지만 로이는 아주 잘 지낸다는 말도 덧붙였다.

"정말로 집에서처럼 편하게 지내시겠죠." 델핀은 최대한 냉소적으로 삐딱하게 말했다. 이어지는 연기는 진지해야 해서 그녀는 보안관의 쿠션같이 푹신한 뺨과 날카로운 콧날을 빤히 쳐다보았다. "아빠가 그러지 않았다는 건 당신도 알 텐데요." 그녀가 불쑥 말했다. "아빠는 남을 해칠 사람이 아니에요."

보안관은 이내 조금은 더 지켜보자는 표정이 되었다. 그의 바람대로 델핀은 이번 체포가 저장고에서 죽은 세 사람과 관련있다고 여겼고, 이제 그녀가 엉뚱한 추측으로 뭔가 말실수라도 하기를 기대하면서 보안관 호크는 신중하게 그물을 쳤다. 그에게 정보를 더 알려줄 작은 실수면 충분했다. "경험상 술에 취한 사람이 남에게 전혀 해를 끼치지 않는 경우는 없어요. 괜찮은 변호사를 찾는 것이 최선일 겁니다."보안관이 말했다.

"괜찮은 변호사를 고용할 돈을 어디서 마련하겠어요?"델핀이 쓸쓸한 표정으로 물었다.

보안관 호크가 소녀 같은 미소를 거두더니 곧 입술을 씰룩거렸다. 그리고 그의 눈동자가 또다시 번득였는데, 델핀이 법의 집행관이라고 하기에는 너무 위협적이라고 생각했던 그 눈빛이었다.

"우리 친구 시프리언이 북쪽에 다녀오면 돈이 좀더 생기겠지요."보안관이 제안하듯 말했다.

델핀은 당장이라도 탄테의 팔랑거리는 귀가 먹어버리기를 바라면서 간신히 무표정을 유지했다. 가슴속에서 심장이 벌렁거렸다. 호크의 말을 못 알아듣겠다는 듯 그녀는 고개를 옆으로 돌렸다. "지금 무슨 말을 하는 건지 모르겠네요."그녀가 쌀쌀맞게 쏘아붙였다. 그뒤로 이어질 대사는 없었고, 각본도 없었다. 그녀는 얼른 다시 익숙한 화제로 말을 돌렸다.

"아빠는 언제 보러 가면 돼요?"

"아무때라도."

그녀는 버릇처럼 고맙다는 말을 하려다가 참았다. 그러고는 홱 돌아서서 대화를 엿듣는 탄테와 피델리스에게 경고하는 의미로 카운터를 앞치마로 탁 후려쳤다.

"다 들었겠죠."그녀가 탄테를 지나치며 말했다. "입 밖에 내기만 해봐요."

탄테는 속으로 기쁨과 분노를 동시에 느꼈지만 짐짓 안타까운 듯 입술만 내밀었다. 피델리스는 벌써 보안관 호크를 따라 나가고 없었다. 델핀은 그가 더 알아낼지도 모르겠다고 생각했다. 뒷문을 열고 나간 델핀은 춥지만 눈부신 햇빛 속에서 숨을 한껏 들이마신 뒤 그 대화를 찬찬히 되짚어보았다. 그녀의 생각은 그 증거라는 것에 붙들려 있었다. 무슨 증거? 어디에서 나온 거지? 누구에게서? 로이를 잡아갈 만큼 증거가 충분하려면 목격자가 필요했고, 적어도 판사 앞에 내놓을 정황적 사실이 있어야 했다. 그녀는 어찌해야 할지 몰라 클래리스를 찾아갔다.

델핀이 지하 영안실로 내려가자 개수대 앞에서 클래리스가 더없이 해맑은 표정으로 돌아보았다. "네가 와줘서 정말 좋아!"
작업이 잘될 때면 클래리스는 만족감에 활기가 넘치고 빛이 날 것처럼 생생히 살아났다. 윤이 나는 피부는 맑고 하얬으며 주근깨 하나 없었다. 입술은 립스틱을 바르지 않았는데도 붉디붉었고, 눈동자는 친구가 찾아온 기쁨에 투명하게 빛났다.
"또 할말이 생겨서." 델핀이 말했다.
클래리스는 무용수처럼 유연한 손짓으로 작업장을 가리켰다.
"이 사람 좀 봐줘!"
"지금은 곤란해, 클래리스. 넌 가끔 너무 흥분하는 경향이 있어." 델핀이 말했다.
"이건 부모가 마지막으로 보게 되는 자식 모습이야." 클래리스의 표정이 심각해졌다. "그게 흥분하는 거라고? 뭐, 글쎄. 물론 나도 자제 좀 해야겠지만. 난 그저……"
"아니, 그건 괜찮아. 내가 신경이 곤두서서 그래. 클래리스, 아빠가 교도소에 끌려갔어."

"호크 이 자식." 클래리스가 말했다. 그녀는 굽슬굽슬한 머리를 살짝 흔들고 델핀에게 방금 내린 커피를 건넸다. "하지만 생각해보면, 인정할 건 해야지. 너희 집 저장고에서 일어난 일이었잖아. 그리고 그날 밤 너희 아빠는 엉망으로 취해 있었고……" 그녀는 귀 주위의 머리칼을 만져 부풀리고 고개를 가로저으며 자기와는 상관없는 일이라는 듯 안타까움을 내비쳤다. "난 아무것도 못 봤어. 봤다면 좋았을 텐데. 오, 네 꼴 좀 봐. 좀 쉬어야겠다! 눈 밑에 다크서클이 생겼어." 강가에서 진솔하게 대화를 나누던 어린 시절처럼 그녀가 델핀의 손을 잡았다. "걱정 마." 그녀가 말했다. "우리가 로이를 빼낼 방법을 찾아낼 거야."

델핀은 하마터면 그 손을 뿌리칠 뻔했다.

"넌 아빠가 그랬다고 생각하는구나! 아빠는 주정뱅이긴 해도 고의로 그런 잔인한 짓을 할 사람은 아니야. 너도 알잖아. 지금은 술을 입에도 대지 않고……"

"하지만 번번이 다시 마셔서 널 실망시켰지?" 클래리스가 부드럽게 물었다.

"그랬지." 델핀이 말했다.

클래리스는 그녀를 진지하게 쳐다보며 손가락으로 입술을 오므려 닫았다.

"네가 무슨 말을 참고 있는지 알아." 델핀이 말했다.

클래리스가 고개를 끄덕였다. 그리고 입술에서 손을 뗐다.

"이 말은 해야겠어, 델핀. 넌 여기를 떠나야 해. 로이는 그냥 내버려두고 비서 학교에 들어가. 아니면 배우가 되든가. 뭐든 다른 걸 해. 기차를 타고 도시로 떠나."

델핀은 웃었다. "무슨 돈으로? 그나저나," 델핀이 목소리를 낮췄다. "그 드레스는 아이리스 꽃밭에 묻었어."

클래리스는 이제 자못 심각한 표정으로 드레스를 숨겨줘서 고맙다고 했다. "넌 내 편이야." 그녀가 말했다. "항상 내 편이었고."

"당연하지." 델핀이 말했다. "난 그저 알고 싶은 거야."

"뭘?"

"누가 그들을 거기에 가두고 문을 잠갔는지."

"넌 그냥 로이가 아니라고 믿으면 되는 거잖아, 아니야?" 클래리스가 말했다.

델핀이 고개를 끄덕였다.

"그렇다면 로이가 아니야." 클래리스가 말했다. 그녀는 팔을 뻗어 델핀을 끌어안고 머리를 자기 어깨에 기대게 했다. 델핀은 풍선처럼 숨을 들이마신 뒤 참았다가 크게 내쉬었다. 그리고 친구에게 쓰러질 듯 몸을 기댔다. 클래리스의 몸에서 포르말린과 목욕 파우더 냄새가 났다. 숨결에 커피향이 배어 있고 구두에는 핏자국이 있었다. 이따금 델핀은 삶이 자신을 속여 클래리스만큼 가까운 사람이 세상에 또 있다고 착각하게 만드는 것 같았다. 그러다 그 사람이 어디론가 끌려가거나 죽거나 물러나고 다시 둘만 남은 것이다. 이런저런 여인들이 퇴장한다. 별난 그들만 남는다. 이상한 일이다.

그 덩치쯤 되면 몸을 숨기기가 매우 어렵지만 보안관 호크는 무대 분장에 익숙했다. 텅 빈 타운 거리에 차를 세우면 눈에 너무 띌 터라 호크는 보안관보의 헛간에 있던 초라한 마차를 빌렸다. 늙고 지친 말이 마차를 끌었다. 그는 정육점에서 나오자마자 농부 모자를 쓰고 캔버스 천으로 만든 찢어진 코트를 입었다. 그러고는 마차를 타고 들키지 않을 장소로 옮겨간 뒤 길가에 세우고 말은 풀을 뜯어먹도록 풀어놓았다. 그는 머리를 푹 숙인 채 감시를 시작했다. 거기서부터는 쉬웠다. 델핀을 뒤쫓는 일은 간단했다. 반듯하게 구획된 타운에서 델핀의 목적지는 쉽게 예상할 수 있었고, 먼지 자욱한 대로와 거리를 걷는 델핀을 시아에서 놓칠 일은 없었다. 목적지가 장의사 건물인 것은 놀랍지 않았다. 그는 몸에 딱 붙는 휘황찬란한 빨간색 무대용 드레스를 입은 클래리스를 상상했다. 그녀를 그 장면으로 다시 데려갈 방법이 있을까? 더 가까워지면 그녀도 그가 정말로 어떤 남자인지 알아보지 않을까? 클래리스의 아버지를 보내는 시끌벅적한 경야에 그녀에게 맞아 부어오른 자리가 아직도 느껴지는 듯 그는 뺨에 손을 대보았다. 이 타운의 누구도 섣불리 접근할 수 없는 앙칼진 여자지, 그는 생각했다. 그녀를 두려워하지 않는 유일한 사람이 그였다. 그는 그녀를 차지할 자격이 있었다. 그런데도 그를 자꾸 피하면서 기다리게 만드는 그녀의 방식에 그도 점점 지쳐갔다. 그녀의 핑계와 반항에. 작고 단단한 호두알 같은 그녀의 심장을 내주기만, 내주기만 한다면! 껍질아 깨져라! 사랑을 드러내라! 그 안에 사랑이 있다고 그는 자신했다. 그래서 그녀에게 몹시 화가 났다. 그녀의 고집 때문에 귀중한 시간을 낭비하고 있었다. 젊음은 쏜살같다. 지금은 수풀이 우거진 강둑을 따라 걸으며 미래를 설계할 때였다. 보안관 호크는 이를 악물었고, 얼굴이 굳어졌다. 이렇게 좌절의 파도에 휩쓸릴 때면 그는 그녀를 흔들어 깨우고 싶었다. 그녀의 면전에 대고 소리를 질러 그녀의 평정을 깨부수고 싶었다. 격정의 소리처럼 들리는 고통 속에서 그의 이름을 소리쳐 부를 때까지 그녀를 짓누르고 싶었다.

델핀은 아버지의 감방 쇠창살 밖에 놓인 삐걱거리는 작은 등나무 의자에 앉아도 좋다는 허락을 얻었다. 로이는 시무룩하게 "그래도 이제 깨끗하긴 하지"라고 말한 뒤 지저분한 머리를 돌려 새로 닦은 바닥과 벽, 그리고 델핀이 방금 가져온 시트를 간 침대를 슬쩍 보았다. 애플 뉴홀이 수감자의 식사를 만들었는데, 식재료가 수감자에 대한 애플의 감정에 따라 달라졌다. 로이는 애플이 가장 좋아하는 수감자라, 저녁식사로 토마토소스를 곁들인 구운 콩 한 접시와 큼직한 비어 소시지, 양파 반쪽을 받았다. 델핀은 로이가 식사하는 모습을 지켜보았다. 로이의 갈고리 같은 거친 손에 콩 요리의 걸쭉한 소스가 묻었다. 그는 나이들어 시원찮은 이로 조심조심 씹었다. 함정수사라는 극적인 사건에 휘말린 그는 씹다 말고 이따금 한숨을 푹 내쉬었다. 자기만의 작은 성지에 놓인 미니의 사진이 보고 싶었다. 델핀이 그 고약한 악취에서 건져내 강물에 깨끗이 빨아놓은 아프간 담요가 정말 그리웠다. 로이는 미니가 만들어준 것이라고 했다. 술을 끊은 뒤부터 그 담요는 그에게 일종의 보호막이 되었다. 왜 지금인 거지, 델핀은 생각했다. 왜 하필 로이도 정신을 차리고 철들어 착실하게 살아가는 지금 이런 최악의 상황에 처한 거지? 어쩌면 그녀가 그를 너무 쉽게 용서했는지도 모른다. 어쩌면 자신을 보호하기 급급해 아버지인 그가 얼마나 엉망이었는지 제대로 생각해보지 못했는지도 모른다. 그녀는 자신을 압도해 그의 허물을 덮어버리는 이런 연민이 싫었다. 쇠약한 아버지를 보자 가슴이 찢어질 듯 아팠다. 로이의 부들거리는 손을, 발을 떼지 못하고 질질 끌며 걷는 모습을, 그 오랜 세월 동안 술 때문에 망가진 그를 외면하고 싶었다.

그녀가 아버지의 늙어빠진 손을 잡았다. "아빠, 아빠가 그런 거 아니죠. 난 알아요. 곧 풀려날 거예요. 변호사를 선임할 거니까."

"무슨 변호사?" 로이는 무슨 뚱딴지같은 소리냐는 듯 얼굴을 찡그리며 그녀를 빤히 보았다. "물론 내가 한 짓이야…… 모두가 알잖니, 날 봤으니까. 난 그럴 수밖에 없었고."

잠시 갑작스러운 적막이 흘렀고 델핀은 쉿 하며 그를 조용히 시켰다. 보안관 호크가 그 덩치로 믿을 수 없을 만큼 날렵하게 그녀의 뒤로 다가와 그들의 대화를 전부 엿들었다. 그녀는 불현듯 깨달았다. 그가 자기 덫에 걸려들지 보려고 귀를 쫑긋 세운 채 그녀의 다음 말을 기다리고 있음을. 그래서 그녀는 누가 들어도 안전한 이야기를 신중히 골라서 했다. "피델리스가 아빠의 보석금을 지불하겠다고 제안했는데, 만약에……"

"피델리스가 그 사건 직후에 여기 앨버트에게 자초지종을 죄다 얘기했어! 에바는 그게 필요했고, 너도 알다시피 내가 그걸 구하려고 애썼던 건 에바 때문이었잖니. 에바를 좋아했으니까. 착하고 친절한 여자였어." 로이는 감정이 격해졌다. "한 사내를 위해 두툼한 샌드위치를 만들어줬고 내 갈증을 이해해줬어."

에바의 이름을 듣자 델핀이 떠올렸던 그림이 삽시간에 바뀌었고, 약간의 어려움이 있긴 했어도 달라진 시나리오에 적응했다. 조금 어리둥절했지만 이번 일이 그가 훔친 모르핀과 연관되었음을 안 그녀는 보안관 호크를 돌아보았다. "왜 지금이죠?" 그녀가 안도감을 분노로 가장하며 말했다. "아빠를 체포할 작정이었다면 왜 그 일이 일어난 직후에 잡아가지 않은 거죠?"

보안관 호크는 묘하게 실망한 기색을 보이더니 체중을 발꿈치에 실으며 뒤로 기우뚱했다. 그러고는 자기가 소식을 전하기도 전에 드러그스토어의 주인 샐 버디가 벌써 주위원회에 절도 신고를 했더라고 거짓말을 했다. 샐 버디는 신고한 것을 몹시 후회하고 있지만, 지금은 주위원회에서 사건을 전면 조사하라는 지시가 내려와 모두 난처하게 됐다고. 어쨌든 기록을 남겨야 해서 로이를 체포한 것이고, 서류 작업이 끝나는 대로 곧 풀어줄 거라고 했다.

"그냥 형식적인 절차예요." 말을 마친 보안관 호크는 약간 당황한 듯한 모습으로 나가버렸다.

"형식적인 절차!" 델핀이 내뱉었다. 그녀는 너무 안심한 듯 보이지 않게 분노를 적절히 드러내려 애썼다. 하지만 얼굴을 두 손에 묻고 숨을 깊이 들이마시고 싶었다. 앞으로 일어날 일과 계획이 머릿속을 휘저어놓으면서 일으킨 유치한 히스테리를 떨쳐버리고 싶었다. 변호사, 재판, 배심원, 판사…… 살인 혐의라고 하면 떠오르는 그 모든 것. 이제 가만히 앉아 있기만 하면 된다. 그래서 델핀은 로이와 좀더 시간을 보내며 그가 키우는 닭의 다양한 성격과 특징에 대해 이런저런 설명을 들었다. "닭 중에 로미오와 줄리엣이 있단다." 그가 말했다. "기구한 운명의 밴텀닭 연인. 볏 색깔이 장미색인 검은 닭 두 마리가 홰대에 함께 있으면 방해하지 마라. 시끄러운 도미니크 종은 네가 끓여 먹는다고 해도 내 알 바 아니고. 덩치 좋은 붉은색 닭은 작은 수탉에게 맡기렴. 그럴 능력이 되는 놈이지." 로이는 계속 말을 이어갔다. 분명 대화를 끝내고 싶지 않은 것이었다. 델핀이 일어나 가버리면 전에는 인사불성으로 잠들었던 그곳에 순수한 상태의 수치심에 사로잡혀 더없이 맑은 정신인 채로 혼자 남겨질 텐데, 그런 순간을 맞고 싶지 않은 것이었다.

가뭄이 끈질기게 이어진 몇 해 동안 도축할 가축은 점점 줄어들었다. 뼈만 앙상하게 마른 소들은 채 덜 자란 엉겅퀴나 진창에서 자라는 빈약한 푸새, 어린 미루나무 껍질을 먹었다. 그런데 지난주에 피델리스에게 급한 일이 들어왔다. 늦은 밤까지 무릎이 버텨내지 못할 만큼 일을 한 탓에 결국 보호대를 착용해야 했다. 히치가 그린 도안으로 마구 제조업자에게 주문한 것이었다. 피델리스는 무릎이 삐걱거리고 쑤셨지만 보호대와 히치의 수술 솜씨가 그를 완전한 불구가 되지는 않게 해주리라 믿었다. 익숙지 않은 시간에 일을 할 때는 확실히 그 덕을 보았다. 농장 사람들은 종종 어둠이 깔린 뒤에야 도축할 짐승을 데려왔다. 그들은 횃불을 켜고 수소와 씨름하며 간신히 이동용 우리에 밀어넣었고, 도축을 하고 나면 거의 새벽까지 가죽을 벗기고 토막을 냈다. 오늘 아침 두 시간 정도 눈을 붙인 피델리스는 아이들을 깨워 학교에 보내려고 벌떡 일어났다. 그는 잠시 끝나지 않은 꿈에 사로잡힌 듯 잿빛 허공을 물끄러미 응시했다. 그와 에바가 잘 아는 루트비히스루에의 어느 거리에서 에바를 쫓다가 뒤따라서 낯선 가게로 들어가는 꿈이었다.
가게는 작았지만 핀, 옷감, 잼 할 것 없이 온갖 제품이 빼곡하게 진열되어 있었다. 꿈은 계속 이어져 언덕 기슭, 희미하게 알전구가 켜진 회색 목조 회랑이 있는 지하 묘지로 배경이 바뀌었다. 에바는 연자주색 면 드레스를 입었는데, 종종걸음으로 모퉁이를 돌 때마다 치맛자락이 팔랑거렸다. 좁은 복도 끝에서 그가 부르는 소리에 에바가 홱 돌아보았다. 그러고는 "여기서 뭐해요?"라고 묻는 것처럼 놀란 듯한 미소를 띠며 다가왔다. 그 순간 그는 잠에서 깼다. 세포 하나하나가 몇 주가 됐건 누워서 내리 자기를 원하고 있었지만, 그는 일어나 아이들을 깨워야 했다.

그가 비틀거리며 침실을 나와 아이들의 방으로 갔다. 프란츠를 말없이 흔들어 깨우고 마르쿠스는 가볍게 툭 쳤다. 마르쿠스는 몸을, 아니면 침대 기둥만 살짝 쳐도 일어났다. 에밀과 에리히는 좀 더 주의를 기울여 깨워야 했다. 조금이라도 방심하면 금방 다시 잠들어버렸다. 그는 욕실로 가서 머그컵에 수돗물을 받아 입을 헹구고, 소변을 보고, 문짝에 걸어둔 바지를 내렸다. 그러고는 부엌으로 가서 우유에 넣을 액상 초콜릿을 만들려고 가스레인지에 물주전자를 올렸다. 그리고 냄비에 우유를 데웠다. 물을 담은 다른 냄비에는 오트밀을 넣은 뒤 넘치지 않게 불을 줄였다. 그는 계속 눈꺼풀을 깜박거리다가 눈을 감았다. 커피포트에 물을 따르고 원두 가루 한 움큼과 그릇에 보관해둔 달걀 껍질을 넣었다. 그리고 식탁에 앉아 손으로 머리를 받친 채 깜박 졸았다. 에밀이 한쪽 부츠만 신은 채 부엌에 들어왔을 때에야 정신을 차렸다.

"또 한 짝은?"

"밤중에 샤치가 감췄나봐요."

샤치의 몹쓸 버릇 한 가지.

"찾아와." 피델리스가 불 조절을 하려고 일어서면서 말했다. 다음은 마르쿠스였는데, 재킷을 입다 소매가 반쯤 뜯어졌다고 했다. 어떻게 그럴 수 있지? 피델리스는 재킷을 살펴보았다. 있을 수 없는 일이었다. "어제 싸웠니?" 마르쿠스는 고개를 푹 숙이고 차마

아버지를 쳐다보지 못했다. 피델리스는 재킷을 마르쿠스에게 도로
던졌다. "오늘밤에 일해라. 거짓말쟁이는 정직한 사람보다 평생 두
배로 일해야 한다." 피델리스도 살면서 봐온 것이 있어 그게 사실
이 아니라는 걸 잘 알았지만, 일단 뱉고 나자 맞는 말 같았다. 그는
마르쿠스를 욕실로 떠밀었다. "가서 씻어."

다음은 프란츠. 문제는 없었지만, 프란츠다보니 단장에 아주 열
심이었다—누구도 그런 그를 방해할 수 없었다. "제가 에밀의 부
츠를 찾았어요." 그가 말했다. 동생에게 한 방 날리고 싶은 게 분명
했지만, 어쨌거나 어엿한 청년으로 위엄을 세워야 할 나이라 그럴
수는 없었다. 그래서 그저 머리를 어떻게 할지 고민했다.

"에센(먹어라)."

피델리스는 오트밀 냄비, 그릇, 황설탕, 우유, 그의 소중한 커피
를 식탁으로 내왔다. 이제 에리히 차례였다. 에리히는 잠옷 바람으
로 느릿느릿 부엌으로 들어왔다. "다들 어디 갔어요?" 그는 아까
욕조로 기어들어가 누구에게도 걸리지 않고 한참 잘 수 있었던 터
였다.

"다시 가서 옷이나 갈아입어!"

물론 에리히는 옷이 어디 있는지 몰랐다. 뭐든 어디다 뒀는지 잊
어버려 피델리스는 피가 거꾸로 솟을 듯이 짜증스러웠지만 한편
으로 가여운 마음도 들었다. 자신도 마찬가지로 더 자고 싶어 미
칠 지경이었으니까. 둘이 침대로 다시 기어들어가 에바가 침대 머
리판을 흔들며 게으름뱅이는 당장 일어나 아침 먹으라고 소리지를
때까지 이불을 덮고 곰처럼 코를 골며 잘 수 있다면 얼마나 좋을
까. 피델리스는 터덜터덜 복도를 지나 다시 방으로 갔다. 에리히의

옷은 지난밤 공처럼 뭉쳐 놓은 그대로였고 쉰내가 약간 났지만 아이에게 그냥 입혔다. 에리히의 부츠도 없어지지 않았다. 그가 다시 부엌으로 돌아올 즈음 커피가 뇌세포를 자극하기 시작했다.

그는 이제 잠을 완전히 떨쳐낸 얼굴이었다. 아이들이 책끈으로 교과서를 묶고 어제 오후 델핀이 라드통에 싸둔 도시락을 챙기는 동안 그가 끙 하며 기지개를 켰다. 도시락에는 식은 감자, 고기 한 토막, 사과 혹은 당근이 하나씩 들어 있었다. 이따금 델핀은 큼직한 도넛을 튀기고 두꺼운 생강과자를 만들었다. 아이들은 코트를 껴입은 뒤 문을 열고 뛰쳐나갔다. 아이들이 나갈 때쯤 피델리스는 커피를 두 잔째 마시고 있었다. 그는 커피를 제대로 만드는 법을 알았다. 그가 커피를 욕실로 가져가 창턱에 놓고 포니스 알펜크라우터*를 주르륵 따랐다. 그러고는 면도용 컵에 면도크림을 짜서 거품을 내고, 에바가 머리빗과 면도기와 함께 결혼 선물로 준 은제 손잡이가 달린 수퇘지 털 브러시로 얼굴에 거품을 칠했다. 면도를 마친 뒤 그는 얼굴을 수건으로 톡톡 두드리고 턱과 뺨에 베이럼 향유를 바른 뒤 마침내 가게로 나갔다.

커다란 창문으로 흘러들어온 햇살이 나무블록 탁자와 카운터를 비췄다. 나무블록은 도끼나 칼에 찍힌 자국이 수두룩했는데, 찍히거나 팬 부분은 까맣게 변해 있었지만 표면은 하얗게 잘 닦여 있었다. 눈부신 햇살이 나무칼집을 비추었다. 그는 칼을 살펴보면서 눈을 게슴츠레 뜨고 어떤 것을 갈지 신중히 골랐다. 다음으로 뒤쪽 냉장실에 가서 어제 열탕 처리를 하고 내장을 뺀 뒤 걸어놓은 돼지

---

* 식욕을 돋우고 소화를 촉진하는 토닉.

고기를 가져왔다. 돼지고기를 능숙하고 신속하게 커틀릿이나 메달 모양으로 자르는 동안 손가락을 괴롭히던 묵직하고 마비된 감각이 사라지는 것 같았다. 팔근육이 유연해지면서 칼 쓰는 기술도 더욱 정교해졌다. 그의 몸은 마치 자기 의지로 움직이는 듯했고, 그러는 동안 그의 마음은 모든 것을 잊고 싶은 욕구로 점점 무거워졌다. 열한시쯤 되자, 아주 잠깐 쉬었을 뿐 계속 칼을 놀렸기 때문에 그도 멈추지 않을 수 없었다. 눈꺼풀 뒤로 졸음이 맹렬히 쏟아져서 마당에 나가 잠시 산책을 했다. 그렇게 잠을 떨쳐내고 다시 일을 시작했는데, 늦은 오후가 되니 델핀이 눈에 핏발이 섰다면서 들어가 누우라고 권했다. 무뚝뚝한 투였다.

"얼른 들어가요." 그녀가 명령하듯 말했다. "내가 알아서 할게요."

인생의 전반부에 여자들의 노골적인 신호를 읽는 법만 배웠던 피델리스에게 에바는 여자들에게서 미묘한 단서를 찾는 법을 가르쳐주었다. 그래서 그는 델핀이 연민을 들키지 않으려고 조심하는 것을, 개인적이고 친절한 말은 한마디도 내뱉지 않으려고 한다는 것을 알아차렸다. 그녀는 그들 사이에 불가능하다고 여기는 것을 시작하고 싶지 않았던 것이다. 피델리스 또한 그녀를 대할 때 개인적인 감정은 철저히 배제했다. 둘이 나누는 모든 대화는 장사나 아이들에 대한 것이었다. 피델리스와 델핀은 날마다 곁에서 일하며 평행의 삶을 사는 이방인이었다. 그들은 둘 사이에 보이지 않는 벽을 세웠다. 피델리스는 그 벽을 그대로 두어야 한다는 것을 알았다. 안 그러면 그의 주위로, 그들 모두의 주위로 뭔가가 무너져내릴 것이다. 그는 그들이 만든 엄격한 규칙에 내재한 힘을 감지하고도 그 힘의 성질과 형태와 이름에 대한 궁금증을 억눌렀다. 그것은 그대로 내버려두어야 하는 것이었다. 그는 침실로 돌아가 문을 닫고 신발을 벗었다. 침대에 눕자 뼈에서 살과 근육이 풀어지는 느낌이었다. 그는 팔다리를 쭉 뻗고 곧바로 잠이 들었다. 죽음처럼 캄캄한 잠이었다.

그렇게 몇 시간을 잔 뒤 그날 아침처럼 번쩍 눈을 떠 천장을 쳐다보았다. 다만 이번에는 숙면을 취한 뒤라 개운하고 활기찬 느낌과 더불어 몸이 침대에서 반쯤 붕 뜬 듯한 기분이 들었다. 그런 안도감이 주는 익숙지 않은 기분 때문에 그는 따뜻한 시트 안에서 좀더 뭉그적거렸다. 예전에는 이런 순간 에바를 향해 돌아누워 서로에게 배운 사랑의 행위를 천천히 시작했다. 세월과 더불어 그들의 은밀한 사랑은 더욱 커졌다—짐작건대 욕구를 해결하려고 그런 행위를 하는 다른 사람들과는 달랐다. 다른 남자들은 아내가 그들에게 얼마나 시간을 내주는지를 두고 농담이나 불평을 했다—그날 그들이 잘했다면 아내는 시간을 조금 더 내줄 것이다. 남자들의 그런 대화에 피델리스는 한마디도 보태지 않았다. 그와 에바는 다르다는 것을, 다른 남자들이 떠들어대는 것보다 더 큰 뭔가가 있다는 것을 그는 알았다. 그 뭔가에는 불가피하게 상실감과 뒤섞인 숭고함이 있었다. 에바가 죽어서 정말로 떠나버렸을 때, 에바가 누운 관이 내려가고 그와 아이들이 차례로 흙덩이를 던져넣었던 그날, 그는 머리 위로 펼쳐진 하늘의 방대한 아름다움이 그에게서 영원히 멀어지는 것처럼 느껴져 그저 가만히 서 있었다. 움직이지 않으려고 애썼다. 조문객들은 순무처럼 입을 다물고 땅에 뿌리를 내린 듯 돌덩이처럼 서 있는 남자를 보았다. 그는 자신이 만들어낸 장면에 당황해 억지로 걸음을 뗐다. 하지만 이제야 그런 생각이 들었다. 그의 일부는 그곳을 떠나지 않았다고. 그는 여전히 그녀의 무덤가에 서 있었다. 여전히 심장으로 피가 쏠리는 것을, 머릿속이 윙윙거리는 것을, 주먹이 불끈 쥐어지는 것을, 손바닥의 손금에서 흙이 말라가는 것을 느꼈다. 그는 전적으로 삶의 영역에 속한 채 에바와는 완전히 다른 세상에서 하릴없이 살아 있었다. 하지만 가끔은 살아 있음의 경이로움을 여전히 느꼈다.

델핀은 피델리스에게 아버지를 보석으로 풀려나게 해줘서 고맙다는 말을 해야 했지만, 그 순간을 피하고 싶어 자꾸만 일거리를 새로 만들었다. 이쪽 진열장에서 저쪽 진열장으로 고기를 모조리 옮긴 뒤 식초를 타서 시큼한 냄새가 나는 물로 비워진 진열장을 문질러 닦았다. 그리고 고기를 다시 이쪽 진열장으로 모조리 옮긴 뒤 쟁반 사이에 잘라둔 장식용 녹색 파라핀지를 꼼꼼하게 깔아 돼지 갈빗살과 소시지와 스테이크용 고기를 분리했다. 그 일을 끝낼 때쯤 또다른 일이 없는지 생각하다가 자꾸 일을 만드는 자신에게 슬며시 짜증이 났다. 그에게 왜 지금 바로 말 못하지? 그녀는 유리와 에나멜 표면을 또 한번 닦으려고 행주를 빨았지만, 물기를 짜서 그냥 철제 카운터에 내려놓았다. 그리고 진열장 문을 닫았다.
"피델리스." 그녀가 등뒤에 와서 서자 그가 일을 하다 말고 돌아보았다. "아버지의 보석금을 냈더군요."
그가 앞치마에 손을 닦으며 고개를 끄덕였다.
"네." 그가 말한 뒤 돌아서서 다시 고기를 갈고 양념을 하려는데 그녀의 목소리가 또다시 들렸다.
"돌려받으셔야죠."

"그래야죠." 피델리스가 말했다.

"내가 갚을게요." 델핀이 말했다. "만약 아빠가……"

"하지만 로이가 떠날 것도 아닌데."

상황이 이렇다보니 그는 말을 더 할 수밖에 없었다. 그도 알았다. 아침 내내 그 문제에 대해 생각했다. 이 여자에게 할말이 있었지만 그 말을 하기가 여전히 힘들었다. 그는 숨을 크게 들이마신 뒤 마저 얘기하려고 해보았다. "당신이 에바에게 해준 게 있고, 또 로이가 해준 게……" 하지만 딱 거기까지였다.

"에바는 내 친구였고 아빠에게 잘해줬어요. 당신을 위해 한 일이 아니었다고요." 델핀은 솔직해지기로 했다.

피델리스가 어깨를 으쓱하며 그런 게 무슨 대수냐고 대꾸하려는데 그녀가 선수를 쳤다.

"있잖아요." 그녀가 말했다. "난 사람들이 이러쿵저러쿵 수군거리는 게 싫어요. 특히 탄테가요."

"내가 보석금을 낸 걸 누나는 몰라요."

"알게 될 거예요. 탄테가 장부를 맡고 있잖아요. 그러면 타운 주민 모두가 알게 될 거고요."

피델리스는 얼굴을 찡그리고 곰곰이 생각했지만 태도를 굽히지는 않았다.

"알게 되더라도 에바를 위해 당신과 로이가 해준 일을 떠올리겠죠." 그가 말했다.

"사람들이 그런 생각을 하는 것 자체가 싫어요." 델핀은 목소리를 낮추려 했지만 자기도 모르게 날카로워졌다. "그 사람들이 벌써 무슨 생각을 하는지 다 알아요. 들었으니까. 그리고 당신 누나가 소문을 더 부풀린다는 것도 알아요. 그걸 끝내고 싶어요. 그래도 당신이……" 여기서 델핀은 다음 말을 잇기가 꽤나 힘들어 잠시 멈칫했다. 목소리가 한풀 꺾이며 낮아지고 부끄러움이 배어났다. "아빠를 꺼내준 건 고마워요. 이번 일이 있기 전에는 아빠가 맑은 정신으로 지낼 수 있다는 걸 몰랐어요. 마침내 술을 끊었는데 그렇게 갇혀서 곤란을 겪었으니 아빠도 정말 힘들었을 거예요."

델핀은 이 가게에서, 그리고 에바의 집에서 피델리스에게 속마음을 드러내며 이렇게까지 말을 많이 한 적이 없었다. 예전에 그녀가 사는 로이의 농장에서 속마음을 털어놓았을 때가 훨씬 편했다. 그들 두 사람은 마음의 짐을 덜고 기진맥진해서 돌아섰다. 델핀은 집으로 돌아가 그냥 자고 싶었다. 피델리스는 무거운 돌덩이가 가슴을 짓누르는 느낌이었다. 그날 얼마 동안 그들은 해야 하는 모든 일이 두 배로 힘들게 느껴졌다. 하지만 서로 외면하고 꼭 필요한 말만 짤막하게 주고받자 차츰 평소대로 돌아왔다. 가게에 발을 들여놓는 누구라도 두 사람을 보면 서로 싫어하는 사이라고 생각했겠지만, 사실인즉 둘 다 서로에게 품고 지내는 긴장감의 무게를 조금이라도 들키는 것을 견딜 수 없을 따름이었다. 따라서 그들의 거칠고 뚝뚝 끊기는 대화 방식은 그들이 평화롭게 함께 살아갈 수 있는 안전한 기반이었다.

예상치 못했던 대화가 이루어진 뒤에는, 심지어 온전한 문장으로 대화를 나눈 뒤에는 그와 같은 대화를 다시 하게 되기 마련이다. 그들이 그런 대화를 나눈 지 얼마 되지 않아, 델핀은 아이들이 죽을 생각으로 일을 벌이려 한다는 확신을 갖게 되었다. 피델리스에게 그 말을 꺼냈지만 그는 어깨를 으쓱하며 대꾸했다. "사내아이

들은 원래 그래요." 그녀는 여름에 이미 아슬아슬한 사건을 경험
했다. 아이들이 물에 빠져 죽다 살아난 일, 제때 뛰어내리지 못했
다면 나무둥치에 부딪혀 머리통이 박살났을지도 모르는 그 빌어먹
을 그네 사건. 낙엽이 졌지만 눈은 아직 내리지 않은 지금 썰매를
타거나 언덕을 빠르게 내려오며 죽음에 이를 기발한 방법은 고안
해낼 수 없을 것이다. 그렇다면 망치로 엄지를 찍거나 집에서 만든
차를 타고 언덕을 쏜살같이 내려오다 그 차를 박살내는 것밖에 남
은 방법이 없었다. 피델리스가 아이들에게 총을 사줄 돈이 없는 게
그나마 다행이었다. 그들이 어떤 계획을 세웠는지, 어떤 생각에 사
로잡혔는지, 학교 수업을 마친 늦은 오후 무엇에 목숨을 걸려 하는
지 그녀는 알아낼 방도가 없었다. 다만 그들의 행동에서 긴장과 흥
분 같은 것을 느꼈을 뿐이었다. 말다툼을 벌이거나 일을 꾸미는 것
같다가도 그녀가 방으로 들어가면 아이들은 입을 꾹 다물었다. 이
상하게 연장들이 없어졌다. 아이들이 입었던 옷의 구겨진 부분이
나 주머니에 흙이 잔뜩 묻어 있었다.

아홉
땅속의 방

마르쿠스가 땅굴 파기에 사로잡힌 것은 어머니가 죽고 일 년이 지났을 때였다. 아이들은 어떤 나이에 이르면 공사가 막 시작된 현장이나 버려진 공사장에 매료된다. 정육점 뒤로 1,2마일 떨어진 소나무와 떡갈나무 숲 저편에 웅장한 저택이 들어설 예정이던 장소가 있었다. 거기 빽빽한 나무 뒤로 지하실을 만들려고 파냈던 흙이 높은 언덕을 이루고 있었다. 그 집의 주인이 될 뻔했던 사람은 일찌감치 거덜이 났다. 판자 하나 제자리에 있는 것이 없었고, 마당에서 썩어가는 헛간을 허물어 치우지도 않았다. 마르쿠스는 새총을 들고 주머니에 돌멩이를 잔뜩 넣은 채 정처 없이 돌아다니는 것을 사냥이라고 불렀는데, 어느 날 사냥을 나섰다가 우연히 이 터를 발견했다. 그는 먼저 지하실 자리로 뛰어내려 검보* 바닥을 돌

---

* 젖으면 진흙처럼 변하는 서부 평원의 고운 흙.

아다니다가 다시 기어나오느라 애를 먹었다. 다음에는 지붕이 폭삭 내려앉은 헛간에서 뭔가 쓸 만한 걸 찾아내는 데 심취했다. 마르쿠스는 머리를 숙이고 그 안으로 들어가 쌓인 쥐똥을 발로 차고, 겁을 줘서 쫓으려고 제비 둥지를 쿡쿡 찔렀지만 새들은 이미 남쪽으로 날아가버린 뒤였다. 그는 바닥에서 녹슨 깡통과 오싹하게도 자루가 부러진 도끼를 발견하고 챙겨 나왔다. 그러고는 짧은 바큇자국을 따라 걷다가 지하실 자리에서 파낸 흙무지를 발견했다. 굉장히 높은데다 새로 쌓아올린 것이라 풀도 무성히 자라지 않고 대머리처럼 억센 잡초만 듬성듬성 나 있었다. 그는 흙무지 언덕을 기어올라갔다. 꼭대기에 이르러 새총과 보물 같은 도끼머리를 나란히 내려놓고 드러누워서 하늘을 올려다보았다.

층층이 드리운 희끄무레한 구름을 지켜보는 동안 그의 밑에서 흙무지가 살짝 꿈틀하는 듯한 움직임이 느껴졌다. 흙무지가 자리를 잡으려는 것일 수도, 아무것도 아닐 수도 있었지만 땅이 살아 움직이는 느낌이 좋아 그는 다시 그 순간을 기다렸다. 아무 일도 일어나지 않았다. 다만 그 첫해에 종종 그랬던 것처럼, 이유 없이, 심지어 울음이 시작된 것을 알아채지도 못한 채 울고 있는 자신을 발견했다. 이런 울음이 그는 괴롭고 싫었다. 학교에 가면 아이들에게 눈물을 들킬까봐 자신을 주의깊게 살펴야 했다. 그는 몇 번이나 똥이 마려운 것처럼 변소로 달려갔지만 실은 감정을 추스르기 위해서였다. 지금은 들킬 염려 없이 혼자 울 수 있어 마음이 편했고, 눈물도 관자놀이를 타고 그냥 흘러내리게 두자 결국 멈추었다. 눈물이 그치자 그는 일어나 앉아 도끼머리와 새총을 챙긴 뒤 미끌미끌한 잡초 위로 미끄러져내려왔다. 하지만 잘 미끄러지지 않아 잡초가 뭉개지고 흙에 거칠게 쓸린 자국이 남았다.

다 내려와서 언덕에 기대앉았는데, 등에서 움직임이, 마치 그 안에서 거인이 자다 돌아눕는 듯한 뒤척임이 또다시 느껴졌다. 그는 신기한 이야기에 나오는 언덕처럼 이 언덕도 속이 텅 빈 건 아닐까 문득 궁금해졌다. 몸을 돌려 그의 뒤로 솟아오른 흙더미에 귀를 갖다 댔고, 단단하고 견고한 경사면에서 두둥두둥 뛰는 그의 심장박동 소리가 들렸다. 하지만 언덕은 그에게 뭔가를 더 요구하는 것 같았다. 한참 동안 그렇게 앉아 있던 그는 몹시 따분해져 딱히 뭘 하겠다는 생각도 없이 도끼머리로 언덕을 파기 시작했다.

더 깊이 팔수록, 흙을 더 많이 긁어낼수록 머릿속에 그리는 장면도 더 정교해졌다. 그도 처음에는 어떤 장면을 상상하고 있는지, 어떤 일을 시작하려는 건지 확실히 깨닫지 못했지만 구멍이 커지고 그의 어깨가, 이어서 머리가 들어가고 마침내 야트막한 그릇 모양의 구멍이 되자, 지금 자기 몸이 꼭 맞게 들어갈 공간을 파고 있다는 사실을 깨달았다. 잘 깨지는 작고 하얀 달팽이 껍질과 손톱만 한 조개껍데기가 섞인, 무겁고 부슬부슬한 검은 흙이 언덕을 이루고 있었다. 벽면은 단단하게 다져져 있지만 툭툭 쳐보면 쉽게 파낼 수 있는 무른 곳도 더러 있었다. 이따금 위쪽에서 흙덩이가 떨어지면 그는 조바심을 내며 발로 차냈다. 더 안쪽까지 파서 더 깊은 굴이 만들어지자 그는 그 안에 등을 대고 앉았다. 바닥은 폭신했고, 그는 더없이 편안한 느낌이었다. 속이 쓰리고 배가 고팠지만 나가고 싶지 않았다. 다음에는 먹을 것을 챙겨와야겠다고 생각하다, 자기가 여기에 또 오려고 한다는 것을 문득 깨달았다. 이제 겨우 시작일 뿐이었다.

그날 그는 그곳에 한참 동안 앉아 있었다. 그렇게 흙냄새에 에워싸여 있는데 그를 괴롭히던 걷잡을 수 없는 눈물이 또 한차례 예고 없이 흘러나왔다. 그는 흐르는 눈물을 무심히 두었고, 그 눈물이 반갑기까지 했다. 마음속에 자신의 손이 그려졌다. 아버지의 손에 어머니의 관 뚜껑 위에 흩뿌릴 흙덩이가 쥐여 있었던 것처럼, 자기의 손에도 방금 쥔 흙덩이가 있었다. 당시 그는 자기 손과 손에 쥔 흙덩이를 내려다보며 무덤가에서 얼어붙어버렸다. 그는 넋이 나간 채 하얗게 흩뿌려진 꽃송이를 보았다. 그는 주먹을 펴는 대신 꼭 쥐었다. 프란츠가 그에게로 돌아섰다. 무덤 위로 주먹을 펴 흙을 뿌린 뒤였다. 손바닥에 묻은 흙을 털어낸 뒤였다. 프란츠가 그의 팔을 붙잡은 채 그 신비한 장면에서 휘청거리며 멀어졌다. 충분히 멀어졌을 때 프란츠는 그의 팔을 놓았고, 아무 말도 하지 않았다.

묘지에서 돌아오는 동안 아무도 입을 열지 않았다. 그뒤로 마르쿠스는 침묵이 어머니와 관련된 모든 것을 둘러싼 채 점점 깊어지는 것을 느꼈다. 아버지는 어머니를 절대 입에 올리지 않았다. 어머니가 했던 일도, 심지어 어머니를 떠올리게 하는 물건도 말하지 않았다. 어머니가 소유했던 모든 것이 사라진 것 같았다. 꽃무늬 홈드레스도, 신발도, 가두리에 모피를 두른 코트도. 오직 델핀만이 어머니의 이름을 말했다. 어머니가 사라진 느낌은 아니었다. 그랬다면 어머니의 물건은 그대로 남아 있을 테니까. 오히려 어머니가 아예 존재하지 않았던 것 같은 느낌이었다.

마르쿠스는 달랐다. 그의 생각 속에서 어머니는 어느 때보다 힘 있는 존재였다. 그는 고집스럽게 어머니의 말과 모습을 간직했고, 혼잣말로라도 어머니에 대해 이야기했다. 다른 사람들은 어머니를 떠나보냈는지 모르지만 그는 그럴 필요가 없었다. 그것이 그의 선택이었다.

흙이 조그맣게 한숨을 쉬며 그의 등으로 사락사락 떨어졌다. 언덕은 여전히 꿈틀거리며 자리를 잡아가고, 아주 조금씩 다져지며 최대한 단단한 형태를 이루었다. 마르쿠스는 눈을 감고 부유했다. 정말로 잠이 들었다. 얕은 땅굴에서 깨어났을 때 눈을 뜨기 전에 의식이 들었고, 거기가 어딘지 깨닫기도 전에 기분이 아주 좋아졌다. 어머니가 몸져눕기 전에는 여름이면, 혹은 크리스마스나 생일을 기다릴 때면 그런 좋은 기분이 들곤 했다. 그는 뭔지 몰라도 그런 기분을 느낄 수 있을 것 같았고, 서서히 정신이 들자 더 파보면 알 수 있으리라는 생각이 들었다.

집으로 돌아온 그는 아주 대단한 것을 발견했다는 이야기를 에밀과 에리히에게 하지 않을 수 없었다. 이야기하는 내내 생각했고, 말이 길어지자 이야기를 더 꾸며냈다. 그들이 흙을 파서 만들 그 요새, 그 땅굴, 그 성채, 그 동굴은 버려진 오두막 판자와 숲에서 잘라온 가지로 진짜 광부의 광산처럼 보강할 수 있었다. 아무나 끼워주지 않고 일단 서약부터 받겠다 생각한 사람도 마르쿠스였다. 비밀을 지킨다는 맹세와 함께 손목 안쪽에 뜨거운 촛농을 떨어뜨려 엄숙한 의식을 치른 뒤, 소년들은 삽을 훔치고 파낸 흙을 운반할 시트를 빨랫줄에서 몰래 걷었다. 그리고 왕성한 식욕을 달래줄 빵과 단단한 사과, 호두, 구워 먹을 감자, 소시지 꽁다리 등을 숨겨 나왔다. 그들은 방과후 저택을 짓다 만 그 터에 모여 어둠이 깔릴 때까지 작업에 몰두했다. 사위가 완전히 깜깜해지면 헛간에서 훔친 랜턴이나 어머니의 서랍장에서 슬쩍한 초나 타운에서 제일가는 말썽꾸러기 로먼 시멕이 고맙게도 성당 제단에서 집어온 초에 불을 밝히고 작업을 계속했다. 초가 없어진 사실을 알아챈 클래런스 마렉 신부는 불같이 화를 내며 설교를 늘어놓았다.

발트포겔 아이들은 이제 교회에 다니지 않았기 때문에—어머니가 죽은 뒤로는 성당에도 가지 않았고, 탄테가 피델리스를 닦달했지만 루터교회에도 가지 않았다—사라진 초에 대한 설교를 듣지 못했다. 다른 소년들이 설교 내용을 들려주었다. 예전 같았으면 그들도 걱정하며 고해성사를 해야겠다고 생각했을 것이다. 이제 그들은 자신감이 넘쳤다. 그들 안에서 못된 마음이 들고 일어났다. 그들은 거들먹거렸다. 어머니가 없으니 완전히 버림받은 기분이었고, 신도 존재하지 않는 것 같았다. 그들의 기도를 철저히 외면하고 그토록 쉽게 어머니를 데려가버린 신을 왜 믿어야 하나? 그들은 신을 조롱했다. 손목에 촛농을 흘려 맹세하고, 피의 서약을 하고, 녹슨 도끼머리를 핥았다. 피델리스는 까맣게 몰랐고, 델핀은 의심만 품었다.

어느 토요일, 프란츠는 매저린의 자전거에 그녀를 태우고 집으로 데려왔다. 매저린은 속도가 느려지자 핸들바에서 뛰어내려 그와 나란히 걸었고, 프란츠가 자전거를 집 옆에 기대세울 때까지 기다렸다. 그녀는 불안감을 감추려고 잔잔한 미소를 지으며 그를 올려다보았다. 프란츠의 아버지는 무뚝뚝한 사람이니 그녀를 좋아하지 않을 것이 분명했다. 전에 가게에 왔을 때도 피델리스는 그녀에게 말 한마디 하지 않았고 짓궂은 농담을 하지도 않았다. 요즘 그

녀에게 향하는 남자 어른들의 무심한 척 감상하는 시선도 보내지
않았다. 남자들의 시선은 종종 지나치게 노골적이었는데, 그것은
매저린이 바라는 바가 아니었다. 그녀가 불안한 건 발트포겔 씨가
그녀의 존재를 전혀 인정하지 않는다는 사실 때문이었다. 매저린
은 약간 망설이다 프란츠를 따라 가게로 들어가서 그가 앞치마를
두르는 모습을 지켜보았다. 피델리스가 도살실 안쪽에서 뭐라고
소리를 질렀는데 잘 들리지 않았다. 그녀는 그가 그들을 맞으러 가
게로 나오지 않아 다행이라고 여겼다.

"매저린이에요." 델핀이 수건에 손을 닦으며 나타나자 프란츠가
말했다.

"둘 다 이름에 z*가 있구나."델핀이 말했다.

매저린은 기쁨과 놀라움이 뒤섞인 표정으로 프란츠를 보았다.
학교에서 공책 뒷장에 둘의 이름을 끼적인 것이 한두 번이 아니었
는데도 z가 둘의 공통점이라는 사실은 전혀 알아차리지 못했다. 그
런데 지금 이 여인이 누구나 아는 사실에서 완전히 새로운 사실을
깨우쳐준 것이다. z. 델핀은 매저린의 눈동자에 깃든 기쁨을 알아
채고 살며시 웃었다. 델핀은 시선을 돌렸지만, 소년용 신발을 신고
온전한 자기 옷이라곤 한 벌뿐이고 사치품이라곤 자전거뿐인 이
아이, 찢어지게 가난한 집안에서 자란데다 청구서는 끊임없이 밀
리고 로먼이라는 지독한 말썽꾸러기 남동생을 둔 이 아이가 프란
츠를 사랑한다는 사실에 이미 마음이 약해졌다. 왜 아니겠는가? 어
떤 여자라도 그럴 것이다. 사실이 그랬다. 프란츠는 여자들이 쉽게

---

* Franz와 Mazarine.

반하는 유형이었다. 부잣집 여자아이들도 그를 쫓아다니면서 어머니 심부름으로 가게에 와서는 뒤쪽에서 그가 일하는지 목을 빼고 기웃거렸다. 프란츠는 그런 얕은 감정에 걸맞은 상대가 아님을 델핀은 알고 있었다. 비행기를 태워준 뒤 침실로 다시 데려갈 때, 델핀은 프란츠가 에바를 얼마나 사랑하는지 깨달았다. 그때부터 프란츠가 첫사랑에 대한 애착이 깊고 심지어 위험할지 모른다고도 느꼈다.

델핀은 아이들 중 누구든 마음을 다치게 하는 여자가 있다면 목을 졸라버리겠다고 생각했다. 에바가 죽은 뒤 아이들이 무기력해지고 상실감에 빠진 모습을 보았기 때문이다. 그렇다 해도 델핀은 아이들이 여자의 어떤 행동을 보건 에바에 대한 슬픔과 사랑을 메아리처럼 느낄 거라고 생각했다. 그녀는 매저린을 한번 훑어본 뒤 이 아이의 성격이 한결같은지 시험해볼 생각으로 일을 거들어달라고 했다. 냉동실에 넣을 고기를 포장해달라는 주문이 있었다. 델핀은 포장지를 알맞은 크기로 자르고 깔끔하게 접는 방법을 보여준 뒤 천장에 매달린 감개에서 끈을 잡아당겨 능숙한 솜씨로 묶었다. 매저린은 모든 과정을 꼼꼼하고 솜씨 있게 해냈고, 할일이 더 있는지 물었다. 델핀은 먼저 앞쪽 선반을 닦고, 이어 캔 제품도 깨끗이 닦으라고 했다. 매저린은 시킨 대로 했다. 그러고는 다시 와서 할일이 더 없는지 물었다.

"매저린, 배고프지 않니?" 델핀이 물었다.

"아니요, 괜찮아요." 매저린은 손사래를 쳤지만 침을 꼴깍 삼켰다. 주저하는 모습에 델핀은 묻지 말았어야 할 것을 물었다는 사실을 깨달았다. 배를 채운다는 것은 매저린에게 자존심이 걸린 문제였을 것이다.

"나하고 같이 가자." 델핀이 말했다. 그녀는 앞장서서 부엌으로 향했고 매저린이 문가에 잠시 멈춰 서서 작게 숨을 삼키는 소리를 들었다. 오후 햇살이 유리창으로 비스듬히 들어와 빵을 담는 푸른색 그릇을 환하게 비췄다. 반들반들하게 닦은 밀가루통의 구리 테두리는 더욱 반짝거렸다. 사각형마다 꽃무늬가 그려진 식탁보는 방금 세탁한 것으로 색깔이 차분하면서도 발랄했다. 고리버들 바구니에는 사과가 담겨 있었다. 델핀은 에바의 부엌에 처음 발을 들여놓았을 때의 기분이 떠오르자 매저린에 대한 감정의 파도가 홍수처럼 밀려들었다. 그녀는 고기 샌드위치를 만들고 접시에 도넛을 올린 뒤 옆에 사과를 놓았다. 길쭉한 잔에 우유도 따라주었다.

"좀 먹어봐." 그녀가 말했다.

십 분 뒤 매저린은 가게로 돌아와 다른 할일이 더 있는지 물었다.

"잠시도 쉬지 않는구나." 델핀이 싱긋 웃었다.

"아니에요." 매저린이 말했다. 수줍지만 단호한 목소리였다. 델핀은 이 아이의 아버지에 대해 들었던 이야기가 떠올랐다. 성질이 고약한 것으로 유명한 날건달이었다. 매저린의 어머니는 먹을 것이 부족한데도 살이 출렁거릴 정도로 뚱뚱했고 심한 두통 때문에 드러눕는 것이 일이었다. 사람들은 게을러서 생긴 신경과민이라고 했다. 매저린은 여기 정육점에도 부모의 외상이 쌓인 것을 알았을 테고, 이렇게라도 하는 것이 그녀에겐 최선이었을 것이다. 아니면 프란츠를 감동시키려는 것인지도 몰랐다. 아니면 프란츠가 일하는 날에 더 오래 같이 있으려는 것일 수도 있었다. 2층 트렁크에 둔 에바 옷 중에 매저린에게 맞을 만한 게 좀 있을 텐데, 델핀은 그런 생각이 떠올랐다. 하지만 다시 생각하니 그러면 프란츠가 마음 아파할 것 같았다. 날이 저물 무렵 델핀은 매저린을 따로 불러 훈제 칠면조 다리와 베이컨을 포장해 건네면서 밀린 외상값을 좀 차감했다고 예사롭게 말했다. 매저린은 얼굴을 붉히며 고개를 끄덕였다.

매저린에게 델핀 자기 것을 좀 줘도 될 것이다. 구두 중에 잘 맞지 않는 것이 있었는데 매저린에게 잘 어울릴 듯싶었다. 매저린이 프란츠와 함께 밖으로 나가는 것을 지켜보며 델핀은 자신이 매저린을 구해주고 싶어한다는 것을 깨달았다. 어쩌면 그녀를 보며 자신과 비슷하게 스스로를 희생할 것 같은 예감이 들었기에 경고해주고 싶은지도 몰랐다. 관두자, 델핀은 생각했다. 그애가 부탁한 것도 아니지 않은가. 게다가 그 아이에게는 어머니가 있다. 아무리 신통치 않더라도.

두 사람은 매저린의 집으로 돌아가는 길에 멈춰서 매저린의 자전거를 숨긴 뒤 키 큰 덤불을 지나 숲으로 들어갔다. 그리고 가파르지 않은 비탈을 올라 그들의 소나무로 갔다. "담요를 가져올 걸 그랬어." 프란츠가 말했다.

"난 뻔히 보이는 것 같은데. 자전거 뒤쪽 펜더에 놓여 있는 담요는요, 변명하느라 쩔쩔매는 우리 모습이 말이야!"

프란츠가 그녀에게 키스했다. 그녀의 숨결에서 사과향이 났다. 라벤더색 칼라 바로 위 움푹 들어간 부분에 설탕 알갱이가 묻어 있었다. 그가 목에 묻은 설탕을 핥자 매저린은 나뭇가지를 올려다보며 움찔하지 않으려 애썼다. 자기가 먼저 그에게 사랑한다고 말하고 싶지 않아 입술을 깨물었다. 그 말이 튀어나올 것 같으면 프란

츠를 힘껏 떠밀고 잠시 그의 눈을 들여다보았다. 그녀는 천천히 그
와 입술이 닿을 만큼만 고개를 숙였다. 그리고 그를 꼬집어 그녀를
붙잡게 했다. 그녀는 팔다리를 벌리고 누워 그가 올라타게 내버려
두었지만, 그의 호흡이 짧고 거칠어질 때까지만이었다. 그가 눈을
감은 사이 그녀는 빠져나와 그를 놀리면서 머리칼을 흩날리며 다
시 길로 달려갔다.

　로이가 감옥에서 풀려난 그해에 델핀은 아버지가 조금씩 지워지
는 것처럼 느껴졌다. 그의 온몸이 앙상하게 말라갔다. 피부는 폭삭
익은 복숭아처럼 물렁해지고, 눈은 침침해졌다. 삐죽삐죽 솟은 머
리칼은 하얀 솜사탕 같았다. 로이는 점점 왜소해져 외모만 보면 고
대의 작은 소년 같았다. 묘하게 초점 없는 눈동자는 세상을 지나치
게 조용하고 친근하게 응시했다. 예전에는 술 때문에 무모하고 수
다스러웠지만, 이제는 꿈을 꾸는 듯하고, 느릿느릿하고, 잘 잊어버
리고, 종종 불안할 정도로 평온했다.
　하지만 그는 성실했다. 오전에는 정육점에 와서 해야 할 일은 뭐
든 했다. 그렇게 일하다가 10센트와 얇게 자른 소시지 한 장을 보
수로 받아 챙긴 뒤 오후 일터로 갔다. 스텝앤드어해프를 도와 물건
을 분류하고 운반하거나 쓸 만한 것을 찾아 타운 주민들이 버린 물
건을 뒤지는 일을 시작한 터였다. 둘은 함께 돌아다니며 뒤쪽 포치
에서 쓸 만한 것을 골라냈다. 이전에도 그는 폭음을 하다 잠시 술
을 끊으면 이따금 스텝앤드어해프와 함께 일했다. 이제 그들은 날
마다 만났다. 정말 어울리지 않는 한 쌍이었다. 그녀는 키가 껑충
하고 왜가리처럼 거만한데다 입이 걸고 가죽이나 헝겊을 골라 모

으는 솜씨가 대단했다. 한편 그는 자세가 구부정하고 피부는 하얀데다 뺨에는 해묵은 위스키가 남긴 장미색 핏줄이 불거졌다. 어쨌거나 자색 양파 같은 코만 빼면 피부만은 투명하고 고왔다. 로이는 그녀의 장비를 고쳐주기 시작했다. 부서진 궤짝과 구부러진 철물, 자전거 바퀴를 이용해 간편하고 가벼운 카트를 만들었다. 그 카트를 한 명이 밀고 다른 한 명은 소리를 지르며 거리를 누비고 다니면서 쓸 만한 것을 모았다. 그 시절에는 스텝앤드어헤프처럼 은행가의 요리사를 잘 알거나 크고 작은 부자들―농장이 타운 부지로 편입되어 횡재한 예전 농장주나 미미한 이윤으로 사업을 유지하는 가게 주인―의 집 뒷문에서 받아주지 않으면 시시한 것밖에 구할 수 없었다. 그녀는 오랫동안 자기 사업을 착실히 해왔기 때문에 그런 장소에서 환영을 받았고, 지금은 로이 바츠카도 그랬다.

델핀은 스텝앤드어헤프와 로이가 함께 일하는 것이 못마땅했다. 아버지가 정직한 사업에 뛰어든 것은 기뻐할 일임을 델핀도 알았다. 그래서 그가 그런 괴상한 인물과 어울리며 입방아에 더 오르는 것이 달갑지 않았지만 겉으로는 아닌 척했다. 게다가 스텝앤드어헤프 역시 델핀이 카운터 뒤쪽 에바의 자리를 차지한 사실을 못마땅해하는 게 분명했다.

그러던 어느 날 스텝앤드어헤프가 델핀에게 말을 걸었다. 아침에 자기 몫을 챙겨가려고 가게에 온 그녀는 델핀이 소시지 꽁다리와 손질하고 남은 지스러기를 건네는 작은 의식을 치른 뒤에도 나가지 않았다. 그녀는 평소와 다름없이 꼼꼼히 뒤적거려 가져갈 것을 골라냈고, 델핀은 그것을 깔끔하게 포장해주었다. 속물근성이 있는 거야, 최악에서 최선을 집요하게 골라내는 모습을 보며 델핀은 생각했다. 그런데 그녀는 왜 포장 꾸러미를 손에 든 채 쏘아보면서, 녹을 긁어내는 소리로 목을 풀면서 가만히 서 있는 거지? 스텝앤드어해프에게서 코를 찌르는, 좀약 같고 늑대가 풍길 법한 냄새가 났지만 딱히 불쾌하지는 않았다. 오늘 그녀는 머리에 화려한 스카프, 즉 넓은 청록색 벨벳 띠를 터번처럼 둘렀다.

"고양이를 발견했어." 스텝앤드어해프가 말했다.

"아빠한테 들었어요."

스텝앤드어해프는 지금 잡동사니가 그득한 오두막에서 사나운 이빨을 가진 작고 귀여운 회색 고양이를 키우고 있었다. 아마 우유가 필요한 모양이라고 델핀은 생각했다. 그녀는 스텝앤드어해프에게 기다리라고 말한 뒤 냉장실로 가서 크림통에 우유를 조금 따랐다.

그녀가 돌아와 카운터에 통을 내려놓고 밀어주었다. 하지만 스텝앤드어해프는 델핀의 지나친 친절에 기분이 상한 듯 미심쩍은 표정으로 고개를 아주 살짝 끄덕여 고마움을 표한 뒤 그것을 챙겼다. 하지만 돌아서서 나가지는 않았다. 스텝앤드어해프는 아주 잠시 피델리스가 독일에서 취득한 화려한 수료증을 읽기라도 하듯 실눈을 뜨고 보았다. 수료증은 나무를 깎아 장식한 무거운 액자에 넣어 카운터 뒤쪽 벽에 걸어놓았는데, 독일어인데다 글씨가 깨알같이 알아볼 수 없었다. 마침내 스텝앤드어해프가 벨벳 스카프를 둘러쓴 왕족처럼 도도하게 머리를 살짝 숙이더니 다짜고짜 말했다. "애들이 중국까지 땅굴을 팔 작정인가봐."

델핀은 깜짝 놀라 이제 스텝앤드어해프가 말도 안 되는 미친 소리를 하는구나 싶었다.

"자기들이 들어가 누울 무덤을 파고 있다니까. 말리는 게 좋을 거야."

"알겠어요." 델핀이 조심스럽게 말했다. "말릴게요. 말썽이 생기는 건 바라지 않으니까."

스텝앤드어해프는 사려 깊은 표정으로 고개를 끄덕였다. 그러더니 난데없이 카운터 위로 몸을 쓱 내밀어 델핀의 얼굴을 뚫어져라 보았다.

"난 그놈 집안을 알아, 라자르 말이야. 좋지 않은 종자야. 그 시프리언이라는 놈을 조심하고 돈간수도 잘해."

"누가 물어봤어요?" 델핀은 어리둥절해서 대꾸했다. "게다가 제가 시프리언의 돈을 받아 쓰는 거예요. 혹시나 모르실까 해서." 그녀는 스텝앤드어해프를 당황하게 만들려고 덧붙였지만 효과가 전혀 없었다.

"너는 그런 생각이군." 스텝앤드어해프가 쌩 돌아서며 말했다. 그러더니 옷자락을 펄럭거리고 남성용 부츠를 절거덕거리며 성큼성큼 나가 문을 쾅 닫았다.

낮이 짧아지면서 시프리언은 밤마다 가게로 찾아왔다. 대개는 델핀이 일을 끝내기 전 저녁시간에 피델리스와 맥주를 한잔 마셨다. 아이들이 집으로 돌아온 뒤 셋이서 함께 저녁을 먹을 때도 가끔 있었다. 아이들은 추위에 빨개진 얼굴로 튼 손을 비볐다. 뛰어온 탓에 땀범벅인데다 신발에서 흙이 솔솔 떨어졌다. 아이들이 목욕하는 동안 델핀은 다 먹은 접시를 치우고 새로 음식을 차렸다. 세 사람은 델핀이 여유가 있을 때 미리 만들어둔 음식을 먹었다.

으깬 감자나 굴라시, 달걀이 있으면 케이크도 만들었다. 팔리지 않
은 고기가 상하기 직전이면 그것도 요리에 썼다. 종종 탄테가 꼈
고, 클래리스도 이따금 들렀다. 로이나 피델리스의 친구들이나 노
래클럽 회원들이 함께할 때도 있었다. 노래 연습을 하는 날은 모
두 늦게까지 남아 있었지만, 그런 날이 아니면 피델리스와 다른 친
구들을 식탁에 남겨두고 델핀과 시프리언은 먼저 일어섰다. 평소
와 다르지 않은 어느 밤, 재고 정리가 한창이었던 델핀은 기록해둬
야 하는 온갖 잡다한 제품을 떠올리며 남자 둘만 남겨두고 일어섰
다. 피델리스와 시프리언 앞에 먹다 남은 콩팥 그레이비와 매시트
포테이토 파이가 놓여 있었지만, 둘은 손에 든 맥주병 말고는 관심
이 없었다.

델핀이 일어나 사무를 보는 방으로 가버리자 두 남자는 불현듯
간질거리는 긴장감을 느꼈다. 잠시 침묵이 흐른 뒤 피델리스가 프
란츠처럼 비행기를 타고 하늘을 날아보고 싶다고 말하자, 시프리
언이 자기는 자동차면 충분하다고 대꾸했다. 그리고 각자 맥주를
들이켠 뒤 한동안 잠자코 앉아 있었다.

"격랑에 다시 휩쓸리고 싶지는 않아서요." 시프리언이 말했다.

피델리스는 고개를 끄덕였지만 시프리언에게 언제 격랑에 휩쓸
렸는지 캐묻지는 않았다. 문득 격랑 같은 일은 대화의 주제로 너무
무겁다는 생각이 든 것이다. 다양한 자동차 제조사의 장점이나 루
스벨트의 그랜드포크스 방문, 토목사업국, 우유 가격, 가뭄이 계속
되면 도축할 짐승이 남기나 할지 같은 문제, 주류세나 이웃 타운의
오페라하우스 화재만큼이나. 무난한 이야깃거리는 먹고 남은 음식
뿐인 듯해 피델리스는 콩팥 그레이비의 맛이 썩 나쁘지는 않았다

고 말했다.

"썩 나쁘지는 않다, 그게 무슨 뜻입니까?" 시프리언이 물었다.

"델핀이 맛있게 만들었다는 거지요."

"그렇다마다요." 시프리언은 피델리스의 도전에 자신이 이긴 것처럼, 적어도 그 말에 대해선 그의 무릎을 꿇린 것처럼 말했다. 피델리스도 분노의 감정이 등을 타고 찌릿하게 올라오는 것을 어쩔수 없었다. 그가 술을 쭉 들이켜자 시프리언도 들이켰고, 두 사람은 그들 사이에 불쑥 일어난 불쾌한 감정을 바로잡으려고 어색하게 웃었다.

"그 일식인가 뭔가에 대한 기사 읽어봤습니까?" 시프리언은 그들을 구해줄 유일한 화제가 천체라고 느끼며 희망을 품고 말했다.

"아니요." 피델리스가 애써 무덤덤하게 대답했다.

"캄캄해지는 거라는데." 시프리언은 실제로 아는 것도 없으면서 그렇게 중얼거렸다. 그러다 대화의 물꼬를 틀 수 있고 쉽게 바닥나지도 않을 화젯거리를 찾아냈다. "낙엽이 지던데요." 그가 말했다. "요즘 도축할 짐승은 많이 들어옵니까?"

피델리스는 선뜻 그 질문을 받았다. "사슴 한 마리나 뭐 그 정도지요. 거스 뉴홀이 미네소타 북쪽 숲에서 곰을 쐈대요. 들리는 말로는 젠장, 인디언을 잡을 뻔했답니다. 바로 앞에 가던 안내자를요. 거스가 지나치게 흥분한 나머지 총을 잘못 쏴서 안내자의 대갈통을 날릴 뻔했다나요."

맥주병을 입으로 가져가던 시프리언은 표정이 굳어지더니 병을 천천히 내려놓고 까만 눈동자로 피델리스의 옅은 눈동자를 빤히 들여다보았다. 그것은 위험한 행동이었고, 이제 그들은 맞물린 시선을 뗄 수 없었다. 먼저 눈을 깜박이는 사람이 애매하게 패자가 될 테니 눈을 깜박일 수도 없었다. 피델리스는 자신이 무슨 잘못을 해서 이런 난처한 상황에 몰렸는지 알 길이 없었지만, 아무튼 상황은 그렇게 돌아갔다. 그는 전쟁터에서 라이플총의 조준기를 통해 보면서 눈을 깜박이지 않는 법을 터득해, 시야에 부주의하게 순간적으로 어른거리는 것을 놓치지도, 손가락의 누르는 힘 조절에 실패하지도 않을 것이었다. 시프리언은 권투선수가 되려고 훈련하던 시절 눈을 깜박이지 않는 법을 배웠는데, 두 선수가 처음 맞붙은 순간 상대를 간파하는 방법이었다. 서로 눈을 쏘아보는 것. 최고의 선수는 눈꺼풀이 내려오는 속도만큼 빠르게 치명적인 펀치를 목에 날릴 수 있었다. 그렇게 시선이 맞물린 채 시간은 흐르고 또 흘렀고, 꼼짝하지 않는데도 호흡은 더욱 거칠어졌다. 눈이 건조해져 화끈거리고 코도 따끔거렸다. 긴장감이 엄청나게, 터무니없을 만큼, 이어서 참아내지 못할 만큼 커졌다. 델핀이 돌아온 그 순간 피델리스가 와장창 소리와 함께 손에 쥔 맥주병을 박살내버렸다. 세 사람 모두 놀라서 선홍색 피가 뿜어나오는 것을 내려다보았다. 피델리스가 물었다. "그래 시프리언, 어떤 격량을 겪었습니까?"

시프리언이 실크 파이처럼 부드럽게 대답했다. "벨로숲에서였지요. 독일군이 밀밭에 폭격을 퍼부었지만 우리는 끄떡하지 않고 숲에서 독일군을 격파했어요. 우리는 계속 전진했고, 그들은 우리를 막을 수 없었습니다. 저격수들이 땅에 납작 엎드리자, 마침내 우리는 총검을 빼들어야 했지요."

델핀은 다시 나가고 싶었지만, 대신 소독용 알코올을 가져와 피델리스의 손을 닦아주면서 시프리언에게 말했다. 그녀는 가벼운 목소리로 상황을 바로잡았다. "정전 선언을 한 지가 언젠데, 이게 다 무슨 소리래?"

시프리언이 어깨를 으쓱했고, 피델리스는 불쑥 화가 치밀었지만 허허거리며 알코올이 따가운지 얼굴을 찡그렸다. "물론 그렇죠." 그는 시프리언에게 설명할 길 없는 증오심을 불태운 것이 문득 어리석게 느껴져 별스럽지 않게 대꾸했다. 그날 저녁까지만 해도 줄곧 시프리언을 괜찮게 여기던 터였다. "나는 벨로숲엔 없었어요. 그 전쟁은 끝났지. 다 끝났어."

"아, 물론이지요." 평소의 온유한 태도를 되찾은 시프리언이 말했다. "이 아름다운 흔적만 빼면 다 끝났지요." 그는 목에 밧줄 같은 흉터가 남은 하얀 살을 톡톡 쳤다.

이후 두 사람은 농가로 돌아가 잠자리에 들었다. 고단했던 델핀은 갖가지 색깔의 우표를 이어붙인 듯한 퀼트 이불을 덮은 채 다리를 쭉 뻗고 편하게 누웠다. 에바가 건강했을 때 만들어준 것이었다. 그녀는 부엌에서 뚜렷이 감돌던 긴장감이 신경쓰이면서도 한편으로는 의아했다. 부엌에 들어서기 전부터 그곳의 정적에서 두 남자의 긴장이 느껴졌는데, 그 순간 병이 폭발하듯 깨지는 날카로운 소리가 들렸고 피델리스가 손을 베었다. 게다가 시프리언은 발사 직전처럼 몸을 곧추세우고 앉아 있었다. 그는 지금 그녀 옆에서 조용히 숨을 쉬며 좀처럼 잠을 이루지 못했다.

"아까 뭣 때문에 싸웠어?" 그녀가 물었다.

"당신 때문에." 그의 목소리에는 망설임이 없었다.

"바보 같은 소리." 델핀은 오히려 자신이 바보가 된 기분이었다.

"그럴지도 모르지."

델핀은 어색하게 웃었다. 그녀를 여동생처럼 대하면서도 그가 질투를 하다니 뜻밖이었다. 그리고 그녀에 대해 무슨 권리라도 있다고 생각한다는 데 어렴풋이 화가 났다. 그녀는 신경이 곤두서서 잠시 발끈했다.

"내 생각엔." 이윽고 그녀가 입을 열었지만 깊이 고민하고 하는 말은 아니었다. "당신이 나를 여자로 사랑하지 않는다면 우리가 한 침대를 쓰는 건 그만둬야 할 것 같아. 당신 생각은 어때?"

그가 일어나서 밖으로 나가자마자 그녀는 옆에 있던 그의 존재감이 그리웠고, 팔을 뻗어 그의 등을 끌어안고 싶었다. 그녀는 그와 숨소리가 하나로 맞으면 금세 잠들곤 했다. 고요한 어둠 속에서 잠이 오지 않아 한동안 뒤척이다가, 이윽고 한숨을 쉬며 일어나 빨간색 가운을 걸쳤다. 그는 식탁에 앉아 있었다. "이런." 그녀가 말했다. "들어가자." 시프리언은 그녀를 따라 다시 침실로 돌아갔고, 그들은 집이 안겨주는 평화 속에, 어둠 속에 함께 누웠다. 로이는 난로 옆에서 코를 골고 있었다. 하지만 그들이 아이처럼 부둥켜안고 있는 동안에도 그들 사이에는 슬픈 진실이 존재했다. 시프리언은 자신에게 분노할 권리가 없다는 것을 알았고, 그래서 델핀이 그를 안타까워하는 것도 알았다. 그는 어떻게 할 셈인가? 그의 옆에서 델핀은 예상과 달리 곧바로 잠들기는커녕 계속 뒤척였다. 손가락에 낀 가짜 결혼반지 안쪽은 광택이 흐려졌고 합금이라 손가락이 가려웠다. 그녀는 마음이 도통 편안해지지 않았다. 그녀가 돌아누우며 뒤척였고, 시프리언의 호흡이 고르게 잔잔한 리듬을 타자 화가 났다. 그녀는 그가 잠들고 나서도 한참 동안 깬 채로 조용히 문을 두드리는 듯한 그의 숨소리에 귀를 기울였다.

피델리스도 그날 밤늦도록 깨어 있었다. 부엌에서 그는 아이들에게 그만 떠들고 자라고 세 번이나 소리를 질러야 했다—아이들이 유난히 들떠 있었다. 예전에는 에바가 무슨 일인지 알아내서 얘기해주었다. 하지만 피델리스는 뭘 물어보는 성격이 아니었다. 아이들에게도 그들만의 삶이 있었다. 그는 아이들의 관심사를 캐묻지 않았고, 아이들도 뭘 하고 지내는지 그에게 말해주지 않았다. 피델리스와 아이들 사이에는 다가설 수 없는 벽이 있었는데, 그런 형식적인 관계가 된 것은 얼마간 고달픈 생활 때문이었지만 피델리스의 본가에서는 언제나 그런 식이었기 때문이기도 했다. 피델리스도 아버지에게 개인적인 이야기는 하지 않았고, 어른이 되어서도 마찬가지였다.

피델리스는 밤늦게까지 공급자들이 보낸 청구서 뭉치를 훑으며 어디는 넘기고 어디는 기다려달라고 하고 어디는 당장 지불할지 고민했다. 필요한 만큼 액수를 맞출 수 있을지 거듭 계산하면서 가지고 있는 얼마 안 되는 현금을 쪼갰다. 계산이 끝나면 각각에 해당되는 액수만큼 제한 뒤, 또 한 장의 청구서를 뭉치 맨 밑으로 보냈다. 이따금 양쪽 관자놀이를 주먹으로 누르고 수북이 쌓인 청구서 뭉치를 멍하니 보았다. 그리고 몇 가지를 속으로 계산한 뒤 알 수 없는 순서로 다시 청구서를 정리했다. 그가 받아야 할 돈의 수금은 탄테에게 맡겼다. 이런 불황기에 받을 돈은 받고 줄 돈은 준다는 것은 바위에서 피를 짜내는 것이나 다름없었고, 그것이 바로 탄테가 잘하는 일이었다.

알고 보니 강건하고 꽤 괜찮은 바리톤이었던 남자, 델핀의 남편이라 생각했던 그자에게 느꼈던 적대감 때문에 피델리스는 여전히 혼란스러웠다. 한번은 시시콜콜한 계산에 지쳐, 자리에서 일어나 부엌을 서성였다. 네 걸음 앞으로 갔다 네 걸음 뒤로 갔다. 공간이 비좁아 짜증이 나자 복도로 나가 걸어볼까 생각했지만 이제 겨우 잠든 아이들을 깨우고 싶지는 않았다. 그래서 타일이 깔린 좁은 부엌만 이리저리 서성였다. 그러다 한복판에서 우뚝 멈춰 섰다. 그리고 손으로 머리를 짚으며 허허 웃었다.

그것이었다! 시프리언에 대한 그것! 뭔가가 있었다. 그자에게 뭔가가 있다는 느낌은 줄곧 있었다. 지금까지는 뭔지 몰랐다. 맞은편에 앉아 눈을 깜박이지 않으려 애쓰며 서로를 뚫어져라 보던 그 순간까지는. 돌이켜 생각하자 이제 알 것 같았다. 게다가 그가 거스 뉴홀의 곰 사냥에 대해 늘어놓았을 때를 생각해보면. 피델리스는 그 눈싸움을 상기해보았다. 남자의 칠흑같이 검은 눈, 홍채 속으로 녹아들어가는 듯한 눈동자, 부싯돌처럼 검은 시선. 귀머거리 안내자. 이제 알았다. 인디언. 시프리언은 인디언이었다. 줄곧 불편했던 느낌은 그 때문이었다. 그자가 좀 다르다는 건 알았지만, 딱히 알았다고 할 수도 없었다. 시프리언이 인디언이라고 생각하니 모든 것이 괜찮아졌다. 아니 거의 괜찮아졌다. 그들 사이에 불쑥 일어난 적대감의 근거는 매우 이상하게도 델핀이 자리를 비운 것, 혹은 그들과 함께 있었던 것, 혹은 그녀의 존재 자체라는 사실을 깨달았기 때문이었다.

소년들이 만드는 요새의 입구는 대단히 훌륭했다. 그들은 낡은 마차의 마부석에서 떼어낸 의자를 이용해 입구를 떠받치고, 허물어져가는 헛간 밑에서 찾아낸 짧은 기둥으로 위쪽을 가로지른 다음 거기에 편자까지 박았다. 땅굴의 시작 부분도 헛간 벽에서 떼어내 짧은 숲길을 덜컹덜컹 끌며 가져온 판자로 보강했다. 그 공사를 끝까지 버텨낸 불사조 무리가 있었으니, 마르쿠스, 쌍둥이 에밀과 에리히, 그리지 모리스, 로먼 시멕이었다. 다른 소년들은 떨어져나갔지만 핵심 멤버만 있으면 충분했다. 그들은 가장 근사한 부분을 작업중이었다. 이제 언덕 중심에 이르러, 자신들의 소굴이자 클럽회관이자 막강한 방이자 밀실로 쓸 장소를 만드는 가슴 벅찬 일에 열중해 있었다.

그 방의 입구에 이르려면 땅굴을 대략 20피트 정도 꿈틀거리며 기어가야 했다. 처음에 밀실은 굉장히 작았다. 마르쿠스는 먼저 괭이로 공략해 땅굴보다 조금 더 크고 둥근 구멍을 파냈다. 로먼 시멕이 큼직한 사각 캔버스 천을 훔쳐왔고, 다른 소년들이 그 천에 삽으로 흙을 퍼담아 밖으로 날랐다. 마르쿠스가 가장 열심이었는데, 나머지 아이들이 풀밭에 앉아 한숨 돌리거나 적갈색 식물을 신문지로 말아 가짜 담배를 피우는 시늉을 할 때도 혼자 흙을 파내서 날랐다. 다른 아이들이 언덕 밖에 둘러앉아 있어도 잔소리를 하거나 나무라기는커녕 신경도 쓰지 않았다. 작업에 푹 빠져선 다른 아이들이 동참하든 말든 별 관심이 없었다. 그는 먼저 몸을 웅크리고 그 인상적인 입구로 들어간 뒤, 흙무지의 검은 심장부까지 기어갔다. 자신의 폐에서 피가 쉭쉭 도는 소리, 심장이 팔딱거리고 오므라드는 소리, 귓속에서 윙윙거리는 소리와 전기신호가 부재한 무음의 소리까지 다 들리는 아주 조용한 방으로 들어가면서, 마르쿠스는 깊고 난폭하기까지 한 만족감을 느꼈다. 아이들과 함께 집으로 갈 때면 마음이 차분해지면서 약간 멍해졌고, 어머니를 잃은 뒤 처음으로 중간에 깨지 않고 깊은 잠을 잤다.

그들이 무슨 짓을 벌이고 있는지 정확히 파악한 사람은 아무도 없었다. 귀가한 아이들의 몰골이 그다지 지저분하지 않은 것은 확실히 놀라운 일이었지만, 건조한 11월 초순이라 옷과 머리칼에 묻은 흙먼지는 보이는 대로 손으로 쓸어내거나 탈탈 털어 어떻게든 감출 수 있었다. 집에 온 아이들은 가장 먼저 부모의 옆을, 마르쿠스와 동생들의 경우는 델핀의 옆을 슬금슬금 지나갔다. 델핀은 매일 밤 정해진 시간에 자신의 집으로 돌아갔기 때문에 더러 없을 때도 있었다. 그녀는 차를 몰아 시프리언과 함께 집으로 가기 전에 아이들이 먹을 저녁을 오븐에 데워놓았다. 아이들의 아버지는 가게나 어수선한 책상 앞에서 일을 하거나 부엌에서 다른 남자들과 맥주 한두 잔을 마시고 있어서, 밤에 아이들이 깨끗이 씻고 나서야 돌아온 것을 알아차렸다. 사실 알아차렸다고 해도 정말로 알아차리는 것과는 달랐다. 아이들은 힘든 기색이라곤 전혀 없이 똑바로 누워 쌔근거리고 있었다. 그도 고단했기 때문에 그 정도면 충분했다.

하늘은 더 빨리 어두워지고 땅은 하루가 다르게 추워졌지만, 소년들은 언덕으로 가서 겨울잠 채비에 조바심이 난 땅다람쥐처럼 열심히 흙을 팠다. 그들은 천천히 내부의 방을 조금씩 넓혀가, 한 아이가 무릎을 꿇을 수 있을 만큼, 이어서 일어설 수 있을 만큼 커졌다. 곧 두 명이 비집고 들어갈 수 있게 되었다. 이어서 세 명이 들어갔다. 그러던 어느 날 폭우가 쏟아졌다.

11월의 음울한 찬비가 억수같이 쏟아지며 사흘을 내리 퍼부었다. 하늘에 구멍이 뚫린 것 같았고, 도랑과 타운 하수구가 침수되었다. 강물이 넘실거리고 늪에는 빗물이 가득 고였다. 길은 물이 콸콸 흐르는 개울로 변했다. 소년들이 요새를 만드는 언덕 뒤로 버려진 집터에 만들다 만, 진흙 바닥의 지하실은 커다란 수영장으로 변해버렸다. 그러다 하늘이 비를 말끔히 쏟아냈는지 갑자기 햇볕이 살짝 들더니 서늘한 바람이 불었다. 들판이 마르자 검은색이 사라지고 회색이 되었다. 학교가 끝나자 소년들은 약속대로 만나서 여태 작업한 것이 괜찮은지 살펴보려고 언덕으로 달려갔다. 당연히 피해가 있었지만 그들이 걱정한 만큼 심하지는 않았다. 판자 몇 장이 내려앉고 망을 보러 곧잘 올라갔던 언덕 자체는 깎여나갔지만, 약간 위쪽을 향하는 각도로 땅굴을 팠기 때문에 그 내부는, 심지어 더 안쪽의 밀실은 놀랍게도 감쪽같이 말라 있었다. 천장은 빗물이 스며들어 처음 작업을 시작했을 때보다 몇 배나 더 무거워진 상태였다.

소년들은 열성적으로 복구 작업을 시작했다.

"판자는 여기에 끌어다놔." 마르쿠스가 지시를 내렸다. "다시 보강해야 해." 그는 보강이라는 단어를 발음할 때면 어른이 된 느낌이 들었고 그 느낌이 좋아서 몇 번이나 되풀이했다. 그 작업에 꼭 알맞은 단어처럼 들렸고 어쩐지 전문가 느낌이 났다. 그는 아버지의 연장에서 쇠지레를 슬쩍해왔다―아직 알아차린 사람은 아무도 없었다. 소년들은 쇠지레로 낡은 헛간에서 판자를 몇 장 더 뜯어냈다. 헛간 양옆으로 널조각 같은 찬란한 햇빛이 쏟아졌다. 폭우가 내린 뒤라 말갛게 씻긴 공기에서 상쾌한 냄새가 났고, 늦가을 해는 한두 시간 뒤면 질 터라 소년들은 더 능률적으로 일했다. 판자가 무너진 곳에 떨어진 흙은 축축하고 덩어리져 있었는데, 젖은 흙은 마른 흙보다 퍼나르기가 훨씬 더 힘들어서 그것이 또다른 어려움이었다. 하지만 바람이 많이 불면서 대기가 습기를 빨아들였다. 그들은 비밀의 방으로 통하는 길을 입구부터 깨끗이 치웠지만, 통로라고 해봤자 얇은 판자로 얼개를 짜서 부분적으로 받쳐놓은 것이 전부였다.

"곧 어두워질 거야." 마르쿠스가 판자를 끌고 가는데 로먼이 초조한 듯이 말했다. "난 이만 갈래."

"잠깐 기다려. 이 판자를 밀어넣는 것 좀 도와줘."

로먼이 땅굴 속으로 판자를 가능한 만큼 밀어넣었지만 구멍이 좁아서 한 번에 한 명만 들어갈 수 있었다. 마르쿠스는 반쯤 무너진 땅굴로 어렵사리 기어들어갔다. 먼저 머리를, 이어서 한쪽 어깨를 움직여 집어넣고 반대쪽 어깨를 집어넣었다. 어깨가 다 들어가자 나머지는 수월했다. 그는 컴컴한 어둠 속에서 발을 뒤로 빼고 판자를 움켜잡은 채 더듬더듬 앞으로 나아갔다. 로먼은 이제 뒤처졌다. 마르쿠스가 숨을 들이마시자 언덕 한복판 내부의 습한 공기가 훅 끼쳤다. 그는 나머지 소년들에게 그를 따라오라고, 괭이와 캔버스 천을 가져오라고 소리쳤지만 그들이 어쩐건 별로 개의치 않았다. 그는 끌어온 판자를 제 위치에 놓으려면 빛이 필요할 것 같아 주머니에 토막 초와 성냥을 넣어왔다. 하지만 당장 촛불을 켜지는 않았다. 어둠은 친근했고 그를 반기는 것 같았다. 주변을 빨아들인 정적은 아늑하고 순수했다. 벽을 만져보니 흙이 말라 있어 안심이 되었다. 그는 불빛 없이도 원하는 자리에 판자를 놓을 수 있겠다고 판단한 뒤, 벽을 따라 수직으로 박아놓은 두 장의 판자 위쪽에 방금 가져온 판자를 감으로 끼워넣었다. 판자 두 장은 1피트 깊이로 묻어둔 터라 그는 첫번째 판자도, 이어서 두번째 판자도 제법 잘 고정할 수 있었다. 마르쿠스가 한 장 더 가지러 도로 기어가다 땅굴 중간쯤에서 로먼의 손끝을 더듬어 판자를 받아갔다.

"집에 갈 거야." 로먼이 헐떡거렸다. "벌써 어두워졌어. 서둘러야 해!"

"알았어." 마르쿠스가 말했다. "이 마지막 부분만 보강하고." 그는 그 단어를 다시 말한 뒤, 한 손으로 판자를 잡고 망가진 통로를 따라 비밀의 방으로 어렵사리 돌아갔다. 마르쿠스가 그 판자까지 천장에 끼워넣었을 때, 밖에서는 아이들이 이상한 것을 목격했다. 집으로 돌아가기 전에 마지막으로 판자 한 장을 더 가지러 땅굴 입구를 떠나 허물어진 헛간을 향해 터덜터덜 걸어갈 때였다. 소리는 나지 않았지만 또렷이 체감되는 것, 어떤 땅의 기운에 소년들은 호기심이 생겨 언덕을 돌아보았다. 그 순간 별다를 것 없는 소리, 내부에서 풀썩 하는 둔탁한 소리와 함께 언덕이 허물어졌다. 한순간 높은 돔 모양이던 언덕이 다음 순간 꼭대기가 쑥 꺼졌다. 깜짝 놀란 소년들은 얼마 후에야 아직 그 안에 마르쿠스가 있다는 사실을 기억해냈다.

수북이 쌓인 솔잎이 만들어준 침대는 위쪽이 말라 있었지만 그밑은 아직 축축했다. 매저린과 프란츠는 한동안 소나무 근처 야트막한 바위에 앉아 서로 도란거리기만 했다. 최근 프란츠는 축구 시합 덕분에 점점 더 베티 줌브러게의 관심을 끌고 있었는데, 매저린은 인정하기 싫었지만 그 때문에 속상했다. 베티는 아버지의 차를 몰고 등교하고, 요일마다 다른 옷을 입고, 실크 스타킹을 신었다. 금발은 여자아이들이 너무 짙다고 할 정도로 짙었고, 입술에는 여자아이들이 미니애폴리스에서 샀다고 하는 반짝거리는 진홍색 립스틱을 발랐다. 베티는 복도에서 프란츠를 불러세우더니 수업이 끝나면 차를 태워주겠다고 했다. 매저린의 친구들은 베티가 바보같아 보일 만큼 프란츠에게 집적거린다고 했다. 지금까지는 프란츠도 아무 반응을 보이지 않았고 매저린도 자존심 때문에 그 얘기는 꺼내지 않았다. 프란츠는 베티의 행동 때문에 매저린이 힘들어할 수 있다는 사실은 미처 깨닫지 못했다. 그가 소나무 사이로 어룽거리는 햇빛 속에서 그녀를 쳐다보았다.

"이리 와." 그가 보드라운 솔잎 위에 편히 앉으며 말했다.

"거긴 축축하잖아." 그녀는 고개를 가로저었다.

"집에 가기 전에 마를 거야." 프란츠가 말했다. "걱정 마." 그래서 그녀는 그의 옆으로 가서 앉아, 튼튼한 밑동에서 하늘 끝까지 뾰족한 탑처럼 솟은 소나무를 올려다보았다. 프란츠는 몸을 기울여 그녀의 이마에서 머리칼을 쓸어넘겼다. 머리칼은 얼굴 주위로 가는 펜으로 그린 것처럼 고른 윤곽을 그리고 있었다. 그는 그녀의 눈썹—쭉 뻗은 갈색 눈썹은 그의 눈썹과 아주 비슷했다—에 입을 맞추고, 손으로 얼굴을 감싼 뒤 입술에 진하게 키스했다. 그의 가슴팍에서 심장이 두근거렸다. 비는 솔향과 낙엽이 썩는 야생의 흙냄새를 끌어냈다. 그녀에게서 학교에서 쓰는 싸구려 비누와 종이냄새, 그리고 짭조름한 체취가 풍겼다. 그는 뒤로 기댄 채 그녀의 손을 살며시 잡으며 그녀가 다시 한번 젖가슴을 만지게 해주길 간절히 바랐다. 이번에는 세게 만지지 말아야지. 하지만 그녀는 그렇게 해주지 않았다.

전류처럼 자극적인 동작으로, 장어처럼 잽싸게, 그를 꼼짝 못하게 할 의도가 다분한 빠른 움직임으로 그녀는 몸을 비틀어 품에서 빠져나와 그의 옆에 무릎을 꿇었다. 그녀는 허리를 숙여 느리고 차분한 손길로 그의 바지 첫번째 벨트 고리에서 벨트 끝부분을 빼낸 뒤 살며시 웃어주고는 후크를 풀고 벨트를 잡아당겼다. 그는 어리둥절한 채 바닥에 누워 있었다. 그녀가 슬며시 벨트를 풀고 바지의 맨 위 단추를 문질렀다. 그는 입술을 깨물었고, 그의 뇌 전체가 애원했다. 제발. 이제 그녀는 단추를 풀기 시작했다. 짐짓 어머니가 아들을 돌봐줄 때처럼 하나, 또하나를 풀고 마지막 단추까지 다 풀었다. 그리고 바지 앞섶을 벌린 뒤 옆에 누웠다. 그녀가 그의 얇은 면팬티에 뺨을 갖다대자 그는 거기가 그녀를 향해 커지면서 아릿한 감각이 느껴졌다. 그녀가 그의 골반을 감싸안았다. 그녀의 목이 그의 몸에 꼭 맞게 닿았다. 그는 손을 아래로 내려 그녀의 어깨를 잡고 뒷목을 덮은 머리칼 밑으로 손을 넣은 뒤 은밀한 말을 속삭였다. 그에게 닿은 그녀의 얼굴은 뜨겁고도 무거웠고, 그녀의 머리칼은 그의 팔 위로 흘러내려 녹아버릴 것 같았다. 가벼운 바람이 솔숲 사이로 불어오면서 쏴쏴 소리를 냈다.

비는 정육점에 큰 도움이 되었다. 농장주들이 비를 핑계삼아 타운으로 나와 피델리스와 거래를 했다. 늙은 암탉 열두 마리, 더 짜낼 우유가 없는 암소, 적당히 살진 돼지나 거세한 수소까지 겨우내 사료를 아끼기 위해 도축을 결정한 사람이 적지 않았다. 바쁘지만 수익이 나는 몇 주를 보내면서 피델리스는 책상 위에 수북이 쌓인 청구서 뭉치가 줄어드는 행복한 상상을 했다. 어쩌면 책상의 나뭇결을 보게 될지도 모른다. 어쩌면 자식들에게 올겨울 신을 부츠를 사줄 수 있을지도 모른다. 상황은 그만큼 훨씬 좋아 보였다. 그는 이웃 타운의 식료품점이나 잡화점을 돌면서 평소보다 더 많이 팔았고, 줌브르게도 그에게 밀린 외상을 다 갚았다. 물밑에서 그를 끊임없이 괴롭히던 돈 걱정도 줄었고, 그의 힘을 뺏어가던 물살도 약해졌다. 이제껏 인생에서 이렇게 평온한 시절이 있었을까 싶었다. 그는 마당에서 데소토 보닛에 걸터앉아 느긋하게 델핀을 기다리는 시프리언을 보고 인사를 건넸고, 지난번 곤란한 일은 전혀 없었던 것처럼 맥주를 권하며 안으로 들어가 편히 쉬라고 했다. 시프리언은 덤덤한 목소리로 정중히 고맙다고 말한 뒤 그냥 차에서 기다리겠다고 했다. 그때라면 피델리스 혼자 그 자리를 떠나도 충분히 괜찮았다.

하지만 그는 주어진 상황에서 끝까지 가보는 성격이었다. 그는 대체로 상대를 놀림감으로 삼아 자신이 원하는 것을 얻어냈다. 하지만 이번에는 농담하고 싶은 마음이 전혀 없었던데다 동기도 완전히 달랐다. 그는 그저 기분이 좋았다. 또한 그런 내색은 하지 않겠지만, 거스 뉴홀 이야기를 하면서 그가 비웃었던 귀머거리 인디언에 대한 미안함을 보상하고 싶었다. 시프리언이 인디언이라는 사실에 반감이 없다는 것을, 솔직히 말하면 그 사실이 오히려 흥미롭다는 것을 알려주고 싶었다. 피델리스는 그 삶의 전반적인 방식에 호기심이 있었고, 독일에 살 때 이야기를 듣기는 했지만 여기와서 많이 접하지는 못했다. 그래서 시프리언을 혼자 두는 대신,

지난번 말하지 않았던 긴장감이 며칠 혹은 몇 주에 걸쳐 서서히 풀어지게 두는 대신 가게 냉장실에 가서 맥주 두 병을 꺼내왔다. 기다란 농갈색 병을 따서 밖으로 나오자 병에서 차가운 김이 기둥처럼 올라왔다.

"받아요." 그가 시프리언에게 맥주를 건네며 말했다. "죽진 않을 거요."

시프리언은 맥주병을 받아들고 살짝 기울여 한 모금 마셨지만 아무 대꾸도 하지 않았다. 그는 묵묵히 배달트럭에 흙바닥이 어지럽혀진 마당을 내려다보며 짐짓 흥미로운 척 흙이 어떻게 굳어 물길을 만드는지 살폈다. 그도 왜 자신이 고맙다고 말하고 피델리스와 편한 사이가 되지 못하는지 궁금했다. 그럴 일은 없을 것이다. 가슴에 커다란 돌덩어리가 들어앉아 있었다. 그 돌덩어리에 가로막혀 숨도 잘 쉬어지지 않는 것 같았다. 맥주를 마셔도 시큼한 맛이 날 뿐 소용없었다. 그러다 그 자신도 깜짝 놀라고 말았다. 그의 손이 병을 거꾸로 들고 굳은 진흙땅에 맥주를 쏟고 있었던 것이다. 맥주냄새가 잠시 두 남자 사이의 공기를 흠뻑 적셨다 사라졌다. 피델리스가 가만히 있다가, 맥주병을 보닛에 내려놓았다. 이제는 너무 늦었다. 모욕감에서 비롯한 분노가 파도처럼 덮치자 그는 시프리언의 시야 안으로 옮겨섰다. 그러다 다시 느닷없는 주먹이 날아오지 않을 거리로 물러서서 조심스럽게 앞치마를 풀었다. 그는 얼룩진 하얀 앞치마를 내려놓고 소매를 걷어붙였다.

시프리언은 여전히 땅에 시선을 고정한 채 맥주가 오묘한 무늬를 그리며 흙속으로 흘러들어가는 것을 지켜보았다. 그리고 방금 본 뭔가가 관심을 사로잡은 것처럼 얼굴을 찡그렸다. 고개를 드는 순간 바로 시작이라는 것을 알았던 그는 서두르지 않았다. 느긋했다. 가슴속에 피할 수 없는 이 순간에 대한 뿌듯함이 고약하게 퍼졌고, 그 느낌이 어찌나 벅차던지 만족감에 중얼거렸다. "어차피 일어날 일이었어."

"그러니까 당신도 원한다 그거군, 한번 해보지." 피델리스가 담담하게 말했다.

그 말에 시프리언은 옆걸음으로 차에서 떨어져선 천천히 고개를 들어 흰빛이 도는 푸른색 눈동자를 응시했다. 시선이 맞물린 채 그가 모자를 벗고 재킷까지 벗어버린 뒤 소매를 걷어붙였다. 이제 두 남자는 옆구리에서 팔을 떼고 당장이라도 주먹을 날릴 자세로 서 있었다. 까무잡잡하고 긴장한 쪽은 군살 없는 몸에 열정과 힘이 있었고, 다른 한쪽은 힘이 세고 다부졌다. 두 사람의 힘은 그 성격이 영 딴판이라 작전도 그에 맞게 세워야 했다. 그들은 각자 자신의 능력을 최대한 발휘하려면 어떻게 대처해야 할지 생각했다. 하지만 뾰족한 수가 떠오르지 않았다. 피델리스는 그날 두번째로 자신이 약속한 규율을 깨뜨렸다. 그는 맥주를 낭비했다는 사실이 떠오르자 예기치 않은 맹렬한 분노가 솟구쳐, 오직 시프리언을 거머잡아 차체에 패대기치겠다는 생각만으로 자세를 낮추고 앞으로 돌진했다. 하지만 시프리언은 정육점 주인이 그만큼 가까이 오게 두지는 않겠다고 이미 마음먹은 터였다. 그도 자세를 낮추고 있다가 불시에 피델리스의 턱 아래에 훅을 날렸다. 스핀을 준 그 한 방에 피델리스의 목이 홱 돌아갔다. 그는 얼마나 타격을 입혔는지 가늠하려고 춤을 추듯 물러섰다.

대단치는 않았다. 하지만 그 주먹이 고삐 풀린 피델리스의 분노를 날뛰게 했다. 피델리스는 다시 주먹을 불끈 쥐고 물러서서 실눈을 뜬 채 다음 동작을 가늠해보았다. 두 남자는 이제 강한 집중력을 보이며 빙글빙글 돌았는데, 그것은 분노라기보다 명상을 하듯 차갑게 지켜보는 행위였다—모든 것을, 아무것도 아닌 모든 것을, 끝을 볼 때까지 서로 인정하지 않을 뭔가를, 수치심을, 둘 중 누구도 권리를 주장할 수 없는, 아니 무엇보다 자신 때문에 싸운다는 것 자체를 인정하지 않을 여자를 놓고 싸우는 어리석음을 지켜보는 행위. 바로 그때, 주먹이 날아오고 피델리스가 다음 동작을 취하려던 그 찰나에, 그들의 의지가 막 실현되려던 순간에, 시든 들판을 가로질러 겁에 질린 소년들의 가녀린 외침이 새들의 울음소리처럼 또렷이 들려왔다. 소년들은 마당에 있는 그들을 보자 더욱 절박하고 날카롭게 비명을 질렀다.

피델리스는 경고의 눈빛으로 시프리언을 흘겨본 뒤 주먹을 내렸고, 두 사람은 이제 뭔가 큰일이 일어났음을 알리는 소리에 온 신경이 쏠려서 성큼성큼 아이들 쪽으로 걸어갔다. 로먼이 헐떡거리며 쉰 목소리로 말했다. 에밀은 언덕이 어떻게 됐다며 소리를 질렀다. 에리히는 종이 인형처럼 뻣뻣하고 하얗게 질린 채 작은 소시지처럼 포동포동하고 짧은 다리로 고꾸라질 듯 따라왔다. 아이들이 가까워지자 피델리스는 불현듯 파도처럼 밀려오는 불길한 예감에 휩싸여 뛰기 시작했다. 소년들이 자초지종을—요새가 어떻고 언덕이 어떻고 언덕이 어떻게 주저앉았고 비밀의 방이 어떻고 마르쿠스가 어떻게 되었고—주워섬기는 동안 피델리스는 에밀과 함께 무릎을 꿇고 있었지만 처음에는 잘 알아듣지 못했다. 상황을 완전히 파악하고 "삽을—삽을 가져가야 해" 하고 말한 사람은 시프리언이었다. 뒤쫓아온 델핀에게 장정을 모을 수 있는 만큼 모아오라고 시킨 것도 시프리언이었다. 피델리스는 들리지 않는 곳에서 서둘러야 한다고, 의사도 데려오라고, 마르쿠스가 산 채로 묻힌 것 같다고 델핀에게 말한 것도 시프리언이었다.

다만 언덕 안에서는 그런 느낌이 아니었다. 천둥소리와 함께 언덕이 무너졌지만 마르쿠스는 죽지 않았고, 쇠쇠로 연결한 두 장의 판자 밑 공간에 끼여 있었다. 마르쿠스는 잠이 쏟아졌다. 흙이 그를 움켜쥔 채 놓아주지 않았다. 그는 움직일 수 없었지만 다치지는 않았고 죽어가는 것도 아니었다. 공기가 폐로 조금씩 새어들었지만, 고단했던 그는 녹초가 된 아이들이 그러듯 꿈도 꾸지 않는 몽롱한 상태로 넘어가면서 그건 수면가스라고 생각했다. 아주 어린 시절 고열에 시달리는 그를 어머니가 차가운 담요로 감싸주었던 때와 비슷한 느낌이었다. 어머니는 손으로 그의 이마를 짚고 가만가만 흔들어주었다. 지금도 어머니의 손이 이마에 있는 것 같았다. 등뒤에서 커다랗고 검은 어머니의 육신이 그를 위로했다. 그는 스르르 잠이 들었다. 그와 어머니는 침묵의, 암흑의 배에 올라, 흔들거리며 세상 끝으로 나아가고 있었다.

불빛은 겨우 언덕의 형태를 알아볼 정도였고, 그들은 언덕 안으로 들어가는 통로를 발견했지만 막혀 있었다. 피델리스가 다짜고짜 달려들어 미친듯이 삽질을 시작하자 시프리언이 그의 팔을 잡고 말렸다. 정육점 주인의 팔을 붙들고 삽질을 말리려면 있는 힘을 다해야 했다. 둘은 어둠 속에서 서로를 응시했다. 눈이 뒤집혀 흰자위가 드러난 피델리스에게 시프리언은 또박또박, 하지만 다급하게 말했다. "그만둬요. 그런 식으로 하면 다른 부분도 무너질 거예요. 정말 조심해야 한다고요."

시프리언은 피델리스에게 소년들이 사용하던 연장을 보여준 뒤 부러진 괭이를 쥐여주었다. 이제 그는 피델리스와 함께 무릎을 꿇고 가볍지만 맹렬하게 흙을 긁어내 땅굴을 넓혔다. 피델리스가 최대한 빨리 긁어내면, 시프리언은 캔버스 천에 담아 밖으로 날랐다. 겁에 질린 소년들은 입을 다문 채 흙을 어딘가에 내다버리고 천을 다시 가져왔다. 무너진 흙은 쉽게 치워졌지만 그들의 큰 덩치가 들어가려면 구멍이 더 커야 했다. 델핀이 랜턴을 준비해 구조대와 함께 도착했을 때 두 남자는 간신히 입구로 들어간 뒤였고, 둘 다 고된 작업으로 땀에 흠뻑 젖어 있었다. 피델리스는 배로 조금씩 밀면서 들어갔고, 막힌 곳을 뚫어야 할 때는 큰 팔을 힘겹게 앞으로 뻗으며 마르쿠스의 이름을 외쳐 불렀다.

피델리스의 외침이 흙에 튕겨 시프리언의 귀에 가닿았지만, 그건 피델리스의 목소리가 아니었다. 시프리언이 들은 건 전쟁터에서 죽어가는 사람들의 외침, 피를 뿜는 결전이 끝나고 진창에서 무더기로 쏟아져나오던 거대한 지옥 같은 비명이었다. 그는 반응하지 않았다. 그가 과거에서 배운 것은 절망이 다가오게 두지 않는 것이 최선이라는 사실이었고, 그래서 그렇게 했다. 언덕 바깥에 있는 사람들은 그런 단련이 되어 있지 않았다. 노래클럽 회원도 모두 몰려왔지만 어수선하기만 할 뿐 아무짝에도 쓸모가 없었다. 그들은 아무것도 하지 않으면서 입으로만 구출작전을 짰다. 아니면 사방에서 언덕을 건드려보거나, 소년을 구할 더 좋은 방법은 없는지 고민만 했다. 그들은 정육점 주인이 목이 터져라 줄기차게 부르짖는 소리에 점점 초조해지고 지쳐갔다. 어떤 사람들은 대놓고 울음을 터뜨렸고, 어떤 사람들은 멀찌감치 떨어져 나무에 이마를 대고 하염없이 기다렸다—그것밖에 할일이 없었으니까. 기다리는 것, 랜턴을 켜두는 것, 절망하고 예측하는 것. 지금 언덕 안으로 들어간 남자들은 그만두지도 안심하지도 않을 것이다.

소년들이 사용한 판자를 길잡이 삼아 그들은 구불구불한 통로를 따라갔고, 시프리언은 흙의 무게를 버텨주길 바라면서 도중에 판자를 고쳐 세웠다. 그들의 등이 천장에 긁혔다. 이렇게 계속 가도 당장 죽지는 않겠지만 생명과 공기가 서서히 빠져나가는 게 느껴질 것이다. 하지만 그는 정육점 주인 뒤에서 계속 언덕 중심으로 나아가 드디어 붕괴되지 않은 작은 통로에 다다랐다. 간신히 기어 들어간 그들은 이제 완전히 언덕의 중심부로 들어왔다. 피델리스가 고트 페어딘스트(신의 공적)라고 말하며 팔을 뻗어 온몸을 앞으로 끄는 순간 마르쿠스의 신발 밑창이 만져졌다.

시프리언은 충격이 정육점 주인의 온몸에 퍼지는 것을 느끼며 그의 발목을 잡았다. 기다려요, 그가 말했다. 기다려. 그들 주위로 작은 흙덩이가 떨어졌다. 언덕이 폭삭 내려앉을지도 몰랐다. 어쨌거나 소년은 이미 죽어 그 시신이 완전히 파묻혔을지도 모르지만, 정육점 주인이 소년의 몸을 힘껏 잡아당겼다간 허술하게 세워진 판자가 모조리 무너질 수도 있었다. 설령 소년이 살아 있다 하더라도 그들 모두 함께 묻힐 것이다. 기다려요, 시프리언이 말했다. 그애가 어디 있는지 느낌으로만 확인해요. 그러자 정육점 주인은 조금씩 앞으로 나아가면서 흙을 치우고 부들거리는 팔을 펼 좁은 공간을 만들었다. 그는 소년의 몸을 느끼려고 팔을 쭉 뻗은 뒤 조심조심 더듬어 마르쿠스의 호흡을 확인한 뒤에야 거친 숨을 몰아쉬었다. 하지만 몸의 절반이 묻혀 있고 생존한 공간의 가장자리도 흙이 무너진 바람에 판자 위에 올린 판자로만 아주 허술하게 받쳐져 있다는 사실을 아울러 확인했다. 정육점 주인이 판자가 당장이라도 내려앉을 것처럼 아슬아슬한 상황임을 파악했을 때, 시프리언은 그 몸을 통해 고스란히 전해지는 충격과 두려움을 느꼈다.

언덕의 심장부에서 떨리는 몸은 줄줄 흐르는 땀에 흠뻑 젖고, 척추는 통로의 천장에 이미 짓눌린 채, 시프리언은 정육점 주인의 몸에서 전류처럼 윙윙거리며 빠르게 전해오는 공포를 심호흡으로 밀어냈다. 천천히, 시프리언이 말했다. 부드럽고 단호한 목소리에 그 자신도 놀랐다. 서두르지 말고 천천히. 피델리스는 죽을 힘을 다해 손을 움직였다. 그저 손만 움직였다. 이히 바이스 니히트(난 아무것도 모르겠어). 시프리언은 정육점 주인이 말하는 소리를 들었다. 이어 자신이 아까와 같이 차분하고 설득력 있는 목소리로 말하는 것을 들었다. 자기가 하겠다고, 일단 같이 밖으로 나갔다가 자기 혼자만 들어오겠다고.

"전에도 해봤어요." 시프리언이 말했다. 차분하고 다정한 목소리로 그럴듯한 거짓말을 했다. 언덕 깊숙이 균열이 일어난 곳에서 소년을 데리고 나오는 일이 그의 일상인 것처럼. 그도 자기 목소리가 어떻게 이토록 설득력 있게 들리는지 몰랐지만, 피델리스는 완전한 확신을 주는 말이 아니면 절대 듣지 않을 사람이었다. 그에게 반박할 여지를 주어서는 절대 안 된다. "당신은 덩치가 너무 커요. 당신이 끌어내려 하면 자칫 아이가 죽을 수도 있어요. 나는 이런 훈련을 받은 사람이에요. 내가 데리고 나올게요. 당신 자식을 위해 지금은 나와 같이 나갑시다. 얼른."

그 순간 피델리스는 최면에 걸려 고분고분해진 사람처럼 시프리언이 하자는 대로 했다. 그들의 적대감은 순식간에 강한 의리로 변했다. 두 남자는 조금씩 몸을 뒤로 밀며 천천히 통로를 기어 환한 랜턴 불빛 속으로 나왔다. 시프리언의 부츠가 보이자 남자들이 도와주려고 몰려들었지만 그는 물러서라고 버럭 소리를 질렀다.

귀청을 찢을 듯한 그의 고함소리에 그들은 뒤로 물러나 입구 주변에 둥글게 쭈그리고 앉았다. 두 사람은 언덕이 집어삼킨 다음 창자의 연동운동으로 중심부까지 밀어넣은 듯 안으로 사라졌지만, 입구는 성인 남자 둘이 중심부까지 들어가기엔 터무니없이 작아 보였다. 시프리언이 조금씩 밖으로 나왔고, 정육점 주인도 서서히 모습을 드러냈다. 하얀 불빛 속에서 젖은 흙으로 시커메진 두 남자는 무릎을 꿇고 숨을 몰아쉬었다. 시프리언이 밧줄을 달라고 했다.

"돌아가야 해." 정육점 주인이 언덕을 향해 돌진했다. 자식을 두고 오다니 견딜 수가 없었다. 시프리언이 달려들어 피델리스의 허리를 끌어안고 씨름하며 버둥거리는 그를 뒤로 보낸 뒤 소리쳤다. "델핀, 델핀, 피델리스에게 말 좀 해줘." 그들 주위로 은은한 불빛이 퍼졌다. 대기는 차갑고 바람에 실려온 첫 빗방울을 머금어 눅눅했다.

"시프리언이 할 수 있어요." 델핀이 사태를 파악하고 침착하게 말했다. 그녀는 정육점 주인의 눈을 들여다보았다. "저이가 들어가게 해요."

나중에 지켜보던 사람들이 말했다. 시프리언이 흙속으로 뛰어들더니 어느 순간 흙을 먹는 뼈 없는 짐승이 된 것처럼, 거대한 인간 지렁이가 된 것처럼 땅을 헤집으며 안으로 들어갔다고. 그는 사라졌다. 피델리스는 바깥에 남아 어쩔 줄 몰라하며 놀란 머리를 흔들었는데, 얼굴은 진흙범벅이고 눈은 흰자위를 다 드러낸 채 휘둥그레 뜨고 있었다. 그가 흙바닥에 주저앉아 사람들을 손짓으로 물리쳤고, 그들은 그 손짓에서 대번에 폭력의 기운을 감지했다. 사람들은 그에게서 멀찍이 떨어져 랜턴을 돌리고 그가 바라던 대로 어둠 속에 혼자 두었다. 델핀만이 그를 두려워하지 않고 옆을 지켰다. 거기 앉아 기다리는 피델리스의 모습은 그 자체로 흙이 된 것 같았다. 호흡이 거칠었다. 그녀도 두려움에 마음 졸이느라 피델리스를 신경쓸 여력이 없었지만 그가 기도를 하는지는 궁금했다. 그가 이전에 기도를 한 적이 있는지는 전혀 몰랐고, 그녀 역시 마음속에 떠오르는 어리석고, 애원하는, 간절한 말을 읊조리면서도 자신의 기도는 기도가 아니라는 것을 알았다. 스텝앤드어해프의 말을 귀담아들었어야 했다. 지금 그녀의 간청은 도살장으로 떠밀려들어가는 소들의 항의하는 울부짖음만큼도 흙을 창조한 조물주에게 영향을 미칠 힘이 없었다. 그래도 그녀는 비가 조금만 더 있다 오게 해달라고, 흙이 단단히 굳어 있게 해달라고, 허술한 땅굴이 조금 더 버티게 해달라고 절박한 심정으로 간청했다. 자기도 모르게 뭐라고 큰 소리를 내뱉었는지, 정육점 주인이 그녀를, 어쩌면 자신을 진정시키려는 듯 팔을 뻗어 손을 움켜잡았다. 어쩌면 그는 자신이 델핀의 손을 어떻게 했는지, 둘은 입구에 탄원하는 사람처럼 무릎을 꿇고 있었으니 어쩌면 자신이 손을 잡았다는 사실조차 깨닫지 못했을 것이다.

그것은 정말로 균형을 잡는 것에 관한 문제였지만, 공중이 아니라 땅속이라는 점이 달랐다. 다시 들어간 시프리언은 점점 좁아지는 땅굴 안에서 어렵지 않게 나아갔지만 그 중간 지점을 지나갈 생각을 하니 마음이 조급해졌다. 절반쯤 들어가자 아니나다를까, 공포가 밀려오면서 머릿속이 하얘지고 심장이 벌렁거렸다. 이런 공포는 그가 실제로 올라섰던 깃대 꼭대기에 점점 가까워지면서 마주하게 되는 마음의 평정처럼 자연스러운 것이었다. 그는 노란빛으로 가득한 화면을 보았고, 전쟁을 경험하고 더 위험한 묘기를 펼치면서 알게 된 그 감정을 통제하기 위해 숨을 고르게 후후 쉬었다. 그가 첫번째로 부닥친 한계. 그는 공포의 첫 단계에 이른 순간을 알아차리는 기준이 있었다. 호흡을 한 번, 또 한번, 또 한번 생각하면 가슴이 철렁 내려앉는 그 첫 단계를 넘어갈 수 있었다. 내면의 철사줄 위에서 균형을 잡으면. 그렇게 호흡하며 그는 가장 비좁은 중심 통로를 지나 더 깊숙이 들어갔다. 마침내 피델리스가 도달했던 곳까지 와서 그 작은 입구로 들어갔다.

소년의 상태는 괜찮았다. 처음에는 마르쿠스가 죽었을지 모른다는 생각에 두려움과 절망이 파도처럼 밀려왔다. 하지만 몸을 쓸어보고 입술에 손가락을 대보자 희미하지만 따스한 숨결이 또렷이 느껴졌다. 게다가 소년과 직각을 이루는 곳에 작은 공간이 있어서, 한 움큼씩이 고작이었지만 파낸 흙을 그리로 치울 수 있었다. 자칫하면 깨지는 고대 유물을 발굴하는 고고학자처럼 여기 흙은 긁어내고 저기 흙은 쓸어내고 또 저기 흙은 집어내며 한 움큼, 신중하게 또 한 움큼 옮겼다. 그토록 조심했는데도 그들 주위의 흙이 두

번 정도 부르르 떨린 것 같았다. 그는 그것이 폭풍이 다가오면서 함께 데려온 천둥 때문이었음을 몰랐다. 지켜보는 사람들을 흠뻑 적신 폭풍, 델핀의 손을 놓고 다시 들어가겠다고 발버둥치는 피델리스를 열 명이 달려들어 바다에 엎어누르게 한 폭풍.

시프리언은 흙을 조금씩 치우는 일에만 열중했다. 소년을 조금씩이라도 빼내고 허리를 살짝 접어 충분히 꺼낼 수 있을 정도가 될 때까지. 쉴새없이 작업하는 동안 소년을 갇혀 있는 그곳에서 빼내려면 허리를 접어야 한다는 것을 파악했다. 깜깜한 어둠 속에서 그는 먼저 소년의 한쪽 팔의 흙을, 그다음에 반대쪽 팔의 흙을 치웠다. 이어서 소년을 돌려눕히고 허리를 접었다. 그는 마르쿠스의 팔로 그의 가슴을 끌어안게 하고 구멍으로 최대한 부드럽게 당겨 통로 바닥으로 옮겼다.

소년을 빼내자 흙이 풀썩 내려앉았다. 판자 하나가 마르쿠스가 누워 있던 자리로 떨어지자 시프리언은 소년의 얼굴을 손으로 감싸 보호했다. 다행히 땅굴은 완전히 무너지지 않았고, 주위의 흙도 다시 잠잠해졌다.

소년이 의식을 잃은 것이 차라리 다행이었는데, 시프리언이 만져보니 한쪽 팔이 부러져 혹시라도 의식을 되찾으면 통증 때문에 버둥거릴까봐 염려스러웠기 때문이었다. 그래서 소년의 팔다리를 밧줄로 짐짝처럼 묶은 뒤 끌어당길 수 있게 고리를 만들었다. 그는 밧줄을 이로 물고 발부터 조금씩 뒤로 움직여 땅굴을 통과해 빗속으로 나갔다. 불빛이 쏟아졌고, 사람들은 그를 보자 환호성을 질렀다. 그 순간 마르쿠스는 잠깐 정신이 돌아왔다. 좁은 입구에서 빠져나와 눈을 깜박여 어둠을 물리친 뒤 그가 처음 본 것은 델핀의 얼굴이었다. 밧줄을 풀고 그를 보듬어안은 그녀의 얼굴이 찬란하게 퍼지는 광휘 속에 떠 있었다.

소나무 아래 한참을 누워 있다 일어서자, 프란츠와 매저린은 술에 취한 듯 밀려오는 평온한 행복감에 어질어질했다. 프란츠는 거기에 닿았던 그녀의 얼굴과 그의 옷감을 식히던 그녀의 숨결이 아직도 느껴지는 것 같았다. 집에 돌아와서도 그녀의 부드러운 머리칼이 여전히 생생하게 손에 만져졌다. 하지만 곧 뭔가 잘못된 것을 알아차렸다. 그날은 어른들이 가게 뒤쪽에 모여 노래를 부르는 날이었지만, 줄기차게 떨어지는 빗소리만 들릴 뿐 사방이 고요했다. 가게문은 잠겨 있지 않고 전등도 켜진 채였지만 어디에도 누구 하나 보이지 않았다. 프란츠는 부엌으로 들어가 식탁에 놓인 음식과 우유잔을 보았다. 그는 손가락을 풀며 의자에 앉아, 밑에 쪽지라도 있는 것처럼 식은 고깃덩이가 놓인 접시를 들어보았다. 가게와 집이 텅 비었다는 사실을 알고 처음에 놀랐던 마음이 가시자, 그는 틀림없이 큰일이 일어난 거라고 생각했다. 하지만 어디로 가야 할지, 무엇을 해야 할지 알 수 없었다. 샤치마저 보이지 않았다. 폭풍이 몰려오고 있었다. 비가 억수같이 쏟아졌다.

프란츠는 집안을 무기력하게 돌아다니다 바깥으로 나갔고, 비에 흠뻑 젖어 추워지자 다시 불이 환히 켜진 집안으로 들어왔다. 천천히 서성이다가 문득 집에 안 좋은 일이 생긴 동안 자신은 뭘 하고 있었는지 떠올렸다. 후회가 밀려오자 매저린의 머리칼이 닿았던 감촉을 지워버리려고 손을 셔츠에 문질렀다. 아버지에게, 모두에게 끔찍한 일이 일어났을까봐 두려웠다. 그 감정은 그 시간에 그가 책임감이나 시간 감각을 잊은 채 그녀와 몸을 맞대고 풋잠이 들었다는 사실에서 비롯된 깊은 당혹감과 뒤섞였다. 무슨 일이 일어났건 자기 잘못이라는 확신이 들었다. 그는 바깥에 서서 초조하게 몸을 움직이다가 절박한 심정으로 또 한 바퀴 돌았다. 그 순간 들판 저쪽에서 작은 불빛이 흔들리며 다가오자, 소리를 지르며 그들을 향해 달리기 시작했다.

열

흙병

마르쿠스는 언덕에서 살아나온 뒤로 몸져누웠다. 히치는, 흥미
로운 복합골절이긴 하지만, 소년이 쇠약해져서 고열에 시달리며
잠에 빠져드는 건 부러진 팔 때문만은 아니고 이름 모를 병이 침입
해서라고 했다. 델핀은 그것을 흙병이라고 불렀다. 그녀는 흙 때
문에 소년에게 냉기가 들었고 그 영향력이 아직 그를 어머니가 누
운 춥고 음울한 곳으로 끌어당기는 거라고 속으로 생각했다. 때때
로 소년은 델핀을 빤히 쳐다보았는데, 그 응시가 퍽 차분하고 고요
해 델핀은 그와 눈을 마주칠 수 없었다. 그러던 어느 날 델핀은 소
년의 응시가 세상을 신기하게 바라보는 갓난아기의 그것임을 깨달
았다. 그래서 내버려두었다. 시를 읽어주면서 소년의 관심을 돌리
거나 게임을 해서 즐겁게 해주려는 생각을 접었다. 소년에게도 생
각할 시간이 필요할 것 같았다. 마르쿠스가 원래 제 나이로 되돌아
가기 위해서는 그래야 할 것 같았다. 초록빛이 감도는 푸른색 눈동

자의 동공은 여전히 팽창해 있었다. 소년의 내면에 어둠이 가득하다면, 그것은 흙에 파묻힌 탓에 생긴 치명적인 결과가 아니라 그가 그 해괴한 잉태 상태에서 새롭게 태어나려 하는 것이었다.

어느 날 델핀은 마르쿠스가 피델리스와 점점 더 닮아가는 것을 알아차렸다. 꿰뚫는 듯한 침묵이 닮았는데, 소년은 그런 침묵 속에서 편안함을 느꼈다. 소년은 완전히 딴사람 같고 나이도 더 먹은 듯 보였지만, 어떤 면에서는 그를 어린 소년으로 대하는 것이 최선이겠다는 생각이 들었다. 그녀는 낮시간 동안 마르쿠스를 정성스럽게 간호했다. 손님을 맞다가도 허둥지둥 돌아가 에바가 아이들이 아플 때 만들어주라고 가르쳐준 걸쭉한 덤플링 수프를 만들어 먹였다. 해가 나면 밖으로 데리고 나가 햇볕을 쬐게 했다. 때 이른 싸락눈이 축사 맨 아래 가로대에 떨어지면, 뒤쪽 정원에 서리가 내려 푸른빛이 감돌면, 창가에 앉히고 반사된 빛을 쏘이게 했다. 그녀는 소년에게 빛이 필요하다고 생각했다. 끊임없는 빛, 환한 빛이. 소년이 언덕 안에서 어둠을 집어삼켰다고 생각했다.

베티 줌브러게가 전에도 여러 번 그랬던 것처럼 아버지의 멋진 차를 몰고 자전거를 탄 매저린을 스쳐지나갔다. 이번에 매저린은 베티의 차가 지나갈 때 실눈을 뜨고 차창 안을 들여다보았다. 그녀는 프란츠를 보았고, 그도 그녀를 보았다. 베티가 방향을 바꾸려고 상체를 앞으로 숙인 순간 그녀 뒤로 매저린과 눈이 마주쳤던 것이다. 아주 잠깐 둘의 시선이 맞물렸지만 그는 이내 가버렸다. 그의 표정에서 매저린이 읽을 수 있는 메시지는 없었다. 그의 얼굴에 떠오른 담담하고 바보 같은 표정에 그녀는 충격을 받았다—그가 그렇게 멍청해 보인 적은 단 한 번도 없었다.

당황한 프란츠는 고개를 돌려 차창 밖을 응시했다. 베티는 혼란스러워하는 그를 보고 그가 매저린과 사귀었던 걸 모르는 것처럼 말했다. "쟤 매저린 시멕이잖아. 입고 다닐 옷도 한 벌밖에 없대."

"그건 아니야." 프란츠가 궁색하고 절망적인 목소리로 말했다.

소나무 아래서 둘이 시간을 보냈던 그날 이후, 언덕이 무너진 것을 막연히 자기 탓으로, 이어 매저린 탓으로 돌렸던 그날 이후 프란츠는 매저린에게 말을 걸지 않았다. 매저린에게서 마음이 멀어졌고, 그런 행복은 동생이 죽을 뻔했던 사건 때문에 잘못된 것으로 여겨졌다. 그는 베티를 슬쩍 바라보았다. 베티는 운전대 위쪽을 쳐다보느라 얼굴을 살짝 들고 있었는데, 작고 뾰족한 턱이 매력적이었다. 둥그스름한 뺨에는 파우더 위에 발그레하게 볼연지를 덧발랐다. 빨간 입술도 매끈한 곡선을 그리고 있었다. 프란츠는 립스틱을 바른 여자와 키스하면 어떨지 궁금했다. 온 얼굴에 묻으려나? 립스틱은 마르지 않은 페인트처럼 반짝거리고 핏빛처럼 짙었다. 얼굴에 붉은 립스틱이 묻는다고 생각하니 기분이 살짝 짜릿했지만 머리를 흔들어 그 생각을 떨쳐냈다.

"왜 그래?" 베티가 말했다.

"차 안에 벌이 들어왔어." 프란츠가 손잡이를 돌려 창문을 열며 말했다.

"쏘일까봐 무서운 거야?" 베티의 목소리에 즐거움과 수줍음이 배어 있었다.

프란츠는 불편한 듯 어깨를 으쓱했을 뿐 아무 말도 하지 않았다. 베티에게 차를 세우라고 하고 운전대에서 그녀의 손을 잡아채고 싶었다. 그리고 키스하는 것이다. 동시에 그녀가 차를 세우면 문을 열고 뛰어내려 미친듯이 달리는 상상을 했다. 그녀는 머리를 굉장히 정성들여 매만졌는데, 잠은 어떻게 자는지 궁금할 지경이었다―앉아서 자나? 그녀가 팔을 들자 시큼한 땀냄새가 났다. 베티도 땀냄새는 숨기지 못했다. 그 야성적인 냄새에 그는 여우 소굴을 지나는 것처럼 전율이 일었다.

"우리집에 가자." 그녀가 말했다. "수학 공부 좀 도와줘."

그녀는 미소 띤 얼굴로 길을 내다보며 웅덩이를 지나 쌩하니 달려갔다. 프란츠는 입술을 축이며 같이 갈 수 없다고, 돌아가서 일을 해야 한다고 우물쭈물 설명했다. 그것도 당장. 사실 이미 늦었고, 아버지가 기다리고 있을 터였다. 자신이 해야 할 그 모든 일이 떠오르자 갑자기 다행이라는 생각이 들었다. 베티는 어깨를 으쓱하며 프란츠의 집 방향으로 차를 돌렸다. 가게 앞에 차가 서자 그가 뛰어내렸다. 안심이 된 그는 차 앞을 돌아 열린 운전석 창문으로 가서 허리를 숙였다. 차에서 내리자 자연스럽게 웃으며 미안하다고 말할 수 있었다. 나중에 그는 혼자가 된 아픔조차 견뎌낸 자신이 자랑스러웠다.

베티의 차가 지나간 뒤 매저린은 다시 자전거를 타고 얼어붙은 흙길을 달려 집으로 돌아왔다. 머릿속은 시끄럽지만 마음은 고요하고 눈물도 흐르지 않았다. 그녀는 쉬고 있는 어머니가 어질러놓은 집안을 청소하고 저녁식사 재료를 살펴보았다. 축 늘어진 자루에 밀가루가 몇 컵, 낡은 갈색 병에 라드가 약간 남아 있었다. 햇볕을 받은 부분에 자주색 얼룩이 생긴 통통한 황금색 순무도 세 개 있었다. 그녀는 순무를 삶은 뒤 껍질을 벗기고 소금을 쳤다. 밀가루와 라드로는 비스킷을 만들었다. 그러고는 비스킷 하나를 어머니의 침대 옆에 놓아드리고 대충 지은 작은 집 계단에 앉아 로먼을 기다렸다. 그녀는 자기 몫의 저녁을 천천히 먹었고, 동생 몫은 깨끗한 수건에 싸두었다. 그렇게 앉아 있는데 문득 베티 줌브러게의 이름에도 Z가 있다는 생각이 떠올랐다. 그 생각에 온몸이 굳어, 마당 한쪽에 잎을 벗은 가지들이 이리저리 얽힌 어린 나무들만 하릴없이 바라보았다. 그 순간 눈물이 왈칵 솟구쳐 뺨을 타고 손등 위로 뚝뚝 떨어졌다.

거스 뉴홀의 사촌은 브라우허, 즉 치유사와 결혼했다. 거스는 그 여자가 집안 대대로 내려오는 강력한 치유 비법을 알고 있다면서, 마르쿠스를 한번 보여보라고 피델리스를 설득했다. 에바도 병을 얻었을 때 그런 사람을 찾아가보라는 권유를 받았지만, 러시아계 독일인은 내키지 않는다며 거절했다. "그들은 여자의 기를 다 빼놓는대요." 에바는 그렇게 말한 뒤 서부 정착지 사람들에게서 들은 속담을 인용했다.
바이버슈테르바, 코이 페어데르바
페르데페어레카, 데스 브렝트 슈레케.
"그러니까," 그녀가 말했다. "여자의 죽음은 비극이 아니다. 하지만 말의 죽음은 재앙이다!"
중서부에서 가장 이름난 병원조차 에바에게 해준 것이 없다는 사실을 부인할 사람은 이제 없었다. 게다가 브라우혜 치유법은 아이들의 치료에 특히 효과가 있는 걸로 유명했다. 또다른 고객이 이 집으로 부른 브라우허 여자는 아이의 배에 달걀을 묶어놓고 질병이 달걀로 옮겨가게 했다. 그러고는 그 달걀에 불을 붙여 타고 있는 노른자에 질병이 들러붙도록 정확히 주문을 외웠다. 또한 유능한 메세린, 즉 측정사이기도 했던 그녀는 사람들의 치수에서 어떤 질병의 기미를 읽어냈고, 몸의 부위에 따라 나쁜 기운을 쫓아내는 적절한 브라우헤 구절을 알았다. 그래서 그들은 그 여자를 불렀고, 어느 날 그녀가 가게 앞에 나타났다. 그녀는 델핀의 예상처럼 러시아계 독일인이 머리에 쓰는 검은 숄 또는 스카프를 두르거나 앞치마 형태의 주름치마를 입지 않았고 뚱뚱하지도 않았다. 아담한 체구에 단정하고 건장한 여자였다. 짧은 진갈색 머리에 피부는 불그스름하고 잡티가 많았다.

"보 이스트 다스 킨트(아이는 어디에 있어요)?" 그녀가 사무적으로 물었다.

델핀은 마르쿠스가 퀼트 이불을 겹겹이 덮고 누워 있는 방으로 여자를 데려간 뒤 피델리스를 불렀다. 피델리스가 소년의 방문 앞에 와서 섰다. 여자는 가방에서 푸른 실을 꺼내 손목에 감더니 마르쿠스가 덮은 이불을 걷고 그를 살며시 깨웠다. 그리고 독일어로 조용히 몇 마디 건넨 뒤, 이제부터 치수를 잴 테니 가만히 누워 있으라고 영어로 말했다. 마르쿠스는 여전히 꿈에 사로잡힌 채 얌전히 팔다리를 뻗었고, 그녀는 푸른 실로 치수를 쟀다. 치수를 재는 동안 마르쿠스의 눈이 동그래지며 얼굴에 믿을 수 없다는 표정이 떠올랐다. 브라우허는 상반신, 허벅지, 목, 손, 발, 머리 할 것 없이 구석구석 치수를 쟀고, 소년을 재보듯 응시한 뒤 실을 대고 같은 순서로 측정을 반복했다. 다만 이번에는 실을 움직일 때마다 조용하고 단호하게 독일어를 읊조렸다. 이제 마르쿠스는 분노와 두려움으로 몸이 뻣뻣해졌지만, 델핀도 피델리스도 제대로 알아차리지 못했다. 그들은 치수를 재는 그 극적인 장면에 넋이 나가 있었다. 다 끝나자 브라우허는 이불을 목까지 끌어당겨 덮어주고 그를 토닥인 뒤 돌아섰다. 그녀가 떠날 때 피델리스는 돼지 어깨살로 만든 햄을 보수로 지불했다. 델핀은 손님을 맞느라 정신이 없어 마르쿠스를 살펴보러 다시 가지 못했다. 한편 마르쿠스는 어두운 방에 누워 생각에 잠겼다.

"저기요." 마르쿠스가 가게로 통하는 입구에 불쑥 나타났다. "배고파요." 몇 주 만에 처음으로 내뱉은 말이었다.

소년의 목소리는 담담했지만 의심이 담겨 있었다. 소년이 곁눈질로 흘끗 보았는데, 델핀으로선 의미를 알 수 없는 눈빛이었다. "좀 괜찮아졌니?" 그녀는 브라우허가 거둔 성과에 놀라서 물었다. 그리고 마르쿠스를 데려와 식탁에 앉혔다. 마르쿠스는 경계하는 눈빛으로 시무룩하게 고개를 끄덕였다. 그러고는 감자 수프를 한 숟갈씩 천천히 떠먹고 빵으로 깨끗이 다 닦아 먹었다. "학교 갈게요." 그가 선언하듯 말하고 성한 팔로 책을 집어들었다.

델핀은 마르쿠스를 말리고는 이마를 짚어보았다. 그가 그녀의 손 밑에서 눈을 치떠 그녀를 쏘아보았다.

"아직 열이 좀 있어."

"괜찮아요." 마르쿠스는 그녀의 손을 탁 쳐내고 꼿꼿하게 품위를 지키며 그녀를 지나쳐갔다. 소년이 몹시 화가 난 것은 분명했지만, 며칠 뒤 프란츠가 물어볼 때까지 델핀은 이유를 몰랐다. "관을 짜려고 마르쿠스의 치수를 쟀다는데, 그게 무슨 말이에요?"

델핀은 처음에는 말문이 막혀 프란츠를 바라보았다. "무슨 소리니?"

"마르쿠스가 학교에서 그렇게 말하고 다녀요. 죽다 살아났다고 뻐기면서요. 장의사의 아내가 찾아와 관을 짜려고 치수를 쟀다던데요."

델핀은 진실을 알려주고 싶었지만 덜컥 겁이 났다. 마르쿠스가 다시 드러누우면 어쩌지? 이번에는 영영 일어나지 않으면? 어찌 됐건 브라우허의 방문이 소년에게 불어넣은 분노와 공포심은 소년의 갑작스러운 회복에 불가피한 것이었다. 마르쿠스는 회복된 듯 보였다. 정의로운 일을 하다 다쳤다는 분위기를 풍기며 돌아다니고 팔을 애지중지 다루긴 했지만. 그녀는 몇 주가 더 지나서야 마르쿠스에게 진실을 말해주었다. 그 무렵에는 그 이름 모를 병도 깨끗이 나아 마르쿠스도 산 자들 사이에서 씩씩하게 지내고 있었다.

열하나
크리스마스의 태양

  12월 내내 눈발이 쌉쌀한 가루처럼 날렸지만, 단단한 땅이 물러지지는 않았다. 하늘은 맑았다. 해는 날마다 반짝거리는 무지갯빛 목줄을 두른 용맹한 개 두 마리*의 시중을 받으며 차가운 불처럼 솟아올랐다. 바람이 눈을 쓸어가자 오래전 쟁기질한 자국이 드러났고, 고랑에는 밀과 옥수수의 시들어빠진 그루터기가 새순처럼 삐죽삐죽 나타났다. 완전히 흉작이 든 곳은 외로운 나무나 임시로 세운 울타리 선까지 흙이 떠밀려왔다. 흙이야 그 내려가는 깊이가 아주 깊으니 사라질 리 없고, 늘 그 자리에 있을 것이다. 이미 많은 생명이 그 흙을 빨아먹은 것은 분명했다. 더 높은 지대의 빈혈에 걸린 듯 희끄무레한 회색 토양은 핏기 없는 노인의 얼굴 같았다. 흙은 눈과 합쳐지면 까끌까끌하고 매서운 물질로 변했다. 그 물질

---

* 원문은 'sun dog'로, 햇무리 현상을 가리킨다.

이 아거스에 있는 집들의 페인트를 벗기고, 소매에 손을 넣고 삼삼오오 모여 번갈아 앞을 보며 뒷걸음질로 학교에 가는 아이들의 뺨을 세차게 할퀴었다. 눈은 세상의 윤곽을 부드럽게 만들 때나 따뜻한 기류를 가두는 담요처럼 내릴 때는 축복이라 부를 수 있었다. 지금 눈은 그 반대였다─세상의 윤곽을 뚜렷하게 만들어 타운을 더 비열하고 애처롭고 그저 따분한 곳으로 보이게 했다. 마치 땅에 떨어졌다 반만 지워진 실수처럼.

새로 사 입은 옷이 자신을 배신했지만 탄테는 포기하지 않았다. 그럴 수가 없었다. 그 옷을 입고 차에 치일 뻔했던 그 첫날에도. 카운티의 여러 사무실에서 그녀를 무시하거나 째려봐도. 그녀는 계속 돌아다녔다. 은행에는 하도 뻔질나게 드나들어 다가가기만 해도 직원들이 눈총을 주었다. 너무 애가 말라 당구장을 겸하는 술집 주인을 찾아가 청소할 사람을 구하지 않는지 물어볼 마음까지 잠시 먹었다. 뒷문 앞까지 가기도 했다. 하지만 시큼한 맥주냄새, 땀냄새, 지린내는 물론이고 쓰레깃더미에서 발견하게 될 것들을 생각하면 구역질이 났다. 어떤 끔찍한 것을 닦고 씻게 될지 몰랐지만 역겨움을 상상하는 것조차 참을 수가 없었다. 그래서 계속 찾아다녔다. 게다가 옷은 제 값어치를 했다. 옷감은 짜임새가 튼튼해 닳거나 해어지지 않았다. 옷은 어디를 가든 방패처럼 그녀를 막아주었다. 온종일 발품을 판 보람도 없이 지친 발걸음으로 집에 돌아와 부실한 음식을 먹어야 했을 때도, 옷은 그녀를 다그쳐 결심을 더욱 단단히 굳혀주었다. 하지만 그날 밤은 끼니를 거르는 대신 동생의 집으로 갔다. 들어가기 전에 언제나처럼 허리를 꼿꼿이 펴고서 들이닥쳤고, 당연히 주어져야 하는 제 몫인 것처럼 당당히 음식을 낚아챘다. 주장하되 수치스러워하지 않아야 했다. 안 그러면 아예 주장할 수 없었고, 의지하면서도 미워하는 델핀 앞에서는 더더욱 그랬다.

언덕 사건 이후로 탄테는 아이들을 독일로 데려가 키우겠다는 자신의 생각에 피델리스의 마음이 더 동한 것을 알아차렸다. 탄테는 피델리스의 자식들이 엄청난 위험을 자초한 사실을 지적하지 않을 수 없었다. 다음에는 또 무슨 일이 일어날까? 더 끔찍한 일이 일어날 수도 있다! 게다가 사내아이들이었다. 그 아이들이 무모하고, 광적이고, 마냥 즐겁고, 위험을 사랑한다는 사실에는 의심의 여지가 없었다. 틈만 나면 말썽을 일으킬 것이다. 탄테는 델핀이 날마다 일정한 시간 동안 거기 있기는 해도 피델리스가 자식들을 주의깊게 지켜볼 만큼 여유가 있는지는 잘 모르겠다고 말해주는 것이 자기 책임이라고 느꼈다. 아이들은 안전하지 않았다. 점점 제멋대로 굴었고, 성의 없이 툭툭 치며 성호를 그었다. 그는 급여도 줘야 해서 아이들에게 멀쩡한 신발을 신기기도 힘들었다. 아이들은 부츠 안에 신문지를 덧대야 했다. 탄테가 이런 식으로 계속 몰아붙이면 피델리스는 결국 참지 못하고 방을 나가버렸지만, 그녀의 말이 얼마간 영향을 미친 것 같았다. 그녀는 그때 무슨 일까지 일어날 수 있었는지, 어떤 지경까지 이르렀는지 들먹이며 그의 죄책감을 부추겼다. 마르쿠스가 언덕 안에 묻혔었다.

탄테는 오후 햇살을 반사하는 정장 안에 편하고 두툼한 모직 속옷을 받쳐입고서 타운을 돌아다녔고, 어쩔 수 없는 거절을 당하며 갈수록 얼굴이 두꺼워졌다. 그녀는 길을 나섰다. 일자리를 요구했다. 그러던 어느 날 정말로 취직이 되었다.

개업한 지 얼마 되지 않은 가게였다. 처음에는 무엇을 파는 곳인지도 분명하지 않았다. 바구니나 잎담배 깡통 따위가 보도 쪽에 어수선하게 놓여 있었다. 넓은 앞쪽 진열창에는 새 피륙과 깔끔히 재단한 낡은 천이 수북이 쌓여 있고, 반달 뿔 손잡이가 달린 커다란 주석 체와 손뜨개 레이스, 리크랙*, 리본, 최신형 재봉틀도 진열되어 있었다. 문에 걸린 플래카드에는 그저 '잡화'라고 쓰여 있었다. 탄테가 그 앞으로 다가가 안으로 들어갔다. 페인트칠이 반은 되고 반은 벗겨진 문 안에는 낡은 마네킹과 더 많은—모직에서 캘리코까지 온갖 종류의—피륙이 있었다. 멋진 모자 장식도 진열되어 있었다. 염색한 깃털을 담은 바구니, 열 종류의 기계레이스, 탄테의 낡은 검은색 코트에 달면 잘 어울릴 법한 모피 칼라도 있었다. 구석에는 사용한 흔적이 있는 메이슨** 유리병과 특이한 모양의 은제품, 둘둘 말아놓은 육각형 철망이 있고, 벽에는 상태가 아주 좋은 갈퀴가 걸려 있었다. 애호박, 오이, 늙은호박 씨앗도 있었다. 메모지도 보였다. 팔려고 내놓은 온갖 다양한 물건이 보는 사람을 어리둥절하면서도 즐겁게 만들어주었다. 완전히 잡동사니였다. 탄테는 작은 가게를 한 바퀴 둘러본 뒤, 카운터 뒤에 있는 엄격하고 각듯해 보이는 여자에게 다가가 여느 때처럼 물었다. 여기서 일할 수 있느냐고. 배가 산만큼 부른 여자가 카운터 뒤에서 나오며 말했다. "제가 한동안 일을 쉬어야 해서요. 물건을 팔 수 있겠어요?"

---

* 지그재그 모양으로 된 장식용 끈.
** 가정에서 저장음식 보관용으로 널리 쓰이는 밀폐 유리병의 금속 나사식 뚜껑에 대한 특허권자인 존 랜디스 메이슨.

"당연하죠!" 탄테의 목소리는 단호하고 야무졌다.

"그럼 잠시만 기다려요." 여자가 말했다. "사장님 모셔올게요."

그녀가 모슬린 커튼 뒤로 가서 누군가에게 말을 걸었고, 이어 스텝앤드어해프가 나타났다.

처음에 상황을 제대로 파악하지 못한 탄테는 스텝앤드어해프를 짜증스러운 눈빛으로 한번 훑어본 뒤 업신여기듯 입술을 실룩거렸다. 기껏해야 스텝앤드어해프가 발트포겔의 정육점에 와서 지스러기 고기를 요구했을 때 보내던 눈빛이었다. 탄테는 점원을 지나 그 뒤쪽을 보며 가게 주인이 나타나기를 기다렸다. 그러다 다시 카운터 뒤의 여자를, 그리고 흥미가 돋은 호랑이처럼 그녀를 쳐다보는 스텝앤드어해프를 보았다.

"어쩌자고?" 스텝앤드어해프가 말했다.

"주인을 만나려고요." 탄테는 그렇게 말하고 눈을 깜박이며 작은 공간을 둘러보았다.

"지금 보고 있잖아." 스텝앤드어해프가 말했다.

탄테가 그 말을 들었다. 고개가 홱 돌아갔고, 갑작스러운 움직임에 희한하게 틀어올린 머리가 야단스럽게 흔들거렸다. 그녀는 잘못 들은 거라고 생각하며 짧게 흥흥거렸다.

"무슨 말이에요?"

"여긴 내 가게야."

카운터 뒤에서 여자가 조급하게 입바람을 후 불었다. "일자리가 필요하다고 했잖아요, 아니에요?"

탄테는 여전히 그 말이 잘 와닿지 않았지만 그렇다는 뜻으로 멍하니 고개를 끄덕였다. 그리고 목청을 가다듬고 어안이 벙벙한 표정으로 말했다. "맞아요."

"물건을 팔 수 있겠어?" 이제 스텝앤드어해프가 질문했다.

어쨌거나 탄테의 입에서 긍정적인 대답이 튀어나왔다.

"이 물건들에 대해 좀 아는 거라도 있어?" 스텝앤드어해프가 팔을 들어 꽃줄로 장식한 벽을 획 가리켰다. 넝마나 줍고 다닐 때는 어이없게 느껴지던 그녀의 도도하고 당당한 태도가 그 순간, 값비싼 피륙이나 엄청나게 다양하고 특이한 잡동사니들, 산더미처럼 쌓여 있거나 못에 예쁘게 걸려 있거나 축하 선물처럼 선반에 놓여 있는 주워모은 물건들의 주인에게는 그만인 것 같았다.

아직 충격에서 헤어나지 못한 채로 탄테는 도전을 받아들였다. "알고말고요!"

"그런데 그걸 꼭 입어야 하나?"

스텝앤드어해프가 고갯짓으로 금속 단추가 달린 정장을 가리켰지만, 탄테는 그저 뒤로 물러서서 팔짱을 끼고 놀란 입을 다물었다. 일자리의 필요성이 탄테의 자존심을 후려쳤고, 잡동사니나 주워나르던 너절하고 뻔뻔한 여자가 지금 신기하게도 존경스러운 사업가로 변신한 모습에 대항하기 어렵게 만들었다. 게다가 그 여자가 그녀의 상사가 될 수도 있었다. 탄테의 마음속에서 모든 것이 뒤집혔다. 사회적 자존심에 상처를 입었다. 하지만 견딜 만했다. 정말 참을 수 없었던 것은 그녀의 옷, 속상한 일이 있어도 충실하고 영예롭게 입었던 그 특별한 정장에 대한 모욕이었다.

"이게 얼마나 좋은 건데요. 아주 비싼 거라고요." 그녀가 말했다. 스텝앤드어해프는 떽떽거리는 탄테의 말을 손짓으로 물리치며, 싱어사 제품인 금색 꽃이 정교하게 그려진 우아하고 여성스러운 검은색 에나멜 재봉틀과 그 아래쪽에 재봉틀과 썩 잘 어울리는 목재 보관함을 발로 툭 찼다.

"다룰 줄 알면 팔 수도 있겠지."

"배울게요." 탄테가 약속했다. 그녀는 반짝거리는 기계, 최신형 재봉틀, 최신식이지만 친숙한 그 물건에서 눈을 떼지 못했다. 마치 스포트라이트를 비춘 것처럼 공간 전체가 재봉틀 하나로 압축된 것 같았다. 다른 일은 전부, 심지어 스텝앤드어해프 밑에서 일해야 한다는 생각조차 까마득하고 하찮게 느껴졌다. 탄테는 너무 설레어 당연히 느낄 법한 굴욕감조차 느끼지 못했다. 아예 그런 생각이 들지 않았다. 그 순간에는 반짝거리는 바늘과 크로뮴도금한 찬란한 돌림바퀴가 달린, 광택이 흐르고 간편하고 자그마하고 사무적인 그 기계면 더 큰 문제를 잠재우기에 충분했다. 그 문제 때문에 그녀가 처한 딜레마는 수긍이 갔다. 탄테는 옷감을 넣는 쪽 암arm의 멋진 곡선을 어루만지고, 무늬가 새겨진 오크나무 보관함을 신기한 듯 쓸어보았다.

"그 앞에 앉아봐." 스텝앤드어해프가 말했다. "크넛슨 부인이 작동법을 알려줄 거야."

재봉틀에 매료되어 푹 빠진 탄테는 그 앞에 앉아 가르쳐주는 대로 해보았다. 그녀가 이 타운에서 가장 경멸하는 로이 바츠카가 진열창에 놓을 자주색 펠트 한 뭉치를 품에 안아들고 옆을 지나가는데도 알아보지 못했다. 그녀는 바늘에 실 끼우는 법을 배우는 중이었다.

추위가 매서워졌지만 눈은 여전히 뜨문뜨문 내려, 썰매를 타려는 사람들이나 눈 요새를 만들려는 사람들은 적잖이 실망했다. 그래도 스케이트는 즐길 만했다. 얼음은 빛깔이 거무스름하고 투명했다. 우중충한 석영 같은 표면 아래로 혹한의 깊이가 보였다. 얼음 안에는 나뭇잎과 기포가 은빛 균열에 갇힌 채 소용돌이를 이루고 있었다. 프란츠는 크리스마스 방학이 되면 베티 줌브러게와 데이트를 하기로 약속했다. 방학 첫날 저녁 베티가 커다란 검은색 차를 몰고 정육점으로 왔지만, 바깥에 차를 세우고 시동을 켜놓은 채 안으로는 들어오지 않았다. 프란츠는 앞치마를 벗어 고리에 걸었다. 아버지에게 외출하겠다는 말은 미리 해두었지만 누구와 만나는지는 얘기하지 않았다. 피델리스는 멍하니 칼을 갈며 창밖을 내다보더니 말했다. "줌브러게 집안의 딸이구나."

"베티예요." 프란츠가 말했다.

"왜 들어오지 않니?"

"저를 데리러 온 거예요."

피델리스가 아들을 뚫어져라 보았고, 프란츠는 얼굴을 붉히긴 했지만 어깨를 으쓱하며 아버지의 낡은 재킷을 걸쳤다. "술은 많이 마시지 마라." 피델리스가 주의를 주었다. 프란츠는 걱정 말라며 손을 내저었다. 그는 술을 많이 마시는 편이 아니었다. 그가 밖으로 나갔다. 눈발이 휘날렸고 새하얀 눈송이가 뺨을 에는 듯했다. 그는 차에 올라탄 뒤 차창에 팔꿈치를 대고 조수석 손잡이를 잡았다. 베티가 차를 돌리자 바퀴의 끽 소리와 함께 차를 돌려 금주법이 시행되던 시절에는 주류 밀매소였던 작은 선술집으로 쏜살같이 달려갔다. 베티는 깔깔거리며 급제동으로 차를 멈춘 뒤 담배에 불을 붙였다. 그들은 잠시 차 안에 앉아 술집을 잠자코 바라보았다.

"저런 데 들어가봤어?"

프란츠는 어깨를 으쓱했다. 한 번도 가본 적 없었다. 술집은 물막이 판자로 야트막하게 지은 건물이었는데 사면에 좁은 포치가 있었다. 베티는 그녀의 가족에 대해, 간호학교에 진학하는 꿈에 대해, 자매들과 그들의 남자친구에 대해, 아버지와 아버지의 문제점에 대해 이야기했다. 프란츠는 집중해서 들으려 했지만 마음은 자꾸 딴 곳을 헤맸다. 이윽고 그들은 차에서 내려 술집으로 향했다. 느린 캐나다 왈츠를 연주하는 아코디언 소리가 들렸다. 실내는 불빛이 환하고 따뜻했으며 벽에는 광고가 덕지덕지 붙어 있었다. 두꺼운 목재로 만든 의자와 테이블은 낡고 허름했다. 그들은 문을 열고 들어오는 사람은 바로 보이지만 자신들은 눈에 잘 띄지 않는 안쪽 테이블을 골랐다. 그리고 스트레이트로 위스키 두 잔과 입가심용 맥주를 주문했다.

맥주는 대단하지 않았지만 위스키는 달랐다. 독하고 황금처럼 특별하고, 목구멍을 태울 듯 뜨겁지만 맛은 달았다. 그것이 프란츠의 뱃속을 가격했다. 호박색의 따스한 온기가 온몸에 퍼졌다. 그는 베티의 푸르스름한 눈동자를 들여다보았고, 느긋한 유쾌함을 느끼며 미소를 지었다. 어른 같은 옷차림에 화장을 하고 운전도 했지만 베티는 매저린보다 더 어려 보였다. 베티가 심각한 표정으로 자기 이야기를 하는 동안 그는 가만히 기다렸다―그녀는 조급해 보였고, 한번은 세심하게 컬을 넣은 노란색 머리칼에 손을 넣어 헝클어뜨리자 부드러운 컬이 갈라지며 고리 모양을 이루었다. 위스키를 한 잔씩 더 마시자 그 고리 모양이 흐릿해져 얼음 같은 후광으로 보였다. 그는 세번째 위스키를 거절했지만 베티는 마셨다. 그러고 나서 그들은 차로 돌아갔다.

추위는 더 매서워져 바람에 손과 얼굴이 얼얼했지만, 차가 최신형이라 달리는 동안 내부 공기는 훈훈해졌다. 베티는 방해받지 않을 길로 차를 돌렸고, 그 길은 지난봄 압류된 농장에서 끝이 났다. 프란츠의 기억으로 베티의 아버지가 압류한 것이었다. 그녀가 차를 세우고 라이트를 껐다. 바깥에 쌓인 눈이 발하는 빛이 서서히 눈에 익숙해지면서, 세상은 선명한 푸른색으로 변하고 도랑에는 검은 그림자가 드리웠다. 어슴푸레한 방풍림 사이로 타운의 불빛이 간간이 어른거렸고, 사방은 괴괴했다. 베티가 뒷자리에서 담요를 끌어당기며 말했다. "이야기 좀 해봐."

"무슨 이야기?" 프란츠가 그녀에게 손을 뻗으며 말했다. 그는 정말로 궁금하다는 듯 그녀의 얼굴을 두 손으로 다정히 감쌌지만, 실제로는 그냥 만져본 것뿐이었다. 베티는 심각했다.

"우리 이야기." 그녀가 말했다.

"음. 어떤 우리 이야기?"

"나랑 키스는 안 할 거야?" 베티가 물었다. "너한테 문제가 있는 건 아닌가 해서."

"좋아." 프란츠가 말했다. 그는 그녀의 입술을 손가락으로 부드럽게 어루만진 뒤 엄지로 립스틱을 지웠다. 그녀의 애를 태울 생각은 없었지만 그의 행위가 최면을 건 듯 그녀가 고개를 뒤로 젖혔다. 그는 입술을 그녀의 입술에 맞대자마자 바로 끔찍한 실수를 했음을 깨달았다. 그는 그녀가 매저린처럼 키스할 거라고 생각했지만 완전히 달랐다. 그녀의 입술은 도톰하고 감미롭고 축축했다. 그녀가 입을 하도 크게 벌려 그도 크게 벌려야 했고, 그의 혀에 뻣뻣하고 자그마하고 속살거리는 혀가 닿았다. 그는 그녀의 혀가, 그녀의 이가, 그녀의 입에서 나는 텁텁한 맛이, 비싼 향수 때문인지는 몰라도 그녀의 체취가 마음에 들지 않았다. 냄새도 과하고, 그녀도 과했다. 그는 현기증을 느끼며 그녀에게서 떨어졌다. 하지만 그녀가 그에게로 쓰러지면서 그의 손이 그녀의 코트 안으로 들어갔다. 드레스가 갑자기 벌어진 바람에 그의 손이 예고도 없이 젖가슴을 짚었다. 그는 깜짝 놀랐다. 그녀의 브래지어는 꽉 조이는 따뜻하고 부드러운 천으로 만든 것이었다. 그는 손을 집어넣어 브래지어를 올렸고, 손바닥 가득 젖가슴이 잡히자 숨이 거칠어졌다. 그는 손을 멈췄다. 브래지어를 내리고 코트를 여며준 뒤 바로앉으며 그녀에게서 떨어졌다.

"내릴게." 그가 차문을 열며 말했다. "걸어갈래."

그해에는 눈이 많이 내리지 않았기 때문에 그는 매저린의 집까지 들판을 가로질러 갈 수 있었다.

부츠 모양의 양철 굴뚝이 있고 변소는 뒷골목 근처에 있는, 판잣집이라고 부르기도 뭣한 매저린 시멕의 집에 다다랐을 즈음 그의 몸은 꽁꽁 얼어붙다시피 했다. 타운에서 그 구역은 블록이 나뉘어 있었는데, 블록들 사이에 흙길로 지름길이 만들어져, 평소에는 먼지가 풀풀 날리거나 진흙투성이였지만 지금은 꽁꽁 얼어 있었다. 매저린의 집 주변은 사방에 나무가 듬성듬성 자라고 있었다. 그녀의 어머니는 닭과 늙은 암소를 키우고 암소에게서 약간의 우유를 얻었다. 프란츠가 그곳을 지나가자 목줄을 묶어 밖에서 키우는 개들이 번갈아 짖어댔다. 그래서 그는 자신이 오는 소리를 그녀가 들었을 거라고 확신했다. 하지만 그저 가시지 않은 위스키 기운 때문인지도, 잠시 생각의 균형을 잃었기 때문인지도 몰랐다. 프란츠는 여기까지 걸어왔다는 사실과 베티를 떠난 연극 같은 상황에 사로잡혀, 몇 주 동안 매저린과 말 한마디 나누지 않았지만 그녀는 그가 올 것을 알고 마음을 다 헤아려줄 거라고 확신했다. 그녀는 기다리고 있을 것이다. 무슨 일이 있었는지 다 알 것이다. 대번에 예전과 같아질 것이다. 그는 땅과 거의 수평인 페인트칠을 하지 않은 문 앞으로 가서 문을 두드렸다. 그녀가 문을 열어주기를 기다리는 그의 가슴속에서 구원의 순간이 다가온 남자의 흥분이 서서히 거품처럼 끓어올랐다.

그녀의 어머니가 문을 열고 입구를 다 차지하며 섰다. 어머니는 눈살을 찌푸리고 그를 훑어본 뒤 흘러내린 회갈색 머리칼을 쓸어넘겼고, 누군지 알아보자 조그맣게 끙 소리를 냈지만 아무 말도 하지 않았다. 그녀는 그를 밖에 세워두고 문을 닫았다. 잠시 뒤 그는 다시 문을 두드렸다. 이번에는 매저린이 문을 열어주었다. 실내의 희미한 불빛에 여름옷을 입은 그녀의 가냘픈 윤곽이 드러났고, 그녀의 머리칼은 늘 그렇듯 어깨 부근에서 생동감 있게 굽슬거리며 젖가슴까지 흘러내렸다. 그녀의 얼굴은 그림자에 완전히 묻혀 있었지만 그는 어쩐지 차분하고 슬퍼 보인다고 생각했다.

"왜 왔어?" 그녀가 물었다.

"들어가게 해줘." 상황이 상상했던 것과는 영 딴판으로 돌아간다는 사실을 비로소 깨달으며 그가 대답했다. "잠시만 들어갈게."

매저린이 흘끗 뒤를 돌아봤고, 프란츠는 어둠 속에서 그녀 어머니의 허연 맨살이 드러난 거대한 기둥 같은 다리를 보았다. 시멕 부인은 드레스 자락을 걷고 목재 부엌 의자에 앉아 문 쪽을 지켜보고 있었다.

"들어오지 마." 매저린이 말했다.

"몸이 거의 얼어붙었어." 프란츠가 말했다. "들판을 가로질러 왔어. 6마일은 걸었을 거야."

"왜 밖에 나왔어?" 매저린이 물었다. 바람이 조금 불자 추위는 더욱 매섭게 느껴졌고, 그녀의 어깨 주위에서 머리칼이 흩날렸다. 그녀는 살을 에는 추위도 잊은 채 그의 대답을 기다리며 그를 뚫어져라 보았다. 그의 숨결에서 술냄새가 풍겼다. 그녀는 그가 술을 마신다는 생각에 약간 충격을 받았고, 곧 마음에 상처를 입었다. 술을 마시는 남학생도 있었지만 그가 그러는 줄은 전혀 몰랐다. 시멕 부인이 얼른 문을 닫으라며 딸에게 버럭 소리를 질렀다. 매저린이 또다시 그를 밖에 세워둔 채 문을 닫으려 하자 다급해진 프란츠가 한 발을 들이밀었다. 그녀가 주춤 물러서며 그에게 길을 내주었다. 그가 집안에 들어온 게 이번이 처음은 아니었지만 지금은 상황이 좋지 않은 것 같았다. 그녀의 아버지가 으름장을 놓았던 대로 정말 유개화차를 타고 떠나버렸는지도 몰랐다. 혹은 그녀의 어머니가 정말 병에 걸렸는지도. 시멕 부인은 묘하게 기념비 같은 모습으로 작은 의자에 앉아 올빼미처럼 속을 알 수 없는 시선으로 그를 근엄하게 바라보았다. 다른 의자가 더 없는 것을 깨닫고 그는 그 자리에 선 채 매저린이 난로로 가서 불을 쏘삭거린 뒤 장작을 두 개비 더 넣는 모습을 지켜보았다.

"다 쓰지는 마라." 그녀의 어머니가 말했다.

매저린은 못 들은 척하고 프란츠에게 말했다. "이쪽으로 와서서 있어." 그녀가 난로 쪽으로 손짓했고, 그는 몸이 녹으면서 뼈마디가 덜그럭거릴 만큼 후들거리자 겉만이 아니라 뼛속까지 한기가 들었음을 깨달았다. 들판을 가로질러 먼거리를 걷는 동안 위스키 때문에 몸도 따뜻하고 기력도 떨어지지 않았다고 착각했던 것이다. 그는 쇳덩어리 같은 눈을 밟았고, 바람에 날려 잔물결을 이룬, 입자가 곱고 단단한 석고 같은 눈밭도 가로질렀다. 지금 그의 피는 차갑고 묽었다. 객기를 부리던 마음이 가라앉자 길을 잃은 바보가 된 기분이었다. 철제 난로에서 불이 활활 타올랐다. 마침내 열기가 옷 속을, 이어서 살 속을 파고들기 시작했다. 따뜻한 기운이 몸속으로 퍼지자 떨림도 거의 멎었다. 그래도 이따금 부르르 몸서리가 쳐졌다. 그는 그 자리에 서서 다음 일어날 일을 조용히 기다렸다. 매저린이 그의 곁에 와서 섰다. 그녀의 어머니는 앉은 채로 그들을 지켜보았다.

매저린은 내면에서 고요한 장소를 찾아낸 뒤로 흔들리지 않았다. 그녀는 여기 이 집에 프란츠가 있는데도 이렇게 아무렇지 않을 수 있다는 사실이 이상했지만, 그렇다면 어떤 기분이어야 하는 건지 궁금했다. 이것이 그가 돌아왔다는 의미라면 고맙다고 해야 맞을지 모르지만 그럴 수가 없었다. 게다가 그가 그런 말을 한 것도 아니었다. 그녀는 기쁘지 않았을뿐더러 마땅히 느껴야 할 분노도 일어나지 않았다. 친구들은 물었다. "지금은 프란츠가 그냥 밉지 않아?" 밉지 않았다. 처음에 느꼈던 슬픔이 무기력한 절망으로 바뀌었을 때도 그녀는 견뎌야 한다고 여겼고, 친구들이 쏟아내는 동정의 말도 대수롭지 않게 받아넘겼다. 11월 그날 오후 그의 거기에 뺨을 대고 누운 뒤로, 서로 뒤엉켜 한두 차례 뒹군 뒤로, 그의 거기에 한참 동안 천천히 부드럽게 입을 맞춘 뒤로 그녀는 마음속에서 그를 지워야 했다. 작고 추운 방에서 프란츠에 대한 모든 생각을 벽돌을 쌓아올리듯 차단해야 했다. 그는 아무것도 아니었다. 그다음 알게 된 사실이 그가 베티와 사귄다는 거였으니까. 소나무 아래에서 보낸 숱한 오후를 생각하면 그녀는 그에게 버림받은 수치심 때문에 죽을 지경이었다. 그래서 그가 바로 지금, 바로 여기에 있었지만 제대로 쳐다볼 수가 없었다. 상황이 완전히 달라졌다. 그렇지 않은가? 그래야 맞지 않는가? 그녀는 그저 가만히 서 있다가 장작불을 쏘삭거릴 뿐이었다. 다음에는 뭘 하면 될지 알려줄 신호를 찾아 그를 지켜보면서.

아무도 말을 꺼내지 않았다. 불꽃만 타닥거렸다. 프란츠는 몸이 따뜻해지긴 했지만, 죽음 같은 침묵에 점점 불안해졌다. 비로소 떠날 용기가 생기자 기어들어가는 목소리로 말했다. "고마워." 매저린이 문까지 몇 걸음 그를 배웅했다. 그가 문을 열려고 손잡이를 잡으며 나지막이 물었다. "내가 돌아오면 좋겠어?"

기다렸다는 듯이 "아니"라는 답이 튀어나왔고, 짤막하게 말하는 그녀의 목소리에 하얗게 금이 갔다.

눈이 꼭 알맞은 때 내리기 시작했다고 사람들은 입을 모았다. 눈은 그림엽서에서 보는 눈송이처럼, 바람 없는 날 종일 체를 친 듯 수직으로 떨어져내렸다. 모두 문을 열고 나가 환호성을 질렀다. 아이들은 혀를 내밀어 눈을 받아먹고, 눈더미에 굴을 뚫겠다거나 눈싸움을 하겠다는 거창한 계획을 세웠다. 마침내 눈썰매도 탈 수 있게 되었다. 크리스마스트리에도 배경이 생겼다. 캐럴과 교회의 예

수 탄생 조형물도 그럴듯해 보였다. 평원의 바람은 잦아들 때가 드물어, 가볍게 날린 눈송이가 이렇게 수북이 쌓인 것은 경이로운 일이었다. 울타리 말뚝은 하얀 모자를 뒤집어썼다. 가지마다 윤곽이 뚜렷해지고, 소나무는 보송보송한 숄을 둘렀다. 아거스 사람들은 밖에 나와 돌아다니며 방금 내린 눈이 살포시 내려앉아 자동차나 개집, 쓰레기통, 쓸쓸한 포도나무 정자, 법원 앞 동상, 계단, 장식 난간 같은 일상적인 사물에 신기한 형태를 부여하는 모습을 보고 감탄했다. 갑자기 아거스가 옛날 옛적 동화 속 마을처럼 아름답고 즐거운 곳으로 느껴졌다.

장의사 뒷문으로 나온 클래리스도 그런 상상을 하며 손뜨개 양털 토시에 손을 넣고 집으로 가는 중이었다. 그녀가 떠올린 것은 아이싱한 레이디핑거로 지붕을 올리고 설탕 젤리를 가장자리에 방울방울 떨어뜨린, 깊은 숲속의 생강과자 집이었다. 혼자 먹으려고 산 초콜릿 통에 그려져 있던 고풍스러운 스위스 오두막집도 떠올렸다. 집에 가면 코코아를 넉넉히 만들어 마실 것이다. 우유를 끓이고 설탕을 솔솔 뿌린 뒤 초콜릿을 조금씩 깎아 냄비에 넣고 녹을 때까지 젓는다. 발트포겔의 가게에서 델핀에게 구입한 생크림이 충분히 남아 있을 테니 거품을 내서 근사한 토핑을 올릴 수 있으리라. 지금 고민은 델핀에게 같이 마시자고 할지 말지였다. 델핀에게 생크림을 좀더 갖다달라고 부탁할 수 있을지도 모른다. 드디어 집에 다다랐다. 그 순간 또다른 고민이 생겼다. 새로 눈이 쌓인 현관 앞길에 발자국이 나 있었다. 큼직하고 확실한 발자국, 남자의 발자국. 거기에, 그녀의 포치에서 그가 기다리고 있었다.

인맥을 동원하고 판사 줌브러게에게 끈질기게 요청하고 다시 요청한 끝에 보안관 호크는 드디어 클래리스 스트러브의 집을 뒤져도 좋다는 수색영장을 받아냈다. 그는 매우 깔끔한 성격이라 주변을 굉장히 까다롭고 깐깐하게 정리했다. 집은 먼지 한 톨 없고, 모든 것이 줄 하나 흐트러지지 않게 정돈되어 있었다. 옷은 단정하게 개어 서랍장에 넣어두거나 먼지를 털어낸 벽장에 걸었다. 보안관 배지는 잘 닦아 침대 옆 작은 나무 그릇에 두었다. 그였다면 반짝이는 빨간색 튜브형 유리구슬이 벽장 바닥 홈에 끼였는지 아닌지 누구에게라도 말할 수 있을 것이다. 그러면 알아차렸을 것이다. 반면 클래리스는 자기 직업에 관한 한 철두철미했지만, 집은 그냥 방치해 방들은 보통 여자들이 어질러놓는 모습과 다르지 않았다. 얼마 전 델핀이 벽장에서 드레스를 꺼내간 뒤 클래리스는 바닥을 쓸었다. 하지만 보안관 호크가 지금 하고 있듯이 강렬한 전등 불빛을 비춰가며 예리하고 철저한 시선으로 바닥 판자의 홈까지 살펴보지는 않았다.

"오래 걸리지는 않을 겁니다." 형식을 차린 그의 말투는 단호했지만 다정함마저 묻어났다. "불편을 끼치고 사적인 공간을 침해한 것에 대해서는 죄송하게 생각합니다."

"외람된 말씀입니다만," 클래리스가 자포자기해서 말했다. "지옥에나 가시죠."

"갔었어요." 보안관 호크는 감정 없는 평이한 표정으로 그녀를 올려다보며 말했다. "당신이 날 거기로 보냈잖아요, 클래리스."

"그럴 생각은 없었어요." 그녀가 눈물을 글썽였다. 잠시 고여 있던 눈물이 이내 흘러내렸다. 혹시 그녀에게 미안한 마음이 든다면 그가 떠날지도 모른다. "기분을 상하게 하고 싶진 않았는데……"

"그렇다면," 호크는 제멋대로 부풀어오르는 희망을 느끼며 전등을 내려놓고 그녀를 돌아보았다. "당신도 뭔가 감정이 있군요."

클래리스는 마비된 듯 그를 바라보았지만 머릿속은 혼선이 일어난 것처럼 윙윙거렸다.

"내게 말이죠." 그가 덧붙였다.

"난 늘 우리가 친구가 될 수 있다고 생각했어요." 클래리스의 목소리가 높아지고 더 높아져 비명처럼 들렸다. 그녀는 심호흡을 하려 해보았다. 공기를 조금 들이마셨지만, 적조가 밀려오듯 목이 멨다. 보안관 호크는 슬픔이 가득한 표정으로 고개를 가로젓더니, 또다시 바닥에 불빛을 비추었다. 클래리스는 그를 지켜보았다. 머릿속이 어지러웠다. 당연히 그는 구슬을, 실을, 옷감 조각을, 그녀를 연루시킬 무언가를 찾아낼 것이다. 그렇게 그녀를 궁지로 내몰 테고, 그러면 그녀는 그 아니면 살인 혐의를 선택해야 할 것이다. 그렇지 않겠는가?

"나가줘요." 클래리스가 말했다. "내 방이에요. 여기서 나가요."

호크가 일어섰다. 그는 한 발짝도 다가서지 않았지만 그녀는 그의 힘이, 위협적이고 독선적인 힘이 파도처럼 덮쳐오는 것을 느꼈다. 그녀가 뒤로 물러섰다. 호크는 입을 오므려 살짝 미소 짓고는 경계심을 풀라는 듯 나직한 휘파람을 불면서 돌아섰다. 클래리스는 가슴께에서 팔짱을 끼고 입을 굳게 다문 채 침실 문가에 기대섰다. 그리고 무릎을 꿇은 보안관의 엉덩이를 망측하고 팽팽하게 감싸고 있는 싸구려 능직 천을 바라보았다. 벨트가 그의 배를 꽉 조였다. 벨트 위쪽 셔츠 안을 채운 것은 살이 아니라 두툼하게 쑤셔넣은 퀼트 이불 같았다. 하지만 그것이 살, 그의 육신이라는 것은 엄연한 사실이었다! 그녀를 가지려고 결심한 몸. 클래리스는 생각이 흘러가는 대로 내버려두었다. 그를 그냥 죽여버리면…… 저 두툼한 살 안쪽 갈빗대 밑으로 칼을 쓱 찔러넣기만 하면 끝이다. 문틀을 잡고 있는 그녀의 손가락이 파르르 떨렸다.

"제발 가요." 속삭이듯 말했지만 그가 반응이 없자 그녀는 어머니가 종종 했던 말을 내뱉었다. "내 속을 뒤집어놓지 마요."

호크가 그녀를 올려다보았다. "오? 그럼 어떻게 되죠?" 그의 목소리는 유쾌하고 호방했다.

"모르겠네요." 그녀가 옆으로 돌아섰다. "전에는 속이 뒤집힌 적이 없었으니까."

그를 어떻게 할까? 벽장에 쑤셔넣을까? 그리고 달아날까? 그의 몸이 썩어가게 그냥 두고? 그녀는 사라져야 할 것이다. 이제 곧 휴가철이었다. 그녀가 연중 가장 좋아하는 때라 아거스를 떠나기에 썩 좋은 시기는 아니었다. 그녀는 성당으로 갈 때면 느껴지던 쌉싸래하고 푸르스름한 자정미사의 분위기를 좋아했는데, 어린 시절부터 참석해왔던 의식에 빠져야 한다면 억울할 것 같았다. 그녀는 손을 풀고 문질러 아직도 떨리는 손가락을 진정시키려 애썼다. 보안관이 꼼꼼한 손길로 속옷까지 살살이 뒤지는 것을 지켜보자니 눈앞에서 그녀의 팬티를 내던지는 것보다 더 발가벗겨지고 침해당하는 느낌이었다.

그녀는 자신을 억눌러야 했다. 벌렁거리는 가슴을 진정시켜야했다. 하지만 무참한 분노는 지나치게 비옥한 토양과 같았다. 그녀 안에서 뱀 같은 잡초가 대번에 쑥쑥 자라났다. 두 손을 꽉 맞잡고 있던 그녀의 감정이 갑자기 터져버렸다. 다시 마음을 진정시키고 보안관을 침실에 남겨둔 채 조용히 계단을 내려왔다. 그녀는 넘어지지 않으려고 난간을 붙잡았다. 허방을 디뎌 넘어지는 사람이 왜 그녀가 되어야 하는가? 넘어지는 사람이 그가 될 수도 있다, 보안관 호크가. 그녀는 그의 거대한 몸뚱이가 자기로 만든 돼지처럼, 처음 굴러떨어질 때 층계참에서 두 토막이 나고, 맨 아래에서 네 토막이 나는 것을 상상했다. 그 장면에 웃음이 터질 것 같았다. 눈앞에 그 모습이 그려지자 마음이 가벼워졌다. 밖에 나가 오랜만에 담배를 한 대 피우면 진정될 것이다. 결국 찾을 것이 뭐가 있는가? 드레스는 없앴다―묻었던 것을 꺼내 지혜롭게 처리했다. 그녀는 속으로 자축했다. 그러다 전에 호크가 드레스를 찢어 그 빌어먹을 옷에서 구슬이 떨어졌던 일이 떠올랐다. 끊어진 실, 수천 올의 끊어진 실을 떠올리자 가슴속에서 불현듯 얼음 같은 회오리바람이 일렁였다.

클래리스는 담배를 둔 곳으로 가려고 단호하게 계단을 내려갔다. 담배는 부엌 선반에, 칼 위쪽으로 밀폐된 깡통에 넣어두었다. 칼이라면 늘 두는 서랍 속에 안전하게 보관되어 있었다. 작은 손이 닿지 않도록. 하지만 이 집에서 작은 손은 그녀의 손뿐이었다. 그녀는 깡통에서 담배를 꺼내는 대신 순간적으로 서랍을 열었다. 그리고 아끼는 길고 가느다란 고기 써는 칼을 살펴보았다. 담금질을 해서 약간 곡선을 넣은 아름다운 칼이었다. 클래리스는 엄지로 칼날을 쓱 쓸어본 뒤 서랍에서 작은 숫돌을 꺼냈다. 칼날을 가는 건 일상적인 일이었다―날은 언제나 아주 날카로운 상태여야 했다. 그녀가 다시 칼날을 만져보았지만 피는 나지 않았다. 그녀는 잠시 뜸을 들이다 칼을 갈기 시작했다. 그녀는 사각거리며 칼을 갈다 문득 그녀를 과소평가하는 사람이 얼마나 많은지 안타깝다는 생각이 들었다. 심지어 절친한 친구인 델핀도 그랬고, 확실히 보안관 호크도 그랬다. 그녀는 당연히 그를 죽이지는 않겠지만 겁을 줘서 쫓아낼 수는 있을 것이다. 그는 여기를 떠나야 할 테고, 일단 그가 가고 나면 그녀는 문을 잠글 것이다. 변호사를 고용할 것이다. 줌브러게가 맘대로 주무를 변호사가 아닌 진짜를. 어쩌면 미니애폴리스에서 데려와야 할지도 모른다. 창피하지만 삼촌에게 모두 털어놓을 것이다. 그들이 함께 스트러브 집안은 협박을 받지도, 쫓겨다니지도, 사적인 속옷 서랍의 침해를 참지도 않는다는 점을 확실히 주지시킬 것이다. 보안관 호크, 그 작자가 손댄 슬립과 브래지어와 팬티는 몽땅 태워버리겠지만 다 비싼 것이었다. 슬립은 진짜 실크라 특히 비쌌다.

그녀는 빨간 드레스도 되찾고 싶었다. 수수한 검은색 코트 안에 그 드레스를 입고 경야에 간 그날은 천하무적이 된 기분이었다. 그 드레스를 입자 아버지가 떠났다는 사실을 받아들일 용기가 생겼다. 핏빛 구슬이 사락거리는 소리가 작별인사를 할 힘을 불어넣어 주었다. 칼이 부들부들 떨렸다. 아버지의 경야에 그녀를 궁지에 몰아넣으려고 오기를 부렸던 불경스러운 호크! 그녀에게 입술을 갖다대지만 않았어도 그렇게 힘껏 떠밀지는 않았을 것이다. 그는 그녀의 순수한 슬픔을 빼앗으려 했다. 진정한 슬픔이 얼마나 신성하고 소중한 것인지 그녀보다 더 잘 아는 사람은 아무도 없었다. 그는 그녀를 위로하는 척만 했다. 어쩌면 위로했다고 정말로 믿었을 것이다! 그녀는 칼날을 똑바로 세워 조그만 흠집이라도 있는지 꼼꼼히 확인했다. 이제 완벽하게 날카로웠다. 그녀는 델핀을, 그리고 〈내 비겁한 심장을 위한 검은 입문서〉라는 스코틀랜드 연극을 떠올렸다. 두렵지 않았다. 칼을 면도날처럼 더 날카롭게 갈면서 이 정도로 예리하면 보안관이 처음에는 느끼지도 못할 거라고 생각했다.

그녀는 침실로 돌아가 그에게 또 한번 떠나달라고 말했다. 경고는 해야 할 만큼 했다. 칼을 등뒤에 숨긴 채 말하는 그녀의 목소리가 아주 조금 떨렸다. "경고하는데, 보안관 호크. 여기서 나가지 않으면 당신을 해칠지도 몰라요."

그가 일어섰다. 그러고는 배짱 좋게 미소를 날리더니 그녀를 빤히 보며 그녀의 방어를 뚫으려 했다.

"내가 입바람을 불고 입바람을 또 불어서 당신 집을 날려버릴 거예요." 그가 부드럽게 말했다. "나도 경고했어요."

그가 살짝 웃자 입술이 꽃봉오리처럼 얌전히 벌어졌다. "왜 난 안 되죠, 클래리스? 나에 대해 마음에 안 드는 점은 전혀 없잖아요. 난 좋은 직업을 가졌어요, 그것도 명망 있는 직업을. 술도 마시지 않고요. 난 다른 여자와 잠도 자지 않고, 앞으로도 그런 일은 절대 없을 거예요. 당신을 봐요. 천사처럼 예쁘지만 장의사잖아요. 남자들은 당신 같은 일을 하는 사람은 무서워해요. 난 아니지만."

호크가 팔을 내밀었다. 그의 미소는 야성적이었고 눈빛에는 무지하고 천진한 욕망이 서려 있었다. 클래리스가 다가오지 않자 그는 힘없이 팔을 떨어뜨렸다. 그가 주머니에 손을 넣어 빨간 구슬을 싼 종이를 끄집어냈다.

"이걸 찾았어요." 그가 말했다. "감형이 가능한 증거예요."

"감형이라니요? 맙소사, 어리석은 짓은 그만둬요. 보여줘요."
클래리스가 칼을 들지 않은 손으로 그 종이를 낚아채려 했다.

"저런, 저런, 저런." 그는 혐오스럽고 장난스러운 운율로 말했다. 그러고는 구슬을 다시 싸서 접은 뒤 셔츠 주머니에 넣고 두 팔을 벌리며 불쑥 다가섰다.

그녀의 팔이 저절로 쑥 나갔다.

그는 무슨 일이 벌어졌는지 몰랐다. 처음에는 그랬다. 그가 깜짝 놀라 몸을 돌린 덕분에 그녀의 일이 더 수월해졌다. 몸을 비트는 그의 모습에 그녀는 마음속에서 날카로운 칼이 그의 뱃속을 쑥 뚫고 들어가 내장을 가르는 장면이 보이는 듯했다. 그는 피를 쏟아내며 죽겠지만 너무 오래 걸릴 터였다. 빨리 끝내는 편이 더 낫다. 그녀는 오로지 아직은 침착하고 이성적인 그 생각에 따라 움직였다. 칼을 톱처럼 써야 했다. 그가 손을 들어 몸부림치며 피하려 하자 배 한복판을 최대한 빠르게 그어버렸다. 나무 손잡이를 꼭 잡고 손을 좌우로 잽싸게 움직였다. 버둥거리며 칼을 움켜쥐려는 그를 막으려면 두 손을 써야 했다. 그는 생각보다 힘이 더 셌지만, 그녀도 장의사 일을 하면서 손힘이 놀랄 만큼 세졌다. 그는 칼이 엄청난 속도로 그의 복부를 가로지르며 셔츠를 갈라놓는 것을 보고 정말이지 깜짝 놀랐다. 그녀의 머릿속에서 이치에 닿지 않는 문구가 만들어졌다. 그녀의 생각은 이상하고 먼 어딘가에 가 있었다. 그가 즐겁지 않은 상태인 건 누가 봐도 분명하다! 그녀는 이 예상치 못한 전개에 굉장히 괴로워하는 그를 보았다. 이마를 찌푸린 채 한마디도 할 수 없는 것 같은 모습이었다. 그저 어리둥절한 표정으로 그녀를 물끄러미 보았다. 어쨌거나 이런 일은 짐작도 못했던 그에게 약간의 동정심이 일었다—놀라는 건 그녀와 어울리지 않으니 이런 감정은 대단한 것이었다.

"앉아요." 사실을 알려주는 그녀의 목소리는 덤덤했다. "오래 걸리지 않을 거예요."

그가 뒤로 쿵 쓰러지자 벽장문이 덜컹거리고 실크 슬립이 피로 물들었다. 구두는 피 웅덩이가 되었다. 그녀는 그의 몸 밑에서 아끼는 속옷을 잽싸게 잡아뺐다. 그녀는 잔인한 만족감을 느끼며 그가 주머니칼로 바닥 홈에서 빨간 유리구슬을 또하나 뽑아내려 했던 것을 알아차렸다. 그건 그만큼이면 충분했다! 그녀는 그 구슬을 빼내 그에게 보여준 뒤 입을 벌려 삼켜버렸다. 그는 이제 더없이 미련하게, 심지어 바보처럼 보였다. 얼마 뒤 맥박을 짚어보니 박동이 최후를 향해 서서히 느려지고 있었다. 임상적 관찰로도 동공은 반응이 없었다. 집에는 아무도 없어, 마침내 그녀가 말했다. 숨이 제대로 쉬어지지 않았다. 선 채로 한 손은 가슴에, 다른 한 손은 배에 얹고 발성 수업에서 하듯이 아랫배로 새 공기를 들이마셨다. 그를 숨겨야 했다. 하지만 벽장 속에 세워놓는다고 뭐가 달라지겠는가? 그런 수로는 해결되지 않는다. 그녀는 성질이 났다—눈물이 쏟아졌고 걷잡을 수 없었다. 흐느끼는 소리가 너무 커서 자신이 내는 것 같지 않았다. 그녀가 내는 소리가 방안을 가득 채우자 자신마저 놀랐다. 당장 그쳐, 안 그러면 절대 멈추지 못할 거야, 그녀는 자신을 타일렀다. 그리고 복도를 가로질러 목욕을 하러 갔다.

물이 채워지는 동안 그녀는 보안관 호크를 찔렀던 칼을 다시 빼내 깨끗이 씻었다. 그녀는 그를 낡은 침대보로 덮고, 그를 지나 벽장 안으로 손을 넣었다. 침대 밑에서 커다란 갈색 여행가방도 꺼냈다. 깨끗이 씻고 나서 짐을 꾸릴 것이다.

다음날은 크리스마스이브였다. 클래리스는 물에 몸을 푹 담근 채 계획을 세웠다. 지금 필요한 것은 행동이지 감정이 아니었다. 낮 동안 은행에 다녀와야 할 것이다. 문득 지금이 저축한 돈을 찾기에 더할 나위 없이 좋은 시기라는 생각이 떠올랐다. 사람들은 크리스마스에 뜻밖의 혹은 값비싼 선물을 사느라 돈을 많이 쓰니까. 다만 마음에 걸리는 것은 크리스마스 무렵에 숨지는 사람도 제법 있어서, 급한 일거리가 들어올 수도 있다는 사실이었다. 하지만 크리스마스가 지나면 대체로 새해를 넘길 때까지 기다렸다 죽는다. "당신은 아니지만." 그녀가 복도 건너편의 보안관에게 말했다. "당신 기다릴 수 없었지." 은행에 다녀와서는 짐을 가볍고 현명하게 좀더 꾸린 뒤 행선지를 고민해봐야겠다고 생각했다. 아주 효율적으로 움직이고 모든 일이 제대로 돌아간다면 늘 그래온 것처럼 자정미사에 갈 수도 있을 테고 그러고 나서 아침 기차를 타기 전에 몇 시간 눈을 붙일 수도 있을 것이다. 그 사실을 깨닫자 그녀는 기분이 좋아졌다.

시프리언은 알고 있었지만 안다고 도움이 되는 것은 아니었다. 델핀과는 아무 일도 일어나지 않을 것이다. 크리스마스가 되면 분명해지겠지만, 그것이 놀라운 사실은 아니었다. 두 사람 다 오래전부터 크리스마스가 건드리면 터지는 위장 폭탄 같다는 데는 이견이 없었다. 시프리언은 올해 난생처음 멋진 크리스마스를 연출해보려고 애쓰다 오히려 더 망쳐버렸다. 그는 델핀에게 어린 시절 부재했던 크리스마스를 보상해주고 싶었다. 어쩌면 자신의 크리스마스에 대한 보상일 수도 있었다. 그들에게 크리스마스는 부모가 거나하게 취하는 날이라는 것 외에는 별다른 의미가 없었다. 특별한 저녁식사도, 작은 선물도, 꽃장식도, 종이별도, 창문에 일렁이는 촛불도 없었다. 아이들끼리 불을 때려고 끙끙대는 차가운 철제 난로뿐이었다. 그들을 위로해줄 학교도, 자기 도시락을 나눠주는 교사도 없었다. 오직 시시때때로 비틀거리며 기어들어와 부엌에 대자로 드러눕는 어른뿐이었다.

그때를 회상하며 시프리언은 밖으로 나가 보헤미안 농장주가 옥수수와 곡물을 먹여 키운 피둥피둥 살진 거위 한 마리를 사왔다. 델핀은 아이들과 함께 실에 팝콘을 꿰고 종이사슬을 엮었고, 프란츠에게 숲에 도끼를 가져가서 어린 소나무 두 그루를 베어오라고 시켰다. 피델리스와 아이들을 위해 한 그루를 장식하고, 나머지 한 그루는 자동차 지붕에 묶어 집으로 가져갔다. 뒤쪽 작은 반사판에 불꽃이 일렁이는 양철 촛대에 초도 꽂았다. 아이들 모두에게 선물을 하나씩 주었고, 시프리언과 로이 것도 있었다. 시프리언은 델핀이 피델리스에게 줄 선물을 사거나 만들었는지 궁금해하지 않으려 했지만 자꾸만 신경이 쓰였다. 궁금했다. 며칠 전 그는 수상쩍어 보이는 포장한 물건이 혹시 없나 그녀의 서랍장을 샅샅이 뒤졌지만, 대충 개어놓은 그녀의 옷과 스카프로 보이는 자신의 선물 말고는 찾아내지 못했다. 그는 그런 행동을 한 자신이 적잖이 당황스러웠다. 자신은 여자 물건 따위는 뒤지지 않는 사람이라고 생각했는데, 이제 보니 그런 사람이었다. 그는 아까 외출했을 때 그녀에게 줄 비싼 루비 반지를 샀다.

크리스마스이브에 시프리언은 일을 마친 델핀을 차에 태워 돌아왔는데, 집에 오는 내내 그녀는 생각에 잠긴 채 거의 말이 없었다.

"괜찮아?" 그가 물었다.

"피곤해." 그녀는 가게문을 닫기 직전에 손님이 몰려와 거위나 칠면조 고기, 구이용 돼지고기 등 크리스마스에 먹을 것을 사가며 특별히 더 좋은 고기나 덤을 요구했고, 이어 마지막 요청이 쏟아졌고, 그뒤에는 슈톨렌*을 만들려 했지만 망쳤다고 이야기했다. 그러고 나서 아이들에게 주려고 쿠키를 구웠지만 한 판을 홀랑 태워먹었다. 시프리언은 피델리스를 떠올리지 않으려 애썼다. 그런데 사실 그 쿠키는 피델리스를 위한 게 아니었을까? 어쨌거나 그녀가 피곤할 이유는 충분했으므로, 그는 그것을 낙천적으로 해석하려 애쓰며 그녀를 놀래주려고 준비한 저녁식사가 그 덕분에 더욱 근사하게 보일 거라고 생각했다. 그는 조금 전 로이를 스텝앤드어해프의 가게 뒷문 앞에 내려주고 왔다. 가게 위에 스텝앤드어해프가 모아둔 돈으로 빌린 방이 있었다. 그녀가 돈을 넣어둔 양철 코담뱃갑들을 저 먼 평원까지 돌아다니면서 길목의 바위나 나무, 표지판, 울타리 말뚝 밑에 묻어둔다는 소문도 있었다. 그녀가 가게를 자주 비우는 편이라 기온이 떨어지면 로이가 종종 불이 꺼지지 않게 살폈다. 그래서 오늘은 시프리언과 델핀 둘이서만 보낼 수 있었다.

"내가 요리한 음식을 당신도 좋아할 거야." 시프리언이 말했다.

"당신이 요리를 했어?"

델핀은 예의 있게 말했지만, 기운 없는 목소리였다. 시프리언이 조수석에 몹시 고단한 듯 앉아 있는 그녀를 바라보았다. 그날

---

* 주로 크리스마스에 먹는 독일의 전통 빵.

밤 그녀는 왜소하고 심지어 가냘파 보였지만, 원래 강인한 여자이 니 이런 연약한 모습은 그녀의 얼굴을 스치는 빛의 장난 때문임을, 겨울 하늘과 땅에 반사된 푸른빛 때문임을 그는 알았다. 그녀는 외로워 보였지만 그로선 이해가 되지 않았다. 그녀를 위해서라면 언제라도 요리할 준비가 된 그가, 그녀가 원한다면 노래도 불러줄 그가, 보석상 주인이 아끼는 것이라 원래는 안 되지만 크리스마스라 돈이 궁해서 마지못해 이 값에 판다며 한숨과 함께 내준 반지를 그녀에게 끼워줄 그가 여기에 있기 때문이었다.

"기운내." 시프리언이 달래듯 말했다. "특별히 브랜디 한 병을 사뒀어. 진짜 오래된 거야. 크리스마스를 위해 건배하자."

"아." 델핀이 말했다―내키지 않는 투라고 시프리언은 생각했다. "우리의 앞날을 위해서 말이지." 그녀의 목소리에 그의 쾌활함에 비수를 꽂는 경멸 혹은 조롱이 묻어났지만, 그는 애써 모른 척하며 머릿속의 계획대로 밀고 나갔다. 대화를 이어가는 대신 그는 크리스마스 노래일 거라 생각한 옛 곡조를 휘파람으로 불기 시작했다.

"그 노래를 왜 휘파람으로 불어?" 델핀이 잠시 뒤 말했다.

"뭐라고?"

"영광 할렐루야."

그는 마음이 상해 아무 말도 하지 않았다.

"아." 그녀가 잠시 뒤 말했다. 그녀는 자신의 침울한 기분이 당황스러웠다. 이해할 수 없긴 그녀도 마찬가지였다. 온종일 처지는 기분에서 빠져나오려 애썼지만 번번이 다시 가라앉았다. 이제 그녀는 또다시 노력하며 상냥하게 말했다. "이제 알겠어. 주님이 오신……

'내 눈은 주님 오신 영광을 보았네.' 성탄절. 그래서였구나."

"맞아." 그가 짧게 대답한 뒤 그날 아침 깨끗이 치워놓은 길가에 차를 댔다. 그는 차에서 내려 좀 세다 싶게 문을 닫았다. 그리고 차갑고 고요한 푸른 공기를 가슴 깊이 들이마셨다. 공기가 어찌나 깨끗한지 폐가 아플 정도였다. 그는 마음의 평정을 되찾을 때까지 호흡했고, 생강과자를 구우려 했던 일을 생각했다. 그 일에는 그녀도 틀림없이 웃을 것이다. 하지만 문을 열고 들어간 그녀는 이렇게만 말했다. "맙소사, 생강과자를 태웠구나!" 그녀는 소지품을 바닥에 툭 던져놓고 발을 차서 부츠를 벗은 뒤 앓는 소리를 내며 크리스마스트리 맞은편 의자에 편하게 앉았다.

"늙어버린 것 같아." 그녀가 말했지만, 사실 혼잣말이었다. "오늘밤은 천 살은 먹은 것 같아."

"난장판 같은 크리스마스에만 익숙해서 그래." 시프리언이 말했다. "여기." 그는 태운 부분을 긁어내고 깨끗한 행주에 싸두었던 돌덩이처럼 딱딱한 생강과자를 건넨 뒤 난로에 불을 피우고 장작을 두 개비 더 집어넣었다. 문을 꼭 닫고 연통을 완전히 열자 불꽃이 활활 타오르고 타닥거리는 아늑한 소리가 들렸다. 그는 성냥갑을 꺼내 창가와 트리에 놓은 초에 불을 붙였다. 그러는 동안 그녀는 잠자코 앉아 있었다. 그는 돌아보진 않았지만, 그녀가 조용한 것은 드디어 그의 노력을 알아주고 밤의 평화를 느끼고 어쩌면 생강과자를 맛보고 있기 때문이라고 확신했다. 또한 그가 그녀를 돌봐준다는 사실에 익숙해졌기 때문이라고. 하지만 그가 돌아보자 그녀는 행주를 풀지도 않은 생강과자를 무릎에 올려놓고 잠들어 있었다.

"이게 뭐야." 그의 목소리는 그녀를 깨울 만큼 컸지만 그녀는 깨지 않았다. 그는 촛불을 전부 불어 끄고 부엌으로 가서 그냥저냥 먹을 만하기를 바라며 굴 수프를 만들었다. 먹음직스럽게 끓자 납작한 그릇에 우윳빛 수프를 담고 그릇 가장자리에 크래커를 빙 둘러놓은 뒤 후추를 치고 버터 한 덩어리를 얹어 녹였다. 그는 그녀에게 수프를 가져가 바닥에 내려놓았다. 그러고는 의자 옆에 무릎을 꿇고 뺨에 입을 맞춰 살며시 그녀를 깨웠다. 그녀가 눈을 뜨자 그는 그녀가 잠든 것이 아니라 울고 있었다는 것을 깨달았다. 그건 그가 원했던 게 아니었다. 적어도 그날 밤만은. 그가 그녀에게 수프를 내밀었다.

"고마워. 맛있겠네." 그녀가 예의를 다해 말했다. "당신은?"

"먹을 거야." 그는 부엌으로 다시 가서 자신이 먹을 수프를 퍼담은 뒤 한 손에 들고 다른 손으로는 그녀 옆에 놓을 의자를 끌고 왔다.

"저기." 그는 지금 자신이 있는 곳이 살얼음판 위라는 것을 알면서도 말했다. "사람들이 굴에 대해 뭐라고 하는지 당신도 알지."

그는 그녀가 냉소적인 반응을 보이지 않자 마음이 놓였고, "맛이 좋은데"라고 말하자 희망에 부풀었다.

그는 먹기 전에 먼저 수프를 내려놓고 빠른 손놀림으로 모든 초에 불을 붙였다. 일렁이며 타오르는 촛불이 벽에 그림자를 드리워 방이 매우 아름답고 은밀한 장소로 바뀐 듯했다. 그는 그녀와 함께 앉아 뜨겁고 짭조름한 수프를 야금거리면서 아무 말도 하지 않았다. 공간 자체의 평화로움이 그녀를 그가 원하는 분위기로 이끌지도 몰랐다.

"저기 말이야." 그가 말했다. "저 트리 어때? 내가 반짝이 장식을 달았는데, 봤어?"

그녀는 대답이 없었다. 그는 이제 점점 성질이 났다. 그의 중심으로 조금씩 모여드는 냉기가, 전율이 느껴졌다.

"당신을 행복하게 해주려고 애쓰는 중이잖아." 잔뜩 날이 선 목소리였고, 그는 금방이라도 자제력을 잃을 것 같았지만, 그녀는 그를 밀어붙여 그의 한계를 넘겨버린다 해도 개의치 않을 듯 보였다. 그녀가 어깨를 으쓱하며 시선을 돌렸다.

그는 일어나서 수프가 그녀의 옷에 흐르든 말든 아랑곳하지 않고 낚아채 그릇을 부엌으로 가져갔다. "침착해." 그가 중얼거리듯 말했지만 눈 안쪽이 무지근했다. 두개골이 꽉 죄는 모자처럼 뇌를 압박하는 것 같아, 잠시 춥고 깜깜한 바깥에 나갔다 와야겠다고 생각했다. 하지만 대신에 곧장 돌아가 델핀을 노려보는 실수를 저지르고 말았다.

"차라리 그 사람들에게 돌아가지 그래?" 그가 말했다.

"무슨 소리야?"

"알 텐데. 그 남자. 그 가족 말이야." 그는 목이 멜 정도로 울화가 치밀어 그 남자의 이름만 말해도 폭발해버릴 것 같았다. 하지만 자신에게 폭발할 권리 따윈 없었기에 무력감을 느꼈다. 그는 바지 주머니에서 녹색과 빨간색 줄무늬 포장지로 싼 작은 상자를 꺼내, 자기가 주려는 방식과는 정확히 반대로, 약간 조롱 섞인 몸짓으로 델핀에게 툭 던졌다. "받아." 그가 말했다. "선물이야."

작은 상자가 그녀의 무릎 위에 떨어졌다. 그녀는 그것을 집어들지 않았다. 하지만 잠시 내려다보았다. 그는 문가에 서서 숨을 깊이 들이마셨고, 열어보라고 소리를 지르게 될까봐 입술을 깨물었다. 이윽고 그녀가 손가락으로 상자를 살짝 밀었다.

"예쁜데." 그녀가 말했다. "뭐야, 반지?"

"응." 그의 목소리가 살짝 갈라졌다. 분노가 갑자기 매우 확실하고 고통스러운 갈망으로 바뀌면서 그는 가슴에 델핀의 이니셜이 새겨진 것처럼 심장이 뜨겁게 조여드는 느낌을 받았다. 얼굴이 따끔거리고 그녀의 발치에 몸을 던지고 싶었다. 그녀는 작은 상자를 무릎 위에 둔 채로 의자에 앉아 그를 올려다보았고, 여우 같은 그녀의 얼굴이 촛불 빛에 환하게 빛났다. 불꽃이 눈동자로 뛰어들었고, 발그레 달아오른 뺨 위로 만들어진 어둑한 후광 속에서 머리칼 윤곽이 드러나 보였다. 그녀가 미소 지어 보였지만 그가 원했던 미소는 아닌, 그저 고단한 미소였다. 그는 문가에서 약간 풀이 죽어 발치로 시선을 떨어뜨렸다.

델핀은 시프리언이 희망에 부풀어 불을 붙인 촛불의 일렁임 속에서 반지 상자를 여전히 무릎에 올려놓고 앉아 그들이 균형잡기를 하던 시절을 회상했다. 그 비밀스러운 빛이 그녀를 낯설고 사색적이며 완고한 기분으로 몰아넣었다. 그녀는 빨간 롱스커트를 입고 다시 관중 앞에 나섰다. 그녀의 몸통 위에 찻쟁반이 놓였다. 그녀는 인간탁자가 되었다. 다만 이번엔 의자 대신 남자가 한 명씩 나타나 돌덩이처럼 단단한 그녀의 복부 위에서 균형을 잡았다. 아이들과 남자들. 시프리언과 피델리스. 쌍둥이 에밀과 에리히. 프란츠와 마르쿠스. 그리고 마지막으로 그녀의 아버지. 모두 경탄스러울 만큼 강인한 그녀의 복부에 올라가 아슬아슬하게 균형을 잡았다. 그녀는 그들 밑에 깔린 채 무슨 생각을 하고 무슨 감정을 느꼈을까? 무슨 말을 할 수 있었을까? 한마디만 던지면 모두 무너질 것이다. 한마디만 하면 모두 떨쳐버릴 수 있을 것이다. 그래서 그녀는 아무 말도 하지 않았지만 팔다리가 후들거리기 시작했다.

"델핀." 시프리언이 이제 조용히 그녀를 불렀다. 감정이 느껴지지 않는 덤덤한 목소리였다. "이제 그만 가서 자는 게 어때?"

하지만 그녀는 여전히 그 작은 상자를 내려다보고 있었다. 포장지를 꿰뚫고 그 안의 벨벳 상자를 볼 수 있는 것처럼 골똘히 응시하고 있었다. 결국 그가 그녀의 무릎에서 상자를 다시 집어 주머니에 넣고는 그녀를 두고 나갔다.

차에 올라탄 시프리언은 잠시 앉아 생각을 정리한 뒤 거칠게 시동을 걸고 굉음을 내며 타운으로 달려갔다. 당구장이 딸린 술집에 들어가자 기분이 조금 좋아졌고, 술에 얼근하게 취하자 훨씬 좋아졌다. 날이 밝기 전 어두컴컴한 거리로 나왔을 때는 위스키 기운이 벌써 가신 것 같았다. 그는 곧장 델핀의 친구 클래리스의 집으로 차를 몰았다. 그러고는 행패 부리는 주정뱅이나 다름없이 요란하게 정말로 쾅쾅거리며 문을 두드렸다.

소파에서 자고 있던 클래리스는 벌떡 일어나 소란을 잠재우려고 문으로 달려갔다. 눈을 깜박여 잠을 쫓고 미심쩍어하며 문을 열었다. 그녀는 얇은 잠옷 차림이라 몹시 추워 보였다. 평소 발그레하던 얼굴은 파리하고 입술은 푸른색에 가까웠다. 그녀가 바들바들 떨면서 그를 안으로 들였다. 문 옆 매트에는 짐을 꾸린 큰 여행가방이, 의자에는 세련된 빨간 모자 상자가 놓여 있었다. 그가 발을 탁탁 구르고 손을 비비는 동안 그녀는 얇은 분홍색 천 안의 엉덩이와 다리가 훤히 비친다는 사실을 짐짓 모르는 척 천천히 안으로 들어갔다. 그녀는 소파에서 포근한 푸른색 담요를 집어들었지만 그의 시야를 벗어나서야 몸에 둘렀다.

"이쪽으로 와요." 그녀가 부엌 쪽으로 손짓했다. 그는 식탁에 앉았다. 순식간에 그녀는 완전히 회복된 것 같았다―활기가 넘쳐 보였다. 뺨은 붉게 달아올랐고, 굽슬굽슬한 머리는 은은한 빛이 났다. 그녀가 한 손으로 담요를 잡고 휙 돌아섰다. 그러고는 커피를 내려주겠다고 했다. 그녀는 커피포트를 가져와 불에 올리더니 그의 맞은편에 앉아 보드라운 새끼 고양이처럼 주먹으로 눈을 비볐다. 늘어지게 하품하고 정신을 차리려는 듯 머리를 흔들었지만, 사실 굽슬굽슬한 머리칼을 찰랑거려 더욱 매력적으로 보이려는 심산이었다. 그녀가 꿈결처럼 샐쭉한 목소리로 말했다. "무슨 일이에요?"

"메리 크리스마스." 그가 식탁 위로 작은 녹색 상자를 천천히 밀면서 말했다.

독일에서 보내온 궤짝에는 특이한 물건들이 들어 있었다. 아이들은 그것을 열어보려면 크리스마스가 될 때까지 기다려야 했다. 프란츠의 선물로는 바느질이 훌륭하고 피델리스가 젊은 시절부터 기억하는 묵직한 새틴으로 안감을 댄 최고급 모직 코트가 있었다. 아이들은 가죽 부츠도 한 켤레씩 받았는데, 탄테가 어머니에게 편지를 보내면서 매번 사이즈를 알려준 덕분에 다들 잘 맞았다. 소소한 선물도 있었다―칼로 깎아 화려하게 칠한 팽이, 『막스와 모리츠』 『더벅머리 페터』 같은 책*, 다리가 움직여지는 작은 말 같은 것들. 쌍둥이 형제의 선물인 장난감 병사는 거대 연대를 이룰 만큼 많은데다 제각각 다른 포즈에 다른 장비를 갖추고 있었다. 마르쿠스는 두꺼운 모자와 손뜨개 스웨터를 선물로 받았다. 탄테는 자수 숄을 받았지만 스카프인 척했다. 숄은 늙은이나 받는 선물이었기 때문이다. 피델리스는 해포석 담배 파이프와 터키산 담뱃잎을 받았다. 선물은 전부 가치가 없어진 옛 라이히스마르크 지폐를 다발로 쑤셔넣어 포장했는데, 달러로 치면 엄청난 액수였다. 맨 위에 귀한 신문도 몇 장 있어서, 피델리스와 탄테는 태운 쿠키와 달콤한 슈톨렌에 진한 커피를 마시며 서로 먼저 읽겠다고 가벼운 실랑이를 벌였다.

선물을 다 풀어보고 노래를 부른 뒤에도, 촛불을 끄고 아이들이 각자 자기 선물을 다 챙긴 뒤에도 탄테와 피델리스는 함께 앉아 있었다. 그들은 그제야 예전에 살았던 타운에서 그들 가족이 얼마나 잘 지냈는지 이야기를 나누었다. 마음속에 풍경이 펼쳐졌고, 그들은 빙그레 웃으며 말없이 허공을 바라보았다. 그들은 친할아버지가 직접 벽돌로 지은, 처마 아래를 꽃모양 돌로 장식한 가게 건물을 떠올렸다. 3층 건물이었다.

여기 노스다코타에서는 〈도이체 프라이에 프레세〉나 〈디 룬트사우〉가 독일의 전반적인 소식을 매우 신중하게 전달했다. 대신 독일에서 발행된 신문은 지역 소식이나 행사 정보를 얻을 수 있어 좋았다. 그런 신문에는 피델리스와 탄테가 아는 사람들의 이름도 등장했다. 출생과 사망과 결혼. 그들은 그런 내용을 서로 소리내어 읽어주었다. 피델리스가 파이프를 빨자 담뱃잎의 풍부하고 진한 향

---

* 두 권 모두 19세기 독일에서 출간되어 오늘날까지 널리 읽히는 그림책의 고전이다.

굿함이 입안을 채웠다. 그는 독일로 가족을 만나러 갈 돈을 조만간 모을 수 있을지 잘 모르겠다고 말했다. 그 순간 탄테는 뜨끔했지만 태연히 속마음을 감추며, 아이들을 몇 달만이라도 할아버지 할머니에게 보내면 독일 사람들의 생활을 실제로 지켜볼 좋은 기회가 될 거라고 했다. 그러면 나중에 독일어도 할 수 있을 거라고.

피델리스는 커다란 머리를 돌려 푸르고 텅 빈 시선으로 그녀를 뚫어져라 보았다. 그녀의 속셈이야 뻔했지만, 그건 차치하고 그녀의 말에 담긴 다른 의미 또한 알았다. 아이들은 그가 자랐던 방식대로 자라지 않았다─규율도 없고, 배우는 것도 거의 없고, 그로서는 존재하는 줄도 몰랐던 자유로울 권리에 대한 본능적 감각만 있을 뿐이었다. 지금도 그가 독일어로 길게 말하면 아이들은 늘 알아듣지 못했고, 그는 아이들의 유창한 영어를 따라잡을 수 없었다. 그도 어떻게든 과묵한 성격을 극복하고 아이들에게 말을 붙여보려 했지만, 어떤 말도 제대로 나오지 않았다. 아이들이 하는 대답도 큰 의미는 없었다. 그는 자식들의 행동을 파악하지도, 그들에게 필요한 것을 사주지도 못했다. 아이들이 말썽을 부리거나 병에 걸리는 것도 막지 못했다. 아내가 있으면 지금보다 더 나을 것이다. 하지만 그에게는 아무도 없었다. 어떻게 해볼 만한 여자도 없었다. 이따금 고개를 돌려 그를 빤히 보는 델핀의 금색 눈동자에는 그로서는 감히 읽을 수 없는 의미가 담겨 있었다. 그녀에게 끌리는 마음을 해독할 엄두조차 내지 못했다. 어쨌거나 델핀은 다른 남자의 여자였다. 그의 자식을 구해준 시프리언의 여자였다.

"대체 내가 왜 그랬을까?" 크리스마스 아침이 밝자 델핀은 간밤에 시프리언에게 어떻게 했는지 떠올리고 당혹스러워 혼잣말을 했다. "아마 크게 잘못한 건 없을 거야." 그녀는 크리스마스트리 앞에 앉아 오트밀 쿠키를 먹으며 생각을 고쳐먹었다. "그저 지쳐서 그런 거야."

그 일은 얼마간 크리스마스트리 때문이었다. 팝콘과 크랜베리를 꿰어 빙빙 둘러놓은 줄, 양철판을 자르고 녹색과 금색을 칠해 만든 작은 별, 솜으로 날개를 만들어 붙인 종이 천사, 성에가 긴 밀크위드*, 은빛 페인트를 묻힌 잔가지. 이런 앙증맞은 장식들로 꾸민 크리스마스트리는 퍽 아름다웠고, 일렁거리는 촛불이 없어도, 강렬한 아침햇살에 하얀 하늘이 눈부셔도, 장식된 트리의 매력에 마음이 차분해진 그녀는 그 앞에 주저앉아 고요한 명상에 빠졌다. 간밤에도 트리를 바라보다 시프리언의 기분을 상하게 하고 말았다.

그녀는 쿠키를 하나 더 집어 귀퉁이를 베어먹었다. 아침식사였다. 그녀는 시프리언이 이런 준비를 하느라 얼마나 애썼는지 그제야 깨달았고, 간밤에 짜증을 부렸던 것이 부끄러웠다. 그녀는 쿠키를 든 채 트리를 향해 손짓했다. "그를 사랑해야 하는 거겠지, 그렇지? 트리가 뜻하는 건 그걸 거야. 하지만 어젯밤에는 피곤했어. 그냥 애쓰는 것 자체가 지겨웠어. 누군가를 사랑하지 않을 때 그런 마음이 드는 것 같아. 그게 내 잘못일까?" 그녀는 남은 쿠키를 입안에 넣었다. 그리고 우물거렸다.

"빌어먹을 트리랑 얘기하는 것부터 당장 그만두자."

델핀은 힘을 내서 벌떡 일어나 서둘러 따뜻하게 옷을 챙겨입었

---

*유액을 분비하는 식물.

다. 그녀는 코트와 부츠로 무장하고 클래리스에게 줄 선물─비싼 실크 스타킹을 챙겨 타운으로 갈 준비를 끝냈다. 델핀은 클래리스가 멋진 스타킹을 신고 예쁜 다리를 뽐내는 것을 얼마나 좋아하는지 알았다. 그녀는 스타킹을 꽃무늬 스카프로 포장하고 머리 리본으로 묶으면서 자신이 참 지혜롭다고 생각했다. 클래리스가 종종 어린애 같은 리본으로 머리를 묶어서는 아니었다. 하지만 그녀가 뭔가 손질하는 데 그것을 쓸 수도 있으리라. 델핀은 난롯불을 끄고 나갈 준비를 마쳤다. 그녀는 시프리언과 로이를 위해 현관 상인방에 열쇠를 올려놓았다. 시프리언이나 로이가 늦은 크리스마스 만찬을 먹으려고 그녀보다 먼저 돌아올지도 모르니까.

클래리스는 집에 없고 문도 잠겨 있었지만, 델핀은 친구가 철제 신발털이 밑에 보조 열쇠를 두는 것을 알고 있었다. 델핀은 확신을 갖고 무거운 신발털이를 조금씩 옆으로 밀어 열쇠를 빼냈다. 그리고 유리판을 댄 덜컹거리는 뒷문을 열고 작은 흙투성이 포치를 지나 집안으로 들어갔다. 부츠와 신문이 널브러져 있는 포치는 부엌으로 통했는데, 부엌은 이 집의 다른 방들에 비하면 훨씬 깔끔했다. 들어가면서 친구가 늦잠을 자고 있을지 모른다는 생각에 먼저 부엌에서 친구를 불렀다. 그리고 침실로 올라가는 계단 앞에 서서 다시 한번 불렀다. 대답이 없었다. 2층으로 올라가볼까 하다가 한때는 제집처럼 드나들던 곳이지만 지금은 주제넘은 행동이다 싶었다. 선물은 그냥 식탁에 놓고 가자, 델핀은 생각했다. 쪽지를 써두지 뭐.

델핀은 하얗게 칠한 식탁에 선물을 내려놓고 손가방을 뒤져 연필과 종이를 찾다 무언가에 시선을 빼앗겼다. 식탁 위에 작은 상자가 열린 채 놓여 있고 배색 줄무늬 리본이 풀어져 있었다. 설탕통 옆에는 상자에서 빼낸 작은 솜뭉치가 뒹굴고 있었다. 그 상자를 보자마자 뭔가가 거슬렸다. 자세히 들여다보니 시프리언이 그녀에게 주려고 했던 녹색과 빨간색 줄무늬 포장지로 싼 상자였다. 배색 줄무늬 리본까지 똑같았다. 상자 안에 있던 것은—반지였을 것이다—당연히 사라지고 없었다. 식탁에는 상자만 속을 드러낸 채 놓여 있었다. 델핀은 잠시 눈여겨보다, 클래리스에게 주려고 샀던 선물을 무게가 천 근은 나가는 것처럼 조심스럽게 도로 집어들었다.

밖으로 나온 델핀은 허술한 문을 잠그고 철망 밑에 열쇠를 되돌려놓았다. 그녀는 뒤쪽으로 나가 골목길에 들어서다가 그녀와 시프리언이 같이 쓰는 데소토를 보았다. 차는 골목길 한쪽에 세워진 채 방금 내린 눈을 살포시 뒤집어쓰고 있었다. 모든 것이 하얗고, 모든 것이 고요했다. 그 길 어디에도 움직이는 것은 없었다. 크리스마스라 모두 안에 있어선지 집집마다 달콤한 여유가 느껴졌다. 굴뚝에서는 연기가 뭉게뭉게 피어올랐고, 유리창엔 하얗게 성에가 끼어 있었다. 델핀은 손가방 구석에서 작은 놋쇠 고리에 끼운 열쇠꾸러미를 꺼냈다. 차문을 열고 서늘한 차에 올라탄 뒤 발로 시동 버튼을 몇 번 눌렀다. 그러고는 타운을 빠져나가 농장으로 돌아와서 누구든지 볼 수 있는 곳에 차를 세웠다.

그녀는 집안으로 들어가 코트에 묻은 눈을 털어낸 뒤 팔걸이의자에 걸쳐놓고 부츠는 문 옆에 가지런히 벗어놓았다. 클래리스에게 주려고 했던 선물은 트리 밑에 던졌다. 델핀은 부엌으로 가서 난롯불을 피우고 찻물이 끓기를 기다리며 손을 녹였다. 그녀는 불

앞에서 손을 위아래로 뒤집으며 의문점을 풀어나갔다. 그렇게 해서 알아낸 것은 딱 한 가지였다. 지난밤 그녀에게 반지를 주려다가 실패하자 시프리언은 그녀의 친구 집으로 가서 제일 친한 친구에게 준 것이다. 이런 결론에 도달한 그녀는 고개를 주억거렸다. 델핀은 컵에 차를 따른 뒤 꿀을 한 스푼 넣고 묽은 크림을 조금 타서 트리 앞으로 돌아가 의자에 앉았다. 차가 그 시간까지 골목길에 세워져 있었다는 건 무슨 의미일까? 궁금했다. 잠시 뒤 얼굴이 붉으락푸르락 달아올랐다. 당혹스러웠다. 차가 여전히 거기 서 있었던 것은 델핀이 클래리스의 집으로 들어갔던 바로 그때 두 사람이 어질러진 2층 침실에 같이 있었기 때문이었다. 클래리스의 퀴퀴한 침대 시트에 누워 비몽사몽인 채로. 그러다 그들은 계단 아래에서 들리는 델핀의 목소리에 잠이 깼을 것이다. 그들의 얼굴에 떠오른 표정이 생생히 보였다! 그녀가 나가는 기척에 안도하는 표정까지도. 입술이 파르르 떨렸다. 델핀은 무엇보다 바보가 된 느낌이 싫었다. 그러다 갑자기 웃음이 터졌다.

객관적으로 보면 이것이야말로 완벽한 해결책이 아닌가? 간밤에 그녀와 시프리언이 마주했던 난처한 상황을 해결할 방법이 있다면, 이것이야말로 그녀가 원하던 것이 아닌가? 그녀는 시프리언을 사랑하지 않았고, 그의 갑작스러운 변심에 한 방 얻어맞은 것 같긴 했지만 그가 다른 사람을 찾은 것은 확실히 잘된 일이었다. 부담이 덜어졌다. 벌써부터 마음이 한결 가벼워진 느낌이었다. 공원에서 본 남자, 그와 시프리언이 어둠 속에서 거의 알아볼 수 없게 뒤엉켜 있던 장면이 퍼뜩 떠올랐다. 그런 일이 일어난 거라면, 그러라지. 이제 확실히 그녀의 문제는 아니었다. 심지어 이 상황에는 복수의 요소도 담겨 있었다. 델핀은 비록 모순적일지라도, 클래리스가 시프리언 라자르를 사랑하면서 마주할 어려움을 떠올리며 때때로 자신을 위로할 필요가 있다는 걸 이해할 만큼 충분히 자신을 잘 알고 있었다. 시프리언이 클래리스를 사랑하는 것으로 바꾸어 생각해도 그렇다고, 그녀는 빨간 구슬 드레스를 떠올리면서 생각했다.

클래리스는 늘 아직 쓸 만한 물건을 내다버렸다. 그녀의 뒤쪽 포치에는 상자나 자루에 대충 쑤셔넣거나 낡은 치마로 싸서 던져놓은 물건이 나뒹굴었다. 스텝앤드어해프는 주기적으로 거기에서 버려진 것을 잽싸게 거둬갔다. 그중에는 되팔 만한 것도 있었는데, 예컨대 빨간 구슬이 주렁주렁 달린 반짝거리는 드레스가 그랬다. 신문지로 싸고 끈으로 묶은 드레스를 발견한 것은 얼마 전이었다. 하필 땅속에 있던 걸 파냈는지 흙이 묻어 있었지만, 스텝앤드어해프가 햇볕에 말리고 흙 알갱이를 털어낸 뒤 스펀지에 좋은 비누를 묻혀 닦아주자 완벽하게 제 모습을 되찾았다. 그 드레스는 고철을 거래하는 남편과 함께 이곳을 지나던 어느 부인이 3달러에 샀다. 클래리스는 누가 뭐래도 돈을 벌어주는 원천, 값나가는 폐품을 버리는 사람이었지만, 스텝앤드어해프는 거기서 집어온 물건—모자나 구두, 심지어 자기가 직접 쓰기로 한 물품까지—이 스트러브 장의사 지하실에서 클래리스가 작업하는 죽은 자들의 것은 아닌가 하는 의심도 이따금 들었다.

동이 트자마자 스텝앤드어해프는 그 뒤쪽 포치에 갔다가 대단한 것들을 발견했다. 냄비, 팬, 부엌용품 세트, 잘 드는 고기 칼 따위였다. 그녀는 골라낸 것을 다 모아서 주워온 물건을 분류하고 정리하는 가게 뒤쪽의 작은 방으로 가져갔다. 칼은 깨끗이 닦아 조리도구 사이에 놓았다. 나머지 물건도 인상을 잔뜩 쓴 채 손잡이가 튼튼한지 흔들어보거나 손으로 냄비 무게를 가늠해보기도 하며 꼼꼼히 살폈다. 가져온 물건을 어떻게 할지 결정한 뒤에는 닭 날개, 수북이 쌓인 건빵, 쭈글쭈글해진 당근 하나로 아침을 차려 먹었다. 음식을 씹으면서 주위에 있는 피륙을 평가했다. 캘리코, 브로드, 가벼운 모직과 무거운 모직. 그녀는 받을 자격이 있는 사람에게 선물을 주고 싶었다.

식사를 마친 스텝앤드어해프는 무거운 줄무늬 면직물을 빼내려다 고개를 저으며 되돌려놓았다. 그러고는 잠시 생각에 잠겨 꽃무늬 옷감을 골똘히 살펴보았지만 이번에도 고개를 돌렸다. 아니, 이건 아니야. 스커트를 만들기에는 모직이 좋지. 더 따뜻하고. 블라우스를 만들기에는 리넨이 좋고. 그러면 상의를 더 쉽게 빨아 입을 수 있고 더욱이 리넨은 잘 닳지도 않는다고 들었다. 그녀는 손끝으로 진한 버터색 직물을 쓸어보고, 옅은 파란색 천의 질감에 미소 지었다. 이 파란색은 구름 없는 11월 희끄무레한 하늘의 색, 회색보다 밝은 그림자 같은, 물을 탄 듯한 파란색이었다. 갈색 바탕에 파란색과 녹색으로 직조한 미묘한 격자무늬에 금색과 노란색이 살짝 엿보이는 모직은 매저린의 머리색과 완벽하게 어울릴 것이다. 그녀는 고개를 끄덕인 뒤 모서리에 야드자가 고정된 넓은 탁자에 그 옷감들을 내려놓았다.

크리스마스의 해가 유리창으로 쨍하니 비쳐들었고, 햇살 한두 줄기와 얼어붙은 종려나무 잎사귀를 가로지르며 장난쳤다. 스텝앤드어해프가 회계장부와 새로 들어온 주문을 기록하는 작은 방에서는 올챙이배처럼 생긴 조그마한 난로가 끊임없이 열기를 발산했다. 타운에서 버려진 고물 나부랭이를 수집하는 스텝앤드어해프였지만 개인적인 습관만은 아주 까다로웠다. 지난해 로이가 수감생활을 할 때 감방을 깨끗이 청소하고 생활기준을 놀랄 만큼 바꾼 것도 실은 그녀의 영향이었다. 로이는 스텝앤드어해프가 주변에 있으면 진짜 손수건으로 코를 풀고 진짜 냅킨으로 입술을 닦아야 했다. 실례가 되는 소리를 내면 사과를 해야 했다. 그나마 다행인 것은 그녀도 코를 골아서 자다가 들리는 무수한 소리에는 익숙하다는 사실이었다. 둘은 가게에서, 그러니까 그는 바닥에서, 그녀는 작은 야전침대에서 잠을 잘 때면 유리창이 덜컹거려도 까맣게 모른 채 꿈을 꾸었다.

스텝앤드어해프가 독수리 같은 얼굴을 숙이고 탁자에 펼쳐진 고운 옷감을 내려다보았다. 그녀는 옷감의 각도를 바로잡고 굉장히 잘 드는 가위의 검은색 손잡이를 잡더니 옷감을 싹둑싹둑 잘랐다. 끝까지 정신을 집중해 적당한 길이로 완벽하게 잘라냈다. 그녀는 보드라운 격자무늬 모직을 접었다. 파스텔컬러 리넨 두 장도 길이를 잰 뒤 필요한 만큼 잘랐다. 마지막으로 가장 비싼 피륙을 올려놓는 옆쪽 선반에서 상스러운 말을 내뱉으며 못내 아끼는 진청색 문직 새틴을 거침없이 끄집어내렸다. 이 가게에 들어와 찬찬히 옷감을 둘러본 여자라면 누구든 더없이 아름다운 이 새틴 앞에서 걸음을 멈추고 그 옷감으로 드레스를 만들어 입은 자신의 모습을 상상한다는 것을 그녀는 알았다. 하지만 이 타운 어디에서 그런 걸 입을 일이 있겠는가? 그렇다면 원피스 잠옷이다. 아주 포근하면서도 시원하고, 수수하면서도 아름다워 손으로 쓸어보고 값을 따져 본 뒤 아쉬운 한숨과 함께 돌아서게 만드는 뭔가.

스텝앤드어헤프는 갈등을 일으키기 전에 잽싸게 그 옷감을 드레스용 길이로 잘라냈다. 그것과 함께 색색의 실도 카운터에 올려놓고, 입을 앙다문 채 격자무늬 양모와 리넨에 어울릴 만한 단추도 몇 개 챙겨 함께 작은 가방에 넣었다. 마지막으로 리본도 몇 개 챙겼다. 여자아이들이 쓰는 머리 리본이었다. 그녀는 무늬 없는 갈색 크라프트지로 그것을 싸고 얇은 끈으로 묶은 뒤 코트를 껴입었다. 그리고 모피 안감을 댄 남성용 가죽 모자를 눌러쓰고 엄지장갑을 낀 뒤 허름한 부츠를 신고 꾸러미를 겨드랑이에 낀 채 문을 쾅 닫고 나갔다. 그녀는 이 생각을 너무 늦게 한 것에 짜증이 나 계속 구시렁거렸다. 어제 생각하기만 했어도 그녀가 좋아하는 밤시간에 어둠을 틈타 속 편히 놓고 왔을 텐데.

12월의 날씨가 잠시 풀리는가 싶더니 다시 혹독하게 추워졌다. 밖으로 나가 몇 걸음만 옮겨도 바람 때문에 머리가 지끈거렸다. 델핀은 방이 난로와 멀어서 퀼트 이불을 모조리 꺼내 덮고 잠을 잤다. 일어나 침대 밖으로 나오면 곧바로 치마 속에 긴 모직 내복을 입었다. 집안에서도 코트를 입었다. 지금 델핀은 옷을 겹겹이 껴입은 채 난로 옆에서 감자 파이를 만들려고 감자 껍질을 벗기고 있었다. 가게에서 가져온 피막을 씌우지 않은 소시지 덩어리도 노릇하게 굽기로 했다. 싹이 나지 않았다면 양파도 쓸 것이다. 갑자기 문이 쾅 열렸다 닫히며 얼음장처럼 차가운 공기가 들어왔다. 로이가 고꾸라질 듯 들어와 두툼한 모직 코트를 벗고 머리에 둘둘 감은 뜨개 목도리 두 장을 풀었다.

"살인사건 때문에 아수라장이야." 넋이 나간 목소리로 로이가 말했다. "잔인하게 죽었어. 클래리스가 용의자야!" 그는 델핀이 클래리스의 친구니까 자초지종을 다 알아야 한다는 듯 그녀를 향해 고개를 까딱했다. 그가 신문 머리기사를 옮겼다. "온 타운이 충격에 휩싸이다. 보안관, 칼에 찔린 채 발견!"

로이가 입이 떡 벌어져서는 식탁에 앉았다. 그러더니 혼란스러운 표정으로 받아들일 수 없다는 듯 고개를 내둘렀다. "호크라니." 그가 자신을 납득시키려는 듯 말했다. "호크라니. 하고많은 사람 중에!"

충격을 받은 델핀은 감자 껍질을 벗기다 말고 못박힌 듯 굳어버렸다. 로이가 갑자기 유창한 프랑스어를 구사하거나 발에 발굽이 돋기라도 한 것처럼 우두커니 그를 바라보았다.

"물론 생각해보면," 로이가 말했다. "우리가 '하고많은 사람 중에'라고 말할 때 논리적으로 따지면 그 사람은 희생자가 되기 쉬운 사람이야. 그는 보안관이었어. 또한 클래리스 스트러브를 사랑하고 있었고. 발견됐을 때 바지가 발목까지 내려가 있었다는데, 누가 봐도 사적인 침실 이상의 것을 침해할 계획이었다더구나."

델핀은 여전히 말이 나오지 않아 괴로운 심정으로 감자깎기만 흔들었다.

"호크." 로이는 충격에서 헤어나오지 못한 채 여전히 자신을 납득시키려 애썼다. "호크. 그래, 다른 누구도 아닌 호크가. 스트러브 집안 딸의 침실에서 죽었다니. 사람들은 그애가 그 직업 때문에 그런 일을 하다 미쳐버린 거라는데." 로이의 얼굴이 어두워졌다. "나도 같은 생각이야. 불쌍한 것. 그애 삼촌이 그애에게 시신까지 맡기지는 말았어야 했어. 시신을 톱으로 자르고 피를 빼고 식초를 넣고! 그저 아리따운 어린 아가씨였는데! 여자 장의사가 있다는 말 들어본 적 있니?" 로이는 두 손을 잡고 비틀더니 기도하듯 깍지를 꼈다. 그리고 손마디를 깨물며 경탄스러운 듯 조그맣게 말했다. "한 칼에 돼지처럼 내장을 깔끔하게 도려냈다는구나."

"그애는 식초를 안 써요. 늙은 수탉처럼 강하고요." 델핀은 돌아서며, 크리스마스 아침 클래리스의 집을 나오면서 지어낸 이야기를 아무렇게나 바꾸어 중얼거렸다.

로이는 딸을 올려다보며 완전히 잘못 알고 있다는 듯 고개를 가로저었다. "그애는 작은 오리였어." 그가 고집스레 말했다. "호크가 그애의 신성한 보금자리를 침범한 거지. 나도 그런 일이 생길 줄은 전혀 몰랐어. 그 문제를 그렇게 심각하게 생각하지도 않았고. 아, 호크가 그애에게 바치는 노래를 만들어 우리에게 들려주려고까지 했는데, 이제 모두 낭만적인 동화가 되어버렸구나. 게다가 조사를 하겠다는 핑계로 영장 같은 걸 들이밀며 '수색'을 했으니. 이제 사람들은 그애가……" 로이는 식료품 저장실에 합판을 덮어놓은 저장고 문을 향해 고개를 까딱했다. "그들도 죽였다고 생각하겠지."

아버지의 고갯짓이 왠지 모르게 불안해 보였다. 어딘가 어색하다고 델핀은 생각했다. 갑자기 강렬한 영감에 사로잡혀 어떤 배역을 연기하는 것 같았다. 그것도 형편없이. 그녀는 로이의 어설프고 음험한 태도가 전반적으로 이상하게 흘러가는 상황 때문이라고만 생각했다. 알 수 없는 사건이 복잡하게 얽혀 있었다. 로이의 저장고에서 죽은 세 사람, 그들의 죽음을 조사하던 호크, 그리고 클래리스까지.

"그애는 숨지 않았어. 왜 숨겠니." 로이가 무릎을 손바닥으로 탁 치며 말했다. "어쨌거나 그애는 순결을 지켜야 했어. 세상은 험한 곳이야. 사내란 상상도 못할 짓을 할 수 있지. 사람들이 그애를 봤다는구나. 커다란 갈색 여행가방과 둥근 모자 상자를 들고 아침 기차를 탔대. 빨간색 모자 상자였다지. 기차표는 미니애폴리스행이었다는구나."

"그리로 가면 그애를 잡을 수 있겠네요." 지금 로이의 맞은편에 앉은 델핀은 뭔가에 홀린 듯 현기증이 났다. "체포하겠죠. 그런 다음에는 어떻게 될까요?"

"찾아낸다는 보장은 없지." 로이가 알전구 같은 코 위로 예리한 예언자의 눈빛을 반짝였다. "내가 그애 할아버지와 종조할아버지 두 분을 알아. 빠져나가는 재주가 아주 기가 막혔어. 도시로 숨어들면 그애는 아마 신원을 바꿀 거야. 영리하게 살아남겠지."

"방금 그애가 작은 오리라고 했던 것 같은데요." 델핀은 그렇게 말했지만 논쟁할 마음은 별로 없었다.

"그렇다면 독을 품은 종 중에서 연약한 암컷이라고 할까." 로이가 말했다. "늘씬한 다리가 여덟 개 달린 굉장히 우아하고 매혹적인 검정과부거미를 봐라. 암컷 전갈의 미늘 꼬리는 또 얼마나 가냘픈데! 사람을 물려고 머리를 들이미는 모기는 또 어떻고! 공기만큼도 무겁지 않아. 사실상 무게가 전혀 없어 살아 있는 존재라 보기도 어렵지만 말라리아로 우리를 죽일 수 있지."

델핀은 이미 자신의 방으로 돌아갔지만, 로이는 계속해서 여자라는 동물의 모순적인 특징을 곰곰이 생각했다. 그녀는 퀼트 이불을 모조리 끌어다놓은 침대로 기어들어가 로이와 떨어진 채 몸을 따뜻하게 하고 생각에 잠겼다.

아거스 사람들은 충격에 빠져 어리둥절한 채 며칠을 보내면서 오직 그 이야기만 했고 자세한 내용 하나하나에 촉각을 곤두세웠지만 의문은 풀리지 않았다. 로이의 예상대로 클래리스는 감쪽같이 사라져버렸다. 보안관 호크의 시신은 방수포에 싸서 밀봉한 뒤 밖으로 꺼내 파고에 있는 검시관에게 보냈다. 클래리스의 집은 굳게 잠겼다. 보안관보가 보안관으로 임명되었고, 타운의 삶은 그 흉흉한 사건을 둘러싼 채 다시 물결처럼 흘러갔다. 사건에 대한 공포도 결국 일상적인 하루하루에 무뎌질 터였다. 술렁거리다가. 술렁거리다가. 술렁거리고 추측하다가 세월이 흐를 것이다. 그러다보면 언젠가는 클래리스의 벽장에서 일어난 피비린내나는 사건도 타운 역사의 다채로운 일부가 될 것이다. 그녀는 빨간색 모자 상자와 갈색 여행가방을 들고 귀신같이 사라졌다. 공공연하게 기차를 타고 홀연히 사라졌다. 분명 미니애폴리스에서 내려 기차를 갈아타고, 이름을 바꾸고, 아마 그녀의 모든 것을 바꾸었을 것이다. 그녀를 봤다는 사람은 없었다. 물론 붙잡히지도 않았다.

시프리언의 경우, 아무도 그가 타운을 떠나는 것을 보지 못했다. 델핀은 누가 클래리스에 대해 물어도, 크리스마스 아침 그녀의 집에 갔던 이야기는 하지 않았다. 묻는 사람도 없었다. 시프리언의 차가 클래리스의 집 근처에 세워져 있었던 사실도 그냥 묻혀버렸다. 델핀의 발자국은 그날 아침 새로 내린 눈에 전부 지워졌다. 델핀이 차를 몰고 집으로 돌아가는 것을 본 사람도 없었다. 길에서 차 귀퉁이가 보이도록 세워놓은 채 몇 달이 흘렀지만, 시프리언이 그녀와 함께 살지 않는다는 사실을 알아차린 사람도 없었다. 로이조차 시프리언이 몰래 밀수를 하다 소리 소문 없이 사라졌다고만 여겼고, 그저 젊은 남자의 존재 없이 지내는 겨울이 얼마나 더디게 흘러가는지 실감할 뿐이었다. 꼭 한 번 피델리스가 짐짓 아무렇지 않은 척 시프리언이 노래클럽을 그만둔 거냐고 물었다. 델핀이 어깨를 으쓱하며 "제가 알기로는 아니에요"라고 대답하자 그도 입을 다물었다. 시프리언과 클래리스가 연관되어 있음을 아는 사람은 델핀뿐이었다. 한동안 그 일을 생각하면 그녀는 마음 한구석이 아팠다. 그것은 보안관 살인사건이 만든 검은 싱크홀 바로 옆에 생긴 아픈 자리, 이상한 자리였다. 그녀는 친구 클래리스에 대해 알고 있는 모든 것을 깊이 파고들어 따져보고 생각을 고쳐보고 다시 따져보고 분석해보았지만, 헉헉거리며 다시 위로 올라올 뿐이었다. 델핀은 다리나 팔을 잃은 것처럼 클래리스가 그리웠다―언제나, 무엇을 하든지. 일은 더 힘들어졌다. 외로움에 심란했다. 델핀은 오릴리어스와 벤타를 찾아갔다. 그들과 함께 앉아 커피를 마셨지만 조금도 즐겁지 않았다.

델핀은 클래리스와 얘기를 하고 싶을 때면 미친듯이 독서에 몰두했다. 그녀의 삶에는 여자 형상을 한 구멍이 생겨 알 수 없는 장소로 이어졌다. 그 구멍으로 그녀의 어머니가, 에바가, 이제 클래리스가 걸어나갔다. 구멍에 손을 넣어 그들을 다시 데려올 수만 있다면.

열둘

트라움포이어

정육점 부엌에 음식물을 보존하는 도기로 된 큰 단지가 있었는데, 델핀은 체리나 단단한 복숭아, 라즈베리, 건포도, 바나나, 사과, 포도 같은 과일을 제철이 왔다가 지나가는 끝물일 때 썰어 담아두었다. 그리고 한 가지를 보탤 때마다 설탕과 적당량의 브랜디를 부었다. 아이들은 알딸딸한 채 잠들어 늦게 일어나도 되는 주말에 이것을 파운드케이크나 아이스크림에 스푼으로 떠얹어 디저트로 먹곤 했다. 트라움포이어, '꿈의 불'이라는 이름도 아마 거기서 유래했을 것이고, 그들이 잠자리에 들기 직전에 즐겨 먹었던 이유도 거기 있을 것이다. 델핀은 그렇게 늦은 시각까지 남아 있지 않아서 그것이 어떻게 없어지는지 몰랐고, 피델리스가 아이들에게 먹일 거란 생각은 아예 못했다. 그들이 시카고로 떠나기 전날, 아직 해가 쨍쨍할 때 그녀는 그것을 큰 그릇에 담아 먹었다. 자동차 지붕에 묶어서 가져갈 여행가방에 아이들의 옷을 꾸리느라 수고한 자신에 대한 보상으로 달콤하고 딱딱한 빵에 트라움포이어를 붓고 크림도 살짝 얹었다. 여기엔 그 이상의 의미가 있음을 그녀는 알고 있었다. 내일로 잡힌 계획을 생각하고 싶지 않아 그 강력한 음식을 한 스푼 더 떠먹었다.

탄테는 마침내 피델리스를 설득해 아이들을 독일로 데려가기로 했지만, 졸업을 앞둔 프란츠는 남기로 했다. 외로운 아이들 할머니의 도움을 받아 탄테가 조카들을 키울 것이다. 남편을 구하지는 못했지만 재봉틀이 있으니 탄테는 자신 있게 돌아갈 수 있었다. 지금 아이들을 데려가긴 하지만 영원히 떠나 있는 건 아니라고 탄테는 분명히 말했다! 한 해, 길어봐야 두 해가 될 테고, 그때쯤 피델리스가 와서 다시 데려가면 된다. 아이들을 키우느라 지칠 일도 없을 테니 사업도 번창할 것이다. 그때쯤이면 아이들도 더 책임감을 갖게 될 것이다. 도움이 될 만큼 나이도 먹을 것이다.

결국 피델리스가 탄테의 설득에 넘어간 것은 산더미처럼 쌓인 청구서 때문이었는지도 몰랐다. 아니면 델핀에게 일한 시간만큼 제대로 급여를 주지 못했기 때문이었거나. 어쩌면 언덕에서 마르쿠스가 겪은 사건 때문이었는지도 몰랐다. 아니면 이웃 소년의 비비총에 맞아 상처투성이인 에밀의 이마가 아직 다 아물지 않았기 때문인지도 몰랐다. 어쩌면 지난번 에리히가 지붕에서 굴러떨어져 반시간 동안 추운 땅에 드러누워 있었던 사고 때문일 수도 있었다. 지난봄 아이들이 버려진 목재로 뗏목을 만들어 빙글빙글 돌며 강을 몇 마일이나 떠내려간 사건 때문인지도 몰랐고, 아이들에게 필요한 옷을 사줄 형편이 되지 않아서였을 수도 있었다. 아이들의 옷은 소매가 깡총해서 손목뼈가 다 드러났다. 아이들은 아직 반바지를 입고 다녔는데, 그것 때문에 마르쿠스는 속이 상했다.

내일 모두 함께 데소토를 타고 시카고로 갈 것이다. 피델리스와 탄테, 델핀이 앞에 앉고 아이들은 뒤에 앉아서. 사흘 동안 가게는 프란츠가 볼 것이다. 한밤중에 떠나 아침에 도착하면 그날과 다음날 영사관으로 가서 여권을 만들고 형식적인 절차를 밟을 것이다. 셋째 날 탄테와 아이들은 짐을 들고 뉴욕행 기차를 탈 것이다. 그 다음날 배가 떠난다. 여분의 침상과 작은 창문이 있는 객실을 예약했다. 전화를 받은 직원은 호화선실이지만 싼값에 주는 거라고 했다.

델핀은 눅눅한 빵에 그 자투리 과일을 더 얹었다. 브랜디 덕분에 어깨는 풀렸지만, 얼굴이 달아오르고 관자놀이가 지끈거렸다. 그녀는 도기 단지의 뚜껑을 닫았고, 집으로 돌아가 쉬기로 했다. 물속에서 허우적거리며 나아가는 느낌이었다. 갑자기 몸이 두 배는 더 무거워진 것 같았다. 중력이 더해졌다. 그녀가 개수대에서 자신이 쓴 그릇과 나머지 접시들을 씻는데, 마르쿠스가 부엌으로 들어오는 기척이 느껴졌다. 그녀는 돌아보지 않았다. 그는 그녀가 가스레인지 앞에서 일할 때면 아이들이 종종 그러듯이 뒤로 다가와 섰다. 늘 그러듯 그녀는 소년이 더 가까이 오도록 발소리를 못 들은 척했다.

"뭐하세요?" 그가 물었다.

"설거지."

그가 함께 서서 비누거품이 가득한 물속을 들락날락하는 그녀의 손을 지켜보았다. 델핀은 여자가 부엌일을 하거나 가스레인지 앞에 서 있는 모습이 아이들의 마음을 안정시킨다는 것을 알았다. 그들은 그녀가 돌아서 있을 때 속마음을 더 쉽게 털어놓았다. 그녀가 냄비를 젓거나 음식을 튀기는 동안 그들은 바로 옆에 서서 식탁 맞은편에서라면 절대 꺼내지 않을 이야기를 하곤 했다. 특히 마르쿠스가 학교에서 돌아오면 곧잘 그랬다. 델핀은 끝도 없이 수프를 저었고, 아이에게 계속 말을 시키려고 없는 일도 만들어서 했다. 가령 감자 수프가 끓고 있을 때 소년은 저장고에서 죽은 루시에게서 밸런타인데이 카드를 받았던 이야기를 했다. 언덕 안에서 잠드는 것이 어떤 느낌인지에 대해서도 말했다. 꿈에 대해서도 말했고, 쓸쓸하고 간절하게 어머니에 대해서도 말했다. 에바에 대해 이야기할 때는 델핀도 좋았다. 한번은 델핀이 덤플링 수프를 그릇에 담아주며 말했다. "이 수프는 네 엄마한테 배운 거야. 하지만 절대 네 엄마처럼 만들진 못할 거야."

"그렇겠죠." 마르쿠스가 말했다. "하지만 아줌마가 만든 것도 맛있어요."

마르쿠스가 그 말을 한 순간 그녀는 울컥하며 목이 메어 그의 머리에 손을 얹고 정말로 쓰다듬어주었다.

이제 그녀는 작별인사를 해야 했다.

"네 할머니한테 수프 만드는 법을 보내드려야겠다. 네가 아주 좋아하니까." 그녀가 말했다.

"오." 마르쿠스가 말했다. "잘됐네요. 독일에도 맛좋은 덤플링이 있어요?"

"덤플링이 아마 거기서 처음 만들어졌을걸." 델핀이 말했다. "면도 그렇고, 슈페츨레도 그렇고. 게다가 독일 사람들은 빵을 굉장히 잘 굽는데. 네 엄마가 말해줬어. 초콜릿은 아주 진해서 거의 까만색이지만 오렌지맛이 난다고 했고. 그리고 아침에는 살짝 구운 롤빵에 치즈를 가볍게 발라 먹고, 잼도 별의별 종류가 다 있다더라. 마멀레이드도 있고. 마멀레이드는 먹어봤니?"

"가게 선반에 있어요."

"난 좋아하지 않지만, 에바는 정말 맛있다고 장담했어. 거기서 먹는 마멀레이드는 스페인에서 재배한 오렌지로 만든대. 여기서 생산하는 질 나쁜 오렌지와는 차원이 다르다나. 여기 오렌지는 씨가 많고 껍질이 두꺼운데다 너무 달잖아. 스페인산 오렌지는 설탕에 재워도 쌉쌀한 햇빛 맛이 난대."

"굉장하네요." 마르쿠스가 말했지만 울음이 터질 듯한 목멘 소리였다.

"네가 독일로 먼길을 떠나게 됐는데, 마멀레이드 이야기만 하는 내가 냉정한 사람으로 보이겠지." 델핀이 그를 돌아보며 말했다. "나도 가슴이 찢어질 듯 아파. 그 마음을 너한테 보여주고 싶지가 않네."

그녀가 다시 돌아서자 마르쿠스가 그녀의 팔등에 머리를 기댔다. 그녀는 움직이지 않았다. 부엌에 한숨처럼 긴 정적이 흘렀다. 소년은 다시 한번 그녀를 선택한 것이다. 그 순간 델핀은 결심했다. 소년은 그녀의 것이다. 그거면 됐다. 이 아이를 보내지 않으리라. 데리고 있을 적당한 방법을 찾는 게 문제지만, 찾아내고야 말 것이다. 탄테는 승산이 없다.

마침내 마르쿠스가 창피한지 그녀에게서 떨어졌고, 뭔가 말하고 싶었지만 적당한 말을 고를 수가 없었다. 마르쿠스는 그녀가 손에 쥐여준 치즈샌드위치를 먹기 시작했다. 이런 친숙함을 느낄 수 있는 시간이 얼마 남지 않았다는 생각에 절망해 최면에 걸린 듯 아주 빠르게 씹었다. 갈 수 없다고 말하고 싶었다. 숨겨달라고, 그녀의 집으로 데려가달라고, 이건 잘못된 판단이라고 아버지를 설득해달라고 매달리고 싶었다. 하지만 혀가 두툼해지고 감각이 없어진 것 같았다. 샌드위치가 갑자기 퍽퍽하고 끈적끈적해져 먹기 힘들었다. 난 이리저리 옮겨다니는 짐짝 같은 존재야, 마르쿠스는 생각했다. 하찮은 존재. 짐 속에 쑤셔넣은 바지나 재킷처럼. 소년은 이 생각을 델핀에게 전할 단어를 찾아내지 못했다.

그들은 짙은 어둠 속에서 차에 짐을 실었고, 졸음에 겨운 아이들은 뒷좌석에 기어오르자마자 곧바로 잠이 들었다. 먼저 운전을 하기로 한 피델리스가 운전석에 앉았다. 탄테는 델핀을 잽싸게 밀치고 가운데로 쏙 들어가 동생 옆자리를 차지했다. 재봉틀은 항해중 망가지지 않게 여행용 케이스에 넣고 다시 궤짝에 넣어 트렁크에 실었다. 옷을 꾸린 작은 가방도 트렁크에 실었다. 커다란 검은색 가죽 손가방은 떨어지지 않게 무릎에 잘 올려놓았다. 탄테는 준비를 다 끝냈다. 광택이 나는 빳빳한 정장은 새로 볕을 쏘이고 다림질을 했다. 달걀 다섯 개를 삶아 봉지에 담아왔다—델핀의 몫까지 챙길 생각은 미처 못했다. 하지만 어쨌거나 달걀에 대해 알아차리는 사람은 없을 것이다. 델핀은 아이들에게 먹이려고 특별히 동물 모양으로 설탕 쿠키를 만들었고, 튀긴 도넛과 소시지, 빵, 경질 치즈, 사과, 병맥주를 담은 작은 아이스박스도 가져왔다.

델핀은 평범한 정장과 코트를 입었지만 둥근 초록색 가방에 갈아입을 속옷 두 벌과 허리가 잘록한 세련된 모직 정장을 한 벌 더 챙겨왔다. 정장은 녹색 깃털을 비스듬히 꽂은 모자와 잘 어울렸고,

모자는 멋을 부리려면 한쪽 눈을 가리게 내려쓸 수 있었다. 더 요염해 보이려면 모자 안쪽의 짧은 물방울무늬 베일을 내려쓸 수도 있었다. 하지만 그렇게는 하지 않았다. 델핀은 그저 이 어수선한 상황에서 얼른 빠져나가고 싶은 마음뿐이었다. 탄테와 피델리스가 서류와 씨름하고 여권 문제를 해결하는 동안, 그녀는 아이들에게 시카고의 관광 명소를 구경시켜주기로 했다. 점심을 먹고 나서는 델핀과 피델리스가 자리를 바꾸었다. 운전하는 동안 델핀은 묵묵히 길에만 집중할 수 있었다. 차 안의 분위기는 침울했다. 탄테는 약간 신이 난 듯 보였는데, 델핀은 그것이 병적으로 느껴졌다. 아이들은 꾸벅꾸벅 졸거나 잠 속을 헤맸다. 목적지에 가까워질수록 델핀은 자신이 맡은 일―아이들을 데리고 다니며 공원이나 역사적 건물이나 미술관을 구경하는 것―이 생각할 수 있는 가장 암울하고 곤혹스러운 일로 느껴졌다. 일단 짐을 풀고 나자 그녀는 서커스 구경을 가기로 결심했다.

그때 우리가 이틀 동안 그 망할 코끼리들에게 땅콩을 먹였잖아, 시간이 흐르면 델핀과 마르쿠스는 그때를 이렇게 기억할 것이다. 탄테와 피델리스가 복잡한 절차를 밟는 동안 그들은 서커스장에 있었기 때문이었다. 시카고에 도착한 직후 델핀은 서점을 찾아 관광안내서를 보고 그들이 가봐야 할 교육적인 명소를 기억해두었다. 그러고는 아이들에게 명소에 대한 정보를 외우게 한 뒤 곧바로 서커스를 보러 갔다. 그들은 오전 시간을 사이드쇼*에서 원숭이나 코끼리

---

* 서커스에서 손님을 끌기 위해 벌이는 소규모의 공연.

에게 먹이를 주거나 눈길을 끄는 온갖 대상에게 말을 걸며 보냈다. 그들은 수레나 우리 안에서, 혹은 작은 연단에서 각자 역할을 해냈고, 저마다 특이한 정도에 따라 자리를 배정받았다. 그들은 금세 친구가 되었다. 혹한의 늦겨울이라 넋 놓고 구경하는 사람도 얼마 없고 아이들이 신기한 구경에 푹 빠졌기 때문이기도 했지만 가장 큰 이유는 델핀이 사람들과 대화하는 것을 좋아했기 때문이었다.

바늘이라 불리는 여자는 몸이 정말로 얇아서 옆으로 돌아서면 사라져버릴 것 같았다(사라지지는 않았다). 평범한 뚱보 여자도 있었는데, 곰 가죽 러그에 드러눕자 살의 절반이 녹아버린 것처럼 퍼지며 웅덩이를 이루었다. 물개-O는 지느러미 손에 두 발이 180도로 완전히 벌어진 젊은 남자였다. 짓궂은 성격인 그는 아이들을 보더니 옷이 낡고 쪼그라들었다며 놀렸다. 아이들이 몹시 창피해하자 델핀이 물개-O에게 말했다. "당신이나 잘해요. 그 잘난 코에 빨간 고무공을 올려놓고 균형이나 잘 잡으라고요." 그가 심술궂게 비웃자 그녀는 그의 입에서 더 고약한 말이 나오기 전에 아이들을 잡아끌었다. 그들은 미스터 호랑이에게도 말을 걸었는데, 그의 피부는 정말로 줄무늬였다. 그가 줄무늬를 문질러보라고 했지만 지워지지 않았다. 경이로운 계산기 소녀는 그들의 머리를 핑핑 돌게 했다. "넌 왜 여기 있어? 대학에 가지 않고?" 델핀이 소녀에게 물었다. 매우 지루해하는 힘센 남자도 있었다. 성별이 불확실한 소름 끼치는 사람도 있었는데, 그 사람의 복부에서 소름 끼치는 또 한 사람이 반쯤 밖으로 나오려 했다. 젖이 네 개 달린 이국적인 인어도 있었는데, 아이들은 구경할 수 없었지만 델핀은 볼 수 있었다. 그녀는 나중에, 아이들에게 상반신은 진짜지만 하반신은 고무가 틀림없다고 말해주었다. 그리고 마침내 그들은 다른 구경거리와는 약간 떨어져 엄숙한 분위기를 풍기는, '마음의 탐색자'의 천막에 다다랐다.

예상대로 아이들은 마음의 탐색에 전혀 관심이 없었다. 델핀은 원뿔형 종이에 소라 모양으로 담은 솜사탕을 사주면서 길을 잃으면 안 된다고 다짐을 둔 뒤, 25센트를 내고 혼자 천막으로 들어갔다.

아니나다를까, 델핀의 짐작대로 마음의 탐색자는 여자였다. 여자가 작은 석탄화로 옆에 앉아 쇠꼬챙이로 화로를 쏘삭거리며 심술궂은 표정으로 델핀를 올려다보았다. 탐색자는 말도 없이 델핀에게 맞은편 나무의자에 앉으라고 불쑥 손짓한 뒤, 포장지를 열심히 벗겨 가루 같은 것을 꺼내더니 석탄 위에 흩뿌렸다. 일종의 향료였는지 톡 쏘는 알싸한 향이 났다. 향이 아주 좋아서 델핀은 한껏 들이마시며 호기심어린 눈으로 여자를 바라보았다.

여자는 머리가 하얗게 셌는데 얼굴은 앳돼 보였다. 델핀보다 나이가 아주 많은 것 같지는 않았다. 퍽 예민해 보였고, 은은한 푸른색 천으로 몸을 감쌌는데도 약간 추워 보였다. 입술은 두껍고 손은 억세 보였다. 특이한 순서로 카드를 내려놓는 여자의 손목이 가늘고 앙상했다. 하지만 그 손가락으로는 호두도 깨부술 수 있겠다고 델핀은 생각했다.

"날 아주 꼼꼼히 뜯어보네, 아가씨." 탐색자가 말했다.

"손가락을 보고 있었어요. 호두도 깨부술 만큼 힘이 셀 것 같다고 생각했어요." 델핀이 웃었다.

"호두를 깨부순다. 문제의 그 남자라면 손가락으로 깨부수겠지. 당신은 나를 무엇으로든 원하는 대로 볼 수 있지." 여자가 카드를 치우며 말했다. "하지만 마음을 읽겠다고 돈을 냈으니."

"음." 델핀은 호두와 연관되어 나온 이야기에 당황해서 말했다. "그럼 어서 읽어봐요."

"여기 온 건 절박한 용무가 있어서로군." 탐색자가 말했다.

"그렇다고 해야겠네요." 델핀이 말했다. "그 남자의 자식들을 떠나보내려고 온 거니까. 그 사람은 내가 일하는 곳의 주인이에요."

"독일로 가는군."

"네?"

"당신 고기 장사를 하지." 여자가 말했다. "나도 당신 손을 봤어."

베이고 찔리고 손끝 한쪽의 살점이 떨어져나가 자잘한 흰색 흉터가 생기고, 잿물에 갈라지고, 맵싸한 양념 재료로 이탈리아 소시지를 만드느라 거칠어져, 델핀의 손은 완전히 변해 있었다. 그녀는 작은 동판 탁자에 올려놓은 자신의 손을 낯선 이의 손인 양 바라보았다. "전혀 몰랐네." 그녀가 중얼거렸다.

"그랬겠지." 탐색자가 말했다. "여기 들어올 때 손을 감추려고 하지도 않았거든. 이곳 여자들은 장갑을 끼고 다녀. 그것도 뭔가를 말해주지."

"뭘 말해주는데요?"

"당신은 아무것도 숨기지 않겠군." 여자가 말했다. "정직한 척하는 자들이 있고, 정말로 진실을 말하는 자들이 있지. 당신이 있는 곳은 여전히 그 중간 어디쯤이야. 하지만 당신은 후자 쪽을 향해 있어. 음악이 들려. 이 남자, 당신은 그를 사랑하는군."

"아니에요." 델핀이 말했다. 그리고 덧붙였다. "그 사람이 노래를 부르기는 해요."

"오, 그렇군." 탐색자가 말했다. 여자는 눈을 감고 갑자기 머리가 지끈거리는 것처럼 관자놀이를 꾹꾹 눌렀다. "당신의 길에 동물 같은 게 보이는데. 흠, 그게 아닌가." 여자는 혼자 웃기 시작했다. "당신 마음속에 커다란 검은 벌레가 보여…… 허리가 개미처럼 잘록한."

"어머, 맞아요." 너무 재미있어서 제대로 놀라지도 못하고 델핀이 말했다. "아이들 고모예요."

"당신이 그녀를 뼛속까지 미워하는 데는 그럴 만한 이유가 있군."

"그렇게 말할 수도 있겠네요."

"하지만 그 여자는 떠나는군."

"그 여자가……" 델핀은 가슴이 아파 숨이 멎는 것 같았다. "아이들을 데리고 가요."

"그런데 당신은 그애들을 좋아하고."

"네." 델핀은 말이 떨어지기가 무섭게 대답했다.

"그 사람은 바라보기에는 너무 밝고 내면을 읽기에는 너무 어두워. 홀아비로군. 결혼해."

"그럴 수 없어요." 델핀은 이제 슬그머니 짜증이 났다.

"당신은 겁쟁이도 아닌데." 탐색자가 말했다. "그러니까 이유는 딴 데 있군." 여자는 발갛게 타오른 석탄을 뒤집고 그 위에 다른 가루를 뿌렸다. 마음을 진정시키는 쌉싸래한 향이 그들 사이로 피어올랐다. "당신은 그애들 모두를 감당하느라 지쳐 있어, 안 그래?"

"그래요." 델핀이 말했다.

"그럼 보내도 괜찮은 아이들은 가게 둬. 어쨌거나 그 여자도 당신이 애들을 독차지하게 내버려두지는 않을 테니까. 당신은 그 여자를 못 이겨, 남매를 갈라놓을 수도 없고. 같은 핏줄이라면 그렇게는 안 돼."

델핀은 아이들을 불러모아 탐색자의 천막을 떠났다. 탐색자는
다른 말도 했지만, 델핀은 가려들을 필요가 있었다. 그녀는 들이마
신 가루 연기 때문에 머리가 약간 지끈거렸다. 그날 오후에는 아이
들의 여권 사진을 찍어야 해서 모두 그전에 호텔에서 만나기로 되
어 있었다.

"솜사탕을 털어야겠다." 델핀이 늘일 수 있는 만큼 늘여 입힌 에
밀의 재킷을 털어주었다. 그녀는 거미줄 같은 분홍색 솜사탕을 떼
어냈다. 마르쿠스는 에리히의 옷을 털어주고, 코끼리 잠자리에서
묻혀온 지푸라기 몇 개도 모직 양말에서 떼어주었다. 에리히가 활
짝 웃자 엄청나게 크고 우스꽝스러워 보이는 앞니 두 개가 드러났
다. 나머지 이는 빠지거나 아직 나는 중이었다.

"이제 모두 멋져 보이는구나." 델핀이 말했지만, 목소리는 가슴
께에서 막혀 나오려다 마는 듯했다.

다시 호텔로 가면서, 그녀는 내키지 않지만 피델리스와 단둘이
이야기를 해봐야겠다는 강한 확신이 들었다. 꼭 그렇게 할 것이다.
탄테가 어떤 식으로 훼방을 놓든, 넷이 기차를 타고 떠나기 전에
이 문제에 대해 피델리스와 단둘이 이야기할 기회를 반드시 가져
야 한다. 누가 알겠는가. 돌아가는 상황을 보면 영원한 작별이 될
수도 있었다. 1934년의 숙청* 이후로 그녀는 독일에서 일어나는 일

---

* 1934년 6월 30일부터 7월 2일까지 히틀러는 친위대를 앞세워 돌격대와 독일 국
방군 내 반대 세력 등을 숙청했고, 이 쿠데타를 통해 새로운 권력으로 부상했다.

을 계속 주시해왔다. 그 테러 사건의 자세한 내막은 지금도 밝혀지는 중이었고, 델핀은 그것을 마음속에 모아두고 있었다. 자를란트가 반환되고 라인 지방에 병력이 배치되었을 때 델핀은 그 학살 사건을 피델리스나 탄테처럼 속 편히 잊어버릴 수가 없었다. 그들이 이야기할 수 있는 것은 힘과 번영, 그리고 그들 가족의 늘어난 재산에 관한 것이 전부였다. 묘한 느낌의 호소력 있는 천재 지도자의 등장. 미니애폴리스의 어느 신문 하단 해외소식란에 유대인에 대한 증오로 유리창이 깨지고 난동이 벌어진 사건이 작게 실렸다. 피델리스는 고개를 절레절레 젓긴 했지만, 잠시 뒤 그런 일은 항상 있었다는 말로 끝냈다. 이런 독은 늘 존재했다, 그런 표현을 쓸 사람도 있을 것이다. 요하네스, 에어 바르 유덴(요하네스, 그는 유대인이었어), 그는 말했지만 그 뜻을 번역해주거나 설명해주지는 않았다. 델핀은 그를 설득할 자신이 있고 아이들에게 닥칠 상황에 대해 피델리스보다 더 깊이 고민했다고 확신하는 지금도 그에게 그 말을 꺼내기가 힘들었다. 그 생각만 해도 불편할 정도로 심장이 빠르게 뛰고 거친 손에 진땀이 났다.

정치에 대한 입장 차이 때문이 아니었다―표현되지 않은 다른 무엇 때문이었다. 자신이 어떤 마음인지 두려워 살펴보지 않았던 그 모든 것 때문이었다. 우연도 없고 그냥 일어나는 일도 없어, 그녀는 혼잣말을 했다. 내가 마음의 탐색자를 만나러 간 건 정말로 그럴 만한 이유가 있어서였어. 그 여자가 전부를 볼 수 있건 없건 나는 내 마음을 투명하게 들여다보고 싶었으니까. 내가 그런 말을 하는 걸 내 귀로 들어야 했어. 나도 모르는 속마음을 소리내어 말하는 걸 말이야. 머리가 하얀 여인과 거기 앉아, 내 눈으로 내 마음의 형태를 볼 수 있는 곳에 모든 걸 꺼내놓아야 했던 거야.

그들은 작은 통로마다 서류를 처리하는 사무실들이 있는 커다란 석조 건물 안에서 다 함께 걸었다. 그 사무실은 1층까지 뚫린 중앙 수직 통로를 빙 두른 발코니에서 운영되었다. 기묘하게 버둥거리는 듯한 형상들로 장식된 둥근 천창에서 희뿌연 햇살이 쏟아졌다. 델핀은 목을 쭉 빼고 천창을 올려다보는 아이들의 손을 꼭 잡은 채 넓은 석조 계단을 올라갔다. 여권 사진을 찍는 사무실 바깥 복도에는 사람들이 길게 줄을 서서 기다리고 있었다. 바닥에 주저앉은 사람도 있고, 벽에 기대앉은 사람도 있었다. 줄은 굉장히 길었다. 탄테는 지치긴 했지만 처지지는 않았다. 빳빳한 정장이 그녀를 버텨주는 것 같았다. 그녀가 인상을 잔뜩 찌푸리며 심각한 표정을 짓더니 아이들에게 뭘 좀 먹여야 한다고 말했다.

델핀이 기회를 잡았다. "나가서 샌드위치를 사 먹이죠." 그녀가 피델리스에게 말했다.

탄테가 즉시 받아쳤다. "그럴 것까진 없어. 됐어. 우린 그 정도로 배고프지는 않아."

"애들이 아무것도 못 먹었어요." 델핀이 차분하고 단호한 목소리로 말했다.

"그런다고 안 죽어." 탄테가 무뚝뚝하게 큰 소리로 되받았다. 그러고는 의기양양하게 손가방에서 레몬사탕을 한 줌 꺼냈다. 설탕을 입힌 사탕들은 먼지가 붙고 한덩어리로 엉겨 있었다. 탄테가 그것을 벽에 톡톡 쳐서 깨뜨린 뒤 쌍둥이 형제에게 하나씩 나눠주고 마르쿠스에게는 작은 조각을 주었다.

"봐." 그녀가 결론을 내리듯 말했다. "이걸로 버틸 거야."

"이가 썩잖아요." 델핀이 말했다. "영양가 있는 걸 먹여야죠." 그녀가 피델리스에게 말했다. 그러고는 그의 얼굴을 똑바로 쳐다보며 눈을 크게 떴다. 커다란 중앙 천장에서 희뿌연 햇살이 그녀 위로 폭포처럼 쏟아졌다. 그녀가 미소 지었다.

"당신도 바람 좀 쐬어야 해요." 그녀가 말했다. "따라와요." 그러자 그가 따라나섰다.

거리로 나선 두 사람은 동시에 델리 숍*을 발견하고 그리로 걸음을 옮겼다. 델핀이 다짜고짜 말을 꺼냈다. "난 잃을 게 없어요." 그녀가 피델리스에게 말했다. "그래서 말하는 거예요. 잘 들어요. 마리아 테레사가 애들을 독일로 데려가게 놔두면 안 돼요. 피델리스, 그건 아주 잘못된 거예요. 말도 안 되는 소리예요. 당신도 알겠지만 탄테는 아이들을 키우는 데 젬병이에요."

"그리로 가면 내 어머니가 키울 거요." 피델리스가 말했다.

그들이 델리 숍 앞까지 와서 들어가려던 찰나, 델핀의 머릿속이 맹렬히 돌아가기 시작했다. 값싼 샌드위치를 고르는 일상적인 문제에 피델리스가 주의를 빼앗기게 둘 수는 없었다. "이 블록을 한 바퀴 돌까요. 할말이 남았어요."

"다 끝난 일이에요." 피델리스가 말했다.

"아니요, 그렇지 않아요. 당신은 나한테 빚이 있으니 내 말을 들어야 해요."

그 말이 효과가 있었다. 그는 누구에게도 빚지기 싫어하는 성격

---

* 간소하게 먹을 수 있는 음식을 파는 가게.

이었다. 또한 그녀가 옳다는 것도 알았다. 그녀는 에바가 죽은 뒤로 그의 자식들을 온 힘을 다해 돌봐주었고 맡은 것 이상으로 일해주었다. 그래서 그들은 가게에 들어가지 않고 계속 걸음을 옮겼다.

"독일에 가면," 피델리스가 설명했다. "아이들도 올바르게 행동하는 법을 배울 거요."

"어쩌면요." 델핀은 심호흡을 한 뒤 논리적으로 설득할 수 있게 애써 마음을 가라앉혔다. "하지만 그러고 나면요? 아이들이 여기로 돌아와 가게 일을 돕고 싶어할 거라고 생각해요? 탄테가 애들을 돌려보낼 것 같아요?"

그녀를 내려다보는 피델리스의 표정이 눈에 띄게 굳었다. 그도 이 문제를 깊이 고민한 것이 분명했지만, 그냥 제쳐두거나 혼자 갈등하다 밀어냈을 것이다. 그가 잠시 뜸을 들이더니 곧 가볍지만 단호한 목소리로 말했다.

"내가 가서 데려오면 돼요!"

"신문에서 봤는데, 새 정부가 독일로 들어간 독일인은 다시 내보내지 않는대요." 델핀이 말했다. 훗날 사실로 판명되지만 그 무렵에는 순전히 소문에 불과하던 그 내용을 이용할 작정이었다. "그러면 애들은…… 국경이 폐쇄되면 어떻게 하죠? 전쟁이 어떤 건지 당신은 잘 알잖아요."

그건 도를 넘은 말이었다. 피델리스가 심각해지며 진지한 목소리로 대답했다. "난 전쟁을 똑똑히 봤어요. 또다른 전쟁이 있어서는 안 돼요! 에스 이스트 운뫼클리히(그건 있을 수 없는 일이야)! 난 히틀러가 평화를 위해 국력을 키우는 거라고 믿어요. 가족들이 잘 살게 된 것도 그 덕분이고…… 그리고 아이들에게 필요한 물건도 사줄 거예요. 돈이 있으니까."

"돈이라고요!" 델핀이 발끈해서 싸울 것처럼 말했다. "다 좋다 쳐요, 하지만 당신과 에바의 자식들이잖아요!"

그녀의 이름이 그들 사이에 쇳덩이처럼 떨어졌다.

이 순간 델핀은 지금처럼 큰 위기에 처했을 때를 대비해 아껴둔 이야기를 꺼냈다.

"모르핀을 훔친 사람이 탄테였어요—그걸 알아야 해요. 어떻게 에바에게 고통을 겪게 한 사람과 함께 자식들을 보내요? 아무리 그래도 마르쿠스는 여기에 둬야 해요! 내가 보살필 거예요!"

그들은 동시에 걸음을 멈추었다. 바람 부는 거리에서 그들은 서로 마주보았다. 피델리스의 얼굴이 침울해지며 잿빛으로 변했다. 그녀는 도전적으로 얼굴을 들고 실눈을 뜬 채 주의깊게 그의 얼굴을 쳐다보았다. 그를 응시하는 눈빛이 자석 같아서 피델리스는 자기도 모르게 그녀 쪽으로 끌려가는 것 같았다. 그가 고개를 끄덕이며 그녀에게 주도권을 넘겼다. 바람이 그를 떠밀어 발이 땅에서 살짝 떨어진 것처럼 그는 한 발짝 옮기며 균형을 잡았다. 그녀의 말이 당연히 옳았으므로 더는 할말이 없었다. 탄테는 마르쿠스에게 잘해주지 않았다. 그런데도 그는 그녀의 시선을 피했다. 탄테도 어떤 점에서는 옳았다. 어린 쌍둥이 형제는 루트비히스루에로 가면 더 잘 지낼 것이다. 가족들에게 둘러싸여 지내면 언덕에 깊은 땅굴을 파는 일도, 강을 따라 떠내려가다 죽을 뻔하는 일도 없을 것이다.

"난 애들을 잘 보살필 수 없어요." 그가 주머니에 손을 찔러넣은 채 그들 사이의 얼룩덜룩한 콘크리트 보도를 내려다보았다. 할말이 더 있었지만 하고 싶지 않았다. "이제 당신한테 급여를 줄 수도 없고."

"알아요." 델핀이 참지 못하고 말했다. "그런 건 상관없어요. 내가 바라는 건……" 그리고 그녀 역시 보도를 물끄러미 내려다보았다. 두 사람 모두 다음 말을 입술에 머금은 채 한참을 서 있었고, 그렇게 보도를 뚫고 가라앉아버릴 것만 같았다. 말의 무게가 너무 무거웠다. 피델리스는 턱을 만지작거리며 그렇게 서 있는 그녀를 내려다보았다. 세련된 회갈색 모자가, 작은 베일과 녹색 깃털이 달린 그 모자가 그녀의 얼굴을 비스듬히 가리고 있었다. 예고 없이 그의 손이 뻗어나가, 그 스스로도 놀랐다. 손끝이 녹색 깃털의 끝에 닿았다. 그녀의 입술은 선천적으로 색이 짙었는데, 분홍색은 전혀 아니고 갈색이 도는 진홍색이었다. 그는 거칠게 숨을 들이마셨다.

"시프리언……" 그가 말했다.

그녀가 그를 쳐다보며 환하게 웃자 쉼표 같은 보조개와 눈부시게 하얀 이가 드러났다. 그녀가 고개를 저으며 뭐라고 하기도 전에 그는 그 상큼한 표정에 정신이 멍해졌다.

"시프리언과 난 결혼한 적이 없어요."

그는 그 말을 알아들었다. 그 말은 중요하면서도 중요하지 않았다. 두 사람은 나란히 다시 걷기 시작했다. 블록을 한 바퀴 다 돌았을 즈음 피델리스는 마침내 하고 싶었던 말을 찾아냈다. 그 말을 찾아내는 것조차 어려웠는데, 시프리언이 마르쿠스를 구해준 직후에 그런 생각을 했다는 것이 창피했기 때문이었다. 당시 피델리스는 안도감과 고마움을 느끼는 동시에 문득 한 가지 사실을 깨달았다. 앞으로 어떤 식으로든 절대, 절대로 델핀에 대해 권리를 주장할 수 없다는 사실을. 그녀와 같이 사는 남자, 그와 싸웠던 남자에게 빚을 졌다. 시프리언에게 빚을 진 것이다. 지금은 그런 일이 없었기를 바랐지만, 결혼 서약을 했는지 하지 않았는지는 문제가 아니었다. 델핀과 시프리언의 결합은 어쩌면 충격적인 일이었을 수도 있지만 남녀가 작은 타운의 가십거리가 되지 않으려고 위장결혼을 하는 일은 더러 있었다. 그가 그녀의 손가락에 결혼반지가 없는 것을 알아차린 지도 좀 되었다. 이제 그들은 블록을 한 바퀴 다 돌아 출발점으로 되돌아왔다.

"그와 잠자리를 했소?" 그가 불쑥 물었다.

"아니요." 델핀이 말했다. "그렇기도 하고 아니기도 해요. 그는 그걸 못……"

피델리스는 걸음을 멈추고 이제야 알 것 같다는 듯 그녀를 바라보았다. 갑자기 그는 모든 게 이해되는 것 같았다. 그 뜻을 파악하자 델핀에 대해 가졌던 모든 생각에서 그 부분을 떨쳐내려는 듯 고개를 흔들었다. 그것이 시프리언이 가진 상처의 본질이었다. 또한 델핀에 대해 예민하고도 방어적인 분노를 일으킨 이유였다. 피델리스는 시야에서 그녀를 지우려고 손으로 눈을 가렸다. 피델리스는 마음을 굳혔다. 이제 딱 하나 남은 질문은 시프리언이 돌아올 것인가였다.

"그가 다시……" 그가 입을 열었다.

바로 그 순간 격분한 탄테가 석조 건물의 큰 문을 열고 나타나더니 길 건너에 있는 그들에게 소리를 질렀다. 그녀가 입은 정장 재킷 가슴께가 잔금이 많은 유리거울처럼 번쩍거렸다. 탄테는 피델리스를 향해 돌진했고, 아이들은 길을 건너는 그녀 뒤를 졸졸 따라갔다. 탄테를 본 피델리스는 델핀을 돌아보았다. 그가 시작한 문장을 그녀가 끝내주기를 바라는 듯 목이 졸린 사람처럼 절박하게 애원하는 표정을 지었다.

"그가 뭐요?" 델핀이 말했다. 하지만 달리는 차들을 보더니 대답을 기다릴 새도 없이 아이들을 향해 허겁지겁 달려갔다. 피델리스는 탄테의 팔을 잡고 보도로 끌어당겨 나란히 걸었다.

"같이 가, 탄테. 좋은 장소를 찾았어." 그는 바로 근처에서 어슴푸레하게 빛나는 문 열린 델리 숍을 가리켰다. "들어가. 앉아서 얘기해."

탄테는 그들을 버려두고 갔다고, 샌드위치를 어디서 판다는 건지 당최 모르겠다고, 점심때를 놓쳤는데 그러면 늘 현기증이 난다고 그를 다그쳤다. 피델리스는 탄테를 데리고 델리 숍으로 조용히 들어가, 커다란 현대식 판유리로 된 창문 앞 작은 테이블에 앉혔다. 델핀은 아이들을 데리고 탄테와 피델리스 바로 뒤쪽 테이블에 앉아 아이들에게 어떤 것을 먹으면 되는지, 메뉴에 있는 가장 저렴한 음식 중에서 뭘 고르면 되는지 알려주었다. 델핀이 주문을 마치고 아이들과 앉아 있던 그때 저쪽 테이블로 시선을 돌렸더니, 피델리스가 작은 폭풍처럼 휘몰아치는 탄테의 불만을 잠자코 듣고 있었다. 그는 탄테가 무슨 말을 하건 고개를 끄덕였지만 눈으로는 신중하고 엄숙하게 델핀을 보고 있었다.

그들은 형편에 맞는 호텔을 골랐다. 욕실이 복도에 있고 건물 전체에 음울한 회색 분위기가 감도는 곳이었다. 그래도 깨끗했고 위협적인 투숙객도 없었다. 벌레도 없는 것 같았다. 아이들과 피델리스가, 탄테와 델핀이 한방을 쓰기로 했다. 델핀은 끔찍이 싫었고,

침대를 함께 쓴다는 생각은 아예 하지도 않은 터였다.

첫날은 두 사람 모두 너무 피곤해 나란히 누운 채 등을 돌리고 간신히 잠이 들었다. 탄테가 꿈결인 듯 델핀에게 손을 뻗어 코 바로 밑에서 손가락을 꼼지락거리는 바람에 몇 번이나 깨긴 했지만. 그녀는 탄테의 손을 치우고 계속 잤다. 그날 저녁 가져온 음식을 다 먹어치우고, 다음날 아침 기차를 타야 하니 일찍 잠자리에 들기로 했다.

탄테가 어두컴컴한 방으로 들어가면서 코를 킁킁거렸다.

"누가 들어왔었나봐."

그녀는 당장 가방으로 달려가 차근차근 살피기 시작했고, 내용물을 하나하나 중얼거려가며 확인했다. 델핀은 침대에 걸터앉아 그녀를 지켜보았다. 탄테는 갈색 소가죽 가방 앞에 무릎을 꿇고 옷이 폭발물이라도 되는 듯 한 벌씩 끄집어냈다. 그러고는 의심 가득한 눈빛으로 살펴보았다. 도대체 무슨 생각을 하는 거지? 델핀은 의아했다. 우리 방에 누가 들어와 그녀의 옷을 입어보고는 다시 개서 가방에 넣었다고 생각하는 건가? 어쨌거나 탄테의 짐 중에는 재봉틀을 빼면 값나가는 것도 없었고, 재봉틀은 안전하게 지배인에게 맡겨둔 터였다. 탄테는 방에 들어오기 전에 재봉틀이 무사한지 확인까지 했다.

"저는 씻어야겠어요." 델핀이 말했다.

"흠, 제대로 다 있는 것 같군." 탄테가 정색하며 말했다. 그녀는 후줄근한 슬립, 화장지처럼 얇은 속바지, 재봉틀을 이용해 새로 만든 치마와 사각거리는 블라우스 따위를 다시 야무지게 가방에 넣기 시작했다. 델핀은 복도를 지나 욕실로 갔다. 끔찍한 수준은 아니었지만, 배수관은 악취를 풍기고 작은 양철 세면대는 찬물만 우중중한 색깔로 졸졸 나왔다. 그녀는 천천히 비누칠을 해서 씻고, 머리를 빗고, 아몬드향 크림을 얼굴과 손에 발랐다. 탄테에게 정리를 끝낸 뒤 잠옷으로 갈아입을 시간을 주고 싶었다. 전날 밤 탄테가 난리법석을 떨었을 때는 델핀도 너무 지쳐 신경쓸 여력이 없었다. 이런저런 답답함에 가슴이 터지기 직전이었다. 하지만 그 감정을 터뜨리고 싶지는 않았다. 다시 한번 피델리스에게 말할 기회를 잡을 방법을 생각하고 싶었다. 그녀는 머리를 빗어넘기고 눈썹을 다듬은 뒤 입술에 달콤한 오일을 발랐다. 그리고 이제 방으로 돌아가는 일만 남았다.

탄테는 머리를 풀고 꼴사납게 앉아 있었다. 복잡하게 땋아올렸던 머리를 풀어 빗질을 하고 있었다. 속이 훤히 들여다보이게 듬성듬성하고 우둘투둘한 두피에서 돋은 말 같은 회갈색 머리칼이 어깨에 흐트러져 있었다. 탄테는 잠자리용 의상으로 갈아입었는데, 담요라고 해도 될 만큼 뻣뻣하고 가칫거리는 모직으로 만든 두꺼운 통짜 잠옷이었다. 그녀는 라드와 바셀린을 섞은 것을 바르는 중이었다. 장뇌와 등화수 향이 첨가되었지만 그 안에 섞인 고약한 냄새는 어쩔 수 없었다. 작은 방에 코를 찌르는 냄새가 진동했다. 델핀이 제일 먼저 해야 할 일은 창문을 여는 것이었다. 창문을 열면서 탄테에게 그래도 괜찮은지 묻자 나이든 여자의 기겁한 비명이 모직 스카프에 가려 먹먹하게 들려왔다.

"피부에 찬 공기가 닿았다간 내일 아침이면 앓아누울 수도 있어." 탄테는 질겁했다.

그녀가 피부에 바른 것은 연고 혹은 예방약인 모양이었다. 그녀는 도시에서 병이라도 옮을까봐 겁이 나는지, 군인처럼 자신의 건강을 지키려고 자기 전에 이런저런 준비를 했다. 머리에는 스카프를, 목에는 수건을 감쌌다. 발에는 아기 양말처럼 끈을 묶는 펠트 소재 슬리퍼를 신었다. 그녀의 가슴은 고약한 냄새가 나는 부담스러운 연고를 견뎌낼 것이고, 그 위에 덮은 플란넬 이불은 몸이 발산하는 열을 가둬둘 것이다. 그녀는 프랑켄슈타인처럼 뻣뻣하게 비트적거리며 침대로 가더니 드러누워 배에 손을 포개 얹었다. 그러고는 눈을 감고 독일어로 중얼거리며 한참 동안 기도한 뒤, 밀폐된 어두컴컴한 공간에서 델핀이 옆에 눕자마자 곯아떨어졌다.

한 시간, 어쩌면 두 시간이나 잤을까, 델핀은 번쩍 눈이 뜨였다. 머릿속에 생각이 물밀듯이 밀려들었다. 이 작은 방이, 어두운 도시의 소음으로 가득한 이 사각 공간이 허무함 속에서 점점 위로 올라가는 것 같았다. 그녀는 호텔 안에, 마치 궤짝 속 청어처럼 겹겹이 좌우로 나란히 쌓아올려진 그들이 저마다 얼마나 외로운지, 얼마나 무가치한지 느꼈다. 혼란스러웠던 그날의 기억이 밀려왔고, 겹겹이 천을 포개 만든 푸른색 드레스를 입은 흰머리 여인이 무엇보다 가장 먼저 떠올랐다. 그런 옷을 입은 것은 단연코 신비롭게 보이기 위해서였을 것이다. 역시, 신비로워 보였다. 여인은 델핀에게 남자란 낯설고 결점 많은 인위적인 산물이며, 우리가 그들을 사랑하려고 애쓰든 사랑하지 않으려고 애쓰든 마찬가지라고 했다. 또한 차마 하지 못한 말 때문에 돌 같은 햇살 속에서 심각해 보이는 얼굴로 바람 부는 거리를 걷고 또 걷던 피델리스도 떠올랐다. 탄테가 사무실 건물에서 신경질적으로 튀어나온 그 순간 그가 그녀에게 무슨 말을 하고 싶었는지, 무엇을 물어보려 했는지 그녀는 알 것 같았다. 안다고 생각했다. 하지만 다시 생각하면 그녀가 어떻게 알겠는가?

델핀은 마음의 탐색자는 절대 될 수 없을 것 같았다. 다 같이 요기를 할 때 그녀를 바라보던 피델리스의 진지한 눈빛은 어쩌면 그녀에게 더는 다가오지 말라는 경고의 표시였을 것이다. 어쩌면 그는 아직 애도중이고, 그녀가 이따금 생각하는 것을 생각조차 하지 않는다는 걸 알려주는 표시였을 것이다. 하지만 그녀는 아버지의 음주 때문에 성인 남자의 사랑에는 면역이 되었다고, 피델리스를 염두에 둔 이유는 그의 자식들에게 느끼는 감정 때문이라고 결론을 내렸다—그녀는 아이들 앞에서는 속수무책이었다.

델핀은 탄테와 부딪치지 않으려고 한 자세로만 누워 있었더니 몸이 뻐근했다. 그녀는 조심조심 몸을 움직였다. 팔다리의 위치를 조금 바꿔보았다. 탄테의 손이 그녀의 몸에 털썩 떨어지자 델핀은 그 손을 살며시 탄테의 배 위로 옮겨주었다.

"나인(싫어)." 탄테가 말했다. "깁 미어 다이넨 핑거(나한테 네 손가락을 줘)."

잠꼬대는 스카프에 가려져 희미하게 들렸지만, 탄테가 한 말은 동화 속 마녀가 헨젤에게 하는 대사라 델핀에게는 불길한 조짐 같았다. 그녀는 심호흡을 하고 팔다리의 긴장을 푼 뒤 생각의 문을 닫고 잠들기를 기다렸다.

탄테에게 말해야 하는 그 모든 문제를 마르쿠스가 혼자 해결해버렸다. 밤에 마르쿠스가 심하게 아팠다. 몇 년이 흐른 뒤 마르쿠스는 자기 안에 숨겨져 있던 또다른 자신이 기차를 타고 뉴욕에 가서 독일행 배에 오르면 무슨 일이 벌어질지 예견했던 건 아니었을까 생각했지만, 어쨌거나 그것은 그가 계획하지도 않고 미처 알지도 못했던 위대하고 은밀한 승리였다. 떠나기로 한 그날 아침, 잠에서 깬 소년의 뺨은 이상할 만큼 광채가 나고 눈동자는 번질거렸다. 소년이 고열에 시달리며 뒤척이자 피델리스는 날이 밝기도 전에 델핀의 방문을 두드린 뒤, 나가서 약국을 찾아볼 테니 소년의 곁을 지켜달라고 부탁했다. 그녀가 그의 방으로 가서 작은 침대에 누운 마르쿠스 옆에 앉았다. 쌍둥이 형제는 여전히 졸린 듯 옷을 입고 연신 하품을 해대며 양말을 신었는데, 슬슬 신이 나는 모양이었다. 하지만 마르쿠스는 고열 때문에 몸이 몹시 건조하고 입술은 멍든 것처럼 선명한 자줏빛이었다. 관자놀이는 해쓱하고 호흡은 가빴다. 그녀가 손목의 맥박을 쟀는데 불규칙적으로 빠르게 뛰었다. 얼굴은 잔뜩 찌푸린 채였다.

델핀은 아이들이 쓰는 세숫대야를 가져와 그 위에 마르쿠스의 머리를 받쳐놓았다. 마르쿠스가 좀 나아지자 세숫대야를 들고 복도로 나갔다. 대야를 깨끗이 씻고 찬물을 조금 담아 손수건을 적신 뒤 다시 들고 들어왔다. 그러고는 손수건으로 소년의 이마와 깨알 같은 주근깨가 박힌 야위고 불거진 광대뼈, 목, 귀, 가녀린 손목, 팔을 닦아주었다. 그러는 내내 소년을 주의깊고 애틋한 눈길로 내려다보면서 속으로 이렇게 된 것이 놀랍다고 생각했다. 한편으론 소년이 갑자기 아팠던 것처럼 갑자기 나아버릴까 두렵기도 했다. 하지만 그런 일은 일어나지 않았다.

아스피린을 먹였는데도 마르쿠스가 심하게 헛소리를 해대자 이 아이는 갈 수 없다고 델핀이 딱 잘라 말했다. 아무도 반박하지 않았다. 소용없는 짓이었지만, 탄테는 기차표를 썩히는 것은 가당치 않다며 어떻게든 팔아보겠다고 했다. 탄테는 마르쿠스가 같이 가지 않게 되자 마음이 놓였지만 애써 그 마음을 숨겼다. 문가에서 자신의 얼굴 앞으로 손을 올려 마르쿠스에게 작별인사를 했다. 델핀은 허리를 숙여 쌍둥이를 끌어안고 잠시 그들의 가칫가칫한 코트를 붙들고서 머리칼에서 나는 사내아이들의 흙냄새를 들이마셨다. 그리고 아이들이 그녀에게 키스할 때 거친 손을 잡아주고 이마를 쓸어주었다. 그녀에게서 떨어진 아이들의 눈동자는 모험에 대한 기대로 반짝거렸다. 그렇게 그들은 떠났다. 그 두 아이가 그녀의 삶에서 사라졌다.

이른 오후 피델리스는 호텔 입구에 차를 세워놓은 뒤 불덩이같이 뜨겁고 흐느적거리는 마르쿠스를 로비로 데리고 내려왔다. 델핀이 얼마 안 되는 짐을 들고 뒤따랐다. 그들은 트렁크에 가방을 싣고 뒷좌석에 소년을 앉힌 뒤 담요를 덮어주었다. 소년은 불안하게 담요를 걷고, 걱정스럽게 아까부터 묻고 또 묻던 질문을 또 했다. 어디로 가느냐고.

"아거스로. 집으로 돌아갈 거야." 델핀이 가벼운 모직 가운으로 다시 마르쿠스를 여며주며 말했다. 그녀의 얼굴을 올려다보는 소년의 표정이 하도 밝고 기뻐 보여서 깜짝 놀랐지만, 곧 정신착란이 아닌가 걱정도 되었다. 고열이 위험한 단계로 진행된 것인지도 몰랐다. 피델리스가 좀더 오래 머무를 수 있도록 배려해준 지배인에게 팁을 주는 동안 그녀는 마르쿠스를 유심히 살피면서 고비는 넘긴 것 같다고 생각했다. 어쩌면 소년도 그녀가 느낀 것처럼, 허기와 독일행이 취소된 놀라움 때문에 몸이 거뜬하게 느껴졌을 것이다.

피델리스가 운전을 하고 델핀은 도시에서 빠져나가는 방향을 알려주었다. 그들은 곧 북쪽으로 뻗은 고속도로에 접어들었다. 그들은 몇 시간 동안 거의 말을 하지 않았다. 들판이 다코타주를 연상시킨다고, 좀더 가서는 꼭 미네소타주처럼 보인다고 중얼거린 게 다였다. 헛간이 참 크고 잘 관리되어 있다고. 이곳은 불황이 끝난 것 같다고. 지평선 위로 위협적인 구름이 몰려오는 것을 보고 그들은 폭풍이 불어닥칠 것 같다고 말했다. 폭풍이 일지 않고 그냥 지나가자 그들의 관심은 마르쿠스에게 돌아갔다. 중간에 차를 몇 번 세우고 소년의 열이 내렸는지, 소년이 피델리스가 사온 진저비어를 마셨는지 확인했다. 소년은 약에 취한 것처럼 잠을 잤다. 그날 내내, 해가 떠 있는 낮시간 동안은 그들도 안전하고 평범한 주제로 대화를 이어가는 게 가능했다. 아니면 침묵을 지키며 번갈아 운전하고 조수석에서 잠을 잤다. 오후 햇살이 이울고 그림자가 길어지며 어둠이 깃들자 그런 노력도 소용이 없어졌다. 정적이 쌓이면서 분위기가 거북해졌다. 그들의 침묵은 기다림이 되었다가 긴장감으로 변했다.

낮 동안 조바심이 델핀을 괴롭혔다. 꼭 해야 하는 말이 마음에 불편하게 걸려 있었다. 있는 그대로의 진실을 말하지 않는 것은 그녀답지 않거니와, 회피하거나 교묘한 수를 쓰는 것은 그녀를 지치게 했다. 그녀는 피델리스 주위로 보이지 않는 좁은 길을 걸어야 한다는 게 싫었다. 그녀는 깊은 숨을 끝까지 들이마셨다가, 숨이 터져나올 때까지 오래오래 참았다. 숨을 토해내자 심장박동이 느려지며 마음이 진정되었다. 그녀는 피델리스가 원하든 원치 않든 해명을 하기로 결심했다.

"있잖아요." 그녀가 불쑥 말했다. "나한테 시프리언은 오빠 같은 존재예요. 우리는 결혼하지도 않았고, 같이 뭘 하지도 않아요. 그가 원하지 않으니까."

"원하지 않는다?" 피델리스가 살짝 핸들을 꺾었다. 그는 전쟁의 상처로 시프리언이 남성성을 잃었다는 생각에 붙들려 있었다. 그 생각을 바꾸기가 힘들었다. 그가 원하지 않았다고? 시프리언이 원하지 않았다고? 델핀이야 생각하고 싶은 대로 생각하면 그만이겠지만, 그는 시프리언이 원했다고 확신했다. 시프리언이 달리 무슨 말로 위신을 지킬 수 있었겠는가? 피델리스는 고개를 가로저었지만 그 문제로 논쟁을 벌이거나 더 많은 사실을 알아내는 것은 그의 영어 실력과 감정의 범위를 모두 넘어서는 일이었다. 그는 길게 뻗은 도로를 응시했다. 다른 차는 없었다. 그들의 차는 시속 50마일로 달렸다. 그는 대화를 진전시킬 방법을 궁리했지만 아무 생각도 떠오르지 않았다.

델핀은 다리를 꼬고 팔짱을 낀 채 고개를 숙이고 있어서 좌석에 기대앉은 그 모습이 꼭 심통을 부리는 소년 같았다. 그녀는 자진해서 그렇게 많은 이야기를 한 것이 창피해 입을 꾹 다물었다. 얼마 뒤 피델리스가 말했다.

"그게 무슨 상관이죠?" 그가 나직이 말했다. "시프리언은 마르쿠스를 구했어요. 목숨을 걸고 언덕에서 내 아이를 끌어낸 사람이란 말이오."

델핀은 그 문제에 대해 잠시 생각해본 뒤 피델리스의 사고 구조를 이해해보려 했다. 그가 감정을 드러내지 않으려 했던 것이 시프리언 때문이었다면, 그의 그런 결심은 따지고 보면 그녀에게 관심이 있다는 뜻이었다. 한편 다르게 생각하면 피넬리스는 시프리언을 핑계로 내세우지만 실제로는 마음이 없어서 그녀를 내버려둔 것인지도 몰랐다. 어쩌면 그는 그녀가 마음을 열었을지 모른다고 느꼈겠지만—그녀도 자신이 정말로 그런지 몰랐다—그들을 갈라놓고 그들 사이에서 전율하는 그것을 대면하지 않게 해줄 인물, 그 영예로운 존재를 고안해 그 문제를 말끔히 떨쳐버렸을 것이다.

"그는 돌아오지 않을 거예요." 그녀가 말했다. "돌아온다고 해도 나랑 살기 위해서는 아닐 거예요."

몇 마일을 달리는 동안 그는 그녀의 말을 찬찬히 되새겼다. 헤드라이트 불빛이 이제 어둠이 내려앉은 대기를 갈랐다. 그녀의 대답을 들은 그는 자신이 없어지면서 그 상황의 무게가 전부 자신에게 떠넘겨진 것 같았다. 그녀의 말은 그녀에게 다가가도 좋다는 뜻인가, 아니면 그저 그녀와 시프리언의 관계가 끝났다는 뜻인가? 시프리언이 선택한 바가 아니라면, 그가 그녀를 사랑하는 것은 자식을 구해준 남자를 배신하는 행위일까? 그의 생각은 이랬다저랬다 자꾸만 뒤집혔다. 전쟁이 끝나고 에바를 찾아갔을 때는 상황이 아주 분명했다. 살육과 슬픔 때문에 가슴이 던지는 모든 질문은 지극히 단순해져, 그가 가야 할 길이 확고히 정해져 있었다. 애매한 것도, 의심할 것도 없었다. 그는 전사 소식을 전하러 갔고, 그녀는 그의 품에 쓰러졌다. 그는 그녀가 충격을 극복할 수 있게 도와주려고 찾아가 그녀를 위로했다. 그렇게 열린 감정의 폭풍 속에서 서로를 향해 곧장 다가가기란 쉬웠다. 하지만 지금 상황은 미로 같았다. 피델리스는 이 일에 너무 많은 사람이 얽혀 있다는 생각에 빠져 있다가, 문득 떠올렸다. 이것은 그저 반복일 뿐이라고. 여기 델핀이 있다―그가 요하네스의 절친한 친구였던 것처럼 델핀은 에바의 절친한 친구였고, 두 사람 다 세상을 떠났다―그리고 이제 모든 상황이 반복되려 한다. 그가 에바와 프란츠를 구해주었듯이 델핀이 그와 그의 자식들을 구해줄 수 있기 때문이다.

어쨌거나 그는 델핀에게 이야기를 들려주듯 그 생각을 전할 수 있을 것 같았다. 이제 그 이야기를 할 수 있었다. 그가 모든 것을 말하고 나면 아마 출구가 보일 것이다. 이야기 속에 답이 있을 것이다.

옅은 안개가 피어올라 상향등 불빛 속에서 소용돌이를 이루었다. 차가 저녁을 가르며 달리는 동안 피델리스는 꼭 말해야 한다는 생각에 요하네스부터 시작해 그에게 일어난 모든 일을 이야기했다.

요하네스가 피델리스의 목숨을 첫번째로 구한 것은, 턱을 관통한 총알 때문에 기절한 피델리스를 사망자들 사이에서 끌어냈을 때였다. 두번째는 피델리스의 라이플총이 발사되지 않았을 때였다. 요하네스가 달려드는 프랑스 병사에게 총을 쏴 그를 구했다. 요하네스는 두 번이나 피델리스를 구했지만, 정작 자신은 끊임없이 울리는 음악 같은 진동 속에서 숨졌다. 전쟁 막바지에 벌어진 일이었다. 피델리스는 어느 귀족의 무너진 우아한 저택에서 요하네스와 이틀 밤낮을 보냈다. 그곳은 미친듯이 퇴각하는 중에 잠시 머무는 장소이자 온갖 부상자와 죽어가는 병사가 무더기로 버려지는 장소였다. 멀지 않은 곳에 끊임없이 포탄이 떨어져서 밤낮없이 벽이 흔들렸다. 포격이 잠시 멈춘 영원 같은 시간에 창턱 위로 깨진 창유리가 바람에 잘랑거리는 차임벨처럼 은은한 빛을 반짝이며 흔들렸다.

몸이 성한 자들이 피신하기 위해 들어간 지하 저장고는 부상자들이 질식해 죽어가는데다 냄새마저 고약하고 비명소리, 욕설, 신음소리, 광적인 외침으로 가득해서, 그들은 차라리 2층에 머물기로 했다. 피델리스는 요하네스가 비바람 속에서 무작위로 들려오는 음악을 들으며 죽음을 맞는 편이 낫겠다고 생각했다. 그는 내장이 터지고 목구멍이 막혀 죽었다. 그래서 사인을 정확히 말하기 어려웠다. 이질 때문일 수도 있었고, 오염된 상처 같은 시시한 원인 때문일 수도 있었고, 절망감에 빠진 채 퇴각하는 모든 군인에게 누적되어 있던 살인적인 피로 때문일 수도 있었다. 요하네스가 속삭였다. "노래를 불러줘, 친구." 얼어 죽을 것 같은 방에서, 누더기가 된 고국땅의 한 귀퉁이에서 피델리스는 부서진 유리창이 흔들리는 소리를 반주 삼아 노래를 불렀다. 나중에 그는 요하네스를 밖으로 옮기고 어머니가 행운의 부적으로 준 실크 스카프로 얼굴을 감싸주었지만 뒤에 남아 친구를 묻어줄 용기는 없었다. 피델리스는 계속 걸음을 옮겼다. 지나가는 곳마다 더 혼란스럽고 더 많은 사람이 죽어갔다. 그는 징이 박힌 군화를 신고 그런 곳을 지나, 지나갈 수 있는 모든 곳을 지나 마침내 유년의 침대로, 어머니에게로, 깃털이불로, 그의 책으로, 아버지와 누나에게로, 그리고 에바에게로 돌아갔다. 그는 에바에게 아기 아빠의 죽음에 대해 알려주었고…… 그는 델핀에게 말했다. "에스 바르 아인파흐, 비어 하벤 페어하이라텐(간단했지, 우리는 결혼했어요)."

"그렇게 결혼했군요." 델핀이 숨죽인 목소리로 말했다. "그렇게 해서 그 아기 프란츠에게 아빠가 생긴 거로군요."

"그래요." 그는 말했다. 간단히 대답할 수 있는 문제였으니까. 그리고 델핀이 들어야 할 대답이 그것이라고 생각했으니까. 하지만 그 대답만 있는 것은 아니었다. 그들이 맨 처음 만났을 때, 그가 어느 때보다 에바의 알몸을 보았던 그때, 에바의 몸과 그의 몸은 그들이 알아차리기도 전에 그들에게 답을 알려주었다. 지금 어둠 속에서 그의 표정은 딱딱하게 굳어갔다. 이런 일들을 떠올리자 슬픔의 무게가 그를 짓누르고 가슴이 밴드로 꽉 묶은 것처럼 답답해, 그는 그 느낌에서 놓여나려고 일부러 숨을 들이마셨다가 내뱉었다. 정말이지 이런 사실을 옆에 앉은 이 여자에게 설명할 수는 없었다. 어쨌거나 델핀은 아직 알아차리지 못한 것 같았다. 그녀는 펌프스를 벗고 발을 자리에 올린 채 웅크린 자세로 생각에 잠겼다. 단정하게, 짐승이 취할 법한 자세로 앉은 채. 그는 델핀의 생각이 자신이 가늠할 수 없는 깊은 물살을 타고 흘러가는 것을 느꼈다. 시간이 한참 흐른 뒤 마침내 결론에 이른 그녀가 말했다.

"그러니까 우리가 결혼하면 같은 일이 반복되는 거군요."

"그렇죠!" 그는 그녀가 그 모든 사실을 잘 끼워맞춘 것에 놀랐다. 하지만 그가 생각했던 것처럼 네 사람이 한 상자를 이루듯 신기하게 딱 들어맞는 방식은 아니었다. 델핀은 피델리스가 사랑이 아니라 태어나지 않은 아기에 대한 책임감 때문에 에바와 결혼했고, 그것을 반복하고 싶지는 않은 거라고 짐작했다. 그런 것이라면 이해할 수 있지, 그녀는 차분히 마음을 놓으며 생각했다. 그 아이가 다 자라고 나서도 두 사람이 변함없이 잘 지낼지 누가 알겠는가? 그녀도 알 수 없었다. 자신의 마음을 읽을 수 없었다. 그녀가 사랑하는 것이 아이들인지, 아버지와 아이들 모두인지. 하지만 어둠을 뚫고 달리는 그 시간에는 적어도 그가 포함될 가능성을 인정했다. 그때 뒤에 앉았던 마르쿠스가 깨어나 앞자리 쪽으로 몸을 숙이자 담요가 떨어졌다.

"아빠." 소년의 목소리에는 졸음이 잔뜩 묻어 있었고, 여전히 애처롭게 들렸다. "노래 불러주실래요?"

델핀은 피델리스가 자식들에게 다정한 모습을 보인 적이 있는지, 노래를 불러준 적이 있는지 잘 몰랐다. 아이들이 쉽게 잠들지 못할 때, 아이들이 아주 어렸을 때, 에바가 불러달라고 했을 때, 아이들이 아플 때 그는 차분한 목소리로 옛 독일 가곡을 불러주었고, 노래가 방안 가득 기분좋게 울려퍼지면 그들은 보호받는 느낌이 들었다. 그는 마르쿠스가 좋아하는 노래를 불렀고, 마르쿠스가 늘 부탁했던 대로 같은 노래를 부르고 또 불렀다. "이히 바이스 니히트 바스 졸 에스 베도이텐, 다스 이히 조 트라우리히 빈. 아인 메르헨 아우스 알텐 차이텐, 다스 콤트 미어 니히트 아우스 뎀 진(왜 그런지 알 수는 없지만 내 마음은 자꾸만 슬퍼지네. 옛날부터 전해오는 이야기를 내 마음에서 지워버릴 수 없네)."

그림 같은 장면이 가득한 로렐라이에 대한 노래였다. 여인들이 큰 바위에 앉아 금빗으로 황금빛 머리를 빗는다. 여인들의 노래를 들은 남자들은 배를 가까이 저어가고, 로렐라이의 아름다움에 홀려 미어지는 가슴으로 죽음의 암초로 이끌린다. 델핀이 아는 노래는 아니었지만, 조금씩 뜻을 꿰맞추다보니 이 남자가 궁금해졌다. 예사로 닭을 잡고 양을 기절시키고 들개 열두 마리를 단방에 죽여

쓰레기처럼 태운 남자, 본디 지니고 있던 차분함에 엄숙함을 더해 죽은 아내를 애도하지만 전혀 내색하지 않는 남자, 안 그래도 복잡한 두 사람의 관계를 풀 수 없는 미로로 만들어버린 남자, 자식들의 마음을 달래주려고 노래를 불러주는 남자, 피델리스. 그녀 역시 마르쿠스와 함께 서서히 노래의 주문에 걸려 마침내 안도감을 느끼며 칠흑 같은 잠에 빠져들었다.

노래를 끝마친 피델리스는 그들이 들이마시는 정직한 숨소리를 들었다. 그리고 도로를 주시하며 천천히 고개를 끄덕이고 더 단순한 노래를 새로 흥얼거려 잠을 쫓았다. 기차 바퀴가 구르고 굴러 그들을 독일에서 멀리 떨어진 광활한 미국 평원으로, 그의 도착 전에 전쟁은 이미 끝나 그가 익숙해진 늘 똑같은 적들 사이의 전쟁도 없고, 엄청난 살상도 끝나고, 핏물도 이미 땅속 깊이 젖어든 그곳으로 데려갈 때, 그가 요하네스와 함께 망각의 분위기에서 부른 노래, 하지만 지금은 잊을 수 없는 그 노래를.

열셋

뱀을 부리는 사람들

델핀이 뻔한 질문을 하면 로이는 종종 이렇게 대답했다. "내가 술을 마시는 건 허무함을 채우기 위해서야." 델핀은 그 말이 듣기 싫었다. 한번은 그녀가 그를 떠밀어 의자에 앉히며 소리쳤다. "아빠, 이 말은 해야겠어요. 누구나 허무함을 채우기 위해 뭐든 해요." 그 말이 맞든 아니든, 로이는 자신만 느끼는 줄 알았던 허무함이 보편적이라는 사실에 위로를 받았다. 특히 떠나간 사랑이 남긴 사라지지 않는 어두운 구멍이 특별히 자신에게만 있는 것은 아니라고 느꼈고, 허무함을 느끼는 다른 영혼들에게 동류의식이 들었다. 그때부터 그는 위대한 허무를 위해 술잔을 비우자는 건배사를 걸핏하면 외쳤다. 에바의 죽음 이후 술을 끊고 지낸 긴 시간 동안 그는 델핀의 말을 진심어린 지시로 받아들였다. 그가 한 행동은 뭐든 허무함을 채우기 위한 것이었다. 유감스럽게도 술만큼 잘 듣는 것이 없었다.

"심연의 고통을 채울 수 있는 건 아무것도 없어." 그가 어느 밤 노래클럽 친구들에게 말했다. 남자들은 낡은 궤짝에 걸터앉거나 쑥쑥 자라난 포도넝쿨의 무게 때문에 당장이라도 허물어질 것 같은 정자 아래 의자를 삐걱거리며 앉아 있었다. 피델리스는 모임에 체계를 잡아, 늘 노래를 한 곡씩 한 곡씩 연습하도록 했다. 피델리스가 지금처럼 자리를 비우면 남자들은 종종 한담을 주고받거나 궁상맞게 넋두리를 쏟아냈다.

"허무함을 채울 수 있는 건 아무것도 없지." 로이는 끊임없이 설교를 늘어놓았다. "사랑이나 술이나 대단한 종교적인 자극을 빼면. 한데 나는 미니의 사랑도 얻지 못했고, 루터교회든 가톨릭교회든 신을 믿는 상상력도 부족하거든! 전능하신 신을 대체할, 나 자신의 허술한 논리를 찾아낼 깊이도 물론 없지."

모두 고개만 끄덕일 뿐, 그가 또다른 얘깃거리를 꺼내 끝도 없이 늘어놓을까 두려워 선뜻 대답하지 못했다. "아무것도 없어." 그가 자기 코를 잡아당기며 말했다. "신이 슈납스를 만든 데는 이유가 있어. 꼭 한 가지 이유가 있어. 그가 우리에게 구멍을 뚫어놓았단 말이야. 그래, 신은 진흙으로 우리를 빚으면서 구멍을 남겼어. 컵 같은 구멍. 그러고는 미안했는지 그 컵에 따뜻 발효된 영혼*을 줬어. 그걸 왜 영혼이라고 부르는 것 같냐?" 그는 진지하게 주위를 둘러보았다. "생각해봐." 그들은 그때 로이의 음주벽이 다시 도지려 한다는 사실을 알았어야 했다.

처음에는 맥주를 조금씩 흘려 넘기더니 곧 엄청난 양을 들이부

---

* 영혼을 뜻하는 spirits의 복수형에는 증류주라는 의미도 있다.

으면서 로이는 서서히 그가 좋아하는 것으로 허무함을 채워갔다. 종종 딸에게 스텝앤드어해프에게 일하러 간다고 거짓말을 하고는 건달 소굴에 가거나, 당구장이 딸린 술집 뒷문 계단에 앉아(안으로 들어가는 것은 이제 금지였다) 술을 벌컥벌컥 들이켜며 시간을 보내거나, 그를 뼛속까지 적셔줄 다른 곳을 찾아갔다.

델핀이 모르기를 바라면서, 그리고 또다시 찾아오기 시작한 제어 불가의 죽은 자들을 피해 로이는 술에 취한 채 집 밖으로 나돌았다. 가련한 채버스 가족의 영혼은 그들이 죽어간 장소만 피하면 그를 내버려두었다. 그는 아직 일주일에 이틀이나 사흘쯤은 술을 참을 수 있었고, 그런 날은 델핀 옆을 지키면서 지나칠 만큼 살뜰히 챙겼다. 아침식사를 푸짐하게 차리고 자신의 옷은 직접 빨았다. 바닥도 닦았다. 델핀이 그토록 오랫동안 까맣게 몰랐던 이유는 그가 집을 비우고 가사를 하는 것이 그녀는 전혀 모르는 패턴대로 정확히 이루어졌기 때문이었다. 그녀가 진실을 알게 된 것은 시카고에서 돌아와 일자리를 찾기 시작했을 때였다.

그 다음날 아침, 델핀은 서둘러 스텝앤드어해프의 가게를 찾아갔다. 바깥에는 대충 콘크리트로 덮은 땅과 단단해진 흙땅에 버터 제조기들이 나란히 놓여 있었다. 손잡이는 여자들의 손길로 닳았고, 제조기마다 조금씩 옆으로 기울어 있었다. 그녀는 빨래통과 낡은 철제 수동 탈수기, 이 빠진 항아리, 부서지고 짜부라진 냄비 따위를 빙 돌아 걸음을 옮겼다. 갈큇발이 벌어진 갈퀴, 날이 무뎌진 괭이, 짚을 모아 묶은 부분까지 닳아 있는 빗자루에 눈길을 주면서. 길에 내놓은 잡동사니는 애당초 손님을 끌기 위한 것이어서, 스텝앤드어해프는 굳이 밤마다 수고스럽게 안으로 들이지 않았다.

하지만 오히려 그것이 장애물이 되어, 사람들은 발에 걸려 넘어지거나 그 난장판을 피해 왔던 길로 도로 가버렸다. 델핀은 탄테가 하던 일을 맡을 수 있으리라는 희망을 품고 가게로 들어섰지만, 흠집투성이인 목재 카운터에 기대놓은 고물 집게를 보고 한 걸음 살짝 물러섰다.

"탄테가 하던 일? 내가 일자리를 준 건 그 말라깽이가 안쓰러워서야. 정육점에서 일하던 도도하고 거만한 사람들이 왜 자꾸 나를 찾아오는 거지?"

델핀은 팔짱을 꼈다. "그럼 관둬요! 난 분명 쓸모가 많은 사람이지만 이 냄새나는 고물 잡동사니를 팔게 해달라고 애걸할 생각은 없어요."

"그 편이 더 낫군!"

스텝앤드어해프는 싱긋 웃더니 이쑤시개를 입으로 가져갔다. 담배는 부족해지고 값도 더 비싸졌다. 직접 말아 피우는 불더럼 담배는 독한 연기를 뿜는 탓에 모직 옷감에 냄새가 유난히 잘 배어서, 그녀는 그 값비싼 옷감 근처에서는 담배를 피우는 대신 이쑤시개를 잘근거리기 시작했다. 그녀가 이로 이쑤시개를 조각조각 끊었다. 이따금 눈을 크게 뜨고 종잡을 수 없는 눈빛으로 델핀을 빤히 보면서. 이윽고 그녀가 입을 뗐다.

"넌 이 일이 필요하지 않아. 네가 할 일은 그 망할 주정뱅이한테서 벗어나는 거야. 네 아비는 혼자 술에 절어 지내라고 해. 그 작자를 떠나 어디든 멀리 가버려. 이 지랄 같은 타운 사람 전체가 널 불쌍하게 여기고 있어."

"당신이 뭘 알아요?" 델핀은 부아가 치밀었다.

"많이 알지." 스텝앤드어해프가 말했다. "바로 어제 내가 그 작자를 쫓아냈거든. 어지간히 취했던데."

"아빠는 술 끊었어요!"

"흐리멍덩하긴. 그치는 뼛속까지 주정뱅이야, 델핀. 그런 작자는 달라지지 않아."

"그런 작자들이야 그렇겠죠." 델핀이 말했다. "아빠는 이제 달라졌어요. 이번에는 약속을 지켰어요. 보면 알잖아요."

"물론 봤지. 냄새도 맡았고."

"말도 안 돼." 그녀는 지금 들은 말이 사실임을 알면서도 이렇게 쏘아붙였다. 그녀는 로이가 보인 조짐을 애써 무시했지만, 그것을 사실로 받아들이자 의기소침하고 암울한 기분에 휩싸였다. 모든 면에서 철저하게 현실적인 그녀가 왜 아버지에 대해서만은 그렇지 않을까? 군말 없이 가게를 나온 그녀는 집으로 향해 시카고에서 부족했던 잠을 보충하려고 침대로 기어들어갔다. 잠에서 깼을 때는 구름이 또다시 낮게 깔려 있었다. 그녀는 무지근하고 몽롱한 머리로 비틀비틀 부엌으로 가서 달걀프라이를 두 개 만들었다.

"아버지가 또 술독에 빠졌단 거네." 그녀는 뒤집개를 내려다보며 중얼거렸다. 아버지에 대한 걱정은 대번에 넌더리 나는 해묵은 분노로 바뀌었다. "무슨 상관이람." 그녀는 씩씩거리며 팬에서 달걀을 포크로 집어 곧바로 입에 넣었다. 외로움이 일으킨 식탐과 불안이 당황스러웠다. 그녀는 포크를 내려놓으며 맹세했다. "다시는 아버지를 찾지 않을 거야! 차라리 마르쿠스를 보살피겠어!" 그녀는 지체 없이 마르쿠스가 파묻혀 죽을 뻔했다 살아났을 때 해줬던 덤플링 수프를 한 냄비 끓였다. 수프 냄비를 수건으로 싼 뒤 발트포겔의 집으로 차를 몰았다. 가는 길에 자기 앞으로 남은 돈이 10달러뿐이라는 사실을 깨달았다. 이제 아버지에게 돈을 바랄 수도 없으니, 월말에 지불해야 할 청구서를 해결할 가망이 없었다. 이번주 안으로 일자리를 찾지 못하면 차를 팔기로 했다. 그러자 두려운 마음이 조금씩 잦아들었다.

가게 안에 마늘냄새가 진동했다. 델핀은 피델리스가 이탈리아 소시지를 반죽하는 것이 틀림없다고 생각했지만, 곧 이런저런 다른 것이 눈에 들어오기 시작했다. 크림을 치워두지 않았다. 프란츠가 옆쪽 냉장실에서 나오자 델핀은 크림을 가리켰다. 저것 좀 봐, 상하겠다. 진열장 유리에 묻은 지문을 닦은 사람도 없었다. 델핀은 손수 걸레를 들고 닦은 뒤 다시 내려놓았다.
"마르쿠스는 어디 있어?" 그녀가 물었다.
프란츠가 뒷방으로 들어가보라고 손짓했다. 그녀가 어수선하게 어질러진 가게를 내버려두고 들어가보니 마르쿠스는 아직 침대에 누워 있었다. 여전히 걱정되었지만 다행히 더 악화되지는 않았다. 아니나다를까 마르쿠스는 시카고에 다녀올 때의 옷차림 그대로였다. 양말까지 갈아신지 않은 채였다.
"맙소사, 냄새가 지독한데!"
델핀이 양말을 살살 벗겼다.
"기분은 괜찮아요. 그냥 일어서지지가 않아요! 자꾸 넘어지네요!" 마르쿠스가 웃었다. 그는 환자였지만 집으로 돌아온 것이 즐겁고 신나서 마냥 들떠 있었다. 델핀은 소년의 곁을 지켜주고 싶었다. 소년의 얼굴은 진지했고, 옅은 복숭아색 머리는 곱슬곱슬하게 사방으로 뻗쳐 있었다. 델핀은 얼마 없는 빨아놓은 옷을 뒤져 낡고 위아래 짝이 맞지 않지만 깨끗한 잠옷 한 벌을 찾아냈다. 소년은 그 옷을 가슴에 끌어안고 어지러움을 느끼며 비틀비틀 욕실로 가서 옷을 갈아입었다. 델핀이 시트를 반듯하게 펴고 다시 잠자리를 봐주었다. 베개를 툭툭 쳐서 부풀리는데 싸구려 깃털 속에서 날카로운 물건이 만져졌다. 그녀는 손을 넣어 루시와의 추억이 담긴 물건을 끄집어냈다. 편지와 딸깍거리는 장난감. 그녀는 그것을 살펴보다 사적인 물건임을 깨닫고 도로 집어넣었다. 마르쿠스가 돌아와 다시 침대로 기어들어갔고, 현기증이 나는지 눈을 감았다.

"이 수프 좀 마셔봐." 델핀이 말했다. 편지 밑에 적힌 이름이 마음속에서 떠나지 않았다. 편지를 베개 속에 숨겨둔 것을 보면 마르쿠스가 아이들의 방식으로 루시 채버스를 사랑했던 것이 틀림없었다. 델핀은 마르쿠스를 일으켜 앉힌 뒤 사기 그릇을 들고 수프를 한 스푼 떠먹이려 했다. "나 아기 아니에요." 마르쿠스가 말했다. 그러고는 그녀의 손에서 스푼을 받아쥐고 수프를 삼키더니 그릇을 달라고 다른 손을 내밀었다. 그는 맛을 음미하며 감사하다는 듯 국물을 홀짝이고 덤플링이 입안에 들어가면 잠시 우물거리며 혼자 힘으로 천천히 조심스럽게 수프를 먹었다. 그런 그를 지켜보며 숨을 크게 들이마신 델핀은 그들 사이에 정적이 내려앉는 것을 느꼈다. 공기는 잠잠하고 가게에서 들리는 소리는 먼 데서 밀려오는 듯 아련했다. 바닥에 드러누운 개는 꿈결에 조그맣게 칭얼거렸다. 스푼이 그릇을 긁는 소리가 들렸다. 소년이 조심스레 수프를 삼켰다. 델핀은 병들고 굶주린 소년이 치유의 수프를 먹는 모습을 지켜보는 기분이었다. 영원히 지켜볼 수 있을 듯했고, 그렇게 된다 해도 상관없을 터였다. 마치 눈앞에서 성찬식을 보고 있는 것 같았다. 그가 그릇을 입에 대고 마지막 한 모금까지 들이켠 뒤 스푼을 돌려주자 아쉬울 지경이었다. 그녀는 스푼을 받아들고 흔들었다.

"더 줄까?"

소년이 졸린 듯 고개를 가로저으며 그릇도 돌려준 뒤 찢어진 퀼트 이불을 다시 덮었다. 숨을 크게 내쉬며 긴장을 풀고 눈을 감았다. 어느새 소년은 새근새근 잠이 들었다. 그의 하얀 피부는 귀에서 귀까지 미묘한 장밋빛으로 물들어 있었다. 짙은 속눈썹은 희미하게 붉은빛이 감돌았고, 색이 옅은 머리칼은 나달나달한 베개에 눌려 옆으로 뻗쳤다. 델핀은 빈 그릇을 무릎에 올려놓고 계속 의자에 앉아 소년을 지켜보았다. 그녀는 소년의 머리를 뒤로 쓸어넘겨주었지만, 완전히 잠들 때까지 입을 맞추거나 이불을 덮어 단단히 여며주지는 않았다.

델핀은 손님들 옆을 지나치다 저목소에서 회계 담당자를 찾는다는 말을 들었다. 피냄새보다 신선한 톱밥냄새를 맡으며 일하는 게 훨씬 즐거울 거야, 가게를 나오면서 그녀는 생각했다. 집으로 와보니 로이는 없었다─어쩌면 잘된 일일 수도 있었다. 그녀는 문을 잠그고 불을 끈 뒤 잠자리에 들었다. 다음날 아침 그녀는 홈드레스를 입고 약간 낡은 모자를 쓴 뒤 낡은 코트를 걸쳤다. 자신이 가진 가장 좋은 옷─예전에 시프리언이 사준 옷─은 입고 싶지 않았다. 적절한 옷이 아닐 것 같았다. 저목소 사람들이 그녀에 대해 어떤 이야기를 들었건 간에 아주 반듯한 여자라는 인상을 심어주고 싶었지만, 그렇다고 작은 녹색 깃털이 달린 모자조차 쓸 수 없는 여자로는 보이고 싶지 않았다. 소박하지만 신뢰할 수 있는 사람으로 보이고 싶었다. 살인자를 가장 친한 친구로 둔 사람, 보드빌쇼 곡예사와 살았던 여자, 수다스러운 늙다리 술꾼을 아버지로 둔 사람으로 보일 수는 없었다. 델핀은 사람들이 자신을 순발력이 뛰어나면서도 분별력이 있고 신뢰할 수 있는 사람으로 평가해주길 바랐다.

봄바람이 끊임없이 나직한 신음소리를 내며 종잇조각을 흩날리고 바늘 같은 진눈깨비를 흩뿌렸다. 하늘은 옅은 자줏빛이었고 나무는 잎사귀를 전부 떨어뜨린 채 희끄무레하게 서 있었다. 아침햇살에 촉촉한 상쾌함이 배어 있었다. 델핀은 새잎이 돋기 전 바람이 세차게 부는 이맘때를 가장 좋아하는 터라 거리를 걷는 동안 기분이 밝아졌다. 연극적인 기질이 강한 클래리스는 정반대의 반응을 보였다. 그녀는 늘 괴팍하고 신비로운 분위기를 풍겼고, 검은색 옷을 입고 학교에 갔다. 성냥 검댕으로 아이라인을 그리고 볼연지도 했는데, 이따금 동그랗게 바른 분 때문에 우스꽝스러운 결핵 환자처럼 보였다. 3월은 더디 왔지만 델핀은 즐거웠다. 3월은 기대도, 활력도 넘쳤다. 여전히 추웠지만 매일 조금씩 날씨가 풀렸다. 희망에 부푸는 계절. 인적이 드문 텅 빈 거리를 걷다보니 델핀은 마음이 차분해지면서 낙천적으로 바뀌었다. 그러길 천만다행이었으니, 그 인간이 반대편에서 비칠거리며 다가왔을 때 눈앞의 광경에 어떻게든 대처할 마음의 준비가 되어 있었기 때문이었다.

회색의, 벌거벗은, 털이 없는, 인간이라기보다 유령 같은 짐승이 드러그스토어 모퉁이를 돌아 휙 지나갔다. 그러더니 그 형상이 골목길에서 울부짖으며 뛰쳐나와 바닥에 뒹굴며 얼어붙은 흙덩이를 움켜쥐었다. 그것이 내지르는 걸걸한 목소리를 듣고 델핀은 아버지란 것을 알아차렸다. 그가 무릎걸음으로 그녀가 있는 방향으로 기어와 실로 끌어당긴 것처럼 폴짝 뛰어올랐다. 그러고는 회전초처럼 둥글게 만 몸을 날려 어느 가게에 부딪혔다. 그는 가게 계단에서 굴러떨어져 빗물 도랑에 대자로 자빠졌다. 델핀이 달려갔지만 그는 델핀을 보고 소스라치게 놀라 비틀비틀 뒷걸음쳤다. 그러더니 돌아서서 미친 사람처럼 우왕좌왕 거리를 가로지르며 달아났다. 팔다리는 비쩍 말라 앙상했지만 배는 불룩하고 개구리처럼 하얬다. 아래쪽에 성기가 조그만 자주색 장식처럼 달려 있었다. 그는 굳이 가리려 하지도 않았는데, 어쩌면 자신이 실오라기 하나 걸치지 않았다는 걸 몰랐을 수도 있었다. 그는 그저 달리고 싶은 것 같았다. 어디든 상관없이. 그가 섬망에 빠지면 날래고 영리해진다는 것을 델핀은 알았다. 그를 붙잡기란 늘 어려웠다.

델핀은 중심가에서 아버지를 따라잡았지만, 그는 루터교회 뒤로 사라져버렸다. 목사관 마당에서 그를 붙잡을 수 있기를 바라며 그녀는 건물을 빙 돌아 쫓아갔다. 로이는 노란 개나리꽃이 무리를 이룬 화단을 질러가다 올렌 소븐 부인을 들이받을 뻔했다. 올렌 부인은 투실투실한 팔을 휘저으며 도와달라고 소리를 질렀다. 그들은 고함을 지르는 부인을 내버려두고 그곳을 빠져나왔다. 로이는 담황색 대문을 폴짝 뛰어넘어 강가의 작은 공원으로 냅다 뛰었다. 그는 손을 짚어 야외 테이블을 뛰어넘고 그네를 돌면서 속도를 냈다. 다행히 감수성이 예민한 나이대의 아이들은 없었지만 여자 하나가 입이 떡 벌어져선 막 걸음마를 시작한 아기의 눈을 가렸다. "해치지는 않을 거예요." 델핀이 소리를 질렀다. 그녀는 헐떡거리며 구불구불한 언덕길로 로이를 쫓아갔다. 이제 로이는 소방서 쪽으로 쏜살같이 달려가 급수탑을 기어오르려는지 북쪽으로 방향을 틀었다. 델핀은 거리를 점점 좁혔다. 그녀는 젊고 체력도 좋았지만 일자리를 구하러 가는 길이라 반듯하게 보이려고 힐을 신어서 뛰는 것이 녹록지 않았다. 로이는 자신의 뇌가 보여주는 망상이 무서워 울면서 또다시 중심가에서 주유기를 휙 돌았고, 결국 그녀는 마지못해 구두를 벗었다. 그녀는 주유기 근처에 구두를 놓고 스타킹만 신은 채로 그를 쫓아갔다. 속상하게도 이제 마지막 남은 스타킹은 못쓰게 될 터였다. 델핀은 초등학교를 향해 달리는 아버지를 가까스로 붙잡았다. 그녀가 아버지를 쓰러뜨리자 목에 수건을 두른 체육교사가 달려나오더니 먼저 로이를 수건으로 덮고 그 위에 걸터앉았다. 로이의 다리에 똥과 오물로 줄무늬가 생겨 있었다. 그는 붙잡히자 온순해졌다. 델핀은 코트를 벗었다. 그리고 체육교사와 함께 코트 소매에 로이의 팔을 끼운 뒤 단추를 채웠다. 아이들과 교사들이 교실 창문에 붙어서서 입을 헤벌쭉 벌리고 로이가 비칠거리며 일어나 한 발 한 발 집으로 이끌려가는 광경을 지켜보았다.

델핀은 집으로 돌아오자마자 아버지에게 설탕과 소금을 탄 물을 마시게 한 뒤 침대에 눕혔다. 그러고는 로이가 구속당하는 것을 질색하든 말든 아랑곳없이 그를 시트로 둘둘 말아 뒤쪽에 안전핀을 꽂고 옆으로 눕혔다. 델핀은 의사 히치에게 전화해 진료를 마치는 대로 왕진을 오겠다는 약속을 받아냈다. 그녀는 로이가 깊이 잠든 것을 확인하고 다시 저목소로 갔지만 이런 대답만 들었다. 오늘 아침 자리가 찼네요. 정말 유감이에요. 그런데 댁의 아버지가 다시는 쌓아둔 목재 더미에 올라가 자는 일이 없게 해주겠어요? 받침판에 성냥을 그어 불을 낼까봐 겁이 나서 말이죠. 굉장히 위험하거든요. 잘 아시겠지만.

"잘 드는 고기 칼로 복부를 연 다음에요." 의사 히치는 손가락으로 로이의 사타구니에서 가슴뼈까지 배 위로 선을 그으며 말했다. "위와 창자를 옆으로 치우고 간을 꺼내서…… 가엾게도 혹사당한 그 팔딱거리는 간을 떼어내 보여주면, 당신이 그 간에 얼마나 몹쓸 짓을 했는지 분명히 알게 될 겁니다."

의사 히치가 힘없이 흘러내린 굽슬굽슬한 은발을 흔들며 눈썹을 만졌고, 거의 속삭이듯 간에 경의를 표했다. 그는 침울하면서도 꿈결 같은 목소리로 로이에게 계속 말했다. "당신이 가련하고 결백하며 성실한 이 조력자에게 저지른 만행은 도저히 용서할 수가 없군요. 곳곳이 술에 젖고, 악취를 풍길 게 뻔하고, 여기는 돌처럼 단단해지고 저기는 피클처럼 절여졌겠지. 살짝 만져보기만 해도……" 히치가 먼 곳을 바라보며 인상을 잔뜩 쓴 채 로이의 옆구리를 손가락으로 눌러보다가 복부로 옮겨 꾹 힘을 주자 로이가 비명을 지르며 훌쩍거렸다. "당신의 고귀한 간이 엉망진창이 된 게 확실하군요."

"내버려둬요." 로이가 의사의 손을 치우며 꿍얼거렸다. "내가 노력했다는 건 하느님도 알 거요."

의사는 가소롭다는 듯 콧방귀를 뀌더니 델핀을 돌아보았다. "오늘 아침 50야드를 질주했다면서요."

"10마일은 되는 것 같아요." 델핀이 말했다. "살 수 있을까요?"

"로이는 육체의 모든 법칙을 거스르고 있어요." 히치가 말했다. "예측하는 것 자체가 어리석은 일일 테지. 이렇게 망가진 몸으로 생명의 불꽃을 유지하는 게 오히려 신기해요." 히치가 로이를 내려다보았다. 너그럽게 진단을 내리던 히치가 돌연 화를 내며 호통을 쳤다. "맹세코 당신은 살 수 있을 거요! 내가 망할 시체나 다름없는 이 고물에 이렇게나 공을 들였는데, 당신이 델핀에게 한결같이 훌륭한 모습을 보이기 전에 죽으면 안 되지." 그가 술에 찌든 로이의 얼굴을 손가락으로 찔렀다. "지금 죽지는 않을 거요! 그건 나에 대한 모독이지! 내가 허락하지 않아."

"술을 줄이게 해요." 그가 델핀에게 말했다. "방법을 알려줄 필요는 없겠지. 기침을 하면 이걸 마시게 하고." 그는 맛이 진한 밝은 체리색 시럽이 담긴 병을 건넸다. 그러고는 잠시 델핀의 어깨에 손을 얹은 채 로이가 듣고 있는 것을 확인하면서 말했다. "숨이 꼴까닥 넘어가면 궤짝에 넣어 묻어버려요. 장례식 같은 건 해줄 생각도 하지 말고. 그럴 돈이 있으면 자신한테 투자해요."

사람들이 친절하지 않다는 것은 아니지만, 정말로 일자리가 없어서 없다고 하는 것일까, 아니면 나라서 그러는 것일까? 델핀은 궁금했다. 그 답은 알 수 없었지만 포기하지 않았고, 마침내 임시직을 얻어 한시름 놓았다. 지갑에 2달러밖에 남지 않았을 때였다. 텐시드 비엔, 시식용 선사인 쿠키를 맛보던 꼬장꼬장한 노인네. 그녀는 종종 받은 돈보다 더 많은 양의 볼로냐소시지를 싸주었는데, 노인이 그 사실을 알았는지 그녀에 대해 좋은 말을 해주었다. 그녀는 카운티의 법원 사무실에서 서류를 정리하는 일을 하게 되었다. 그래서 그녀의 하루하루는 바깥에 부는 바람처럼 건조해졌다. 그녀는 안쪽 서류보관실에서 오래된 땅문서나 무수히 많은 투서가 빼곡하게 채워진 상자를 정리했다. 그 단조로운 일을 방해할 사람은 없었다. 전화를 받거나 급하게 필요한 문서를 세련된 검은색 타자기로 작성하는 비서 한 명이 있을 뿐이었다. 그 여자는 자기가 무슨 대단한 사람인 줄 알아서 서류 정리나 하는 임시직 나부랭이 와는 말을 섞을 여유조차 없는 듯 굴었고, 델핀도 좀처럼 말을 걸지 않아서 얼마 뒤에는 여자의 이름조차 잊어버렸다. 카운티 사무관을 실제로 보는 일도 드물었다―어디 다른 곳에서 사무를 보느라 바쁜 모양이었다. 일하다보면 수시로 졸음이 쏟아졌다. 퇴근하고 와서는 로이에게 시럽과 슈납스를 적당히 주었다. 절대 슈납스를 그의 손에 넘겨주는 법 없이 늘 가지고 다녔다. 로이는 잠이 들면 기침도 잦아들고 숨소리도 얌전해졌다. 코도 골지 않았다. 델핀은 혼자 저녁을 만들어 먹고 잠자리에 들었다.

잠은 단조롭고 부드럽게 모든 것을 뒤덮었다. 눈송이 같은 솜털 씨앗이 미루나무에서 떨어져 풀밭에 쌓였다. 델핀은 아버지처럼 잠에 취한 채 부드러운 바람과 조용한 초록빛 봄을 천천히 통과했다. 따뜻한 침대를 빠져나와 눈부신 불빛을 뚫고 버석거리는 종잇장이 가득한 어두운 사무실에 들어서면, 고달픈 삶으로부터 멀어지며 가라앉는 느낌이 들었다. 일종의 겨울잠 같은 그런 상태가 앞으로 평생 이어질 수도 있겠다고 생각했다. 그녀는 점점 권태와 변함없는 일상을 좋아하게 되었고, 그 누구를 위해서도 그것을 포기하고 싶지 않았다. 하지만 마르쿠스가 있었다. 그리고 그보다 먼저인지 나중인지는 모르지만, 많은 이의 힘으로 채워져 새로 자라난 밀밭에 거대한 모습으로 우뚝 선 피델리스도 있었다.

커다란 목재 채칼로 양배추를 채써는 일은 대체로 마르쿠스의 몫이었다. 노 모양의 두꺼운 목판에 날카로운 날을 장착한 채칼은 피델리스가 사워크라우트를 버무려 발효할 때 사용하는 목재 빨래 통에 작업하기 쉽게 걸쳐져 있었다. 피델리스는 이미 학교에서 돌아온 마르쿠스에게 몇 시간 동안 그 일을 시켰는데, 시카고에 다녀온 지 한 달이 지났는데도 여전히 안색이 파리하고 행동이 느린 소년을 보자 가여운 마음이 들었다. 피델리스는 마르쿠스를 그냥 방으로 보냈다. 그러고는 저녁을 먹고 나서 직접 채를 쳤다. 먼저 궤짝에서 양배추 한 통을 꺼내 채칼에 대고 살살 움직였다. 적당히 힘을 줘서 누르자 손안의 양배추는 순식간에 작아지고, 어느새 손바닥과 금속 날 사이에 이파리 한 장 두께만큼만 남았다. 남은 것은 던져버리고 단단하게 잘 여문 담녹색 양배추를 새로 한 통 꺼내 다시 채를 치기 시작했다. 그는 반쯤 하다 말고 문득 미처 못다 한 중요한 일이 있는 듯한 느낌에 사로잡혔다. 기필코 해야 하는 일이 있다는 확신이 들었다. 문제는 무슨 일인지 도통 생각이 나지 않는다는 것이었다. 그는 양배추를 다시 집어들었지만 그 느낌은 더욱 강렬해졌다. 그 생각에 깊이 빠져든 나머지 결국 앞치마를 벗어던지고 밖으로 나갔다.

상현달이 새까만 하늘에서 빛을 뿜는 가운데 봄 서리가 내린 앞마당 풀밭에서 그는 그것이 일이 아니라 아직 끝내지 못한 다른 무엇이라는 사실을 생각해냈다. 지금 그는 과연 그것을 끝낼 수 있을지 의문이 들었다. 다시 시작한다면 영원할 수 있을까? 그에게 그런 용기가 있을까? 용기를 내어 그녀를 찾아갈까?

델핀은 교사들이 운영하는 법원 지하의 작은 대출 전용 도서관에서 꺼내온 '이달의 도서 클럽'이 선정한 두꺼운 소설책을 펴놓고

꾸벅꾸벅 졸고 있었다. 친근하고 영국적이고 낭만적인 줄거리로, 읽고 나서 며칠 동안 가슴 엘 걱정은 하지 않아도 좋은 편안한 내용이었다. 그녀는 책을 늘 좋아했는데 클래리스를 잃은 뒤로는 더욱 그랬다. 하지만 지금은 강박적이었다. 그녀는 일하는 곳 아래층에서 책이 보관된 장소를 발견한 뒤로, 특정한 사람들과, 다음으로는 그들이 무엇을 하는지에 몰두했다. 이디스 워턴, 헤밍웨이, 더스패서스, 조지 엘리엇을 읽었고, 제인 오스틴을 읽으면서는 위로를 받았다. 그런 삶—책을 좋아하는 삶, 독서하는 삶으로 불러도 좋을 것이다—이 주는 즐거움은 그녀의 고립을 풍요로운 것으로, 심지어 전복적인 것으로 만들어주었다. 마음속에 위로를 주는 페르소나와 공포심을 유발하는 페르소나가 번갈아 기거했다. E. M. 포스터, 브론테 자매, 존 스타인벡도 읽었다. 책만 집어들면 부엌 난로 옆에 침대를 끌어다놓고 술꾼 아버지를 재워야 하는 것도, 자식과 남편이 없고 가난하다는 사실도 별로 중요하지 않게 느껴졌다. 그녀의 실수도 그 안으로 사라졌다. 그녀는 허구의 힘으로 살아갔다.

소설이 끝나면 그녀는 마지못해 책을 내려놓고 그 세계를 떠났고, 가끔은 자신을 그녀의 삶이라는 책에 나오는 등장인물로 여겼다. 삶의 우여곡절은 자신의 내러티브에서 일어날 수 있는 일이나 이상한 사건이라고 여겼다. 다음에 그녀는 무엇을 하게 될까? 여기를 떠날까? 그녀가 없으면 아버지는 죽을 것이고, 그러면 줄거리의 맥락이 끊긴다. 발트포겔 가족 또한 그녀가 지켜보지 않아도, 물음표 같은 존재인 그녀가 없어도 그냥 그렇게 살아갈 것이다. 새로운 이야기가 전개될 것이다. 델핀의 이야기가. 그것은 견딜 만할까?

어쩌면 그녀는 결국 이곳에서 그녀의 이야기를 써나가게 될 것이다. 그녀 안의 뭔가가 책을 읽으면서 변하고 있었다. 눈앞에서 이런저런 삶이 휙휙 지나가도 그녀는 참담한 현실로부터 무사할 수 있었다. 무대에 서고 싶은 욕구도 짜증을 일으키는 단원들 없이 집에서 싼값으로 충족할 수 있었다. 떠난다는 야심은 점차 수그러들고 그 자리에 만족감이 들어앉았다. 그녀는 만족이라는 단어가 딱히 두렵지는 않았지만 늘 실패라는 감각과 모호하게 연관시켰다. 만족하지 않는 것이 늘 더 풍요로운 것으로 느껴졌다. 부단한 노력. 그런 관점이 더 낭만적이었다. 지금 그녀는 고요하게 흘러가는 삶이 더 좋다는 사실을 깨달아가는 중이었다. 책을 읽을 수 있는 한 지금의 정해진 일상도 싫증나지 않았다. 응징과 축복을 제멋대로 내리는 하늘 아래 이 망각된 타운의 버려진 변두리에서 가난하고 노쇠한 아버지와 같이 살아도 괜찮았다. 만족. 그 단어는 이제 그녀가 자기 집이라고 여기는 로이의 작은 집처럼 그녀의 마음속에 단단히 뿌리내려 흔들리지 않을 것 같았다. 세상의 끝에 존재하는 그녀의 집. 사방으로 펼쳐진 지평선. 문만 열고 나가면 고대부터 존재해온 은은한 선이 보였다. 서쪽에서는 밤마다 조금씩 더 늦은 시각에 불꽃이 터질 듯한 구름 속으로 날아오르며 빛을 반사했다. 불의 실타래와 방대한 검은 들판.

델핀은 해가 넘어가는 것을 지켜본 뒤 전등을 켜고 새로 빌려온 책을 집어들었다. 단어의 세상으로 뛰어들기 전에 앉아서 고요한 방의 벽을 응시했다. 그녀에게는 이것이 밤의 의식이었다―읽는다, 존다, 약간 몽롱하지만 기운을 되찾아 몸을 일으킨다, 진한 차를 한 잔 가져와 다시 책을 읽는다. 가끔은 새벽 서너시까지 책을 읽었다. 다음날 낮에 캐비닛 뒤에서 잠깐 눈을 붙이면 되니까. 밤 중에 몇 번씩 찬찬히 둘러보면 주위를 에워싼 세세한 것들에 기분 이 좋아졌다. 스텝앤드어헤프가 다짜고짜 떠안겼던 값비싼 전등에 서 분홍색 불빛이 흘러나와 어슴푸레한 금색 벽에 아른거렸다. 벽 에는 자작나무 조각으로 만든 액자 속에 달력에서 오려낸 숲 사진 이 걸려 있었다. 초록이 짙은 사진을 보며 그녀는 평화롭고도 이제 는 익숙해진 멍하게 부유하는 상태로 빠져들었다. 로이가 스텝앤 드어헤프에게서 얻어와 고쳐놓은 라디오에서 편안한 오케스트라 곡이 붐빠붐빠 흘러나왔다. 히터는 없었지만, 그녀는 에바가 만들 어준 퀼트 담요를 허리께까지 덮었다. 이따금 팽팽하게 당겨 꿰맨 오종종한 바늘땀을 눈으로 좇으며 그녀의 피부에 그런 바늘땀을 뜨고 에바가 팽팽히 당기는 희한한 생각도 했다. 델핀은 하루에도 몇 번씩 에바를 떠올렸다. 그녀에게는 여전히 에바의 개성이 각인 되어 있었다. 그녀는 그런 방식으로 또다른 위안을 찾으며 에바가 살아 있다고 생각하는 것이 좋았다.

에바도 이 방을 좋아할 거라고 그녀는 생각했다. 방안에는 자그 마하고 장식적이며 여성적인 나무 책상이 있었는데, 델핀은 거기 서 청구서를 처리했다. 자물쇠가 달리고 철대로 고정한, 금송을 휘 어 만든 커다란 선박용 트렁크에는 혹한의 밤에 꺼내 덮는 퀼트 이 불 두 채가 들어 있었다. 그녀는 작고 낡은 타원형 러그가 마룻바 닥 한복판까지 따뜻하게 해줄 거라고 믿었다. 창문 아래 밀어둔 흔 들거리는 탁자에는 작은 개 조각상이 놓여 있었는데, 델핀은 그것 이 못생긴 건지 우아한 건지 아직 결정을 내리지 못했다. 어느 쪽 이든 상관없었다. 그 허름한 물건들은 장밋빛 갓을 씌운 전등의 온화한 불빛에 흠뻑 젖어 있었다. 그 불빛 속에서 델핀은 따스한 만족감에 빠진 채 그 물건들을 지그시 바라보며 차가운 땅 밑에서 삐걱거리는 소리에 귀를 닫아버렸다.

그랬다. 채버스 가족은 여전히 거기 아래에 있었다. 뼈는 없었지만 절박함의 흔적은 남아 있었다. 이따금 어렴풋이 잠이 들면 델핀은 그들에게 말을 걸어 해명하려고 했다. 난 몰랐어요. 알았을 리가 없잖아요. 정말 미안해요. 떠나줘요.

문 두드리는 소리가 나자 그녀는 소스라치게 놀라며 가장 먼저 루시를 떠올렸다. 그리고 마음을 진정시켰다. 누군가 찾아왔던 적이 전혀 없었기 때문이다. 타운은 성장하고 있었지만 여기까지 찾아오는 사람은 많지 않았고, 밤에는 더더욱 없었다. 델핀은 문을 열기 전에 먼저 창문으로 바깥을 내다보았다. 큼직한 모직 코트를 입은 피델리스가 구부정하게 서 있었다. 살을 에는 봄바람 때문에 목도리를 칭칭 두르고, 안전화를 신은 발로 진흙땅을 밟은 채. 무슨 이유에선지 걸어온 것 같았다. 델핀은 불현듯 마르쿠스가 걱정되어 심장이 벌렁거렸다. 얼른 문을 열었다. 피델리스가 밤공기를 휘감은 채 들어오자, 델핀은 잽싸게 문을 닫았다.

"마르쿠스 때문인가요?" 그녀가 물었다.

"그애는 자요." 피델리스가 무거운 안전화의 끈을 풀며 말했다. "아프지 않아요. 에어 이스트 제어 뮈데(아주 피곤한가봐요)."

그가 신발을 벗어 문 근처에 깔아놓은 신문지 위에 놓았다.

"아빠는 부엌에서 주무세요." 그녀가 말했다. "들어오세요. 여기 앉아요."

그는 긴 모직 양말을 신은 채 그녀가 시키는 대로 의자로 걸어갔다. 회색 양말은 발꿈치와 발가락 부분이 선홍색으로 유치해 보일 수도 있었지만, 델핀에게는 어쩌면 사랑스러워 보였을 것이다. 물론 그 생각이 또렷해지기 전에 그녀가 떨쳐버리지 않았다면 말이다. 그녀는 차를 마시겠느냐고 묻지도 않고 민트차를 끓일 물을 난로에 올리고 와서 그와 함께 앉아 물이 끓기를 기다렸다. 피델리스는 독일에서 편지가 왔다고 했다. 아이들이 학교에 다니기 시작했고, 탄테의 말로는 선발 기준이 무척 까다로운 정부 산하 유소년 단체에 들어갔다고 했다. 어려운 시험을 통과하긴 했지만, 탄테는 피델리스가 보낸 돈을 정부 관리에게 뇌물로 줘야 했다는 말도 넌지시 흘렸다. 탄테에 대해 말하자면 먼저 미국산 재봉틀로 바느질 시연을 했다. 하지만 곧 그것이 독일제보다 못하다는 사실을 깨달았다.

"그 정도면 됐어요." 델핀이 말했다. "당신 누나에게는 관심 없으니까." 델핀은 여기 남은 아이들에 대해 묻기 시작했다. 잘 먹는지? 잘 씻는지? 그리고 가게는 어떤지? 외상을 준 사람들은 돈을 잘 갚는지? 그럭저럭. 충분하진 않고. 공급자들은 좋은 값을 부르는지? 대답으로 미루어보건대 그는 그들과 옥신각신하며 이윤을 더 챙길 여유가 없는 것 같았다. 델핀이 얼굴을 찡그렸다. "여기저기서 1,2퍼센트만 어떻게 해도 우리 장사가 잘될 수도 있고 망할 수도 있어요." 그녀가 말했다. "해보면 알겠죠!" 그녀는 말실수를 감추려고 의자 팔걸이를 탁 쳤다. 우리 장사? 내가 무슨 말을 한 거지?

"이번에도 그냥 차예요." 그녀가 그의 실망한 표정을 무시하며 말했다. "어쨌거나 당신은 맥주를 너무 많이 마셔요." 그녀는 일어나 부엌으로 갔다. 잠든 로이를 빙 돌아가 물이 끓고 있는 무거운 갈색 찻주전자에 민트 잎을 넣고 저었다. 그러고는 컵을 꺼내 설탕을 한 덩이씩 떨어뜨렸다. 찻주전자와 컵 두 개를 쟁반에 놓고 흔들리지 않게 잘 들고 거실로 돌아와 도기 개 조각상 옆에 놓았다.

"이런 개 본 적 있어요?" 그녀가 피델리스에게 물었다.

길쭉하게 늘어진 검은색 귀에 흰색과 검은색 얼룩이 있고 주둥이는 뾰족한 개가 녹색 도기 쿠션 위에 경계하는 자세로 앉아 있었다.

피델리스는 개를 집어들어 장난감을 가지고 놀듯 이리저리 돌려보았다. "이 땅에 이렇게 생긴 개가 또 있을 것 같지는 않은데." 이윽고 그가 개를 내려놓으며 말했다.

델핀은 대꾸하지 않았다. 그의 가벼운 어투에 깜짝 놀랐다. 그의 목소리에서 서툴지만 환심을 사려고 한다는 느낌이 묻어났다. 그녀는 가게와 관련 없는 이야기를 하는 그가 당혹스러웠다. 그녀는 대화를 더 편안한 주제로 돌렸고, 한동안 안전한 얼음판에서 스케이트를 타는 것 같았다. 그러다 불쑥 피델리스가 시프리언이 돌아올지 아닐지 아느냐고 물었다.

"아니요!" 델핀의 목소리는 그렇게 느닷없이 개인적인 질문을 받은 게 불쾌하다는 기색이 역력했다.

피델리스는 이제 뒤로 기댄 채 그녀를 똑바로 바라보았다. 분홍색 불빛에 얼굴이 번들거리자 그의 전체 모습에서 어색한 달콤함이 감돌았다. 재킷을 의자 등받이에 걸쳐놓은 그는 이제 셔츠 차림이었다. 불빛이 그의 팔뚝을 덮은 구릿빛 털을 비추자 그녀는 약간 어지러운 듯 뼈대가 굵은 그의 손목을 내려다보았다. 그가 어두운 부엌문을 흘끗 보더니 그녀에게 좀더 가까이 의자를 당겨 앉았다.

"시프리언에게는 시간을 충분히 줬어요." 그가 말했다. 둔탁한 목소리로. 그 말은 생뚱맞게 들렸다. 그가 몸을 앞으로 숙이자 양념냄새가 났다—흰 후추, 붉은 후추, 약간의 생강, 캐러웨이. 그리고 남자의 냄새. 모직과 리넨 셔츠 냄새, 시큼한 셰이빙 토닉 냄새. 그가 이를 하얗게 하려고 여송연 재로 문지르고 베이킹소다로 칫솔질을 하는 것을 그녀는 알고 있었다. 면도할 때는 에바가 썼던 프랑스제 라일락향 수제 비누로 거품을 내는 것도 알았다. 그에 대한 온갖 시시콜콜한 습관은 그의 아내가 죽고 델핀이 그의 집을 관리하면서 알게 되었다. 그리고 그녀는 그의 자식들을 사랑했다. 그녀는 이 모든 게 이 남자 피델리스와는 무관하다고 줄곧 자신을 타일렀지만, 지금 그는 친밀한 가족들을 집에 두고 이곳에 와 있었다. 그녀는 그의 습관을 알았지만, 그는 그녀의 집에 들어온 적도 거의 없었다. 그녀에 대해 아는 것이 거의 없었다. 그녀가 어떤 비누를 쓰는지 같은 개인적인 것은 아예 몰랐다. 그렇다면 그녀는 시프리언에게 시간을 줬다는 그의 이 말을 어떻게 받아들일 것인가?

"그에게 줘요? '줬다'니 그게 무슨 의미예요?"

"돌아올 시간을." 피델리스가 말했다.

"흠, 그렇군요." 델핀이 말했다. 무슨 뜻인지 알 것 같았다. 그녀는 딴지를 걸고 싶어 목구멍이 간질간질했다. 피델리스를 곤란하게 만들고 싶었다. 그러면 왜 안 되는가? 그가 이토록 쉽게 찾아와 작고 어슴푸레한 금색 방을, 그녀의 보금자리를 차지하게 두어서야 되겠는가? 그래서 그녀는 아주 재미난 농담을 들은 것처럼 웃음을 터뜨렸다가 차를 한 모금 마시며 마음을 진정시켰다.

"그가 나를 버렸다고 생각했어요?" 그녀는 그들이 헤어진 이유는 절대 말하지 않을 작정이었다. 그가 사람들이 생각하는 것보다 훨씬 일찍 떠났다는 사실도 절대 말하지 않을 터였다. "그런 생각을 했다니 아주 남자답네요." 자신이 이런 상황에 처한 것이 갑자기 즐거워진 걸 보면, 어쩌면 그녀는 인물들이 사랑 같은 주제로 옥신각신하는 상류사회를 다룬 소설에서 조금 영향을 받았는지도 몰랐다. 피델리스는 자신의 마음을 설명하려 애쓰고, 그녀는 비로소 그의 마음을 읽었다고 믿는 것이다. 그가 그녀를 기다렸다고!

"피델리스." 그녀가 고개를 젓자 굽슬굽슬한 갈색 머리칼이 어깨에서 찰랑거렸다. 뒤늦은 깨달음으로 그녀는 눈을 들어 그와 시선을 맞추고 얼굴을 들여다보았다. 억누를 길 없는 열정이 엿보이는 그 표정에 그녀는 아까 했던 작은 결심을 잊고 말았다.

그뒤로 몇 달 동안은 큰 충돌이 일어난 것만 같았다. 느린 힘에 떠밀린 빙하 두 덩어리가 마침내 쿵 부딪쳐 서로 맞물린 것처럼. 두 사람은 어질어질하고 한 박자 느리게 반응하고 걸핏하면 잊어버렸다. 델핀은 법원에서 일을 계속했지만 근무시간을 줄여 오후에는 가게에서 손님을 맞았다. 피델리스와 가까이 있기 위해서였다. 그녀는 예전처럼 부엌살림을 맡았고, 시간이 남으면 아이들의 빨래를 해주었다—피델리스 것은 해주지 않았다. 그는 그녀가 오지 않은 뒤부터 제 손으로 셔츠를 군복처럼 반듯하게 다려 입었다.

어느 오후 가게에 갔다가 그녀는 다림질을 하는 그를 보았다. 그날은 웬일인지 가게 전체가 고요했다. 그녀는 차가운 콘크리트 바닥의 다용도실로 가서 벽에 설치된 수도를 통해 동석으로 만든 큰 통에 물을 받았다. 그곳에서 그가 위에 속옷만 입은 채 냉기를 느끼며 누비천을 덮은 목재 다림판 위로 팔을 움직이고 있었다. 그가 구입한, 플러그를 꽂아 쓰는 신형 다리미로 치지직 소리를 내며 풀 먹인 소매의 어깨 부분에 주름을 잡는 중이었다.

힘센 남자가 대체로 여자가 하는 일까지 하는 모습을 보자 델핀은 마음이 찡해져 그의 팔꿈치 위쪽 팔뚝을 손으로 쓸었다. 장갑은 벗지 않은 채였다. 그가 다리미를 내려놓았다. 그러고는 그녀의 손을 잡아 장갑에서 손가락을 하나씩 빼며 그녀의 눈동자를 그윽하게 들여다보았다. 장갑을 다 벗긴 그는 두 손으로 그녀의 손을 잡고 뚫어져라 내려다보았다. 이어서 하얀 흉터가 남은 그녀의 손마디를 어루만지더니 마침내 주저하며 자기 입술로 손을 가져갔다. 그는 그녀의 손바닥 가운데에 입을 맞췄다.

그가 성급하고 무례하게 그녀를 홱 끌어당겼다. 그녀가 좋아하지 않는 방식이었다. 그녀는 비켜서며 그의 거친 동작에서 벗어나 다용도실을 나왔다. 하지만 숨을 쉬자 여전히 깔끔하게 다림질을 할 때 나는 자극적인 타는 냄새가 맡아졌다. 그들이 서로 만지거나 키스한 것은 이번이 처음이었다. 키스 이상이면서도 아직 키스가 아니긴 했지만. 나중에 집으로 돌아가면서 그녀는 장갑을 벗겨주던 그의 눈빛을 떠올렸고, 걷다보니 어느새 집 앞이었다. 그녀는 주변을 살피지도 않고 홀린 듯 먼길을 걸어왔다는 사실을 깨달았다. 어떻게 집까지 왔는지조차 기억나지 않았다. 그녀는 이렇게 새로운 모습으로 계속 그를 떠올렸음에도 여전히 그를 피했다. 그들이 서로 가까이 있으면 무대는 텅 비고 모든 배경은 뒤로 물러나고 오로지 부담스러운 서로의 끌림만 가득 느껴졌다. 그 일이 한꺼번에 일어난다는 건 너무 벅찼다. 그런 작디작은 몸짓들이 조금씩 쌓이면서 그들은 하나가 되어갔다.

몇 주가 지났지만 그들은 여전히 키스를 하지 않았고 입술을 맞대지도 않았다. 하지만 어느 날 피델리스가 서류가 수북이 쌓인 먼지 나는 사무실에서 델핀 앞에 무릎을 꿇고 다리 안쪽을 따라 두꺼운 실크 스타킹을 맨 위까지 쓸었다. 금속 가터로 고정한 부분을 더듬고 치마 아래의 천조각들을 손으로 쓸어올렸다. 그가 가죽 의자에 앉은 그녀의 다리를 당혹스러울 만큼 넓게 벌리더니 무릎 안쪽에 입을 맞추었다. 그녀는 그의 머리칼을 두 손으로 움켜쥐고 아플 만큼 세게 당겼다. 하지만 그를 내려다보자 그의 얼굴은 그녀의 다리 사이에서 꼼짝도 하지 않았다. 그녀는 있는 힘껏 그를 밀치고 치마를 끌어내렸다.

"맙소사." 그녀가 말했다. "무슨 생각을 하는 거예요?"

"모르겠어요." 그는 단번에 감정을 억누르고 거칠게 일어서서 넓적한 손바닥으로 쓸데없이 바짓가랑이를 툭툭 털었다. "당신 옆에 있으니 이런 생각을 하게 되는군." 그가 품위를 회복하려는 듯 팔짱을 끼었다 풀고 의자에 앉더니 담배를 찾아 책상을 뒤적거렸다. 한 개비도 찾지 못하자 그는 '봐요, 알겠어요? 원하는 걸 못 얻잖아요?'라고 말하듯 두 손을 들어올렸다. 델핀은 그제야 웃었다.

여러 날이 흘렀지만 긴장감을 참을 수 없자 그들은 아예 서로를 무시했다. 결혼 날짜는 넉 달 뒤로 잡았다. 처음에는 아주 긴 시간인 것 같았지만 얼마 안 가 델핀은 아주 짧은 시간처럼 느껴졌고, 어쩌면 더 미뤄야 할 것 같았다. 피델리스는 법원에서 결혼허가서를 받아와 아무 일도 아닌 것처럼 내밀었고, 두 사람은 은행 서류를 처리하듯 무덤덤하지만 빠르게 서명했다. 그들은 함께 일을 꽤 잘했다―신속하고 서로 존중하며 능률적으로. 델핀이 회계장부와 주문을 다시 맡자 서류가 수북이 쌓인 먼지투성이 사무실에 경건한 분위기가 감돌기 시작했다.

어느 오후 프란츠와 마르쿠스가 부엌에서 식사를 하는데 델핀이 피델리스를 데려와 어깨를 떠밀었다. "아이들에게 말해줘요." 그녀가 명령하듯 말했다.

프란츠는 손을 입에 댄 채 얼어붙은 듯 동작을 멈추고 아버지의 말을 기다렸다. 마르쿠스는 얌전히 우물거리며 계속 먹었다. 그러고는 고개를 끄덕이며 말했다. "아빠가 무슨 말을 할지 알아요." 그러더니 또 한입 베어물고는 다음으로 중요한 질문을 했다.

"그럼 에밀과 에리히가 집으로 돌아오나요?"

"편지도 보내고 돈도 부쳤어." 피델리스가 자신 있게 말했다. "탄테가 알아서 준비할 거야."

"어서요." 델핀이 그의 팔을 흔들며 다시 말했다.

피델리스가 용기를 내서 입을 떼려는데 프란츠가 선수를 쳤다.

"아, 알겠어요." 프란츠가 말했다. "두 분이 결혼하시는군요." 그는 구운 사과 반쪽을 포크로 찔러 입에 넣더니 끝까지 다 씹어 먹었다. "이런 식으로 알려도 된다면 저도 드릴 말씀이 있어요. 육군 항공대에 들어가려고요. 입대할 거예요."

"전쟁은 더이상 없어!" 피델리스의 나직한 목소리가 너무 힘을 준 바람에 갈라졌다―그는 아직 희망을 버리지 않았다. 하지만 프란츠는 알아차리지 못한 것 같았다.

"아니요, 있을 거예요." 프란츠가 말했다. "두고 보세요. 전쟁이

다가오는 게 느껴져요. 전쟁이 일어나면 저는……" 프란츠가 비행기가 이륙할 때처럼 손으로 허공을 획 가르는 동작을 해 보였다. 그는 저멀리 광활한 푸른 하늘로 날아가듯 손을 한들거렸고, 모두에게 싱긋 웃어 보이고는 얼른 찬성해달라는 듯 고개를 끄덕였다. 피델리스는 괴로운 표정으로 어깨를 움츠린 채 그 자리를 떴다.

"넌 그게 그렇게 즐겁니?" 델핀은 프란츠가 그 순간을 망쳐버린 것이 짜증스러워 말하다, 문득 그가 전쟁을 갈망한다는 사실을 깨닫고 소스라치게 놀랐다.

"저는 즐거워요." 마르쿠스가 말했다. "아줌마가 벌써 여기서 사는 것 같아요."

"아, 그거요." 프란츠가 말했다. "아빠는 원하는 대로 하면 돼요."

"내가 무슨 말을 하는지 알잖아!" 델핀이 말했다. "아빠 옆에 가서 같이 앉아 있어드릴 수는 없겠니?"

"아빠가 원하지 않을 거예요." 프란츠가 식탁에 놓인 그릇에서 호두를 꺼내 피델리스처럼 손가락으로 으스러뜨렸다. 그러고는 알맹이를 공중에 던져 혀로 받았다. "스핏파이어를 몰 거예요! 독일 영토 근처에는 가지도 않을 거예요. 다른 조종사와 싸울 거예요— 아빠 나라 사람이 아닌. 그건 아빠도 알아요."

"넌 전쟁이 어떤 건지 몰라!" 델핀은 언성을 높이지 않으려고, 또는 그를 몰아붙이지 않으려고 애썼다. 하지만 일부러 모르는 척하는 그의 태도에 점점 열불이 났다. "내가 네 아빠와 결혼한다는 사실은 개의치 마. 현실적이 되어야 해, 프란츠. 그들이 너를 보병대에 집어넣을지도 몰라."

"저를요?" 그는 믿기지 않는다는 표정으로 델핀을 안타깝게 바라보았다. "폭격기를 몰게 할 수는 있겠죠. 하지만 아니요. 저는 전투기 조종사가 될 거예요." 그가 입으로 기관총 소리를 내며 마르쿠스에게 총 쏘는 시늉을 하자 마르쿠스도 펑 터지는 소리를 냈다.

"맙소사, 고집불통이구나!" 델핀은 도저히 못 이기겠다는 듯 소리쳤다.

"뭘 바라세요? 결혼은 아줌마가 하는 거예요." 프란츠가 부루퉁해져서 말했다. "내 생각은 중요하지 않잖아요."

"왜 중요하지 않아." 델핀이 달래듯 말했다.

"그렇다면 저는 떠날 거예요." 프란츠가 말했다. "기분 나쁘게 받아들이지는 마세요. 하지만 저는 그 생각은 하고 싶지 않아요." 그가 일어서더니, 보기 안쓰러울 만큼 나달나달해진 복제품 항공 재킷 주머니에 주먹을 찔러넣고 터덜터덜 부엌을 나갔다. 델핀의 시야에서 벗어나자 그는 험한 욕을 내뱉으며 바닥을 툭 차서 먼지를 일으켰다. 눈물이 글썽거렸다. 그는 냉소적으로 자신을 비웃었다. 살면서 이렇게 비참했던 적은 없었다.

프란츠는 지난날 매저린과 둘이서 소나무 아래 그들만의 장소로 향하던 길목을 지날 때마다 목구멍이 타들어가는 것 같았다. 긴장으로 심장이 쪼그라들었다. 그는 그때부터 몇 시간 동안 그 소나무를 생각했고, 그러면 늑골이 조여들어 공기를 차단한 것처럼 가슴이 답답해졌다. 숨을 제대로 쉴 수 없었다. 그러다 돌연 놀란 것처럼 깊고 큰 숨을 토해냈다. 목이 컬컬해 음식이 잘 넘어가지 않았고 몸무게가 줄었다. 손목뼈가 불거지고 광대뼈는 날카롭게 튀어나왔다. 잠도 설쳤다. 그리고 무모한 흥정을 하는 꿈을 꾸었다. 급류가 그를 휩쓸어 매저린과 떨어뜨려놓거나 매저린을 절벽에서 지하 배수로로 떠밀어 그가 잡을 수 없는 곳으로 보내버렸다. 매저린 시멕의 싫다는 말이 진심이고 그를 정말로 받아주지 않을 거라는 사실이 분명해지자 그의 상태는 더욱 악화되었다. 어느 날 매저린이 그는 손도 대보지 못한 새 옷을 입고 나타났다.

매저린은 이제 적갈색의 부드러운 격자무늬 킬트 스커트를 입고 학교에 왔다. 완벽하게 재봉한 옷이라는 걸 프란츠도 알 수 있었다. 걸을 때면 치맛단이 꼭 알맞게 다리를 감싸며 살랑거렸고, 돌아서면 부드럽게 하늘거렸다. 그 플리츠스커트는 우람한 소나무 아래 앉은 그들을 내리쬐던 햇볕과 같은 갈색과 금색이었다. 또한 그녀가 입은 빳빳한 블라우스의 목선은 쇄골에 닿게 내려왔고, 앞섶에는 진주처럼 영롱한 단추가 달려 있었다. 이제 그녀는 두꺼운 새틴 리본으로 땋은 머리를 묶고 다녔다—어떤 날은 푸른색, 어떤 날은 노란색 리본이었다. 그의 머릿속에는 어쩔 수 없이 그런 세세한 부분까지 기록되었는데, 그것이 지금 그가 그녀에 대해 가진 전부였기 때문이었다. 하지만 매저린은 그와 시선이 마주쳐도 아무런 반응이 없었다. 그에게 말도 걸지 않았고, 그가 그녀를 한참 어린 여동생처럼 대하면서 그녀가 끌어안은 책을 받아 자전거에 묶고 그녀를 태우게 두지도 않았다. 그는 그 순간이 가장 그리웠다. 그녀의 몸을 만진 순간보다 자전거에 태우고 두 팔 사이로 흔들리는 무게를 느끼던 순간이 훨씬 더 그리웠다. 그녀가 균형을 잡으려 하면 그는 핸들을 움직였고, 그녀는 깔깔거렸다. 그녀가 그를 멀리할수록 더욱 확실히 깨달았다. 그는 매저린을 사랑했다. 죽을 때까지, 죽은 뒤에도. 그의 생각은 걷잡을 수 없었다.

얼마나 어리석었는가! 그는 관자놀이를 주먹으로 으스러져라 눌렀다. 밤이면 화해할 방법을, 그녀의 마음을 돌릴 방법을 떠올렸다가도 다시 밀어냈다. 자신을 그녀의 자비로운 마음에 맡길 것이다. 그녀를 불러세울 것이다. 그녀에게 애원할 것이다. 온실 장미를 사서 밤중에 그녀의 침대에 놓을 것이다. 그녀는 그가 필요했다, 그렇지 않겠는가? 그녀가 행복하지 않다는 건 누구라도 알 수 있었다. 학교 복도를 걷는 그녀의 모습은 얼마나 조용하고 또 얼마나 심각한가. 날씬하고 우아하던 그녀가 얼마나 놀랄 만큼 야위었는가. 머리는 또 어떤가. 움직일 때마다 찰랑거리던 머리를 한 가닥으로 두껍고 뻣뻣하게 땋아내리지 않았는가.

그에게 낙은 오로지 비행장뿐이었다. 이따금 프란츠는 주위에서 일하는 다른 남자들을 보며 그들도 그런 기분에 빠진 적이 있을까 생각했다. 그렇지 않은 것 같았다—비행기가 아닌 존재와 사랑에 빠질 수 있는 사람은 아무도 없어 보였다. 처음에 그는 그들의 그런 한계를 얕잡아보았다. 그러다 차츰 이해가 되었다. 실제로 민감한 엔진을 고치다보면 마음이 편안해졌다. 그래서 나가도 좋다는 피델리스의 허락이 떨어지면 늘 비행기를 고치러 갔다. 그 대가로 파우티 만하임이 비행술을 가르쳐주기 시작했다.

하늘로 오를 때마다 프란츠는 집 뒤쪽 들판에서 맨 처음 비행기가 이륙해 방풍림 위로 올라가는 광경을 보고 매료됐을 때처럼 육신이 땅을 벗어나 해방되는 가슴 벅찬 기분이었다. 비행기 안이 더 좋다는 것만 달랐다. 비행기를 어떻게 조종할지, 바람을 어떻게 읽어낼지, 크고 작은 구름의 신호를 어떻게 해석할지 알게 된 지금이 더 좋았다. 여덟번째 비행에서 파우티가 그에게 조종장치를 만질

기회를 허락해주었다. 그들은 몇 주 동안 이착륙 연습을 했고, 초보 곡예비행사가 시도할 만한 실속失速, 회전, 난이도가 낮은 급상승, 부드러운 루프를 차근차근 배워갔다. 마침내 혼자 타도 좋다는 파우티의 허락이 떨어졌고, 프란츠는 깜짝 놀랄 만큼 가벼워지는 느낌을 경험했다. 오로지 프란츠만 태운 비행기는 아찔한 균형을 잡으며 아슬아슬하게 날아갔다. 그는 지평선에 희미하게 보이는 대형 곡물창고에 초점을 맞추고 그쪽을 쳐다보며 느리게 포인트롤*을 시도했다. 그리고 좀더 복잡한 헤지테이션롤**과 루프, 난이도가 높은 스핀을 시도했다. 땅과 하늘이 뒤집혔다. 집중하지 않으면 죽음이었다. 거꾸로 본 세상은 단순했다. 착륙할 즈음 그는 마음이 완벽하게 평화로웠다. 그뒤부터 공중에서 평생을 보낼 수 있다면 매저린 없이도 살아갈 수 있겠다고 생각했다.

하객도, 케이크도, 꽃도 없었다. 델핀은 피델리스와 결혼하고 프란츠가 육군 항공대 입대 시험을 보러 떠난 뒤에도 여전히 시간을 쪼개 정육점과 그녀의 집을 번갈아 관리하며 로이를 돌봤다. 파트타임으로 서류 정리 일도 계속하고 독서도 이어나가며 예전 생활을 유지하려고 애썼다. 하지만 끔찍하고 복잡하고 마무리되지 않은 과거가 끼어들었다. 결혼은 했지만, 새 삶의 배경을 이루는 과거는 어질러진 무대 세트처럼 아직 끝나지 않은 듯했다. 법원에서 서류를 정리하듯이 과거도 정리할 수 있으면 얼마나 좋을까. 그러

---

* 360도 한 바퀴 롤 기동을 90도나 45도마다 끊어 하는 비행술.
** 360도 한 바퀴 롤 기동을 끊어 하는 지점마다 시간을 조금 지체하는 비행술.

던 어느 날 시프리언이 돌아왔다.

어느 이른 저녁 그가 모자를 쓰고 델핀의 집 앞 계단에 앉아 있었다. 델핀이 차를 몰아 마당으로 들어오는데 그가 눈을 가늘게 뜨고 길을 보며 자족적으로 담담히 고개를 까딱했다. 그가 모자를 벗었는데, 완전히 빡빡머리였다. 선사시대의 누군가가 난데없이 바지와 셔츠에 구두를 신고 나타난 것 같았지만, 그는 심지어 더 매력적이고 더 이국적으로 보였다. 머리칼이 없으니 벌거벗은 것 같았다. 그녀는 그를 보자 가슴이 덜컹했다. 차를 세우고 앞유리를 통해 그의 존재를 확인하면서, 마음을 진정시키려고 거칠게 심호흡을 했다. 여기 그가 와 있었다. 그녀는 자기도 모르게 반사적으로 미소 지으며 클래리스를 떠올렸고, 클래리스가 어떻게 됐는지 이제 알 수 있겠다고 생각했다. 그녀는 여전히 미소 짓고 있었지만 그 의미는 달랐다. 어찌 됐건 시프리언을 만나서 반가웠다.

그녀는 차문을 열고 뛰쳐나와 뛰다시피 그에게 걸어가다 문득 가슴이 뜨끔하면서 불편한 느낌이 들어 화들짝 놀랐다. 피델리스가 보고 있는 것은 아닐까? 터무니없는 생각이었지만 사방을 힐끔거렸다. 어깨를 으쓱하며 망토를 벗듯 불편한 기분을 떨쳐버리려 했지만 거북함은 끈질기게 이어졌다. 그를 반기는 것이 망설여졌지만, 그녀는 이른 황혼녘의 기우는 햇살 속에서 시프리언 앞에 섰다. 무게중심을 살짝 옮기며 그와 함께 집안으로 들어가는 일이 없기를 바랐다. 잘못한 것은 전혀 없는데 또다시 자신이 나쁜 짓을 하고 있다는 느낌이 들었고, 거기에는 피델리스의 무겁고 확실한 존재감이 있었다. 지금 자신이 한 남자의 질투에 지나치게 신경쓴다는 사실을 깨닫자 짜증이 났다. 포치 아래 고요한 풀밭에서 모기들이 앵앵거리기 시작했다. 시프리언은 고개를 갸우뚱한 채 모자로 부채질을 해서 벌레를 쫓았다. 두 사람은 포치 계단에 앉았다.

"불 좀 붙여줄래? 피를 빨아먹는 이놈들을 쫓아버려야겠어." 그녀가 시프리언이 건넨 담배를 받아 손가락 사이에 끼우고 불을 붙였다.

"클래리스에게 무슨 일이 생겼는지 얘기해줄 때까지 당신하고 말도 섞지 않을 거야." 이윽고 그녀가 나직하게 말했다.

"호크 일은 몰랐어." 시프리언이 말했다.

"호크가 어떻게 됐는지는 나도 알아. 내가 물어본 건 그애가 어떻게 됐는지야."

"클래리스가 나한테 해준 말은 이게 다야. '내가 일할 수 있는 곳으로, 내 일을 인정해주는 곳으로 갈 거예요.'"

"딱 그애가 했을 법한 말이네." 델핀이 말했다. "틀림없이 남쪽 뉴올리언스로 갔을 거야…… 아니면 더 멀리. 유카탄이나 어쩌면 더 멀리 브라질로. 안 봐도 뻔해." 그녀는 한숨을 쉬고 고개를 절레절레 저었다. 뻔하지는 않았다. 클래리스를 그리워하는 것은 커피를 마시거나 라디오를 켜는 것처럼 일상적인 습관이었다. 더이상 클래리스에 대해 아파하거나 궁금해하거나 생각에 잠기는 일은 없었다. 그저 클래리스를 그리워하다가 금세 떨쳐내고 다시 일을 했다. 그게 시간의 친절함이라고 생각했다.

그녀가 시프리언을 바라보았다. "그러니까 호크에 대해서는 당신도 몰랐단 거네. 언제까지?"

"클래리스가 말해줄 때까지."

"그때가 언제야?"

"떠나자마자. 미니애폴리스로 가는 길에."

"그때 사람들이 당신과 클래리스를 연관시킬 거란 생각은 안 했어? 당신이 관련됐다고 생각할 거라고?"

"왜 안 했겠어." 시프리언이 말했다. "그녀와 헤어진 데는 그 이유도 있었어."

"여긴 왜 돌아왔어?"

시프리언은 모자를 손에 쥐고 빙글빙글 돌렸다. 부드러운 진흙의 연갈색 페도라로, 갈색의 넓은 그로그랭 띠가 둘러져 있었다. 비싼 모자 같았다. 그는 할말을 고르면서 모자챙을 손가락으로 살며시 잡았다.

"지나가는 길이었어." 이윽고 그가 말했다. "하지만 당신이 그 사람을 사랑하는지 확인해야 했어."

"물론 사랑하지."

"제길, 그렇군!"

갑자기 몸을 돌린 그들은 화난 시선이 맞물린 채 서로를 응시했다. 두 사람이 정확히 똑같은 순간 격분하자 둘 다 이 감정이 터무니없다는 생각을 했다. 그들은 상대방에게 부드러운 표정 혹은 미소를 들키지 않으려고 시선을 돌렸다. 델핀은 나무 계단에 담뱃재를 떨고 연기를 천천히 흩뜨려 연기 장벽을 만들었다.

"그러니까 살인죄로 붙잡힐 수 있다는 사실은 모르고 그저 내가 피델리스를 사랑하는지 확인하려고 돌아왔다는 거네."

시프리언은 잠시 대답이 없다가 이윽고 고개만 재빨리 끄덕였다. "아까 말했지만 다른 이유도 있어." 그가 어깨를 으쓱하더니 눈썹을 치켰다. 그의 눈썹은 날카롭고도 아름다웠다.

"그렇다면 들어와." 이윽고 그녀가 말했다. "아빠는 누워 계셔. 아빠도 실컷 웃을 일이 필요하니까."

시프리언은 모자를 눌러썼다가 다시 벗고 그녀를 따라서 텅 빈 포치를 지나 집안으로 들어갔다. 그는 모자를 배 앞쪽으로 들고 로이가 자는 부엌으로 향했다. 그리고 침대 옆에 앉아 로이가 눈을 뜨기를 기다렸다. 로이는 퀼트 이불에 손을 얹고 눈을 감은 채 한동안 가만히 누워 있었다. 이윽고 한쪽 눈을 살포시 뜨고 시프리언의 존재를 확인하더니 눈꺼풀을 미세하게 떨며 다시 감았다. 델핀은 그런 속임수를, 예전의 아버지가 부리던 뻔한 능청을 보고 즐거워하는 자신에게 놀라며 의자를 가까이 당겨 앉았다.

"있잖아요, 아빠." 그녀가 부드럽게 말했다. "누가 찾아왔어요."

로이는 잠자코 누워 의식의 세계로부터 후퇴할까 아니면 살아 있는 존재와 소통할까 고심했다. 이마에 주름이 잡히고 우물우물 씹는 것처럼 턱이 움직였다. 마침내 그가 결심한 듯 움찔하며 눈을 치뜨자 커다랗고 꿰뚫어보는 듯한 희뿌연 푸른색 홍채가 드러났다.

"시프리언! 빡빡머리 시프리언!"

시프리언이 검버섯이 피고 뼈만 남아 앙상한 로이의 손을 움켜잡았다. 일단 살아 있는 자들과 함께하기로 마음을 정하자 로이는 일말의 기대로 활기를 띠었다.

"오, 맥주를 마시러 왔군." 그가 외쳤다. "슈납스 한 모금만 마시면 안 되겠니? 목만 축이게 해주렴."

"아빠……"

"그래그래, 아무렴, 그렇겠지. 술 때문에 죽을 수도 있다는 그 확실한 증거를 나도 잘 알지." 로이는 그런 경고의 말을 치워버리려는 듯 손을 휘휘 저었다. "아주 조금만 마시면 실제로 몸에 좋을 수도 있어. 예방주사처럼 말이야. 너만 봐준다면."

"몇 시간마다 티스푼으로 한두 번만 마시기로 했잖아요." 델핀이 말했다. "티스푼으로라면 괜찮아요."

"이제야 말이 통하는구나!" 로이가 환성을 질렀다. 그러고는 시프리언의 팔을 툭툭 쳤다. "같이 마시겠나? 이 녀석에게도 한 스푼 주지 그래!" 로이는 스푼을 넣어두는 작은 서랍 쪽으로 한 팔을 휙 움직였다.

"이 사람은 잔으로 마셔도 돼요, 아빠." 그녀가 벨트에서 열쇠 꾸러미를 풀더니 잔을 꺼내들고 차를 세워둔 곳으로 갔다. 그녀는 먼저 트렁크를 열고 다른 열쇠로 그 안에 둔 공구함 자물쇠를 땄다. 그리고 공구함에서 1파인트짜리 브랜디 병을 꺼내 잔에 반쯤 따른 뒤 차 지붕에 올려놓고, 열었던 것을 하나씩 다시 잠근 뒤 잔을 들고 로이의 침대로 돌아왔다. 그녀가 유리잔에 담긴 술을 병마개에 조금 따른 뒤 티스푼에 똑똑 떨어뜨렸다.

"살루트(건배)!" 로이가 입을 벌려 스푼을 콱 물었다.

시프리언은 노인을 향해 유리잔을 살짝 기울였다.

"이제 뭘 할 생각인가?" 로이의 목소리는 활기가 넘쳤지만, 갑자기 눈이 반짝하더니 눈물이 그렁그렁했다. "일자리와 아내를 찾아 돌아다니는 건가? 아니면 개가 밥을 얻어먹던 집으로 돌아가는 것처럼 여기로 다시 온 건가?"

시프리언은 브랜디를 한 모금 크게 들이켰고, 로이는 생각을 계속 이어갔다. "물론 여긴 농장 일이 언제든 있어. 하지만 더럽게 힘들고 계절도 타는 일이지. 오랜 경험에서 하는 말이라네. 지금 중심가는 번창해서 줄지어 늘어선 가게는 다 돈을 갈퀴로 끌어들이지. 사무직으로 일해도 되고. 이발사 일을 배워도 되고. 올리 뭐라가 하루가 다르게 늙어가거든. 거기 간판 기둥도 새로 칠해야 하고. 하하! 그의 기둥도 새로 칠해야 하지! 내 기둥은 말이야." 그가 시프리언을 쿡 찔렀다. "스물여섯 해 동안 칠을 안 했다네. 자네 건 어떤가?"

시프리언이 델핀을 보았다. 그녀는 눈썹을 치켰지만 변함없이 무표정이었다.

"제 건 늘 새로 칠한 것 같지요." 시프리언이 말했다. "노래클럽 사람들은요?"

"만하임은 여전히 하늘을 누비며 살아." 로이가 말했다. "피델리스는 자네가 버리고 간 여자와 결혼했지. 그러니까……" 그는 델핀을 애정어린 눈길로 바라보며 고개를 끄덕였다. "그게 저애의 왕족다운 고집이지. 저애는 깊은 수렁에 떨어질 법한 나를 또 한번 살려냈어. 알겠지만 내가 또 술독에 빠진 바람에 저애에게 창피한 꼴을 보이고 말았거든. 그래도 저애는 늙은 아비를 사랑해. 덕분에 나도 술을 차차 줄였지. 두번째 티스푼을 먹어도 될까?"

"맘껏 드세요." 델핀이 말했다. 로이가 눈을 감고 입을 벌렸다. 그녀가 입안에 스푼을 넣어주었다.

"버리고 달아난 게 아니었어요." 시프리언이 델핀을 의미심장한 눈초리로 보며 말했다. "약혼반지를 줬어요. 정말 좋은 거였죠. 근데 델핀이 거절했어요."

"말조심하지 그래." 델핀이 말했다. "난 그 반지가 결국 누구 손에 들어갔는지 다 알아."

"아." 로이가 숨을 헉 들이켰다. 어느새 그는 델핀의 손에서 스푼을 뺏어가 행복한 아이처럼 쪽쪽 빨고 있었다. "사랑에 실망한 마음은 세월이 갈수록 점점 무거워지지. 시간으론 안 돼. 철학자들이 낙관한 대로 시간이 모든 상처를 치유해주지는 않아. 나는 추락할 때 호되게 떨어졌어." 로이가 우쭐거리듯 말했다. "세상의 중심을 뚫고 떨어졌지."

"그 사랑의 순교 이야기는 쥐어짜낼 만큼 짜냈잖아요." 델핀이 말했다. "이제 지긋지긋해요. 내 엄마가 그런 분이라 내가 호된 꼴을 당했네요. 지금까지 줄곧 술고래 주정뱅이 아빠를 돌보는 팔자니까요!"

"왕년에는 대단했어!" 로이가 목소리를 높였다. 델핀이 농담을 받아주면 그는 늘 기운이 나고 기분이 좋아졌다. "나는 지금까지 줄곧 간직해온 그 신성한 사랑이 나를 삼켜서 소용돌이 속으로, 우주의 중심으로 데려갔다고 믿어. 거기서 나는 그런 것들을 봤어. 그런 것들을!……" 로이가 말끝을 흐렸고, 그때를 떠올리는 것처럼 눈의 초점이 흔들렸다. "하지만 대개는……" 그가 몸을 뒤로 홱 젖히며 고개를 저었다. "술이 쑥쑥 사라지는 걸 봤지."

"아빠는 움푹 들어간 슈납스 병의 밑바닥과 우주의 중심을 헷갈린 거예요." 델핀이 말했다.

"그건 그렇다 치고, 제가 정말로 여기 온 이유는 공연 일정이 잡혀서예요." 마침내 시프리언이 상황을 바로잡으려는 듯 말했다.

"뭘 한다고?" 로이는 즐거운지 입이 헤벌쭉 벌어졌다.

"맞아요, 일자리를 찾으러 온 게 아니에요." 시프리언이 말했다. "문화단체 순회공연의 참가팀 자격으로 왔어요. 지금은 스네이크

맨과 같이 다니고요." 그가 주머니에 손을 넣어 둘둘 말아놓은 분홍색 마분지 티켓을 꺼냈다. "몇 장 드릴까요?"

"스네이크맨?" 델핀이 약간 상처받은 것처럼, 심지어 조금 질투가 난 것처럼 말했다. "편지로 알려줄 수도 있었잖아. 그 사람이 인간탁자 역할도 해줘?"

"남자 둘이서는 같은 효과가 안 나더라고." 시프리언이 말했다. "그래도 균형잡기 기술 중에 몇 가지는 포함시켰어. 그 친구는 자기 비단뱀을 바퀴 달린 가죽함에 넣어 무대에 오르지. 파충류도 몇 종 갖고 있고." 시프리언이 잠시 말을 멈추었다. "거미도 한 종 있어."

"이름이 뭐야?" 델핀이 말했다.

"마이티 톰."

"공연하는 사람의 이름으로는 제격이네."

"아니, 그건 거미 이름이고. 파트너 이름은 빌러스 개스트야."

그게 그런 거군, 델핀은 생각했다.

"어떤 사람인데?" 그녀가 물었다.

"글쎄, 나랑 많이 닮았어." 시프리언이 말했다. "알다시피 공연 가고. 리투아니아에서 이리로 건너온 유대인이야. 처음에는 내가 되게 신기했나봐. 집으로 데려갔는데." 시프리언이 웃었다. "어찌나 놀라던지."

"어째서?"

"인디언 보호구역에는 유대인이라고 할 만한 사람이 없어. 크면서 나는 유대인을 한 명도 몰랐어. 그 친구도 인디언은 한 명도 몰랐대. 다만 인디언이 존재한다는 사실은 알았는데, 우리도 자기 민족처럼 떠돌이 운명인 이스라엘의 사라진 10지파 중 하나라고 믿었대. 늘 아슬아슬하게 살았던 친구야. 사냥개에게 쫓기는 사냥감처럼. '그래, 그렇다면 같이 다니자.' 내가 먼저 제안했어. 그래서 이 공연을 같이 준비하게 됐고, 그때 이후로 쭉 같이 하고 있어."

다음날 밤 델핀과 마르쿠스는 학교 체육관에 일찌감치 도착해, 삐걱거리는 목재 접이의자를 가지런히 정돈해놓은 좌석의 맨 첫 줄에 앉았다. 사람들이 수군거릴 것이다. 시프리언을 알아보고, 빡빡 깎은 그의 머리를 놀란 시선으로, 어쩌면 비웃는 시선으로 쳐다볼 것이다. 사람들, 가게 손님들, 동창생들이 목을 빼고 델핀을 돌아볼 것이다. 뒤에 앉았다면 은근슬쩍 혹은 대놓고 호기심을 드러냈을 테고, 그녀는 그것을 견뎌야 했을 것이다. 그래서 그들을 등지고 첫 줄에 앉았다. 그들은 보고 싶은 만큼 실컷 보거나 쉬쉬거리면 된다. 델핀은 그들을 무시할 것이다. 그저 공연만 즐길 것이다.
커튼이 열렸다. 시프리언과 파트너가 몸에 붙는 검은 체조복을 입고 각각 커다란 빨간색 고무공 위에 맨발로 올라서 있었다. 그들은 페달을 밟듯 공을 굴려 서로의 주위를 돌며 도시도*를 추었고, 점점 속도를 올리다 박수갈채가 쏟아지자 공중으로 높이 뛰어올라 빙빙 돌고 있는 상대의 공으로 자리를 바꾸었다. 빌러스 개스트는 시프리언과 체구도 체격도 아주 비슷했지만, 용모는 별다른 특징이 없는데다 움직일 때마다 깐닥거리는 볼품없는 가발을 쓰고 있었다.
어느 순간 개스트가 멈춰 서더니 손을 발레리나처럼 위로 올려

---
*등을 맞대고 돌면서 추는 춤.

정확히 균형을 잡았고, 시프리언은 발 사이에 공을 끼고 통통 튕기기 시작했다. 그가 거대한 고양이처럼 공에서 힘껏 뛰어오르더니 몸을 거꾸로 뒤집어 빌러스 개스트와 깍지를 낄 위치에 정확히 떨어졌다. 두 남자는 억센 근육을 불끈 드러낸 채 아슬아슬하게 기우뚱거리며 넘어지지 않고 버텼다. 놀랍게도 그들은 자세를 잡으며 균형을 맞추었다.

이제 개스트는 무대에서 공을 이리저리 굴리며 춤을 추기 시작했다. 관중의 환호와 웃음을 끌어내기 위해 개스트는 시프리언을 높이 들고 있는 것이 힘든 시늉을 해 보였다. 그들이 한 팔과 한 다리로 균형을 잡는가 싶더니 놀랍고 섬뜩한 일이 일어났다. 개스트가 머리에 쓰고 있던 흉측한 가발이 슬금슬금 움직였던 것이다. 가발이 실은 거대한 거미였음이 밝혀지자 남자아이들은 즐거워하고 여자들은 비명을 질렀다. 거미는 무섭게도, 몹시 신중하게 개스트의 팔을 타고 시프리언의 팔꿈치까지 올라갔고, 시프리언이 몸을 낮추자 민숭민숭한 그의 머리통을 뒤덮더니 그 자리에서 꼼짝하지 않았다. 두 남자가 똑바로 섰다가 팔을 벌리고 의기양양하게 무대를 뛰어다니자 열광적인 박수와 폭소, 휘파람이 쏟아졌다. 개스트는 이제 작은 세움대에 올려놓은 상자를 흔들어 더 작지만 똑같이 털이 많은 거미를 한 마리 더 꺼냈다. 관중석이 조용해졌다. 그가 거미를 팔에 올리고 깃털로 살살 몰아 시프리언의 목을 타고 올라가게 했다. 거미는 정교한 움직임으로 절벽 같은 시프리언의 턱을 기어올라 입술 위에 다다랐다. 몸을 웅크린 거미는 네모난 검은색 콧수염처럼 윗입술에 붙어 그의 뜨거운 콧김을 받았다.

시프리언은 거미를 붙인 채 연미복 상의를 입고 윤이 나는 검은색 가죽 부츠를 신었다. 다리는 여전히 우스꽝스럽게 맨살을 드러 낸 채였다. 아돌프 히틀러가 된 그가 방귀를 뀌었다. 무대 밖에서 튜바 소리가 날 때마다 시프리언의 근육질 엉덩이가 연미복 제비 꼬리 사이로 튀어나와 씰룩거리며 춤을 추었다. 총통 각하의 터무 니없이 근엄하고 최면적인 외양과 엉덩이의 반응이 영 따로 놀아 소리치는 군중을 고무하려는 그의 시도는 실패로 돌아갔다. 그가 관중에게 나치 경례를 요구할 때마다 튜바가 뿡뿡거리고 그의 궁 둥이는 폭발할 것처럼 씰룩거렸다. 거미는 시프리언의 머리와 얼 굴에 용케 붙어 있었다. 관중은 경례만 하면 총통 각하가 방귀를 뀐다는 사실을 알아챘다. 튜바가 길게 신음소리를 내고 히틀러가 뿡뿡거리며 뜨거운 석쇠 위의 벼룩처럼 무대를 누빌 때까지 사람 들은 와자지껄 소리를 지르며 팔을 뻗었다. 우레 같은 함성과 함께 커튼이 닫혔다. 1막이 끝났다.

　커튼이 다시 열릴 때까지 웃음은 잦아들지 않았다. 이번에는 네 개의 톱질용 모탕 위에 손잡이가 여러 개 달린 8,9피트 길이의 가 죽 가방이 놓여 있었다. 시프리언과 빌러스 개스트가 머리에는 보 석이 박힌 터번을, 몸에는 속이 비치는 우아하고 신비로운 베일을 두르고 등장했다. 베일은 다리를 풍선처럼 감싸고 팔 아래로 늘어 져 팔랑거렸으며 걸음을 옮기면 뒤에서 나풀거렸다. 축음기에서 흘러나오는 이국적이고 끈적거리는 음악에 맞춰 두 남자가 가죽 가방의 걸쇠를 풀고 살아 있는 뭔가를, 얼룩덜룩하고 아주 조용하 지만 진동하는 힘을 지니고 있어 사람들이 숨을 죽이게 만드는 그 것을 꺼냈다. 그들은 어마어마하게 큰 뱀이 가죽 가방에서 나와 그 들의 팔로 옮겨가도록 유도한 뒤 죽음의 춤을 추겠다고 선언했다.

뱀이 활기를 되찾으면서 그들의 몸을 칭칭 감고 바짝 죄려 할 때 그들은 뱀과 함께 휘감기거나 풀려났다. 그들의 춤은 즉흥적이고 우아하고 관능적이면서 평화로웠다. 관중 모두가 뱀이 두 남자를 잡아먹을 거라 믿으면서 최면에 걸린 듯 흥미진진하게 바라보았다. 시프리언과 빌러스 개스트는 뱀과 함께 춤을 추면서 중앙 통로로 나아갔다. 관중도 이제 건조하고 찌릿찌릿한 피부를 만져볼 수 있었다. 그들은 그 크기와 어울리지 않게 작은 뱀의 대가리와 교활해 보이는 쐐기 모양의 근육을 보았다. 싸늘하고 범죄자 같은 번득이는 뱀의 눈빛에 몸서리가 나서 시프리언과 빌러스가 가죽 가방에 다시 뱀을 집어넣고 걸쇠를 잠근 뒤 날카롭고 번쩍거리는 톱을 꺼내자 모두 기뻐했다. 두 남자는 뱀을 톱으로 썰어 난로에 넣을 장작 크기로 줄여보겠다고 했다.

"이 자리에 정육점 주인이 와 있습니까?" 시프리언이 소리쳤다. 피트 쿠스카가 톱을 받아 확인해보고는 날카롭고 잘 드는 것이라고 선언했다. 두 남자는 톱질을 시작했다. 뱀이 가방 안에서 몸을 마구 뒤틀었고 걸쇠가 풀린 끝쪽으로 튀어나온 꼬리를 채찍처럼 찰싹거렸다. 두 남자는 향이 나는 물질을 태우고 음산한 주문을 읊조리며 접착제를 담은 냄비 위에서 몇 가지 수신호를 하더니 뱀을 다시 이어붙였다. 공연은 계속되었다. 그들은 뱀을 치우고 도마뱀들로 저글링을 했다. 돌 조각상처럼 움직이지 않고 눈도 깜박이지 않는 어마어마하게 큰 이구아나도 선보였다. 그들은 다시 한번 빌러스 개스트의 가발 역할을 했던 재주 많은 거미 마이티 톰을 소개했다. 마이티 톰을 크고 둥근 유리병에 넣어 통로로 가져가자 사람들이 보고 입을 쩍 벌리며 감탄했다. 그들은 컵과 접시, 앞코가 말린 구두를 정수리와 코에 올리고 균형을 잡았다. 그들이 곡예 기술을 몇 가지 더 선보인 뒤 폴짝 내려서자 관중이 우레와 같은 박수를 보내며 앙코르를 외쳤다! 그들은 쌍둥이 히틀러가 되어 외바퀴 자전거를 타고 나타나 방귀를 뀌면서 경례를 붙였다. 방귀 소리가 요란해지자 자전거에서 굴러떨어질 뻔했다. 불을 붙인 스와스티카로 저글링도 했다. 도끼, 큰 식칼, 나이프 따위로도 저글링을 했다. 사과로 저글링을 할 때는 한입씩 베어먹어 나중에는 사과 심만으로 저글링을 했다. 반응은 대단했다.

시프리언과 스네이크맨이 떠나고 몇 주 동안 마르쿠스는 공연 이야기만 늘어놓았고, 사람들은 길에서 델핀과 마주치면 멈춰 세웠다. 그들은 수줍은 듯 선망의 눈빛으로 델핀을 대했다. 그녀는 위대한 예술가를 아는, 또는 그와 연락할 수 있는 사람으로 존경을 받았다. 그들은 그녀에게 공손하게 말을 붙였다. 그들은 자세한 내막, 즉 비밀을 원했다.

"그 뱀이 진짜로 사람을 문 적이 있대요?"

"코밑에 붙인 거미 때문에 시프리언이 재채기를 한 적은 없대요? 진짜 그랬다면 어떻게 됐을까?"

"저글링은 어디서 배웠대요? 외바퀴 자전거는요?"

"다시 올까요? 정말로 다시 와줄까요?"

델핀은 마지막 질문을 빼고는 어떤 대답도 해줄 수 없었다. 그녀는 직감에 따라 대답했지만, 결국 틀리지 않았다.

"아니요." 그녀가 말했다. "돌아오지 않을 거예요." 그리고 그는 영영 돌아오지 않았다.

로이는 거의 하루종일 난로 옆 침대에 누워 잠을 청하고 잠에 취하며 잠에 대한 즐거운 의무에 젖어들었다. 의사 히치가 간을 회복하고 기침이 폐렴으로 진행되지 않으려면 푹 쉬어야 한다고 처방했기 때문에, 로이도 델핀도 처음에는 정신없이 잠을 자는 모든 시간을 치료를 위한 것으로 여겼다. 하지만 얼마 안 가 델핀은 그의 잠이 그 이상이라는 것을 깨달았다. 그녀가 보기에도 어딘가 달랐는데, 회복을 위한 잠이 아니라 마지막 준비를 하는 잠 같았다. 로이는 매우 진지하게 잠을 잤다. 마치 연습을 하는 것 같았다. 그녀는 집을 비우고 일하러 간 사이 그가 죽을까봐 겁이 났고, 집에 돌아오자마자 혹은 아침에 일어나자마자 하루도 거르지 않고 가장 먼저 그의 얼굴에 손을 대보았다. 그는 맥을 못 추고 자느라 거의 먹지도 않았다. 수프만 몇 모금 받아마시고는 곧바로 드러누워 또다시 잠에 빠져들었다. 그녀는 그를 유심히 지켜보았다. 그는 줄어들고 있었다. 점점 쇠약해지고 말수도 줄었다. 어느 날에는 델핀의 어머니 미니의 사진을 침대에서 보이도록 양념과 밀가루 수납장 위에 놓아달라고 했다.

델핀은 로이에게 미니에 대해 이야기해달라고 졸랐지만, 자신을 망가뜨리면서까지 그토록 오랫동안 야단스럽게 애도했던 여자였지만 놀랍게도 그는 미니에 대해 아는 것이 거의 없었다. 하물며 미니는 찾아갈 무덤마저 없었는데, 로이는 왜 그렇게 되었는지, 미니가 어디에 묻혔는지도 말하지 못했다. 로이는 그 이야기를 할 수 있는 유일한 사람은 미니라고 말할 뿐이었다.

"무슨 이야기요?" 델핀이 물어도 로이는 번번이 입을 다물어버렸다.

로이가 코데인*을 먹어 혀가 약간 풀린데다 아주 지루해하던 차라, 델핀은 이번에 물어보면 운좋게 들을 수 있을지도 모르겠다고 생각했다. 어느 밤 그녀는 로이와 함께 앉아 난로에 조그맣게 피운 불을 지키며 조용히 생각에 잠겼다. 자신이 뭔가를 기다리고 있다는 사실을 서서히 깨달았지만 그것이 무엇인지는 확실치 않았다. 로이가 오늘밤 죽는 걸까. 그녀의 생각도 이제는 냉정해져서, 애정은 있지만 거리를 두고 그를 바라볼 수 있었다. 불쌍한 로이. 그는 고단해 보였다. 피부는 물렁물렁하고 약해져 거의 반투명해 보였다. 팔뚝에는 푸른 반점이 돋고, 살 속 깊이 안쪽에서 보이지 않는 충격을 입은 것처럼 멍이 생겼다. 삶이 그에게 가한 온갖 타격이 마침내 송두리째 드러나려는 것 같았다. 문득 델핀은 알아야 할 권리가 온전히 자신에게 있는 그 모든 비밀을 로이 혼자 간직한 채 죽게 하지는 않겠다고 결심했다.

"그래요. 대답을 듣고 싶어요. 미니는 어디 출신이에요?" 델핀이 미니의 사진을 가리키며 물었다.

"아래 지방 출신이지." 그가 모호하게 남쪽을 가리켰다. "그리고 이리로 올라왔고."

여느 때처럼 델핀은 그가 아무것도 알려주지 않을 거라고 생각했다. 하지만 그를 바라보며 "더 알고 싶어요, 전부 다요"라고 말하자 그는 곰곰이 따져보는 것 같더니 더욱 또렷해진 정신으로 말했다. "사실 미니는 원래 저멀리, 아주 먼 위쪽에서 내려왔어." 로이는 흰자위가 드러나도록 북쪽을 향해 눈을 치떴고, 얼굴을 찡그린

---

* 진통제의 일종.

채 델핀을 골똘히 쳐다보았다. 아마 그 순간 그는 델핀이 들을 준비가 되어 있음을 알아차렸을 것이다. 그의 얼굴에서 몽롱한 잠기운이 싹 걷혔다. 끊어진 전선을 이어붙인 것처럼 예전의 로이가 돌아왔다. 술집에서 이야기를 풀어놓던 그가, 은밀한 늑대의 언어로 이야기를 들려주며 에바 발트포겔을 편히 떠나게 해주었던 그가. 델핀은 한마디라도 놓칠세라 로이 쪽으로 몸을 더 기울이고 그가 이야기를 시작할 때까지 숨을 참았다. 그의 목소리에서 진지함과 열정이 느껴져 드디어 진실을 듣게 되었다는 것을 깨달았다.

"알고 싶니? 당연히 그렇겠지. 말해주마. 그러니 자, 받아써라. 후대든 후세든 사람들이 훗날 알 수 있게. 미니. 그녀는 그냥 그렇고 그런 평범한 여자가 아니었어. 그냥 스쳐지나갈 만한 여자가 아니었지. 쉽게 잊히는 여자가 아니었어. 미니는 아니었어. 뭔가 다른 것이 있었어—바로 친가와 외가 선조의 혈통. 그 혈통도 평범하지는 않았지만, 내가 말하려는 건 이거다. 저 북쪽에 프랑스 혈통과 섞인 크리족과 오지브웨족 인디언의 위대한 나라가 있었는데, 그녀는 그 혈통이었어. 그중에서도 왕의 후손이었지. 그랬어. 미니의 증조부는 스스로 말하길 태양왕*의 사생아였는데, 짐승의 날가죽을 벗기며 청결한 삶을 살려고 대양을 건너 이리로 도망쳐왔다고 했어. 반면에 미니는 남쪽에서 연로한 크레이지 호스**의 육촌으로 입양됐다던가 그럴 뻔했다던가 아무튼 그랬는데, 비극적인 결말을 맞을 뻔했어. 이 이야기를 먼저 하는 건, 어느 면이나 어

---

* 루이 14세를 달리 이르는 말.
** 리틀빅혼 전투에서 미국 기병대를 섬멸한 라코타 수족의 추장이자 전설적 영웅.

느 관점에서 봐도 이 여인, 네 엄마의 핏속에는 왕족의 혈통이 부글거리며 뒤섞여 흐른다는 걸 네가 알았으면 해서야. 아니, 그러지 마라. 질문을 해서 내 이야기를 끊지 마. 그냥 계속하게 해다오. 내가 다 말해주마. 지금 네게 들려줄 이야기는 아무한테도 하지 않았는데, 다 이유가 있었단다. 아주 슬프고 믿을 수 없는 이야기라 떠올리기조차 싫구나. 잊어버리는 편이 더 낫지. 네 엄마가 여덟 살에 어떻게 되었는지, 그러고 나서는 무슨 이유로 늙은 로이 바츠카 같은 족속한테—내가 아니라!—길들여지지 않는 사람으로 컸는지에 대한 이야기야!"

로이는 일어나 앉더니 등에 베개를 받쳐달라고 하고는 델핀이 속을 달래고 피가 심장까지 더 빨리 돌도록 만들어준 생강차를 한 모금 마셨다.

"드넓은 평원이 펼쳐진 고장 깊숙이 들어앉은 아늑한 교회에서 크리스마스 예배를 올리는 장면을 그려봐!" 로이가 자기 앞에 손가락을 쫙 폈다. 그러고는 실눈으로 손등을 예언자의 수정구슬인 양 들여다보았다. "굶주리고 몸이 꽁꽁 언 미네콘주 라코타족 무리가 몰려다니다—흔히 수족이라 부르는 부족 말이다—예배중인 교회 건물의 문을 공손하게 똑똑 두드렸어. 그들은 도주중이었는데, 여자와 어린아이가 대부분이었고, 분투와 패배로 정신이 반쯤 나간 고단하고 지친 전사도 몇 명 있었지. 전투마로 썼던 뼈만 앙상한 조랑말 두 마리가 끄는 마차에선 추장이 죽어가고 있었어. 그들은 시팅 불*이 배신당하는 것을 보았지. 그뒤로 그들의 생활은 나날이

*라코타족의 한 갈래인 홍크파파 수족의 지도자이자 리틀빅혼 전투를 승리로 이끈

비참해졌어. 그들은 춤으로 세상을 되돌릴 수 있을 거라고, 망자에게 노래를 불러주면 그 소리를 듣고 망자가 모두 되살아날 거라고 생각했어. 그들은 매우 외로운 부족이었는데, 흠, 그게, 외로움은 나도 아주 잘 알지. 물어보기만 하라고. 그들은 사랑했던 사람들의 얼굴이 보고 싶었어. 평원에서 맞은 크리스마스란 걸 잊으면 안돼. 이 가엾은 부족은 먹을 것을 구걸하면서 조금이라도 자비를 베풀어달라고 사정했어. 그들이 원한 걸 얻었을까?" 로이는 머릿속에 떠오른 장면을 맹렬하게 쏘아보았다. "네 생각은 어떠니?"

"아빠가 그렇게 말씀하시는 걸 보면," 델핀이 말했다. "아니었겠죠."

"그랬지." 로이가 말했다. "그게 절대 진리지. 퇴짜를 맞았어." 그는 빠르게 숨을 쉬며 혀에 불이 붙은 것처럼 이야기를 쏟아냈다. "그 무리에 내가 아까 말한 인디언 소녀도 끼어 있었어. 프랑스인의 피가 섞였다는 북쪽 혈통의 인디언 말이야. 소녀의 아빠는 크리족이었는데, 그 부족이 새로운 방법, 즉 죽은 자를 살려내는 춤을 배워오라고 그를 남쪽으로 보냈어. 돌아와서는 부족 원로들에게 그 춤이 정말로 효과가 있는지 보고하기로 되어 있었어―그때까지 살아난 사람을 보지는 못했지만. 그는 부족을 떠나면서 애지중지하던 어린 막내딸을 데려갔어. 다른 가족들은 거기 두고서 말이야. 그들 부녀는 먼저 훙크파파 라코타족의 천막촌으로 갔어. 하지만 도착해보니 그 사람들은 남쪽 훔프 추장의 마을로 떠나는 중이었지. 거기서 미네콘주 무리와 만나 아직 믿음을 버리지 않은 잔류

_____

전설적 영웅.

자들과 함께 배드랜드* 영토 깊숙이 들어갔지만, 그때쯤 그들이 원했던 건 그저 집으로 돌아가는 거였어. 얼마 안 가 그들에게는 아무것도 남지 않았어. 먹을 것도 없고, 은신할 곳도 메디신 루트 크리크라 부르는 가파른 절벽밖에 없었어. 그들이 악명 높고 명예라곤 찾아볼 수 없는 제7기병대 새뮤얼 M. 휫사이드 소령의 유흥 상대가 된 곳이 거기였지. 포큐파인 뷰트에서 그 작자가 그들에게 항복을 뜻하는 백기를 들고, 나는 발음이 잘 안 되는데, 아무튼 라코타 어쩌고 하는 곳 근처의 군사 주둔지까지 따라오라고 설득했어. 영어로는 운디드니라는 곳이야."

로이는 한동안 말을 멈추고 눈살을 찌푸린 채 어두컴컴한 구석을 노려보았고, 부스러기처럼 묻은 단어 한두 개를 찾으려는 듯 혀로 입술을 핥았다. 그러더니 정신을 번쩍 차리고 말을 이어갔다.

"그들 무리가 따라간 곳에는 라코타족, 수족으로 부르고 싶다면 수족의 피신처가 되겠다고 자처한 인간들로 이루어진 부대가 주둔하고 있었어. 그들은 그리로 갈 만큼 절박했던 거야. 늙은 빅풋 추장은 폐렴 때문에 목숨이 간당간당한 채 마차 바닥에 드러누워 있었고, 먹을 것이 없어 굶어죽을 지경이었던 그들은 보호해달라고 간청했어. 그자들에게 총을 내주고 지시를 받은 곳에 천막을 세웠지. 미니의 아버지는 주머니에 오래된 배넉**을 넣어두었는데, 남은 음식은 그것뿐이었지만 같이 천막을 쓰게 해준 여인과 나눠 먹었지. 그 여인은 아기를 업고 있었지만 남편은 보이지 않았어. 다

---

* 미국 사우스다코타주 남서부에 위치한 화이트강 연안의 지방.
** 오트밀이나 보릿가루를 개서 구운 과자빵.

먹어치우자 이제 정말로 아무것도 없었어. 그런데 그 여인이 평원의 교회에서 어느 신자가 던져준 것을 집어왔었더군. 다리가 하나뿐인 사람 모양의 딱딱한 생강과자였어. 그녀가 그걸 나눠 먹자고 했어. 그러고는 조각조각 쪼갰지. 그들은 그걸 먹고 그녀의 천막에서 잠이 들었어. 다음날 여인이 작은 냄비에 눈을 퍼담아 잔가지로 피운 불에 올렸어. 그러고는 드레스 상의에서 나무뿌리 꾸러미를 꺼내 그중 하나를 눈이 녹은 냄비에 넣고 뭉근히 달였지. 그녀는 뿌리를 넣은 냄비를 아주 특별한 것처럼 조심히 다루면서 주의 깊게 지켜봤어. 아기를 어르고, 뿌리를 달인 물의 효능을 손가락으로 확인하고, 때때로 뿌리를 꺼내 살펴보면서 말이야. 마침내 그녀가 불에서 냄비를 내리더니 충분히 식혔어. 그러고는 미니에게 마시라고 손짓했지. 미니가 차를 마시는데 천막 바깥에서 총성이 들렸어.

글쎄, 원한다면 그 내용은 역사책에서 읽어도 좋겠지만, 그 안타까운 사건의 전체 내막은 좀처럼 이야기하는 사람도 없고 믿는 사람도 없더구나. 미니의 아버지는 천막 밖으로 뛰쳐나가다 그 자리에서 총을 맞고 쓰러졌어. 그 느닷없는 한 방이 천둥을 불러왔지. 엄청난 굉음이 물결처럼 퍼졌어! 연기가 피어오르고 유황냄새가 진동했어! 총알이 천막을 뚫고 들어오자 미니는 여인과 함께 밖으로 뛰쳐나왔어. 여인이 미니의 손을 잡고 항복을 의미하는 백기 아래로 끌고 갔어. 그들이 백기 아래 있는데도 총알은 빗발처럼 날아왔어. 여인은 아기를 숄로 묶어 안은 채 젖을 물리고 있었지. 또다시 천둥소리가 났어! 그들이 여자들이 있는 천막을 향해, 아이들을 향해 호치키스기관총을 난사했어. 심지어 백기 아래 서 있는 사람

들에게도. 여인은 계속 젖을 먹였고, 총에 맞아 고꾸라지는 순간에
도 아기를 안고 있었어. 아기는 젖을 빨면서 엄마의 피를 뒤집어썼
지. 미니의 아버지는 어떻게 됐는가 하면, 때마침 그 옆에 잠시 웅
크리고 있던 미니가 아슬아슬하게 마지막 유언을 들었어. 그리고
아버지의 생명이 빠져나가는 것을 느꼈지. 미니는 어쩔 줄 모른 채
그 참혹한 현장을 즉시 빠져나왔어. 골짜기를 허겁지겁 내려가면
서 평생 마음에서 지워지지 않을 광경을 봤어. 여자들을 바짝 추격
한 병사들이 아기를 허공에 높이 들어올리고 있는 여자들에게 총
을 쏘는 장면을 보고 말았던 거야. 미니는 메마른 골짜기에서 기어
나와 철조망 울타리 밑으로 빠져나왔어. 거기서 말 탄 병사가 눈물
을 흘리며 휘청휘청 달아나는 비쩍 마른 소년을 추격하는 광경을
지켜봤지. 또 한 병사는 문양이 특이한 셔츠를 가지려고 죽은 소녀
를 홀딱 벗겼어. 병사들이 미니는 건드리지 않았는데, 담요가 아
니라 농부의 드레스와 코트를 입어서였거나, 라코타족보다 피부
가 하얗고 머리도 더 옅은 갈색이라서였거나, 아니면 눈에서 프랑
스 혈통이 보여서였을 거야. 미니는 그곳을 빠져나와 자신과 마찬
가지로 도망자 신세가 된 다른 사람들을 쫓아갔어. 눈밭을 지나며,
한참 뒤처져 아무도 보이지 않으면 그들이 남긴 발자국을 쫓아갔
어. 발자국이 그녀를 구했지. 미니는 앞서간 발자국에 자기 발자국
을 포개며 내처 걸었고, 마침내 유츠라는 연로한 선교사가 운영하
는 선교원에 다다랐어. 그게 전부야. 더는 말해줄 게 없구나."

  델핀은 불쑥 의심이 나서 로이를 빤히 보았다. 머릿속이 갑자기
시끄러워졌다. 너무 엄청난 이야기였고, 로이는 그 이상하고 끔찍

한 사실을 알려줄 때 그랬던 것처럼 그녀의 머릿속에 그 장면이 펼쳐지자마자 갑자기 입을 다물어버렸다. 그녀도 그가 얘기한 그곳에 대해 들은 적이 있었지만, 어째서 그리고 어떻게 그런 일이 일어났는지는 잊은 지 오래였다. 그녀가 아는 인디언은 시프리언뿐이었고, 로이의 말을 곧이곧대로 믿는다면 그녀는 시프리언과 친척 관계일 수도 있었다.

로이는 델핀이 그의 이야기를 의심하자 실망했다. 자신의 노력에 대해 어떤 식으로든 고마움을 표현해주길 기다렸지만, 그녀가 믿을지 말지 고민하면서 그를 향해 눈을 깜박거리고 손가락으로 입술만 두드리자 흥미를 잃었다. 그는 입을 다물고 고개를 돌려 흐릿한 미니의 사진을 쳐다보았다. 그의 눈동자는 아련해졌고 얼굴은 서서히 평온을 되찾았다.

얼마 뒤 델핀은 마음을 정리하고 뭔가 질문해도 소용없다는 것을 깨달았다. 진짜 질문은 그녀의 가슴속에 있었다. 간단하고 극적일 것도 없는 질문이었다. 미니는 어떤 사람이었을까? 딸이 있어 행복했을까? 그 딸을 사랑했을까? 로이를 사랑했을까? 로이는 미니와 함께 있으면 정말로 특별한 행복을 느꼈을까? 어째서 로이는 자신의 기쁨이 사라졌다는 핑계로 자기 삶을 허송한 것은 말할 것도 없고 딸의 삶조차 비참하게 만들었을까? 그는 추억을 먹고 살다가 이제 행복하게 죽으려는 것일까—그게 지금 그가 술을 진탕 마시는 이유인가? 그는 진실을 말한 것일까?

그가 그녀에게 더 해준 말은 없었다. 왜 그토록 미니를 사랑했는지, 어떤 점이 그리도 좋아서 이토록 기나긴 세월이 흐른 지금도 여전히 흐릿한 그녀의 사진을 들여다보는지, 심지어 그녀의 성격은 어땠는지 물어도 두루뭉술하게 둘러댈 뿐이라 델핀은 아무것도 알아내지 못했다. 어쩌면 그가 자기 생각만 해서였거나, 어쩌면 그런 내밀한 기억이 그가 가진 전부라 그녀에게조차 내줄 수 없었기 때문인지 몰랐다.

그럼에도, 그가 꼭 말해줘야 하는 것이 있었다.

그는 하루가 다르게 쇠약해졌고, 목소리도 힘이 빠져 들릴락 말락 했다. 그가 하는 말을 들으려면 델핀은 그의 숨결이 느껴질 만큼 몸을 바짝 기울여야 했는데, 그 숨결에서 그녀가 평생 신물나게 맡았던 시큼하고 고약한 술냄새가 아니라 어린아이 같은 냄새, 순수한 젖비린내 같은 냄새가 났다. 그의 시선은 올빼미 같고 갈팡질팡했다. 그는 내내 이야기하고 싶어했지만 종종 제대로 알아들을 수가 없었다. 시제가 오락가락하거나 중요한 사실이 누락되거나 인물들이 이렇다 저렇다 언급 없이 거창하게 등장하기만 하는 이야기들이었다. 평생 퍼마신 술이 뇌세포를 야금야금 먹어치워 정신이 흠집난 레코드판처럼 튀기라도 하는지, 그는 내러티브를 끌어갈 능력을 잃은 것 같았다. 물론 아직은 무사한 정신 한 귀퉁이에 남아 있는 이야기를 끌어내 또렷이 들려줄 때도 있었다. 델핀은 그가 한 문장에서 다음 문장으로 어떻게 넘어갈지 도통 짐작할 수 없었다.

"나 좀 그만 봐." 어느 오후 로이가 델핀을 쳐다보며 얼굴을 찡그렸다.

그녀는 로이를 등지고 있다가 그제야 돌아보았다.

"그러니까 내 말은," 그가 한숨을 쉬었다. "자네가 지금 나를 보는 것처럼 보지 말라고. 난 어느 파트인지 몰라. 자네 파트를 노래한 적이 없으니까, 알잖나, 채버스. 제발 그 입 좀 다물어." 그가 조용히 한숨을 쉬더니 비로소 델핀을 알아보는 것 같았다. "난 그가 바닥을 두드리는 소리를 들을 만큼 들었어. 멈춘 적이 없으니까. 쾅, 쾅. 포키가 저세상에서 나를 기다리는 것 같아. 빌어먹을 식구들을 다 데리고—내가 그들이 거기 있다는 걸 어떻게 알았겠어!"

로이의 목소리는 겁먹은 네 살짜리 아이가 찡얼거리는 것처럼 들렸다.

"아빠가 몰랐다는 거 알아요. 취해서 제정신이 아니었잖아요." 델핀은 슬그머니 짜증이 났다. 그가 또다시 자기연민과 속 편한 자기비난의 길로 숨어버리는 것이 싫었다. 이런 한탄을 들은 것이 벌써 몇번째인지 몰랐다. 하지만 이번에는 뭔가 다른 말을 했다. 그의 얼굴이 점점 근엄해지다 교활하면서도 신중한 표정으로 바뀌었다. "나는 포키를 그냥 봐줄 수도 있었어. 그러려면 평생이 걸렸겠지만."

"네?" 델핀은 몽롱하고 촉촉하고 푸르스름한 그의 눈동자를 응시했다. "봐주다니요?"

로이가 그녀의 손을 잡고 다급하게 말했다. "내가 포키에게 저 장고에서 진저비어를 꺼내오라고 시켰어. 포키는 내려가서 뭐 좋은 게 없나 뒤졌겠지. 초 한두 자루를 가져갔으니 프랑스어 라벨을 읽을 수 있었을 거고. 아마 포키 채버스는 최고급 와인을 찾고 있었을 거야."

로이가 불편한 듯 몸을 비틀며 움찔하더니 눈을 감았다. 그의 말에 델핀이 어떻게 반응하는지 보지 않으려는 것 같았다. 그는 눈을 감은 채로 말했다. "아내와 자식까지 데리고 내려간 줄 누가 알았겠어?"

델핀이 몸을 굽혀 그를 가볍게 흔들자 그의 몸이 늙은 개처럼 축 늘어졌다. 그녀는 그를 놓았고, 그는 계속 꿍얼거렸다.

"꼬맹이 루시까지 데려가다니. 나는 그때 일어난 일이 기억나지 않지만 내가 바닥문을 닫았을 수도 있어! 어쩌면 내가 닫았을지도 몰라. 그를 내려다보며 소리를 질렀던 게 기억나. '이봐, 채버스. 자네가 노래 연습을 할 때 나보다 더 크게 부르지 않는다면 올라와도 좋아!' 너도 알다시피 그는 항상 가슴을 잔뜩 내밀고 나보다 더 크게 노래를 불렀잖아."

로이는 말없이 둘 사이의 허공을 홀린 듯 바라보았다.

"아빠는 삼 주 동안 다른 곳에 가 있었다면서요. 오랫동안 취해 지냈고요." 델핀의 표정이 굳었다. 도통 믿기지가 않았고, 메슥거리는 느낌이 서서히 그녀를 덮쳤다.

"꽤 긴 시간이었지." 로이가 꺼질락 말락 한 목소리로 중얼거렸다. 그러고는 한동안 말이 없었다. 그동안 바람이 네군도단풍나무를 파고들며 윙윙 불어대고 창틀의 유리를 가볍게 흔들었다. 이윽고 그가 컥 헛기침을 하더니 또렷하게 말했다. "술을 가지러 돌아와 저장고에 내려갔다가 그 광경을 봤어. 그들을 봤어. 그뒤부터 너희가 나타날 때까지 술에 절어 지냈지. 너하고 시프리언이." 그가 그녀를 올려다보았다. 가망 없는 애원으로 눈빛은 흐려지고, 그녀의 얼굴을 보던 그는 눈을 감고 돌아누웠다. 그리고 머리 위로 담요를 끌어당겼다.

델핀은 일어나 집 밖의 작은 현관 포치로 나갔다. 맨 위 계단에 앉아 두 팔로 몸을 감쌌다. 이따금 모기를 손바닥으로 쳐 쫓거나 머리를 흔들어 부드러운 솜털 눈이 내린 나무에서 떨어진 씨앗을 털어냈다. 그것은 얇고 투명한 갈색 껍데기에 봉인된 여리고 작은 구슬 같았다. 그녀는 손으로 스커트에서 씨앗을 쓸어냈다. 이따금 모기가 왱 날아와 무는 것이 느껴졌지만 다시 안으로 들어가고 싶지 않았다. 그녀는 로이가 죽으면 당장 집을 팔겠다고 결심했다. 정육점과 피델리스를 떠나 도시로 갈 것이다. 시카고로. 표를 파는 일을 하더라도 극장에 취직할 것이다. 마르쿠스는 생각하지 않을 것이다. 루시! 그녀는 손가락으로 관자놀이를 문지른 뒤 주먹을 불끈 쥔 채 손마디로 이마를 꾹꾹 눌렀다. 그녀가 생활할 작고 편리한 아파트를 그려보았다. 근처에 가벼운 산책을 할 만한 공원과 도서관, 어쩌면 미술관도 있으리라. 뭐든 배우고 머릿속에 넣어 교사가 될 것이다. 글을 써서 신문에 실을 것이다. 그녀는 타자기 앞에 앉아 팔꿈치를 괴고 담배를 태우는 모습을 상상했다. 빳빳한 흰색 블라우스와 몸에 딱 붙는 회색 스커트에 굽 높은 구두를 신고 있다. 아니, 한쪽 구두는 벗었다. 그녀는 생각에 잠겨 있다.

그녀는 생각에 잠긴 자신의 모습을 그려보았다.

절대 하지 않을 거야, 델핀은 생각했다. 생각 같은 건 정말로 하지 않을 거야. 나는 지금 생각을 하는 게 아니라 그냥 공상을 하는 거야. 생각이란 마음이라는 탁 트인 공간에서 자유롭게 뛰노는 것과는 전혀 다른 것이었다. 그녀는 은처럼 밝은 뭔가가 빠져나가는 날카로운 감각이 느껴졌다. 그러자 방금 전 떠올린 것이 기억나지 않았다. 그저 느낌만 생생했다. 누가 관심이나 갖겠어, 그녀는 생각을 이어갔다. 끝난 것은 끝난 거고, 로이의 죗값은 스스로 치르는 거지. 그가 술에 취해 저지른 죄를 내가 책임져서는 안 돼. 그리고 말이지, 나는 결혼한 여자야. 장사도 잘하고 맡겨진 역할도 척척 해내지. 내 배로 낳지 않은 자식들도 잘 키우고. 그녀는 휘청거리는 마음으로 죄책감과 공포에서 벗어날 방법을 모색했다. 눈을 감고 저장고 안의 거대한 덩어리를 보았다. 한 덩어리가 떨어져나와 날카로운 입매에 질끈 감은 눈, 완벽한 차림새의 어린 소녀가 되었다. 소녀는 앙증맞은 둥근 모자를 쓰고 주먹 쥔 손을 옆구리에 댄 채 얼굴을 찡그렸다. 델핀이 지켜보고 있는 것을 알아차렸는지 소녀가 눈을 살짝 떴다. 그러고는 턱을 쳐들고 조롱하듯 불쾌하게 웃었다. 냉소적이고 신랄한 웃음이었다. 소녀가 돌아서자 뱀이 소녀의 어깨를 휘감더니 팔로, 장딴지로 내려갔다.

"날 내버려둬." 델핀이 속삭였다.

당신은 혼자야, 뱀소녀가 비아냥거렸다. 당신이 알고 있는 것보다 더 혼자야. 남편은 타국에서 건너왔고 당신에겐 자식도 없지. 아버지는 죽어가고 어머니 얼굴은 본 적도 없어. 당신 처지는 여기타운에 사는 누구와도 같지 않아. 책을 더 많이 읽으니 자기가 더 똑똑한 줄 알겠지. 하지만 진실은 당신이 자신을 측은하게 여긴다는 거야. 불쌍한 델핀. 불쌍한 폴란드 여자. 정육점 주인의 불쌍한 아내!

불쌍한 나, 불쌍한 나, 델핀은 웃기 시작했고, 그러자 기분이 좋아졌다. 로이가 기대에 찬 목소리로 위스키를 한 스푼 더 달라고 소리질러도 그녀는 웃음을 멈추지 않았다.

눈을 크게 뜨고 앉은 채 죽은 로이 바츠카를 카운티 방문간호사가 발견했다. 그는 침대에서 바로 보이도록 밀가루 수납장 모서리에 놓아둔, 흐릿해서 알아보기 힘든 미니의 사진을 응시하고 있었다. 간호사는 부엌 바닥에 가방을 내려놓고 청진기를 꺼내 심장박동을 확인했다. 아무 소리도 들리지 않자 청진기를 접어 도로 가방에 넣었다. 그러고는 펜 뚜껑을 열고 정확한 시각과 시신의 상태와 추정되는 사망 원인을 한두 문장으로 기록했다. 죽은 자의 기이하지만 평온한 응시에 대해서도 기록했는데, 그것이 그가 간직해온 사랑의 전설적인 면을 더욱 심오한 것으로 만들어주었다. 간호사는 팔다리를 바로하고 눈을 감기고 그를 눕힌 뒤 델핀에게 연락했다. 델핀을 기다리는 동안 타운 여기저기에 전화를 돌려 로이의 응시에 대해 널리 퍼뜨렸다.

로이의 장례식에는 많은 사람이 참석했다. 은행가나 지주의 아내들도 왔는데, 아마도 죽는 순간까지 지속되는 헌신과도 같은 사랑을 열망하는 사람들이었을 것이다. 교회는 바스러질 것 같은 꽃으로 가득했고, 손수건을 쥐고 과장되게 눈물을 닦는 사람도 많았다. 그의 소원대로 미니의 사진을 그의 심장에 뒤집어서 놓은 것을 보며 안타깝게 혀를 끌끌 차는 소리도 들렸다. 나중에 교회 강당이자 체육관에서 만찬을 하기로 되어 있었는데, 장례식 전날 농구시합이 벌어진 곳이었다.

델핀은 로이를 묻은 뒤 그 자리를 떠나 체육관 구석에 가서 섰다. 그곳에는 한풀 꺾인 흥분의 냄새, 찌든 땀냄새, 소금을 뿌린 팝콘 냄새가 희미하게 배어 있었다. 장례식 만찬에 걸맞게 배치된 테이블은 작은 화분—교구 여신도들의 집 창턱에 놓여 있던 아프리카제비꽃, 양치식물, 고구마 싹 따위—으로 장식되어 있었다. 그리고 크림 치킨, 크림 옥수수와 시금치, 버터와 크림을 곁들인 매시트포테이토, 커피에 넣을 플레인 크림이 차려져 있었다. 파이와 쿠키는 흰 종이를 잘라 만든 작은 받침에 놓았다. 만찬 준비는 교파와 상관없이 모인 교회 사람들이 맡았는데, 델핀은 그들이 처음으로 호기심보다는 친절한 마음씨를 지닌, 멍하니 구경하기보다 도움을 주고자 하는, 어쨌거나 좀더 진실한 감정을 가진 사람들로 느껴졌다. 그럼에도 그들의 세심한 보살핌에 압도되어 폐소공포증에 걸릴 것만 같았다.

음식과 연민이 넘쳐나는 가운데 델핀은 매저린 시멕과 함께 벌떡 일어섰다.

"같이 나갈까." 그녀가 매저린에게 말했다. 그들은 교회 강당을 빠져나와 부엌 뒤쪽의 이슬 맺힌 작은 풀밭으로 갔다.

"담배를 안 끊었다면 지금 한 개비 피울 텐데." 델핀이 얼굴에 내려온 머리칼을 넘기며 말했다. 머리를 단정하게 매만지고 왔지만 그녀의 곱슬머리는 아무리 빗질해도 사방으로 뻗쳤다. 델핀과 매저린의 공통점은 머리칼이 제멋대로라는 것도 있었다.

매저린이 그녀에게 참 애석한 일이라고 말했다.

"그래." 델핀이 웅얼거렸지만, 실제로는 몹시 피곤한데다 절망감이 들고 화도 났다. 그녀는 로이가 긴 인생을 허비한 것에, 그녀의 애정을 허비한 것에 화가 났다. 로이가 죽자마자 델핀은 어린 시절 그에게 품었던 어리석고 절실한 사랑이 되살아나는 것 같았다. 갑자기 울컥하며 목이 메자 애써 눈물을 삼켰다. 여러 해 동안 그를 보낼 준비를 했고, 그가 속을 뒤집어놓을 때는 그날을 고대하기까지 했다. 그런데 왜 이토록 가슴을 휘젓는 깊고 맹목적인 감정을 느끼는지 설명할 길이 없었다. 이 감정은 슬픔도, 외로움에 대한 두려움도 아니라고, 하물며 피로감이나 안도감도 아니라고 그녀는 혼잣말을 했다. 그것은 존재론적 감정이라고 결론을 내린 뒤, 그녀는 그 단어에서 용기를 얻으며 허리를 쭉 폈다. 매저린은 벽돌 벽에 한 손을 짚고 그녀 옆에 겸손하고 참을성 있게 서 있었다.

"해주고 싶은 말이 있어." 델핀이 목소리를 가다듬으며 말했다. 자신이 하고 싶은 말이 정확히 무엇인지도 모른 채 그녀는 매저린에게 한시라도 빨리 뭔가를 알려주어야 한다고 느꼈다. 비록 애절한 로맨스로 미화되긴 했지만 아버지의 죽음으로 그 뭔가는 명백해졌다. "우리 모두 언젠가는 죽어." 이윽고 그녀가 매저린에게 말했다. "프란츠는 널 사랑해. 너도 프란츠를 사랑하고. 그에게 왜 편지를 쓰지 않니? 왜 서로 말을 안 해?"

며칠 뒤 델핀은 집을 치우다가 익숙한 발소리에 문을 열었다. 한줄기 햇살이 풀밭 위로 떨어졌고, 문 앞에서 서성이던 피델리스가 쿵쿵거리며 들어왔다. 델핀이 맥주를 가져와 그와 함께 앉았다. 그는 그녀의 독서용 의자 맞은편에 놓인 목재 흔들의자에 앉았다. "이 집은 그냥 둘래요." 그녀가 말했다. "가끔 여기 와서 지내려고요." 피델리스는 주먹을 폈다 쥘 뿐 말이 없었다. 그들은 한동안 침묵을 지키며 바람이 처마 밑을 스치고 윙윙 울어대는 소리에 귀를 기울였다. 나뭇가지가 서로 부대끼며 지붕을 툭툭 건드렸다. 갑자기 피델리스가 일어서더니 의자에서 델핀을 번쩍 들어 침실로 데려갔다.

그는 발꿈치로 조심스레 문을 밀어닫은 뒤 차갑고 매끄러운 황금색 침대보에 그녀를 내려놓았다. 그녀를 여기로 데려올 줄은 그 자신도 몰랐다. 지금 그녀는 침대 옆 전등 불빛 속에서 그의 앞에 누운 채 고양이 같은 침착한 시선으로 그를 응시하고 있었다. 그녀의 눈동자는 침대보와 같은 색깔이었다. 서랍장에 올려놓은 작은 유리 시계가 집요하게 재깍거렸다. 침대 위쪽에는 바위에 부서지는 파도를 서투른 솜씨로 그린 그림이 걸려 있었다. 침대 옆 탁자에는 오렌지색 벨벳 스카프가 걸쳐져 있었다. 그의 귓속에서 피가 끓어올랐다. 목재 침대 틀은 최근 밀랍으로 광을 냈다. 그가 그녀에게 몸을 굽히자 시트에서 햇살냄새가 났다. 다가드는 그녀의 따뜻한 살에서는 흙냄새가 났다. 그것도 잠시, 그 순간 그녀가 갑자기 그에게서 떨어졌다. 그러고는 침대 모서리에 앉았다.

"잘 들어요." 그녀의 심장이 몹시 빠르게 팔딱거렸다. "할말이 있어요." 그녀는 입안이 바짝 마르고 혀에서 녹맛이 났다. 그녀는 불안에 휩싸여 뭔가 다른 할말이 없을까 생각했고, 로이에 대해 털어놔야 한다는 생각은 하지 않았더라면 좋았을 걸 싶었다. 그녀는 어떻게 말할지 고민하고 그 장면을 상상하며 머릿속에서 대사를 써보았다. 그러고는 잠시 망설이다 불쑥 내뱉었다. 연극 대사를 잘못 읽은 것처럼 들렸지만 상관없었다. "난 살인자의 딸이에요!"

갑자기 달라진 분위기에 어리둥절해진 피델리스가 약간 놀라며 일어나 앉았다. 어쩌면 그가 영어의 덫에 걸려 혼란스러워진 거라 생각하면서. 혹은 그녀가 뭔가 아주 다른 이야기를 꺼냈다고 생각하면서. 그는 기다렸고, 그녀가 이야기를 이어가는 동안 귀를 기울였다. 그녀는 로이가 숨지기 전에 털어놓은 모든 것과 자신이 그의 고백에 어떻게 반응했는지에 대해 극적으로 설명하고 재현했다. 그녀는 이야기를 하면서도 아버지의 머릿속에 무슨 생각이 있고 없었는지에 대해 고민했고, 책임을 떠안았다가 밀어냈다. 그러는 사이 그는 자신이 경험한 장면들이 떠오르는 것을 멈출 수 없었다.

한 명 또 한 명, 피델리스는 죽은 자를 기념하는 앨범을 펼쳐보 듯 그가 파멸시킨 남자들의 얼굴을 보았다. 일단 시작되자 평원 을 가로질러 불어오는 바람을 멈출 수 없듯이 그의 뇌가 페이지를 넘기고 또 넘기는 것도 멈출 수 없었다. 델핀의 목소리가 밀려들 자 그는 다시 침대에 누워 그 틀에 박힌 뻔한 장면을 보지 않으려 고 눈을 감았다. 하지만 그 장면들은 그의 망각에 난입해 점점 더 구체화되었다. 그는 눈을 떠 델핀의 얼굴을 골똘히 보았지만, 이제 그녀의 말은 한마디도 들리지 않았다. 그는 다섯번째로 죽인 사람 을 보았다. 파우티 만하임을 빼닮은 금발 남자가 모래주머니 옆으 로…… 차를 마시려는 것인지…… 친구가 들고 있는 양철 컵을 집 으려고 손을 뻗는다. 그러고는 입을 벌려 우렁찬 목소리로 노래의 첫 소절을 부르려는 듯 고개를 젖힌다. 총알이 그의 얼굴을 관통한 다. 이제 피델리스는 전에도 종종 그랬듯 그 얼굴을 보았다. 금발, 검붉은 구멍, 그리고 아무것도 없다. 귀. 그는 얼굴 없는 얼굴을 보 았다. 그것은 끈질겼다. 얼굴 없는 얼굴은 그를 알고 있었고, 절대 죽지 않았다. 다른 자들도 마찬가지였다. 앨범이 펼쳐질 때마다 그 들 모두가 보였다.

이따금 머릿속에서 그 검은색 표지를 밟고 서면 괜찮아졌다. 당 시 신었던 징 박힌 부츠를 신고 앨범이 펼쳐지지 않게 밟고 있는 것이다. 그는 지금 앨범을 덮으려 애썼고, 진땀이 나도록 거기에 집중했다. 부츠 주변에 배설물이 줄줄 흘렀다. 똥냄새와 죽음의 냄 새가 진동했다. 과거에 그는 냉혈한이었고, 그를 꺾을 사람은 없었으며, 그와 주변 모두에게는 적군의 개인적이고 복수심에 찬 포화가 떨어졌다. 다른 남자들이 그를 미워하고 두려워한 것도 당연했다. 요하네스만 빼고.

"괜찮아요?" 델핀은 당황했다. 그도 그녀가 굉장히 중요하다고 여기는 이야기를 한다는 것을 알았지만, 무슨 내용이었는지 잘 기억나지 않았다. 그녀의 기분을 풀어주어야 했다. 그는 두 손으로 그녀의 얼굴을 감싸고 골똘히 들여다보았다.

"에스 마흐트 니히츠(아무것도 아니야)." 그는 델핀이 가장 위로가 되는 방식으로 해석하기를 바라며 독일어로 말했다. 그는 심장과 호흡을 진정시키고 생각을 가라앉혔다. 그러고는 심장이 세차게 고동칠 때까지, 호흡이 터져나올 때까지, 생각이 부드럽게 조각조각 찢어져 색색으로 다채롭게 변해 일상의 빛처럼 그들 주위로 쏟아져내릴 때까지 그녀에게 기대고 있었다.

피델리스는 밤중에 느지막이 델핀의 작은 집을 나오면서 눈부시게 푸른 대기 속에서 뭔가가 달라진 것을 깨달았다. 끓어서 교란된 분자들이 서서히 위에서 아래로 이동하듯, 그는 난생처음 몸의 중심에서 피가 위로 올라갔다가 아래로 내려오는 느낌을 받았다. 술에 취한 사람처럼 몇 번이나 발을 헛디뎠다. 어느 순간 그는 크게 소리지르고 싶은 야릇한 충동에 휩싸였고, 싹둑 잘려 그루터기만 남은 드넓은 밀밭에 서서 윙윙거리는 어두운 바람을 맞으며 정말로 소리를 질렀다. 밀이 새로 올라오고 있었다. 그의 목소리를 반향할 것은 아무것도 없었다. 메아리도 없고, 그저 아물거리는 지평선뿐이었다. 그는 자신이 지른 소리가 세상을 한 바퀴 도는 것을, 모음이 잦아들며 그가 움직이기 전에 그의 어깨에 맞고 튕기는 것을 상상하며 혼자 웃었다. 타운의 불 켜진 변두리로 들어서서 집에 다다른 그에게 무슨 일이 일어났는지 말해준 것이 그 외침, 그 소리였다. 침착함을, 꼼짝하지 않을 수 있는 능력을 잃은 것이었다. 한때 그 재능으로 심장박동을 느리게 하고 아주 얕은 호흡을 끌어낼 수 있었다. 그 재능이 해체되었다. 더는 쓸 수 없었다. 끝났다. 그래도 상관없다고 생각했다. 그런 고요함, 그런 침착함, 그런 것이 없어도 살아남는 데는 지장이 없었다.

예전에 피델리스와 에바가 썼던 침실 벽에는 옅은 단풍색 회반죽이 발라져 있었다. 에바가 죽고 나서 탄테는 어려운 사람들에게 나눠주겠다며 에바의 옷을 가져갔다. 에바가 가지고 있던 도자기 인형과 보석도 내내 자기 것이라고 우겼을 뿐 아니라, 값이 나가지 않고 지극히 개인적인 물건까지, 심지어 불길하게 여겨지는 물건까지 챙겨갔다. 에바가 쓰던 거북 껍질로 만든 빗, 가족에게 받은 편지, 개인적인 쪽지를 끼워둔 몇 권의 책, 천사나 마리아나 성자나 가톨릭 순교자가 그려진 성스러운 카드까지. 그것을 완전히 치운 뒤에야 피델리스는 침실에서 잠을 잘 수 있었다. 그도 달리 잘 데가 없어 그 방을 썼을 뿐 억지로 견딘 것이 분명했다. 그는 그 방에서 곯아떨어지고 깨어났지만 주변 환경에 전혀 신경쓰지 않았다. 널찍하고 길쭉한 창턱에는 모터 부품과 맥주병, 깨진 컵, 담뱃재가 수북한 재떨이, 죽은 식물이 그득했다.

어느 날 가게가 한산하자 델핀은 그 방을 청소했다. 온갖 잡동사니를 분류해 적당한 장소로 옮겨놓거나 없앴다. 에바의 물건이 아직 몇 가지 남아 있었다. 재킷, 잊힌 구두 한 짝, 파우더, 판지 상자에 조심스럽게 넣어 채워두었던 속옷 서랍. 피델리스는 에바와 함께 쓰던 침대를 아이들 방으로 옮기고 더 단순한 스타일의 침대와 그것에 어울리는 서랍장을 샀다. 둘 다 짙은 체리빛 적갈색이었다. 델핀은 예전에 사두었던 침대보를 비로소 깔았다. 강렬한 빨간색과 자주색을 섞어 짠 것으로 색깔이 짙고 아름다웠다. 그녀는 물러서서 타오를 듯 눈부신 침대를 바라보았다. 새로 산 나무 서랍장은 아몬드오일로 광을 내고 거울도 반짝반짝 닦았다. 하지만 거울 속 자신과 눈이 마주치자 그녀는 일손을 놓고 침대 모서리에 주저앉았다. 호흡이 가빠졌지만 일을 많이 해서가 아니라 겁이 나서였다. 심장이 벌렁거리고 가슴이 답답했다. 그녀는 피델리스를 아주 많이 사랑하는가, 아니면 조금이라도 사랑하긴 하는가? 그녀의 눈은 탐욕으로 텅 빈 듯 보였다. 그 눈동자에서 무슨 좋은 것이 나오겠는가. 그가 그녀에게 무엇을 해줄 수 있는지, 이 일이 어떻게 끝날지 그녀로선 통제 불가였다. 언젠가 그가 죽으면 어떻게 될까—그때가 한계일 것이다! 그녀는 목구멍이 타들어가는 것 같았다. 눈물 때문에 눈이 시큰거렸다. 그녀는 두 손에 얼굴을 묻고 어둠을 들이마셨다. 고개를 들자 결혼하지 말았어야 했다고 그에게 말해야겠다는 생각이 들었다. 아직은 달아날 기회가 있었다. 그렇게 생각하니 답답하던 가슴이 뚫리고 숨통이 트이는 것 같았다. 그랬다. 그녀는 그의 삶에서 당장 빠져나와 떠날 수 있었다! 하지만 결국은 침실에서 약간 긴 복도로 나와서 홀을 지나 가게로 향했을 뿐이었다.

갈색과 흰색 타일 바닥을 지나 가게와 살림집을 나누는 얼룩진 소나무 문 쪽으로 가는데 양쪽 벽이 살짝 좁혀들며 기억하는 것보다 통로가 더 길어진 듯 묘한 느낌이 들었다. 장사에 필요한 물품이 벽을 따라 고리에 걸려 있거나 수납장에 차곡차곡 보관되어 있었다. 얼룩진 앞치마, 수건, 나사나 볼트나 여분의 못을 보관하는 나무통 따위였다. 냉장고를 수리하거나 새로 선반을 만들 때 필요한 용구도 있었다. 카탈로그와 전단지, 가격표도 있고, 견본과 시제품 라벨도, 송장送狀 용지와 두루마리 파라핀지도 있었다. 통로를 절반쯤 걷다 어두컴컴한 곳에 이르자 멈춰 서서 마른 피와 오래된 종이 냄새가 뒤섞인 공기를 깊이 들이마셨다. 양념, 머릿기름, 신선한 우유, 깨끗한 바닥. 거기 모든 것이 있었다. 그녀는 자신이 이룩한 질서가 주는 평화로움을 들이마셨다. 강렬한 기쁨의 파도가 밀려들자 가슴이 벅찼다. 그 순간 가게 앞에서 손님이 왔음을 알리는 종이 울렸고, 그녀는 서둘러 카운터 뒤 자기 자리로 갔다.

슈미트 부부는 일찌감치 이름을 스미스로 바꾸었고, 뷔허 부부는 부크 씨와 부크 부인이 되었다. 독일인들은 이제 현관과 창문에 미국 국기를 내걸고 아는 만큼 영어로 말했다. 노래클럽 회원들의 장난기어린 동지애에 불편한 감정이 끼어들었다. 남자들은 부엌 뒷마당으로 나가, 빨랫줄 아래 다져진 풀밭에 놓인 거칠거칠한 나무 탁자 주변에 둘러앉았다. 아연도금한 양철 빨래통에 얼음과 함께 차가운 맥주가 담겨 있었다. 야트막한 나무통에서는 온기가 느껴졌다. 피델리스는 차가운 맥주가 위장에 좋지 않다고 생각해 햇볕에 완전히 데워진 뒤에야 마셨다. 그는 병을 따면서 남자들의 말을 들었다. 체스터 줌브러게가 독일어로 노래를 부르면 반역 행위로 해석될 수 있다고 걱정했다.

"진짜 범죄 행위로 여겨질 거란 말은 아니야. 고발당할 거라는 말도 아니고! 하지만 타운 주민의 정서도 고려해야 할 것 같아."

"저 독일놈들이 지랄 같은 폴란드놈들을 때려눕혔거든." 뉴홀이 말했다. "자네가 뭐라고 하든 난 신경 안 써. 그놈들은 전쟁기계야."

"젠장, 그놈들은 정육점 도살자야." 피델리스가 말하자 남자들이 껄껄거렸다. 피델리스는 손가락 사이에 호두를 끼우고 깨뜨리려 했지만 손이 미끄러졌다. 세 번 시도한 끝에야 껍질을 깨고 입에 넣을 수 있었다. 그리고 호두를 하나 더 깼는데, 이번에는 금방 으스러뜨렸다. 하지만 그는 더이상 말이 없었다. 그때 피트 쿠스카가 마당으로 걸어들어왔다.

"이게 누군가!" 파우티가 말했다. 그는 한 손으로 쿠스카에게 맥주를 건네고 다른 손으로 쿠스카의 손을 잡아 흔들었다. 샐 버디가 그의 등을 탁 쳤다. 뉴홀은 반가운 듯 고개를 끄덕이며 의자를 빼주었다. 그들은 채버스를, 그리고 보안관 호크를 잃었다. 얼마 전로이 바츠카도 잃었다. 회원 수가 점점 줄어들자 그들은 옛 동료가 나타난 것이 반가웠다. 남자들은 목을 풀고 각자의 음높이를 찾아 맥주를 마시며 자연스레 노래를 시작했다. 서로 몸을 기울여 집중하고, 음악이 이끄는 대로 자신을 맡겼다.

나는 이른 아침 창가에 서 있었다네
아무 걱정도 없이 아무 근심도 없이
아무 경고도 없이 웃으며 찾아온 우편배달부를 반겼다네
그는 오늘 날씨가 맑을 거라 했지.

풀밭 위로 공기는 점점 따사롭게 달아오르고
그는 편지 뭉치에서 한 통을 꺼내 내게 건넸지
돌아가면서도 그는 깨닫지 못했어
내게 가져다준 편지엔 검은색 테가 둘려 있었다는 걸.

오, 어머니, 어머니, 제가 가요……

"꼭 그걸 불러야 하나? 침울한 곡이야. 흥겨운 노래를 부르는 게
좋겠어." 뉴홀이 말했다.
"예를 들면?" 줌브러게가 말했다. "추잡한 음주가 말고 흥겨운
곡이 있다면 말해봐."
"미국 노래." 피델리스가 맥주병을 따며 말했다. 그들은 알고 있
는 애국가풍 노래는 모조리 불렀지만 모일 때마다 같은 곡만 부르
다보니 슬슬 지겨웠다. 로이가 남긴 노래들이 대체로 그들을 구원
해주었는데, 빈민가에서 배워온 노래였다. 이제 그들은 '내가 총각
이었을 때는 주머니가 잘랑거렸지'로 시작하는 곡에서 출발해 살
해된 소녀를 위한 발라드 시리즈로 넘어갔다. 그들은 감동적이고
구슬픈 하모니를 만들어내며 큰 만족감을 느꼈다. 델핀도 그들의
노래를 들으면 늘 미소가 떠올랐다. 맥주를 비우기 전에 로이가 가
르쳐준 세계산업노동자연맹 노래들이 동이 났다. 그러자 쿠스카
가 폴란드 국가였다고 알려주었지만 〈술통을 굴려라〉라는 미국 군
인의 행군가로 바뀌어버린 곡으로 옮겨갔다. 그러고는 시프리언이
가르쳐준 〈술병의 노래〉로 넘어갔다. 메티스의 왈츠곡이었는데,
그들은 프랑스인 특유의 눈짓과 세련된 태도를 과장되게 흉내내며

노래를 불렀다.

　　나는 이 세상에서 가장 불행한 사내.
　　사랑하는 여자가 있어도 말을 걸 수 없다네.
　　남들은 모르는 숲으로 가서 바위를 피신처 삼아 내 삶을 끝내리
　　울타리와 고요한 샘이 있는 곳.
　　그곳에서는 나도 괜찮을 거야.
　　아! 내 아가, 내가 사랑받는 법을 알았다면
　　네 마음을 사랑했을 텐데.
　　아! 친구들아, 마시자, 술병을 들자.
　　아니. 아무도 사랑을 예측할 수는 없다네.

　　남자들은 가버리고 피넬리스만 마당에 남았다. 밤이 깊어지자 그는 맥주를 비우고 혼자 노래를 불렀다. 남들은 모르는 옛날 독일 노래를. 달이 모습을 드러냈다. 찬란한 금빛 원반이 서서히 흐려지며 은빛이 되더니 위로 올라가면서 다시 밝아졌다. 이제 그의 목소리는 흥얼거리는 노랫소리로 바뀌었다. 델핀이 어중간하게 손질한 에바의 무성한 정원이 그의 주위에서 소곤대며 부스럭거렸다. 메뚜기의 노래가 밀려오는 파도처럼 커졌다 작아지기를 반복했다. 어디선가 개구리가 그리움에 목이 쉰 듯 개굴개굴 울어댔다. 도축 전 짐승을 가두는 축사에서는 돼지가 꿀꿀거렸다. 그는 프란츠를, 마르쿠스를, 에리히를, 에밀을 생각했고, 그 아이들을 처음으로 품에 안았던 장면을 하나씩 떠올렸다. 그는 마음이 점점 약해졌다. 흐느끼다보니 숨이 차고 눈시울이 뜨거워졌다. 비난조인 적

군의 노래 〈릴리 마를렌〉을 부를 때는 목소리가 떨렸다. 그는 점점 화가 났다. 그들은 그의 적이었고, 그의 아들들이 적군과 싸워 자기 형제들을 구해올 것이다. 〈릴리 마를렌〉. 그 감상적이고 하찮은 옛 노래조차 그를 수치심에 빠지게 했다. 그는 부모님의 얼굴을 보고 싶은 절박한 마음에 사로잡혔지만, 맥주를 한 모금 쭉 들이켜 그 마음을 조심스레 가라앉혔다.

열넷
은빛 전나무 부대

델핀은 예전부터 자기 몸이 임신을 거부할 것임을 알았다. 아버지의 집 저장고에서 그 광경을 목격한 이후로 줄곧 그런 느낌이었다. 여느 여자들과 달리 자식이 없다는 사실이 그다지 아쉽지는 않았는데, 아마 에바의 자식들을 키웠기 때문일 것이다. 그녀의 모성애는 특히 마르쿠스에게 쏠렸다. 마르쿠스가 땅속에 묻혔다가 살아 돌아온 뒤로, 땅굴을 파고 사내아이들과 신나게 전쟁놀이를 하고 손수 만든 카트를 타고 언덕을 내려오다 나무에 부딪히고 썰매에서 굴러떨어지던 때와 완전히 달라졌음을 델핀은 알아차렸다. 땅속에 꼼짝없이 누워 있던 시간이 정신을 차분하게 만들고 피를 식힌 것 같았다. 그는 책을 많이 읽었고, 학구적이고 아는 것이 많은 똑똑한 사람이 되었다. 그리고 전축을 구입했다. 빽빽거리는 호른, 인간의 신음소리 같은 색소폰, 그리고 두루마리가 풀리듯 부드러운 음악이 그의 방에서 흘러나왔다. 어느 교사는 극찬하는 말을 써서 집으로 보냈고, 또 어느 교사는 마르쿠스가 오만하고 경솔하며 걸핏하면 트집을 잡고 자꾸 질문을 해대는 골칫거리라고 했다.

마르쿠스가 더 어렸을 때 델핀은 장갑을 잃어버린 그를 나무라고 새 장갑을 떠주었다. 깡마른 아이를 살찌우기 위한 대책도 세워봤지만 뜻대로 되지 않았다. 아이가 더 자라자 델핀은 공부를 도와주고 학교에서 상을 받아오면 칭찬도 해주었다. 시력이 나빠져 어쩔 수 없이 안경을 써야 했을 때는 위로해주면서도 내심 시력 때문에 입대가 거부되기를 바랐다. 어쨌거나 그는 시력검사에서 속임수로(그녀는 확신했다) 뜻을 이루었다.

그가 통보하던 날 그녀는 마음의 준비를 하고 있었다.

"마르쿠스. 여기 앉아봐."

그는 델핀의 비위를 맞춰주려고 자신만만하고 들뜬 표정으로 식탁 앞에 앉아 그녀에게 열중했다. 델핀은 그가 그녀의 말을 듣지도, 믿지도 않으리란 걸 이미 알았지만 뭐라도 인상적인 말을 할 생각이었다.

"마르쿠스, 영화에서는 어깨에 총을 맞거나 심지어 죽어도 깔끔하게 끝나지만 현실은 안 그래. 총알이 심장을 관통할 수도 있어. 팔이나 다리를 절단해야 할 수도 있고. 종잇장처럼 갈가리 찢어진단 말이야. 게다가 그런 사고의 절반은 실수 때문에 일어나고, 실수로 같은 편을 죽이는 경우도 생겨. 무슨 일이 있어도 안 돼, 마르쿠스. 이렇게 애원할게. 에바를 위해, 아빠를 위해, 친엄마는 아니지만 나를 위해. 전쟁이 한창인데, 제발 거기에 발을 들여놓지 마. 전쟁이 정말로 어떤 건지 청년들에게 제대로 알려주는 사람은 아무도 없어, 마르쿠스. 청년들이 만신창이가 될 거란 말은 아무도 하지 않아."

"만신창이요!" 마르쿠스는 생색내듯 놀란 표정을 지어 보이며 그녀를 바라보았다. "그런 소리는 다 어디에서 들었어요?"

"읽었어. 상식이기도 하고." 델핀은 마르쿠스의 우쭐대는 태도에 심사가 뒤틀렸지만 한편으로는 애가 말랐다. "폭탄은 어떨 것 같아? 독일인이나 일본인만 골라서 죽일 것 같니? 우리 편 가까이 떨어진 폭탄이 그런 걸 구분할 것 같아? 깔끔하고 눈에 보이지 않게 너를 날려보낼 것 같니?"

"엄마, 진정하세요." 마르쿠스가 미친 사람을 상대하는 것처럼 말했다.

"우리가 죄다 멍청한 꼴통이야?" 델핀이 열을 올리며 내뱉었다. 이토록 화가 나는 건 전쟁 때문만이 아니었다. 위선, 허울뿐인 활기, 거짓말도 마찬가지였다. 그녀는 잡지를 잡아채더니 페이지를 획획 넘겨 전선으로 떠난 자식에게 치약을 보내주라는 광고를 찾아냈다. "전쟁에서 가장 견디기 힘든 게 치통인 모양이지! 이것도 봐!" 편지를 부칠 때마다 한 개씩 넣어 보내면 외로움을 덜어주고 심지어 병사들의 감시 기술도 더 향상될 거라는 암시가 깔린 껌 광고였다.

"이걸 보면 우리가 이 나라에서 어떤 존재인지 알 수 있어." 그녀가 소리를 질렀다. "사람을 죽이는 게 껌을 파는 수단이 되고 만 거야!" 그녀가 잡지를 내려놓고 울먹거렸다.

"알아요, 엄마." 마르쿠스는 그녀의 어깨에 손을 얹고 부드럽게 토닥거렸다. 그가 자신만만한 어조를 누그러뜨리고 조용히 말했다. "조심할게요. 어느 누구도 저를 쏘거나 만신창이로 만들게 두지 않을 거예요. 저는 형이 아니잖아요. 프란츠는 입대했을 때 훈련받은 조종사였어요. 저는…… 배를 타고 바다 건너 먼 곳으로 갈 일도 없을 거예요." 그가 그녀를 위로하며 다정하게 말했지만, 그녀는 그것이 고마우면서도 그가 생각하고 바라는 것은 반대라는 걸 알 수 있었다.

마르쿠스가 계속 어설프게 그녀를 토닥이자 그녀는 두 손에 얼굴을 묻었다. 그녀는 그가 여기를 벗어나고 싶어한다는 것을 알았다. 가슴 한복판이 찢어지는 것 같았다. "가봐. 나가보렴. 집에서 보내는 마지막 밤이니까." 그녀가 마침내 앞치마로 얼굴을 닦으며 말했다. "나가서 온 타운을 눈물바다로 만들렴."

"여기는 더 울어줄 사람도 없어요." 그가 말했다. "나가서 신문이나 사와야겠어요. 신문 보다 잘래요."

동생들이 가지고 놀던 장난감 병사들이 아직 서랍장과 창턱 위에 세워져 있었다. 마르쿠스는 그걸 가지고 놀 나이가 지난 지 오래지만 아직 치우지 않았다. 그는 산책을 나갔다 와서도 잠이 오지 않자, 전투 대열을 완성하면서 마지막 밤을 보냈다. 미련하고 감상적인 행동이었지만, 작은 말들은 똑바로 세우고 장교들은 쓰러뜨렸고 대열을 정비하고 방어를 강화했다. 그는 병사들을 만지작거리다 소년들의 전쟁놀이에 점점 빠져들었다. 예전에 쌍둥이 동생들이 저목소에서 톱으로 잘라온 나무토막에 수풀 색깔을 어설프게 칠해 만든 바위와 나무를 오합지졸 정찰부대 주위에 둘러세웠다. 진짜 고무바퀴에 양철 깃발이 꽂힌 장갑차도 다시 배치했다. 병사들은 당장이라도 벗겨져 날아갈 것 같은 작은 철모를 쓰고 있었다.

말, 그리고 기병대, 그들은 누가 봐도 적수가 되지 않아 후방에서 쉽게 공격당할 수 있었다. 그 순간 마르쿠스는 홀린 듯 그 앞에 쌍둥이가 직접 만든 기관총 받침대를 늘어세웠다가 치워버리고 탱크를 옮겨놓았다. 블라스코비츠*가 제8부대를 이끌고 우치**를 치기 위해 동쪽으로 이동했을 때 폴란드인이 그랬던 것처럼, 기병대를 무장한 부대와 싸우게 하는 건 낭만적이지만 미친 짓이란 걸 누구라도 알았다. 하지만 마르쿠스는 몸을 뒤로 젖힌 장교를 맨 앞에 세우고 기병대를 공들여 배치했다.

델핀과 아버지가 결혼하고 얼마 되지 않았을 때 마르쿠스는 사무실 문 뒤에 숨어 아버지가 통화하는 것을 엿들었다. 피델리스와 델핀 사이에 오간 잘 숨겨지지 않은 대화를 듣고, 그는 동생들이 돌아오지 않으리란 사실을 깨달았다. 장난감 병사들을 치우지 않겠다고 결심한 것이 그때였다. 절대 치우지 않을 것이다. 병사들을 항시 대기시켜둘 것이다. 그들이 병사들을 정성 들여 배치하면서 시간 가는 줄 모르고 흠뻑 빠져들었던 그 놀이가 미완성을 이유로 그 자체의 힘을 발휘해 동생들을 집으로 돌아오게 해줄 것만 같았다. 그래서 마르쿠스는 보병대의 먼지를 떨고 대형을 더 엄격하고 새롭게 갖춰 만들어두었다. 그때 이후로 그는 병사들이 더 정신을 바짝 차리도록 관리해왔다. 지금은 얼굴을 찡그리며 한 걸음 뒤로 물러났다. 병사 몇 개를 손가락으로 쳐서 쓰러뜨리자 라이플총이 천장을 향했다. 불현듯 그는 자신의 행동에 소스라치게 놀랐다.

---

* 2차대전 당시 독일의 장군.
** 폴란드 중부 우치주의 주도.

미신적인 생각이 들어 그는 다시 병사들을 일으켜세웠다.

다음날 마르쿠스는 버스에 올라 포트스넬링으로 떠났고 델핀은 한밤중까지 쿠키를 구웠다. 그러고 나서 식탁에 앉아 타운 도서관에서 잔뜩 빌려온 대중소설을 아무 생각 없이 읽고, 마르쿠스의 첫소포에 넣어 보낼 생각이었던 쿠키를 반쯤 먹어치웠다. 새벽 두시에 또 한차례 쿠키를 구웠고, 드디어 잠이 들자 참으로 오랜만에 저장고에서 죽은 자들의 꿈을 꾸었다. 루시가 그녀를 향해 일어서서 구름 같은 흰색 나방을 입에서 뱉어냈다.

물살처럼 흘러드는 햇빛 속에서 잠이 깬 델핀은 자신이 미치지 않았음을 확인하고 수심 가득한 슬픔을 내보이지 않으려면 특별한 대책이 필요하다는 사실을 깨달았다. 델핀은 차근차근 판단을 했다. 자신에게 엄격해져야 했다. 그녀는 서른다섯 살이고, 아들로 여겼던 아이는 다 커서 떠나갔다. 독일로 간 두 아이에게 무슨 일이 있는지는 전혀 알 수 없었다. 그녀는 남편에게 사랑이라 부를 만한 감정을 느꼈다. 어쨌거나 낭만적인 사랑은 아니었지만. 그들의 모든 감정이 자리를 잡자 그 무게가 어마어마해져 거위털 퀼트 이불 대신 러그를 덮고 자는 것 같았다. 날마다 장사를 하고, 날마다 팔고 도축하고, 날마다 바짓단을 고치는 일로 가득한 사랑이었다. 그들은 깊이, 푹 잠들었으며, 아마 둘 다 코를 골았을 것이다. 피델리스는 여전히 셔츠를 직접 다려 입었다. 델핀은 향이 짙은 프랑스 향수를 구입했고 그의 예민한 소화기능에 대해 잔소리를 늘어놓았다. 그들의 사랑은 그럭저럭 나쁘지 않고 실용적이었으며, 그녀가 두려워했던 압도하는 힘이 없었기에 소중한 사랑이었다.

시간이 지날수록 델핀은 식료품과 도축한 고기를 팔고 계산하는 일을 좋아하게 되었다. 재고 관리는 꼼꼼하고 야무진 그녀의 성격과 잘 맞았다. 그리고 자신의 위치에 따른 시민의 의무도 있었다. 당황스럽게도, 델핀은 결혼을 하고 하루 일과대로 움직이며 세세한 부분까지 챙기고 자기 일을 열심히 하다보니 타운에서 가장 안정되고 존경받는 여자 중 한 명이 되었다. 그녀의 조언을 들으려는 사람들이 생겨났다. 그녀가 제시하는 해결책이 입소문을 탔다. 저렴한 고기를 현명하게 처리하는 것과 돈을 모으는 방법이 찬사를 받았다. 언제 광고나 장비에 한푼이라도 써야 하는지, 언제 돈을 저축하거나 전시공채를 사야 하는지 그녀는 알았다. 그리고 독서를 했다―그것 역시 특별했다. 사람들은 책을 읽을 때 그녀의 평가를 따랐고, 도서관에 가면 뒤표지 안쪽의 마분지 봉투에 든 카드에 그녀의 이름이 단정하고 반듯하게 기입된 책을 빌렸다.

얼마 전부터 그녀는 독서 시간뿐 아니라 모든 것에 대한 시간이 줄었다. 전쟁은 놀라울 정도로 급격히 사업을 바꿔놓고 있었다. 갑자기 주문이 밀렸다. 난데없이 손님이 몰려들었다. 미니애폴리스에 있는 유대교회당에서도 피델리스를 찾아와 유대교 율법에 맞는 도축을 의뢰했다. 장사는 잘됐지만 물자가 부족한 것이 문제였다. 피델리스의 배달트럭은 많은 사람이 탐내는 C스티커*를 발급받았지만 연료는 늘 부족했다. 커피도 바닥났다. 정부가 낙농업자로부터 버터를 징발해가자 델핀은 노란색 착색료를 조금 넣어 만

---

*2차대전 당시 식료품과 휘발유 배급제를 실시한 미국은 1942년 말 일주일 치 휘발유 구입량을 직업군별로 책정해 A, B, C, T, X 스티커를 발급했다. C스티커는 의사, 목사, 우편배달부 등에게 발급되었다.

든 올레오마가린을 팔았다. 공급자들도 기껏해야 최하 등급의 캔 제품을 제외하면 대줄 것이 없었다. 달걀도 없었다. 마르쿠스가 보낸 편지에서 아침 주식이 달걀 분말이라고 한 것을 보면 달걀은 죄다 병사들을 위한 분말에 쓰이는 것이 분명했다. 그는 클라크 초코바나 뭐든 신선한 과일만 먹을 수 있다면 여한이 없겠다고, 지겨워 죽겠다고 썼다. 델핀은 모던라이브러리 보급판 열두 권을 사서 두 권씩 부쳐주었다. 더스패서스. 포크너. 캐더.* 그녀는 어느 때보다 분주해 보였지만, 마르쿠스가 떠난 뒤로 시달려온 불안은 사라지지 않았다.

델핀은 공급자와 옥신각신하고 배급량 때문에 실랑이를 벌이고 유머를 곁들인 기발한 광고를 선보였다. 예컨대 소를 그려놓고 그 밑에 '우리에게 만족하지 않는 유일한 손님'이라고 써놓는 식이었다. 그녀는 녹초가 되기를 바라며 가게에서 늦게까지 일했다. 하지만 새벽 네시만 되면 어김없이 일어났고 머릿속은 혼란스러웠다. 이따금 옆에서 피델리스도 깨어나 독일로 보낸 쌍둥이를 생각하는 것이 느껴졌다. "그애들은 너무 어리잖아요." 델핀이 천 번은 더 말했을 것이다. 그녀는 그가 다시 잠들기를 기다렸고, 그의 호흡이 깊어지자마자 돌아누워 뒤척였다. 그녀는 글을 써보려고, 일기를 써보려고 했지만 처음에는 귀찮았고 나중에는 지겨웠다. 한동안 바느질을 했지만 솔기를 잇대고 패턴을 만드는 일이 점점 갑갑해졌다. 결국은 잠자리에 들기 전 밤 산책을 나가기 시작했다.

피델리스가 잠들기 전에 하이볼을 마시고 라디오를 들으며 델핀

---

* 대평원에서 벌어지는 개척자의 삶을 주로 다룬 미국 작가 윌라 캐더.

이 준비해둔 사리염을 푼 뜨거운 물에 발을 담그고 있는 동안 그녀는 타운 거리를 걸었다. 서늘한 밤공기 속에 불 켜진 고요한 집들을 지나며, 잠 못 이루고 돌아다니는 스텝앤드어해프의 왜가리 걸음을 자기도 닮아가는 게 아닐까 생각했다. 어쩌면 델핀도 그녀와 비슷하게 괴짜로 알려질지 모른다. 밤만 되면 사람들이 집에서 그녀가 지나가는 소리를 듣고 "저기 늙은 델핀이 또 지나가네" 하고 말할지 모른다.

그녀는 아버지, 그리고 에바가 잠들어 있는 공동묘지를 지날 때면 종종 입구로 들어가 그들을 찾았다. 심지어 밤에도 모서리가 뭉툭한 사각 비석이 세워진 묘지는 죽음의 엄숙함이나 혼란 같은 것이 전혀 없는, 그저 그녀를 따듯이 반겨주는 평범한 장소였다. 모든 것이 자로 잰 듯 반듯하게 배치되어 있었다. 호크의 무덤은 새까만 화강암 비석(그가 이미 오래전에 골라둔 것이다)이 애처로운 호기심을 끌 뿐이었다. 로이의 무덤에서는 희미하게 슈납스 냄새가 났다. 에바는 배로 옮겨져 독일에 묻히는 대신 아거스에 묻히는 것을 선택했다. 하지만 그녀가 아버지 어머니의 무덤과 멀리 떨어져 부모 없이 이렇게 낯선 이국땅에 영원히 머물러야 한다고 생각하면 델핀은 가슴이 아팠다. 델핀은 에바의 묘비 뒤에 어린 소나무를 심고 그것이 자랄 공간을 남겨두었다. 그녀는 그 소나무가 지금쯤 뿌리를 깊숙이 내려 에바를 보듬어줄 거라고 상상하며 마음의 위안을 찾았다. 어느 밤, 델핀은 바닥이 차가운데도 코트를 여미고 소나무 아래 앉았다. 솔잎 사이로 부는 부드러운 바람 소리에 귀기울이며 그 아름다운 소리가 땅속 깊이 내린 뿌리를 타고 에바의 귀에 가닿는 상상을 했다.

"당신을 만나지 않았다면," 그녀가 에바에게 말했다. "난 계속 떠돌아다녔겠죠. 하지만 참 신기한 일인데, 당신이 내 야망을 가져가고 내게 당신의 삶을 남겨줬어요. 난 지금 당신의 삶을 살고 있어요. 계속 그 일들을 하고 있어요."

피델리스는 널찍한 묫자리를 사두었고, 에바 옆에 묻힐 터였다. 델핀은 줄곧 그 반대쪽에 묻히겠다고 주장했지만, 지금 생각하니 에바가 중간에 있는 편이 더 나을 것 같았다. 저만치에 로이의 무덤이 있었다. 로이만은 영원히 내 곁에 두고 그 걸쭉한 농담을 내 귀로 듣겠어, 델핀은 생각했다. 하지만 그 소슬하고 삽시간에 어두워지던 밤 그녀는 유년기에 상실을 경험해본 사람만이 알 수 있는 끝간 데 없는 외로움을 느꼈다. 어머니를 잃은 것이 델핀을 강하게 만들었지만, 한편 그녀는 상처입은 사람으로, 절망적으로 뭔가를 찾아 헤매는 사람으로, 좌절의 흔적이 새겨진 현실적인 여자로 살아가야 했다. 중년의 나이에 접어든 지금도 그녀는 어머니가 그리웠다. 그녀는 에바의 무덤에 돋은 얼음 같은 풀잎을 어루만지다 불현듯 바닥에 드러누워 땅의 소리를 듣고 싶은 충동에 사로잡혔다. 가슴에 귀를 대고 쿵쾅대는 심장박동을 듣는 것처럼, 어머니의 피가 혈관을 타고 흐르는 소리에 넋을 빼앗긴 갓난아이가 된 것처럼.

델핀이 따뜻한 부엌으로 들어가니 피델리스는 의자에 앉아 발을 담근 채 신문을 보고 있었다. 그녀가 나가기 전에 어느 정도 견딜 만큼 뜨겁게 데워두었던 물은 어느새 식었다. 그녀는 그를 바라보았다—그는 콧수염을 길렀는데 이제 완전히 희끄무레한 회색이었다. 머리는 처음 봤을 때처럼 밤색이었지만 희끗희끗 나이의 흔적이 보였다. 그녀는 자신의 머리칼을 만져보았다. 비록 공급자에게서 검은색 호두 샴푸를 구입해 썼지만 그녀의 머리색은 약간 더 칙칙하고 숱도 더 적었다. 그래도 외모는 그대로였다―어떻게 알았는가 하면 여자 손님들이 속상한 듯 질투가 난다는 말을 해서였다. 하지만 뒤돌아가면서는 델핀이 아직도 젊어 보이는 건 아이를 낳지 못해서라고, 그것이 자식을 키우며 얻는 기쁨에 비할 바는 못 된다고, 깔보면서 불쌍하다는 말을 중얼거렸을 것이다.

델핀은 피델리스 앞에 놓인 작은 스툴에 앉아 그의 발을 들어 무릎에 올려놓은 수건으로 감쌌다. 피델리스의 발은 자기로 만든 개수대처럼 하얗고 무거웠다. 보드라운 피부, 선명한 곡선을 그리는 아치, 연약해 보이는 네모난 발가락에서 정육점 주인의 여린 면이 엿보였다. 델핀은 혈액순환이 잘되도록 커다란 갈색 병을 기울여 유칼립투스오일을 손에 부은 뒤 남편의 발에 발라주었다. 이어서 발톱을 깎고 굵은 바다소금을 문질러 발의 각질을 없앴다. 마지막으로 손에 오일을 더 부은 뒤 발을 더 세게 문질렀다. 그는 신문을 내려놓고 그녀의 손이 움직이는 대로 기분좋은 신음소리를 내다가 수줍게 고맙다고 말했다. 그는 이런 보살핌이 늘 어색했지만 거부할 수 없었다. 예전에 전쟁터에서 걸린 동상이 아직도 그를 괴롭혔고, 최근에는 경련과 함께 심한 통증이 오거나 발가락이 마비되기도 했다.

그는 포근한 모직 양말을 신고 럼주를 섞은 하이볼을 한 잔 더 마셨다. 바다를 건너오는 위스키가 귀해지자 차츰 하이볼에 맛을 들인 터였다. 델핀은 족욕 용구를 치우고 그의 옆에 앉았다. 나는 신의 존재를 생각하지 않고 살았지, 그녀가 생각했다. 하지만 바보

같이 군 적은 없었어. 나는 지금도 신이 세상을 만든 뒤 한 번도 돌아보지 않은 술 취한 망나니라고 생각하니까. 물론 그전엔 천재였겠지. 그래, 그건 나도 인정해. 하지만 신은 스스로 더없이 아름다운 그림과 조각과 살아 있는 작품을 만들어놓고 되는대로 방치해서 악마가 거기다 똥이나 싸게 만든 태만하기 짝이 없는 예술가야.

"행간을 읽어야죠." 그녀가 파고 신문의 머리기사를 탁 쳤다. 과달카날. 스탈린그라드.* "신적인 존재라면 그렇게 끔찍한 아수라장을 만들게 놔두지는 않을 거예요. 어떤 신이 그러겠어요?" 그녀가 피델리스에게 물었다.

피델리스는 그녀가 요란하게 신문을 보는 데 익숙해서 아무 대답도 하지 않았고, 그녀는 노스다코타의 전사자 명단을 보고 비통해했다. 그는 그녀가 툭툭 던지는 생각이나 재미있는 이야기나 슬픈 사연이나 그에게 내뱉는 뜬금없는 불평을 신경쓰지 않았다. 더욱이 신에 관한 한은 그녀에게 동의하면서도, 전쟁터에서 소용없다는 것을 알면서 달리 방법이 없어 신에게 도와달라고 기도했던 것처럼 지금도 자식들을 위해 밤마다 기도했다. 그는 델핀에게로 몸을 굽혀 이마에 입을 맞추었다. 좀처럼 하지 않는 부드러운 키스였다. 그의 손이 그녀의 목을 쓸어내렸다. 그는 고개를 기울여 또 한번 천천히 키스한 뒤 입을 뗐다. 그녀가 그를 똑바로 보며 미소 짓자 두 뺨의 칼끝 같은 보조개가 더욱 깊어졌다. 그들은 일어섰다. 샤치가 의식을 치르듯 그들을 쫓아갔고, 그들은 집과 가게를 한 바퀴 돌며 문은 잘 잠갔는지, 불은 잘 껐는지 확인했다. 가게 앞

---

* 두 지역 모두 2차대전 당시 치열한 전투가 벌어졌다.

어디쯤에서 피델리스가 그녀의 손을 잡았다. 그들의 손은 찍히고 다치고 낫기를 반복하는 사이 오래된 도자기 한 벌처럼 잘 들어맞았다. 그들은 손을 잡고 복도를 지나 침실로 들어가서 문을 닫았다.

침실 밖 복도에 남겨진 하얀 개는 노쇠하고 불편한 걸음으로 느릿느릿 움직여 어둑한 가게에서 코를 쳐들고 모든 것이 괜찮은지 침침한 눈으로 확인했다. 그러더니 안심이 되는지 리놀륨타일 바닥을 긁작거리며 어슬렁어슬렁 돌아왔다. 침실 앞에 이르러서는 잠시 걸음을 멈추고 걱정스러운 듯 안쪽에 섬세하게 털이 돋은 크고 뾰족한 귀를 쫑긋 세웠다가 다시 긴장을 풀었다. 샤치는 두 번 더 돌아본 뒤 즐겨 눕는 시원한 장소로 가서 높이 뛰어오를 때처럼 다리를 쭉 뻗었다.

에밀의 전쟁은 아주 짧았다. 그는 나이를 속일 필요도 없었다. 병력 증강에 필사적이었던 독일군은 아돌프 히틀러 슐레*의 교사와 단체장은 물론이고 학생 전체를 징집했다. 에밀과 에리히 둘 다 선발캠프에서 큰 칭찬을 받으며 장교감으로 두각을 드러냈다. 그들은 바펜 SS** 산하 히틀러 유겐트***에 들어가 전쟁 동안 어깨를 겯고 싸우기로 했다. 하지만 얼마 되지도 않아 에밀이 양떼목장에 묻힌 지뢰를 밟았다. 새 제복이 얼룩지거나 때가 묻기도 전에 갈가리 찢겼다. 눈앞에 초록색 회오리바람이 지나가나 싶더니 곧장 거꾸로 붕 떠서 풀밭을 내려다보고 있었다. 에밀은 땅에 떨어지기도

---

* 독일어로 학교라는 뜻.
** 유대인 학살로 악명을 떨친 나치의 무장 친위대.
*** 1922년 창설된 독일 나치당의 청소년단.

전에 숨이 끊어졌다. 주머니에 넣어두었던 탄테의 사진은 피로 물들고 입에 물고 있던 벌꿀사탕은 차갑게 식었다. 아들이 전쟁터에 나갔을 때 벌꿀을 먹고 살아남은 것을 떠올리며 그때처럼 벌꿀이 손자도 구해주기를 바라면서 할머니가 챙겨준 사탕이었다.

에리히는 계속 걸음을 옮겼지만, 그도 쌍둥이 형제와 함께 날아가 반쯤 죽은 거나 마찬가지였다. 그는 죽을 때까지 싸우겠다고 맹세하고 표정도 흔들림이 없었지만, 포격이 이어지면 장이 말썽을 부렸다. 모래포대를 끌어안은 팔을 움직일 수 없었다. 손가락이 마비되어 주먹이 펴지지 않았다. 신성한 맹세도, 그가 지켜온 카메라드샤프트*도 비처럼 쏟아지는 피와 내장과 뇌수와 너덜거리는 살점을 피할 은신처가 되어주지는 못했다. 한때 소년에게 감탄의 대상이었던 것이 폭발해 붉은 수증기가 되었다. 그는 결국 포로로 붙잡혀 나흘 밤낮을 뜬눈으로 지새웠지만, 미국 병사가 그의 무기를 빼앗으며 "아직 꼬마잖아. 고추에 털도 안 났겠는걸" 하고 말하자 영어로 말대답이 나오려는 것을 본능적으로 참았다. 어쨌거나 병사의 말이 맞는데 뭐라고 하겠는가?

나중에 에리히는 미국 병사의 라이플총을 슬며시 잡았지만 욕이 날아오자 대번에 주눅이 들었다. "난 이 꼬맹이 돌격대원들이 정말 싫다니까. 좆만한 방울뱀 새끼들."

"독버섯 같은 놈들이야." 또다른 병사가 말했다. "이놈들은 죽여버려야 해. 나중에 골치 아픈 일을 피하려면. 어쨌거나 이놈들을 어디로 데려간다는 거야?"

---

* 독일어로 동지애라는 뜻.

아까 그 병사가 뒤로 물러서서 M1 소총을 들고 쏠 것처럼 겨냥하자 에리히는 기겁해 자기도 모르게 소리를 지르고 말았다. "제발요. 제발 쏘지 마세요."

"이건 뭐지?"

"저는 노스다코타에서 태어났어요." 에리히가 목멘 소리로 간신히 말했다. "아빠는 아직 거기 살아요."

"깜짝 놀랐잖아. 넌 여기서 뭐하는 거냐, 요 쥐방울 같은 놈아?"

"전쟁이 일어나기 전에 독일로 왔어요."

"그럼 뭐냐? 넌 빌어먹을 나치냐, 아니면 염병할 미국인이냐?"

그가 버럭 호통을 치자 에리히는 더욱 겁을 먹었다. "잘 모르겠습니다. 하지만 고추에 아직 털은 안 났어요."

미국 병사들은 포복절도했다. 같이 붙잡힌 히틀러 슐레 동급생들—남은 두 명—이 어리둥절한 표정으로 에리히를 빤히 보며 에리히에게 지금껏 몰랐던 총명함이 있는 걸까, 아니면 전투의 압박감 때문에 완전히 미쳐버린 걸까 의아해했다.

아마도 효력이 있었던 모양이었다. 마르쿠스가 입대 전 정성스레 배치해두었던 장난감 부대가 에리히를 다시 데려온 게 맞을 것이다. 물론 에리히가 그 사실을 알았을 리는 없었다. 개조한 미국 열차가 그를 포함한 이백 명의 포로를 태우고 북쪽으로 달릴 때 에리히는 어린 시절의 이런저런 추억을 떠올리며 그 장난감도 생각했다. 밤이어서 그는 오대호 부근의 위스콘신이나 미시간으로 가는 모양이라고 막연히 추측했다. 지도에 대해서는 기억나는 것이 없었다—미국에 대해서는 가능한 만큼 다 잊어버렸다. 그 치욕스럽고 충격적인 투항 이후 에리히는 영어를 완벽하게 알아듣는다는 사실을 숨겼다. 포로 중에 미국에 협조하는 사람은 누구든 가만두지 않겠다고 벼르는 열성 나치 당원들이 있었다. 그래서 그는 계속 애매한 태도로 혼자 떨어져 침묵을 지켰다. 어쨌거나 기차를 타고 미국 땅을 가로지르는 내내 거의 말문이 막혀 그저 창밖만 내다보았다. 다른 포로들도 마찬가지였다. 그들은 독일 라디오에서 큰소리치며 떠들어대던 폭격으로 파괴된 도시, 폐허로 변한 시골, 까맣게 타버린 농작물, 전멸당한 농장이 눈앞에 나타나기만 하면 비웃어줄 참이었다. 하지만 멀리, 더 멀리 달려도 신기하고 활기차고 생동적인 땅, 놀라울 만큼 훼손되지 않은 땅만 나올 뿐이었다. 포로들은 어리둥절했고, 비통한 경외감을 느꼈다. 나중에는 속았다고 생각한 사람도 있었을 것이다. 스스로 만들어낸 변명을 믿기로 한 사람도 있었을 것이다. 에리히는 어느 쪽도 아니었다. 그의 머릿속은 복잡하고 절박했으며, 흥분되는 기억과 좌절감 때문에 터져버릴 것 같았다.

그들은 북쪽으로, 북쪽으로 달려 소나무숲으로 들어섰다. 독일 남서부 출신들은 이곳에 이르자 고향에 돌아온 기분이 드는지 푸르스름한 새벽빛 속에서 쏴쏴 흔들리며 회전하듯 스쳐가는 우람하고 거무스름한 전나무를 가리키며 고개를 끄덕였다. 열차가 더 깊숙이 들어가자 숲이 그들 뒤로 바짝 따라붙는 것 같았다. 그들은 어느 작은 역에서 손에 쇠사슬을 찬 채 열차를 내려 한참 동안 진창길을 걸었다. 여름 초입이라 검정 파리들이 날아다녔다. 달려드는 파리를 잡으려고 한 사람이 손을 뻗으면 쇠사슬 전체가 잘카당거리며 나머지 사람들의 손까지 휙 딸려갔다. 그래도 파리가 워낙 지독해서 후려칠 수밖에 없었다.

"이자들을 어디로 끌고 가는 겁니까?" 그들을 호송하는 미국 병사 한 명이 물었다. 호송병은 모두 여섯이었다. "쇠사슬을 풀어줄까요?"

"안 돼." 장교가 말했지만 자신 있는 목소리는 아니었다. 독일 전쟁포로들은 이 나라에서 도망자가 되지 않고 친척을 찾아갔다. 아니면 독일에서 같은 마을에 살았던 이웃을 찾아가거나. 그들은 농장에서 일자리를 구했고 보수도 괜찮게 받았다. 포로들과 말을 섞거나 사진을 찍거나 음식을 주는 것은 물론 쳐다보는 것도 금지되었지만, 많은 사람이 규정을 어겼다.

포로들은 묵묵히 쇠사슬을 잘카당거리며 줄지어 걸어가 마침내 깊은 숲속의 울타리를 둘러친 곳에 다다랐다. 수용소 사방에 소나무 말뚝이 땅속 깊이 박혀 있고, 굵기가 서로 다른 철사를 말뚝에 못을 박아 둘러쳐놓았다. 양쪽 바닥엔 가시철망이 감겨 있었다. 하지만 에둘러 선 나무와 푸른 하늘빛 때문에 딱히 험악한 곳으로 보이지는 않았다. 그들은 소박한 막사 같은 오두막에서 지내게 되었다. 머릿속은 혼란스럽고 추억은 거추장스러웠지만, 에리히는 살짝 목이 메는 듯한 가벼운 기분으로 그곳으로 들어갔다. 그들은 줄을 서서 PW*가 뚜렷이 새겨진 푸른색 작업복을 받았다. 오버코트와 신발, 양말 네 켤레, 속옷 상하의, 모직 셔츠와 비옷도 받았다. 담요 두 장, 칫솔, 비누, 작은 수건도 한 장씩 받았다. 에리히는 한 가지씩 받을 때마다 자기도 모르게 기분이 좋아지자 얼굴을 찡그

---

* Prisoner of War. 전쟁포로라는 뜻.

렸다. 상쾌한 공기가 뇌를 자극한 탓이라고 생각했다. 혹은 숲에서 일한다는 사실 때문이거나―그의 육체는 잡념 없이 몰두할 수 있는 일을 갈망했다. 게다가 중앙 오두막에서 큰 솥에 끓여 각자의 양철 냄비에 담아주는 뜨끈한 음식은 달콤하고 친숙한 맛이었다. 구운 콩도 있었다―당밀의 톡 쏘는 맛과 겨자가루의 맵싸한 맛, 훈제 돼지비계의 맛까지, 이런 독특한 조합은 어린 시절 이후로 맛보지 못했다. 문득 델핀이 떠올랐다. 그는 굶어죽기 일보 직전이었지만 존경심과 수치심이 뒤섞인 심정으로 천천히 씹어 삼키고, 얇고 부드러운 흰 식빵으로 접시까지 싹싹 닦아 먹었다.

고기는 없었지만 비계가 있었고, 일인당 하나씩 돌아가는 크림을 넣어 요리한 옥수수와 커다란 구운 감자가 있었다. 각자의 접시에 작은 라드 덩어리가 놓여 있었다. 가로세로 2인치인 흰 옥수수빵에는 카로 시럽*이 부어져 있었다. 저마다 자기 몫을 받아들고 음식이 사라지기라도 할 것처럼 뚫어져라 보았다. 주머니에 감자를 찔러넣고 단맛이 나는 옥수수빵을 허겁지겁 먹어치우는 포로들, 테이블까지 오기도 전에 접시를 싹 비운 포로들도 있었다. 넓은 홀에서 포로들의 말소리라곤 들리지 않았다. 양철 스푼으로 긁어대는 소리뿐이었다. 침을 질질 흘리며 와작와작 씹어 먹는 동물. 그들이 침묵하는 이유는 굶주렸기 때문이기도 했지만, 그들이 받은 음식의 질과 양 때문이기도 했다. 또한 그런 음식을 이렇게 외진 곳까지 운반해와 그들―하찮은 포로들―에게 먹인다는 사실에서 독일이 패전했음을 깨달았기 때문이기도 했다.

---

* 시판되는 옥수수 시럽 제품명.

그들은 아름드리나무를 자를 때는 가로톱을 쓰고, 숲길을 침범하는 나뭇가지를 쳐낼 때는 활톱을 썼다. 나무를 운반할 때는 대체로 쇠사슬과 대형 트럭 두 대를 사용했지만, 깊은 숲속에 있는 나무는 막스와 모리츠라는 이름의 노새 두 마리가 끌었다. 한 감시병이 독일어를 그럭저럭 할 줄 알아서 포로들이 손수 조판해 인쇄기로 찍어내는 작은 신문을 검열했다. 예전에는 발트포겔 집안 아이들 중에 아버지의 목소리를 물려받은 자식은 한 명도 없다고 여겼는데, 에리히의 목소리가 사춘기로 접어들면서 변했다. 어느 날 에리히는 입을 벌려 아무렇게나 흥얼거리다 뜻밖에도 성량이 풍부한 목소리가 흘러나오자 깜짝 놀라 입을 다물었다. 그는 이제 아름다운 그곳에서 무료한 시간을 보내기 위해 노래를 불렀고, 얼마 안가 다른 포로들도 가사를 바꿔가며 함께 불렀다. 노래는 심심함을 달래주는 밤의 행사가 되었다.

노래는 그들의 감정을 자극하고 그들의 꿈속을 파고들었다. 밤이 되면 오두막에서 포로들이 잠꼬대를 하고 기침을 하고 방귀를 뀌고 코를 골거나 훌쩍였다. 이따금 어둠 속에서 곡조 없이 흥얼거리는 소리가 들리기도 했다. 에리히는 잠을 잘 이루지 못할 때가 많아서 밤마다 그들이 내는 소리를 들었다. 심지어 바깥에서 나는 별별 소리도 다 들었다. 소나무가 속살거리는 소리, 올빼미들이 서로 울음을 주고받는 기이하고 공허한 소리도. 그는 루트비히스루에로 돌아가고 싶은 마음이 간절했고, 몹시 따랐던 할아버지를 다시 볼 수 있을지, 밤중에 몰래 가져와 침대에서 에밀과 나눠 먹던 소시지를 다시 먹을 수 있을지 궁금했다. 에밀이 떠올랐지만 그립지는 않았다. 그런 감정은 이미 무뎌졌다. 여기 가족들에 대한 생각은 뭐든 회피하고 차단했다. 그의 신원을 구체적으로 알리거나 미국에서 자랐다는 사실로 득을 보려 하면 오히려 목숨이 위태로워질 수 있었다. 하일리겐 가이스트*라는 무리가 독일 전쟁포로를 톱으로 토막낸 뒤 불태워 숲속에 뿌린다는 소문이 나돌았다. 미국인과 유난히 친한 포로는 쥐도 새도 모르게 사라진다는 소문도 있었다. 그런 사실을 확실히 아는 사람을 알거나, 보거나 이야기를 나눠본 사람은 아무도 없었다. 하지만 일부 나이 많은 포로가 독일에 대한 충성심이 깊지 않은 사람의 가슴에 공포심을 불어넣었다. 혹독한 훈련을 받으며 인격이 형성되는 성장기를 거친 에리히는 뼛속까지 독일인이었다. 혹은 그가 생각하는 독일인의 모습이었다. 즉 그는 어린 시절을 몰아내고 새로운 순수함의 세례를 받았다. 신념, 죽음을 마다하지 않는 충성, 약한 자에 대한 증오. 그는 위대하고 소모적인 맹세 하나로 단순하게 살았다.

매저린은 뒷문으로 나가 어머니가 밤에 쓴 요강을 비우고, 무너진 뒷문 계단으로 천천히 돌아와 아연도금한 요강을 내려놓았다. 페인트칠을 하지 않은 작은 목조주택은 조금씩 무너지고 있었고 변소 근처에는 엉겅퀴와 우엉 덤불이 크게 자라 있었다. 그런 것은 상관없었다. 잡풀이 무성한 마당에 새들이 몰려와 지절거렸다. 목이 금색인 앙증맞은 울새, 녹색 되새, 색이 칙칙한 참새. 무너지든 말든 무슨 상관이람, 매저린은 생각했다. 누가 신경이나 쓰겠어?

---

*독일어로 성령이라는 뜻.

지금 침대에서 물을 가져다달라며 희미한 목소리로 그녀를 부르는 어머니는 분명 아니었다. 매저린은 못 들은 척했다. 폭삭 주저앉을 듯 불안한 계단 옆으로 라일락 덤불이 진한 향기를 내뿜었다. 오래 전 작은 가지를 심은 것이 그만큼이나 자랐다. 매저린은 가지를 끌어당겨 얼굴에 대고 달콤한 향기를 들이마셨다. 언제나 아련한 그리움을 불러일으키는 그 향기를. 라일락에 맺힌 이슬이 그녀의 목을 타고 흘러내렸다. 햇볕은 벌써 풀밭을 따사롭게 데워놓았다. 매저린은 못질이 서툴렀지만 전날 찾아둔 망치와 못을 가져와 눈 때문에 휘어진 판자를 원래대로 맞추며 겨울 동안 파손된 곳을 최대한 복구했다. 그녀는 어머니가 자꾸 부르는 소리를, 오트밀을 직접 만들어 먹으려는지 일어나서 투덜거리며 부엌을 돌아다니고 펌프로 물을 받고 불까지 작게 피우는 소리를 듣지 않으려고 세게 망치질을 했다.

무어헤드에서 교육대학을 마친 매저린은 이제 초등학교 교사자격증이 있었다. 그녀는 동생 로먼이 전쟁터에서 부상당해 훈장을 받은 무렵 고향으로 돌아왔다. 어머니가 아예 드러누워버린 바람에 떠날 수가 없었다. 어쨌거나 아거스에 임시교사 자리가 나서 거기로 들어갔다. 4학년을 맡았다. 지금 여섯 달이 지났는데, 집이 폭삭 무너질 때까지 어머니가 자리를 털고 일어날 일은 없을 것 같았다. 집이 무너지는 장면이 눈에 보이는 듯했다—쥐들이 부실한 벽을 야금야금 갉아먹고, 그녀의 침대 머리맡으로 라일락 가지가 뚫고 들어오고, 낡은 지붕널 사이로 햇살이 비쳐드는 동안 어머니의 머리 위로 둥지를 튼 얼룩덜룩한 제비와 딱따구리가 새의 노래 대신 매저린? 매저린? 하면서 어머니의 희미한 외침을 흉내내며 지저

귀리라.

그녀는 집의 외벽에 밀어둔 돌을 가져와 맨 아랫단을 고정한 뒤 비바람에 마모된 나무 계단에 다시 앉았다. 나무에서 햇볕냄새가 나자 여름날 동생의 머리칼에서 풍기던 짭조름한, 먼지를 뒤집어 쓴 소년의 냄새가 떠올랐다. 그녀는 꽃을 한 뭉텅이 끌어당겨 향기를 깊이 들이마셨다. 라일락이 이만큼 자란 것은 어머니의 게으름 덕분이었다. 문을 열고 나가는 대신 창밖으로 세숫물을 쏟아버린 것이었다. 봄의 태양이 떠오르자 향기는 더욱 짙어졌다. 그녀가 스커트 옆을 만지자 주머니에 찔러둔 편지가 바스락거렸다.

타운으로 돌아왔다는 얘기는 델핀에게 들었어. 여기를 떠나 더 넓은 세상으로 나갔지만 결혼은 아직 하지 않았다는 말도. 다행이야. 나도 안 했어. 곧 돌아갈 테니 좋든 싫든 만나줘. 난 너를 한순간도 잊은 적이 없고 아직도 사랑하니까.

프란츠

만나면 안 돼, 매저린은 생각했다. 그를 이미 한 번 잃었는데 또 다시 잃고 싶지는 않았다. 하지만 프란츠는 델핀에게도 자신의 결심과 감정에 대해 써서 보낸 것이 틀림없었는데, 그날 오후 수업이 끝난 시간에 델핀이 정육점 트럭을 몰고 학교까지 찾아왔기 때문이었다. 델핀은 학교 옆에 차를 세우더니, 놀고 있는 아이들을 보고 웃으면서 매저린이 서 있는 운동장으로 걸어왔다. 드레스 자락과 머리칼이 바람에 흩날렸다.

"내일이나 모레 돌아온대." 델핀이 말했다. "전화도 받았어."

몇 년 전 로이 바츠카의 장례식 이후로 그들은 프란츠에 대해 한 마디도 나누지 않았지만, 매저린은 잠깐이라도 못 알아들은 척하지 않았다.

"잘 지내는 것 같구나." 델핀은 의붓아들을 대신해 매저린을 살피듯 보며 약간 힐난조로 말했다. 그러고는 손을 휘휘 젓고 웃으며 뜯어보던 시선을 거두었다. 그녀는 자식들이 관심을 보이는 여자라면 어김없이 평가하려 드는 자신이 약간 당황스러웠다─예전에는 줌브러게 집안의 딸을 탐탁지 않아했다. 프란츠가 휴가를 나왔을 때 만났을 여자들에 대해 그녀가 모르는 것이 차라리 다행이었다. 물론 매저린에 대해서는 늘 좋게 생각했지만, 그 아이를 어머니의 시달림에서 구해내고 싶다는 마음 때문에 여전히 찜찜했다. 하지만 그럴 때마다 델핀은 아버지가 살아 있을 당시 자신도 그를 다루는 방법을 끝끝내 찾지 못했다는 사실을 떠올렸다. 게다가 매저린은 썩 잘 버티는 것 같았다. 요즘 여자들 사이에 유행인 커트나 파마를 하지 않은 숱 많은 머리칼은 어깨까지 내려와 있었다. 운동장에 쏟아지는 햇살에 머리색이 더 옅어 보였다. 그녀는 어린 소년들이 사랑에 빠질 법한 교사였다. 뺨은 아이들과 달리기를 하느라 발그레했고, 항상 표정이 풍부한 갈색 눈동자에서는 말라깽이 소녀였을 때 어려 있던 굶주린 눈빛을 찾아볼 수 없었다. 매저린은 로먼의 회복이 더딘 것도 걱정이겠지만, 아마 지금도 어머니 때문에 곤욕을 치르고 있을 거라고 델핀은 생각했다.

큰 덩치에 거동이 불편한 어머니는 어떠시니? 델핀은 묻고 싶었다. 하지만 이렇게만 말했다. "어머니가 또다시 드러누우셨다던데."

매저린은 아무렇지 않은 듯 담담하게 고개만 끄덕였다. 그녀는 어머니에 대한 평판에 예민했다. 매저린이 프란츠가 기차를 타고 오는지 버스를 타고 오는지 물었다. 델핀은 기차로 온다고 대답한 뒤, 자신이 매저린이라면 도착을 알리는 기적소리가 들리자마자 피델리스의 차를 찾아볼 테고, 그러면 프란츠는 이미 그 차를 몰고 있을 거라고 했다.

"기적소리가 나기 전은 아니더라도." 델핀은 짐짓 담담하지만 즐거움을 감추지 못한 목소리로 말했다. "프란츠의 목소리가, 기차에서 당장 뛰어내려 곧바로 출발할 기세였다니까."

강둑을 따라 햇살이 가득 퍼지며 봄의 급물살 위로 가지를 드리운 회색 나무의 상처난 몸을 따뜻하게 데웠다. 대기는 건조했고 오래전 시든 풀이 눈과 함께 뭉쳐 건초나 먼지 더미처럼 땅에 눌러붙어 있었다. 매저린은 큼직하고 낡은 갈색 모직 코트로 무릎을 감싸고 앉았다. 프란츠는 아버지의 옷을 빌려 입었지만, 무거운 코트는 오래전 독일에서 크리스마스 선물로 보내준 것이었다. 그가 그녀 옆으로 뻣뻣하게 시든 풀밭에 앉았다. 그녀의 손을 잡을 수 있을 만큼 가까운 거리였지만 잡지는 않았다. 어쨌거나 그녀는 곧바로 접힌 소매를 내려 손가락을 감싸고는 시선을 돌려 반대편 둑을 물끄러미 바라보았다.

부글거리는 강 건너에는 나무들이 지난해 무성했던 야생오이넝쿨을 감고 있었다—실 모양의 줄기와 가는줄기가 머리칼처럼 가지에 치렁치렁 늘어져 있었다. 여기저기, 강둑에 새로 생긴 상처 같은 자리, 봄에 얼음이 녹으면서 나무가 뜯겨나가거나 얼음이 흙을 쐐기 모양으로 도려낸 자리에 눈이 녹은 작고 지저분한 구덩이가 여전히 남아 있었다. 까마귀들이 일착으로 돌아와 살얼음이 낀 나뭇가지 사이를 맴돌며 목쉰 소리로 꺽꺽댔다. 검은 별이나 십자가처럼 보이는 까마귀들이 돌진하며 서로 아슬아슬하게 피했고, 울음소리는 의미가 가득 담긴 것 같았다.

"우리 이야기를 좀 해야 할 것 같아." 이윽고 프란츠가 입을 열었다.

"좋아." 매저린이 말했다.

"정확히 어디서부터 시작해야 할지 모르겠지만." 그가 머쓱하게 웃으며 말했다. 그는 그녀가 얼마나 조용하고 차분한 성격인지 잊고 있었다. 그녀는 그들이 헤어질 때와 마찬가지로 그를 신중하게 대했다. 조바심을 내지도, 머리칼을 만지작거리거나 립스틱을 고쳐 바르지도, 시시한 잡담을 하지도 않았다. 그는 그것이 고마웠다. 하지만 한편으로는 다른 여자들에게 흔한 그런 행동들을 하지 않는 게 섭섭했다. 그러면 대화가 훨씬 매끄럽게 이어질 수도 있었다. 오로지 자신에게만 집중하는 것은 불편했다. 그는 너무도 많은 일을 겪었다. 전쟁에서 돌아왔을 때 세상이 아주 낯설게 느껴졌고, 자신이 어디에도 속하지 않은 것 같았다. 심지어 스스로가 위협적인 존재로 느껴졌고, 살아 있는 자들을 염탐하러 온 유령 같았다.

"널 항상 생각했어." 그가 무력하게 말했다.

그녀는 베일을 드리운 나무와 깍깍거리는 까마귀에게서 눈을 떼지 않은 채 고개를 끄덕였다. "그래서 무슨 생각을 했는데?"

"내가 잘못했어." 그는 그녀를 배신했던 그때로 돌아가 용서를 구할 수만 있다면 그러겠다고 생각하면서 머뭇머뭇 말했다.

"아니, 그런 말은 하지 마." 그녀가 소매에서 손을 빼 흔든 뒤 다시 집어넣었다. "그런 건 하나도 중요하지 않아, 이제는."

그녀의 말이 맞다는 것을 그도 아주 잘 알았다. 두 사람 다 그런 시기를 지나 성숙한 어른이 된 것은 분명했다. 하지만 그는 그때 그녀를 힘들게 해서 미안했다고 사과해야 할 거라고 예상했다. 그에게 모멸감을 불러일으킬 거라는 예상도 했다. 다른 여자라면, 아마 남자라도 그렇게 했을 거라고 생각했다. 하지만 지금 그녀는 정말로 그럴 생각이 없는 것 같았고, 과거를 잊은 듯한 그녀의 태도는 감탄스러운 한편 혼란스럽기도 했다. 과거로 돌아가 그때 일을 바로잡지 못한다면 이제 그들은 어떻게 될까?

"나한테 편지를 보내긴 했지만," 그녀가 말했다. "네가 정말 어떤 일을 겪었는지는 말하지 않았어. 넌 여기저기 돌아다녔어. 이런 저런 경험을 했고." 그를 돌아보는 그녀의 눈동자가 더없이 맑았다. 그래서 그는 그녀를 똑바로 바라볼 수 있었다. "넌 내가 그런 건 궁금해하지 않는다고 생각하겠지. 하지만 난 알고 싶어." 그녀가 말했다. "말해주지 않으면 알 수 없어. 내가 모르면……"

그녀가 말을 멈추었는데, 목소리는 촉촉한 봄날의 대기 속에서 살짝 떨렸고, 얼굴에는 연민이 아닌 친밀하고 평온한 느낌이 번졌다. 그는 잠시 숨이 멎는 것 같았다. "……우린 앞으로 어떻게 되는 거지?" 그들은 이미 본격적인 이야기로 접어들었고, 프란츠는 덜컥 겁이 났다. 처음에는 대답을 할 수 없었다.

"아무튼 난 이제 최악의 상황은 아닐 거야." 이윽고 그가 입을 열었다. 아주 나지막한 그의 목소리가 강물에서 얼음이 사락거리는 소리와 뒤섞였다. "낙하산부대를 내려주거나 글라이더를 매달고 가서 놔주는 일을 하게 될 거야. 이제 전투기 조종사가 아니야.

무거운 폭탄을 떨어뜨리는 포격부대도 아니고. 지금은 C-47을 몰아. 수송기야. 부상자를 대피시키고 음식이나 옷, 약품 같은 보급품을 운반해."

그녀는 고개를 끄덕였고, 그들 사이에 흐르는 침묵을 그대로 둔채 그의 다음 말을 기다렸다.

"재배치를 받았어." 프란츠가 말했다. "난……" 그는 적당한 말을 찾았지만 사실상 적당한 말이란 없었다. "지쳤어, 그런 것 같아."

매저린은 침묵을 지켰다. 그것이 그가 하려던 말이 아님을 그녀는 알았다. 숨이 멎을 것 같고 심장이 오그라들 듯 아프고 살갗이 타는 듯 뜨거웠다. 자기도 모르게 그에게 달려드는 상상이 떠올라 눈앞이 아찔했다. 눈을 감고 고개를 돌리는 수밖에 없었다. 그를 다시 만나지 말았어야 했다. 그가 나타나 그녀가 쌓아올린 방어막을 무너뜨리고, 그리움과 생각과 희망을 불어넣어 그녀를 비참하게 만들었다.

"너한테 무슨 일이 있었는지 듣고 싶어." 잠시 후 그녀가 차분하게 말했다. 그러고는 강 아래 정육점 쪽을 가리켰다. "저기 말고 달리 시작할 곳이 없네." 그녀가 나긋한 목소리로 말했다. "우린 예전과 같지 않아. 나는 작은 일이나 괜찮은 일이나 스스로 할 만한 일을 하면서 달라졌어. 하지만 네가 달라진 이유는…… 모르겠어."

그녀가 한참 동안 잔잔하고 따뜻한 눈빛으로 바라보자 프란츠도 돌아보았다. 그녀가 팔을 뻗어 화난 듯 부드럽게 그를 살짝 흔들었다. 기억을 억누르려 하자 그는 숨이 가빠졌다. 몹시 추웠다. 부들부들 떨리는 손이 부끄러워 무릎 사이에 넣고 꾹 눌렀다. 나무껍질처럼 잿빛으로 변한 입술을 깨물었다. 옷을 벗어부치고 질퍽하게 불어난 강물에 뛰어들고 싶었지만, 바보 같은 충동을 간신히 억눌렀다. 그녀는 날아오르고 싶은 참을 수 없는 욕구에 사로잡힌 그를 보고 불쑥 그에게 키스했다. 그 한 번의 느닷없는 키스가 그의 두려움을 다른 감정으로 바꿔주기를 바라면서.

"난 격추당했어." 그녀의 키스가 혀를 되살려낸 것처럼 프란츠가 불쑥 말했다. "그게 처음이었어. 두번째는 엔진이 말을 듣지 않았어. 하지만 가장 끔찍했던 건 죽어가는 동료들을 보는 거였어. 슈마허가 코르시카섬의 검은 암초 위로 떨어지는 걸 봤어. 그는 낙하산을 타고 뛰어내렸지. 또 한번은 톰 심스…… 그는 대공 포화에 낙하산이 찢어졌다는 걸 머리 위에서 펼쳐져 완전히 해체될 때까지 몰랐어. 공중으로 뛰어오르려는 것처럼 희미하게 두 번 발길질을 하다 포기했어. 꿈처럼 느껴졌겠지, 난 모르지만."

매저린은 그의 손을 잡아끌어 그녀의 코트 소매에 넣고 녹여주었다. 그가 반대쪽 손으로 그녀의 반대쪽 소매 위로 팔꿈치를 잡더니 그녀의 얼굴을 응시하며 그녀 앞에 무릎을 꿇었다. "그 순간이 꿈처럼 느껴졌다면 좋겠네." 그녀가 말했다.

그는 당혹스럽게도 복받치는 슬픔에 갇히고 말았다. 울먹거리는 자신이 싫었고, 흐느낌과 함께 부글거리는 분노를 간신히 삼켰다. 그는 억지로 입을 벌려 담담한 목소리로 빠르게 내뱉었다.

"두번째는, 바로 밑에서 불꽃이 솟구치는 걸 봤는데 아무 소리도 안 들려서 귀가 먹었다는 걸 알았지. 다리에 힘이 풀려 장비를 벗을 기운도 없었던 것 같아. 만약에……" 여기서 프란츠는 적당한 말을 찾으려고 뜸을 들였다.

"만약에?"

프란츠는 호흡이 거칠어졌고, 두근거리는 심장을 진정시키려 애썼다. 그 얘기는 매저린에게도 할 엄두가 나지 않았다. 당시 그는 강한 자신감을 불어넣어주는 한 여자의 목소리를 들었다. 에바의 목소리였다. 그는 손을 내밀어 그의 앞에 있는 그녀를 느꼈다. 전혀 놀랍지 않았다. 그는 어머니의 허리를 힘껏 끌어안았다. 공중에서 뛰어내리는 그의 눈에 피가 흥건하게 고였다. 그는 앞이 보이지 않는 채로 그녀를 안고 있었다. 떨어지면서 그는, 어린 시절 에바가 처음에는 그의 손가락으로, 다음에는 그녀의 손가락으로 숫자 세기를 할 때 그랬던 것처럼, 독일어로 숫자를 헤아리는 나직하고 음악 같은 그녀의 목소리를 들었다. 마침내 낙하산이 펴지고 땅이 그들을 맞으러 쑥 올라왔다.

"큰 계획의 일부였어." 프란츠가 말했다. 그는 이제 고단한지 쓰러질 것 같았다.

매저린은 그에게 다시 키스하고 그를 조심스럽게 그녀에게 기대게 한 뒤 담요처럼 두르고 있는 큼직한 코트 자락으로 덮어주었다. 그들은 잘린 발처럼 땅에서 튀어나온 커다란 뿌리에 등을 기댔다.

프란츠는 매저린에게 몸을 기대고 오래되어 뭉개진 솔잎 냄새를, 아침을 요리한 착한 마음을 들이마셨다. 매저린의 냄새는 절대 싫증나지 않을 거야, 그는 생각했다. 절대로. 그는 그녀에게서 교사다운 냄새를, 왁스 크레용과 빳빳한 새 종이 냄새를, 아거스 학교의 세면대 위쪽 금속 용기에서 졸졸 새어나오던 푸른색 가루비누 냄새를 맡았다. 우유갑, 분필 가루, 튤립의 냄새도 났다. 그런 그녀 때문에 안전 규칙과 손을 깨끗이 씻자, 이웃에게 공손하라 같은 말이 떠올랐다. 프란츠는 몸이 붕 떠오르는 느낌으로 최면에 걸린 듯 풋잠이 들었다. 그녀에게 기대 긴장을 풀었다. 그녀는 그를 보듬은 채 머리칼을 쓸어넘겨주며 하늘을 올려다보고, 그가 무겁게 토해내는 숨소리와 탐욕스레 흘러가는 강물 소리를 듣고, 채찍처럼 앙상한 봄의 나뭇가지 사이를 맴돌며 격론을 벌이는 까마귀 소리를 들었다.

프란츠와 매저린이 서로의 주변을 맴도는 걸 보면 영락없는 연인 사이라고 델핀은 생각했다. 대부분의 사람들은 알아채지 못했을 것이다. 그들은 아직도 수줍어서 부모 앞에서는 손도 잡지 않았다. 아마 서로를 의식해서일 텐데, 마치 일상에서는 선을 긋고 사는 두 무용수 같았다. 무엇을 하건 서로에게 몸을 기울였다. 눈이 부신 듯, 감전된 듯 정신없이 웃어대다가 금세 숨이 차 예기치 못한 어색한 행동을 했다. 프란츠가 떠난 다음날 매저린이 델핀을 찾아왔다. 두 여자는 나란히 서서 일하며 필사적으로 손을 움직였다. 둘 다 거의 말이 없었다. 잠을 이루지도 못했다. 그의 이름도 며칠이 지나서야 꺼낼 수 있었다.

마르쿠스로부터 시력검사를 통과하지 못해 남은 복무 기간 동안 사관학교에서 사무를 볼 것 같다는 내용의 편지를 받고, 델핀은 아찔한 안도감이 들었다. 델핀은 기분이 좋아졌고—큰 계획에서 어떤 보상을 받은 기분이었다—마침내 잠을 잘 수 있었다. 마르쿠스는 프란츠보다 열 배 아니 스무 배나 많이 편지를 보냈고, 나중에는 그의 업무에 대해서도 썼다. 그의 업무에는 다른 편지를 쓰는 일도 포함되어 있었다. 유령이, 유령을 위해, 유령에 대해 쓰는 유령 편지였다. 그가 쓰는 것은 그런 종류의 편지였다. 델핀은 그가 집으로 돌아온 뒤에야 그 뜻을 깨달았다.

마르쿠스는 호리호리하고 생각이 깊은 교수 같은 청년이 되었다. 하지만 잘 웃고 모방에 영악할 만큼 재능이 있었다. 물론 그녀는 예전부터 그가 자라면 아주 달라질 거라고 예상했다. 그는 단정했다. 가슴 주머니 밖으로 담뱃갑이 조금 나와 있고 매무새는 더할 나위 없이 훌륭했다. 풀을 먹여 다린 바지와 셔츠도 흐트러짐이 없었다. 얼굴은 홀쭉하고 고단해 보였지만 에바를 닮은 그 눈만은 가슴을 에는 슬픔과 기분좋은 유머로 가득했다. 그가 그의 아버지에게 다가갔다. 둘은 포옹도 없이 그냥 앉아 맥주를 마셨다. 때때로 짤막하고 그다지 의미 없는 이야기를 툭툭 던지기도 했다. 서로 대화를 나누는 것이 굉장히 어색해서, 두 사람은 델핀이 없으면 어쩔 줄 몰랐다. 그래서 그녀가 맥주를 들고 대화에 끼었고, 마르쿠스에게 편지에 썼던 내용이 무슨 뜻인지 물었다.

"죽은 병사들요, 엄마." 그가 말했다. "제가 애도의 글을 잘 써서 부대장이 부모님에게 편지를 보내야 할 병사의 명단을 넘겨주거든요. 물론 제가 모르는 병사들이에요. 그들이 어떻게 살았는지, 어떤 사람이었는지, 어떻게 죽었는지, 아무것도 몰라요. 허구의 이야기를 꾸며내는 기술이 점점 늘기는 해도, 저는 그 일이 정말 싫어요."

그가 차가운 맥주를 쭉 들이켰고, 세 사람이 앉은 식탁에 깊은 정적이 흘렀다. 갑자기 마르쿠스가 병을 내려놓으며 말했다. "이번에 온 건 이유가 있어서인데요…… 사실일지 몰라서 말하기가 조심스럽지만 여기 온 건……" 마르쿠스가 어깨를 쫙 펴고 깍지를 꼈다. 그러다가 깍지를 풀어 손가락으로 무릎을 두드리고는 얼굴을 찡그린 채 말을 해야 할지 말아야 할지 정말 모르겠다는 표정으로 식탁을 내려다보았다.

"누굴 좀 알게 됐어요." 그가 마침내 이야기를 꺼냈다. "우연히 만났는데, 중서부 어디 출신이라 같이 담배를 피우게 됐어요. 일리노이가 맞을 거예요. 지금 그 친구는 새로 입지 발령을 받았고요. 아무튼 서로 통성명을 했는데, 제 성姓을 듣더니 두 번이나 다시 발음해보라는 거예요. 기억을 더듬는 듯한 이런 표정으로요. 그러더니 갑자기 손가락을 딱 튕기며 이러는 거예요. '어쩐지 낯이 익더라니…… 그리고 그 성도. 자네와 비슷하게 생긴 포로가 있었는데 그자의 성도 발트뮈었어. 내가 감시병으로 있던 저 북부 수용소였지.' 이름을 물어봤느냐고요? 기억 못하더라고요. 한낱 전쟁포로니까요."

피델리스는 맥주를 천천히 신중하게 내려놓았다. 그러고는 식탁에 놓인 유리잔을 만지작거리더니 고개를 들었다. 그가 아리송한 표정으로 아들을 보았다. 마르쿠스가 마주보며 입술을 깨물고 고개를 까딱하자 피델리스는 두 손에 얼굴을 묻었다. 한참 동안 아무도 입을 열지 않았다. 부엌에 모호한 정적이 감도는 가운데, 마당 저만치 포도넝쿨 아래 냉장고 발전기 소리가 들렸다. 처음에는 칭얼대듯 윙윙거리다 곧 포효하듯 큰 소리를 냈다. 샤치가 문 앞에 나타나 델핀이 일어서서 안으로 들였다. 얌전히 들어와 곧장 제자리를 찾아가는 샤치를 모두가 지켜보았다. 마르쿠스는 또다시 맥주를 홀짝인 뒤 말을 이었다. "그 병사가 한 가지를 더 알려줬는데…… 이 말은 해야 할 것 같아요. 이 포로가…… 말은 하지 않고 노래만 부른대요. 발트포겔이라는 그 포로가 노래를 잘한대요."

피델리스는 이제 자기 손가락을 꽉 쥐고 앞을 쏘아보며 고개를 주억거렸다.

"허가증을 받았어요. 절차가 까다로웠지만, 여기 서류가 있어요." 마르쿠스가 가슴 주머니를 톡톡 쳤다. "내일 올라가보려고요." 그가 부드럽게 말했다.

"나도 같이 가마." 피델리스가 말했다. "우리가 그 아이를 데려올 수 있을까? 에어 이스트 아인 융에(그애는 어린애야)."

"알아요." 마르쿠스가 말했다. "하지만 보내줄지는 잘 모르겠어요. 솔직히 말씀드리면 보내주지 않을 거예요, 아빠. 하지만 찾아가볼 수는 있어요. 그것만으로도 의미가 있어요. 대단한 일이에요―제가 얼마나 애썼는지, 어떤 노력을 했는지 아빠는 모르실 거예요."

두 사람은 묵묵히 가게문을 닫으러 갔다. 그들은 같이 장비를 씻고 냉장고를 꼼꼼히 점검하고 금전등록기에서 꺼낸 현금을 계산하고 단속했다.

델핀은 그들이 나간 뒤 부엌에서 달그락거리며 접시와 냄비를 씻었다. 골치 아픈 일이 생기면 늘 그러듯 그녀는 뭔가를 굽기로 했다. 쿠키를 구워야겠어, 그녀는 재료를 쏟아붓고 밀가루를 체로 치면서 심란하게 생각에 잠겼다. 생강쿠키를 만들자. 분량을 측정하고 반죽을 하다보니 상황이 정리되었다. 거기에 간다―그러고 싶지 않았다, 그냥 본능적으로. 그 포로가 에리히나 에밀이 아니라면 충격을 받을 두 남자를 보고 싶지 않았고, 에리히나 에밀이라면 더욱 보고 싶지 않았다. 들어야 할 대답을 듣기에는 시간이 너무 짧았다. 그는 어떻게 변했는지, 어떻게 살아남았는지, 무엇보다 그

어린 나이에 어떻게 전쟁터에 나가게 됐는지, 쌍둥이 형제 소식은 아는지? 그녀는 오븐에 쿠키를 넣으며 어쩌면 자신을 보호하려는 건지 모르겠다고 생각했다. 그리고 다음날 마르쿠스와 피델리스가 차를 몰고 마당을 빠져나가 도로로 들어서는 것을 지켜보면서 또다시 그 생각을 했다. 자신을 보호하려 한다는 생각. 어쩌면 그녀는 지금 남편 곁에 있어야 하고, 같이 차를 타고 가면서 손을 잡아주어야 하는지 모른다. 하지만 그럴 수가 없었다. 그 모든 이유가 막아섰다. 또한 그녀의 마음속에서 사소하지만 끔찍한 질문을 던지는 목소리가 들렸다. 조용한 질문, 그녀가 절대 입 밖에 내지 않을 질문. 그 소식은 사방으로 퍼졌고, 소문과 공포심을 자극하는 말들이 쏟아져나왔다. 그녀는 그 소식을 잡지와 신문에서 읽어 알고 있었지만, 그들이 정말로…… 누구를 죽였는지 궁금해하지 않을 수 없었다. 그녀의 머리는 무고한 사람이나 민간인을 죽였느냐고 물었지만, 가슴은 유대인을 죽였는지 묻고 있었다.

그들이 평평한 노스다코타 대초원을 지나고 모래가 많은 송림지대와 구릉이 펼쳐진 미네소타 중부로 들어서기까지 꼬박 하루가 걸렸다. 마르쿠스는 차 안에서 아버지에게 노래를 불러달라고 조르고 싶은 어린아이 같은 충동을 느꼈다. 아버지는 자동차 환기구를 열어놓고 담배를 피우던 터라 연기가 공기와 함께 빠져나갔다. 아버지에게 대놓고 부탁하지 않고 자신이 먼저 노래를 시작해 유도하는 방법을 택할 수도 있었지만, 마르쿠스는 제 목소리가 부끄러웠다. 거칠고 가늘고 울림이 없고 음정도 맞지 않는 목소리. 그도 노래 재능을 물려받길 바랐다. 하지만 그가 물려받은 것은 그

대신 어머니의 호기심과 배움에 대한 열정, 예민한 성격인 듯했다. 또한 델핀에게서 영리하게 받아치고 허튼소리는 하지 않도록 배우지 않았다면 훈련 기간이 무척 고달팠을 것이다. 아버지의 친구들에게 포커를 잘 치는 방법을 배우지 않았어도 힘들었을 것이다. 그가 카드를 칠 줄 아는 덕분에 남자들의 놀이에 낄 수 있었던 것은 하느님에게 감사할 일이었다. 그러지 않았다면 그들이 그를 깔아 뭉갰을 것이다.

도로는 좁고 웅덩이나 빗물에 쓸려간 곳이 많았다. 두 사람은 북쪽으로 천천히 달려 목적지인 동쪽의 더 깊은 숲길로 들어섰다. 감시병이었다던 병사가 약도를 그려주었지만, 나중에 그러지 말았어야 했다고 후회했을지도 몰랐다. 어쨌거나 마르쿠스는 길을 찾을 수 있을 것 같았다. 큰 비밀은 아닐 것이다. 주州 관할 삼림지의 변두리에 세워진 수용소는 안내표지도 있었다. 누가 봐도 기찻길인 선로 하나가 한동안 고속도로와 나란히 이어졌다.

그들은 오후 늦게 그곳에 도착했다. 임산도로로 접어들어, 가시철망을 쳐놓은 말뚝이 박힌 입구에 차를 세웠다. 딱 한 명 그곳을 지키는 사람은 구겨진 제복 차림에 아주 태평스러워 보였다. 그가 그들을 멈춰 세우고 마르쿠스가 내민 서류를 받아 보더니 몇 가지 질문을 했다. 포로 하나가 실제로 미국 태생일지 모른다는 사실이 흥미로운지 그는 놀랍다는 듯 고개를 끄덕였다.

"기다리십시오. 포로들은 수목이 무성한 습지를 태우러 나갔어요." 그가 말했다.

그래서 마르쿠스와 피델리스는 차 안에 앉아 문을 열어놓은 채 소나무가 내뿜는 녹색 공기를 들이마시고 마르쿠스가 군부대 매점에서 사온 초코바를 먹었다. 어디서나 쉽게 구입할 수 있는 종류가 아니었다. 그들은 하나를 남겨놓았다. 그러고선 담배를 너무 많이 피우지 않으려고, 혹은 "둘 중 한 명일까"라든가 "아닐 거야" 같은 말을 너무 많이 하지 않으려고 애썼다. 그들은 매끄럽게 대화를 이어가보려 했지만 델핀이 없으니 말이 뒤엉켰다. 결국 잠자코 앉아 담배에 불을 붙이고 비벼 끄고 다시 붙이면서 생각을 흘러가는 대로 내버려두는 것이 최선이라는 결론에 이르렀다.

그들은 돌아오는 포로들을 보고 마음과는 달리 벌떡 일어나고 말았다. 작업 나갔던 포로들이 다가오자, 그들은 차 옆에 서서 유심히 살폈다. 두 사람은 에리히를 곧바로 알아보았다. 에리히는 건장했고, 황소 같은 가슴에 혈색도 좋았다. 갈색 머리칼에는 여전히 금빛이 어른거렸다. 낡고 구겨진 작업복 재킷, 즉 푸른색 전쟁포로 옷과 거친 무명천으로 만든 물 빠진 바지 차림이었다. 그들이 부르는 소리에 그도 깜짝 놀라 즉시 돌아보았다. 그의 눈빛이 자기도 모르게 달라지는 것을 보고, 그들은 그도 그들을 알아보았다는 사실을 알 수 있었다. 충격을 감추려고 에리히는 고개를 돌렸다. 그는 입구만 뚫어져라 보았고, 그들이 허둥지둥 다가서는데도 절대 고개를 다시 돌리지 않았다. 감시병들이 포로들에게서 그들을 떼어놓을 때조차 돌아보지 않았다. 에리히가 지나갈 때 그들은 말을 걸었다. 그의 이름을 부르고 걱정이 담긴 질문을 했다. 하지만 그는 굳은 표정으로 냉담한 눈을 찡그렸다. 그리고 부들거리기 시작한 손을 주머니에 쑤셔넣었다.

에리히의 소년다운, 자신과 꼭 닮은 고집스러움에 피델리스는 걱정이 되는 한편 안심이 되었지만 결국 눌러 참았던 핏줄에서 비롯한 분노가 북받쳤다. 그는 화가 치밀어 입을 크게 벌려 멀어지는 아들의 등뒤에 대고 고래고래 소리지르며 어린 에리히를 겁줄 때 쓰던 케케묵은 말들을 쏟아냈다. 그러고는 주변 사람들이 모두 일손을 멈추고 아이들은 움찔 놀라 잠잠해지던 그 욕설, 자신이 할 수 있는 가장 심한 욕설을 퍼부었다. 하일운트크로이츠밀리오넨도너베터노흐아인말(수백만 번 빌어먹어도 모자란 놈)!

포로 몇 명이 걸음을 멈추었고, 그 말을 알아들은 한두 명이 자기 아버지에게서 들은 욕설인 양 움찔 놀라 빙긋 웃었다. 하지만 에리히는 돌아보지 않았다. 그저 걷기만 했다. 주먹을 꽉 쥐고 빈정거리듯 입을 씰룩거리면서. 그는 마음을 추스르고 생각을 정리했다. 감상 따위에 빠져 위험을 자초하지는 않을 것이다. 더욱이 그는 그들이 생각하는 그런 사람이 아니었다. 전혀 아니었다. 아버지란 사람은 이제 볼품없고 정신 나간 노인이 되어 에리히라고 생각하는 사람을 찾아 어리석게도 여기까지 왔다. 소시지를 팔며 노스다코타에 다다른 이 노인─이제 그는 비쩍 마르고 무능해 보였다. 영웅 같지도, 심지어 강인해 보이지도 않았다. 그가 여기에 왔다는 사실은 아무 의미도 없다고, 그가 아버지라는 사실조차 아무 것도 아니라고 에리히는 생각했다. 피델리스가 훈련받은 병사를 해칠 수 있는 것처럼 구는 것은 또 얼마나 터무니없는 위협인가. 그들은 에리히가 피델리스 발트포겔의 평생에 대해 생각하는 모습보다 훨씬 신체가 강하고 지략이 뛰어난 사람들이었다. 피델리스가 소리를 지른다고 에리히가 꿈쩍이라도 하겠는가. 문 안쪽 못에 걸려 있던 쇠줓매를 떠올리면 웃음까지 나왔다. 예전에는 무서웠다. 지금은 그것이 바보같이, 거의 온순하게까지 느껴졌다. 한때 아버지의 팔은 달궈진 강철 같았다. 아버지가 푸른 눈동자로 쏘아 보면 주눅이 들었다. 다정한 모습은 잘 보이지 않았고, 그래서 자식들은 그 흔치 않은 순간을 목이 빠져라 기다렸다. 하지만 그뿐이었다. 에리히는 성큼성큼 걸어갔고, 그들이 또다시 에밀의 이름을 불렀지만 돌아보지 않았다. 그러니까 그들은 아직 모르는 것이다! 이스트 게슈토어벤(죽었어), 그 생각을 하자 그는 화가 났다. 당신네 나라에서 심은 지뢰를 밟고 죽었단 말이야. 레크 미히 암 아르슈(내 궁둥이나 핥으라지). 그는 소리치고 싶었다. 그들이 그의 쌍둥이 형제를, 또다른 반쪽을 죽였다고. 이제 그들이 뭘 어쩌겠다는 건가? 하지만 어쨌거나 그는 반응을 보이지 않는 훈련을 받았다. 그리고 아직 전쟁중이라는 사실을 다시금 떠올렸다. 그 주변의 여느 포로들과 달리 에리히는 푸짐한 음식을 봐도, 인근 주민이나 심지어 미국인 감시병이 독일어로 말하며 친절히 대해도 독일의 패배를 인정하지 않았다. 에리히의 광신주의는 문화적 불안정에서 비롯한 것이었다. 그는 이를 악물고 독일인이 되려 애썼고, 포로가 된 사실조차 과거 배를 타고 루트비히스루에로 가게 되었을 때의 경험을 지워버리지 못했을 것이다. 에리히의 새로운 아버지는 지도에 그어진 국경, 어떤 노래에 대한 느낌, 숲의 한 부분, 어느 거리였다. 그것은 그의 쌍둥이 형제가 흘린 피, 피델리스의 갈망, 이 전쟁의 고통만큼이나 끈질긴 로맨스였다. 그런 생각으로 그는 수용소 입구를 지나 계속 걸었다.

마르쿠스가 다시 차를 빼서 왔던 길로 돌아가는 동안 피델리스는 말이 없었다. 그들은 소나무숲을 지나고, 자작나무와 단풍나무,

포플러나무가 섞여 자란 이차림*과 삼차림을 지나 남쪽으로 달렸다. 그들은 교회와 우체국, 식료품점, 철물점, 카페 등이 늘어선 잘 정돈된 중심가가 있는 작은 타운들도 지나갔다. 한두 번 마르쿠스는 아버지에게 무슨 말을 하려고 입을 벌렸지만 곧 시들해졌다. 그는 슬픈 사색에 잠겨 차를 몰았다. 마침내 연료가 떨어질 때까지.

그는 술집을 겸하는 소란스러울 것 같은 작은 주유소로 들어갔다. 직원이 주유를 하러 나왔고, 마르쿠스와 아버지는 술집 출입문을 쳐다보았다. 옹긋쫑긋 사슴뿔로 장식한 낡은 빨간색 문이었다. 창문은 없었다.

"한잔할까." 피델리스가 말했다.

마르쿠스가 주차를 했고, 두 사람은 엄니가 솟은 듯한 특이한 문을 열고 자리마다 나무 칸막이가 세워진 작고 어두운 술집으로 들어갔다. 고즈넉한 이른 저녁, 벽에 달아둔 초 모양의 작은 등이 호박색 불빛을 흘렸다. 각자 비싼 위스키를 주문했다. 피델리스는 등을 젖히고 더 달라며 잔을 내밀었다. 마르쿠스는 햄샌드위치를 주문하고 아버지에게도 갖다달라고 바텐더에게 손짓했다. 아버지는 얼굴을 찡그린 채 테이블을 내려다보며 위스키를 두 잔째 비운 뒤 세 잔째로 더 싼 맥주를 더 천천히 마시고 있었다. 두 사람 다 그곳에 갔던 일에 대해서는 여전히 한마디도 하지 않은 터였다. 어쩌면 끝까지 안 하겠지, 마르쿠스는 생각했다. 술집의 어둠이 그들을 감싸며 위로했다. 다른 손님은 없었고, 그저 안쪽에서 달그락거리

---

* 기존의 숲이 산불이나 벌채 등 여러 이유로 대부분 훼손된 뒤 자연적으로 새롭게 생겨난 숲.

며 접시와 잔을 씻는 먹먹한 소리만이 그들의 마음을 달랬다. 마르쿠스는 아버지를 물끄러미 바라보다가 시선을 돌렸다. 잔을 감싸 쥔 피델리스의 손은 불빛을 받아 놀랄 만큼 하얬고, 마르쿠스는 칼에 벤 자국, 밧줄 모양 흉터, 빨간 굳은살이 가득한 그 손이 피델리스의 통제를 벗어나려 한다는 것을 알아차렸다. 피델리스는 손이 말을 잘 듣지 않는다는 걸 들키지 않으려고 조심하며 테이블에 손가락을 꾹 눌렀다. 그럼에도 한번은 술잔을 쳐서 쓰러뜨릴 뻔했다. 또 한번은 멍하니 술잔을 잡으려다 놓쳤다. 그 광경에 마르쿠스는 소스라치게 놀랐고, 때마침 샌드위치를 먹느라 손과 입이 분주해서 다행이라고 여겼다.

샌드위치는 전쟁이 일어나기 전에 먹었던 훌륭한 것이었다. 빵은 갓 구워 신선하고 무게감이 느껴졌다. 달콤한 진짜 버터를 두껍게 바른 시골 빵이었다. 훈제와 보존이 완벽하게 잘된 햄은 막 잘라 넉넉히 넣었다. 딜을 창 모양으로 얇게 썬 아삭거리는 초록색 피클도 접시와 나란히 놓여 있었다. 그들은 감사하는 마음으로 천천히 먹었다. 피델리스가 말했다. "그애는 틀림없이 우리 둘을 보고 자기가 미친 줄 알았을 거야."

"그랬을 거예요." 마르쿠스가 말했다.

"편지를 써야겠어. 그애가 이 상황에 적응하게." 피델리스는 맥주와 위스키로 생각을 정리하면서 점점 낙관적이 되어갔다. "우리가 다시 가겠다고 알려주자."

"다시 가요?"

"그애는 고집을 부리겠지만 우리가 그 고집을 꺾어야지."

마르쿠스도 이제 어떻게 하자는 말인지 알아듣고 조금 웃었다.

"그애는 고집을 부리면 된다고 생각하겠죠. 뭐, 좋아요. 우리도 고집을 부리면 되니까."

피델리스는 맥주를 한 잔 더 시킨 뒤 아들을 공모자처럼 대하며 마음 맞는 친구를 찾은 듯 기분좋게 마셨다.

"그 못된 녀석을 납치해야겠어."

"아무렴요." 마르쿠스가 말했다.

피델리스는 남은 맥주를 부드럽게 쭉 들이켠 뒤 화장실을 찾아 소변을 보려고 일어섰다. 그는 칸막이 밖으로 나가며 몸을 가누려고 테이블을 짚었다. 마르쿠스는 아버지가 테이블 사이로 지나가면서 의자 등받이를 잡는 것을, 저쪽 끝으로 가며 휘청했다가 자세를 바로잡는 것을, 취한 것을 들키지 않으려고 천천히 점잖게 걷는 것을 지켜보았다.

"프란츠가 편지를 한 장 넘게 써 보내다니. 그건 그애가 너한테 폭 빠져 있다는 말이야." 델핀은 자신을 만나러 가게에 온 매저린에게 말했다. "사실 여섯 장이지, 그것도 빽빽하게."

"사실은 일곱 장이에요." 매저린은 약간 쑥스러워하며 말했다. 그녀는 큼직한 흰색 나비리본이 달리고 꽃무늬가 그려진 우스꽝스러운 임부복 상의를 입었고, 불룩한 배 속에는 일곱 달이 된 아기가 자라고 있었다. 지난주까지 수업을 하러 학교에 나간 그녀를 두고, 몇몇 사람은 그런 모습을 보여서 아이들에게 나쁜 영향을 끼치면 안 된다고 떠들어댔다. 적어도 그들이 말하고 싶은 대로 다 말하고 다닐 수는 없었겠지만. 델핀은 매저린이 아기를 가졌다고 고백했을 때부터 신경을 써주었다. 그녀는 파고에 있는 보석상에서 매저린의 손가락에 맞는 결혼반지를 사와서 건네며 말했다. "이걸 끼고 다니면 사람들의 입을 막을 수 있을 거야." 얼마 뒤 프란츠가 다이아몬드가 박힌 약혼반지를 보내자 매저린은 양손에 반지를 하나씩 끼었다. 두 개를 다 끼고 다녀서 사람들의 의심을 샀지만, 매저린은 전쟁중인데 뭐 어때 하고 생각했다. 새 생명이 태어난다는 사실만으로 충분하지 않아?

델핀은 눈썹을 치켰다. "마지막 장은 주머니에 있겠구나."

매저린은 프란츠에게 받은 장문의 편지를 가져올 때마다 그들 사이의 비밀스러운 이야기가 적힌 마지막 장을 뺐다. 편지를 자주 쓸 수 없어서 자신이 보낸 모든 편지를 매저린과 부모님이 같이 읽는다는 것을 그도 알았다. 그들은 긴장한 상태로 몇 달을 보냈고, 매저린의 눈빛이 가장 불안해 보였다.

"곧 끝나겠죠." 매저린이 말했다. "그런 느낌이 들어요. 숨은 의미를 생각해보면."

지금 델핀이 그녀와 함께 앉아 최근에 받은 편지를 뚫어져라 보는 동안 매저린은 불룩한 배 위에 손을 얹고 있었다. 그녀는 자신의 가냘프던 몸이 이렇게 불어날 수 있다는 사실에 전율과 나른함을 번갈아 느꼈다. 여자들의 끔찍한 임신 이야기를 들을 때면 자신은 고작 보통 수준의 불쾌감을 느끼는 정도라는 데 감사할 따름이었다. 지긋지긋한 입덧, 찌릿찌릿한 젖꼭지, 불면, 허리통증이 전부였다. 그녀에게 신체적 변화보다 더 힘들었던 것은 예기치 않게 휩쓸고 지나가는 감정이었다. 그런 거대한 감정의 그물에 걸리면 눈물이 쏟아졌다. 그러면 주체할 수 없는 눈물이 창피해 얼른 밖으로 나갔고, 혼자 변두리까지 걸어가 끝 간 데 없는 선연한 하늘 아래 우두커니 서서 마음을 진정시켰다. 그녀는 시시각각 모습이 달라지는 하늘을 지켜보았다. 그날 아침에는 커다란 뇌운이 지평선 위로 시커멓게 몰려들고 비가 서쪽으로 연기처럼 뿌옇게 흩날렸지만 타운에는 아직 한 방울도 떨어지지 않았다.

매저린은 주머니 속의 한 장을 만지작거렸다. 어떤 생각이 떠오르거나 일이 생길 때마다 프란츠가 항상 그 언저리에서 맴돌았다. 그녀는 극단적인 감정에 빠지는 것을 하루에 두 번으로 제한했고 자신을 애써 그렇게 단련시켰다. 아침과 저녁, 그렇게 두 번 생생한 기억의 현실에 머물러도 좋다고 자신에게 허락했다. 그때는 프란츠가 어떻게 됐을까봐 걱정하며 떠올리는 별별 생각을 떨쳐낼 수 있었다. 그녀는 상상 속에서 그와 사랑하고, 그들이 처음 나눈 진실한 말을 다시 주고받고, 어리석은 입씨름을 다시 하고, 가슴 아프고 성적인 의미가 담긴 작별인사를 다시 나누었다. 그 밖의 시간에는 그가 그녀의 마음을 비집고 들어와도 다른 일에 몰두하려 애썼다. 집안일에, 어머니에게, 그녀 앞에 앉은 학생들에게, 여기 햇볕을 쬐며 델핀과 함께 앉아 있다는 사실에. 델핀이 천천히 편지를 읽는 동안 매저린은 품이 큰 꽃무늬 블라우스에 두 손을 얹고 배를 어루만졌다. 아기가 그녀의 손가락 밑에서 꼼지락거리며 주먹으로 그녀의 심장을 톡톡 쳤다.

이윽고 델핀이 편지를 접어 다시 봉투에 넣은 뒤 자리에서 일어나 냉장 진열장으로 향했다. 그리고 반 쿼트짜리 우유병을 들고 돌아와 매저린과 마주앉더니 둘 사이에 놓고 손으로 가리켰다. 매저린은 뚜껑을 연 뒤 델핀에게 방긋 웃어 보이고는 건배하듯 병을 들어올렸다.

"델핀 건요?" 당연히 우유를 가리키는 질문이었지만 그 순간 델핀의 벌꿀색 눈동자에 실낱같은 그림자가 스쳤다. 매저린은 그 한 순간 델핀이 마음을 다쳤다가 다시 극복하고 추스른 것을 알아차리고 충격을 받았다. 매저린이 그 순간에, 그리고 델핀의 감정에 민감하게 조율되어 있지 않았다면 그 사실을 모르고 넘어갔을 것이다. 그녀는 섬광 같은 어둠을, 그것에 대한 은밀한 시인을 보았다.

"저는 늘 우유를 싫어했어요." 매저린이 말했다.

델핀은 그저 고개를 끄덕이며, 영양가 있는 것을 먹인다는 뿌듯함과 자기 자신은 그런 아픔을 겪을 필요가 결코 없었다는 생각에 애잔하고 심란한 마음이 되어 우유를 마시는 매저린을 지켜보았다.

프란츠는 제439병력수송비행전대에 배치되었다. 전투기에는 각각 독수리, 늑대, 사자, 번개, 끊어진 쇠사슬 등이 수놓인 기장旗章이 달려 있었다. 프란츠의 수송부대는 성난 비버 기장 뒤로 집결했다. 그는 이렇게 편지를 써 보냈다.

도대체 누가 기장을 만들었는지 궁금할 따름이야. 아마 마르쿠스 같은 누군가겠지. 그래도 나는 비버가 좋아. 사나워 보이지만 견갑골에 수송을 상징하는 날개가 뻗어 있어. 우리는 '하늘을 나는 비버, 점잖지만 분노한(오른손에 미사일을 들고 있어) 비버'의 기장을 달고 하늘을 날아. 매저린, 난 오래전 그때를 돌이켜 생각해. 너도 언제인지 알겠지. 나도 내가 이해되지 않아. 그애는 나한테 아무 의미도 없었고, 그건 너도 알았을 거야. 넌 내 약한 모습을 견딜 수 없었겠지. 나라는 남자가 제법 강해졌다는 건 너도 알 수 있을 거야. 그게 좋은 건, 그가 세상을 저 위에서 내려다본다는 것, 그러면 세상은 괴로운 곳이 아니라 조용한 곳이라는 거지. 남자는 자신이 마음으로 항복한 걸 인정해. 그건 어린 소년의 순진한 사랑과 같아. 너를 처음 알았을 때 그는 어렸어. 하늘을 날다보면 그렇게 설명하기 힘든 시간들이 끊임없이 섞여들어.

이제 우리한테 딸이든 아들이든 학창 시절부터 줄곧 우리가 사랑해왔다는 것을 알려줄 자식이 태어날 거야.

이곳에서 전쟁은 끝났고, 우리도 마지막 정리를 하고 있으니까 걱정하지 마. 우리가 가장 조심해야 할 건 일광 화상이야.

델핀은 그날 아침 손님이 라디오에서 들었다며 전해줘서 그 일을 처음 알았다. 그날 밤 그들은 파고에서 발행된 석간신문을 받아 들었고, 거기에는 일본에 원자폭탄 투하라는 머리기사가 실려 있었다. 그들은 식탁에 신문을 펼쳐놓고 일면에 실린 모든 기사를 눈이 빠져라 읽었다. 무시무시한 미사일의 폭발력은 초대형 폭탄보다 이천 배나 더 강하다. 폭발력을 설명하는 열쇠는 태양열 에너지다. 처칠, 독일이 어떤 비밀을 감추고 있다고 말하다. 주부의 꿈이 현실이 되다—1946년 세탁기, 식기세척기, 감자깎기 일체형 제품 출시 예정. 사지가 절단된 제임스 윌슨 일병이 인공사지 부착. 춤추던 부부, 남편이 아내 사살 후 자살. 델핀이 소리내어 읽었다. "트루먼은 오늘의 위대한 과학적 업적을 알리며, 일본인에게 이제 '지구상에서 누구도 본 적 없는 파괴의 비를 맞게 될 것'이라고 경고했다."

피델리스는 의자에 앉은 채 몸을 숙였다. "하나도 빼놓지 말고 읽어줘." 그가 말했다. "그 페이지에 있는 건 전부." 그래서 델핀은 계속 읽었다. "트루먼 대통령은 폭탄의 엄청난 위력에도 불구하고 '폭약의 물리적인 양은 굉장히 적습니다. 원자폭탄이니까요' 하고 말했다. '우주의 기본적인 힘을 활용하는 겁니다.'"

"그리고 여기." 델핀이 말했다. "그 기사 옆에. 잘 들어봐요. '주부의 꿈이 현실이 되다─세탁기, 식기세척기, 감자깎기 일체형 제품이 버터제조기, 아이스크림제조기와 함께 출시될 날이 머지않았다.'"

"머지않았다고요?" 매저린이 말했다. 그녀는 막 엄마가 된 여자들이 배우지 않아도 자연스럽게 터득하게 되는 방식으로 아기를 어르면서 어리둥절한 표정으로 말했다. "그러니까 우리가 우주의 힘을 활용하는 데는 성공했지만 아직 감자깎기는 완성 못했다는 거네요?"

"그러네." 델핀이 말했다. "이걸 들어봐. '마이클 보이치크 부부의 친구들은 불빛이 흐릿한 지하실에서 참극이 일어났다고 경찰에게 말했다. 그들은 잉글랜드에서 돌아온 아들 에드윈 병장을 위한 환영파티를 하고 있었다. 다른 손님들은 세 커플이 춤을 추고 있는데 총성 두 발이 아파트에 울려퍼졌다고 말했다. "총 맞았어?" 제아주트코가 아내에게 물어보는 소리가 들렸다. "응." 아내가 대답했다. "그럼 나도 끝내는 게 좋겠군." 그가 말한 뒤 자신의 머리에 세번째 총알을 쏘았다.'"

"맙소사. 폭탄 관련 기사나 다시 읽어줘." 피델리스가 말했다.

"폭탄 하나가 남녀노소 불문하고 파고에 거주하는 사람 모두를 날려버릴 티엔티 폭약 1,228파운드와 맞먹는다." 델핀이 읽었다.

"그만 읽어요." 매저린이 말했다.

"전쟁은 끝났어." 피델리스가 아주 부드럽게, 감정이 격해진 목소리로 말해 나머지 사람들을 놀라게 했다.

델핀은 신문을 내려놓았고, 세 사람은 바깥에서 들리는 소리에 귀기울이며 저마다 생각에 빠졌다. 냉장고가 끊임없이 윙윙거리고 파리가 방충문에 제 몸을 부딪쳤다. 물이 개수대 거름망으로 똑똑 떨어졌다. 포도나무 정자에서는 참새들이 쉴새없이 지절거리며 아웅다웅했다. 이런 일상의 소리를 듣자 델핀은 감정이 복받쳤다. 그런 소리에 숨은 의미가 담긴 것처럼, 일상적 활동의 암호인 것처럼 느껴졌다. 더 큰 전체를 상징하는 각본인 것처럼. 그녀가 그 패턴을 깨달을 수 있다면, 더 많은 것을 알아낼 수 있다면, 어떻게든 그 관계들을 실처럼 연결할 수 있다면. 하지만 그녀의 생각은 공포와 안도감을 어지럽게 오락가락했다. 그녀는 울어야 할 것 같았다. 소리를 지르고 싶었다. 두 사람을 두고 혼자 밖으로 나간 그녀는 무덥고 정돈된 듯 무질서한 정원에서 돼지풀을 한 움큼씩 뽑아 한쪽에 쌓으며 한참 동안 일했다. 부러진 줄기와 뭉개진 잎에서 풍기는 상큼하고 알싸한 향기가 머릿속을 가득 채울 때까지. 무성한 민들레의 원뿌리를 뽑으려고 손을 깊이 찔러넣는데 손가락에 뭉툭한 뼈마디가 닿았다. 모든 것이 여전히 그 아래에 있었다. 개가 숨긴 뼈다귀, 에바가 묻은 뼈, 저 혼자 죽은 쥐와 달팽이와 새, 아주 작은 짐승의 죽음과 아주 큰 짐승의 죽음, 서로 먹고 먹히는 생명체의 복잡한 소용돌이, 그 모든 것이. 영원히 그리고 평생 아멘, 그녀는 뼈와 함께 뿌리를 잡아 뽑으며 생각했다. 뼈와 뿌리 모두 갈색에 굵고 얼룩지고 무성했다. 그녀는 그것을 잡초 더미에 던지고 손이 아플 때까지, 고단한 머릿속에 윙윙거리는 소리만 남을 때까지

풀을 뽑았다. 이제 아이들은 무사해. 곧 돌아올 거야.

소년 시절 프란츠는 늘 영웅적인 죽음을 상상했다. 꼭 죽어야 한다면, 스핏파이어를 몰고 목숨을 건 가슴 졸이는 전투를 벌인 끝에 그가 좋아하는 적군의 전투기인 독일제 포케불프 190기에 격추당해 죽으리라. 번개폭풍처럼 검푸르고 동틀녘처럼 희끄무레하며 순수한 노란색 엔진덮개가 달린 치명적이고 눈부시고 아름다운 전투기. 최후의 불꽃이 터질 때 기꺼이 복수의 제물이 된 그 역시 포케불프를 격추할 것이다. 두 전투기가 나선을 그리며 곤두박질칠 때 서로에게 경례를 붙이리라. 그의 마음 한편에는 실제 전쟁에서 하루하루 살아남는 권태와 공포와 지루함을 견디고 기필코 승리를 거두는 어린 시절의 환상이 아직 집요하게 남아 있었다. 하지만 간발의 차이로 그런 바보 같은 실수에 휘말렸을 때 그는 깜짝 놀랐을 것이다. 술이 깨지 않은 정비공 때문에. 끊어진 케이블 때문에.

프란츠는 비행기가 그의 뒤쪽에서 이륙할 때 커다란 금속 벽장 같은 보급품 보관소로 걸어가고 있었다. 지상 근무병 하나가 무거운 강철 케이블의 고리를 푸는 것을 깜박했고, 비행기가 이륙하자 그것이 따라 움직였다. 병사들은 머리를 숙이고 피하며 흩어졌다. 프란츠가 조금만 더 빠르거나 늦었어도 생가죽 채찍처럼 튕겨오른 케이블을 피할 수 있었을 것이다. 케이블은 공중으로 딸려올라가기 직전에 프란츠의 옆머리를 사정없이 후려쳤다. 손가락으로 톡 치듯 관자놀이를 깔끔하게 쓸고 지나갔다. 그는 문을 여는 중이었는데, 손을 제외한 나머지 몸은 안으로 들어가지도 못했다. 생각할 틈도 없었다. 놀랄 겨를도 없었다. 희미한 의식조차 없었다. 그의 눈은 여전히 훼손된 강철 문틀을 보고 있었다.

매저린은 병원냄새가 좋았던 적이 없었다. 뉴욕주라고 다르지 않았다. 로비에 들어서자 먼저 찌든 담배냄새가 났고, 이어 침울하고 위압적인 소독용 알코올 냄새도 느껴졌다. 간호사가 다가오자 그녀는 벌떡 일어섰고, 품에 안은 아기가 버둥거려 기저귀 가방이 출렁했다. 그녀의 손가방에서 내용물이 쏟아졌지만 립스틱과 기차표, 깔끔하고 자그마한 지갑, 빗과 빗살에 낀 배급표 뭉치가 전부였다. 매저린은 집어올릴 물건이 더 있으면 좋겠다고 생각했다. 그녀는 마음을 진정시키려고 애썼지만 손과 무릎이 떨리고 심장이 벌렁거렸다. 델핀은 아기를 같이 돌봐주려고 여기까지 기차를 타고 따라왔지만 프란츠가 누워 있는 병실의 이중문 앞에 이르자 한쪽으로 비켜서며 복도에 있겠다고 했다.

"네가 먼저 들어가." 델핀이 매저린의 품에서 아기를 받아 안으며 말했다. 그녀는 잔뜩 긴장한 탓에 가슴이 아팠다. 숨도 제대로 쉴 수 없었다. "난 나중에 들어갈게."

델핀이 매저린을 떠밀자 그녀는 하얀 옷을 입고 펑퍼짐하고 사무적인 엉덩이를 씰룩거리는 간호사를 따라 병실로 들어갔다. 그리고 프란츠에게 다가갔다. 줄줄이 드러누운 남자들 사이를 지나가는데, 어떤 남자들은 커튼으로 가려져 있고 어떤 남자들은 아예 무관심하고 어떤 남자들은 그녀를 뚫어져라 쳐다보았다. 매저린은 문득 자신이 숨을 참고 있다는 걸 깨달았다. 숨을 쉬지 못해 정신이 아득해지자 공기를 너무 많이 들이마시고 말았다. 소독약과 살균 알코올로 몰아내야 하는 온갖 잡균 때문에 병실 안의 냄새는 더욱 고약했다. 더디게 아무는 살에서 풍기는 사냥한 짐승의 들큼한 냄새로, 콧속을 찌르는 묵은 지린내로, 절박한 땀냄새로, 시큼하고 침울한 체념의 냄새로. 그럼에도 그녀는 그들이 구조된 자임을 알았다. 그녀가 여기 와 있는 것도 그런 이유에서였다. 그들은 살아남을 것이다. 간호사가 차트를 살펴보더니 한 침대 앞에 가서 섰다. 간호사는 고리에 매단 커튼을 걷은 뒤 임시로 구분한 공간으로 매저린을 들여보냈다.

그녀는 프란츠의 침대 주위로 둘러친 커튼 안으로 들어가면서, 자신이 과거─프란츠가 그녀의 기억과 상상 속에 존재했던─를 떠나 새로운 시기로 들어서고 있음을 깨달았다. 그녀가 그를 똑바로 볼 때까지, 그녀의 눈으로 부상당한 그를 직접 볼 때까지 그는 완벽한 모습의 소년이자 청년일 것이고, 아직은 그들이 그 모든 힘겨운 타협이 뒤따르는 성숙한 사랑의 세계에 들어서지 않았을 것이다. 못하겠어, 그녀는 생각했다. 하지만 할 수 있고 없고 그런 건 중요하지 않다는 것을 그녀도 잘 알았다. 침대에 누워 있는 남자는 약에 취해 깊은 잠에 빠져 있었다. 그녀는 시트 맨 아래쪽부터 담요에 덮인 형체를 따라 천천히 올라가며 세세한 부분까지 훑어보았지만 결국 얼굴에 이르는 것을 피할 수는 없었다.

침대에 누운 남자가 잠들어 있는 동안은 여전히 프란츠였기에, 그녀는 견딜 수 없어질 때까지 그 환상을 누리며 그의 옆에 앉아 있었다. 하지만 그를 깨울 수 없었다. 프란츠가 가녀린 숨을 어찌나 느리게 쉬는지 가슴팍이 오르내리는 것도 보이지 않았다. 다친 옆머리에는 붕대를 감아놓았고, 짙은 멍이 목까지 내려와 있었다. 의사는 앞으로 어떻게 될지, 어느 정도 회복될지 알 수 없다고 말했다. 매저린은 프란츠의 손목을 잡은 채 자신의 힘을 그에게 불어넣어줄 수 있는 것처럼 조였다가 풀었다가 했다. 그녀는 하염없이 앉아 있었다. 그들을 둘러싼 공백의 커튼이 폐쇄 화면이 되어, 그들의 미래가 죽음보다 비통하고 복잡하게 그 위로 쏟아져내리는 듯했다.

열다섯

정육점 주인들의 노래클럽

그날 오후 루트비히스루에 폭격의 희생자를 추모하는 기념비 제
막식이 있어서 근교 마을, 심지어 더 멀리 떨어진 타운에서도 정육
점 주인들이 노래를 부르기 위해 모여들었다. 지금은 1954년, 전
사자의 육신은 모두 흙이 되었다. 델핀과 함께 고향을 찾아간 그
달 내내 피델리스는 살아남은 얼마 안 되는 사람들과 노래 연습을
했다. 그가 연습하는 동안 델핀은 아름답기로 이름난 타운 묘지를
돌아다니거나, 마셜플랜에 따라 조성된 밋밋한 가게와 아파트 건
물이 늘어선 매력 없는 거리를 걸으며 로켓 목걸이를 파는 보석상
을 들락거렸다. 모조금이라 아주 저렴하지만 아주 정교하게 만든
것이었다. 그리고 마침내 남편이 어린 시절 놀았다는 정원에 다다
랐는데, 지금 그곳에는 캔버스 장막을 씌우고 느슨하게 밧줄로 묶
어둔 조각상이 있었다. 타운 관료들이 한 번만 잡아당기면 대번에
벗겨질 터였다.

델핀도 구경 나온 사람들 틈에 앉았지만, 옆자리의 탄테는 목을 쭉 빼고 연사들을 쳐다볼 뿐 델핀은 본체만체했다. 델핀이 볼 수 있었던 것도 정교하게 만들어진 금색 가죽 펌프스를 신은, 탄테의 여전히 예쁜 발이 전부였다. 탄테 옆에는 피델리스의 형 부부와 그들의 장성한 두 아들이, 반대쪽 옆에는 신혼인 에리히 부부가 앉아 있었다. 델핀과 피델리스는 이번 방문을 오랫동안 미뤄둔 신혼여행의 일환으로 계획했지만 막상 오고 나니 여행의 성격이 영 달라져버렸다. 피델리스는 여기로 건너오는 도중에 묘한 통증을 느꼈다. 엑스레이검사를 해보니 간이 붓고 심장이 위험하다고 했다. 만성변비를 완화하려고 신선한 딸기를 몇 통이나 먹었지만, 변비가 두 장기의 상태를 더욱 악화시켰다. 델핀은 홍수처럼 빠르게 쏟아지는 독일어를 전혀 알아들을 수 없었다. 웃기만 하다보니 입이 아팠고, 온화한 표정으로 고개만 끄덕이는 것도 이제는 지쳤다. 혼자 고립된 느낌도 지긋지긋했다. 그래도 일부 친지들은 그들에게 뭐라도 베풀어주려는 것 같았다. 남편의 옛 지인들은 그들을 위해 소풍과 캠핑 여행, 숲속 하이킹 계획을 세워주었다. 사냥한 짐승과 지역 특산물인 버섯으로 푸짐한 저녁을 차려주고 손수 만든 선물을 건네고 뛸듯이 반가워하며 피델리스를 끌어안거나 키스했다.

하지만 델핀은 당혹스럽고 침울하고 어쩐지 무기력했다. 이들은 도대체 어떤 사람들일까? 델핀은 기대에 차 앉아 있는 사람들을 둘러보면서, 연설이 이어지고 언어의 파도가, 소리에 소리를 포개며 들이칠 때 그들의 모습을 지켜보았다. 여자들은 작은 모자에 칙칙한 회색이나 황갈색 구식 정장을 입고 굽이 두꺼운 구두와 탄력 스타킹을 신었지만 장갑은 끼지 않았다. 원피스는 수수한 꽃무늬가 있는 천—자주색이나 갈색—으로 만든 것이었다. 무릎에는 부드럽게 무두질한, 튀지 않는 색에 은은하게 반짝거리는 가죽 핸드백을 올려놓았다. 그녀는 손차양을 하고 그 모습을 구경했다. 뭉게구름 뒤에서 해가 나왔다가 숨었다가 했다. 사람들의 그림자는 하나같이 윤곽이 또렷하고 선명했다. 그림자는 여자들의 얼굴을 가로질러 손 아래 고였다가 발밑에 웅덩이를 이루었다. 손가방 주위에도 그림자가 생겨 의자 다리에 살포시 드리웠다. 사방에 걸어놓은 색색의 종이테이프도 타운 관료들의 몸에 줄무늬 그림자를 드리웠다. 독일은 온통 빛과 어둠, 화사한 꽃과 칙칙한 능직 여름옷으로 가득했다. 델핀은 어떤 여자가 가슴에 꽂은 온실 재배 치자꽃의 향기로운 냄새와 군중 바로 뒤쪽 수레에서 지글거리며 익어가는 느끼한 부어스트 냄새를 맡았다. 군중을 온통 휩쓸고 있는 독일어 아래로 나지막이 흥얼거리는 노랫소리가 들려왔다. 그녀는 또다른 무리에서 흘러나오는 호기심을 자아내는 노랫소리를 들으려고 귀를 쫑긋 세웠다.

　나지막이 들리던 그 소리가 공간을 압도했고, 정육점 주인들이 줄지어 연단으로 올라가 각자 자리를 잡은 뒤 노래를 시작했다. 대부분 덩치 좋은 남자였지만 전부 그렇지는 않았다. 철사처럼 비쩍 마른 사람도 있었다. 그들의 목소리가 군중을 향해 우렁차게 터져나왔다. 우람한 가슴과 배에서 끌어낸 소리였다. 근육이 탄탄한 작은 체구의 남자들도 열정을 쏟으며 음악을 만들어나갔다. 악기들, 즉 목소리가 단단한 멜로디의 벽을 세웠다. 델핀은 그들을 지켜보며 이런저런 생각에 빠져들었다. 노랫소리를 넘어 다른 것을 듣기 시작했다. 곧 노랫소리는 전혀 들리지 않고, 동물원에 모아놓은 동물처럼 포효하듯 일제히 벌렸다가 다물었다가 하는 남자들의 입만 보였다. 왠지 몰라도 그 즐거운 장면 위로 어머니의 흐릿한 사진이 커다랗게 아물거렸다. 그녀는 이곳에서 벌어진 모든 일을 생각했다. 방화와 행군, 도저히 이해할 수 없는 극악무도한 범죄, 믿을 수 없는 일이 자행되었던 끔찍하고 이상한 사건. 하지만 지금 여기서는 정육점 주인들이 노래를 하고 있었다. 노래는 아름다웠다. 남편의 목소리가 독일 하늘로 솟구쳐올랐다.

환상이 물러가자 델핀은 어지러운 듯 눈을 깜박였다. 비현실적인 감각이 그녀를 슬며시 휘감더니, 모든 소리가 합쳐진 하나의 소리가 울려퍼졌다. 그 순간 그녀는 눈을 번쩍 떴다. 그리고 지금 실제로 일어나는 일을 보았다. 장막이 벗겨지고, 불태워진 자들을 위한 조각상이 기분좋게 쏟아지는 햇빛을 받으며 서 있고, 벙긋거리며 노래하는 정육점 주인들의 입은 굴뚝처럼 연기와 재를 쏟아냈다. 그들의 심장이 불타고 있어, 그녀는 정신이 몽롱한 채로 생각했다. 그들의 내장에 불이 붙은 것이다. 그들의 폐가 뜨거운 외침이 된 것이다. 하지만 그들은 아무 문제도 없다는 듯 노래를 계속했다. 그 사실을 지적하는 사람도, 울음을 터뜨리는 아이도 없었다. 어둠이 남자들의 네모난 오븐처럼 떡 벌어진 가슴에서 계속 빙글빙글 솟아올랐다. 연기가 휘돌고 재가 떠다녔다. 마침내 노래가 끝났다. 남자들이 토해낸 구름 같은 어둠은 흩어져 사라졌지만 타르 같은 그림자 찌꺼기가 남았다. 주변 사람들이 미소를 띠며 고개를 끄덕였다. 우레 같은 박수갈채가 끊이지 않고 쏟아졌다. 그래서 델핀은 몹시 고단했지만 모두와 더불어 손을 높이 들고 생각했다. 노래하는 정육점 주인들의 입에서 나온 검은 연기가 정원의 찬란

한 허공으로 기둥처럼 솟구치는 것은 이상한 일이 아니라고, 여기
서는 예사로운 일이라고.

델핀의 꿈속에서 뭔가 두드리는 소리가 들렸다. 요란하게, 속삭
이듯, 다그치듯. 벽 건너편에서 들리는 것처럼 더욱 다급하게 두
드리는 소리. 성마른 소리. 델핀이 잠에서 깼을 때 보드라운 양모
를 깐 좁은 매트리스 옆자리에는, 남편이 누워 있고 여전히 독일이
었다. 델핀은 그 소리가 뭔지 대번에 알아챘다. 에바가 피델리스를
돌려달라고 하는 소리였다. 델핀은 머지않아 그를 돌려주어야 할
것이다. 에바가 두드린 소리임을 알아챈 이유는 예전에도 정확히
같은 소리를 들었기 때문이었다. 예전에도 꿈속에서 이렇게 똑똑
두드리는 소리를 들었는데, 아거스에서였고, 그때 깨어나 에바의
죽음이 머지않았음을 깨달았다.
다급하게 두드리는 소리에 또다시 잠에서 깬 지금 델핀은 피델
리스가 병을 숨기고 있다는 사실을 깨달았다. 시간이란 정육점 주
인들이 무대로 올라가듯 행진하는 군대와 같은 것이다. 시간이란
음악이 연기와 재가 되는 노래클럽과 같은 것이다. 델핀은 피델리
스에게 더 가까이 다가가 잠든 그를 안고 고른 숨소리와 웅웅거리
며 피가 도는 소리와 고통스러운 심장박동 소리를 들었다.
유럽에서 노스다코타로 보낸 마지막 편지에 그녀는 마르쿠스에
게 이렇게 썼다.

아버지가 몹시 편찮으시니 병원에 모시고 가서 검사를 제대로 받아야
할 것 같구나. 새 일꾼들을 잘 지켜보고 그들이 일하러 오는 시간을 꼭

확인하렴. 우리는 잘 먹고 다니지만(어딜 가든 자우어브라텐*이나 숲에서 잡은 사슴 고기, 난생처음 보는 페이스트리를 먹을 수 있단다) 난 당장이라도 집에 가고 싶어 못 견디겠구나. 매저린에게 요하네스가 서서 버티는 시간이 길어지면 키스해주라고 전해주렴. 매저린의 어머니에게는 가스가 차면 숯 정제 알약을 드리라 전하고.

피델리스는 미국 해군 전함 브레멘호에서 내려 뉴욕의 북적거리는 인파 속으로 들어가면서 익숙지 않은 피로와 통증을 느꼈다. 그는 바다를 건너는 동안 피로와 싸우느라 열두 시간 혹은 열네 시간 내리 잠을 자고 오후에도 낮잠을 잤다. 그런 피로가 당황스러웠다─서서히 덮쳐오는 피로를 이제 그의 힘으로는 어찌할 수 없었다. 그는 알지 못했지만 심장은 십 년 전부터 망가지기 시작했다. 피델리스에게 장차 그를 쇠약하게 만들 질병의 징후가 처음 나타난 것은 미네소타의 숲속에서 아들이 그를 지나쳐 수용소 문 안으로 들어감으로써 아버지인 그가 아니라 수용소를 선택했을 때였다. 궁극적으로 그 병 때문에 혈관이 막혀 심장까지 망가진 것이다. 프란츠의 부상을 통보하는 전보와 에밀의 소식을 알리는 편지를 받았을 때는 심장이 찢어지는 것 같았다. 그는 격분해 편지를 찢어발겼다. 귀환한 프란츠가 혼란과 분노 속에서 허우적거리며 삶의 활기를 잃어가자 피델리스의 일부도 아들과 함께 활기를 잃은 채 분노했다. 하지만 경이로운 힘을 타고난 사람에게 약함은 이해될 수 없는 거짓말이나 마찬가지였다. 피델리스는 병에 걸렸다

---

* 소고기나 돼지고기 등을 초에 재웠다가 굽는 독일의 대표 고기 요리.

는 사실을 받아들이지 못했다. 몸을 홀대하고, 몸의 욕구를 업신여기고, 힘을 되찾아주기라도 할 것처럼 옛 습관을 고수했다.

지금 그는 폐가 쪼그라든 것처럼 아팠지만 독일에서 가져온 터키산 담배에 불을 붙였다. 연기를 내뿜고 입국 허가를 기다리며 델핀 뒤에서 심사대 쪽으로 조금씩 이동하는데 아주 오래전 지금처럼 줄을 섰던 기억이 떠올랐다. 그때 그는 아버지를 떠올렸는데, 커다란 구리 솥에 줄줄이 매달린 소시지를 삶느라 불그스름하고 건장한 팔뚝을 수증기 속으로 넣다 빼기를 반복하던 모습이었다. 이번에도 그 모든 것 위로 차분하고 엄격하고 땀을 흘리는 아버지의 커다란 얼굴이 떠올랐다. 피델리스는 면 손수건으로 이마를 훔쳤다. 몸이 무겁고 약간 어지러워 비틀거리지 않으려고 발에 힘을 주었다. 그가 루트비히스루에서 구입한 맞춤 코트는 이런 날씨에 입기에는 너무 두꺼웠다. 현재의 장면과 과거의 장면이 충돌하고 있었다. 처음 도착해서 오늘까지 그사이의 날들이 커다란 탁자 위에 수없이 펼쳐진 한 벌의 카드 같았고, 각 카드의 모양과 색깔은 예측 가능했다. 느닷없이 손 하나가 나타나 카드를 단호하게 그러모은 뒤 톡톡 쳐서 숨막히도록 반듯하게 한 묶음으로 정리했다. 하루하루는 그렇게 붕괴되었다.

그의 감각 없는 손가락에서 담배가 툭 떨어졌다. 그는 아직 불이 꺼지지 않은 담배가 구두에 떨어졌다가 튕겨오르며 그리는 신기한 궤도를 눈으로 좇았다. 영문을 알 수 없었지만 그 순간 바로 코밑에서 뭔가가 타들어가는 짙은 냄새를 맡았다. 그는 양옆으로 끝없이 뻗은 듯한 더럽고 얼룩진 황갈색 리놀륨 바닥을 내려다보았다. 그는 전쟁이 끝나고 집에 돌아온 직후 경험했던 신기한 빛의 노래를 또다시 경험했다. 빛은 아무도 닿을 수 없는 저 먼 바다에서 풍요로운 노래의 편린이 되어 반짝거렸고, 타일은 아침의 광택을 그대로 유지했다. 피델리스는 음악이, 익숙한 목소리들이 부르는 노래가 들리는 것이 이상했다. 그는 손과 무릎으로 바닥을 짚고 짐승처럼 주저앉았다. 짐승들이 이렇게 풀썩 쓰러지곤 했지만, 여기는 도살장이 아니라 입국장인데, 그는 고단한 몸으로 생각했다. 그러고는 일어서서 코트에 묻은 먼지를 털고 몇 발자국 나아갔다고 느꼈다. 하지만 실제로는 조금도 움직이지 않고 여전히 바닥을 내려다보고 있는 자신을 깨닫고 깜짝 놀랐다.

피델리스는 평생 한 주에 한 번 도축을 하고 언제나 그 자리에서 죽음의 치다꺼리를 했다. 그는 빙빙 도는 더러운 바닥을 내려다보며 이제 때가 되었음을 깨달았다. 그에게도 같은 일을 해줄 사람이 있을까? 팔이 벌어지고 다리가 뻣뻣해지면서 바닥에 완전히 엎어졌다. 누가 그를 돌아눕혔다. 누가 그의 손을 잡았다. 그의 시선이 닿는 곳에 델핀의 얼굴이 일렁거렸고, 그녀는 쭈그리고 앉은 채 그를 굽어보며 익숙한 모양으로 입을 벙긋거렸다. 그는 그녀가 하는 말을 알아듣고 대답하려 했지만 허사였다. 놀랍게도 입이 벌어지지 않았다. 손도 움직이지 않았다. 무엇 하나 뜻대로 되지 않았다. 심장이 죄어왔다. 실신할 것 같은 고통의 충격으로 눈이 휘둥그레졌다. 델핀의 얼굴이 아물거렸다. 빛이 흐려지고 노래가 그쳤다.

열여섯
스텝앤드어해프

스텝앤드어해프는 노파가 되어서야 비로소 아름다워졌다. 풍상에 깎인 바위나 퇴색한 하얀 사슴 뼈가 아름다운 것처럼. 나이가 들면서 얼굴의 대칭적인 아랫선과 골동품이 다 되었지만 건강한 상아색 치아, 우아한 손과 쭉 뻗은 팔다리가 숨김없이 드러났다. 유난히 곱게 센 머리칼도 반드러운 이마 중심에서 위엄 있게 아치를 그리며 구불구불 내려왔다. 나이 때문에, 잡동사니 가게의 주인이라는 사실 때문에, 그녀를 여전히 괴롭히는 불면증 때문에 스텝앤드어해프는 거뜬하게 돌아다니던 시절에는 피할 수 있었던 옛 생각에 종종 빠져들었다. 그녀는 아거스로 오기 전 노스다코타의 긴 도로들을 따라 여기저기 떠돌아다녔다. 도랑에서, 강을 따라 자란 나무들 주위에서, 가끔은 헛간이나 포치에서 잠을 잤다. 하염없이 걸음을 옮겼다. 얼마나 걸었는지는 아무도 몰랐다―그녀 자신도 몰랐다. 그녀의 넓은 보폭으로는 하루에 20마일, 30마일까지도 걸을 수 있었는데, 그 정도 거리는 거뜬했고 걷다보면 최면에 걸린 듯 마음이 진정되었다. 어느 한곳에 다다르면, 거기 도착한 사실 자체를 종종 잊어버렸다. 어딘가에 다다른다는 것은 그 자체로 알 수 없는 수수께끼였다―갈 곳이 따로 있는 것도 아닌데 다다랐다 는 것을 어떻게 알겠는가? 하지만 아거스는 먼 옛날 그녀가 다다르 는 곳이 되었다. 아거스에 다다르는 횟수가 잦아지고 아예 그곳에 눌러앉자 그녀는 그곳의 진실을 수집하기 시작했다.

이제 그녀는 동네의 거리와 모든 사람을 잡동사니 수집가의 시 선으로 바라보았다. 쓰레기를 태우는 뒷골목에서, 혹은 못 쓰는 물 건을 내놓는 집 뒤쪽 포치에서―늘 깨끗이 치우는 현관 계단이 아 니라―그들의 본질을 보았다. 입고 있는 옷이나 세상에 내보이는 외관이 아니라, 무엇을 내던지고 내버리고 가치 없는 것으로 여기 는지에서 그들의 본질을 알아챘다. 그녀는 그들이 버린 것을 통해 그들을 파악했고, 그들이 버린 것이 그들의 이야기를 들려주었다.

누구나 아는 이야기지만 거스 뉴홀의 쓰레기통에 버려진 병들 이 주류 밀매를 하던 시절 그의 수입원의 비밀을 밝혀주었다. 부샤 드 부부는 싸울 때 접시를 던지는 습관이 있었는데, 깨진 조각 맞 추기가 그들의 결혼생활을 끼워맞추기보다 차라리 더 쉬웠다. 그 들의 결혼은 결국 파탄이 났다. 파우티 만하임은 양말 한 짝에 구 멍이 나면 두 짝을 다 버렸다. 독신이었던 그는 양말을 꿰매 신는 법이 없었고 짝을 잃어 홀아비가 된 양말을 간직하지도 않았다. 그 때문에 그는 그녀의 존경을 받았다. 하지만 양말을 아끼지 않는 그 의 당당한 습관은 언젠가 그의 사업이 망할 거라는 사실도 예고했 다. 그의 어머니로 말하자면 사탕 포장지에 못된 습관이 숨겨져 있었다. 그녀는 충분히 날씬했지만 이는 홀랑 다 빠졌다. 스텝앤드어해프에게 놀라운 일은 아니었다. 발견한 것 중에는 흉물스러운 것도 있었다. 애완동물의 사체나 찢어진 연애편지, 죽음과 피와 질병과 쇠한 몸 때문에 흠뻑 젖은 침구류 따위였다. 쓸 만한 것도 있었는데, 책이나 악보는 자신에겐 소용없는 것인데도 챙겼고, 아이들이 실수로 잃어버린 장난감은 깨끗이 씻어서 창턱에 올려놓았다. 나무 의수義手와 유리로 만든 안구도 발견했다. 양철 깡통에 가득들어 있던 기묘한 푸른색 씨앗은 커피 깡통에 흙을 채워 모두 심었다. 그중 하나가 통통한 흰색 꽃을 피웠는데, 우스꽝스러운 군인철모 같은 모양에 성교할 때의 냄새 혹은 시나몬향이 났다. 헌옷뿐 아니라 갈아야 하는 면도칼, 고치면 되는 타이어, 엔진 부품, 넝마를 되파는 것이 그녀의 빵을 만들 밀가루가 되어주었고, 가끔은버터 대신 바를 기름이 되어주기도 했다. 금으로 된 회중시계, 라디오, 예전에 에바가 모차르트의 곡이라고 알려준, 귀에 잘 들어오지 않는 곡들이 담긴 오르골도 찾았다. 아주 맛좋은 소고기찜, 은박지로 포장한 초콜릿 한 상자, 향기가 좋은 신제품 분홍색 비누도여섯 개 찾았다. 박하사탕과 크래커, 흰곰팡이가 약간 핀 화려하고폭신한 베개도 찾았다. 모두 쓰레깃더미나 쓰레기를 태우는 큰 통,강가나 도랑 주변, 거리 여기저기에서 발견한 것이었다. 하지만 무엇보다 엄청난 것은 시멕 부인의 변소 구멍에서 건져올린 것이라는 사실에는 의문의 여지가 없었다.

그 발견이 그녀의 삶을 규정하고, 돌아다니는 반경을 제한하고,생각의 틀을 형성했다. 또한 그녀가 제대로 알아채지는 못했지만그에 따라 거듭 행동하게 된 어떤 감정을 불러일으켰다. 이미 사십

년도 더 전의 일이지만 그때의 극적인 느낌은 아직도 그녀에게 남아 있었고, 그 결과는 신비로운 무대에 올려진 연극처럼 그녀 앞에 펼쳐졌다.

오래전 그날 밤은 고요하고 몹시 추웠다. 달은 빛나는 원반처럼 멀리서 환하게 떠 있었다. 그해 10월, 공기는 벌써 얼얼했지만 치명적인 추위도 스텝앤드어해프에게는 문제될 것이 없었다. 걷다보면 해결됐다. 자연스럽게 몸에서 열이 났고, 팔다리를 어떻게 싸매야 체온을 보존하고 바람을 물리칠 수 있는지 그녀는 익히 알고 있었다. 아거스에서 산 지도 오래된 터라 주민들의 일상도 훤히 알았다. 술집이 모두 문을 닫은 뒤에야, 가정집도 문을 닫고 난로에 물을 뿌리고 커튼을 치고 개마저 잠잠해진 뒤에야 그녀는 산책을 나섰다. 그러다 시멕 가족의 집 뒤쪽을 지나가게 되었는데, 가봐야 푹 고은 뼈나 모구毛球, 더러워진 신문지 따위가 고작이어서 좀처럼 들르지 않는 곳이었다. 그녀가 문 닫힌 허름한 변소에서 들려온 한 번의 끙 소리를 듣지 못했다면 그날 밤도 평소처럼 그냥 지나갔을 것이다. 그 소리가 그녀를 붙잡았다. 어딘지 모르게 익숙한 소리였다. 그녀는 기다렸다. 몹시 불안하게 만드는 소리였지만 그 자리를 떠날 수 없었다. 소리가 네 번 더 들렸고, 그녀는 안에 있는 사람에게 도움이 필요하다는 사실을 동물적인 확신으로 점점 강렬하게 느꼈다. 당시 시멕 부인은 덩치만 컸지 맹하고 순진한 어린 신부로, 발그레한 볼에 호기심이라곤 없어 보이는 소처럼 미련한 여자였다. 그 여자가 변소 문을 벌컥 열고 만취한 농부처럼 비칠비칠 걸어나오자 스텝앤드어해프는 사적인 공간임에도 불구하고 변소에 들어가보기로 마음먹었다.

키 작은 네군도단풍나무의 그늘 아래에서 그 여자가 컴컴한 집으로 들어가는 것을 지켜보던 스텝앤드어해프는 변소에서 또 한번 소리가 들리지 않았다면 마음 놓고 가던 길을 갔을 것이다. 귀청을 찢을 듯 앙칼지게 터져나온 단발의 울음소리. 변소 안은 문으로 새어드는 달빛에 충분히 밝아서, 문을 열자 검붉은 피로 미끈거리는 바닥과 변기 시트가 보였다. 가을에는 겨울을 나기 위해 변기 구멍을 새로 파서 변소를 옮기는데, 그날 밤엔 시멕 부인의 게으른 남편이 그 관행을 따르지 않은 것이 천만다행이었다. 나무 변기에 기대어 구멍에 손을 집어넣고 얼지 않은 오물을 뒤적거릴 만큼 팔이 길었던 스텝앤드어해프의 손에 아기의 발꿈치가 잡혔다. 건져낸 아기는 탯줄과 함께 태반까지 그대로 달고 있어서 스텝앤드어해프는 날카로운 이로 끊었다. 그리고 아기의 입안을 손가락으로 씻어냈다. 그녀는 아기의 얼굴에 입바람을 불어주고 코트를 벌려 안에 입은 니트 조끼를 끌어올린 뒤 세 벌이나 껴입은 드레스 단추를 풀었다. 그리고 경련을 일으키는 어린것을 맨살에 꼭 붙여 안고 드레스와 니트 조끼로 덮은 뒤 단단히 보듬었다. 그녀가 그 단발의 울음소리를 들은 것은 아기가 간발의 차이로 입까지 잠기기 직전이었다. 언제나 딱 그만큼의 차이로 몹쓸 운명이 닥칠 때마다 피해 가는구나 하고, 그녀는 델핀이 커가는 모습을 지켜보면서 생각했다.

하지만 스텝앤드어해프는 나중에야, 아기를 맡기기로 택한 곳에 대해 후회하고 의구심을 가질 시간이 주어진 뒤에야 그런 생각이 들었다. 물론 아기를 데려간 곳은 배회하는 늑대가 그러듯, 그녀가 일시적으로 드나드는 굴처럼 여기던 곳이었다. 그녀가 아거스 변두리에 혼자 사는 농부의 헛간으로. 이어서 그 문 앞으로 갔던 것은 고작 몇 주 동안이었다. 로이 바츠카는 그녀보다 반 피트 가까이 키가 작았지만 그녀에게 푹 빠져 있었다. 그는 그녀와 결혼하겠다고 단언했다. 그러고는 별의별 계획을 다 세웠다. 젖소와 금반지를 사주겠다고 했다. 마차도, 마차를 끌 튼튼한 회색 말도. 좋은 짚을 간 닭장을 만들어 병아리와 암탉을 키우겠다고 했다. 손풍금을 배워 겨울밤 그녀를 즐겁게 해주겠다고도 했다. 하지만 떠돌이 생활은 그만둬야 한다고, 그와 함께 정착해서 살아야 한다고 했다.

당시 그가 제공하겠다고 한 그런 안정된 생활에 그녀가 속아넘어간 것이었다. 그래서 처음부터 아기를 그의 집으로 데려가야겠다고 생각했다. 그날 걸음을 옮기기 시작했을 때 아기의 움직임이 느껴졌는데, 처음에는 조용히 움츠리는 것 같더니 곧 그 작은 폐에 공기를 빨아들여 더 짧고 더 확실하게 울음을 토해냈다. 그 소리가 어찌나 슬프던지, 스텝앤드어해프가 그랬던 것처럼 아기도 이제 자기가 살아날 운명임을 깨달은 것 같았다.

그날 스텝앤드어해프가 그 집—합판과 타르지로 지었지만 튼튼하고 빈틈없는 건축물—에 다다랐을 때 아기는 살아난 것이 확실했고, 필사적으로 젖꼭지를 찾았다. 로이가 키우고 있는 염소의 부드러운 젖을 먹이면 될 듯싶었다. 그녀는 문을 쾅쾅 두드렸다. 그리고 그들을 받아준 로이에게 불을 피우고 염소 젖을 짜오라고 했다. 그녀가 코트 단추를 풀고 조끼를 올린 뒤 세 벌의 드레스 안을 더듬는 동안 그는 자다 일어나 헐렁한 크림색 잠옷 차림으로 어리둥절한 표정을 지은 채 서 있었다. 그녀가 발견한 것은 흥미로우면서도 가끔 그를 당혹스럽게 했다. 하지만 이번에는 소스라치게 놀랐다.

"맙소사!" 그가 허공에 손을 휘저으며 외치더니 두 손을 힘껏 맞 잡았다. "아기잖아요, 미니."

아기와 아기를 안은 여자가 그를 뚫어져라 보았다. 아기의 몸에 냄새나고 말라비틀어진 것이 덕지덕지 붙어 있었다. 아기가 추운 방안에서 바르르 떨며 울기 시작했다. 로이가 미니라는 애정어린 별명을 붙인 여자는 아기를 가슴에 보듬고 옷으로 덮었다.

"급해요. 상태가 좋지 않아요."

그는 원통 난로에 장작 두 개비를 던져넣고는 허겁지겁 오버올 을 입은 뒤 작은 들통을 들고 밖으로 뛰쳐나갔다. 깜짝 놀란 염소 가 처음에는 졸음을 떨치지 못해 그를 뿔로 받았지만 이내 고단한 듯 체념하고 젖을 짜게 내버려두었다. 그가 돌아왔을 때 미니는 냄 비 몇 개에 물을 끓이고 있었다. 하나에는 헝겊을 삶고, 나머지 물 로는 아기를 씻겼다. 그러고는 헝겊을 비틀어 젖꼭지 모양으로 만 든 뒤 우유를 묻혀 아기의 입에 물렸다. 그 과정이 지루하게 반복 되었다. 미니는 여자아기를 깨끗이 닦아준 뒤 남은 탯줄에 빨래집 게를 집었다. 그리고 찢어진 플란넬 베갯잇으로 아기를 단단히 감 쌌다.

"내가 안아볼게요." 로이가 말했다. 처음에는 약간 어설퍼 보였 지만, 이렇게도 해보고 저렇게도 해보며 알맞은 각도를 찾아 아기 를 보듬었다. 그의 집에 마침 연결 부분을 접착제로 다시 고정한 것이긴 해도 흔들의자가 있었다. 그가 앉아서 흔들자 의자는 높은 음역에서, 바닥 판자는 낮은 음역에서 삐걱거렸다. 그는 그렇게 앉 은 채로 미니가 등유램프 불빛 속에서 먼저 니트 조끼를, 이어서 드레스 두 벌을 벗은 뒤 가장 안에 입은 드레스 자락을 벌리고 몸을 닦는 모습을 지켜보았다.

그녀는 사무적인 일처리를 하듯 비누칠을 하고 문지르고 헹궜다. 얼굴, 목의 옆과 뒤를 닦고, 헝겊을 돌돌 말아 귀도 닦았다. 턱 밑부터 드레스 칼라의 아래쪽까지 닦았다. 헝겊을 비틀어 짠 뒤 비누를 다시 묻혀서는 드레스를 당겨 어깨를 조금 드러내고 단추를 푼 뒤 그가 한 번도 보지 못한, 끝내 보지 못할 젖가슴을 한 쪽씩 닦았다. 그녀는 다시 단추를 채운 뒤 여전히 그를 등진 채로 한쪽 다리를 의자에 올리고 양말을 벗었다. 그녀는 다리 안쪽을 닦고, 다리 사이를 닦고, 반대쪽 다리를 들어 양말을 마저 벗은 뒤 그 다리도 닦았다. 그리고 바닥에 놓아둔 세숫대야에 마지막 남은 뜨거운 물을 붓고 맞은편 의자에 앉아 발을 담갔다. 그녀는 가만히 앉아서 아기를 흔들어주는 로이를 지켜보았다. 그녀는 눈꼬리가 약간 처지고 눈빛은 강렬하고 매의 눈처럼 침착한 눈을 전혀 깜빡거리지 않았다. 그는 그녀가 무슨 생각을 하는지 궁금했지만 나가서 걸을 생각을 하고 있을까봐 두려워 차마 묻지 못했다.

그것은 사실이었다. 그는 이해하지 못했다―그 누구도 이해하지 못했다. 그녀는 대부분의 사람들을 자신과는 다른 부류로 보았다. 그들이 그녀가 내면에서 경험한 것을 경험했다면 그들에게 일어나는 생각을 떨쳐내며 걷지 않고는 하루하루 살아가는 것이 불가능하리란 걸 그녀는 분명히 알고 있었다. 그녀가 아주 오랫동안 걸음을 멈춘다면 죽임을 당한 어머니의 가슴에 달라붙어 눈을 감고 충실히 젖을 빠는 아기의 신뢰를 보게 될지도 몰랐다. 제 모습을 감추려는 듯 팔로 얼굴을 가린, 막 걸음마를 뗀 사내아이를 보게 될지도 몰랐다. 사내아이는 총성과 함께 두 동강이 났다. 훗날 심한 눈보라에도 사흘을 버텨 살아난 아기가, 어머니의 피를 덮어쓴 채 꽁꽁 얼었지만 끝내 구조되어 살아남은 아이가 있었다는 이야기를 그녀는 들었다. 아기는 선명한 색깔의 미국 국기와 구슬로 장식한 작은 모자를 쓰고 있었다. 걷는 행위로 그런 기억을 떨쳐버릴 수 있다면 누가 평생 걷지 않겠는가? 그것이 그녀가 걷게 된 경위이자 연유였다—걷기는 그녀가 기억하거나 기억하지 않는 모든 것을 떨치고 기억보다 앞서 나아갈 수 있는 유일한 방법이었고, 그녀가 걸음을 옮기는 공간에는 인간의 잔인함 따윈 없어 위안이 되었다. 그녀는 무정한 하늘도, 무자비한 바람도, 혹독한 추위도, 무심히 이글거리는 태양도 받아들일 수 있었다. 그녀의 귓가에 불어온 바람이 지절거리고 쉬쉬거리는 라코타족 언어의 소리를 삼켜버렸다. 그리고 또다른 언어도 삼켜버렸다. 아버지와 대화할 때 썼던 그녀의 모어母語. 노년으로 접어든 지금도 그녀는 끊임없이 날아오는 총탄 아래 얼어붙은 눈밭에 누워 서로의 눈을 보았을 때 아버지의 얼굴에 번지던 놀란 미소가 생생했다. 아버지의 목소리가 들렸다. "집으로 돌아가라, 게웬, 엔도니스*. 다 끝났다고 전해라." 구름의 포효는 영혼이 빠져나간 채 미끄러운 도랑에 널브러진 주검들의 침묵뿐 아니라 그의 침묵마저 삼켜버렸고, 바람은 여러 날 동안 사납게 불어대다 마침내 눈과 함께 서서히 잦아들었다.

누가 걷지 않겠는가? 누가 한곳에 영원히 머무를 수 있겠는가?

그뒤부터 그녀는 이 땅을 걸어다녔다. 로이는 그녀가 걸음을 멈

---

* 오지브웨족 말로 '집으로 가, 딸아'라는 뜻.

추기를 기대할 수 없었다. 그녀도 결국 그에게 아기를 맡기고 떠날 것임을 알았지만, 거듭 돌아오고 싶어질 줄은 몰랐다. 또한 그에게 아기를 무사히 키워달라고 돈을 줄 거라고는, 커가는 아이를 이따금 서투르고 눈에 띄지 않는 방식으로 돌보려 할 거라고는 생각도 못했다. 로이가 그녀의 사진을 찍은 것도 그녀는 아직 몰랐다. 사진이 뭔지조차 잘 몰랐다. 그 시절 자신이 아름다웠던 것도, 늙어서 기억을 견딜 만해졌을 때 다시 아름다워지리라는 것도 몰랐다.

이제 아거스 골목길에 있는 아담한 가게 뒤쪽 작은 방에서 지내는 그녀는 진열창 바깥을 드나들 힘 말고는 기력이 거의 남지 않았다. 큰길은 아주 가끔 돌아다녔는데, 육신을 조금씩 갉아먹었던 긴 산책은 여전히 잠시나마 해묵은 고통을 달래주고 지나간 기억을 외면하게 해주었다. 그녀는 쉬는 시간이 점점 더 많아졌다. 오후만 되면 2층의 침대로 기어들어 그녀가 찾아낸 가장 좋은 천조각―문양이 있는 두꺼운 벨벳과 묵직한 새틴, 찢어지기 쉬운 실크―으로 만든 퀼트 이불을 덮고 낮잠을 잤다. 돌아다니며 거둬들인 온갖 천을 꿰매붙인 해괴한 퀼트 이불을 덮고 잠을 청하면 이런저런 장면이 하나둘 떠올랐다. 그녀의 뇌는 이미 겪었고 기억에서 떠나보냈다고 생각한 순간들을 놀랍도록 생생하게 되살려내 그녀를 괴롭혔다.

그녀는 또다시 정육점 주인 피델리스를 지나쳤다. 아주 오래전 일자리를 찾아 타운으로 왔던 피델리스. 그녀는 그가 손을 바꿔가며 들던 가방이 텅 비었을 거라고 생각했다. 가방 안에 멋진 칼이 있었다는 것은 나중에야 알았다. 그 가방은 칼이나 소시지로는 아니지만 다시 채워졌다. 다시 독일로 보내졌다. 그녀는 에바의 자식들에 대한 애정어린 보살핌을 보았고, 친구 에바의 죽음 앞에서 놀라고 슬펐던 감정을 다시 경험했다. 소년이 언덕의 흙더미에서 구조된 것도 보았다. 구름까지 올라간 소년은 델핀의 여동생을 사랑하게 되었다. 그녀는 로이도 보았는데, 그녀의 사진을 무덤까지 가져가서 다행이라 여겼다. 그렇게 해서 이 땅을 걸어다닌 그녀의 흔적은 아무것도 남지 않을 터였다. 그녀는 일찍이 그가 그녀 없이 살 수 없다는 것을 증명하기 위해 술을 마신다고 했던 것을 기억했다. 그 말에 그녀는 "허튼소리 작작하시지"라고 대꾸한 뒤 문을 열고 나가버렸다.

스텝앤드어해프는 델핀이 흙장난을 하던 그날을 떠올렸다. 델핀은 너무 어려 기억 못하겠지만, 그녀가 지나가자 흙을 쌓으며 놀던 델핀이 아장아장 쫓아와 딱 한 번 엄마? 하고 불렀다. 그때 스텝앤드어해프는 걸음을 멈추고 무릎을 꿇은 채 아이의 얼굴을 똑바로 바라보았다. 아이의 눈은 제대로 쳐다볼 수 없을 만큼 예쁘고 생기가 넘치는 투명한 뺨은 눈이 부실 정도로 순수해 보였다. 스텝앤드어해프는 덜컥 겁이 나고 가슴이 오그라들어 자기도 모르게 말했다. "네 엄마는 죽었어." 죽음이 뭔지 겨우 조금씩 깨우쳐가던 꼬마의 얼굴이 갑자기 굳었다가 금세 풀어졌다. 그러더니 동족을 만난 듯 살아남은 자의 눈빛으로 당돌하고 영악하게 스텝앤드어해프를 빤히 보았다. 델핀이 주먹 쥔 앙증맞은 손으로 스텝앤드어해프의 이마를 잽싸게 때렸다. 스텝앤드어해프가 이마를 문지르며 말했다. "좋아. 강한 자가 살아남는 법이지."

"엄마는 꼭 돌아올 거야." 델핀은 죽음이 천국이나 길 같은 일종의 장소인 것처럼 엄마는 꼭 돌아올 거라고 다짐하듯 선언했다.

음, 죽음이 모퉁이를 돌면 바로 나타나는 장소이긴 하지만 그애가 그런 다짐을 할 필요는 없다고 스텝앤드어해프는 생각했다. 델핀의 어머니는 세상을 떠난 적이 없으니까. 델핀의 어머니는 지금도 델핀과 가까운 거리에 살아 있었다. 그 여자는 낮게 드리운 커다란 구름을 배경으로 헛간 같은 집에서 영원히 건초 더미처럼 너절한 삶을 살아갈 것이다. 하지만 델핀도 계속 생명을 이어갈 것이다. 스텝앤드어해프는 델핀과 델핀의 여동생이 개조한 화원에서 둘이 함께 찍은 사진을 보자 마음이 흐뭇했다. 온실 나무와 냉장 보관한 꽃과 가축사육장의 비옥한 땅에서 자란 화초가 나이를 먹어가는 머리가 곱슬곱슬한 여자 둘을 둘러싸고 있었다. 잠이 아거스에서 보낸 한 해 한 해와 하루하루를 이어붙인 퀼트 이불을 덮은 스텝앤드어해프를 잡아당겼다. 그 힘에 굴복해 꿈속으로 끌려들어갔다. 창문으로 네모난 하늘이 보였다. 스텝앤드어해프는 자신의 무게를 천천히 매트리스에 내려놓고 그 푸름 속으로 실려갔다. 그녀의 얼굴에 닿는 퀼트가 익숙하고 편안했다. 퀼트에 이어붙인 한 조각은 까마득한 옛날 선량한 수족 여인이 코트 안에 입으라고 준 누더기 셔츠에서 잘라낸 것이었다.

그때부터 스텝앤드어해프는 노랗게 변색된 모슬린에 낡을 대로 낡은 술 장식이 달린 고스트 셔츠* 조각을 간직했다. 그녀는 눈빛이 영롱하고 부리를 벌린 빛바랜 까마귀 그림을 쓰다듬은 뒤 하얀

---

* 북미 원주민들의 유령 춤(고스트 댄스)을 추는 춤꾼이 만드는 옷. 영적인 힘이 깃들어 있다고 여겨진다.

초승달에 뺨을 갖다댔다. 누군가는 그 셔츠를 입으면 총알을 피할 수 있다고 믿은 고스트 댄서도 있었다고 말했지만, 스텝앤드어해프는 댄서들이 어리석지도, 그런 미신을 믿지도 않았다는 사실을 잘 알았다. 그들은 그저 이따금 바람 말고는 누구도 기억 못한 것을 알았을 뿐이었다. 죽은 자들은 얼마나 가까이에 있는가. 산 자들과 노래 한 곡 차이다. 그녀는 요란한 총성이 울리기 전날 밤 병사들이 목청껏 부르는 음주가를 들었다. 때로는 거칠게, 때로는 위스키처럼 부드럽게 화음을 맞추는 남자들의 목소리가 혹한의 12월 공기 중에 넘실거리며 퍼져가는 것 같았다. 〈오라 리〉. 〈올드 랭 사인〉. 〈충직한 칼푸르니아〉. 저 건너 천막에서는 엄마가 아기의 까만 머리에 입을 대고 가만가만 불러주는 구슬프고 아름다운 자장가가 들렸다. 아니, 댄서들은 지금 무슨 일이 일어나고 있는지 깨달았다. 그들은 이야기를 들었다. 그 셔츠를 입은 자는 죽은 자를 찾아가 그들의 노래에서 위로를 얻을 수 있다고.

지금 스텝앤드어해프는 해괴한 퀼트 이불을 덮은 채 바깥에서 들려오는 그들의 노래를 들었다. 여자들의 서러운 곡소리. 남자들이 연습하는 소리. 음계를 오르내리며. 라라라. 뱃고동처럼 깊고 크게 울려퍼지는 화음. 아델린 에 모르트(아델린은 죽었네). 엘 레 모르트 에 앙트레(죽어 땅에 묻혔네). 이나헤쿠오 이나헤쿠오.* 이히 바이스 니히트 바스 졸 에스 베도이텐(왜 그런지 알 수는 없지만). 들판을 휩쓸고 지나간 바람은 전화선과 나무를 때렸다. 거리를 휙

---

* '엄마 돌아오세요, 엄마 돌아오세요'라는 뜻으로, 수족이 고스트 댄스를 추며 부르는 노랫말.

획 통과하고 아거스의 건물을 휘돌았다. 노래는 지붕 위로 흘러가다 굴뚝을 타고 내려와 골목길에 갇히거나 나뭇가지에 부딪혀 방향을 틀며 맞지 않는 음정으로 나지막이 웅웅거렸다. 때때로 노래는 그저 기쁜 탄성과 거센 외침이었다! 바보 같은 발라드와 엄숙한 성가, 독일 선원의 노래, 뱃사공의 노 젓는 노래, 애국가풍 미국 노래. 또는 크리족의 자장가, 땀막*에서 유령을 부르는 노래, 사라진 고스트 댄스 노래, 셈을 세는 노래, 눈雪에 바치는 찬가. 우리의 노래가 이 땅을 떠돈다. 우리는 서로에게 노래를 불러준다. 한 음도 소실되지 않았고, 만든 이를 아는 노래도 없다. 모두 같은 곳에서 와서 오직 돌만 울부짖던 시간으로 되돌아간다. 스텝앤드어해프는 잠결에 노래를 흥얼거리며 점점 더 깊이 가라앉는다. 자신만의 선율 속으로, 낡은 구애의 시詩와 사냥꾼의 지혜와 떠돌이들이 흘리는 이야기와 한줌 풀, 조각구름, 예언적인 돼지 목살에서 튀어나오는 단어들 같은 잡동사니 수집가의 수집물 속으로. 정육점 주인들이 천사처럼 노래를 부르는 세상에서.

---

* 북미 원주민이 의식을 거행하는 일종의 사우나 같은 곳.

다이앤 레버런드, 앤드루 와일리, 트렌트 더피, 테리 카튼, 리사 레코드, 젠 문트, 누구보다도 내 아버지 랠프 어드리크에게 감사한다.

운디드니 대학살에 대한 구전역사에 따르면 북쪽에서 온 두 부족인 크리족 또는 오지브웨족이 빅풋 무리와 함께 죽었다고 한다. 나는 늘 그들에 대해 알고 싶었다.

내 할아버지 루트비히 어드리크는 1차대전 당시 최전방에서 싸웠던 독일군이었다. 할아버지의 자식들은 2차대전 때 미군으로 참전했다. 소설에 담긴 내용은 주둥이 부윗살 샐러드, 쇠좆매, 보드빌쇼에서 인간탁자로 잠시 활약했던 내 할머니에 대한 부분을 제외하면 모두 허구다.

정육점 주인들이 천사처럼 노래를 부르는 세상

이번에 소개되는 루이스 어드리크의 『정육점 주인들의 노래클럽』이 더 매력적으로 다가오는 것은 '천사처럼 노래한다'는 데서 느껴지는 아름다움과 생명을 해하는 것이 필연적인 삶의 방식인 '도축업자'(이 소설에서 주인공 피델리스는 도축업자이자 정육점 주인이다)의 잔인함이 만들어내는 극명한 대비와 그것이 일으키는 인간에 대한 통찰 때문인 것 같다. 예컨대 이런 것이다. 천사처럼 노래한다는 것과 가축을 도살하는 것 사이에는 사실상 아무 연관이 없는데, 그 말이 절대 연결될 수 없는 이질적인 두 가지를 억지로 붙여놓은 것처럼 낯설게 느껴지는 건 왜일까? 우리는 서로 연관이 없는, 각기 다른 카테고리에 속한 것들을 서로 비슷한 것이라고 연결해놓고 쉽게 그렇다고 믿어버린다. 이 속성은 이런 사람, 저 속성은 저런 사람. 그런데 사실 조금만 세심히 관찰하면, 우리가 비슷하다고 이어붙인 속성들은 전혀 연관이 없을 때가 많다. 이미 경직된 우리의 머릿속은 천사와 도축업자의 이미지를 동시에 떠올리는 것 자체가 힘겹고, 그래서 이런 문장을 만나면 한 방 먹은 기분이 된다. 정육점 주인은 왜 천사처럼 노래하지 않으면 안 되지?

루이스 어드리크는 전미도서비평가협회상, 오 헨리 단편소설상, 펜/솔벨로상, 그리고 2021년에는 『밤의 경비원』으로 픽션 부문에서 퓰리처상을 수상하는 등 영미권에서 아주 유명한 작가다. 그녀의 작품은 이미 국내에도 여러 편이 소개되었다. 문학동네에서 출간된 『비둘기 재앙』(2008), 『사랑의 묘약』(1984), 『라운드하우스』(2012), 『페인티드 드럼』(2005), 그리고 비채에서 출간된 『그림자 밟기』(2010)까지 총 여섯 편이다(괄호 안은 원작 발표 시점이다). 이번에 일곱번째로 출간되는 『정육점 주인들의 노래클럽』은 2003년 발표된 작품이다. 이 소설이 일으키는 복잡함에 대한 인상은 북미 원주민 사회를 그린 작가의 다른 소설들에서 보이는 관계도의 복잡함과는 다르게, 다채로운 주인공들과 그 주인공들의 특성만큼이나 다채로운 삶의 방식에서 비롯하는 것 같다. 그야말로 대작 드라마를 보는 듯한 느낌이다. 이렇게 방대한데도 에피소드 하나하나가 아주 흥미롭고, 이런 대작을 이렇게 압축해 내놓을 수 있는 것은 어드리크의 엄청난 능력이라고 말할 수밖에 없다.

어드리크의 소설 거의 전부에서 북미 원주민의 이야기를 접할 수 있는데, 이 소설에서도 원주민 주인공이 어김없이 등장한다. 바로 순회 서커스 공연을 하는 균형잡기의 대가 시프리언이다. 하지만 이 소설에서는 기존에 접한 어드리크의 작품들과는 달리, 작품의 무게가 원주민이 아니라 독일인에게 실려 있다. 다른 주요 작품들이 어머니 혈통의 치페와족(오지브웨족)을 다루었다면, 이 작품은 아버지 혈통, 즉 독일인 남자가 미국으로 건너와 일구는 가정이 중심이다. 출간 후 〈북 패시지〉와 진행한 인터뷰에서, 어드리크는 할아버지가 독일에서 노래 길드에 속해 있었고 미국에 건너와 정육점이자 잡화점을 경영했다고 말한다. 이 소설은 어드리크의 어린 시절 할아버지와의 추억이, 할아버지가 들려준 이야기가 발단이 되었을 것이다. 할아버지가 미국으로 건너올 때 노래클럽 사람들이 배웅해주었고, 어드리크의 아버지는 할아버지만큼 목소리가 좋지 않았지만 차 안에서 가족들에게 노래를 불러주는 걸 좋아했다고 한다. 어드리크의 머릿속에, 혹은 가슴속에 남은 독일 문화와 전통, 그리고 독일 노래가 심어진 이 소설은, 아마도 어드리크의 또다른 정체성을 보여주기에, 그리고 미국에 정착한 독일인의 구체적인 삶의 한 모습은 다른 작가를 통해서는 쉽게 볼 수 없는 것이기에, 새삼 더욱 특별하게 다가온다.

이 소설은 1차대전에 참전해 저격수로 이름을 날린 피델리스 발트포겔이 고향인 독일의 루트비히스루에로 돌아오는 1918년 11월 말부터 시작한다. 돌아온 피델리스는 광장에서 우연히 식빵 한 장을 보고 아메리칸드림을 품은 채 기회의 땅 미국으로 건너온다. 돈이 부족해 애초에 목적지로 삼은 곳으로 가지 못하고 노스다코타주(어드리크 소설의 주된 배경이다) 아거스에 정착한 피델리스. 그는 그 지역 정육점에 취직했다가, 이어 아버지의 가업인 정육점을 경영하게 된다. 그로부터 여러 이야기가 펼쳐지고, 2차대전 이후 피델리스가 고향인 독일을 다시 찾는 시점에서 소설은 끝난다.

다른 소설도 마찬가지겠지만 『정육점 주인들의 노래클럽』은 특히 시대적 배경이 중요한 듯하다. 이 소설은 두 차례의 세계대전을 모두 담고 있다. 그렇다고 이 소설이 전쟁소설은 아니고, 개개인이 1차대전과 2차대전이라는 시대적 사건에 휘말릴 때 그 삶의 방식은 각각 어떤 형태가 되는지에 초점이 맞춰져 있다. 이 시대에 갇힌 주인공들은 강력한 외적인 힘에 의한 편 가르기에 휘말린 채 심지어 한 가족 안에서도 분열을 경험한다. 편과 편이 갈라지고, 어느 한 편에 서야 한다면, 관점은 늘 일방적이고 고착된 것이기 쉽다. 상호적이고 종합적인 관점은 사라진다. 고정된 관점은 치우친 감정을 조장한다. 그것은 독일로 보내진 에밀과 에리히, 그리고 미국에 남은 이들과의 대립 구도에서 분명히 나타나는데, 그럼에도 불구하고 이 소설에서 그 대립이 크게 부각되지는 않는다. 오히려 피델리스가 그들 모두의 아버지라는 사실이 더 크게 다가온다. 문학이 역사를 논평하는 것이 아니라, 그 역사에 속한 개개인을, 승자의 역사 이면의 진실을, 그 역사에 휘말린 개인을 통찰하는 것이라면, 어드리크는 그 역할을 너무도 멋지게 해내고 있다. 그리고 그런 소설은 질문을 던진다. 지금 내가 속한 시대의 분위기와 집단적 강요는 나를 어떻게 몰아가는가. 정말로 내가 선택하는 것은 없고, 내가 태어난 곳과 시간대가 나를 선택하는 것뿐일까. 나는 그런 분위기와 강요에서 벗어나려는 시도조차 할 수 없는 것인가.

전쟁에서 돌아온 피델리스는 독일을 떠나 미국으로 온다. 그것은 새로운 시도였을까, 아니면 정착을 위한 몸부림이었을까. 피델리스에게는 막연한 안정에 대한 기대로 가난한 독일을 떠나 미국 삶에 정착하는 것이 큰 과제였다. 한편 피델리스와 함께 소설을 이끌어가는 중심인물이자 그와 그의 가족의 삶에 깊숙이 자리잡은 델핀은 정신적인 안정을 얻기 위해 불안정한 아버지를 떠나 다른 남자와의 새 삶에 정착하는 것이 큰 과제였다. 하지만 피델리스도 자신의 뜻대로는 잘되지 않고(하지만 그의 묵묵함은 얼마나 매력적인가), 한편 델핀은 만족하지 않고 끊임없이 뭔가를 추구하는 삶을 갈망한다. 델핀에게 시프리언은 정착에 대한 좌절이자 떠도는 삶의 연속을 의미하며, 피델리스는 흔들리지 않는 침착성만큼이나 삶의 안정감을 상징한다. 그러고 보면 긴 시간의 흐름은 우리를 결국 어딘가에 데려다놓고, 거기가 애초부터 네가 정착할 곳이었다고 말하는 듯하다. 그 시간 동안 경험한 과거의 아픔과 당시의 흔들림은 망각 속으로 들어간다.

그런데 과연 그럴까. 더욱이 일어난 일이 어마어마하게 크면 어쩌는가. 우리는 대체로 늘 미래를 향하는 불안과 당면한 걱정에 너무 많은 에너지를 빼앗겨 지난 아픔 따위는 아무리 생생했어도 오래 간직할 여력이 없다. 지난 일에 매이지 않는다는 건 어쩌면 생존과 같은 말이다. 하지만 엄청난 일을 경험한 사람들에게는 그 일을 잊으려는 노력이, 그것을 의식하든 하지 않든, 삶의 한 방식이 되어버린다. 걷는 것도 삶의 한 방식이 될 수 있을까. 스텝앤드어해프에게는 그렇다. 그녀에게는 걷는 것이 삶의 한 방식이며, 그녀가 정착한 것이 바로 그 방식이었다.

어드리크의 또다른 작품 『페인티드 드럼』의 주인공 페이는 "우리는 늘 망각의 언저리를 걷는다"고 말한다. 걷는다는 것은 어드리크에게 핵심 주제인 듯하다. 그리고 이 문장은 이 책을 옮긴 지 한

참 지난 지금도 내게 종종 떠오른다. 나 또한 오래전 해외 여행지를 떠돌면서 그런 생각을 한 적이 있었다. 나는 휴양지 스타일보단 발품형인데, 문득 이런 생각이 들었다. 나는 왜 여행지에서 이렇게 걷기만 할까. 생각을 정리하기 위해서? 아니, 걸으면 걸을수록 아무 생각도 떠오르지 않았다. 생각을 정리하려고 떠난 여행에서도 그랬다. 그때의 나도 아마 뭔가를 잊고 싶었을까. 다른 이들도 그럴까. 어드리크의 독자들도 그럴까. 스텝앤드어해프, 걷기가 삶 그 자체인 사람. 걸으면서 모든 것을 수집하는 인물. 쓰레기 수집가, 역사 수집가, 진실 수집가. 한 걸음 하고 반걸음 더 큰 보폭으로 걸어 이름도 스텝앤드어해프인 그녀가 그렇게 걸으면서 찾는 쓰레기는 그냥 쓰레기가 아니다. 쓰레기 하나하나는 한 개인의 역사이며 진실이었다. 스텝앤드어해프가 덮고 자는 이불은 한낱 퀼트 이불이 아니라 역사와 맞먹는 것이다. "오후만 되면 2층의 침대로 기어들어 그녀가 찾아낸 가장 좋은 천조각—문양이 있는 두꺼운 벨벳과 묵직한 새틴, 찢어지기 쉬운 실크—으로 만든 퀼트 이불을 덮고 낮잠을 잤다. 돌아다니며 거둬들인 온갖 천을 꿰매붙인 해괴한 퀼트 이불을 덮고 잠을 청하면 이런저런 장면이 하나둘 떠올랐다. 그녀의 뇌는 이미 겪었고 기억에서 떠나보냈다고 생각한 순간들을 놀랍도록 생생하게 되살려내 그녀를 괴롭혔다."

그녀는 힘든 기억을 망각하기 위해 걷지만, 걸으면서 모아들인 쓰레기들은 그녀의 생계를 유지하게 하는 한편 아이러니하게도 역사와 진실에서 그녀를 벗어나지 못하게 붙잡는다. 모든 것을 눈에 담고 모든 것을 관찰해야 하는 삶, 이런 수집가 역할은 루이스 어드리크의 다른 소설에서도 찾아볼 수 있는데, 『비둘기 재앙』에서의

니브 하프나 『페인티드 드럼』에서 망자의 유품을 정리하는 일을 하는 모녀가 그렇다. 역사 혹은 진실 수집은 어드리크에게는 작가적 소명일 것이며, 그것을 상징하는 작중 인물들은 모두 작가의 분신이리라. 그리고 추리소설의 느낌마저 나는 이 '진실 찾기'는 어드리크의 소설이 가진 어마어마한 매력이다.

이 소설에서 또하나 눈여겨볼 핵심 주제는 모성이다. 모성은 보듬어 안고 품는 성질 혹은 본능일 텐데, 시비를 걸고 싸워 승리를 쟁취하는 편 가르기와는 분명 상반되는 속성이다. 모성을 상징하는 인물로는 델핀을 거두어주고 자녀 넷을 사랑으로 돌본 에바, 에바의 아이들을 보듬어준 델핀, 그리고 반전의 모습을 보여준 스텝앤드어해프가 있다. 이들의 모성은 시대적인 분열과 개인적인 갈등을 안고 살아가는 주인공들을, 그리하여 소설 전체를 감싸안는다. 그 모성에는 생명력이 가득하다. 한편 모성이 없는 인물로는 아이들의 고모 탄테와 에바의 아들 프란츠의 여자친구인 매저린의 어머니가 떠오른다. 그들에게서는 생명력의 온기를 느낄 수 없고 영혼이 없는 듯한 메마름과 탄테가 입은 금속성 질감의 옷처럼 차가운 느낌만 가득하다. 반면 모성은 전쟁의 상처와 공황으로 인한 가난과 가족 간의 이별로 가슴 아파하는 이들을 감싸안고 보살피며 치유한다. 그리고 그 모성은 이제 막 진짜 사랑을 시작하는 매저린에게 물려질 것이다. 그리고 여담인데, 어드리크에게는 일곱 명의 자녀가 있다.

긴 시간 동안 펼쳐지는 그들의 파란만장한 삶. 그 방대함은 한 권의 소설로 담아내기에는 벅차게 느껴질 정도다. 모든 등장인물의 사연이 각각의 독자적인 소설이 되어도 될 만큼 충분히 독립적이고, 각각의 에피소드로도 영화 한 편씩은 너끈히 만들어질 것 같다. 피델리스와 그 가족만이 아니라 델핀, 델핀의 아버지 로이, 시프리언, 클래리스, 보안관 호크, 스텝앤드어해프 등 아거스에 거주하는 다양한 사람이 펼쳐내는 다채롭고 경이로운 삶의 형태들. 그들을 이 소설 안에서 하나로 묶어내는 것은 무엇일까. 죽음? 노래?

이 소설에서 죽음은 여러 모습으로 다뤄진다. 전쟁이 끝나고 퇴각하는 길에 죽음을 맞는 피델리스의 친구 요하네스, 피델리스가 전쟁중에 저격하는 군인들, 독일에서 목숨을 잃는 피델리스의 어린 아들, 봉변처럼 죽음을 맞는 보안관 호크. 그리고 서커스단 공연을 하며 떠돌아다니던 델핀이 시프리언과 집으로 돌아왔을 때 맞닥뜨린 한 가족의 오래된 죽음. 하지만 죽음은 단지 죽음으로 끝나는 것이 아니라, 그후 남겨진 사람들의 삶의 방식을, 삶의 방향을, 그리고 심리적이거나 물리적으로 정착할 장소를 바꾼다. 피델리스의 아내 에바의 죽음은 그와 아들들의 삶에, 델핀의 삶에 큰 전환점이 되었다. 델핀의 출생은 그 자체로 죽음과 맞닿아 있었다. 그 특정한 날 이후 델핀의 아버지 로이의 삶에 일어난 변화는 말할 것도 없고, 장의사 집 딸인 클래리스가 보여주는 시신 처리 과정은 피델리스가 돼지를 잡는 장면을 연상시키면서 죽음을 처리하는 것을 업으로 삼은 자들의 삶의 한 방식을 보여준다.

어드리크가 묘사하는 죽음은 인간에게만 국한되지 않는다. 피델리스가 돼지를 도살하는 과정에 대한 묘사는 무감정하게 읽어나가기가 어렵다. 친칠라의 죽음과 그후 들개의 죽음, 그리고 이를 바라보는 인물들에 대해서도 참으로 복잡하고 미묘한 감정이 일어난다. 생명이라는 것은 이토록 부질없는 것인가, 죽음은 죽음으로 되갚는 것이 인간인가, 그리고 더 나아가 정말로 사랑한다는 건 어떤 것인가. 델핀이 프란츠를 제외한 세 명의 아들에 대해 한 말을 옮겨본다. "그토록 사랑하는 것 같은데도 녀석들(친칠라)의 임박한 죽음에 어떻게 조금도 양심의 가책을 내비치지 않는지 도무지 이해할 수 없었다. 델핀은 도축업자 자식의 특성에 대해 조금씩 알아가는 것 같았다. 짐승이 오고가는 것을 늘 보는 것이다."(괄호는 옮긴이)

이 소설에서 유일한 북미 원주민인 시프리언의 균형잡기에 대해서도, 로이의 생명에 대한 이중성이나 클래리스의 아름답고도 잔혹한 이중성 등 다른 비중 있는 인물들에 대해서도 더 하고 싶은 말이 있지만 말했듯 워낙 방대한 소설이라, 아쉽지만 이쯤에서 노래클럽에 대한 이야기로 이 글을 마무리하고자 한다. 인터뷰에서 어드리크는 "작은 타운에서는 음악과 노래가 사람들이 위험 없이 감정을 표현하는 방법"이라고 말했다. "노래는 집단의 것이고, 자신을 드러낼 일은 없기" 때문이다. 고개가 끄덕여진다. 이 시대에 유행처럼 자신의 속마음을 말하라고, 진짜 감정을 말하라고 외치는 소리에도 불구하고, 우리의 감정은 이렇듯 노래 같은 장치를 통해 안전하게 표출하는 것이 어쩌면 더 자연스러울지 모른다. 인터뷰에서 어드리크는 소설 집필을 거의 마무리할 때쯤, 노래들이 세상에 풀려나 그대로 머물러 있는 장면이 환시처럼 떠올랐다고 말한다. 잠깐, 멈추고 상상해본다. 그 장면은 청각적일 뿐 아니라, 천사들의 하얀 날개와 더불어 시각적으로도 찬란하고, 반짝이는 영롱한 금빛에 휘감긴 것 같다. 그것은 귀를 자극하는 소리도 아니고, 눈을 뜰 수 없게 만드는 강한 빛도 아니다. 인간의 목소리들이 아름답게 어우러지는 합창의 소리가 온 세상을 가득 채운다면 그 순간은 얼마나 황홀할까. 어드리크에 따르면, 오지브웨족은 우리가 노래를 만드는 것이 아니라 노래가 우리를 발견하는 것이며, 노래가 우리가 누군지 알려주고 우리 안에서 공명한다고 믿는다. 그런 말을 들려주는 소설의 마지막 부분은 참 아름답다. 아주 오래전에 보았던 아프리카 쇼나 부족의 석조 조각상 전시회에서, 쇼나 부족이 돌을 조각하는 게 아니라 돌이 어떤 형체가 될지 스스로 말할 때까지 기다린다는 내용을 읽은 적이 있는데, 인간의 오만함이 모든 것을 스스로 만들고 발견했다고 말할 뿐, 진실은 만물이 우리에게 다가와 우리를 매개로 세상에 저들의 모습을 드러내는 것인지도 모른다.

정연희

옮긴이 **정연희**
서울대학교 영어교육과를 졸업하고 미국 펜실베이니아대학교에서 석사학위를 받았다.
전문 번역가로 활동하고 있다. 옮긴 책으로 『페인티드 드림』『라운드 하우스』『사랑의
묘약』『비둘기 재앙』『매트릭스』『오, 윌리엄!』『다시, 올리브』『내 이름은 루시 바턴』
『무엇이든 가능하다』『운명과 분노』『디어 라이프』『헬프』『안녕이라고 말할 때까지』
『그 겨울의 일주일』 등이 있다.

문학동네 세계문학

정육점 주인들의 노래클럽

초판 인쇄 2023년 7월 4일 | 초판 발행 2023년 7월 14일

지은이 루이스 어드리크 | 옮긴이 정연희
책임편집 박인숙 | 편집 한원희 류현영 황문정
디자인 김유진 이원경 | 저작권 박지영 형소진 최은진 서연주 오서영
마케팅 정민호 한민아 이민경 안남영 김수현 왕지경 황승현 김혜원
브랜딩 함유지 함근아 박민재 김희숙 고보미 정승민
제작 강신은 김동욱 임현식 | 제작처 천광인쇄사

펴낸곳 (주)문학동네 | 펴낸이 김소영
출판등록 1993년 10월 22일 제2003-000045호
주소 10881 경기도 파주시 회동길 210
전자우편 editor@munhak.com | 대표전화 031) 955-8888 | 팩스 031) 955-8855
문의전화 031) 955-1927(마케팅) 031) 955-2699(편집)
문학동네카페 http://cafe.naver.com/mhdn
인스타그램 @munhakdongne | 트위터 @munhakdongne
북클럽문학동네 http://bookclubmunhak.com

ISBN 978-89-546-9208-3 03840

잘못된 책은 구입하신 서점에서 교환해드립니다.
기타 교환 문의 031) 955-2661, 3580

www.munhak.com